무진기행

나남출판

나남문학선 · 39

무진기행

김 승 옥

NANAM
나남출판

일러두기

- 이 선집은 작가 자신이 선정한 작품들을 모아서 꾸몄다. 작품의 게재 순서는 단편, 중편, 장편, 콩트로 나누어 연대순으로 하였다.
- 본문의 표기는 이 책 발간시점 현재의 표기법에 따랐다. 다만 작중 시대와 관련 있거나 문학적 허용으로 이해될 수 있는 몇몇 특별한 표기들은 그대로 두었다.
- 한국현대문학에서 작가가 지니는 의미를 감안하여 '김승옥 문학과 비평'을 부록으로 덧붙였다. 여기에는 동시대의 대표적인 비평가들에 의해 씌어진 김승옥론 또는 개별 작품론들이 들어 있다. 재수록을 허락해 주신 데 대하여 관련된 모든 분들께 감사드린다.
- 아울러 '나남문학선'을 통한 작가 연구에 도움이 되도록 '김승옥연구 서지목록'을 부록에 포함시켰다. 자료를 제공해 주신 문학평론가 강웅식 교수께도 감사의 말씀을 드린다.

'나남문학선'을 간행하며

한 시대의 문학은 시간의 흐름 속에서 저절로 생겨나는 결과가 아니라, 그 시대가 내포하고 있는 모든 사회적 모순을 치열한 정신으로 꿰뚫어보고 극복하려는 작가들의 싸움의 기록이며 동시에 모순이 해결된 상태를 꿈꾸고 추구하는 열정의 표현이다. 그러한 기록과 표현이 한 사람의 작가나 한 사람의 시인의 이름으로 씌어질지라도, 그 글 속에는 동시대를 사는 수많은 사람들의 삶과 꿈, 정신과 욕망이 함께 담겨 있다. 문학은 그러므로 한 시대가 감당해야 할 몫의 아픔과 불행의 크기를 보여주는 증언의 기록이자, 그것을 감당하는 정신의 척도가 되며, 또한 그 시대가 지향하는 꿈과 희망의 높이가 어느 위상에 도달해 있는지를 증명하는 근거가 된다. 아무리 폭력과 억압이 표현의 자유를 질식시키는 시대일지라도 문학은 빛나는 형태로 존재하였을 뿐 아니라 인간의 고립화를 막고 인간에게 연대감을 심어주는 방파제의 역할을 수행했다. 문학이 수단으로 삼는 언어의 힘은 어느 사회에서도 꺼질 줄 모르는 불길처럼 살아 있어 인간의 삶을 인간답게 만드는 동력으로 가동한다. 그런 점에서 문학의 언어는 한 시대의 눈뜬 의식의 표현이고 동시에 그 시대가 지향하는 총체적 세계관을 수렴할 수 있는 풍부한 자장인 것이다. 그리하여 한 시대의 문학은 그 시대의 집단적 정신의 궤적인 동시에 모순의 상징적 징후로 파악되며 역사성을 획득한다. 이러한 시대정신으로서의 문학에 대한 인식에서 비롯된 〈나남문학선〉은 일시적인 상업주의나 경직된 문학관 혹은 배타적 유파주의를 모두 배격하고 오로지 이 시대의 살아있는 문학을 포괄적으로 이해하고 동시대인들의 의식을 첨예하게 만들고 공감을 확산하기 위해서 만들어지고 있다. 〈나남문학선〉의 대상이 되는 작가와 시인은 문학적 업적이 완결된 작가와 시인이 아니며, 또한 문학의 가능성을 얼마쯤 가늠케 하는 신인작가들도 아니다.

〈나남문학선〉은 한꺼번에 만들어진 〈문학선〉이 아니라 계속적으로 만들어지는 〈문학선〉이기에, 그것이 열려 있고, 그 대상이 되는 작가들은 그들의 문학작업의 한복판에 있는 사람들이어야 할 것이다. 그러므로 우리 시대의 모순을 포착하여 문학으로 형성화시키는 고통스러운 작업을 끈기 있게 계속해 온 치열한 정신의 작가들이 〈나남문학선〉의 주류를 이루게 된다. 그것이 이 시대, 이 땅의 살아 있는 정신의 표현이자, 풍요로운 문화의 한마당을 이룰 것이다.

〈나남문학선〉 편집인

책머리에

'나남문학선'에 나의 작품선집을 보탠다. 대표성을 가진 작품집이 되도록 나의 중·단편소설들 중에서 엄격하게 골라 실은 작품집이다. 아니, 발표한 작품 수가 많지 않기 때문에 이 작품집이 거의 나의 전집(全集)이라고 해도 무방하다. 노후(老後) 관리를 위해서 종전에 이 출판사 저 출판사에서 발행했던 나의 작품선집들을 모두 계약 해제했고 오직 이 작품집 하나만을 서점에 내어보내기로 결정했다. 독자들이 이 책을 소중하게 여겨주었으면 좋겠다는 생각을 해본다.

80년대부터 지금까지 나는 창작활동을 거의 하지 않고 지내왔다. 나이 사십이 되면서 오히려 삶을 배우기 시작했던 것이다. 이 말을 설명하려면 많은 이야기가 필요하지만 그것은 앞으로 다시 써내는 소설들을 통해서 전해질 것이다. 단순하게 한마디로 설명한다면, 나에게서 사십 세란 거듭 태어나는 나이였다는 것이다. 폭풍 속을 날고 있는 새처럼 열병(熱病) 같은 젊음이 이끄는 대로 성공과 좌절로 범벅하며 지내온 청년기의 방황과 모색에서 이제 대지에 발을 대고 나를 포함한 모든 존재들을 맑은 눈으로 응시할 수 있는 침착함을 가지게 된 것이다. 이젠 환상을 향하여 자신의 소중한 가치를 무시하거나 심지어 경멸해가며 거친 날갯짓을 하는 나이가 아니라 자기와 타인들의 하나밖에 없는 생명들이 참으로 고귀한 보석처럼 반짝이는 모습을 황홀하게 바라보며 앉아있을 수 있는 나이가 된 것이다. 내가 사는 것이 아니라 이젠 타인의 삶을 바라보는 이 상태는 그대로 하나의 교육이었다. 가르치는 것이 아니라 이제야 내가 삶을 배우기 시작하는 일이었다.

소설 쓰기를 다시 시작하려는 것이 2000년대를 맞이한 내 계획이다. 어떤 작품들이 씌어질는지는 나 자신도 궁금하지만 그러나 이 책에 모아놓은 소설들과 아주 다르지는 않을 것 같다. 언어는 언어 자체의 세계를 가지고 있다. 어쩌면 작가와 동떨어져 언어 자기네끼리 찧고 까불고 웃고 우는 것이 아닌가, 그런 생각을 할 때가 많다. 작가는 소설을 쓰면서 거꾸로 소설에게서 삶을 배운다. 그러다가 보면 어떤 경우엔 자기가 쓴 소설이 예언이 되어 작가가 그런 삶을 살도록 유도해 버리기도 한다. 요컨대 언어의 세계는 작가 저쪽에 존재하며 작가의 연륜과 관계없이 가족적인 동질성을 가지며 독립하는 것 같다.

그러나 물론 땅 위의 존재를 결정하는 것은 시간과 공간이다. 30년 이전에 쓴 소설과 30년 후에 쓴 소설이 적어도 소재의 차이 때문에도 동질이라고 하기 어려울 것이다. 내 젊음의 미망과 혼돈, 정열과 용기가 혼합되어 증기기관차의 뿜어져 나오는 증기처럼 세찬 에너지가 되어 있는 여기 이 소설들을 지금도 다시 쓸 수 있을 것인가? 자신 없다. 이제는 내가 써낼 수 없는 작품들이 여기 모인 이 소설들이다.

이 선집이 문학사적(文學史的) 박제(剝製)가 아니라 지금도 활동하는 영원한 젊음이기를 바란다, 피터 팬처럼.

2001년 7월

金承鈺

무진기행

차례

책머리에 · 7

단편

生命演習(생명연습) · 13
乾(건) · 38
力士(역사) · 58
누이를 이해하기 위하여 · 81
확인해 본 열다섯 개의 고정관념 · 100
霧津紀行(무진기행) · 113
차나 한잔 · 141
서울 1964년 겨울 · 173
염소는 힘이 세다 · 195
夜行(야행) · 212
그와 나 · 230
서울의 달빛 0章 · 241

중편

幻想手帖(환상수첩) · 269
多産性(다산성) · 336

장편

60년대식 · 431

콩트

크리스마스 선물 · 558
산다는 것 · 563
정직한 이들의 달 · 568
햇빛 · 571
어떤 결혼조건 · 575

해설 김정란 : 霧津, 또는 하얀 바탕에 흰 글씨 쓰기 · 580

부록 김승옥 문학과 비평 · 613
이어령 · 죽은 욕망 일으켜 세우는 逆유토피아 · 614
천이두 · 존재로서의 고독 · 617
유종호 · 감수성의 혁명 · 631
김병익 · 시대와 삶 · 638
김 현 · 구원의 문학과 개인주의 · 645
김치수 · 김승옥의 소설 · 660
김 훈 · 무진을 찾아가다 · 669
구모룡 · 근대적 삶에 대한 환멸의 서사 · 679
정과리 · 유혹, 그리고 공포 · 689

김승옥연구 서지목록 · 720

작가 연보 · 724

生命演習

"저 학생 아냐?"

나는 한(韓) 교수님이 눈짓으로 가리키는 곳을 돌아보았다.

"인사는 없지만 무슨 과 앤진 알고 있죠."

다방 문을 이제 막 열고 들어선 학생에게 여전히 시선을 주며 나는 대답했다. 감색 대학교복을 입고 그는 어울리지 않게 등산모를 쓰고 있다. 나와 같은 대학졸업반인데, 이름은 모르지만 그의 용모라면 대학 안에서도 알려져 있다.

"설마 나병환자는 아니지?"

한 교수님은 몸을 탁자 저편에서 내 앞으로 꺾어 기울이며 무슨 못할 소리라도 해서 미안하다는 듯이 웃으셨다.

"아아뇨."

고개를 바로 돌리며 나는 웃으며 대답했다. 교수님께는 어린애다운 데가 있다. 오십이 넘은 분이 그렇다면 장점이다.

"내가 잘못 봤나? 어째 눈썹이 전연 없는 것 같아."

"밀어버렸지요. 면도로 싹 밀어버렸어요. 눈썹뿐만 아니라 머리털도 시원스럽게요."

"아니 왜?"

교수님은 바야흐로 눈이 휘둥그레진다. 그러다가 쑥스러운 질문이었다는 듯이 또 하얀 이를 가지런히 내보이시면서 웃으시는 것이다.

"극기?"

스스로 대답해 버렸다는 듯이 교수님은 아까 자세로 돌아갔다. 뒤가 개운치 않으신 모양이었다. 그러다가 역시 그런 표정을 하고 있는 나를 보시더니 싱긋 웃음을 보내 주시는 것이었다. 나는 다시 마음이 환해지는 듯했다.

"요즘 학생들간에 유행이랍니다. 우습죠?"

나의 이런 물음에 그러나 교수님은 고개를 가로젓고 계셨다. 미소는 여전히 띠셨으나.

"안 우스우세요?"

"자넨 우습나?"

"네, 우스운 걸요."

나는 우습다. 어머니와 누나와 그리고 형도 함께 살고 있었을 때이니까, 국민학교 육학년 때, 사변이 있던 그 다음해 이른봄이었다. 전쟁중이긴 했지만, 우리가 살고 있던 여수는 전선에서 퍽 먼 국토 최남단의 항구여선지 인민군이 남겨놓고 간 자취도 비교적 빨리 지워져 가고 있었다. 피난갔던 사람들도 거의 다 돌아와서, 폭격맞은 집터에 판잣집을 세우고 될 수 있는 대로 동란 발발 전의 생업을 다시 계속하려고 애쓰고 있었다. 그러나 쉬운 일은 아니었다. 윗녘에서 사태져 내려온 피난민들로 거리는 떠들썩했고 게다가 먼 섬으로 피난시켜 놓은 일급(一級) 선박들은 얼른 돌아와 활동할 생각을 아직 못 내고 있었을 때였으니까. 사람들은 대부분 구호물자를 배급해 주는 교회엘 부지런히 다니고 있었다. 딱히 그것 때문만은 아니었지만, 나와 그리고 남녀공학인 야간상업중학 삼학년에 다니고 있던 누나는 부두가 바로 눈앞에 보이는 교회엘 다니고 있었다.

여수에서 가장 큰 교회였다. 그 교회 마당에서 내려다보이는 광장

너머에 부두가 있고 부두 저편으로는 거문도로 가는 바다가 항상 차디차게 흔들리고 있는 것이었다. 나와 누나는 나란히 서서 금속처럼 차갑게 빛나는 해면을 바라보며 한참씩 서 있곤 했는데 그럴 때야 비로소 나는 어린 가슴에 찾아오는 평온을 느끼는 것이었다. 그러다가 보면 어느새 누나의 가느다란 손가락을 꼬옥 쥐고 있곤 했다. 교회 안의 발 시린 마룻바닥에 꿇어앉는 것보다는 교회 마당가에 서 있는 그것이 좋아서 나와 누나는 교회엘 다니고 있었다고 해도 좋을 것이다. 그러나 교회에서 내주는 구호물자가 하나의 목적이었던 것을 굳이 숨기지도 않아야겠다.

그 이른봄 어느날 교회에서는 대부흥회가 있었다. 죄가 많아서 하느님께서 주신 이 나라에 부흥회는 얼마든지 있어도 좋다는 듯이 부흥회가 유행하던 그 무렵이긴 했지만 이번 부흥회에는 재미난 데가 있었다. 이번 부흥회를 주관하러 오신 전도사는 나이 스물인가 되던 어느 해에 손수 자신의 생식기를 잘라 버리신 분이라는 것이었다.

부흥회의 첫날밤이었다. 독특한 선전 때문인지 부흥회는 대성황이었다.

장소는 제빙공장이 폭격을 맞아 된 빈터였는데 서너 걸음 저쪽은 파도가 밀려와서 찰싹이는 소리를 내고 물러가는 부두였다. 그 파도 소리를 들으며 고촉(高燭)의 전등이 대낮처럼 어둠을 씻어 주고 있었다. 호흡이 급한 찬송가 소리와 수많은 사람이 발산하는 열이 이른봄 밤의 한기를 못 느끼게 해서 좋았다. 나와 누나는 손을 잡고 사람들 틈을 비집고 들어가서 강단의 바로 앞에 자리를 잡고 앉았다.

해가 지면서부터는 몸이 달 정도로 기다리던 부흥회였다. 누나는 망측한 전도사라고 욕을 실컷 퍼부어 놓고 나서는 나를 껴안고 깔깔대며 웃어대는 폼이 나보다 더 기다려지는 모양이었다. 형도 이것만은 흥미있는 일이라는 듯 다락방에서 덜커덩 소리를 내며 몸을 뒤척이고 있었다. 어머니도 침울한 표정으로 굳어져 버린 얼굴에나마 진기한 것을 보았을 때 생기는 미소를 살짝 보여 주시던 것이 나와 누나는 여간 기쁜 것이 아니었다. 아아 어머니는 진기한 것을 보면 웃으시는구나, 하고 나는 생각했다.

문제의 전도사는 얼굴이 약간 창백하달 뿐 보통사람과 다름이 없었다. 창백하다고는 해도 집에 있는 형에게 비하면 아주 건강체였으니 대단히 평범한 사람이라고밖에는 말할 수 없을 지경이었다. 키는 나지막하고 눈이 가늘어서 날카로웠다. 서른 대여섯쯤 보이는 얼굴엔 주름도 별로 없는 듯했다. 하얀 와이셔츠를 입고 검정 넥타이를 가슴에 드리우고 있었다. 검정색 양복을 입었는데 윗도리는 찬송가 소리가 열광적으로 높아갈 때 벗어 버렸다.

저 사람이, 도대체 저 사람이 손수 칼로 자기의 생식기를 잘라내 버렸을까 하고 나뿐만 아니라 어른들도 못 믿겠다는 눈치였다. 차라리 그 전도사 곁에 서 있는 키가 유난히 크고 얼굴이 홀쭉하게 생긴 미국사람이 그랬다면 나는 믿었을지도 몰랐다. 그 편이 훨씬 그럴듯해 보였으니까. 그날 밤 나는 자꾸 지금 생식기가 없는 사람은 저 미국사람이다, 라는 착각에 여러 번 빠져들곤 했다. 그러다가 보니 그 전도사가 왜 그런 짓을 해버렸는지조차 어느덧 까먹게 되어서 누나에게 다시 물어보고 나서야 나는 깨닫곤 했다. 하나님을 위해서 아니 성령을 받고 그랬다는 것이 아닌가. 내게도 성령이 찾아오는 어느 순간이 있어 나 스스로의 목이라도 잘라 버려야 할 경우가 있을는지도 모를 일이라는 생각이 문득 들었다. 그러자 소름이 돋기 시작했다. 땀과 노래와 노래박자에 맞추어 치는 손뼉 소리가 미친 듯이 날뛰다가 가끔 딱 그치고 갑자기 고요한 침묵의 시간이 생기곤 했는데 그런 때엔 나는 나지막이 들려오는 파도의 찰싹거리는 소리가 못 견디게 그리웠고 오늘밤 여기에 온 것이 그리고 앞자리를 차지한 것이 어찌나 후회되던지 자꾸 혀만 깨물었다.

그 악몽과 같은 부흥회의 밤이 지나자 나는 살아나는 듯했다. 그날 밤처럼 땀을 흠씬 흘려본 때가 그 전엔 없었을 것이다. 그 후로도, 사랑하는 형제여, 라고 부르짖던 전도사의 쉰 목소리가 귓가에 되살아올 때면 나는 등에 땀이 주르륵 흘러내림을 느꼈던 것이다.

흘낏 곁눈으로 보니 그 눈썹 없는 친구는 어느새 의자를 하나 차지하고 앉아 있었다. 알루미늄처럼 하얀 표정이었다.

"옛날에 전도사가 한 분 계셨어요."

나는 느닷없는 사실을 늘어놓으려 하고 있었다.

"응?"

교수님은 무슨 얘기냐는 듯이 고개만 빼어 내 편으로 내미셨다.

"저어 수 년 전에 전도사가 한 분 있었는데요…"

나는 말소리를 낮추어가지고

"자기 섹스를 잘라 버린 훌륭한 분이었답니다."

"허허허."

교수님은 어처구니없다는 듯이 웃으셨다.

"왜? 그것도 극기?"

"선생님 방금 웃으셨죠?"

"원 자네두…"

교수님은 내가 귀여운 모양이었다. 나도 한 교수님이 정답다.

교수님은 다시 웃으시는 것이었지만 무슨 근심이 있는 사람이 마지못해 웃는 듯한 웃음이었다. 그러고 보니 오늘 교수님은 무언지 허둥지둥하고 계시는 빛이었다. 아까 교문에서 마침 만나서, 선생님 한잔 제가 사겠습니다, 했을 때도 무척 당황하신 표정이더니 금방 무슨 구원이라도 받은 듯이 나를 따라, 아니 오히려 앞장을 서서 이 다방으로 들어온 것만 보아도 그랬다.

나는 엘리자베스 조(朝)의 비극 작가들에 대한 연구논문을 지난 여름방학 때부터 시작해서 최근에야 완성해 놓았기 때문에 그동안에 참고서를 몇 권 빌려 봤다는 이유에서뿐만 아니라 나를 아들처럼 사랑해 주시는 한 교수님께 논문을 과 주임교수께 제출하기 전에 우선 보이고 싶어서 이 다방으로 모신 것인데 교수님의 이런 쓸쓸한 얼굴 앞에는 원고지 뭉치를 내밀기가 아무래도 죄송스러워서 오늘은 포기하기로 해버렸던 것이다.

"선생님, 극기라는 말이 맘에 드시는 모양이죠?"

"들지… 글쎄… 안 그렇기도 하고…"

또 웃으신다. 저렇게 자꾸 웃으시는 분이 아니신데.

키가 크지 않은 사람에게서만 볼 수 있는 근엄하다고까지 할 정도의 침착성을 이 교수님도 가지고 계시는 것이었으나 그것이 촌스럽지 않고 도리어 세련을 수식하고 있는 것은 이 분이 외국 바람을 쐬신 덕택이라고들 한다. 그런데 오늘은 어쩐지 그것이 모두 허물어져 가고 있는 듯한 느낌이었다. 어쩐지 야비하게 그래서 어쩐지 두렵게 보이는 것이었다. 그러자 교수님도 자신의 그런 기분을 엿보신 모양이었다. 무어라고 화제를 바꾸고 싶으신 모양이어서 나는 얼른 생각나는 대로 뉴스를 꺼냈다.

"참, 사회학과 박 교수님 사모님께서 신병으로 돌아가셨다죠?"

"……"

그러자 교수님은 입이 얼어붙은 듯한 표정을 하시고 무서울 정도로 의심에 찬 시선을 내게 보여 주셨다.

"장례식이 내일이라던데요?"

"응."

신음하듯 대답하시더니 방금 전의 표정을 재빨리 무너뜨리려고 교수님은

"교수 가족 동태에 대해서도 주의가 대단하군."

하고 웃으시며 비꼬아 주시는 것이었다. 나는 얼굴이 뜨거워져서 엉겁결에

"할 얘기가 없어서요."

라고 말해 버렸다. 영문은 알 수 없지만 죄라도 진 기분이었다. 교수님은 웃으시며 딴 얘기를 꺼내주셨다.

"지금도 오 선생 만나나?"

"네, 가끔 만나죠."

오 선생이란 만화가로서 주로 Y라는 일간신문에 연재만화를 그리고 있는 분인데 대학 교내신문 편집을 하고 있던 나는 신문 관계 일로 그분을 만나야 할 기회가 있었다. 한번 만나자 어쩐지 좋아져 버려서 쩔쩔매었다.

겨우 서른 둘밖에 안 된 나이에 비하면 얼굴에는 수많은 그늘이 겹을 쌓고 있었다. 나는 언젠가 좋아하는 한 교수님과 내가 좋아하는 오 선생을 서로 소개시켜 드렸더니 두 분 다 즐거운 모양으로 악수를 한참 동안이나 하고 서 계셨다. 그 다음 번에 오 선생을 만났을 때, 그 교수님 아주 좋으신 분이더군 하며 말수 적은 성미에도 한마디 잊지 않으셨다.

"그 분 요즘 그리는 만화는 퍽 어려워졌더군."

"벌써 십여 년 만화만 그렸으니 소재가 고갈할 때도 되었지요."

"아니야. 그런 의미에서가 아니라 단순한 유머를 벗어나고 있단 말이야."

"자기 세계를 갖고 있는 분이죠."

"맞았어, 바로 그거야. 자기 세계를, 그래, 그 분도 자기 세계를 가지고 있지."

늦가을 햇살이 유리창 밖에서 하늘거리고 있었다. 레지가 다가와서 유리창을 배경으로 하고 꾸부리고 서서 빈 찻잔을 거두더니 살며시 비켜서듯 돌아갔다. 레지의 허리를 굽힌 실루엣이 아직도 남아서 아물거리는 듯했다.

'자기 세계'라면 그것을 가지고 있는 사람을 몇 명 나는 알고 있는 셈이다. '자기 세계'라면 분명히 남의 세계와는 다른 것으로서 마치 함락시킬 수 없는 성곽과도 같은 것이 아닌가 생각한다. 그 성곽에서 대기(大氣)는 연초록빛에 함빡 물들어 아른대고 그 사이로 장미꽃이 만발한 정원이 있으리라고 나는 상상을 불러일으켜 보는 것이지만 웬일인지 내가 알고 있는 사람들 중에서 '자기 세계'를 가졌다고 하는 이들은 모두가 그 성곽에서도 특히 지하실을 차지하고 사는 모양이었다. 그 지하실에는 곰팡이와 거미줄이 쉴새없이 자라나고 있었는데 그것이 내게는 모두 그들이 가진 귀한 재산처럼 생각된다.

요즘은 '하더라'체를 쓰기 좋아하는 영수라는 친구만 해도 그렇다. '마도로스 수첩에는 이별이 많더라'라느니 '동대문 근처에는 영자도 많더라'라는 시시한 유행가 구절이나 틈틈이 흥얼대고 있는 듯하지만 실은 대단히 진지한 태도로 여자들을 하나하나 정복해 나가고 있었다. 잘생긴 얼굴은 아니지만 눈이나 입 가장자리에 매력이 있었다. 초급대학을 그나마 중퇴하고 지금은 군대엘 갈까 자살을 할까 망설이고 있는 그이긴 하지만 꾸준히 시도 써 모으고 가끔 옷도 새 걸로 사 입고 하였다. 나하고는 여수에서 국민학교 다닐 때 제일 친한 사이로 지냈다.

우리 가족은 내가 국민학교도 졸업했으니라는 이유를 내세우긴 했지만 기실은 형의 죽음에 반 미쳐 버리신 어머니가 서둘러서, 환도가 있을 때 서울로 이사를 했는데 그 후로도 방학만 되면 나는 여수엘 내려가서 그와 바닷가를 헤매었던 것이다. 지금 동대문 근처에서 싸구려 하숙엘 들어 있다. 항구는 사람의 성격에 어떤 염색을 해주는 것이 아닌가고 나는 그를 볼 때마다 생각하는데 그건 마치 어렸을 때 형을 보듯 하기 때문일 것이다. 그는 여자를 정복하는 데 무어랄까 천재가 있는 모양이었다. 그는 그러한 자신의 천재에 의지하여 한 세계를 형성하려고 애쓰고 있다고 할 것이다. 시를 쓰기 위해서라기보다는 차라리 시를 쓴다는 대의명분이 그의 정복행위를 부축해 주고 있을 뿐이었다.

자줏빛 스웨터를 입고 학교로 나를 찾아와서는

"련민(憐憫)! 련민!"

하며 혀를 끌끌 차는 날이라면 으레 또 하나의 인생을 좌절시켜 주고 온 날인 것이다.

"련민! 련민! 아 련민뿐이여!"

"강 선생께서 하시는 사업은 착착 성공 중이시라."

내가 이렇게 축하를 아뢰면

"그녀도 울고 나도 울었더라."

라고 담배를 꺼내며 대단히 만족한다는 듯이 대답을 하는 것이었다.

그러한 그도 한번은 대실패를 한 적이 있었다. 여자에게 최음제를 사용했더라는 것이다. 그런 일이 있기 전 어느 땐가 다음과 같은 수필까지 써서 내게 보여준 적이 있는 그로서는 정말 일대 절망일 수밖에 없었을 것이다.

'요힘빈'! 총각들은 최음제의 위력을 과도히 신앙한다. 그래서 그 약품이 총각들간에서는 사랑의 매개물질로 간주되어 있는 법도 있다. 피강간(被强姦) 뒤에 으레 있는 처녀의 눈물도 그들에게는 공식적인 식순(式順)의 일구(一句)에 불과하다. 참 못마땅한 일이다. 도덕자연하는 나의 이러한 언사가 도리어 못마땅하다고 할는지 모른다. 좋다. 우리들 총각들간에는 도덕자연하는 것도 위악(僞惡)의 품목에 참석할 수 있으니 나의 위악적인 이런 언사가 나를 우리의 본부(本部) '다방 지하실'의 야단스러운 청춘 속으로 못 들이밀 바가 못 되노라, 에헴. 이런 논리가 나의 머리 위에 비트의 월계관을 올려놓고 박수했다. 운운'

그 실패 이후로는

"살기가 더 싫어졌다."

라고 중얼거리고 있었다.

"련민! 련민!"

두음법칙 따위가 어감의 감손(減損)을 가져온다면 그건 정말 슬픈 일이 아닐 수 없다고 하면서 그는 기어이 '연민'을 '련민'으로 발음하며 쓸쓸해하였는데 그 '련민'의 음영(陰影)도 최음제 사건 이후엔 퍽 많이 변해 있었다. 어쨌든 내가 보기에 그는 자기의 성(城)이 아니라면 최소한도 자기의 지하실은 지니고 사는 유복한 사람임이 분명하다.

이건 여담이지만, 한 교수님의 딸도 무엇인가를 만들어 가고 있는 듯해서 나는 나 자신을 돌아보고 적이 불안해진 적이 있다. 여고 2학년이라면 대부분이 센티멘털리스트라고는 해도 그애에게는 당해 낼 수 없는 생기조차 곁들어 있었던 것이다.

"세상에서 가장 귀여운 게 뭘까?"

지난 5월 어느 일요일, 한 교수님 댁엘 놀러갔을 때였다. 햇볕이 여간 좋은 게 아니어서 나와 그애와 사모님은 등의자를 마당가에 내놓고 앉아 한담을 하고 있다가 발끝으로 흙을 톡톡 차며 등의자를 뒤로 잦혔다 앞으로 숙였다 하고 있는 그애가 하도 귀여워서 탄식하듯 내가 입 밖에 낸 말이었는데

"여신의 멘스?"

라고 그애는 가벼웁게 퉁겨 버리는 것이었다.

"응?"

나는 얼떨떨해져 버려서 코먹은 소리로 반문했더니

"아닐까?"

그애는 숙인 얼굴에서 눈만을 살짝 치켜 떠 보며 부정의문법으로 또 한번 쥐어박았다.

"호오, 여신에게도 멘스가 다 있을까?"

사모님께서 마침 이렇게 대답을 하심으로써 그 얘긴 그 정도로 그쳐서 나는 화끈 단 얼굴을 감출 수가 있었지만 이건 못 당하겠는데 하고 생각했던 것이다.

"선생님께서는 자기 세계가 있으십니까?"

대답이 없더라도 무안하지 않으려고 나는 짐짓 앙케트를 흉내낸 장난조로 교수님께 물었다. 교수님은 담배를 꺼내 입가에 무시며

"자네 보기엔 어때?"

하고 되물으셨다. 나는 성냥을 그어 대어드리며, 교수님의 목소리를 본떠서

"글쎄요, 있는 것도 같고… 없는 것도 같고…"

했다.

"허허허허."

교수님은 담배를 한 모금 천천히 빨고 나시더니

"있지."
라고 말씀하시고 빙긋 웃으셨다.
"있긴요?"
내가 억지를 쓰는 체했더니
"이래봬도 나의 세계는 옥스퍼드 제인데…"
"글쎄요. 성벽이 워낙 높아서 보여야죠."
"흐응."

확실히 이 교수님께는 어려운 구석이 있다. "외국에서 공부하고 오는 사람들은 다소간 냉혈동물이 되어 돌아오는 법이지"라고 말씀하시며 당신도 극도의 냉혈동물이었다고 말하시지만 젊었을 적엔 몰라도 지금 봐서는 그런 것 같지는 않았다.

외국이라면 대개 서구를 가리키는 것이니 아마 그네들의 합리주의와 개인주의가 몸에 배어 그럴 것이라고 변호를 해주시면서 한편으로는 "아아 성숙한 처녀처럼 믿음직한 그대 지식인이여"라고 말해놓고 웃으시고는 "그러나 나처럼 탈선할 가능성이 많지" 하고 자조를 하시곤 했다. 외국서 학위를 받고 온 교수들은 강의노트를 얻어오는 대신 모든 것을 거기에 지불해 버리고 온다는 것이었다. 감상(感傷)을 다시 길러야 하고 다시 인사를 배워야 하고 다시 웃음을 가져야 한다고 싱거운 조로 말하시고는 곧잘 나더러 "자네도 외국 갔다오면 별수없지" 하시다가는 이내 "참, 자네 같은 사람은 아예 외국에도 갈 수가 없어" 하며 놀려 주시는 것인데 그 이유를 나는 알 수가 없다.

하나의 세계가 형성되는 과정이 한마디로 얼마나 기막히다는 것을 나는 잘 알고 있다. 그 과정 속에서 번득이는 철편(鐵片)이 있고 눈뜰 수 없는 현기증이 있고 끈덕진 살의가 있고 그리고 마음을 쥐어짜는 회오(悔悟)와 사랑도 있는 것이다. 이렇게 말하면 봄바람처럼 모호한 표현이 아니냐고 할 것이나 나로서는 그 이상 자세히는 모르겠다.

역시 여수에서 살 때이다. 그 즈음 형은 어머니를 죽이자고 끈끈한 음성으로 나와 누나를 꾀고 있었다.

피난지에서 돌아와 보니 그렇지 않아도 변변치 않던 집이 거의 완전히 허물어져 있었다. 폭격이나 당해서 그렇다면 이웃에 창피하지는 않겠다고 누나는 부끄러워하고 있었다. 집은 한길이 가까운 산비탈에 있었다. 어머니도 누나와 같은 생각에서였던지는 모르나 인부를 두 명 사서 한낮 걸려서 깨끗이 처치해 버리고 다음날은 그 자리에 판잣집을 세우기 시작했다. 사흘 걸려서 된 집은 내 맘에 꼭 들었다. 온돌방 하나와 판자를 깐 방 하나 그리고 판자를 깐 방에는 다락방을 만들어 형이 썼다.

다락방 밑의 판잣방에 담요를 깔고 우리 식구가 거처했고 온돌방은 어머니처럼 생선이나 조개 따위의 해물을 새벽에 열리는 경매시장에서 양동이로 받아 가지고 첫 기차를 타고 순천이나 구례방면의 장이 서는 고장을 찾아가서 팔고는 막차로 돌아와서 다음날 새벽을 기다리는 것이 생활인 생선장수 아주머니들의 하숙방으로 내주고 있었다. 우리 집 이외에도 근처에 그런 하숙을 치고 밥을 먹는 집이 몇 더 있었는데 경매시장이 있는 부두와 기차역에 각각 다니기가 좋은 장소여서 집집마다 육칠 명씩 단골이 있었다. 낮에는 빨래도 하고 김치도 담그고 하느라고 겨우겨우 야간상업중학엘 다녔는데 공부는 늘 일등이었다. 세책점(貰冊店)에서 소설을 빌려다가 틈틈이 보는데 혼자 있는 시간이 많아서 그런지 상상력이 대단했다. 곧잘 작문을 지어 두었다가 나와 단 둘이 있게 되는 시간이 생기면 조용한 음성으로 내게 읽어주곤 했다. 그것이 누나의 나에 대한 최대의 애정표시였다. 나도 학교가 파하면 집안 일을 도와 주었다. 특히 뒤꼍의 돼지를 길러 내는 게 큰 임무였다. 수놈으로서 중돼지를 넘어서고 있었다.

어머니는 마흔 살이라고는 해도 젊은 티가 남아 있었다. 아버지가 돌아가신 지 벌써 십 년이 됐는데 그 뒤로 도맡아 하신 고생이 어머니의 살결을 거칠게 해버린 것이어서 고생만 하지 않았더라면 스물이고 서른이고 마흔이고 그대로 남아 있을 단정한 용모였다. 그것 때문에 어머니의 장사는 덕을 보기도 하고 손을 보기도 했다. 예컨대 순천 같은 도시로 장사를 갔다오는 날엔 빈 양동이를 들고 돌아오시지만 다른 읍 같은 곳에서는 장날에 가면 손님들이 슬슬 피해 버리고 악마 같은 얼굴을 한 아주머니들에게나 가서 물건을 산다는 것이었다. 어머니는 별로 말이 없는 분이었다. 기쁠 때엔 물론 웃으시지만 통 말은 안 했다. 보통 형에게 얻어맞을 때 그러는 것인데, 억울한 일을 당하시면 눈에 파랗게 불이 켜진다. 동녘이 훤할 때 바다를 향해서라기보다는 차라리 육지를 향해서 깜박이는 등대불의 그 희미하나마 금방 눈에 띄는 빛과 같은 것이었다. 그러나 여전히 말은 없다.

형은 종일 다락방에만 박혀 있다가 오후 네시나 되면 인적이 드문 해변으로 나갔다가 두어 시간 후에 돌아와서 다시 다락방으로 올라갔다. 사닥다리를 삐걱거리며 올라가는 것을 보고 있노라면, 아아 형은 하늘로 가는구나, 라는 말이 저절로 입에서 나왔다. 다락방은 이 세상에 있지 않았다. 그건 하늘에 있었다.

그곳은 지옥이었고 형은 지옥을 지키는 마귀였다. 마귀는 그곳에서 끊임없이 무엇을 계획하고 계획은 전쟁이었고 전쟁은 승리처럼 보이나 실은 실패인 결과로서 끝났고 지쳐 피를 토해냈고—마귀의 상대자는 물론 어머니였고 어머니는 눈에 불을 켠 채 이겼고 이겼으나 복종했다. 형은 그 다락방에서 벌레처럼 끊임없이 부스럭거리는 소리를 내고 있었다.

형은 스물 두 살이었다. 사변 전에 폐가 아주 나빠져서 중학교를 도중에 그만두었다. 하다 못해 유행가 가수라도 되겠다고 새벽과 저녁으로 바닷가를 헤매며 소리를 지르고 있더니 그런 지경을 당해 버린 것이었다. 나는 국민학교 이학년 때 학교 담임선생님이 새벽에 일찍 일어나는 것은 건강에 좋다고 해서 그런 말을 들은 다음날 형의 발자국을 밟고 해변으로 따라간 적이 있었다. 바닷물은 빠지고 있었고 바위들은 금방이라도 벌떡 일어서서 나를 둘러싸고 기분 나쁘게 웃어댈 듯이 시커멓게 웅크리고 잠들어 있었다. 나는 오돌오돌 떨면서 움직이기가 귀찮아, 물기가 담뿍 밴 모래 위에 쭈그리고 앉았다. 그때 바다 저편에서 들려오듯이 아득한 형의 노래가 들려온 것이었다. 바다 속으로 바다 속으로 비스듬히 가라앉아 가는 듯한 환상 속에서 나는 형의 폐병을 예감했을 것이었다. 아니다. 그 이상의 것을—형을, 동시에 어머니를 알았을 것이었다.

"나갈까?"

하고 교수님은 내게 물으셨다.

"들어온 지 얼마 되지도 않았는데요, 저어 바쁘십니까?"

"아아니 뭐… 술이라도 마시고 싶어지는군."

"네? 정말 드시겠어요? 저, 제가 좋은 데를 한 집 아는데요."

"흐응. 술이란 좋은 거지?"

교수님은 별로 마시고 싶지 않으신데 괜히 한번 그래 보신 모양이다.

나는 짜증이 났다.

"나가실까요?"

하고 나는 벌떡 일어서면서 거의 강제적인 어조로 말했는데 교수님은 별로 불쾌히 여기지도 않고 조용히 자리에서 일어나셨다. 감색 바탕에 검정 사각무늬가 배치되어 있는 교수님의 넥타이가 유난히 눈에 들어왔다.

찻값을 치르고 나오자 교수님은 벌써 밖에 나와서 잎이 지고 있는 플라타너스 곁에 서 계셨다. 저녁 햇살이 퍼져 가고 있는 가을하늘을 쳐다보고 계셨는데 윤곽이 뚜렷한 얼굴에는 소녀 같은 애수가 깃들어 있었다. 보는 사람에게 못마땅하다는 생각을 조금도 일으키지 않게 진실한 표정이었다.

"정말 술이라도 드시죠?"

"그만두지."

"……"

교수님과 나는 걷고 있었다.

무슨 생각에서였던지 교수님은 문득

"옛날 얘기 하나 들어보겠나?"
하고 말하시고 웃으셨다.

"네, 해주세요."

나는 필요 이상으로 좋아하는 빛을 보여 드렸다.

〈정순은 한마디로 총명한 여자였다. 자기의 운명을 만들어 낼 수 있는 것은 반드시 자기만이 아니라는 걸 적어도 알고 있었다. 설령 그것이 당시 인습의 강요로 얻은 사고방식이라 할지라도 곁에서 보기에 아슬아슬하다거나 하는 느낌은 전연 가질 수 없도록 무어랄까 확신을 가지고 있는 듯했다. 사랑을 한다고 해도 리얼하다고나 표현해야 할 것으로 한 교수보다는 적극적으로 애타하고 보다 적극적으로 울고 그러다가, 어느 날엔가는 자기 편에서 절교장을 보냈다가도 그 다음날 새벽 동이 훤해지기 바쁘게 부석부석한 눈으로 한 교수의 하숙으로 달려와 방긋 웃으며, 저 지독한 거짓말쟁이예요, 하고 무릎을 꿇고 앉아 사죄를 하기도 하는 하여간 가슴이 타도록 한 교수를 사랑하는 것이었지만, 그러나 한편으로는 배암과 같은 이기심을 발휘하여, 대학 졸업 후 런던 유학을 꾀하고 있는 한 교수에게 그 계획을 포기하라고 희생을 강력히 요구해 오기도 하는 것이었다. 동갑이었다. 도쿄 유학을 온 학우들간에 '국화(菊花), 단, 남성'이란 별명을 가진 한 교수에게 정순과의 사랑이 무척 풀리 힘든 선택 문제로, 하나의 시련으로 하나의 굴레로 압박해왔다. 졸업 날짜가 가까워 올수록 더욱 그랬다. 그때의 일기장을 펴보면 이렇게 적혀 있다고 한다. '대학 졸업 후 정순과의 결혼이냐 젊은 혼을 영국의 안개 낀 대학가에서 기를 것이냐. 둘 다 보배로운 일이 아닌가. 둘 다 한꺼번에 만족시킬 수 있다면 얼마나 기꺼운 일이냐. 그러나 정순은 나의 모든 학업이 끝날 때까지는 아마 기다릴 수 없으리라는 것이었다. 과년하다고 도쿄 유학도 겨우 용인해 주고 있는 고국의 부모들이 딸의 졸업 후에는 절대로 가만두지는 않을 것이라는 것이다. 자기가 일본 여성이라면 서른 살이 문제가 아니라 마흔까지도 기다릴 수 있겠지만 불행히도 자기의 부모는 이해심 적은 조선 사람이라는 것이다. 그래도 내가 기다리라고 하면 목숨을 걸고 기다리겠지만 늙다리가 되어서는 자기 편에서 차마 결혼을 승낙 못할 것 같다는 것이다. 결혼을 해놓고 서양유학을 간다고 해도 그것은 내가 자신이 없다. 결국 둘 다 망치는 일이 될 것만 같아서다. 오직 하나 분명한 것은, 나는 정순을 지극히 사랑한다는 것뿐이다. 아아 신이여 보살피소서.' 그러다가 마침 결론을 얻었다. 졸업을 일년 앞둔 어느 봄날이었다. 도쿄의 하늘은 흩날리는 사쿠라 꽃잎으로 아슴해지고 사람의 심경들도 마냥 혼미해지기만 하는 봄날의 꽃바람이 부는 밤이었다. 정순의 육체를 범해 버리기로 한 것이었다. 말똥말똥한 의식의 지휘 아래, 한 번, 두 번, 세 번, 네 번… 수술대 위에 뉘어진 환자가 모르핀에 취할 때까지 수를 세듯 한 번, 두 번, 세 번, 네 번. 다섯 번, 그러자 예상했던 대로 한 교수의 사랑은 식어질 수 있었다. 다음해 사쿠라가 질 무렵엔, 마카오 경유 배표를 쥐고도 손가락 하나 떨지 않고 서 있을 수 있었다. 벌써 삼십여 년 전 얘기다.〉

"으응, 그런데… 그 여자가 어제 저녁 죽었다네."

"네?"

"장사는 내일 치르구… 오늘 저녁에 입관을 한다나?"

"네? 그럼 사회학과 박 교수님의…"

한 교수님은 쓸쓸히 웃으셨다. 가을 햇살이 내 에나멜 구두 콧등에서 오물거리고 있었다.

형이 나와 누나에게 어머니를 죽이자는 말을 처음 끄집어냈을 때도 내 발가락 사이로 초가을 햇살이 히히덕거리며 빠져나가고 있었다. 굵은 모래가 펼쳐진 해변에서였다. 납득? 아마 그랬을 것이다. 기침을 해가며 나직나직 말하는 형의 백짓빛 얼굴에서 나는 그를 미워할 아무런 건덕지도 찾아볼 수 없을 지경이었으니까. 왜냐하면 그런 말을 하는 형을 미워해야 한다면 어머니도 똑같이 미워해야 할 것이었는데 실상 나는 둘 다 미워하고 있지 않았다. 둘 다 사랑하고 있었다. 내가 설령 모두 미워하고 있었다고 하더라도 그것은 나의 그들에 대한 끝없는 사랑의 감정에서일 수밖에 없었다. 그러나 손쉽게, 사랑한다고 해서 내가 초가을 햇살이 눈부신 해변에서 들은, 지옥으로부터 나의 가슴에 육중하게 울려오는 저 끔직한 음모를 납득할 수는 없었을 것이다. 차라리 수년 전 어느 새벽에 발자국을 밟고 따라가서 소라껍질 같은 나의 마음속에 잊지 않으리라 담아두던 노랫소리의 빛깔로 하여 형의 이런 계획은 당연하다고 주억거릴 수 있었다고 하는 편이 나았다.

형을 따라 새벽에 해변엘 나간 적이 있던 그 무렵 어느 날 저녁 때였다.

어머니는 마흔이 넘어 보이는 사내를 하나 데리고 집으로 왔다. 어머니가 생선 장수를 시작하기 전으로 바느질로써 용돈을 벌었고 남아있던 살림살이를 하나씩 팔아서 살고 있었을 때였다. 사내는 갯바람에 그을러서 약간 야윈 듯한 얼굴에 눈이 쌍꺼풀져 있었다. 모든 것이 자신만만하다는 듯한 태도를 가진 그 사내는 그 날 저녁에 어머니와 함께 밤을 지내고 다음날 일찍이 돌아갔다. 그 날 나와 누나는 공포에 차서 덜덜 떨며 한숨도 자지 못하고 말았다.

중학교에 다니던 형도 엎치락뒤치락하며 밤을 그대로 새우고 있는 눈치였다. 다음날 형은 학교엘 가지 않았다. 그것이 아버지의 사망 후에 어머니가 맞아들인 최초의 사내였다. 일본을 상대로 하는 밀수선의 선장이라는 건 그 사내가 그날 밤 이후로도 몇 차례, 몇 차례라고는 하나 시일로 따지면 거의 일 년 동안 우리 집에 드나들 때 자연히 알게 되었다. 왜 어머니가 사내를 집안으로 끌어들였는지 그리고 우리에게 아무런 인사도 시키지 않았고 말도 못 건네게 하였는지 그 때는 아무래도 이해할 수가 없었다. 풍족하진 못했지만 돈이 없다고 짜증을 부리거나 불만을 가진 사람은 집안에 아무도 없었다. 그렇다고 사내를 우리들에게 아버지처럼 행세시키려 드는 눈치도 아주 없었다.

사내가 다녀간 다음날에는 어머니는 형에게 무척 미안하다는 태도를 지어 보였다. 형으로 말하자면, 처음엔 어리둥절했던 모양이다. 무엇을 어떻게 하겠다는 결심은 전연 서려 있지 않은 분노를 자기의 침묵과 눈동자에 담고 있었으나 그뿐 아무런 짓도 하고 있지 않았다. 그러나 자신의 행동에 어떤 결심을 갖다붙일 수 없었던 것은 오로지 자기의 나이를 잘 알고 있기 때문이었던 모양이다. 두 번째 사내는 세관 관리였다. 털보였다. 눈이 역시 쌍꺼풀져 있었다. 술고래인 모양으로 늘 몸에서 술 냄새가 나고 있었다. 세 번째 사내는 헌병문관이었다. 어머니보다 젊은 듯했다. 안색이 창백하였으나 눈이 부리부리한 사람으로 우리들에게는 항상 적의 어린 시선을 쏴주고 있었다.

이때 형은 학교를 그만두었다. 그 무렵 형의 약값으로 돈이 많이 들어서 살림이 상당히 쪼들리고 있었는데 그것이 미안해서였던지 아니면 이제는 충분히 나이가 들었다고 생각해서였던지, 세 번째의 사내가 처음으로 다녀간 다음 날 형은 드디어 어머니를 때리고 만 것이었다. 그리고 어머니의 눈에 처음으로 불이—희미하나 금방 알아볼 수 있는 파란 불이 켜지기 시작한 것이었다. 그리고 그 불빛 속에서 영원한 복종과 야릇한 환희와 그러나 약간의 억울함을 나와 누나는 본 것이었다. 그러한 빛깔을 한 불이 켜지면 누나는 안타까워서 동동 뛰었다. 그러나 나는 이미 포기해 버리고 있었으므로 누나를 달랠 수 있는 여유조차 갖고 있었다.

어머니는 형에게 연애를 권했다. 형은 학교를 그만둔 뒤로는 썩어 가는 폐에 눈물어린 호소를 해가면서 문학으로 방향을 바꾸고 있었으므로 어머니는 그런 핑계를 내세우고, 연애는 네 문학공부에 어떤 자극이 될지도 모른다고 권했으나 형은 흥 하고 웃어버렸다.

한 사람이 배반했다고 해서 자기까지 배반해 버릴 수는 없었던 모양인가. 더구나 배반한 사람이 어떤 의사(意思) 이전의 절대적인 지시 아래에서는 어찌할 수가 없다는 사실을 알고 있었기 때문인가. 피난지에서 어머니가 한번 좋은 처녀가 있는데 결혼할래, 하고 물었더니, 아무리 전쟁중이라도 어머니가 미쳐 버린다는 건 슬픈 일이에요,

라는 대답을 하고 나서, 어머니를 똑바로 쳐다보면서 싸늘한 웃음을 지었다. 어머니는 얼른 고개를 숙임으로써 그 시선을 피했지만 떨구는 어머니의 눈 속에서 그 파란 불이 켜져 있었던 것이 기억된다. 피난지에서 돌아와서부터 어머니가 사내를 집안으로 데리고 오는 일은 없었다. 그러나 모든 것이 형에게는 마찬가지였다. 형은 무엇인가를 기어이 하고야 말리라고 예기하고 있던 나는 그렇기 때문에 다락방에서 끊임없이 부스럭거리며 살고 있는 형을 공포에 찬 눈으로 주시하고 있었다. 누나도 마찬가지였다. 누나와 나는 유일한 동맹이었다. 내가 어린 날을 그래도 행복하게 보낼 수 있었던 것은 오직 누나가 있었기 때문이었다.

형이 어두운 다락방에서 우리에게 숨기며 쉬지 않고 무엇인가를 만들어가고 있듯이 나와 누나도 형과 어머니에게 몇 가지 비밀을 만들어 놓고 우리의 평안과 생명을 그 비밀왕국 안에서 찾고 있었다.

누나가 밤늦게 학교에서 돌아오면 나는 기다리고 있다가 다락방에 있는 사람에게 들키지 않도록 조심하며 밖으로 나간다. 누나도 석유 남폿불의 심지를 줄여 놓고 나서 역시 살그머니 빠져 나온다. 나와 누나는 발소리를 죽이며 어두운 숲그늘을 밟고 산비탈을 올라간다. 해풍이 끊임없이 솔솔 불어오고 있다. 소금기에 절인 잎사귀들은 사그락대고 있다. 뱃고동 소리가 부우웅 울려오고 우리가 산비탈을 올라감에 따라서 부두 쪽에서 들려오는 웅웅거리는 소리가 조금씩 크게 들린다. 드디어 철조망이 나선다. 칙칙한 색으로 숲이 살랑대고 있는 철조망 저편에는 석조 저택이 우울하게 서 있다. 몇 개의 창에서 불빛이 새어나오고 있다. 현관에도 불이 켜져 있다. 우리는 철조망 이편에서 납작 엎드려 기다리고 있다. 엎드려서 우리는 흙내음과 풀내음을 들이마시며, 뜨거워져 가는 숨소리를 느끼며 잔뜩 긴장하여 기다리고 있다.

이윽고 현관문이 밖으로 빛을 쏟아내면서 열리고 애란인(愛蘭人) 인 선교사가 비척비척 걸어나온다. 깡마르고 키가 크다. 불빛 아래에서 번쩍이는 안경을 쓰고 있다. 유령처럼 그는 이쪽으로 천천히 걸어온다. 어떤 때는 고개를 숙이고 걸어오기도 한다. 사그락대는 나뭇잎 소리들이 이 밤의 정적을 더 돋우고 있을 때 그가 이편으로 걸어오는 발짝 소리는 무한히 신비스럽게 느껴진다. 이윽고 왔다. 우리가 엎드려서 힘을 눈에다 모으고 있는 철조망 저 켠에는 몇 그루의 측백나무가 어둠에 싸여 있고 그 측백나무 아래에는 벤치가 하나 있다. 그는 드디어 거기에 앉는다. 털썩 주저앉는다. 나는 누나의 한 손을 꼭 쥐고 있다. 손에는 어느덧 땀이 흐르고 있다.

선교사는 멀리 아래로 보이는 시가지의 불빛들을 꿈꾸듯이 보고 있다. 바람에 실려오는 소금기를 냄새 맡는 듯이 그는 코를 두어 번 킁킁거려본다. 드디어 바지 단추를 끄른다.

흥청대는 항구의 여름밤과는 상관없이 바위처럼 고독한 자세 하나가 우리의 눈앞에서 그의 기나긴 방황을 시작하고 있다. 그렇게도 뛰어넘기 힘든 조건이었던가. 일요일에 교회에서만 선교사를 대하는 신도들에게는 도대체 상상될 수 없는 그래서 무수한 면을 가진, 아아 사람은 다면체였던 것이다. 바람은 소리없이 불어오고 잎들조차 이제는 숨을 죽이고 이슬방울들이 불빛에 번쩍이면서 이 무더운 밤이 해주는 얘기에 귀를 기울일 때 나의 등에도 누나의 등에도 어느새 공포의 식은땀이 흐르고 있었다.

이윽고 끝났다. 그는 어둠 속에서 한숨처럼 긴 숨을 몇번 쉬고 느릿느릿 일어나서 바지를 추켜 입고 힘없이 비척거리며, 온 길을 되돌아간다. 그제야 우리들은 쥐었던 손을 놓고 일어선다. 이마에서는 땀이 흐르고 있다. 우리는 기진맥진하여 불빛들이 사는 비탈 아래로 내려온다.

우리의 왕국에서 우리는 그렇게 항상 땀이 흐르고 기진맥진하였다. 그러나 한 오라기의 죄도 거기에는 섞여 있지 않는 것이었다. 오히려 거기에서 우리는 평안했고 거기에서 우리는 생명을 생각하고 있었다. 낮에 우리는 가끔 그 선교사가 자동차를 타고 지나다니는 것을 본 적이 있지만 전연 딴 사람처럼 명랑해 보였다. 명랑하게 달려가는 자동차의 뒤에서 우리는 늘 미소를 가질 수 있었다. 다시 한번 말하거니와 우리가 꾸며놓은 왕국에는 항상 끈끈한 소금기가 있고 사그락대는 나뭇잎이 있고 머리칼을 나부끼는 바람이 있고 때때로 따가운 빛을 쏟는 태양이 떴다. 아니 이러한 것들이 있었다기 보다는 우리들이 그것을 의식하려고 애쓰고 있었다고 하는 게 옳겠다. 그러한 왕국에서는 누구나 정당하게 살고 누구나 정당하게 죽어간다. 피하려고 애쓸 패륜도 아예 없고 그것의 온상을 만들어주는 고독도 없는 것이며 전쟁은 더구나 있을 필요가 없다. 누나와 나는 얼마나 안타깝게 어느 화사한 왕국의 신기루를 찾아 헤매었던 것일까!

햇빛이 눈부시게 빛나는 해변에서 형이 어머니를 죽이자고 했을 때 나는 훌쩍훌쩍 울어 버리고 말았지만 그것은 형의 말에 반대해서라기보다는 오히려 형에게 얼마든지 동감할 수 있었기 때문일 것이다. 누나도 사실 어머니에게 불만이 없는 것은 아니었다. 그렇다고 그 불만이 형을 위해서 있는 것은 아니었다. 누나는 가장 영리하였다. 그 눈부신 해변에서 누나는 한마디 말도 하지 않고 한 개의 표정도 바꾸어 짓지 않았지만 그것은 누나의 아름다운 노력일 뿐이었다. 누나는 영리하였다. 형이 어머니의 거의 문란하다고나 해야 할 남자관계를 굳이 내세우며 우리를 설복시키려고 애쓰고 있었지만(그것은 우리를 철부지로 여기고 있었기 때문일 것이다. 철부지에게는 본능적인 의협심이 행위의 충동이 되는 걸로 형은 생각했을 것이다) 사실 나도 그 따위는 아무것도 아니라고 생각했다. 형의 의도는 그 너머에 있는 것이었으니까—누나는 귓등으로 흘려 버릴 정도로 모든 것을 알고 있었다.

모든 오해를, 옳다, 모든 오해를 누나는 알고 있었다. 그러나 영원히 풀어버릴 수 없는 오해라는 것도 알고 있었다. 무서운 결과를 무릅쓰지 않고서는 누나는 결코 그 오해를 풀어 줄 수가 없다는 것도 알고 있었다. 아아, 이렇게 얘기해서는 안되겠다. 이것은 너무나 막연한 표현들이다. 한마디로 말하고 싶다. 어머니는 영혼을 사러 다니는 마녀와 같다고 형은 경계하고 있었고 한편, 형은 빈틈을 쉬지 않고 노리는 어떤 악한 세력이라고 어머니는 생각하고 있었다. 이러한 생각들은, 나와 누나의 직관 속에서 보면, 분명히 아버지의 사망 후에 비롯된 것이었고 비록 은근한 것이었다고는 하나 얼마나 끈덕진 것이었던지 이것의 어떤 해결 없이는 새로운 생활—새롭다고 한들, 남들은 별 생각 없이 예사로 사는 그런 생활을 할 수는 도저히 없는 것이었다.

형과 어머니는 주고받는 시선 속에서 우습도록 차디찬 오해를 나누고 있었다. 그뿐이다. 그뿐이다. 둘 다 오해를 하고 있었던 것뿐이다. 상상의 바다를 설정해 놓고 그곳을 굳이 피하려고 하는 뱃사람들처럼 어머니와 형도 간단하게 살아갈 수는 없었던 것인가.

누나가 마지막까지 눈물겨운 노력을 포기하지 않았던 것을 나는 알고 있다. 모래가 따가운 해변에서 돌아와서 일주일인가 지난 날 밤이었다. 누나는 그날 학교를 쉬고 노트에 부지런히 글을 짓고 있었다. 열여섯 살짜리 계집애로서는 그 이상 더 어떻게 할 수 없는 노력이었다. 나는 남포에 석유를 붓고 누나가 쓸 연필을 깎아 놓았다. 그리고 나서 누나 곁에 엎드려서 근심스럽게 누나의 노력을 바라보고 있었다. 작문은 이런 것이었다.

〈내 어머니의 '남자관계'를 내가 어렸을 때는 막연히 어떤 심리에 사로잡혀 미워하고 심지어 내 어머닌 '갈보'라고까지 욕을 했고 그리고 나의 기억에도 아버지와 놀던 세세한 일은 거의 남아 있지 않을 정도로 오래 전에 돌아가신 아버지를 애타게 그리워했고 그 아버지를 잊어 버리고 다른 남자와 '놀아나는' 어머니를 더욱 미워하게 됐고 그래서 혹시 그런 남자가 집에 오기라도 하면 나는 일부러 방문을 탁 닫기도 하고 큰 장독으로 돌을 가져가서 차마 독을 쾅 깨어 버리지는 못하고 땅땅 두들겨 보고 그러다가 독아지 속에서 울려오는 무거운 소리에 귀 기울여 들으며 어머니에 관한 일은 잊어 버리기로 하였다. 이제 와서 생각하면 그처럼도 어머니를 못 이해하고 있었다니, 하는 후회만 앞선다. 어머니가 사귀던 몇 남자들의 얼굴을 나는 똑똑히 외우고 있다. 그들은 차례차례 어머니를 거쳐갔는데 이상하게도 그 남자들의 용모에는 공통된 점이 많았다. 눈이 쌍꺼풀이라든지 콧날이 오똑하고 얼굴색이 비교적 창백하다든지 하여간 나의 기억 속에 그들의 얼굴은 서로 비슷했다. 그리고 좀더 거슬러올라가면 놀랍게도 아버지의 얼굴과 거의 일치되는 것이다. 어머니는 사귀고 있는 남자를 우연한 기회에 보게 되었을 것이다. 그리고는 옛날 당신의 한창 젊음을 바쳐 사랑하던, 그리고 그보다도 더 큰 아버지의 사랑을 받던 날을 생각할 것이다. 아아, 어머니는 얼마나 아버지를 찾아 헤매었던 것일까. 내 어린 시절의 기억 속에 불쾌감을 모질도록 일으키던 어머니의 '남자관계'는 곧 내가 사랑하는 그리고 어머니가 사랑하는 아버지를 찾아 헤매던 일이기도 했던 것이다.〉

물론 이 작문은 거의 완벽한 허구였다. 그러나 최후의 노력이었다. 누나는 그 작문을 들고 다락방으로 올라갔다. 나는 기도하듯이 손을 모으고 다락방으로, 지옥으로 올라가고 있는 한 사도의 순결한 모습을 바라보고 있었다. 지루하도록 오랫동안 그 사도는 내려오지 않았다. 이윽고 다락의 층계를 밟고 사도는 피로한 모습을 하고 내려왔다.

절망. 형은 발광하는 듯한 몸짓으로 픽 웃더라는 것이다. 그리고 누나에게 이런 뜻의 말을 하더라는 것이다. 어머니의 '남자관계'를 너는 그렇게 해석해도 무방하다. 그러나 실은 그것에서 그치는 것은 아니다. 그것은 일종의 극기일 뿐이다. 극기일 뿐이다. 극기일 뿐이다…

"옛날 일을 그래서 지금은 후회하세요?"

"후회하냐고?"

교수님은 무슨 소리냐는 듯이 눈을 둥그렇게 뜨셨다. 그러자 그러한 당신의 표정이 서운하셨던지 입술을 주름 짓게 모아 쑥 내민 채 애처롭게 웃으셨다.

또 형은 억울하다는 듯한 표정으로 이렇게 말하더라는 것이다. 어머니의 나에게 대한 운명적인 요구에 나는 어떻게 대처해야 할지 모르겠다. (나와 누나에게는 이 말처럼 미운 것이 없었다.) 솔직히 말하마. 남들에게는 지극히 평범하고 세속적인 관계일 수밖에 없는 것이 내게는 왜 이렇게 험악한 벽으로 생각되는지, 나는 참 불행한 놈이다. 절망. 풀 수 없는 오해들. 다스릴 수 없는 기만들. 그렇다고 장난꾸러기 같은 미래를 빤히 내다보면서도 눈감아 버릴 수는 없는 것이다. 절망. 절망. 누나와 나는 그 다음날 저녁, 등대가 있는 낭떠러지에서 밤 파도가 으르렁대는 해변으로 형을 떠밀었다. 우리는 결국 형 쪽을 택한 것이었다. 미친 듯이 뛰어서 돌아오는 우리의 귓전에서 갯바람이 윙윙댔다. 얼마든지 형을, 어머니를 그리고 우리를 저주해도 모자랐다. 집으로 돌아와서 불을 켜자 비로소 야릇한 평안을 맛볼 수 있었다.

그리고 얼마 있지 않아서였다. 판잣문을 삐걱거리며 열고 물에 흠씬 젖은 형이 살아서 돌아온 것이다. 우리의 눈동자는 확대된 채 얼어붙어 버렸다. 형은 단 한마디, 흐응 귀여운 것들, 해 놓고 다락방으로 삐걱거리며 올라갔다. 그리고 사흘 있다가, 등대가 있는 낭떠러지에서 스스로 몸을 던져 죽은 것이었다. 나와 누나의 눈에는 감사의 눈물이 번쩍이고 있었다. 그러나 어머니의 오해에는 어떻게 손대 볼 도리없이 우리는 성장하고 만 것이었다.

만화로써 일가를 이룬 오 선생 같은 분도, 좀 이상한 얘기지만 일을 하다가 문득 윤리의 위기 같은 걸 느낄 때가 있다, 라고 내게 말씀하시는 때가 있다. 윤리의 위기라는 거창한 말을 쓰고 있지만 내가 보기엔 작은 실패담이라고나 할 수밖에 없는 일인데 당사자에겐 퍽 심각한 문제인 모양이다. 이야기인즉, 하얀 켄트지를 펴 놓고 먼저 연필로 만화 초(草)를 뜬다. 그리고 나면 펜에 먹물을 찍어 연필 자국을 덮어 그리는데 직선을 그려야 할 경우에 어쩐지 손이 떨려서 그만 자를 갖다대고 그려 버릴 때가 가끔 있다는 것이다. 그리고 독자들이 이렇게 외치는 소리가 들리는 듯하다고 한다. 그건 당신의 선이 아니다. 그것은 직선이라는 의사밖에는 가지고 있지 않은 자의 선이다. 당신은 우리를 속이려 하는구나, 라고.

형 같은 경우는 아예 비길 수 없이 으리으리하게 확립된 질서 속에서 오 선생은 살고 있는 것이지만 긍정이라든지 부정이라든지 하는 따위의 의미를 일체 떠난 순종의 성곽 속에도 밤과 낮이 있는 모양이었다.

"오늘 저녁 입관하시는 데 가보시겠군요?"

나는 고개를 돌려서 물었다. 교수님은 난처한 웃음을 띠셨다.

"내가 울까?"

"네?"

"정순의 죽은 얼굴을 보고 내가 울까?"

"물론 안 우시겠죠."

"……"

"……"

"그렇다면 갈 필요가 없을 것 같군."

옳은 말씀이다. 이제 와서 눈물을 뿌린다고 해서 성벽이 쉽사리 무너져 날 것 같지도 않을 것이다.

"슬프세요?"

내가 웃으며 물었더니

"글쎄, 지금 생각중이야."

라고 대답하셨다.

나는 할 수 없이 또 한번 웃고 말았다.

〈1962〉

乾

전날 저녁 산에 숨어 있던 빨치산들의 습격 때문에 아침에 살펴보니 시는 엉망진창이 되어 있었다. 밖에 다녀온 아버지는 시(市) 방위대가 다행히 일선의 전투부대나 다를 바 없는 장비와 인원을 가지고 있었으므로 해가 뜰 무렵엔 빨치산들이 다시 산으로 도망쳐 버렸지만 그러나 시가 입은 파괴는 엄청난 것이라고 퍽 흥분된 말투로 내게 알려 주는 것이었다.

우리 집은 비교적 높은 지대에 자리잡고 있었기 때문에 사방이 산으로 둘러싸이고 얼마 크지 않은 이 시를 대강 다 내려다볼 수가 있는데, 시내의 여기저기에서 아직도 불타고 있는 건물들이 보이고 더러는 완전히 타버린 빈터에서 푸른 연기가 안개처럼 피어오르고 있는 것이 보이기도 했다. 매일 아침 잠자리에서 일어나는 대로 곧장 마당가에 나서서 보면 저 아래 시가지의 중심부에서, 떠오르는 아침 햇살을 받고 황금빛으로 번쩍이는 유리창들을 거느린, 그래서 그것이 찬란한 왕궁처럼 생각키우는 시립병원의 멋있는 모습도 그 날 아침에는 사라져 버리고 잘못 탄 숯덩이 모양이 되어 있었다. 시립병원보다 좀더 북쪽에 자리잡은 방위대 본부에서는 아직도 불길이 오르고 있는데 소방차 두 대가 소화작업을 하고 있는 게 보였다. 이 시에 소방차는 두 대밖에 없으니 모든 소방시설이 이 방위대 본부에 집결한 셈이었다.

방위대 본부는 옛날 어느 굉장한 부호가 살던 저택인데 넓기도 넓지만 우선 나무가 많아서 먼 곳에서 보면 마치 숲이 울창한 공원 같은 느낌이 드는 아름다운 곳이었다. 재작년, 6·25가 터져서 인민군이 진주했을 때, 인민군들이 군사본부로 사용하며 여러 가지 시설을 해 놓았는데 인민군이 쫓겨가고 그 뒤에 시방위대가 생겨서 그 본부로 사용하게 된 것이지만 그러나 6·25도 나기 전엔 그 집은 아무도 살고 있는 사람이 없이 썩어 가는 빈집으로서 우리들 아이들의 놀이터가 되어 주었다. 온 시내에 있는 애들이 모두 들어와서 놀아도 좁지 않을 정도로 단순히 넓기보다는 여러가지로 재미있게 꾸며져 있는 곳이었다. 물이 말라 버린 못에는 괴석을 이리저리 얽어붙여서 내 작은 몸뚱이가 들어가 숨을 수 있을 만큼의 동굴 따위가 여러 개 만들어져 있기도 하고, 문을 열면 또 문이 있고 그 문을 열면 또 문이 있고 이렇게 다섯 개의 문이 가지각색의 장식으로 꾸며져서 달려 있는 연회색의 커다란 창고가 있고 또 바람이 불어도 그 안에 세운 촛불이 꺼지지 않는다는 석등이 서양사람처럼 큰 키로 서있기도 하고, 그러나 내가 가장 잊을 수 없는 것은 그때는 이미 거의 썩어 버린 다다미가 깔린 넓은 안방인 것이었다. 아니 안방이 아니라 안방의 동쪽 벽 아래에 깔린 다다미 한 장을 들어 내면 나무로 된 마룻바닥이 드러나고 그 바닥엔 그 위로 들어올리도록 된 문이 있는데 그것을 열면 그 밑에 나타나는 어두컴컴한 지하실인 것이다. 아아, 하루종일 그 지하실에 틀어박혀 우리들은 얼마나 가슴 뛰는 놀이들을 하였던가. 애들 중에서 그림을 제일 잘 그리던 내가 그 지하실의 백회벽에 크레용으로 그림을 그리면 한 아이는 초 동강이에 불을 켜서 들고 나의 손이 움직이는 방향으로 불빛을 보내 주었고 그리고 나머지 아이들은 부러움과 감탄의 눈초리로 내가 그리는 그림을 바라보고 그 그림 속에서 많은 얘기를 끄집어내어서 지껄이며 떠들고 그 그림을 자기들이 그린 것처럼 아껴 주고 다른 마을의 애들을 끌고 와서 자랑도 해주곤 했다. 그 중에서도 미영이라는 계집애를 잊을 수가 없다. 내게 크레용을 갖다주기도 하고 학교에서는 연필이나 연필꽂이를 나누어주던 미영이. 1학년 때의 어느 날이었던가, 이상스럽게도 둘만 그 지하실에 남게 되었을 때 나는 자신도 알지 못하는 사이에 불쑥 미영이를 꽉 껴안아 버렸었다. 그러자 미영이는 깜짝 놀라서 울음을 왁 터뜨리더니 그만 무안해진 내가 손을 풀자 느닷없이 자기가 쥐고 있던 하얀 크레용을—분명히 하얀색이었다—내게 내밀며, 이쁜 꽃 그려봐, 하는 것이어서, 하얀색의 벽에 하얀색의 크레용으로 무슨 그림을 그리라는 말인지, 이번에는 내가 어리둥절해 버린 적이 있었다. 두 볼이 유난히 빨갛던 미영이도 지금은 없다. 재작년 6·25 때 피난을 아주 멀찌감치 일본으로 가버리고 아직도 돌아오지 않는 것이었다. 미영이네 집은 우리 집과 아주 가까운 곳에 있는데 지금은 그 집 대문에 '매가'(賣家)라는 글이 쓰인 더러운 종이조각이 붙어 있는 빈집이 되어 있었다.

어느 날엔가 방위대도 물러가면 그때는 기어코 다시 그 지하실의 벽화들 앞에 마주 서보리라 마음먹고 있었는데 그날 아침 나는 절망 같은 걸 느끼지 않을 수 없었던 것이다.

사실은 그렇지 않은데도 내게는 온 시내가 푸른색의 짙은 안개 속에 잠겨 있는 것처럼 느껴졌다. 그 위를 엷은 햇살이 어루만지고 있어서, 전날 저녁의 그렇게도 소란스럽던 총소리, 수류탄 터지는 소리, 야포 소리들이 그리고 그날 아침의 살풍경한 시가지까지도 희미한 옛날의 기억일 뿐이라는 생각이 들었다. 그저, 그동안 못 느끼고 있었는데 갑자기 가을이 이 분지(盆地) 도시에 찾아와서 모든 것을 퇴색시켜 놓았다는 느낌뿐이었다. 확실히 깊은 가을이었다.

아침밥을 먹으면서 아버지는 공비들이 산에서 겨울을 날 물자를 약탈하러 대담하게도 이 시까지 습격해온 것이었다고 설명해 주었다. 형은 하필 엊저녁에 습격을 올 게 뭐냐고 불평이 대단했다. 고등학교

2학년에 다니는 형은 벌써 몇 주일 전부터 자기 친구들과 함께 남해안으로 무전여행 떠날 계획을 세워 왔는데 그 날이 바로 출발 예정일이었던 것이기 때문에 형의 불평은 당연한 것이었다. 형의 어둑어둑한 방에 우글우글 모여 앉아서 그들이, 오오 빛나는 남해여, 어쩌고 낯간지러운 몸짓들을 하면서 대단히 열성적인 태도로 계획을 짜온 것을 나는 알고 있었다.

"형, 정말 돈 한푼 없이 여행하는 거야?"

하고 내가 물으면

"그럼, 청년의 꿈은 어디든지 여행할 수 있는 거다. 그렇지만 너 같은 빼빼는 아무리 자라도 이런 일을 못한다. 저 방에 가서 염소 그림이나 그리고 엎드려 있어. 어서 가."

하며 나를 몰아내 버리고 자기들끼리만 쑤군쑤군하곤 했었다.

형은 빨치산들의 습격이 있었으니 경비가 더 심해질 것이고 그렇게 되면 아무래도 장거리 여행은 불가능해진다는 걱정이었다. 아버지는, 망할 자식, 그러기에 내가 그런 짓은 아예 할 생각도 말라니까 자꾸 하더니 빨갱이들이 내려왔지, 하며 엉뚱한 핑계로 형의 기분을 더욱 상하게 해주었다.

학교에 가면 엊저녁의 일로 재미있는 얘기들이 많을 것이다. 나는 벌써부터 학급 애들이 쉼 없이 종알대는 입들을 보는 듯싶어서 기쁨에 가슴이 두근거렸다. 나는 책보를 얼른 챙겨 가지고 내리막길을 빠르게 달려 내려갔다. 달려가다가 길이 굽어지는 곳에서 나는 윤희 누나를 만났다.

"너희 집은 아무 일 당하지 않았니?"

하고 윤희 누나가 먼저 인사를 했다. 나는 고개를 끄덕였다. 여고 교복을 입지 않고 한복 차림인 윤희 누나를 길에서 보는 것은 처음이었다. 우리 이웃에 살고 있기 때문에 나는 누나라고 부르지만 사실은 딴 남인 것이었다. 언젠가 기막히게 심이 굵은 4B 도화연필을 내게 준 적이 있는데 학교에서 그걸 그만 도둑맞았었기 때문에 그 누나를 대할 때마다 나는 뭔가 죄를 지은 기분으로 어깨가 움츠러드는 것이었다. 그러나 그 날 아침, 내가 그 누나 앞에서 쭈뼛쭈뼛했던 것은 그런 죄의식 때문이 아니라 쓸쓸하도록 갑자기 찾아온 가을 속에서 윤희 누나가 그 한복차림 때문에 물이 증발하듯이 어디론가 스르르 날아가 버릴 것만 같은 느낌이 자꾸 들어서였다.

"우리 친척들도 다행히 아무 일 없었단다."

윤희 누나는 싱긋 웃으며 활발한 말투로 얘기했다. 친척들 집에 안부를 물으러 다녀오는 길인 모양이었다. 윤희 누나는 아직 완전한 어른이 아니지만 자기 식구라곤 어머니와 나보다 나이 어린 계집애 동생 하나뿐이기 때문에 자기 집에선 어른 행세를 하였다.

나도 윤희 누나를 따라서 웃으며 또 고개를 끄덕였다. 그러자 누나는 엄청난 소식을 알려주는 것이었다.

"너 빨갱이 한 사람 죽은 거 아니?"

그것도 그때 내가 서 있는 곳에서 얼마 멀지 않은 곳에 있는 벽돌 공장에 총에 맞아 죽은 빨치산의 시체가 엎드려 있다는 것이었다.

"봤어?"

하고 나는 잠시 후, 내가 생각해도 가련할 정도로 자신없는 목소리로 그러나 잔뜩 힐난하는 듯이 윤희 누나에게 물었다.

"응."

누나의 대답은 짤막했기 때문에 나는 누나의 얘기가 사실이라고 믿었다.

엎드려 죽어 있는 빨치산의 시체다. 나는 아직 보지 않았지만 내 눈앞에 그걸 또렷이 보는 듯싶었다. 그러자 전날 밤 총격전의 그 모든 것이, 찢어지는 듯한 음향들과 오늘 아침 흥분을 뒤덮으면서 찾아온 이상하도록 조용함이 쉽게 넘겨 버려도 좋은 악몽 같은 것이 아니라, 내게 지금 감히 생생하게 상상되는 빨치산의 시체를 남겨 주기 위한 것이었다는 현실감이 꿈틀거렸다.

"너 가볼래?"

윤희 누나는 근심스런 눈빛으로 내게 물었다. 나는 잠깐 고개를 들어서 누나를 보고 있었다. 예쁘게 생긴 코끝에 이슬 같은 땀이 송글송글 모여 있었다. 나는 얼른 시선을 바꾸며

"그거… 재미있어?"

하고 일부러 야비한 맛을 담뿍 섞은 말투로 되물었다.

"응, 재미있어."

윤희 누나는 분명히 얼결에 그렇게 대답을 해버렸다. 나는 픽 웃음이 나왔다. 누나도 멋쩍은 듯이 웃었다.

"가볼 테야."

하고 누나에게 말하고 좀더 빠른 속도로 곧장 학교로 달려갔다. 누나가 가르쳐 주었다고 해서 금방 시체가 있는 벽돌공장으로 달려간다는 것이 어쩐지 쑥스럽기도 했지만 그보다는 그때 나의 가슴을 후비고 드는 현실감을 조금씩 조금씩 시간을 끌며 맛보리라는 계산에서 나는 바로 학교로 향해 버렸던 것이다. 내 책보 속에서 필갑이 찰그락거리는 소리가 울려나오는 것에 귀를 기울이며 나는 힘껏 달려갔다.

학교 교문에 닿았을 때는 숨이 차서 목구멍이 쌔애 쓰렸다. 예상했던 대로 애들은 교실 밖에서 벽에 등을 기대고 햇볕을 쬐며 전날 저녁에 일어난 여러 가지의 사건들을 얘기하고 있었다. 어떤 애들은 신주머니에 하나 가득히 탄피를 주워 가지고 자랑을 하고 있었다. 모두들 몇 개씩의 탄피는 주워 들고 있었다.

시립병원 근처에 살고 있는 애 하나는 시립병원이 불더미에 휩싸였을 때, 아무래도 자기들 집에까지 불이 옮겨 붙을 것 같아서 살림살이를 밖으로 옮겨 내는데 저도 한몫 끼어서 혼자 힘으로 쌀 한 가마를 운반해 내었다고, 아무래도 거짓말이 섞였을 얘기를 하고 있었다. 사정이 다급하니까 자기도 알지 못할 힘이 솟아나더라고, 아주 어른스런 말투였다. 그 얘기를 듣다가 나는 불현듯이 불타버린 시립병원이 보고 싶어졌다. 그러나 사실을 말하자면 방위대 본부인 그 저택, 내가 지금보다 더 어렸을 때 내 왕궁이던 그 저택의 타버린 모습이 보

고 싶은 것이었지만 지금으로선 차마 처참한 모습으로 바뀌어졌을 그곳에 갈 용기가 없어서 나는 시립병원 쪽을 택한 것이었다. 나는 그 애에게 시립병원의 폐허를 함께 구경가자고 손가락을 걸어 약속했다. 오후에 내가 그애 집으로 찾아가기로 하고 나서 나는 여러 애들을 천천히 돌아보며 엄숙한 목소리로, 숨기고 싶은 생각이 보다 간절한 나의 중대한 뉴스를 꺼내었다. 내 솔직한 심정으로서는, 그 뉴스를 오직 나 혼자만이 간직하고 싶은 것이었지만 아무래도 그 뉴스가 몇 시간 후엔 전 시내에 파다하니 퍼져 버릴 것은 뻔한 일이니 그럴 바에야 다른 사람보다 조금이라도 먼저 그걸 알고 있었다는 것만을 다행으로 여기고 얘기해 버리는 게 영리한 일이었다.

"늬들, 빨갱이 죽은 거 아니?"

애들은 모두 입을 다물고 나를 돌아보았다. 다행이다. 아직 아무도 모르고 있었다. 그러나 그때에야 나는 깨달았다. 그걸 알고 있는 애들이라면 여기서 수업이 시작되기를 기다리며 거짓말이나 꾸며 대고 있는 일 따위는 없으리라는 것을. 지금 그 시체를 뻥 둘러싸고 있는 다른 애들을 생각하자 나는 안타까운 심정이 되었다.

"빨갱이 죽은 거 보고 싶으면 날 따라와라."

나는 아까 올 때보다 더 힘껏 달렸다. 내 뒤를 애들은 우 따라왔다. 애들은 기묘한 소리를 내지르기도 했다. 나는 이빨을 악물고, 애들의 맨 앞에 서서 달리는 것을 유지하기 위해서 힘껏 달렸다. 땀이 흘러서 내 입안으로 들어왔다. 나는 어지러움을 느꼈다. 학교에 오던 길을 거슬러가서, 나는 우리 집이 멀지 않은 벽돌공장의 마당으로 뛰어들어갔다. 벽돌공장의 넓은 마당을 지나서 벽돌을 쌓아 놓은 곳으로 갔다. 그곳에 사람들이 모여 있었던 것이었다. 우리는 이제 느린 걸음이 되어 개처럼 숨을 할딱거리며 그곳에 다가갔다. 나의 몸뚱이는 몹시 휘청거렸다. 구역질이 날 것 같았다.

우리는 어른들의 틈 사이를 비집고 그 안을 들여다보았다. 한 사람이 땅바닥에 손발을 쭉 뻗고 엎드려 있었다. 얼굴은 이쪽으로 향하고 있고 땅바닥에 손발을 쭉 뻗고 엎드려 있는데 마치 정다운 사람과 얼굴을 비비는 형상이었다. 눈은 감겨져 있었다. 머리맡에 총이 떨어져 있고 허리에 찬 보따리가 풀어져서 그 속에 쌌던 밥이 흘러나와서 땅에 흩어져 있었다. 가죽끈으로 구두를 다리에 칭칭 얽어매어서 신을 신고 있다기보다는 신을 다리에 붙들어매어 놓은 듯했다. 길게 자란 수염과 헝클어진 머리칼, 그리고 다 해진 옷, 가슴에서 삐죽이 수첩이 내밀어져 있고 그 가슴 속에서 피가 흘러나와서 땅 속으로 스며들어 있었다. 아직 완전히 마르지 않은 피여서인지 짜릿한 냄새가 가볍게 공중으로 퍼지고 있었고 그렇다고 생각하고 있는 내게 그때 마침 불어오는 바람 때문에 시체의 머리칼이 살살 나부끼는 것이 보였다.

땅에 뿌려진 피와 머리맡의 총만 없었다면 그것은 영락없이 만취되어 길가에 쓰러진 한 거지의 꼬락서니였다. 그것은 간밤의 소란스럽던 총소리와 그 날 아침의 황폐한 시가가 내게 상상을 떠맡기던 그런 거대한, 마치 탱크를 닮은 괴물도 아니고 그리고 그때 시체 주위에 둘러선 어른들이 어쩌면 자조까지 섞어서 속삭이던 돌덩이처럼 꽁꽁 뭉친 그런 신념 덩어리도 아니었다. 땅에 얼굴을 비비고 약간 괴로운 표정으로 죽은 한 남자가 내 앞에 그의 조그만 시체를 던져 주고 있을 뿐이었다.

"빨갱이 시체 구경도 한 이태 만에 하는군."

어느 영감이 그렇게 말하며 침을 탁 뱉더니 돌아서서 갔다. 몇 사람이 그 뒤를 이어 역시 땅에 침을 뱉고 가버렸다. 나도 그래야만 하는 것처럼 땅바닥에 침을 뱉고 살그머니 사람들 틈을 빠져나왔다. 내가 몸을 돌렸을 때 두어 발자국 저편에 벽돌이 쌓여 있는 더미의 강렬한 색깔이 나의 눈을 찔렀다. 엉뚱하게도 나는 거기에서야 비로소 무시무시한 의지를 보는 듯싶었다. 적갈색과 자주색이 엉켜서 꺼끌꺼끌한 촉감의 피부를 가진 괴물이, 밤중에 한 남자가 몸을 비틀며 또는 고통을 목구멍으로 토하며 죽어 가는 것을 바로 곁에서 묵묵히 팔짱을 끼고 보고 있다가 그 남자가 드디어 추잡한 시체가 되고 그리고 아침에 와서 시체를 구경하러 사람들이 몰려들었을 때, 나는 모든 걸 다 보았지, 하며 구경꾼들 뒤에서 만족한 웃음을 웃고 있었다.

나는 얼른 고개를 돌려 버렸다. 다시 시체가 있었다. 그리고 그 시체가 누운 거기에서 풀밭이 시작되었고 풀밭이 끝나는 곳에는 벽돌 만드는 흙을 파내 오는 주황빛 언덕이 있었다. 그리고 그 언덕에서부터 까만 색 레일이 잡초를 헤치고 뱀처럼 흐늘거리며 이쪽으로 뻗어 오고 있었다. 아무래도 설명할 수 없는 감정을 던져 주는 구도였다. 방금 잠깐 쑤시고 간 그 강렬한 색채들 때문에 나의 눈은 눈물이 나도록 쓰렸다. 나는 한 손으로 이마를 두드려 어지러움이 가시게 하며 휘청휘청 학교로 돌아왔다.

학교에서는 오전수업만 했다. 그나마 우리 6학년은 간밤 전투로 몇 군데 허물어진 학교의 흙담을 고쳐 쌓느라고 수업을 한 시간도 하지 않았다. 냇가에서 굵은 돌을 날라다가 잘게 썬 짚을 버무린 묽은 흙덩이와 섞어서 담을 쌓기 때문에 우리의 옷과 손발은 흙투성이었다. 묽은 흙이 발라진 나의 손은 햇빛을 받고 마치 기름칠을 한 듯이 윤을 내면서 쉼 없이 꼼지락거렸다. 담 고치는 일을 하는 동안 내처 애들의 화제는 주로 아침에 본 빨치산의 시체에 대한 것이었다. 그러나 나는 거기에 대해서 아무 말도 하지 않았다. 무엇을 얘기할 것인가? 내가 보았던 그 어설프고도 허망한 주황색 구도를 얘기할 것인가? 하지만 애들은 그걸 이해해줄 것인가? 그 빨치산의 옷차림이 마치 거지 같았다고? 그러나 빨치산이란 다 그런 거라고 애들은 툭 쏘아버릴 것이다. 그러면 나는 그 시체가 갖고 싶었다는 얘기를 할 것인가? 그러나 그건 안 된다. 내가 그런 얘기를 입 밖에 내면 그런 생각은 눈곱만큼도 해보지 않은 애들까지 덩달아서, 나도 갖고 싶었다. 나도 나도, 할 터이니까. 그러면 무엇을 얘기할 것인가. 그렇다, 할 얘기란 없었다. 나는 그저 어지러움만을 느끼고 있었다. 학교가 파하자 애들은 불탄 곳들을 구경하러 가자고 나를 끌었다. 나는 시립병원 근처에 살고 있는 애에게만, 점심을 먹고 내가 그애 집으로 찾아갈 것을 다시 한번 약속하고 집으로 돌아왔다.

형과 형의 친구들 몇 사람이 형의 방에 모여 있었다. 결국 무전여행은 연기되었나 보았다.

누군지가

"아침에 출발했으면 지금쯤은 벌써…"

하고 말을 꺼내자

"얘, 얘, 관둬. 시끄럽다."

하고 딴사람이 말을 막아버렸다.

그들은 비스듬히 누워 있기도 하고 벽에 등을 기대고 다리를 뻗고 앉아 있기도 하고 엎드려 있기도 하고, 자세가 가지각색이었다. 지난 얼마 동안 내가 보아왔던 그런 진지한—무릎을 서로서로 대고 삥 둘러앉아서 얼굴에 미소를 띠던 그런 자세는 조금도 찾아볼 수 없었다. 무슨 크나큰 음모라도 꾸미듯이, 얘 넌 나가 있어, 하고 으스대던 형도 그날은 모로 누운 채 내겐 조금도 관심을 주지 않고 종이를 질겅질겅 씹다가 그것을 맞은 편 벽에 탁 내뱉곤 하고 있었다. 그러자 어쩐지 그들의 우울이 내게도 전해지는 듯 했다. 내게는 그들의 우울을 방해할 만한 무슨 기쁜 감정이라거나 하는 것은 처음부터 없었으므로 그것은 보다 쉽게 내게 전해올 수 있었다. 나는 꾸중을 듣고 나가는 것처럼 슬며시 형의 방문을 열고 밖으로 나와 버렸다.

내 눈 아래로 시가지가 전개되고 있었다. 시가지 위에는 잔잔한 햇살이 내리쬐고 있었지만 그러나 시가지를 싸고 있는 대기는 아침에 보던 것보다 더 흐릿하기만 했다. 너무나 너무나 조용했다.

아버지와 형과 형의 친구들과 함께 점심을 먹고 있는데 반장이 찾아왔다. 반장은 아버지의 술친구였다.

"허어, 밥 먹고 있는 중이군."

반장은 무엇을 부탁하러 왔다는 눈치였다.

"무슨 일이 생겼어? 뭔가? 얘기해보게."

아버지가 물었다.

"어서 먹게. 식사 끝나면 얘기하지."

반장이 대답했다.

"괜찮아. 어서 얘기해."

아버지.

"좀 구역질나는 얘기가 되어서…"

반장.

"괜찮으니 어서 얘기해봐."

"그렇지만 이건… 저 시체 말이야."

"시체?"

"응, 벽돌공장에 뻗어 있는 놈 말일세."

"그런데?"

나는 벌써 숨을 죽이고 있었다.

반장의 얘기에 의하면, 시 당국에서는 그 시체의 처치를 시체가 있는 장소를 관할하는 동회로 의탁했고 동회에서는 마찬가지 태도로서 반에 의탁해왔는데, 반장의 의견으로서는 시체를 처치하는 데 약간의 보수가 딸렸으니 이왕이면 아버지가 그 돈을 받아 보라는 것이었다. 아버지의 직업이 비록 식육조합원이지만 하필 아버지에게 와서 그런 부탁을 하는 반장이 몹시 밉살스러웠다. 그러나 아버지는 의외로 선선한 대답을 하는 것이었다.

"그러지. 그런데 묘지는 어디로 한다?"

"어디 이 근처 산에 갖다가 파묻기만 하면 돼."

하고 반장은 대답했다.

"점심 먹고 나서 나갈 게."

아버지가 완전히 승낙을 하자 반장은 한시름 놓은 표정이 되어, 그럼 잘 부탁한다는 말을 남기고 갔다.

나는 이 모든 대화를 심장의 고동이 멈춘 듯이 창백하게 되어 듣고 있었다. 형과 형의 친구들은 불평 같은 것을 수군거리고 있었지만 그들의 말소리가 내겐 마치 꿈속에서 듣는 것처럼 아득하게 들렸다.

그 시체가 눈앞에 떠올랐다. 문득 애착이 가는 환상. 시체가 손발을 쭉 뻗고 엎드린 그 자세대로 공중에 둥둥 떠서 팔을 벌리고 서 있는 아버지에게로 날아오고 있다. 공중을 느릿느릿 비행해 오는 시체는 가느다란 바람에도 흔들린다. 우선 시체의 머리카락이 쉼 없이 흩날리고 그럼으로써 시체는 그가 지니고 있던 모든 잡된 요소를 바람에 실어 보내 버리고 이제야 태어나기 전의 사람, 아니 모든 것을 살았기 때문에 가장 가벼워져서, 마치 병아리의 노오란 한 개의 깃털처럼 가벼워져서, 공중을 나는 것이다. 그건 부모나 친척이 아무도 없는 한 고아가 자기를 맡아 주겠다고 나선 사람에게 약간 두려워하는 눈으로 한 걸음 한 걸음 다가오고 있는 어딘가 마음 한 구석이 따뜻해오는 그런 환상이었다.

시체는 이제 괴로운 표정을 씻고 입가에 웃음을 싣고 있었다. 시체다. 시체가 우리의 차지가 된다. 우리의 손이 닿으면 시체는 웃음을 띤 채 살아날 것이다. 나는 아버지를 흘깃 올려다보았다. 아버지는 묵묵한 자세로 입에 밥을 퍼넣고 있었다. 형들도 이제는 조용히 숟가락질을 계속하고 있었다. 나는 황급히 내 숟가락을 고쳐 쥐고 밥먹기를 계속했다.

얼마 후 식사가 끝났을 때도 아버지는 시체 일 같은 건 다 잊어 버렸다는 듯이 방바닥에 비스듬히 몸을 눕히고 담배를 피우기 시작했다. 나는 아버지의 동작 하나하나를 살피고 있었다. 아버지는 오랫동안 그처럼 태평스러운 몸가짐이었다. 그러나 이윽고, 끽연 때문에 누렇게 물든 손가락으로 콧구멍을 한번 후비고 나더니 이젠 자기 방에가 있는 형을 우렁찬 목소리로 불렀다. 형이 우리가 있는 방으로 건너오자 아버지는 대뜸

"너 이놈, 나하고 돈 벌러 가자."

하고 말하더니 두말 않고 자리에서 벌떡 일어나서 밖으로 성큼성큼 나가는 것이었다. 형의 얼떨떨한 표정, 그리고 안질 때문에 새빨간 아버지의 눈에 그림자처럼 살짝 스치고 가던 미소. 아아, 나는 얼마

나 즐거웠던가. 한숨이 나오도록 유쾌했다. 아버지가 시체를 다루러 가는 모습이 몹시 우울하지나 않을까 하는 걱정을 약간 하고 있던 나는 무거운 책임을 벗은 듯한 기분이었다.

아버지가 지게에 괭이와 삽 등속을 지고 앞서 가고 내가 그 뒤를 그리고 형과 형의 친구들이 떠들썩하게 주절대며 내 뒤를 따라오고 있었다. 우리는 황토가 햇빛에 반짝이는 내리막길을 걸어 내려갔다. 형들의 높은 목소리들이 대기 속으로 멀리 메아리쳐 가고 있었다.

그러나 막상 벽돌공장 안에 있는 시체 곁에 서게 되자, 우리의 입은 굳게 다물어져 버렸다. 나로 말하자면 아침에 보았던 그 어설프고도 허망한 주황색 구도라고나 표현할 수밖에 없는 것이 똑같은 형태로 다시 나를 압박해옴을 느꼈다. 시체 곁에는 반장과 입회 순경과 그리고 그 시체의 고모가 된다는 노파 하나가 구경꾼들이 돌아가 주었으면 하는 표정으로 우두커니 서 있었다. 우리가 구경꾼들을 헤치고 들어갔을 때 반장이 순경과 노파에게

"이분이 파묻어 주시기로 됐습니다."

하고 아버지를 소개했다.

아버지는 묵묵히 시체를 내려다보고만 서 있었다. 노파가

"잘 부탁합니다…"

하고 말끝을 맺지 못하며 아버지에게 공손히 고개를 숙였다.

"저놈이 어디로 갔는가 했더니… 글쎄 하필… 빨갱이가 되어서… 저 꼴로 돌아와서… 폐를 끼쳐서 미안합니다."

노파는 아버지에게 다시 한번 고개를 숙였다. 나무로 짠 관이 준비되어 있었다. 아버지는 새끼로 대충 시체의 염을 하고 그것이 끝나자 시체를 관 속으로 집어넣었다. 형 친구 중의 하나가 아버지를 도왔다. 관 뚜껑을 닫기 전에 노파는 관 옆에 쭈그리고 앉아서 시체의 누런 얼굴을 손바닥으로 하염없이 쓸어 주고 있었다. 노파의 가죽만 빼빼 남은 손이 느리나마 쉬지 않고 움직였고 그러고 있는 노파의 눈은 무겁게 감겨져 있었다. 반듯이 누운 시체 위에 관 모서리의 그림자와

바람이 하느적거리고 있었다.

산으로 가는 도중에는, 아버지가 지게에 짊어진 관이 규칙적인 사이를 두고 내는 덜커덕거리는 소리를 나는 듣고 있었다. 나뿐만 아니라 모두들 그 소리에 정신을 빼앗기고 있음이 분명했다. 아버지는 관이 퍽 무거운지 숨을 가쁘게 쉬고 있었다. 나도 어느새 아버지의 호흡을 흉내내고 있었다.

산비탈에서 우리는 순경이 지시하는 곳에 관을 내려놓고 땅을 파기 시작했다. 형의 친구들이 주로 나섰다. 관 하나가 들어갈 수 있을 만큼의 깊은 구덩이가 파지자 아버지와 형들은 관을 그 구덩이 속에 내려놓았다. 관이 내려지는 동안 노파는 가늘게 떨리는 목소리로 아마 그 시체의 이름인 듯한 것을 몇 번이고 부르고 있었다. 우리는 구덩이 속으로 근방에서 긁어모은 돌을 던져 넣었다. 돌들은 거칠고 모가 나고 한결같이 바싹 말라 있었다. 우리가 던지는 돌들이 관에 가서 맞는 소리가 딱딱하게 울려왔다. 나는 처음의 돌 몇 개는 남들처럼 천천히 던져 넣었지만 그러나 나중엔 힘껏 마치 돌팔매질하듯이 던졌다. 내가 던지는 돌이 관에 맞는 소리는 딴 소리와 뚜렷이 구별되어 울렸다. 관 속에 누운 사람이 내가 던진 돌을 맞고 드디어 내지르는 비명이라는 환각을 나는 무진 애를 쓰며 찾고 있었다.

나는 힘껏 던졌다. 나는 돌을 던지면서 힐끗 노파를 훔쳐보았는데 노파가 원망스러운 눈초리로 나를 주시하고 있음을 알았다. 나는 내 오른팔에 더욱 세찬 힘을 느끼며 던지기를 계속했다. 아버지는 나를 홱 밀어젖혀 버렸다. 나는 엉덩방아를 찧으며 뒤로 나동그라졌다. 나는 목구멍을 욱하고 치받고 올라오는 울음을 간신히 삼키고 있었다. 가을이었다. 내가 넘어지는 바람에 산갈대 몇 개가 부러져 있었다. 나는 부러진 갈대를 한 개 집어들고 일어섰다. 나는 그것을 똑똑 부러뜨리며 이제는 삽으로 구덩이에 흙을 퍼놓고 있는 사람들을 보고 있었다. 시체도 그리고 그것을 묻고 있는 사람들도 나는 밉기만 했다. 관은 이미 나의 시야에서 사라져 버리고 없었다. 아버지는 삽을 내던지고 이마의 땀을 훔치고 있었다.

산을 내려오자 아버지와 순경과 반장은 노파가 이끄는 곳으로 따라가 버리고 나는 형들과 함께 터벅터벅 집으로 향하였다. 시가지는 아주 조용했다. 지난 사변 때 생긴 탱크의 캐터필더 자국이 마치 뱀이 기어간 자리처럼 길게 남은 아스팔트길에는 가을 오후의 따가운 햇살이 번들거리고 있었다. 삽과 괭이를 질질 끌며 우리는 느릿느릿 걸었다.

형 친구들 중의 하나가

"제기럴, 지금쯤은 남해의 파도소리를 듣고 있을 텐데…"

하고 중얼거렸다. 형도

"재수 더럽다. 시체나 치워야 할 날인 줄은 꿈에도 몰랐지."

하며 투덜거렸다. 그러자 몇 명이 더 투덜댔다. 그들은 검정색 고등학생 제복의 윗도리를 벗어서 어깨에 메고 있었다. 그들의 볼에는 땀이 마른 자국이 있었다. 나는 그런 차림새로 망망한 바닷가에 서 있는 그들을 상상해 보았다. 파도가 밀려오고 그러면 그들은 마치 늑대들처럼 우 하고 고함을 지르겠지. 그러나 나는 그 이상은 상상할 수 없었다. 머리가 깨어질 듯이 아팠다. 실컷 자고 싶은 생각뿐이었다.

집으로 오는 중에 우리는 오르막길 골목의 입구에서 학교로부터 돌아오고 있는 윤희 누나를 만났다. 윤희 누나는 떼를 진 학생들을 만난 것에 당황했던지 얼굴이 빨개져서 그러자 마침 내가 무슨 구원이라도 되는 듯이 나를 보고 생긋 웃었다. 누나, 하고 부르고 싶은 충동을 나는 눌렀다. 웬일인지 여러 사람이 있는 곳에서 그런다면 부끄럽고 어색해질 것 같아서였다. 그러자 행동이 되지 못한 채로 그 충동은 나의 온몸 속에 강하게 남아 있었다. 나의 피로를 윤희 누나만은 풀어줄 수 있을 것 같았다. 지금 그 빨치산의 시체를 치우고 오는 길이야, 라고 말하고 싶었다. 아주 간단했어, 라고도. 나는 누나가 나를 불러서 데려가 주었으면 하고 바라고 있었다. 어딘가 조용한 곳으로 날 데리고 가서 나의 뜨거운 이마에 손을 얹어 주었으면. 누나가 준 그 굉장히 심이 굵은 도화 연필을 사실은 별로 써보지도 못하고 도둑맞아 버렸노라고 오늘은 용감히 얘기할 수 있다. 그리고 어리광을 부리며, 나 그런 거 하나 더 받았으면, 하고 말하리라, 나는 그런 생각을 하고 있었다. 그러나 그때 누나는 총총걸음으로 우리들의 훨씬 앞을 걸어가고 있었다. 나는 나도 모르는 사이에 내 입술이 삐죽이 비틀어지며 그 사이로 낮은 웃음소리가 나는 것을 들었다.

"재가 이윤희란 애지?"

하고 형의 친구 하나가 말했다. 형이 고개를 끄덕였다.

"즈이 학교에서 일등이라지?"

그 친구가 말했다. 형이 또 고개를 끄덕였다.

잠시 후에 다른 친구 하나가

"몸 괜찮은데."

하고 말했다. 그러자 그들의 얼굴을 뒤덮고 오는 소리없는 웃음을 나는 보았다. 나는 가늘게 몸이 떨렸다. 그만큼 그들의 웃음은 어둠과 음란의 냄새를 내뿜고 있었다.

"응, 정말 괜찮은데."

다른 사람이 그렇게 응수했다. 그리고 잠시 동안 그들은 무엇을 생각하는 듯이 조용히 걸어가고 있었다. 나는 막연하나마 대단히 필연적인 어떤 분위기를 느끼며 그 뒤에 올 것은 무엇인가 하고 거의 기다리고 있는 형편이 되어 있었다. 그런데 그것이 뜻밖에도 형의 입에서 튀어나왔던 것이다.

"저거… 우리… 먹을래?"

왁하고 환호가 터졌다. 골목이 쩡 울렸다. 그러자 사태는 급속도로 발전해 나갔다. 그들의 눈은 이미 생기를 되찾았고 삽들이 땅에 끌리는 소리가 더욱 요란스러워졌다.

집으로 돌아오자 그들은 형의 방에 들어박혀 쑤군거리기 시작했다. 나는 아버지와 내가 거처하는 방에 드러누워서 이따금씩 웃음소리와 낮은 외침이 터져 나오는 것을 들을 수 있었다. 나는 온몸이 나른해지고 잠이 퍼붓는 걸 막아내려고 무진 애를 쓰고 있었다. 그러나 나는 잠이 깜박 들었나 보았다. 형이 나를 흔들어 깨워 놓았다. 방문에 엷은 저녁햇살이 하늘거리고 있었다. 내가 쓰린 눈을 비비며 일어나 앉자 형은 아주 다정한 목소리로

"너 윤희한테 심부름 좀 갔다와, 응?"

하고 묻는 것이었다. 나는 얼결에

"응."

하고 대답해 버렸다. 얼결에가 아니라 나는 벌써부터 그런 부탁을 기대하고 있었는지도 몰랐다. 형은 예상외로 내 대답이 수월함에 놀래었던지 잠시 눈을 둥그렇게 떠 보이고 나서

"너, 윤희한테 가서 이렇게 좀 전해 줘, 응?"

하며, 형은 오늘 저녁 아홉시에 윤희 누나가 미영이네가 살던 그 빈 집으로 나와주기를 기다리겠다는 부탁을 얘기했다.

바야흐로 나는 무서운 음모에 가담하고 있었다. 간단한 말을 전해 주는 그런 책임이 희박한 행위로써 가담하는 것이 아니었다. 자, 미영아, 너의 집을 제공하라고 한다. '賣家'라는 글이 적힌 너털너털한 종이조각이 붙은 너의 집 대문 앞을 지나칠 때마다 그러나 나는 그 집이 빈집이라는 생각을 해본 적이 한번도 없었다. 적어도 그런 생각을 해본 적이 없었다고 고집하고 싶다. 미영아, 하고 부르면 곧 네가 뛰어나올 것 같았었다. 아니라면, 어느 날엔가는 아름다운 일본의 크레용을 내게 대한 선물로 가지고 돌아와서 네가 다시 그 집에 살게 되리라는 기대를 간직하고 있었다. 너의 빈집이 내게는 용궁처럼 신비스러운 곳이었다. 나는 온갖 화려한 공상을 그곳에서 끄집어낼 수 있었다. 그런데 자, 미영아, 나는 이제 몇 분 안으로 이러한 모든 것 위에 먹칠을 해버리려고 하는 것이다.

아아, 모든 것이 항상 그렇지 않았더냐. 하나를 따르기 위해서 다른 여러 개 위에 먹칠을 해버리려 할 때, 그것이 옳고 그르고를 따지

기보다 훨씬 앞서 맛보는 섭섭함. 하기야 그것이 '자라난다'는 것인지도 모른다. 미영아, 내게 응원을 보내라. 형들의 음모에 가담한다는 건 아주 간단한 일이다. 미영아, 내게 응원을 보내라. 그건 뭐 간단한 일이다. 마치 시체를 파묻듯이 그건 아주 간단한 일이다. 뭐 난 잘 해낼 것이다.

"형 혼자서 기다리는 것처럼 얘기할까?"

내가 물었다.

"물론 그래야지."

형은 나의 그런 질문이 아주 대견스럽다는 듯이 히쭉 웃었다.

나는 방바닥을 보고 있었다. 나는 장판이 해진 곳을 손가락으로 비집고 그 속에 있는 흙을 바라보며 형에게 물었다.

"그건 말이지…"

물론 형들은 그런 질문에 대한 대답을 준비해 놓았을 것이다. 그러나 나는 그것을 듣기가 무서웠다. 나는 얼른 형의 대답을 가로채서

"학교 일로 만나자고 하면 될 거야. 뭐 윤희 누나는 형을 믿고 있으니까… 틀림없이 나올 거야."

하고 말했다. 나는 '윤희 누나는 형을 믿고 있으니까'라는 말에 힘을 주고 싶었다. 그러나 내 생각에도 너무나 무심히 지나쳐 버린 말이 되고 말했다.

"그러면 될까?"

형은 미심쩍다는 듯이 그러나 나의 완전한 협조에 아주 만족한 태도로 내게 되물었다.

"그럼, 되고 말고."

나는 자리에서 벌떡 일어났다.

섬돌 위에 놓인 신발을 신고 있을 때 형의 목소리가 내 등뒤에서 들려왔다. 불안이 형의 목소리를 지배하고 있었다.

"너 정말 잘할 수 있겠니?"

그럼, 잘할 수 있고 말고, 나는 속으로 나 자신에게 다짐하고 있었

다. 싸리문을 밀고 나서다가 문득 고개를 돌려보니 형의 친구들이 방문을 열어 놓고 나를 바라보고 있었다. 나와 시선이 마주친 어떤 형 친구는 격려한다는 뜻으로 주먹 쥔 팔을 올렸다 내렸다하고 있었다. 그들은 내게 웃음을 보내 주고 있었다. 나는 웃지 않았다.

하낫, 둘. 나는 입 속에서 구호를 붙여 가며 골목길을 뛰어 갔다. 골목에는 갈색의 그림자들이 누워 있었다. 하늘은 물빛이군. 나무는? 갈색. 지붕은? 보나마나 보라색이겠지. 나의 머릿속에 준비된 도화지는 중유(重油) 처럼 진한 색으로 채워지고 있었다.

윤희 누나 앞에 서자, 나는 온 세상이 빙글빙글 도는 듯이 어지러워서 몸을 잘 가눌 수가 없었다. 억울한 일로 선생님한테서 꾸중을 들을 때 나는 그런 기분을 느껴본 적이 있었다. 누나는 아침에 보았던 그런 한복 차림을 하고 있었다. 나의 전언을 듣고 나서 누나는 아주 명료한 음성으로 간단히 승낙했다. 바보 바보 바보. 그러나 또 어느새 나는 형에게 유리한 구실을 덧붙이고 있는 자신을 발견했다.

"아마 굉장히 중대한 학교 일인가 봐. 아무도 모르게 누나 혼자만 와야 한대."

나는 눈을 감았다. 내 귀에 윤희 누나의 고맙다는 그리고 틀림없이 그 빈집으로 가겠다고 전해달라는 말소리가 먼 하늘의 우레 소리처럼 웅웅거렸다. 끝났다. 아주 쉽게 끝났다. 돌아오는 길에 나는 미영이네 집 앞에서 걸음을 멈추었다. 회색의 대문에 누렇게 빛이 바랜 종이조각은 여전히 붙어 있었다. 거미가 한 마리 그 종이 곁을 지나서 빠르게 위로 올라가고 있었다. 대문을 한 손으로 밀어보았다. 안으로 잠겨 있는지 열리지 않았다. 대문이 열리지 않자 집안을 보고 싶은 생각이 더욱 끓어올랐다. 별로 높지 않은 흙담 위로 나는 올라갔다. 내가 기어올라가는 서슬에 담 위의 기와가 몇 장 땅으로 떨어져서 깨어졌다. 나는 담 위에 마치 말을 타듯 걸터앉아서 집 안을 내려다보았다. 황폐한 빈집을 초록색의 공기가 휩싸고 있었다. 마당가에 딸린 조그만 밭에는 누가 심었는지 가지나무가 있고 시든 가지나무 잎 밑에 누런 색으로 찌그러든 가지가 몇 개씩 달려 있는 게 보였다. 그것들은 정말 볼품없이 말라 있었다. 누가 빼어갔는지 창에는 유리가 한 장도 없었다. 나의 가슴은 한없이 조용하게 뛰고 있었다. 문득 내 동무와 시립병원의 폐허를 구경가기로 한 약속이 생각났다. 그러나 이젠 그럴 필요는 없어졌다. 방위대 본부인 그 저택으로 가봐야겠다고 나는 생각하고 있었다. 새까맣게 되어 있겠지, 아침까지도 그렇게 불길이 오르고 있었으니. 나는 담 위에서 골목으로 뛰어 내렸다.

(1962)

力士

서울에서 하숙을 하고 있는 사람들은 그 수도 꽤 많지만 경우도 가지가지인 모양이다. 그 사람들이 자기가 들어 있는 하숙집에서 보고 듣고 느낀 것을 얘기한다면 신기하고 놀랍고 재미있는 얘기가 헤아릴 수 없이 많겠는데, 여기 옮겨 놓는 얘기도 아마 그런 것들 중의 하나라고나 할까, 내가 언젠가 어느 공원의 벤치에 앉았다가 우연히 말을 주고받게 된, 머리털이 텁수룩한 한 젊은이에게서 들은 것으로 허풍도 좀 섞인 듯하고 그리고 얘기의 본론과 결론이 어긋나 있는 듯하기도 하지만 그런 대로 뭐랄까 상징적인 데도 있는 것 같아서 여기에 들은 그대로를 옮겨 보는 것이다.

내가 눈을 떴을 때 내 코는 벽에 거의 닿을 듯 말 듯했다. 낮잠을 자는 동안 나는 벽에 얼굴을 바싹 대고 있었던 모양이었다. 벽은 하얀 회로 발라져 있었고 지나치게 깨끗했다. 내 방은 이렇지 않은데 하고 나는 어리둥절했다. 남의 집에서 잠이 든 것이었을까, 혹은 '의식을 회복하고 보니 병원이더라'라는 경우 속에 있는 것일까 하고 나는 생각했다.

기억, 특히 어렸을 때의 기억이지만, 친척집에 놀러 갔다가 자고 오지 않으면 안 되게 된 날 밤은 유난히 곧잘 한밤중에 잠이 깨는 것이고 말똥말똥한 눈으로 천장을 올려다보고 있노라면, 그 집 밖의 가등(街燈)에 켜진 불빛이 창으로 스며들어와 천장의 무늬들을 희미하게 떠올리는 것이었는데 그러면 아, 여긴 남의 집이다, 고 깨닫게 되고 우리 집 천장의 무늬를 누운 채 손가락으로 허공에 그려보며 지금 그 무늬 밑에서 잠들어 있을 집안 식구들의 생각에 잠을 이루지 못하고 있다가 동이 트자마자 살그머니 그 친척집을 빠져나와서 집으로 달려왔던 적이 많았었다. 그러나 그건 한밤중의 일이었지만 지금은 대낮이다. 그리고 그건 옛날, 어렸을 때의 일이었지만 지금은 청년이다. 그리고 그건 내 의식 속에서 이미 추방돼버린 고향에서의 일이었지만 지금 여기는 서울이다.

나는 천천히 고개를 돌려 천장을 올려다보았다. 천장은 아무런 무늬도 없는 갈색 베니어로 되어 있었다. 무늬가 있다면 파문을 닮은 나뭇결이 겨우 알아볼 수 있을 정도인 것이다. 더구나 천장이 꽤 높았다. 나의 방은 이렇지 않은 것이다. 일어서면 머리를 숙여야 할 정도로 천장이 낮고 거기엔 육각형의 무늬 있는 도배지가 발라져 있는데 그것은 처음엔 푸른색이었던 모양이지만 지금은 빗물이 새어서 만들어진 얼룩 등으로 누렇게 변색되어 있다. 더구나 내 방의 천장은 지금 내가 누워서 보고 있는 천장처럼 팽팽하지도 않고 가운데 부분이 축 늘어져서 포물선을 이루고 있는 것이다. 빈민가의 집들에서만 볼 수 있는 천장. 그렇다, 나의 방은 동대문 곁에 있는 창신동 빈민가에 있는 것이다. 지구가 부서졌다가 다시 생겨난다 해도 그 나의 방은 이 방처럼 깨끗하지가 못하다. 나는 얼른 고개를 돌려서 좀 전에 내가 코를 대고 낮잠을 자던 하얀 벽을 살펴보았다. 이것이 내 방이라면, 신문지로써 도배된 벽에 볼펜글씨의 이런 낙서가 분명히 있을 터이다—'창신동에 사는 사람들은 모두 개새끼들이외다.'

나는 그 낙서가 언제부터 거기에 있었는지 모르지만 나처럼 전에 이 방에 하숙을 들어 있던 사람이, 밖에 비라도 오는 어느 날, 할 일

없이 누웠다가 누운 그 자세대로 손만을 들어서 적어 놓은 것이라는 상상을 할 수는 있었다. 왜냐하면 그 방이(그 방의 밖에서 들려오는 소음까지 포함해서) 그 방 속에 있는 사람들에게 주는 절망감이라든가 그리고 무엇보다도 자기는 이 넓은 세계 속에서 더럽기 짝이 없는 이 방만을 겨우 차지할 수밖에 없었느냐는 자기혐오에서 그 방 속에 든 사람은 누구나 그런 낙서를 하지 않고서는 배겨나지 못했을 것이기 때문이다. 다시 말해서 그 어떤 사람이 그 낙서를 하지 않았더라면 아마 내가 했을지도 모른다는 것이다. 그래서 나는 그 30년대 식의 표현을 사랑했다. 그리고 대가의 문장처럼 믿음직스럽다고 생각하고 있었던 것이다. 지상에 있는 헤아릴 수 없이 많은 방들 중에서 내가 나의 방을 구별해 낼 수가 있다면 그 낙서로써 그럴 수밖에 없을 것이다.

나는 내가 방금 잠이 깬 방의 하얀 회가 발라진 벽을 찬찬히 살펴보았다. 그러나 낙서는 없었다. 지나치게 깨끗했다. 그러자 나는 내가 누워 있는 방 전체를 보고 싶어져서 천천히 ― 내가 몸을 돌렸을 때 나는 방 가운데서 무서운 괴물이라도 보지 않을 수 없다는 듯이 천천히 몸을 반대편으로 돌렸다. 물론 괴물 같은 건 없었다. 내가 덮고 있던 홑이불 자락이 내 몸 밑으로 깔렸을 뿐이다.

나는 방안을 찬찬스럽게 눈으로 더듬었다. 내 오른쪽 벽의 구석진 곳에 다색(茶色)의 나왕으로 된 방문이 있다. 내 맞은편 벽에 기대서 책들이 좀 무질서하게 줄을 지어 서 있다. 나를 향하고 있는 책의 등에 적혀진 그 책들의 표제를 나는 읽었다. '演劇概論', '悲劇論', '現代喜劇의 諸問題', '現代演劇의 臺詞', 'History of drama' 등. 이것은 내 전공 부문의 책들이었다. 그리고 핀이 빠졌는지 캘린더가 벽에서 떨어져서 마치 단정치 못한 여자가 주저앉아 있는 듯한 모습으로 방바닥에 널려져 있고 왼쪽 벽 구석 가까이에 잉크병, 노트들, 펜들, 나의 세면도구, 재떨이, 담배가 몇 가치 빈 '진달래', 찌그러진 성냥통 그리고 내 기타가 역시 무질서하게 걸려져 있었다. 모든 것이 나의 소유였다. 그러면 이건 나의 방이다, 라고 나는 생각했다. 그러나 방은, 여기저기 붙어 있어야 할 여자의 나체사진 한 장도 없이 이렇게 아담할 리가 없는 것이다.

더구나 밖에서는 아무 소리도 들려오지 않는 것이다. 나는 방바닥에 풀어놓은 팔목시계를 보았다. 네시였다.

오후 네시라면, 방에서 멀지 않은 시장에서 장사치 여자들이 떠들어 대는 소리, 집안에서 나는 수돗물 흐르는 소리, 옆방에서 무슨 내용인지 모르나 들려오는 웅웅거림, 창 밖으로 지나가는 자동차의 덜컥거리는 궤음(軌音)과 경적의 날카로운 소리가 들려와야 하는 것이다. 거대한 기계가 돌아가고 그 기계에 수많은 새들이 치여 죽어 가는 경우를 상상할 때, 그런 경우에 곁에 서 있는 사람이 들을 수 있는 소리를 나는 듣고 있어야 하는 것이다. 그런데 조용하다. 아무 소리도 없는 것이 이상하다. 마치 여름날 숲 속에 들어앉아 있는 것처럼 조용하다.

그러자 방 밖에서 마루를 가볍게 걷는 소리가 나고 잠시 후에 피아노 소리가 쾅 울려 왔다. 바로 방문의 밖인 듯싶었다.

피아노 소리라니, 이 빈민굴에. 아, 그러자 나는 생각났다. 네시 피아노 소리. 이 병원처럼 깨끗한 방. 나는 약 1주일 전에 창신동의 그 지저분한 방에서 이 깨끗한 양옥으로 하숙을 옮겼던 것이다.

들려오고 있는 곡은 '엘리제를 위하여'였다. 내가 옮아온 뒤의 약 1주일 동안 매일 오후 네시에 피아노가 울렸고 그 곡은 '엘리제를 위하여'였었다. 아마 내가 오기 전에도 네시에 피아노가 울렸고 그 곡은 '엘리제를 위하여'였었을 것이다.

나는 그제야 기지개를 켜고 일어나 앉았다. 생각하면 어처구니없는 기억의 단절이었다.

물론 무엇인가를 깜박 잊어 버리는 때가 흔히 있는 법이다. 언젠가 어느 다방에 가서(그 다방은 어느 건물의 이층에 있었는데 나는 무슨 생각엔가 잠겨서 계단을 느릿느릿 걸어 올라갔었다) 다방 문의 밖에 있는 화장실에 들렀을 때였다. 그때 나는 긴급한 생리적 필요에도 불구하고 어떻게 소변을 보는가를 깜박 잊어버린 것이었다. 나는 몹시 당황했었다. 잠시 후 곧 나는 우선 바지 단추를 끌러야 한다는 습관으로 되돌아올 수 있었지만 여간해선 있을 수 없는 습관의 단절조차 경험했던 건 확실한 얘기다. 아무리 그렇지만 1주일이 방 하나와 친밀해지는 데는 충분한 시간이라고 나 역시 생각한다. 낮잠에서 깨어났을 때 내가 약 1주일 전에 이사온 이 방에서 상당한 시간 동안 생소함을 느꼈던 것은 그 1주일이란 시간보다도 더 길게 나를 따라다니는 어떤 심리적인 원인 때문이 아니었을까?

내가 이 병원처럼 깨끗한 양옥으로 하숙을 들게 된 것은 나를 꽤 아껴 주는 아주 다정다감한 어느 친구의 호의에서 나온 권유 때문이었다.

언젠가 밖에서는 비가 뿌리는 날, 창신동의 그 퀴퀴한 냄새가 나고 하루종일 가야 타블로이드판 크기의 창 하나로 들어오는 한 움큼이나 될까말까한 햇빛을 아껴야 하는 내 하숙방에 앉아서, 마침 돈이 떨어져서 그리고 단골술집엔 외상의 빚이 너무 많아서 또 외상을 달라는 염치도 없고 해서 옆방의 영자에게서 빌린 푼돈으로 술 대신 에틸알코올을 사다가 물에 타서 홀짝홀짝 마시며 혼자 취해서 언젠가 내가 내동댕이쳐서 갈래갈래 금이 간 거울 앞에 얼굴을 갖다대고 찡그려 보았다가 웃어 보았다가, 제법 눈물도 흘려 보고 있는데 그 다정한 친구가 찾아왔던 것이다. 그 친구는, 내 생활이 그래 가지고는 도저히 희망 없는 것이라고, 그리고 내 생활태도에는 일부러 타락한 자의 그것을 닮으려는 점이 엿보인다고 진심으로 걱정해주며, 빈민가에서의 그렇게 무질서하고 퇴폐적인 생활과 질서가 잡히고 규칙적인 또 한쪽의 생활과의 비교도 재미있지 않겠느냐고 나를 타이르는 식으로 얘기하며, 자기 친척 중에서 퍽 가풍이 좋은 집안이 하나 있는데 거기에 자기가 하숙을 부탁해 보고 싶다는 것이었다. 고마운 얘기일 수밖에 없었다. 사실 나 자신도 나의 무궤도하고 부랑아 같은 생활태도를 비록 내 천성의 게으름과 가난한 자들의 특징인 금전의 낭비벽, 그리고 이제는 돌아갈 고향도 없이 죽는 날까지 이 서울에서 내 힘으로 살아가야 한다는 절망감에다가 핑계를 대고 변명해 보려 했지만 아직 젊다는 이유 하나 만으로써도 내 생활태도 개선의 기능은 충분하다는 점에 생각이 미치면 나도 나 자신의 기만을 인정치 않을 수 없곤 했던 참이라 그 친구의 의견을 고맙다고 할 수밖에 없었다. 그러나 그 무렵에 나는 돈에 퍽 쪼들리고 있었으므로 당장 친구의 의견을 좇을 수는 없게 되었었다. 버스 탈 돈마저 떨어져서 매일 방에 틀어박힌 채 희곡 습작이나 하고 있을 때였다.

그리고 오래 후, 다행히 어느 쇼단의 촌극용 코미디 각본이 몇 편 팔리고 거기서 생긴 수입이 꽤 되었으므로 오랫동안 내심 일종의 간절한 욕망으로 계획해 오던 이주(移住)건을 역시 그 친구의 권유를 따라서 실행한 것이 약 1주일 전인 것이었다. 그리고 매일 오후 네시가 되면 나는 '엘리제를 위하여'를 듣게 되었다. 피아노는 이 집의 며느리가 치는 것이었다. 이 집의 식구의 구성은 '할아버지'로 불리는 키가 작고 마른 편인 영감과 '할머니'로 불리는 역시 키가 작고 마른 편인 노파, 어느 대학의 물리학 강사로 나가는 아들과 그 부인인 '며느리', 대학강사의 여동생인 여고생. 대학강사의 세 살난 딸, 그리고 식모로 되어 있었다. 할아버지는 나를 이 집으로 데려다 준 친구의 큰아버지뻘이라고 했고 말하자면 나의 생활태도를 바꾸어 놓겠다는 책임을 진 분이었다.

나는 이사를 온 날 저녁, 할아버지 앞에 불려나가서 들은 얘기를 지금도 기억한다. 그것은 일종의 오리엔테이션이었다. 몇 가지 나의 가족에 대해서 묻고 나서, 할아버지는 갑자기 6·25때는 몇 살이었느냐고 물었다. 정확한 나이는 얼른 계산이 되지 않아서, 열 살이었던가요 하고 우물쭈물 대답하자, 할아버지는 아마 그럴 거라고 하며 사변이 남겨 놓고 간 것이 무엇인 줄을 모르겠군 하고 말했다. 그래서 나는 사변 전에 있었던 것에 대해서는 알 수 없고, 있다고 해도 어린

아이로서의 기억밖에는 가지고 있지 않으므로 무엇이 사변 후에 더 보태지고 없어진 것인지는 모르겠다고 솔직히 대답했다. 그러자 할아버지는 고개를 끄덕이고 나서 그것은 가정의 파괴라고 한마디로 얘기했다. 그렇게 말하는 투가 마치 내가 나쁜 일을 해서 책망이라도 한다는 것처럼 단호하고 험악했기 때문에 나는 정말 죄를 지은 기분이 되어 꿇어앉았던 자세를 더욱 여미었다. 그리고 오랫동안, 정말 오랫동안 나는 이사를 한다는 흥분과 긴장과 피로 속에서 하루를 보냈었기 때문에 졸음이 퍼붓는 걸 참아가며 할아버지의 관(觀)이랄까 주의(主義)랄까를 들었다.

그것은, 혼미(昏迷) 가운데서 들은 것을 두서가 없는 대로 요약한다면 다음과 같았다. 가풍이 없는 가정은 인간들의 모임이 아니다. 가풍이란 질서 정신에 의해서 성립되어야 한다. 우리나라의 가정은 사변 때 식구들의 생사조차 모를 정도로 파괴되었다. 그래서 더욱 가정의 귀중함을 알았지 않느냐. 그러니 질서정신에 입각해서 각기 가정은 가풍을 만들어가야 한다. 그리하는 데 장애가 아주 많은 게 우리들이 처한 현실이다. 그럴수록 우리는 지나치다 할 정도로 자신들에게 엄격해야 한다. 대강 이런 것이었다.

가풍. 내게는 낯설기 짝이 없는 단어였지만 며칠 동안에 나는 그 말의 개념이 아니라 바로 그 실체를 온몸에 느끼게 되었다. '규칙적인 생활 제일주의'가 맨 먼저 나를 휘감은 이 집의 가풍이었다.

아침 여섯시에 기상. (그러나 나의 경우는 자발적인 기상이 아니라 할아버지가 차를 끓여 가지고 손수 들고 와서 나를 깨우고 그 차를 마시게 하고 내가 무안함에 가슴을 두근거리며 황급히 옷을 주워입으면 아침 산보를 시키는 것이었다. 그러나 식구들은 심지어 세 살 난 어린애마저도 그 규칙을 지키고 있는 모양이었다.) 아침식사. 출근 혹은 등교. 할아버지도 어느 회사에 중역으로 나가고 있었으므로 집에 남는 건 할머니와 며느리, 어린애와 식모, 그리고 노곤한 몸을 주체하지 못하는 나뿐이었다. 그 동안 나는 오전 열시경에 며느리와 할머니가 돌리는 미싱소리를 쭉 듣게 되고, 열두시 경에 라디오에서 나오는 음악을 듣고, 오후 네시엔 '엘리제를 위하여'를 듣게 된다. 오후 여섯시 반까지는 모든 집안의 식구가 집에 와 있어야 하고 저녁식사. 식사가 끝나면 십여 분 동안 잡담. 그게 끝나면 모두 자기 방으로 가서 공부. 그리고 식모가 보리차가 든 주전자와 컵을 준비해서 대청마루 가운데 있는 탁자 위에 놓는 달그락 소리가 나면 그때 시간은 열시 오륙 분 전. 그 소리가 그치면 여러 방의 문이 열리고 식구들이 모두 나와서 물 한 컵씩 마시고 '안녕히 주무십시오'를 한차례 돌리고 잠자리로 들어간다. 세상에 이런 생활 태도도 있었나 하고 나는 놀라지 않을 수 없었다. 식구 중 누구 한 사람 얼굴에 그늘이 있는 사람은 없었다. 나로서는 상상도 하지 못하던 세계에 온 것이었다. 동대문이 가까운 창신동 그 빈민가의 내가 들었던 집의 식구들을 생각하지 않을 수 없는 이 정식(正式)의 생활.

내가 간혹 이 양옥의 식구들의 얼굴을 생각해 보려 할 때면, 물론 대하는 시간이 적었던 탓도 있겠지만 그보다는 차라리 아마 낮잠에서 깨어났을 때 내가 지금 있는 방에 대해서 생소감을 느끼던 그런 알 수 없는 이유로써 나는 이 집 식구들의 얼굴을 덮어 누르고 보다 명료하게 떠오르는 창신동 식구들의 얼굴 때문에 적지 않게 괴로워했다.

내가 들어 있던 집은 판자를 얽어서 만든 형편없이 작은 집이었지만 방은 다섯 개나 되었다. 따라서 겨우 한두 사람이 들어가 누우면 꽉 차버리는 방들이란 건 말할 필요도 없다. 그 중에서도 좀 넓고 채광도 좋다는 방을 주인식구가 차지하고 있고 그 방보다는 못하지만 나머지 세 개에 비하면 빗물도 새지 않을 정도의 방은 방세 지불이 정확한 영자라는 창녀가 들어 있었다. 그리고 유리창이—그 유리창이란 게 금이 가고 종이가 오려 발라지고 더러웠지만 이 집에서는 유일한 유리창이었다—달린 방에는 오십쯤 나 보이는 깡마르고 절름발이인 사내가 열 살난, 열 살이라고는 하지만 영양실조 등으로 볼이 홀쭉하고 머리만 커다랗지 몸은 대여섯 살난 애들보다 더 작고 말라

비틀어진 딸을 데리고 살고 있었다. 그리고 나머지 방들 중에서 한 방을 사십대의 막벌이 노동자 서씨가 그리고 한 방을 내가 차지하고 있었다.

내가 이 양옥으로 와서 그리고 이제는 진절머리가 나기 시작한 '엘리제를 위하여'를 피아노로 치고 있는 며느리에 대한 이 집 할아버지의 배려에 관하여 알게 되었을 때 맨 먼저 생각난 것이 창신동 그 판잣집의 절름발이 사내와 그의 말라비틀어진 딸이었다.

할아버지는 피아노 소리를 무척 싫어하지만 그러나 여학교 시절에 피아노 치는 걸 배워 두었다는 며느리의 손가락을 굳어 버리게 할 수는 없다고 생각했었다. 굳어 버리게 하다니, 그건 할아버지의 교양이 도저히 허락할 수 없는 것이었던 모양이다. 그래서 며느리가 피아노를 대할 수 있는 시간도 이 양옥의 규칙적인 생활 속에 끼일 수 있었던 것이다. 여고에 다니는 딸에 대해서도 비슷한 태도가 아닌가고 나는 생각했다. 저녁 식사 후, 공부 시간이 되면 그 여고생은 자기 방으로 간다. 그리고 열시가 되면 식모가 끓여다 놓은 보리차를 마시기 위해서 대청마루로 나온다. 그동안은 공부를 하고 있는 걸로 되어 있다.

그렇지만 저 창신동의 절름발이 사내는 어떻게 그의 딸을 교육시켰던가. 나는 그 절름발이 사내가 자기의 어린 딸을 꿇어앉혀 놓고 있는 것을 그 방 앞을 지날 때마다 유리창을 통하여 볼 수 있었다. 내가 그 방을 지나칠 때면 거의 항상 그 풍경을 볼 수 있었기 때문에 그 빼빼 마른 계집애가 자기 아버지 앞에 꿇어앉아 있지 않은 시간은 언제인지 알 수 없었다. 밥을 지으러 나올 때거나 수도에서 물을 길어 몸을 한쪽으로 기울이고 비척거리며 걸어갈 때 외에는 항상 꿇어앉아 있었다고 보아야 할 것이다. 유리창이 막혀 있기 때문에 그 안에서 절름발이는 무슨 얘기를 자기 딸에게 들려주고 있는지 모르지만 그는 쉴새없이 입을 놀려 말을 하고 있는 것이었다. 항상 종이와 연필이 계집애 앞에 놓여 있는 걸 보아서 아마 그건 수업 시간인 모양이었다. 절름발이 곁에는 항상 긴 버드나무의 회초리가 놓여 있었다. 그리고 그 회초리의 매질이 계집애의 몸 위에 퍼부어지지 않는 날을 거의 볼 수가 없었다. 절름발이는 미친 사람처럼 계집애에게 매를 내리는 것이었다. 그러면 계집애는 이제 단련이 된 듯이 그 다섯 살짜리 아이들보다 가냘픈 손으로 머리를 감싸기만 한 채 눈물 한 방울 흘리지 않고 입 한번 벌리지 않은 채 묵묵히 자기 몸 위에 퍼부어지는 매를 견디어 내고 있는 것이었다. 물론 그 어둑시근한 방 속에서 절름발이는 무엇을 가르쳤고 그의 딸은 무엇을 배우고 있었는지 그 내용을 나는 끝내 알지 못하고 말았다. 다만 나는 언젠가, 밤이 깊어서, 내가 변소에 갔을 때 설사병이 났는지 그 계집애가 변소에 앉아서 똥물을 좔좔 쏟고 있고 변소 문에 몸을 구부정하게 기대고 절름발이가 성냥을 계속해서 켜대며 근심스런 얼굴로 그의 딸을 지켜보고 있던 광경으로 미루어보아서 그 유리창이 달린 어둑신한 방에서 베풀어지는 교육이 결코 엉뚱한 것은 아니라는 생각만을 내 멋대로 할 수 있었다.

영자라는 창녀의 얼굴도 여간 또렷하게 나의 기억 속을 차지하고 있는 게 아니었다.

내가 그 집 앞에 붙은 '하숙인 구함'이라는 종이조각을 발견하고 주인을 만나러 들어갔을 때, 수도에서 발을 씻다가, 아줌마 하숙 구하는 사람 한 명 왔어요, 라고 안에다 대고 소리를 지르던 게 바로 영자였다.

그 집에 내가 하숙을 든 뒤부터, 얼굴이 동글동글하고 눈이 가느다란 영자는 자기 나이가 열 아홉이라고 나를 오빠라고 불렀었다. 내가 그 집에 하숙을 정한 후 며칠 사이에 영자의 선천적인 재능에 의해서 나도 금방 친밀감을 느낄 수가 있었다. 왼손 팔목에 있는 검붉은 색의 지렁이 같은 흉터를 내보이며, 이게 뭔 줄 아우 오빠? 하고 묻고 나서 한숨을 푹 쉬며, 옛날에 나 죽어 버리려구 칼로 여길 끊었다우, 그런데 죽지 않고 요 고생이야, 하며 눈물조차 살짝 비치던 영자에게 나는 담배를 얻어 피우는 등 은혜를 많이 입었었다. 영자는 내가 연극 공부를 하고 있다는 걸 알고 나서부터는 걸핏하면, 오빠가 유명한 사람이 되면 나도 배우로 써 줘 응? 하고 어리광을 부려오곤 했었다. 언젠가 '미스코리아' 선발대회가 있던 날 신문에서 화관을 머리에 얹고 이브닝드레스를 입은 당선자들의 사진을 보고 나더니 나와 주인아주머니더러 심사위원이 되어 달라고 하며 자기 방에 들어가서, 아마 아껴 간직해 두었던 것인 듯싶은 분홍색 한복을 단정하게 입고 나와서 그 집의 좁은 마당을 천천히 거닐며 한 손을 들고, 합격예요?라고 묻다가 갑자기 웃음을 터뜨리며, 난 미스가 아닌걸요 네?라고 말하고 나서, 그 날은 하루종일 신경질을 부리던 영자. 또 언젠가는 어디서 알았는지, 광화문께에 엄청나게 잘 알아맞히는 성명철학자가 한 사람 있다는데 같이 가보지 않겠느냐고 나를 조르는 것이었다. 그런 건 다 엉터리 수작이라고 내가 얘기하자 절대로 그렇지 않다고 화를 내며, 지금 가지고 있는 이름이 나쁘다고 판단되면 좋은 이름으로 고쳐도 준다고, 그러면 아주 행복한 사람이 될 수 있다고 마치 자기가 그 성명철학자인 것처럼 주장하는 것이었다. 여러 날을 두고 졸리던 끝에 할 수 없이 내가 그럼 같이 가보자고 나서자 영자는 금방 시무룩해지며, 그렇지만 그 사람은 이름만 가지고도 지금의 신분을 딱 알아맞힌다는데 여러 사람이 있는 데서 갈보라고 해버리면 좀 얘기가 곤란해지겠다고 하며 발뺌을 하는 것이었다. 나도 그럴듯하게 생각되어서, 그럼 그만두자고 해버렸지만 미련은 남았는지 그 후로도 영자는 곧잘 그 성명철학자 얘기를 꺼내곤 했었다. 내가 이 양옥으로 이사를 한다는 날도 영자는, 오빠더러 내 이름을 가지고 가서 좀 알아봐 달라고 부탁하려 했더니, 하며 섭섭해하였었다.

'엘리제를 위하여'의 피아노 소리는 이제 며느리의 허밍까지 어울려서 절정에 도달하고 있었다. 며느리의 허밍이 시작되었으니 잠시 후엔 피아노 소리도 그칠 것이다. 경험으로써 나는 그걸 알고 있었다. 나는 다시 몸을 눕혔다.

'창신동에 사는 사람들은 모두 개새끼들이외다'라는 30년대식 표현의 낙서가 적혀 있던 그 방, 그리고 그 집에 살던 사람들은 이 피아노가 둥둥거리는 집에서 생각하면 너무나 먼 곳에 있는 것이었다. 그곳은 버스 하나를 타면 곧장 갈 수 있다는 평범한 가능성마저를 송두리째 말살시켜 버리는 간격의 저쪽에 있었다. 1주일이란 보수를 치르고도 여전히 이 하얀 방에 대해 서먹서먹한 느낌이 드는 것은 그 측량할 길 없는 간격을 내가 아무런 준비도 하지 못한 채 갑자기 건너뛰었기 때문은 아니었을까. 나도 아주 어렸을 적엔 이런 생활 속에서 자라나고 있었던지 어쩐지는 모르지만 내 기억이 회답하는 한 이 양옥 속의 생활은 지나치게 낯선 것이었다.

창신동 그 집의 나머지 한 사람 서씨라는 중년 사내의 얼굴이 떠오를 때면 더욱 그러하였다.

빈민가에 저녁이 오면 공기는 더욱 탁해진다. 멀리 도시 중심부에 우뚝우뚝 솟은 빌딩들의 몸뚱이의 한편으로는 저녁햇빛을 받고 다른 한편으로는 짙은 푸른색의 그림자를 길게 길게 눕힌다. 빈민가는 그 어두운 빌딩 그림자 속에서 숨쉬고 있었다.

교과서의 직업목록 속에서는 찾아볼 수 없는 가지가지의 일터에서 사람들이 땀이 말라 끈적거리는 얼굴을 손으로 부비며 돌아오고, 이 마을에 들어서면 그들의 굳어졌던 얼굴들이 풍선처럼 펴진다. 웃통을 벗은 사내들은 모여 쉴새없이 떠들고 아이들은 자기들 집과 집의 처마를 스칠 듯이 지나가는 자동차의 뒤를 좇아 환호를 울리며 달린다. 아낙네들은 풍로를 밖으로 내놓고 그 위에 얹은 냄비 속에 요리책에는 없는, 그들의 그때그때의 사정이 허락하는 신기한 요리재료를 끓인다. 이 냄비와 저 냄비 속에서 끓고 있는 음식은 나라와 나라 사이의 풍토보다도 더 다르다. 마치 마귀할멈이 냄비 속에 알지 못할 재료를 넣고 마약을 끓여내듯이 그네들도 갖가지의 마약을 끓이고 있는 것이다.

빈민가의 저녁은 소란하기만 하다. 취해서 돌아온 사내는, 기부운, 하고 비명 같은 소리를 지르고 자기가 번 그날의 품삯을 내보이며 친구들을 끌고 술집으로 간다. 그러면 그 뒤로 그 사내의 아낙이 좇아와서 사내의 손에서 돈을 빼앗아 쥐고 주먹을 휘둘러 보이며 집안으로 사라지고 그러면 남은 사람들은 싱글싱글 웃으며 노해서 고래고래 소리 지르는 그 사내를 달랜다. 빈민가 가까이 있는 시장에서 생선의 비린 냄새가 물씬물씬 풍겨오고 도시의 중심부에 바람에 불려온 먼지가 내려앉고 여기저기의 노점에 가물가물 카바이드 불이 켜지는 시각이 되면 사내들은 마치 그것들을 피하기라도 하려는 듯이 자기들의 키보다 낮은 술집으로 몰려든다.

나도 그곳에 하숙을 정하고 나서부터 매일 저녁때면 술집으로 걸어갔다. 흙탕물 속의 기포처럼 그 어수선한 마을에서 술집들만은 맑고 조용했다. 물론 사내들은 떠들며 얘기하고 혹은 코피를 흘리며 싸움을 하곤 하는 것이지만 그것이 거리에서가 아니라 술집 안에서 일어나는 경우엔 왜 그렇게 맑은 것으로 보이는지 나는 알 수 없었다.

내가 단골처럼 드나든 곳은 '함흥집'이라는, 함경도에서 왔다는 노파가 경영하는 술집이었다. 긴 의자의 한쪽 끝에 자리를 잡고 주모가 따라주는 술잔을 받아 마시며 나는 술보다는 그 술집의 분위기에 마음을 빼앗기고 있었다. 사람을 사귀려는 생각은 아예 없었으므로 나는 항상 혼자 그렇게 앉아 있었다. 꽤 오랜 시간이 지나고 술도 알맞게 취했다고 생각되면 나는 셈을 하고 (외상으로 하는 날이 더 많았지만) 그 바라크 밖으로 나왔다. 그리고 고개를 쳐들면 저 만치서 관광객들을 위하여 형광의 조명을 한 동대문이 그의 훤한 모습을 밤하늘에 도사려 보이고 있는 것이었다. 지금도 눈앞에 보이는 듯하다. 밤의 동대문 모습이.

그곳에 자리잡은 지 얼마 되지 않은 어느 날 저녁, 역시 내가 긴 의자의 한쪽 끝을 차지하고 누런 술을 내려다보며 앉아 있는데 내 곁에 어떤 사람이 털썩 주저앉더니 주모에게 술을 청하고 나서 내 등을 툭 치며 말을 건네는 것이었다. 사십쯤 나 보이는, 턱에 수염이 짙고 커다란 몸집에 해진 군용 작업복을 입고 있는 그 사내는, 영자가 있는 집에 새로 들어온 젊은이가 아니냐고 내게 묻는 것이었다. 그렇다고 했더니 그 사내는 퍽 사람 좋게 웃으면서 자기도 그 집에 방을 빌려 들고 있는 사람인데 인사가 그리 늦을 수가 있느냐고 하며 자기를 서씨라고 불러달라고 했다. 같은 집에 있으면서 그 서씨가 아침 일찍 나가고 저녁에는 내가 늦게 들어가는 셈이었기 때문에 그때까지 나는 서씨라는 사람이 그 집에 들어 있다는 걸 알고 있지 못했지만 그는 용케 나를 보았고 그리고 기억해두고 있었던 모양이다. 서씨를 알게 된 것은 그렇게 해서였다. 술잔이 오고가는 동안 나도 말이 하고 싶어져서, 고향이 어디십니까, 가족은 어디에 계십니까, 무슨 일을 하고 계십니까 하고 좀 귀찮아할 정도로 서씨에게 물어대었다. 그러나 서씨는 별로 귀찮아하지도 않고 고향은 함경도, 6·25때 단신 월남, 지금은 공사장 같은 데서 힘을 팔고 있다고 고분고분 들려주었다.

그 후로 나는 거의 매일 그 서씨와 함께 '함흥집'엘 드나들게 되었다. 그는 사귈수록 착한 사람의 전형이었다. 굵게 쌍꺼풀진 눈매는 가난한 사람답지 않게 빛나고 있어서 차라리 보는 사람에게 열등감을 줄 정도지만 그는 그 눈으로써 상대편에게 친밀감을 나타낼 줄도 알았다. 영리해 보이지는 않고 오히려 행동이며 머리 돌아가는 건 그 반대인 듯했다. 두터운 입술 사이를 비집고 나오는 듯한 그의 함경도 사람답지 않게 느린 말씨가 더욱 그것을 증명해 주었다.

그는 주량이 놀라울 정도로 컸다. 그는 곧잘, 자기가 버는 돈은 아마 모두 이 술집으로 들어갈 거라고 하며 그리고 그건 좋은 일이 아니겠느냐고 말하며 너털웃음을 웃곤 했다. 그의 술버릇은 대단히 좋아서 취하면 떠들어대는 건, 서씨에겐 어린애로나밖에 보이지 않을 이쪽이었다. 술이 취해서 그와 어깨동무를 하고—그의 키가 아주 컸기 때문에 나는 그의 허리를 껴안은 셈이 되지만—비틀거리며 밖으로 나오면 그는 어두운 밤하늘을 배경으로 하고 훤한 모습으로 솟아 있는 동대문을 향하여 한 눈을 찡긋거려 눈짓을 보내곤 했다.

서씨는 밤에 보는 동대문이 좋으냐고 물으면, 아니 젊은이도 저 동대문을 좋아하느냐고 오히려 되물어왔다. 낮에는 거기서 귀신이라도 나올 것 같기 때문에 기분 나쁘지만 형광빛의 조명을 받고 있는 밤에는 참 아름다워서 좋다고 내가 대답하면, 자기는 좀 별다른 의미로 동대문을 사랑하고 있다고 말했다. 자기와 동대문은 퍽 친하다는 것이었다. 마치 살아있는 사람과 친하듯이 친하다고 했다. 나는 그 말이 무엇을 의미하는지를 다음과 같이 하여 알게 되었다.

그날 밤도 술집에서 돌아와서 서씨는 자기 방으로 가고 나도 내방으로 돌아와서 옷을 입은 채 이불 위에 쓰러져 잠이 들어 있는데, 몇 시쯤 됐을까, 누가 나를 흔들어 깨우는 것이었다. 서씨였다. 서씨의 입에서 여전히 단 냄새는 나고 있었으나 그래도 술은 깬 모양이었다. 나는, 지금 몇 시쯤 됐느냐고 물었더니, 자기도 잘 모르지만 아마 새벽 두시나 세시쯤 됐을 거라고 대답하며 보여 줄 게 있으니 나더러 자기를 조용히 따라오라고 말했다. 마치 보물을 캐러 가는 소년들이 비밀을 얘기하는 속삭임과 같은 그런 말투였다. 나는 그의 그러한 기세에 눌려 오히려 쉬쉬해가며 그를 따라서 밖으로 나섰다. 골목에는 가로등이 켜져 있었다. 우리는 일부러 어두운 곳만을 골라서 몸을 숨겨가며 걸었다. 도중에 내가 지금 우리는 어디로 가고 있느냐고 물었더니 그는 동대문이라고 대답했다. 통행금지가 되어 있는 이 시간에, 가로등만이 거리를 지키고 있는 이 시간에 서씨가 나와 함께 동대문에 갈 필요는 무엇인지. 나는 의혹과 불안에 눈알을 동글동글 굴리면서도 얌전하게 그를 따라서 고양이 걸음을 하고 있었다.

잠시 후에 우리는, 한길 저편에, 기왓장 하나하나까지도 셀 수 있을 만큼 조명을 받고 있는 동대문이 서 있는 곳까지 와서 우리 이외에는 아무도 없다는 걸 알아내자 나에게, 이 골목에 가만히 숨어서 자기가 지금부터 하는 일을 구경해 달라고 말했다. 내가 숨을 죽이고 침을 꿀꺽 삼키면서 그러마고 대답하자 그는 히쭉 한번 웃고 나서 재빠르게 이제까지 내가 알고 있던 사람이 아닌 전연 다른 사람처럼 날랜 몸짓으로 한 걸음 가로질러 달려가서 동대문 성벽 밑의 그늘에 일단 몸을 숨기고 좌우를 살피고 있었다.

동대문의 본 건물은 집채만한 크기의 돌로 된 축대 위에 세워져 있는 것인데 축대의 높이는 육 미터 남짓 되어 보이고 그 축대에서 시작되어 역시 커다란 돌이 쌓여 이루어진 성벽이 건물을 반원형으로 둘러싸고 있다. 그 성벽을 서씨는 마치 곡예단의 원숭이가 장대를 타고 올라가듯이 익숙하고 민첩한 솜씨로 올라갔다. 푸른 조명을 받으며 서씨가 성벽을 기어올라가는 그 광경은 나로 하여금 신비한 나라에 와서 거대한 무대 위의 장엄한 연극을 보는 듯한 감동을 느끼게 하는 것이었다. 단 하나의 넓은 빛살이 펼쳐지고 그 빛에 의해서 풍경이 탄생하여 오만한 마음을 가진 양 흔들리지 않고 정립해 있는데 그것을 향하여 어쩌면 호소하는 듯한 어쩌면 도전하는 듯한 어쩌면 그것의 손짓에 응하는 듯한 몸짓으로 몸의 온갖 근육을 움직이며 성벽을 기어오르고 있는 그 사람은 문득 나에게 전율조차 느끼게 하였다.

이윽고 서씨의 몸은 성벽의 저 너머로 사라져 버렸다. 그리고 잠시 후에 나는 더욱 놀라운 광경을 보게 되었다. 서씨가 성벽 위에 몸을 나타내고 그리고 성벽을 이루고 있는 커다란 금고 만한 돌덩이를 그의 한 손에 하나씩 집어서 번쩍 자기 머리 위로 치켜올린 것이었다. 지렛대나 도르래를 사용하지 않고서는 혹은 여러 사람이 달라붙지 않고서는 들어올릴 수 없는 무게를 가진 돌을 그는 맨손으로 들어올린 것이었다. 그는 나에게 보라는 듯이 자기가 들고 서 있는 돌을 여러 차례 흔들어 보이고 나서 방금 그 돌들이 있던 자리를 서로 바꾸어서 그 돌들을 곱게 내려놓았다.

나는 꿈속에 있는 기분이었다. 고담(古談) 같은 데서 등장하는 역사(力士)만은 나도 인정하고 있는 셈이지만 이 한밤중에 바로 내 앞에서 푸르게 빛나는 조명을 온몸에 받으며 성벽을 디디고 우뚝 솟아 있는 저 사내를 나는 무엇이라고 이름 붙여야 할지 몰랐다.

역사, 서씨는 역사다, 하고 내가 별수 없이 인정하며 감탄이라기보다는 차라리 그 귀기(鬼氣)에 찬 광경을 본 무서움에 떨고 있는 동안에 그는 어느새 돌아왔는지 유령처럼 내 앞에서 자랑스러운 웃음을 소리 없이 웃고 있었다.

서씨는 역사였다. 그날 밤 나는 집으로 돌아와서 이제까지 아무에게도 들려주지 않았다는 서씨의 얘기를 들었다.

그는 중국인의 남자와 한국인의 여자 사이에서 난 혼혈아였다. 그의 선조들은 대대로 중국에서 이름있는 역사들이었다. 족보를 보면 헤아릴 수 없는 많은 장수가 있다고 했다. 그네들이 가졌던 힘, 그것이 그들의 존재 이유였고 유일한 유물이었던 모양이었다. 그 무형의 재산은 가보(家寶)로서 후손에게 전해졌다. 그것으로써 그들은 세상을 평안하게 할 수 있었고 자신들의 영광도 차지할 수 있었다. 그러나 이 서씨에 와서는 그 힘이 재산이 될 수는 없었다. 이제 와서 그 힘은 서씨로 하여금 공사장에서 남보다 약간 더 많은 보수를 받게 하는 기능밖에 가질 수 없게 된 것이다. 결국 서씨는 그 약간 더 많은 보수를 거절하기로 했다. 남만큼만 벽돌을 날랐고 남만큼만 땅을 팠다. 선조의 영광은 그렇게 하여 보존될 수밖에 없었다. 그리고 서씨는 아무도 다니지 않는 한밤중을 택하여 동대문의 성벽에서 그 힘이 유지되고 있음을 명부의 선조들에게 알리고 있다는 것이었다.

대낮에 서씨가, 동대문의 바로 곁에 서서 행인들 중 누구 한 사람도 성벽을 이루고 있는 돌 한 개의 위치 변화에 관심을 보내지 않고 지나다닐 때, 옮겨진 돌을 바라보고 빙그레 웃고 있는 그의 모습을 나는 쉽게 상상할 수 있었다. 그것이 서씨가 간직하고 있는 자기였고 내가 그와 접촉하면 할수록 빨려 들어갈 수 있었던 깊이였던 모양이었다.

그 집—그날 많은 얼굴들이 살던 그 집에서 나는 나 자신 속에서 꿈틀거리는 안주(安住)에의 동경을 의식하지 않을 수 없었다. 그것은 그 사람들의 헤어날 길 없는 생활 속에 내가 휩쓸려 들어가게 되는 것이 무서웠기 때문이었던 모양이다. 그러나 그 곳을 뚝 떠나서 이 한결같은 곡이 한결같은 악기로 연주되는 집에 오자 그것은 견디어낼 수 없는 권태와 이 집에 대한 혐오증으로 형체를 바꾸는 것이었다. 나란 놈은 아마 알 수 없는 놈인가 보다.

피아노 소리가 그쳤다. 무의식중에 나는 방바닥에서 팔목시계를 집어 올렸다. 내가 지금 무슨 행동을 했던가를 깨닫자 나는 쓴웃음이 나왔다. 피아노가 그친 시간을 재보려고 했던 것이다. 그리고 나는 내일도 그 피아노가 그친 시간을 재서 그 시간들을 비교하며 이 집에 대한 혐오증의 이유를 강화시키려고 했던 것이다. 나는 자신에 대해서 어이가 없음을 느꼈다. 이런 느낌이 드는 것은, 그것은 조금 전에 내가 서씨의 그 거짓 없는 행위를 회상했던 덕분이 아니었을까? 서씨가 내게 보여준 게 있다면 다소 몽상적인 의미에서의 성실이었고 그리고 그것은 이 양옥 속의 생활을 비판하는 데도 필수적으로 고려되어야 한다는 것이 아닌가고 내게 생각되는 것이었다. 그러나 이 집으로 옮아온 다음날의 저녁, 식사시간도 잡담시간도 지나고 모든 사람들의 공부시간이 되자 나는 홀로 내 방의 벽에 기대앉아서 기타를 퉁겨 보기 시작했던 때의 일을 기억하고 있다. 불현듯이 기타를 켜고 싶어지는 때가 있는 법이다. 그것은 감정의 요구이지만 그렇다고 비난할 건 못되지 않는가. 내가 줄을 고르며 음을 시험해 보고 있는데 다색(茶色) 나왕으로 된 내 방문이 열리며 할아버지가 들어왔다. 그리고 나의 기타 켜는 시간은 오전 열시부터 한 시간 동안 할머니와 며느리가 미싱을 돌리는 같은 시각으로 배치되었던 것이다. 위대한 가풍이 내게 작용한 첫 번이었다. 그러나 이후 내게 주어진 그 시간을 이용해 본 적은 하루도 없었다. 흥이 나지 않아서였다고 하면 적당한 표현이 되겠다.

절망감이 마루 끝에도 마당 가운데서도 방마다에도 차서 감돌던 창신동의 그 집에서는 식구들에게 그들이 오래 전에 잃어 버렸던 형체없는 감동 같은 것을 조금씩은 깨우치고 영혼의 안정에 얼마간은 공헌할 수 있었던 나의 기타는 그래서 노인들이 우연한 한마디에서 갑자기 자기의 늙음을 발견하듯이 낡아빠진 모습으로 방의 구석지에 기대어져 있지 않으면 안 되게 된 것이었다.

처음에 나는 이 집에 대하여 존경심을 가졌다. 그러나 나는 이내 그것이 처음 보는 경치에 보내는 감탄과 같은 성질의 것밖에는 되지 않음을 알았다. 이해와 감정은 별개의 문제라는 것을 발견한 것도 그때였다. 이 가족의 계획성 있는 움직임, 약간의 균열쯤은 금방 땜질해 버릴 수 있도록 훈련되어 있는 전진적 태도, 무엇인가 창조해 내고 있다는 듯한 자부심이 만들어준 그늘 없는 표정 — 문화라는 말을 쓸 수 있는 사람들이 있다면 바로 이 사람들이었다. 그리고 이것이야말로 인간이 희구하는 것이 아니었던가. 이 사람들은 매일매일 달리고 있는 것이었다. 따라서 어느 지점과의 거리를 단축시키고 있는 셈이었다. 이것이 나의 그들에 대한 이해였다.

그러나 그 어느 지점이 무한하게 먼 곳에 있을 때도 우리는 그들이 거리를 단축시키고 있다고 생각할 수 있을까? 더구나 나로 하여금 기타 켜는 시간의 제약까지 주어 가면서 말이다. 차라리 이 사람들의 태도야말로 자신들은 걷고 있다고 믿으면서 사실은 매일매일 제자리걸음을 하고 있는 바로 그것이 아닐까. 빈민가에 살던 사람들의 그 끝없는 공전(空轉) 같아 뵈던 생활이 이곳보다는 오히려 더 알찬 것이 아니었을까. 이것이 나의 감정이었다. 그래서 마침내 어느 쪽인가 한편이 틀려 있다는 생각이 나를 몹시 짓누르기 시작했다. 본질적으로는 두 쪽이 같지 않느냐는 의문이 나의 내부 한쪽에서 솟아 나오기도 했지만 그보다 더 강한 힘으로 나를 끌고 가는 '어느 쪽인가 한편이 틀려 있다'라는 집념은 어디서 나온 것인지 나로서는 알 수 없었다. 그리고 마침내 그것은 발전하여, 미리 그러기로 되어 있었다는 듯이, 나는 이 양옥의 식구들 생활을 빈 껍데기에 비유하고 있었다. 빈 껍데기의 생활, 아니라면 적어도 방향이 틀린 생활, 습관적인 생활에 불과하다는 생각이 나를 끌고 갔다. 이 순간에 나는 꼭 무슨 행동을 해야만 할 것 같았다. 그리고 내가 한 행동이 누군가 좀 현명하고 인간을 잘 아는 사람에 의해서 심판받았으면 좋겠다고 생각했다.

꼭 무슨 행동이 필요하다는 충동이 그 날 오후 내처 나를 쿡쿡 찔렀다. 나는 누운 채 천장을 올려다보았다. 무늬 없는 베니어로 된 갈색의 천장. 벽을 향하여 얼굴을 돌리면 병원의 그것처럼 깨끗한 벽.

그 날 오후 식구들이 돌아올 무렵에 나는 밖으로 나섰다. 나는 지금 내가 계획하고 있는 것이 근본적으로는 이 집 식구들을 바꾸어 놓으리라고는 물론 생각하지 않았다. 그러나 무엇인가 해야만 한다는 의무감에 가까운 생각이 나로 하여금 느릿느릿 걸어서 어느 약방 앞에까지 가게 했다. 벌써 날이 어두워져 가고 있었기 때문에 약방 안의 진열장 안에는 불이 밝게 켜져 있었다. 그래서 거기에 진열되어 있는 약병이나 상자들은 장난감처럼 귀여워 보였다. 나는 약방의 문턱에 서서 허리를 구부리고 진열장 안을 구경했다. 고개를 들어보니 아주머니 한 사람이 진열장의 저편에서 몸을 이쪽으로 내밀어 나를 굽어보고 있었다. 나는 아주머니를 향하여 히쭉 웃어 보이고는 이제 마치 무엇을 찾고 있는 듯한 태도로 진열장 안을 기웃거렸다. 나는 머뭇거리고 있는 것이었다. 무얼 찾느냐고 아주머니가 친절한 음성으로 물었다. 나는 여전히 고개를 숙인 채 진열장을 두리번거리면서 홍분제 있느냐고 대답했다. 얼마나 필요하냐고 아주머니가 물었다. 나는 속으로 그 집 식구들을 헤어 보았다. 할아버지, 할머니, 대학강사, 며느리, 여고생, 식모, 손주딸, 모두 일곱 사람이었다. 나는 한 사람의 칠회분을 달라고 했다. 그러면서 그제야 나는 고개를 똑바로 들었다. 아주머니는 필요 이상으로 엄숙한 표정을 지으면서 상점의 안쪽에 있는 진열장으로 가서 정제(錠劑)의 약을 하얀 종이에 싸서 가지고 나왔다.

셈을 하고 돌아서자 나는 아까와는 달리 내 기분이 싸늘해져 있음을 느꼈다. 안도와 같은 것이었다. 그리고 오래간만에 주위를 천천히 구경할 수 있는 여유를 갖게 되었다. 저녁을 맞으면서 내 주위에는 셀 수 없이 많은 양옥들이 줄을 지어 서 있었다. 집집의 창마다 밝은 불이 켜져 있고 옛날의 그 마을에서와는 달리 조용하였고 향긋한 음식 냄새가 새어나오고 있었다. 그러자 나는 나 자신이 이 평온한, 부자유하게 평온한 마을을 해방시켜 주러 온 악마라는 생각이 문득 들었고 어쩐지 그것이 나를 즐겁게 했다. 혹은 그 빈민가가 파견한 척후(斥候)인지도 몰라, 라고 나는 생각하며 나는 그 빈민가에 대하여 요 며칠 동안 지니고 있던 죄의식 비슷한 것이 사라져 있음을 깨달았다. 일종의 비겁한 보상행위라고 누가 곁에서 말했다면 나는 정말 즐거워져서 고개를 끄덕이며 웃었을 것이다.

내가 집으로 돌아왔을 때 식구들은 밥상을 받아 놓은 채 내가 올 때까지 기다리고 있었다.

밤 열시 십분 전이었다. 이제 몇 분만 있으면 식모는 보리차가 든 주전자와 컵을 대청마루 가운데의 탁자 위에 올려 놓을 것이다. 식구들이 나오기 전에 먼저 내가 그 음료수에 빻아 놓은 가루약을 넣어야만 하는 것이었다. 나는 약봉지를 들고 내 방문에 몸을 대고 식모를 기다리고 있었다. 그리고 그때 나는 만일 내가 이 집 식구들의 음료수에 가루약을 타지 않고 지금 바로 그 빈민가로 돌아간다면 거기서 나는 무슨 행동을 할 것인가고 생각해 보았다. 그러나 그것을 생각해 낼 수가 없었다. 오히려 나는 내가 결코 그곳으로 돌아가지는 않으리라는 걸 잘 알고 있었다. 이 생각은 아까 저녁 때 약방에 가기 전의 생각과는 좀 모순된다는 것도 깨닫고 있었다. 그렇다고, 스스로 무의미하다고 인정하고 있는 이 계획을 중지하고 싶지도 않았다. 이것은 천박한 장난? 그렇지만 나는 기도하는 것처럼 엄숙했었다.

드디어 다른 식구들에 비해서 유난히 조용조용한 식모의 발자국 소리가 나고 주전자의 달그락거리는 소리가 났다. 식모가 문단속을 하러 나가는 소리가 난 뒤 나는 조용히 방문을 열었다. 그리고 가루약은 성공적으로 음료수에 용해되었다.

나는 내 방으로 돌아와서 다소 들뜬 마음으로 기다리고 있었다. 얼마 후, 나는 모두들 그 물을 마시는 것을 분명히 보았고 그들이 각기 자기 방으로 돌아가는 것을 보았다. 그리고 그들의 방의 불도 꺼졌다. 그러나 그들이 과연 잠을 이루고 있을까. 나는 그들이 다시 자기들의 방에 불을 켜고 앉아서 왜 잠이 오지 않고 마음이 들뜨는가를 생각하고 있기를 바랐다. 나는 조용히 문을 열고 대청마루로 나와서 의자 위에 앉았다. 나는 기다리고 있었다. 그들의 방마다 불이 켜지기를.

꽤 오랜 시간이 지났다. 아무 소식이 없었다. 그러자 나는 잠들지 못하고 몸을 이리저리 뒤척이고 있을 그들을 상상해보았다. 지금 그들은 잠든 체하고 있을 뿐인 것이다. 내가 이제라도 쾅하고 피아노를 울리기 시작한다면 그들은 구원이라도 받은 듯이 뛰어 나오리라. 물론 이 밤중에 무슨 소란이냐고 나를 나무란다는 대의명분으로서. 나는 피아노에 생각이 닿은 것이 기뻤다. 나는 피아노 앞으로 다가갔다. 그리고 뚜껑을 열었다. 건반이 어둠 속에서 하얗게 웃고 있었다. 나의 손가락들이 건반 위에 놓여졌다. 이제 손에 힘만 주면 되었다. 물론 곡도 아닌 광폭한 소리만이 이 집을 떠내려 보낼 것이다.

여기서 공원의 그 젊은이는 그의 얘기를 그치었다.

"그저 덧붙여서 한마디한다면…"하고 그 젊은이는 잠시 후에 얘기했다. "그날 밤 피아노 소리가 그토록 시끄럽게 울렸음에도 불구하고 나를 피아노 앞에서 떼어내기 위해서 방문을 열고 나온 사람은 단 한 사람, 할아버지뿐이었습니다. 몇 개의 기침소리를 들은 듯하기도 했습니다만."

피아노 앞에서 떨어져 나오면서 자기는 왜 그렇게 고독함을 느꼈고 그의 방으로 데려다 주기 위하여 그의 손목을 잡고 있는 할아버지의 팔이 왜 그렇게도 억세게 느껴졌는지 알 수가 없었다고 말하고 나서 그 젊은이는 나를 빤히 쳐다보며 물었다.

"어느 쪽이 틀려 있었을까요?"

"글쎄요."

라고 나는 대답하며 생각했다. 나로서는 얼른 믿어지지 않는 얘기다. 첫째, 그런 생활이 있을 것 같지 않고, 있다고 해도 어느 쪽이 반드시 틀렸다고 말할 수도 없고, 오히려 두 쪽 다 잔혹할 뿐이라는 점에서 똑같고, 어느 쪽이 틀렸다고 해도 그것은 그 젊은이가 이질적인 사실을 한눈에 동시에 보아 버리려는 데서 생긴 무리겠지, 라고.

"내가 틀려 있었을까요?"

라고 그 젊은이는 다시 내게 물었다.

"글쎄요."

라고 대답하며 다시 나는 생각했다.

그러고 보니 아무도 틀려 있는 사람은 없는 듯하다. 그렇지만 이것도 자신 있는 생각은 아니고 솔직히 말하면 나도 모르겠다. 알 수 있는 것은 다만, 그 젊은이가 보았다는 두 가지 생활이 사실 내 바로 곁에 공존하고 있다고 하면 나도 좀 멍청해 버리지 않을 수 없으리라는 느낌뿐이었다.

(1963)

누이를 이해하기 위하여

축전(祝電)

'가하' 오빠.

부호(符號)라는 걸 만든 이에게 평안 있으라. 엉망진창이 된 나의 감정의 뉘앙스라는 점에서 완전히 인연 없는 의사전달 수단으로써 표현할 수 있는 이 신기함이여, 그렇지만 고향의 누이는 꽃봉투 속에 든 전문(電文) ―'축 순산'을 읽을 게 아니냐고? 맙쇼, 어깨 한번 으쓱하면 다 통해 버리는 감정 표시를 서양영화에서 나는 좀더 먼저 배운 걸.

프로필

김형, 우리는 취하기 위해서 세상에 태어난 게 아닐까요? 그렇지만 자칭 소설가라는 그 작자는 술에 취해서 벌개진 얼굴을 제법 심각하게 찌그러뜨려 가지고, 하지만, 형씨, 우리는 그리워하기 위해서 태어난 게 아닐까요? 그렇게 대답하며 이 작자는 자기의 턱에 듬성듬성 난 수염을 손으로 쓰다듬기까지 한다.

그러나 작자에 대해서라면 내가 잘 알고 있다. 그럴 리는 없지만 만약, 만약 제게서 치기(痴氣)가 조금이라도 엿보인다면, 그건 제가 사랑하던 여자를 잃고 나서부터일 겁니다, 라고 작자는 얘기하고 있지만 천만에, 작자가 치한이 된 것은 아주 오래 전부터—어쩌면 태어날 때부터였다고 생각된다. 천부의 성격이라고나 할까. 그런데 작자는 사랑 어쩌고 하면서 핑계를 만들지 못해 안달인 것이다.

뻔뻔스러워서 어디든지 잘 나서고, 뭐든지 자기가 빠지면 안 될 듯이 생각하고 친구들의 우정에 대해서도 마치 노예가 주인을 섬기듯이 대해 주기를 기대하고 그나마 우정에 대한 보수로서는 억지로 지어낸 엉터리 음담패설이다.

세상의 여자들이, 아니 모든 살들이 모두 자기 소유인 양 불쌍해하고—불쌍해하는 척하고, 그래서 내가, 취하기 위해서, 라고 말하면 아니지요, 그리워하기 위해서죠, 라고 엉뚱한 응수를 해오는 놈이다. 남에게 대단히 관대한 척하며 그나마 만일 상대편에서 작자를 비난하는 얘기라도 한마디하는 경우엔 차마 정면으로 상대를 욕하지는 못하지만 내심 끙끙 앓으면서 그 사람을 영원한 적으로 돌려버리고 그렇게 하여 생긴 적이 많은 탓인지 작자는, 내게 기관총이 하나 있었으면 좋겠어, 대낮에 한길 가운데서 드르륵드르륵 해 봤으면, 하고 정신박약자 같은 소리를 이따금씩 중얼대는 것이다.

술이라고는 활명수만 마셔도 취하는 놈이 친구만 만나면 마치 인사라도 하는 것처럼, 여보게 술 한잔 사, 졸라대고 그래서 정작 친구가 술집으로 작자를 데려가 주면 기껏 막걸리나 한 사발 들이켜고서도 얼굴이 시뻘개 가지고, 나 변소에 좀, 그리고는 뺑소니거나 뺑소니에 실패할 경우엔 술잔 받을 기회를 만들지 않기 위해서 시시한 유행가만 계속해서, 그것도 여자 목소리에 가까운 방정맞은 목소리로 불러대는 것이다. 그러면서도 결국 작자는 한길의 저편을 걸어가는 행인들 중에서 아는 여자를 발견하기라도 하면, 여보세요, 술 한잔 사주시오, 하고 외치고 만다. 비럭질. 아니면 일종의 추파. 술 마시기보다는 자기의 존재를 알리려는 데 목적이 있는 듯하다.

성실한 데라고는 도시 찾아볼 수 없고 성실한 척해 보이려는 노력만이 일종의 고통의 표정으로서 작자의 얼굴에 나타나 있을 뿐, 그나마도 작자 자기와 흡사한 친구들 앞에서나이다. 마치 자기네들에게만 고뇌가, 작자가 곧잘 사용하기 좋아하는 고뇌가 있는 것처럼 얘기하고 정식으로 살아가고 있는 사람들이 부딪쳐서 투쟁하고 있는 고뇌에 대해서는 작자는 일부러 눈감으려고 하는 듯하다. 작자가 그 자기류의 고뇌라는 것에 대해서 얘기할 때는, 웩, 정말 구역질이 난다.

작자는 가난하다는 게 무슨 자랑이라도 되는 것처럼, 자기 맘에 드는 여자가 있으면 좌우간 가서 붙들고는, 제겐 돈은 없지만 순정은 있습니다, 고 말하며 아마 상대편의 '순정'을 구걸하는 모양인데 작자의 그런 태도란 만약 작자에게 쇠푼이라도 있었더라면, 저희 집엔 자가용도 피아노도 텔레비전도 있으니 저와 결혼해 주세요, 라고 틀림없이 말할 놈인 것이다. 그런가 하면 때로는 마치 백만장자의 손자나 되는 것처럼 바, 술집, 다방에서도 비싼 차로, 자기에게 아무 소용없는 피리나 풍선을 한꺼번에 열 개씩이나 사고, 버스표 파는 아주머니들께 푹푹 인심쓰고… 그렇게 하여 오랜만에 좀 두둑했던 호주머니를 하루 아니 불과 서너 시간 안에 다 써버리고 나서는 또, 제게는 돈이 없지만…, 이다. 자기가 지금 얼마나 쩨쩨한 말을 하고 있는가를 작자 자신도 잘 알고 있는 모양인지 이젠 그걸 마치 장난하듯이 마구 써먹으며 즐기고 있는 것이다. 하나에서 열까지 동정할 데라고는 한 군데도 찾을 수 없어서 좀 가엾다고나 할까. 어지간히 살고는 싶은 것이니 급작스런 죽음을 당할 경우에 대비해서 품속에 늘 유서를 품고 다닌다. 딴은 그 유서가 한번 보고 싶기도 하다. 거기에만은 다소 진실에 가까운 얘기가 씌어 있을는지. 그러나 모르긴 해도 아마 그것을 보지 않는 편이 다행스러울지도 모른다. 왜냐하면 작자의 거짓말은 지나칠 정도로 능숙하니까. 약속 어기는 것쯤은 예사인 모양이다. 그리고 작자에게 있는 것이라고는 과거일 뿐이기 때문에 — 그것도 지금 여기에 그가 있다는 사실을 무시할 수 없기 때문에 작자에게도 과거가 있었나보다고 짐작할 정도지, 그렇잖았다면 그나마 못 믿었을 것이다. —항상 과거만 얘기한다. 몇 살 때에 나는…, 이런 식으로, 가만히 듣고 앉아 있을 수밖에 별 도리 없지만, 그 얘기도 대부분이 조작이라는 건 뻔하다. 어떠한 조작된 과거라도 그것을 몇번 반복하면 마치 사실인 것처럼 작자에게는 생각되는 모양이다. 그런 의미에서라면 작자의 과거는 굉장히 다행했고 풍성했고 진실한 것이었고 그래서 작자의 말대로 태어나지 말든지 혹은 태어나서 곧 죽었어야 했든지, 요컨대 과거 속에서 사라져 버렸어야만 행복했을 터이다. 그렇지만 조작된 과거, 더구나 진짜였던 것처럼 되어 버린 과거—나는 그걸 상상할 수조차 없다. 지금의 자기를 수년 후엔 또 무어라고 장식할는지, 진실하지 못하다는 점에서, 어느 것이 옳은지 모른다는 점에서, 만약 작자가 전쟁터의 군사라면 틀림없이 자진하여 이중간첩이 되었을 것이다. 어쩌면 총살형의 법령을 알면서도 할는지 모를 놈이다.

사랑. 사랑받지도 못하고 사랑을 주기도 무서워져서 치한이 되었다니, 뻔뻔스러운 얘기다. 저 고귀한 사랑이 작자와 같은 사람에 의해서 더럽혀지는 것은 아닐까. 사랑을 무슨 금전거래로 알고 있는 건 아닌지. 사랑이라고 해도 작자의 사랑은 치사하기 짝이 없다. 언젠가 나와 함께 버스를 타고 가던 작자는 우리가 손잡이를 잡고 서 있는 바로 앞좌석에 앉은 어느 청년 하나에게 이상한 눈치를 보내더니 급기야 험상궂고, 증오하는, 금방 잡아먹을 듯한 눈초리를 그 청년에게 쏘아 대는 것이었다. 천만다행으로 그 청년이 작자의 그 시선을 못 느꼈기 때문에 큰 일은 나지 않고 우리는 버스를 내렸지만 알고 보니 그 청년과는 전연 알지 못하는 사이. 길을 가다가 이따금씩 버스칸 같은 데서 작자는 누구나 한 사람을 작자의 옛 여자를 빼앗아간 남자—실제의 그 남자를 작자는 모르기 때문에—로 가정해 두고 혹은 어떤 여자가 옛 여자와 코가 닮았다든가 입이 닮았다든가 웃음소리가 닮았다든가 하는 것을 발견하면 작자는 그 사람들에게 그와 같은 험악한 시선을 보내는 것이었다. 사랑치고는 치사한, 치사하다기보다는 만일 천치들이 사랑을 한다면 아마 그런 식으로 할 사랑이면서 주제에 작자는, 사랑이 어쩌니, 하는 것이다. '사랑은 주는 것. 가장 아름다운 것은 슬픔이라는 감정'—이러한 사랑의 ABC도 작자는 들어보지 못한 게 분명하다.

작자는 또한 거만하고 동시에 쩨쩨해서, 자기가 거리를 지나가면 길 가던 사람들이 다시 한번 돌아보아 주는 인물이 됐으면, 하고 바라고 그래서 영화배우나 됐더라면 만족했겠지만 그러나 용모에는 자신이 없었던지 소설가라고 스스로 칭호를 붙여 놓고 으스대기만 하는 놈이다. 소설가라야 얄팍한 소설책 한 권을 출판해 놓았을 뿐이다. 나는 작자가 항상 호주머니에 넣고 다니는 그 저서라는 걸 언젠가 본 적이 있지만 책이라야 획수도 제대로 붙지 않은 낡아빠진 활자로 찍혀져서 우선 보고 싶은 맘이 내키지 않는 데다가 잠깐만 훑어봐도 '사랑. 오뇌, 회오, 연민, 죄, 벌, 자세, 인간, 미덕, 신, 악마, 종교, 사회, 정신의 후진 후진…' 그리고 다시 '사랑, 오뇌, 회오, 연민, 죄, 벌, 자세, 인간, 미덕, 신, 악마, 종교, 사회, 정신의 후진 후진…' 등의 단어들이 제멋대로 튀어나온다. 남들이 옛날에 써버린 걸 주워 모아 낑낑대고 있는 작자는 어쩌면 불쌍하기조차 하지만 게다가 작자 자신과는 거의 인연이 없는 단어들이라 보면 웃음밖에 더 나오지 않는다. 그야말로 '후진 후진'이다.

내가 잘 알고 있거니와, 작자는 빚이라도 진 기분으로 하룻저녁쯤 '고뇌'하고는 그걸로써 이젠 체면은 섰다는 듯이 열흘을 배짱 편하게 사는 놈인 것이다. 하룻밤 벌어서 열흘을 살 수 있다면 오오, 세상 어디에 가난뱅이가 있겠는가?

치한(癡漢). 작자의 뻔뻔스러움에 대해서는 좀 전에도 얘기했지만 그것은 작자의 용모에서도 나타난다. 작자의 머리는 도대체 몇 달 동안이나 이발을 하지 않은 것인지 앞머리의 머리털 끝을 늘어뜨리면 유난히 기다란 그의 코끝에 머리털의 끝이 닿는다. 목욕도 얼마 동안에 한 번씩이나 하는지—나는 그가 무슨 자랑이라도 하듯이, 나 어제 목욕했어. 7개월 만이지, 하며 히쭉거리던 걸 본 일이 있다—작자의 곁에 가면 찌릇한 냄새가 난다. 옷도 너털너털. 이런 것들은 만약 작자가 조금만 노력하면 고쳐질 수 있는 게 아닌가. 그러면서도 작가가 자기의 그러한 용모를 우겨댈 수 있는 것은, 그의 친구들이, 저 자는 소설가니까 저런 용모가 당연하고 또 어울리기도 해, 말하자면 체하는 건데 괜찮거든, 이라고 얘기해 주기 때문이다. 사실은 작자의 성미가 천성적으로 게으르고 더러워서 목욕도 이발도 하기를 죽자고 싫어하는 터인데 친구들이 그렇게 자기들 나름으로 변명을 해주니까, 얼씨구 잘 됐다 싶은지, 그렇고 말고, 소설가란 다 이런 거야. 헤헤 웃음으로써 얼렁뚱땅 넘겨 그 용모를 유지해버리는 것이다.

작자는 시시한 일로도 곧잘 웃는다. 즐거워서 웃는 게 아니라 남의 비위를 맞추려고 웃는 것이다. 그러면서도 내가 취하기 위해서, 라고 얘기하면 아니지요, 그리워하기 위해서, 라고 엉뚱한 응수를 해오는 놈이다. 잘 웃고 그리고 그리워하기 위해서 태어났다고 말하고 있는 작자를, 처음 만나는 사람들은 굉장히 착한 사람을 보는 눈초리로 보지만 그런 사람들이 다음의 이야기를 들으면 작자를 착한 놈으로 보았던 자기 자신이 창피해서 얼마나 얼굴이 새빨개질까.

언젠가, 무슨 용무로써였던지는 잊었지만, 작자와 함께 어느 여학교엘 간 적이 있었다. 교무실에서 용무를 마치고 나서 우리가 그 교사(校舍)의 현관을 통해 나올 때였다. 현관에는 학생들에게 오는 편지를 꽂아 두는 우편함이 설치되어 있었고 마침 수업 중이어서 현관에는 아무도 없었다. 그런데 작자는 그 우편함에서 손에 잡히는 대로 편지 하나를 냉큼 집어서 호주머니에 쑤셔 넣어 버리는 것이었다. 그런 짓 하는 데에는 길이 들어 버린 탓인지, 편지를 집어넣는 그 속도라든가 태도는 내가 무어라고 말릴 틈도 없이 순간적으로 그리고 거의 무의식적이라고나 얘기해야 할 것이었다. 작자의 치기에 대해서는 알 대로 다 알고 있기 때문에 그때 나는 좋다 그르다 한마디 안 해버리기로 했지만 그가 호주머니에 쑤셔 넣은 편지에 자꾸 신경이 쓰였다. 그런데 작자는 편지 같은 건 다 잊어 버렸다는 듯이, 아니 편지를 훔쳐 넣은 일도 없었다는 듯한 얼굴로 걸어가다가 결국 내가 궁금증을 참다 못하여, 그 편지, 하고 주의를 주자 그제서야 편지를 꺼내 들고 봉투의 앞뒤를 뒤척여 보며, 흠 글씨 참 못 썼군, 설상가상으로 편지봉투에 연필글씨야, 하며 혀를 끌끌 차는 내참 그 어처구니없는 꼴.

작자는 봉투를 북 찢고 안에서 편지를 꺼냈다. 편지만이 아니었다. 그 편지 안에는 꼼꼼하게 싸인 돈이 이백 원—우체법 규정의 법망을 용케 빠져 나와서 바야흐로 수취인의 손에 안착하려던 백 원짜리 지폐 두 장이 들어 있었다. 편지 내용은 홀어머니가 딸에게 보내는 것으로 되어 있고 대강 이런 내용이었다고 기억한다. '납부금과 하숙비는 있는 힘을 다해서 장만하고 있으나 여의치 않다. 좀더 기다려 보아라. 우선 구한 돈 보내니 이걸로 그동안 견디어 보기 바란다.' 있는 힘을 다하여 구한 돈이 이백 원, 그 어머니의 철자법에 무식한 글은 거의 울음으로 찬 느낌을 주고 있었다. 딸은 틀림없이 초조한 기대를 갖고 고향에서의 편지를 기다리고 있으리라. 만일 이 편지가 딸의 손에 들어갔더라면 딸은 어머니의 글이 풍겨 주는 것에서 자기 신분의 분수를 생각하고, 그리고 학교를 그만두고 그 이백 원을 여비로 고향으로 돌아가서 그리고 어머니와 얼싸안고 울고 그리고… 뜻밖의 수확인 걸, 공짜로 얻은 건 얼른 써버려야지 그렇잖으면 도로 잃어 버린다오, 하며 작자는 그 지폐 두 장을 내게 흔들어 보이는 것이었다. 과연 작자는 싫다는 나를 억지로 끌고 술집으로 데리고 가더니 죽이고 싶도록 기분 좋은 태도로 술을 마셔 대는 것이었다. 그리고 나서는, 그리워하기 위해서, 라고 말하는 바인데 도대체 무엇이 그립다는 것일까.

고향이 그립다는 것이지? 작자는 나로서는 생전 이름도 들어보지 못한 시골에서 올라와서 서울을 빙빙 돌아다니며 사는 놈인데 그리고 보니 작자의 저 광증(狂症)에 가까운 생활태도는 무전여행자의 그것 아니면 촌놈이 서울에 와 보니 모든 게 신기하기만 해서 어쩔 줄을 몰라, 아니 무턱대고 우쭐대고 싶은 저 촌뜨기 의식에 가득 차서 괜히 심각한 체해 보았다가 시시하게 웃어 보았다가 술 사달라고 조르고 사랑이 어쩌고 하고 있는 게 분명한 것이다. 고향이 그립다는 것이지? 그러나 고향이 그리운 것 같지도 않다. 작자의 고향에는 자기의 어머니와 누이가 살고 있다고 얘기하는 것을 들은 적이 있지만 작자는 그들에게 대해서 별 애착을 갖고 있는 것 같지도 않은 것이다. 나는 작자에게 보낸 그의 어머니의 편지를 한번 읽은 적이 있는데 내가 보기에는 세상에서 그처럼 다정하고 착하고 그리고 내가 그 편지 속에서 받은 느낌을 상상해보건대 그처럼 아름다운 용모를 가진 어머니가 좀처럼 있을 것 같지 않았다. 성모 마리아의 하얀 석상을 볼 때 받는 느낌 같았다고나 할까, 요컨대 작자에게는 분에 넘치기 짝이 없이 훌륭한 어머니인 것이다.

'아들아, 먼 곳에 너를 보내 놓고 마음 한시도 놓지 못하고 있다. 하느님께 기도 드리면 내 아들이 아무리 먼 곳에 가 있더라도 심신 평안하다 하여 지난 주일부터는 읍내에 있는 성당에 다니기로 하였다. 어느 곳에 있든지 무슨 일을 하든지…'

내가 읽은 그의 어머니의 편지 한 구절이다.

내가 그 편지를 읽고 있는 동안에 작자는, 우리 마을에서 성당이 있는 읍내까지는 꼬박 30리 길인데… 왕복 60리, … 미친 짓하고 계셔, 라고 투덜대더니 괜히 화가 나가지고 내가 그 편지를 돌려주자 북북 찢어서 팽개쳐 버리는 것이었다. 그처럼 착한 어머니께 '미친'이라는 차마 입에 담을 수 없는 욕을 하는 그야말로 미친 바보, 멍텅구리, 촌놈, 얼치기, 치한.

작자의 객기 중의 하나는 이따금씩 쉽사리 속아넘어가 줄 만큼 순진한 사람을 만나면 어울리지 않게 심각한 얘기를 끄집어내서 상대의 환심을 사려는 그 버르장머리이다. 내가 작자의 그러한 못된 버르장머리를 알고 있다는 것을 눈치챈 모양으로 그렇기 때문에 그는 나를 되도록 피하려 애쓰며 또한 아무리 예수님처럼 순진한 사람이 작자의 앞에 앉아 있더라도 내가 함께 있는 자리에서는 그 사람에게 잘 보이려고 심각한 얘기를 꺼내는 것 같은 짓은 감히 하지 않는다. 그러나 그것도 더 참을 수가 없었던지 며칠 전에는, 창을 통해서 황혼을 맞고 있는 거리가 내려다보이는 어느 다방에서 내 앞에 고개를 숙이며 심각한 투로 작자는 말을 꺼내는 것이었다.

—만일 신이 계시다면…

염병할 자식, 난데없이 신은 왜 들추어내는 거냐. 오오, 명작이라면 대부분이 반드시 신을 붙들고 어쩌구저쩌구 하고 있으니까, 짜아식 아아쭈, 흉내를 내 보려구. 작자의 다음 말을 듣지 않기 위해서 나는 두 손으로 귀를 막아 버렸다. 그러나 귀가 완전히 막힐 수는 없는 모양이다. 결국 나는 작자의 말소리를—먼 곳에서 들려오는 듯하긴 했지만 별수 없이 작자의 말소리를 들어 버렸다.

—내게도 다소 인간적인 데는 있다고 말씀하실 거야.

그렇지만 이 얼치기, 가짜, 흰 수작만 하는 소설가여, 슬픈 목소리로 이렇게 중얼거리실지어다. 심각한 체라도 하지 않고서는 살 수가 없다고.

갈대들이 들려준 이야기

온 들에 황혼이 내리고 있었다. 들이 아스라하니 끝나는 곳에는 바다가 장식처럼 붙어 보였다. 그 바다가 황혼녘엔 좀 높아 보였다. 들을 건너서 해풍이 불어오고 있었지만 해풍에는 아무런 이야기가 실려 있지 않았다. 짠 냄새뿐, 말하자면 감각만이 우리에게 자신을 떠맡기고 지나갈 뿐이었다. 우리는 모두 그것에 만족하고 있었지만 그래서 오히려 우리들은 좀 신경이 날카로워져 있었던 것일까. 설화가 없어서 우리는 좀 우둔했고 판단하기를 싫어하는 사람들이 누구나 그렇듯이 세상을 느끼고만 싶어했다. 그리고 그들이 항상 종말엔 패배를 느끼고 말듯이 우리도 그러했다. 들과 바다—아름다운 황혼과 설화가 실려 있지 않은 해풍 속에서 사람들은 영원의 토대를 장만할 수가 없다. 그래서 사람들은 도시로 몰려갔다. 그리고 더러는 뿌리를 가지게 됐고 그렇지만 많은 사람들이 처참한 모습으로 시들어져 갔다는 소식이었다. 차라리 이 황혼과 해풍을 그리워하며 그러나 이 고장으로 돌아오지는 못하고 차게 빛나는 푸른색의 아스팔트 위에 그들의 영혼과 육체를 눕혀 버리고 말았다는 안타까운 소식이었다. 한낱 자연의 현상에 불과한 저 황혼과 해풍이 그리하여 내게는 얼마나 깊고 쓰라린 의미를 가졌던가! 숱한 사람들에게 인간의 의미를 깨닫게 해주고 동시에 보다 깊은 패배감을 안겨 주고 무심히 지나가 버리는 저것들.

그날 황혼녘에 나는 누이를 마을에서 좀 떨어져 있는 작은 강둑으로 불러내었다. 강은 들의 한복판을 꾸불꾸불 가르며 흐르고 있었다. 대개의 강들과는 반대로 이 강의 수원(水源)은 바다였다. 바다가 썰물일 때면 따라서 이 강의 물도 빠지고 바다가 밀물일 때면 이 강도 함께 부풀어오르는 것이었다. 이 강가의 무성한 갈대밭 사이에 매여 있는 작은 돛배들은 밀물일 때를 기다려서 떠나고 혹은 돌아올 수밖에 없었다. 이 강이 들의 농업수가 되어 있는 건 아니지만 연안의 고기잡이라든가에는 퍽 친절한 수로(水路)가 되어 있었다. 우리가 사는 마을은 이 강과 그리고 이 들에 매달려 있었다.

밀물 시간이어서 강물은 바다 쪽으로부터 빠르게 흘러오고 있었다. 갈대숲 사이에는 부리가 긴 물새들이 날아다니며 먹이를 찾고 있었다. 간간이 고기들이 강물 위로 펄쩍 뛰어오르곤 해서 주위의 정적을 돋우어 주고 있었다. 강물은 황혼 속에서 금빛이었다. 해풍이 퍽 세게 불어와서 내 곁에 말없이 앉아 있는 누이의 머리칼을 흩날리고 있었다. 결국 이 황혼과 이 해풍이 누이의 침묵을 만들어 버렸던 것이다.

누이는 도시로 갔었다. 어머니와 내가 누이를 도시로 보냈었다. 그리고 며칠 전 갑자기, 거진 이 년 만에 이곳으로 다시 돌아왔었다. 누이가 도시에 가 있던 그 이 년 동안 나는 얼마나 지금 우리 앞에서 지상을 포옹하고 있는 이 자연 현상들에게 누이의 평안을 빌었던가. 그러나 도시에서는 항상 엉뚱한 일이 일어나는 모양이었다. 어떠한 일들이 누이를 할퀴고 지나갔었을까, 어떠한 일들이 누이를 빨아먹고 갔었을까, 어떠한 일들이 누이를 찢고 갔었을까, 어떠한 일들이 누이에게 저런 침묵을 떠맡기고 갔었을까. 누이는 도시에서의 이야기를 나와 어머니의 간절한 요청에도 불구하고 한마디하려 들지 않았었다. 우리는 누이가 지니고 왔던 작은 보따리를 헤쳐 보았다. 그러나 헌옷 몇 벌과 두어 가지의 화장도구를 발견할 수 있었을 뿐이었다. 그걸로써는 누이에게 침묵을 만들어준 이 년의 내용을 측량해 볼 길이 없었다. 누이의 침묵은 무엇엔가의 항거의 표시였다. 우리를 향한 항거였을까, 도시를 향한 항거였을까. 그렇지만 우리를 향한 것이라면 그것은 분명 누이에게 잘못이 있는 것이다. 높은 목소리로 질책하는 방법이 침묵의 질책보다 더 서툴렀다는 것을 결국 도시에서 배워 왔단 말인가?

반대로, 도시를 향한 항거라면—아마 틀림없이 이것인 모양이었는데—그렇다면 누이의 저 향수와 고독을 발산하는 눈빛, 사람들이 두고 온 것들에게 보내는 마음의 등불 같은 저 눈빛을 우리는 무엇으로써 설명해야 할 것인가?

누이가 돌아오고, 누이가 도시에서의 기억을 망각하려고 애쓰는 듯한 침묵 속에 빠져드는 것을 보고 우리는 아마 누이가 도시에서 묻혀온 고독이 병균처럼 우리 자신들조차 침식시켜 들어오는 것을 느끼게 되었다.

이 황혼과 이 해풍. 그들이 우리에게 알기를 강요하던 세계는 도대체 무엇이란 말인가. 미소를 침묵으로 바꾸어 놓는, 만족을 불만족으로 바꾸어놓는, 나를 남으로 바꾸어 놓는, 요컨대 우리가 만족해 있던 것을 그 반대로 치환시켜 버리는 세계였던 것인가. 누이는 적어도 우리가 보낼 때에는, 훈련을 받기 위해서 그곳에 간 것이 아니라 완성되기 위해서 간 것이었다. 그런데 침묵의 훈련만을 받고 돌아오다니.

어제 저녁, 어머니는 당신이 우리에게 마음을 쓰고 있다는 표시로 되어 있는 밀국수를 끓여서 저녁식사를 하는 자리에서 당신이 할 수 있는 가장 부드러운 말씨와 정성어린 손짓으로 누이의 어깨를 쓰다듬으며 도시에서 무슨 일을 했던가, 결국 곤란을 겪었던가, 무엇이 재미있었던가, 남자를 사귀었던가, 그렇다면 어떤 남자였던가, 고 얘기해 주기를 간청했었다. 그런데 그것이 짐작컨대 누이의 쓰라린 추억을 불러일으킨 모양이었다. 누이는 어머니를 붙들고 소리 없이 울었다. 석유 등잔불의 펄럭이는 빛이 그들의 그림자를 더욱 쓸쓸해 보이게 했다. 왜 저를 태어나게 했어요, 라고 누이는 말했다. 어머니도 소리 없이 울었다. 누이는 어머니의 얼굴을 올려다보며 새삼스럽게 울음을 터뜨렸다. 미안해요, 어머니, 라고 누이는 말하고 싶었던 거다. 하루는 아무렇지 않다는 듯이 무서운 사건이 세계의 은밀한 곳에서 벌어지고 그리고 다음날은 희생자들이 작은 조각에 몸을 기대고 자기들의 괴로움을 울며 부유(浮遊)하는 것이다.

강물이 빠르게 밀려오고 금빛 하늘이 점점 회색으로 변해 가는 이 시각에 아직도 신비한 힘을 보여 주는 자연 속에서 나는 누이로 하여금 도시의 모든 기억을 토해 버리게 할 생각이었다. 나를 위해서가 아니라 누이를 위해서였다. 이 년 동안을 씻어 버리고 다시 이 짠 냄새만을 싣고 오는 해풍으로 목욕시키고 싶었다. 인간이란 뭐냐, 인간이란? 저 도시가 침범해 오지 않는 한, 우리는 한 고장을 지키기에 충분한 만족을 가지고 있는 것이다. 영원의 토대를 만든다는 것, 의지의 신화들을 배운다는 것, 우는 법을 배운다는 것, 침묵을 배운다는 것, 그것만이 인간인 것이냐? 인간의 허영이 아닌가, 라고 나는 누이에게 말해주고 싶었다.

세상은 넓은 것이다. 불만이고자 하는 사람들을 포용하고 동시에 만족하고자 하는 사람들을 포용한다. 세상이 거절만 하지 않는다면 우리가 만족해 있다는 것을—이 작으나마 고요한 풍경 속에서 만족해 있다는 사실을 과시해도 좋은 것이다. 도시에 갔던 사람들이 이곳으로 여간해서 돌아오지 못하고 마는 이유는 어디에 있는 것일까. 나는 알 수 없었다. 다행히 누이는 돌아왔다. 그러나 옷에 먼지를 묻혀 오듯이 도시가 주었던 상처와 상처의 씨앗을 가지고 돌아왔다. 무수히 조각난 시간과 공간, 무수히 토막난 언어와 몸짓이 누이의 기억을 이루고 있으리라는 건 알 수 있었다. 그리고 그 무수한 것들, 별들처럼 고립되어 반짝이는 그 기억들이 누이의 가슴에 박혀서 누이의 침묵을 연장시키고 혹은 모든 것을 썩어나게 하는 것이다. 무엇이냐, 그 파편들은 무엇이냐? 그리하여 나는 동화 속의 인물처럼 말하였던 것이다—이번엔 내가 가보지.

내가 사랑하고 만족해 있던 황혼과 해풍에 꿋꿋한 맹세조차 했었던 것 같다.

누이의 결혼

퍽 오래 전에 고향으로부터 소식이 왔다. 누이가 결혼을 한 것이다. 해풍 속에서 살결을 태우며 자라난 젊은이와. 만일 그때 누이가 내 곁에 있었더라면, 그 애가 알아듣든 못 알아듣든 이런 얘기를 하고 싶었다. 그러나 사람들에게 제각기의 밤이 있듯이 제각기의 얘기가 있는 것이다. '최후 심판의 날'을 상상해 보지만 얼마나 난해한 순환일까. 황혼과 해풍 속에서 사는 사람들도 그리고 '안녕하십니까' 속에서 사는 사람들도 누구나 고독했다.

또 하나의 소식. 누이가 어린애를 낳았다고, 사람 하나를 탄생시켰다고.

일지초(日誌抄)

절망이란 단순히 감정상의 문제가 아니다. 모든 논리가 꺾이고 지성이 힘을 잃고 최악의 감정을 예컨대 증오조차 사라져 버리는 저 마구 쓰리기만 한 감촉의 시간, 도회를 떠난다고 해도 이미 갈 곳은 없고 죽음으로써도 해결될 것 같아 보이지 않아서 불더미 속에 싸이거나 한 듯이 안절부절못하는 사나이여, 유희의 기록이라도 하라.

멀고 깊은 산 속으로 왕들을 보러 가던 길에, 길옆에 피어 있는 작은 패랭이꽃 한 송이를 보고 그 꽃 곁에서 놀며 하루를 보내 버리고 돌아오다. 흐린 날씨. 바람이 꽤 세게 불고 있었다고 기억된다.

변소에 가서 뒤를 보며 울었다. 드디어 내게도 변비가 생겼구나고.

영원과 순간의 동시적 구현—인간, 으흥. 그래서 모호하군.

"한국시엔 운(韻)이 없어서 맛이 없어." 어느 친구의 말.

"그렇고말고. 불란서 시의 그 운의 맛이란… 헤헤." 나여, 나여, 말끝을 흐려 버리는 헤헤는 왜 나왔느냐. 실력이 없다는 증거. 시시한 의견은 삼가하라. 함부로 떠들다가는 헤헤가 나오고 그러면 자기의 무식을 개탄하고 동시에 열등감을 느끼고 그래서 똑똑한 의견을 가진 사람을 미워하게 되고… 결과는 의외로 나빠진다.

"저 노형, '다스라니스키'라는 노서아 소설가를 아시는지요?" 내가 묻는다.

"저 〈죄와 벌〉의 작가 말씀인가요?" 친구는 대답한다.

"아니지요. 그건 '도스토예프스키'고요."

"모르겠는데요." 친구는 당황한다. 진작 이럴 걸. 간단하잖으냐 말이다. 항상 질문하는 편이 되고 그러면 상대는 얼떨떨해져서 열등감을 약간은 느끼고 나는 그걸 보고 약간은 우쭐대고. '다스라니스키'

라는 이름은 방금 내가 지어낸 것, 따라서 그런 소설가란 없었던 것이다.

'운명과 우연을 생각해 본다. 그리고 둘 다 부정해 본다'
증명 : 거울 앞에 서라. 거기에 비추인 네 얼굴을 보라. 웃는가? 아니 그 반대다. 그럼 네 선조로부터 시작되어 반복되는 저 위대한 실험을 생각하라—그러나 그것도 또렷한 불확실.

위대한 사상과 위대한 파괴와는 어쩔 수 없는 관계인 모양이다. 무엇인가를 발굴해 가는 예지는 신의 나라를 허물어 버리고 있다. 저 하늘에 있던 나라의 모든 건물이 지상에 끌려 내려와 세워지고 그리고 마지막으로 신의 옥좌마저 지상에 놓일 때 그 의자 위에는 '나'가 앉을까? '남'이 앉을까?

'아이쭈'라는 유행어. 없었으면 좋겠다.

여자는 사랑하는 남자에게 무엇인가를 자꾸만 주고 싶어한다. 빨간 표지의 수첩을, 목도리를, 비누를, 사진을, 그렇게 하여 과거를 떠맡기고 여자는 떠나는 것이다. 남자는 그 물건들에 둘러싸여 '사랑하는 이'라고 불러 본다. 여자는 내게 자살을 요구하고 있는 건 아닐까, 라고도 생각해본다. 히히, 18세기로군. 또는 유행가.
내게는 비평능력이 없다. 세상에 태어나서 꼭 한번 비평해 보았다. 그 여자가 나와 헤어지자고 말했을 때.
나의 비평—옳은 말이다. 옳은 말이다. 아니다.

■ '두 사람을 존경하리로다'라는 제목이 붙은 꿈 이야기

問 "선생님, 잃어버린 한 여자를 잊는 데 얼마의 시간이 필요하셨습

니까?"

答 "십 년이 넘는 지금까지도 아직…"

(선생님도 병신이군요)

問 "선생님은?"

答 "1년. 그리고 때때로 생각날 정도."

問 "선생님, 당신은?"

答 "1주일. 요컨대 술이 깨고 보니 잊어버렸더군."

(선생님도 병신)

問 "선생님, 당신은?"

答 "여자가 헤어지자는 말이 끝나자마자 바로."

(선생님도 병신)

問 "선생님, 당신은?"

答 "글쎄, 난 여자를 많이 주무르기는 해보았지만서두 그러면서 뭐 사랑 같은 건… 글쎄 주어 본 적이 없으니까."

(앗! 선생님, 선생님 당신을 존경하겠습니다)

이 문답 곁에 앉아 있던, 곧 죽어 가는 어느 파파 영감이 나를 부르더니.

"여보게 젊은이, 나는 한 평생을 젊은 날 잃어 버린 한 여자 생각만으로 살아왔는데 그럼 나도 병신이란 말인가?"

(앗!)

나는 기절해 버렸다.

아직도 저런 분이 남아 있다니.

너무나 너무나 기뻐서.

정(正)

반(反)

그러면 다시

정(正) —내 감정의 변증법.

장미 곁에서 방귀를 뀌다. 어느 쪽의 냄새가 더욱 강했던가?

벗들아, 너희들의 이성(理性)을 과시하며 나를 조롱하지 말아다오. 벗들은 교과서의 가르침대로 한 번쯤은 내게 충고를 하고 그리고 내가 우물쭈물하고 있는 사이에 그들은 토라진 계집애처럼 홱 돌아서서 어깨를 아주 나란히 하고 총총히 떠나버린다.

너의 의견과 나의 의견이 있을 뿐 — 우리들이 합의한 공통된 의견.

딱한 친구를 보는 것은 내 자신을 보는 것보다 더 괴롭다. 내게 점심을 사준 어느 친구에게 답례로 음담을 하나 들려 주었더니 내게 잘 보이려고 그 순진하기 짝이 없는 친구, 자기도 그쯤은 예사라는 듯한 태도로 기상천외의 음담을 이마에 힘줄을 세워 가며 하는 그 모습. 억지로 따라 웃어 주긴 했지만 서글퍼서 서글퍼서 나는 죽고만 싶었다.

안색(顔色)을 팔고 국화를 사는 노인을 보았다. 저렇게 늙고 싶은데.

"당신네 같은 처녀들보다는 닳아진 창녀를 난 좋아합니다"라고 말하여 한 처녀를 울려 보냈다.
왜 나는 거짓말을 했을까? 창가(娼家)는 구경도 못한 놈이.

경계하면서 사랑하는 체, 시기하며 친한 체, 기뻐하며 슬퍼해 주는 체. 저는 너그럽습니다, 라고 표시하기 위하여 웃으려는 저 입술의 비뚤어져 가는 저 선이여. '모나리자' 같은 선생님, 만수무강하십쇼.
"이걸 안 하면 넌 굶어 죽어, 알겠어?"
"네."

"이걸 안 하면 넌 동지를 배반하는 거야, 알겠어?"
"네."
"남들이 그걸 할 때 그걸 구경하고 있는 네가 아무렇지도 않은 심정으로 그들을 구경하듯이 이번엔 네가 한다고 해서 거리를 지나가는 너를 특별히 너만 바라보며 웃거나 할 사람은 없어, 알겠어?"
"네."
'데모'에 한번 참가하는 데 자신에게 몇 번이나 다짐해야 했던가. 알고 보니 '데모크라시'가 팽개쳐 버릴 도련님이었구나.

천 번만 먹을 갈아보고 싶다. 그러면 내 가슴에도 진실만이 결정(結晶)되어 남을까? —한 '카타르시스' 신봉자의 독백.

어느 날, 고향의 어머니께 보내고 싶은 마음 간절했던 편지의 한 구절—'실은 의사가 되고 싶었는데 병자가 되어 버렸어, 라고 힘없이 말하며 병들어 죽어간 친구를 오늘 보고 왔습니다.'

누이에게 쓰고 싶던 편지의 한 구절—'도시에 가서 침묵을 배워 왔던 네가 도시에서 조리에 맞지 않는 감정의 기교만을 배운 나보다 얼마나 훌륭했던가.'

별도 보이지 않는 밤에, 고향의 논두렁이 그리워서 중량교 쪽 어느 논두렁에 가서 서다. 개구리들이, 거꾸러져라거꾸러져라거꾸러져라, 고 내게 외쳐대다.

다시 축전(祝電)

'가하' 오빠.
부호라는 걸 만든 이에게 평안 있으라. 엉망진창이 된 나의 감정을 감정의 뉘앙스라는 점에서 완전히 인연이 없는 의사전달의 수단으로써 표시할 수 있는 이 신기함이여. 그렇지만 고향의 누이는 꽃봉투 속에 든 전문—'축 순산'을 읽을 게 아니냐고? 그래도 좋다. 나의 착한 누이가 만일 '우리의 이 모든 괴로움 속에서 태어난 네 자식은 우리가 그것을 겪었다는 이유로써 구원받을 미래인이 아니겠는가' 라는 나의 기도를 제대로 읽어 주기만 한다면 누이도 나의 축전을 받아 들고 과히 당황하거나 부끄러워하지도 않으리라. 제발 지금 나의 이 뒤얽힌 감정 중에서도 밑바닥을 이루고 있는 이 한 가지의 기도가 실현된다면 그러기만 한다면 얼마나 좋겠는가?

(1963)

확인해 본 열다섯 개의 고정관념

할 수 있을까? 저 허술한 벽에 킴 노박의 볼을 붙이는 일. 문제는, 내가 자리에서 일어나서 책상 위에서, 오려진 킴 노박의 볼을 집어들고 어디 있는지 모르는 핀을 찾고… 그럴 만한 기운이 지금 내게 있느냐 하는 것이다. 이불을 아무리 몸에 감아도 이 주일 동안이나 불을 때지 않은 방의 냉기를 막아낼 수는 없다. 그리고 배가 고프다. 내게 지금 일어날 기운이 있을까? 이렇게 정기 없는 눈으로 보아도 벽의 그 귀퉁이는 아무래도 허술하다. 벽의 그 귀퉁이가 허술해 보이는 그것은 이제 내 고정관념 중의 하나이다. 벽의 그 귀퉁이로 눈이 가기만 하면 나는, 허술하구나, 라고 생각해 버린다.

선반이 굵게 가로질러 있고 그 선반 위엔 선반의 부속품인 듯이 보이는 내 여행가방이 직사각형으로 위치하고 있다. 그 가방은 이제라도 들고 나가 주기만 기다리고 있다는 듯한 모습이다. 그 선반이 걸린 벽과 모서리를 대고 있는 이쪽 벽은 텅 비어 있다. 옷을 걸게 되어 있는 못이 두 개 박혀 있지만 그 못이란 극히 작은 점에 불과하다. 그 작은 점 두 개가 저 벽을 장식해 줄 수 없다. 만일 그 못에 옷을 건다면? 이러지 말자. '옷을 건다면'이라니 마치 목 매어달아 죽어 있는 사람 같은 형상으로 옷 두 개가 축 늘어져 있는 모습을 보고 싶단 말인가? 그보다는 차라리 텅 빈 저대로의 벽이 더 낫다. 그렇지만 그대로는 아무래도 허술하다. 저 벽이 조금만 잘 꾸며져 있다면 이 방도 퍽 맘에 들 거다. 어떤 식으로 꾸며 볼까? 몬드리안의 캔버스를 생각해 본 적도 있다. 선반의 굵은 직선과 그 선의 삼분지 일쯤에 위를 향하여 위치하고 있는 내 여행가방의 직사각형 때문에. 그러나 몬드리안의 흉내를 내기에는 벽의 색채들이 너무 보잘것없다. 언젠가 우연히 본 일본제 부채를 생각해 본 적도 있다. 그 부채는 JAPAN AIR LINE의 손님들에 대한 선물용이었는데 거기에 그려진 도안이 퍽 예뻤다. 금빛과 자줏빛의 콤비네이션이었다. 그러나 그것도 결국은 몬드리안의 모방이었기 때문에 나는 포기했다. 거리를 걸을 때도 나는 건물들을 눈여겨봤지만 모두가 몬드리안이었다. 직선은 몬드리안에서 그쳐 버렸다는 생각도 이젠 내 고정관념 중의 하나이다.

언젠가부터 나는 이쪽의 텅 빈 벽을 원형의 그림으로써 장식해 보기로 생각하고 있었다. 대도시의 이른 아침에, 연기에 가려 뿌연 하늘에 정확한 동그라미로 떠 있는 빨간 해처럼. 그 해는 흔히 얽혀 있는 전선 사이로 보이는 것이지만 그 얽혀 있는 전선마저 이 벽 위에 가져다 놓으면 그 옆벽의 직선과 직사각형은 꼴불견이 되어 버릴 거다.

나는 저 허술한 벽에 붙일 동그라미를 찾으러 다녔다. 한번은 카드 한 장이 맘에 들었다. 그것 역시 일본제였는데, 두껍고 하얗고 매끄러운 정사각형의 종이에 빨간 동그라미가 찍혀져 있었다. 그 빨간 동그라미도 아마 떠오른 해인 듯했다. 그 동그라미 곁에 '謹賀新年'이라는 송조체(宋朝體)의 글씨가 금빛으로 찍혀져 있었다. 그래서 나는 일본사람들은 금빛을 좋아하나 보다라고 생각했는데 그것도 이젠 내 고정관념 중의 하나이다. 그 카드를 저 허술한 벽에 붙여 두고 싶었으나 그러나 그 카드 안의 빨간 동그라미가 벽에 비해서 그리고 직선과 직사각형의 크기에 비해서 너무 작은 느낌이었고 그보다는 그 카드를 가진 녀석이 그 카드를 내게 주려고 하지 않아서 나는 포기할 수밖에 없었다. 그 녀석의 아버지는 얼마 전에 벼락부자가 되었는데 그렇다고 간첩 노릇을 한 것은 아니고 방직공장에 투자해서 그렇게 되었다는 것이다. 그 녀석이 내 마음을 사로잡은 그 카드를 보여주던 날은 내가 잊을 수 없는 날이다. 그 날 나는 벼락부자들의 집안에서 흔히 볼 수 있는 이층으로 올라가는 계단—그 광택이 아직 나지 않고 꺼실꺼실한 판자의 촉감이 아직도 남아 있는 계단에 발을 올려놓지 않을 수가 없었다. 왜냐하면 그 녀석의 방은 이층에 있었고 그 녀석이 내 앞장을 서서 나를 자기 방으로 인도하고 있었기 때문이다. 그런데 난처한 것은 내 뒤에 그러니까 아래층의 복도에 그 녀석의 여동생이 서서 나를 보고 있는 것이다. 그 여동생이 예쁘지만 않았더라도 또는 내 양말의 뒤꿈치에 큰 구멍이 나 있지만 않았더라도 나는 서슴지 않고 계단을 밟고 올라갔을 거다. 내 양말 뒤꿈치의 구멍은 이만저만 큰 게 아니어서 내 발뒤꿈치가 온통 드러나 있다. 그 발뒤꿈치가 양말 색깔만큼이나 검게 때가 끼어 있는 것은 더욱 곤란한 일이다. 나는 창피스러워서 계단을 올라갈 수가 없었다. 왜 올라오지 않고 거기 서 있느냐고 이층에 올라간 내 친구녀석이 나를 독촉할 때야 나는 눈을 꾹 감고 후닥닥 계단을 뛰어 올라갔다. 발을 빠르게 놀렸으니까 어쩌면 그 예쁜 여자는 내 발뒤꿈치를 보지 못했을 거다. 그러나 창피스러운 느낌은 여전했다. 예쁜 여자 앞에서 내 약점이 드러날 때는 더욱 창피한 법이라는 생각도 이젠 내 고정관념 중의 하나이다. 하여튼 그 이층에서 친구녀석이 보여준 카드가 내 맘에 들었고 그 친구는, 내게 그걸 줄 수 없겠느냐는 내 청을 거절했다. 그 후로는 맘에 드는 동그라미가 없었다.

춥다. 힘이 빠져나간 몸뚱이가 떨고 싶어한다. 그러나 몸뚱이에 떨기를 일단 허락하고 나면 몸뚱이는 원래 사양할 줄 모르는 놈이니까 몇 시간이고 덜덜거릴 거다. 발만 조금 움직여서 덮고 있는 이불을 발에 감아 버린다. 새어 들어오던 바람이 없어졌다. 밖에 눈이 왔는지 안 왔는지는 모른다. 간밤엔 눈이 내리고 있지 않았지만 간밤에

이 방의 문을 열고 들어온 뒤로는 아직 한 번도 밖엘 나가지 않았다. 나는 꼼지락 한 번 하는 데도 조심을 하며 누워 있다. 쓸데없이 움직여서 에너지를 소모하기가 싫다. 육체 속에 있는 에너지란 돈과 같은 성질이다. 많이 있을 때는 축나는 줄을 모르지만 적게 있을 때는 그 소모가 금방 눈에 뜨인다. 기초대사량조차 유지하지 못하고 있는 지금의 내 몸뚱이는 "이젠 정말 이것밖에 없으니까 더 달라는 소리 말아" 하는 듯이 식은땀만 조금씩, 그것도 사타구니로만 조금씩 흘려 내보내주고 있다. 내가 입고 있는 구멍 숭숭 뚫린 털셔츠의 올 사이사이에서는 아마 이[虱]들이 번식에 분주할 거다. 내 손가락들은 조금도 살의(殺意)를 갖지 않은 채 올 사이를 더듬고 있고, 눈은 저 허술한 벽을 멀거니 바라보고 있다. 손가락들이 살의를 갖지 않았다는 건 거짓말이다. 이럴 경우에 살의를 갖지 않았다는 것은 살의가 생길 가능성도 없어야 한다는 것인데, 내 손가락들은 올 사이를 더듬다가 탄력을 가진 그리고 온기를 가진 것—말하자면 손끝에 닿자마자 직감적으로, 아 이건 이로구나, 라고 생각되는 물건을 만나면 그걸 잡아서 비벼대고 있는 것이다. 하기야 이라는 놈은 손가락 사이에 넣어서 비벼댄다고 그쯤으로 죽어버리는 바보는 아닐 거다. 그러나 손가락들은 이가 죽기를 바라면서 비벼댄다. 아니다. 이가 죽기를 바라는 것은 나의 두뇌이고 손가락들은 이가 죽든 말든 거기엔 관심이 없이 오히려 이의 동글동글하고 말랑말랑한 촉감을 즐기고만 있다. 수단이 흔히 목적을 배반한다는 그것도 이젠 내 고정관념 중의 하나이다.

이불 속에 온기가 있다면 그건 내 몸이 마지못해서 내놓은 것이다. 내가 깔고 덮고 있는 이불 속을 제외하고는 차가웁다. 이 주일 동안 불을 때지 않은 온돌방의 무시무시한 냉기. 어쩌다가 손이 방바닥에 닿기라도 하면 그 손은 정신착란을 일으켜버린다. 그래서 그 방바닥이 뜨거운 것인지 찬 것인지도 모른다. 그냥 손은 화닥닥 공중으로 뛰어올라서 발광한 이들의 춤을 춘다. 헤헤, 꽹과리가 깽깽 울리고… 에너지가 손끝으로 빠져 달아난다. 손을 얼른 바지 허리춤으로 넣어서 궁둥이 밑에 깐다. 몸에 힘이 없으니까 피도 게으름을 피운다. 잠시 동안 궁둥이 밑에 깔려 있었는데도 손은 곧 저린다. 이럴 땐 손이 없었으면 좋겠다. 인체에서 가장 처지 곤란한 것은 손이다. 장례식에 참석했을 때 또는 연단에 섰을 때, 오늘처럼 겨울날 추운 방에 누웠을 때 가장 처치 곤란한 것은 손이다. 군대에서 가끔은 영리한 짓을 만들어낸다. 열중 쉬엇! 그러면 손바닥 두 개는 척추께에서 서로 만난다. 열중 쉬어의 자세가 그러나 이불 속에 누웠을 때는 곤란하다. 척추에 깔려서 손바닥에 피가 통하지 않게 되고 그러면 손바닥은 바람 속에 선 전선들처럼 윙윙 소리를 내며 저려 온다. 정말 전류가 통해 있는 것만 같다. 손처럼 처리하기 곤란한 물건은 없다는 생각도 이젠 내 고정관념 중의 하나이다. 나는 전쟁터에 팔을 내버리고 온 용사를 하나 알고 있는데 그는 편하게 지내면서도 우울해할 줄 알게 되었다. 그 사람은 지금 시골의 내 집에 있는 바로 내 형인데 집안사람들은 모두 그에 대한 관심을 잠시도 게을리하지 않는다. 그가 팔이 없다는 사실을 불행하게 생각할 틈도 주지 않으려고 애쓴다. 집안사람들은 자기들에게 팔이 있다는 것을 오히려 부끄러워하고 있는 듯이 생각될 정도이다. 형도 식구들의 보살핌에 대해서 보답하려고 애쓴다. 그러나 때때로 우울해할 줄 안다. 먹고 자고 일하고 계집애들을 소재로 한 농담밖에 할 줄 모르던 형이 말이다. 형이 우울해할 줄 알게 됐다는 건 정말 대단한 사실이다. '미로'의 팔 없는 비너스처럼 형은 팔을 정말 알맞게 처리해 버렸다. 팔만 떼어버린다는 조건으로 전쟁이 꼭 한 번만 더 일어났으면 좋겠다. 그 단 한 번의 전쟁이 지구 위에서 앞으로 벌어질 수많은 전쟁을 쓸어버릴 테니까 말이다. 사람들아, 당신이 선 그 자리에서 전쟁을 시작하라. 그 전쟁이 꼭 한 번만 일어나면 세계엔 평화가 온다는 생각도 이젠 내 고정관념 중의 하나이다. 우울해할 줄 아는 걸 심어줄 수만 있다면, 제기랄, 그들의 팔이 떨어지든 다리가 떨어지든 코가 찢어지든 생식기가 뭉개지든 조금도 가슴 아플 게 없을 거다.

나는 목을 조금 들면서 밖을 향하여 "아주머니이!" 하고 부른다. 가래가 목에 걸려서 소리는 말이 미처 덜 되었다. 목청을 가다듬고 나서 "지금 몇 시쯤 됐어요?" "세시 조금 넘었소." 외마디 고함처럼 빠르고 높은 목소리의 대답이다. 요즘 주인 아주머니는 내게 방을 빌려준 것을 무척 후회하고 있을 거다. 에그 저 빌어먹을 놈, 이제야 잠이 깼군, 하는 욕설까지 저 빠르고 높은 목소리의 대답엔 섞였을 거다. 아닙니다. 아침부터 깨어 있었어요. 그렇지만 믿어주지 않을 해명은 하지 않는 게 정직하다. 오늘이 처음이라면 내 말을 믿어줄 정도의 아량쯤이 아주머니에게도 있고 말고다. 내가 나를 이해해 달랍시고 친근한 태도로 아주머니에게 얘기를 시작하기만 하면—아직까지 그래본 적은 없지만 말이다—그렇기만 하면 아주머니측에선 할 말이 태산 같다고 다가들 거다. 학생은 웬 잠이 그리 많수 응? 아 아뇨, 아침밥을 굶어 버리기 위해서 그냥 누워 있는 거죠. 거짓말 말아요, 라고 아주머니는 쏘아붙일 거야. 어차피 믿어주지 않을 해명은 하지 않는 게 정직하다는 생각도 이젠 내 고정관념 중의 하나이다. 요컨대 두시는 넘었다는 대답이었겠다. 아무리 야박하게 계산해도 삼십 분은 기다려 주고 나서 내가 나타나지 않을 게 확실하다고 생각되자 슬그머니 일어나서, 비로드로 된 빨간 하트형의 메모판을 훑어보고 나서 그리고 다방 문을 열고 거리고 나와서 그 여자는 어디로 갈까 망설이고 있다. 그럴 필요는 없지만 머리가 향방을 생각하고 있는 동안, 손은 스카프를 만져보기도 하고 스커트 자락을 검사해 보기도 한다. 그러면서 혹시 내가 나타날까봐 거리에 깔려 있는 대가리들을 하나씩 하나씩 체크해 나간다. '그래도 기다리는 그 사람은 오지 않고…' 어디서 유행가가 들려오는지도 모른다. 미안하다, 영이. 난 지금 멀거니 천장을 올려다보며 시체처럼 누워 있어. 아직 시체는 되지 않았지만 얼마 후에 추위와 굶주림 때문에 시체가 될는지도 모른다. 설마 그러기야 할라구 그렇지만 일어날 기운이 없는 건 정말이다. 나의 섹스가 동면성(冬眠性)이란 걸 미리 알 수 없었던 게 잘못일 뿐이지. 동면성의 섹스를 가졌다는 사실을 발견한 것은 영이와 시간 약속을 어긴 사실보다 더욱 중대하다. 영이는 내게 카드를 주지 않는 녀석의 여동생, 내 구멍난 양말과 그 구멍으로 내민 시꺼먼 발뒤꿈치를 본 그 예쁜 여자다. 언젠가, 그 날 내 뒤꿈치를 보았냐고 물었더니 그 여자는 고개를 끄덕이며 그래서 내가 좋아졌단다. 부잣집 아가씨들에겐 이해하기 곤란한 취미가 있다. 마치 옛 제국들엔 이해하기 어려운 풍부한 기호(嗜好)가 있었듯이 말이다. 부잣집 아가씨들에겐 이해하기 곤란한 취미가 있다는 생각도 이젠 고정관념 중의 하나이다. 그 날 만일 내가 천연스럽게 발뒤꿈치를 보이며 계단을 올라갔다고 하면 내가 그렇게 좋아졌을 리가 없었을 텐데, 창피해서 후닥닥 올라가 버리는 데서 자기로부터 점수를 땄다는 거다. 프라이드가 있다는 것은 참 좋아 보인다고도 덧붙였다. 프라이드, 제기랄, 프라이드라니, 후닥닥 계단을 뛰어 올라가는 데 프라이드란다. 프라이드라면 그 반대일 텐데 말이다. 그 여자가 처음부터 내가 좋았던 게 그래서 확실해졌다. 무조건 좋아지게 된 이유는 항상 모순을 포함하고 있는 거니까. '단테'가 들려준 이야기—지옥에 가서 가장 고통스러운 형벌을 받고 있는 사람에게 당신이 지은 죄는 무엇이냐고 단테가 물었더니 자기는 지상에 있을 때 프라이드가 강했다는 죄로 이렇게 가장 심한 고통을 겪고 있다고 대답하더라는 얘기를 내가 들려주었더니, 영이는 만일 자기가 하느님이라면 프라이드를 잃어 버리고 살아온 놈들을 지옥의 불구덩이 속에 집어넣어 버리겠다는 거다. 영이의 좋은 점이야말로 어쩌면 그거다. 그렇지만 저 사관학교 생도들의 프라이드는 난 질색이다. 멋있는 유니폼을 입고 꼿꼿이 걸어갈 수 있다고 뻐기는 놈들 말이다. 누구나 멋있는 옷을 입으면 꼿꼿이 걸어가게 되는 법이다. 옷을 입고 있는 사람 자체와는 아무런 관계가 없는데 유니폼만 믿고 으스댄다. 어쩌면 유니폼에다가 자기를 때려박았을 거다. 으스대야 할 건 사람을 꾸겨놓은 유니폼 자신일 거다. 내 말이 진실이라는 걸 증명해 보자. 사관학교를 마치고 나서 후줄그레한 카키색 군복을 입고 비칠거리는 소위님들 중에 꼿꼿이 걸어가는 놈들이 있긴 있다. 그런 놈들의 프라이드는 아마 진짜니까 인정해줄 수밖에 없다. 내가 알고 있는 중에서 가장 좋은 프라이드는 허리를 굽혀 구두끈을 매는 것이다. '캐스트너'가 〈화비안〉에서 써놓은 구두끈 매는 얘기 말이다. "'지금이 몇 신지 모르십니까?'라고 누가 곁에서 물었다. (중략) '열두 시 십 분입니다'라고 화비안이 말했다. '감사합니다. 빨리 가야겠군요' 하면서 그들에게 말을 걸었던 젊은 청년은 몸을 굽히고 거추장스럽게 구두끈을 매었다. 그리고 다시 일어나서 무안한 미소를 띄우고 말했다. '필요없는 오십 전을 우연히 가지고 계십니까?' '네. 우연히'라고 화비안은 대답하고는 그에게 2마르크를 주었다. '오, 감사합니다. 대단히 감사합니다. 이게 있으면 구세군에 가서 자지 않아도 되니까요' 하고는 그 낯선 사람은 사죄하듯이 어깨를 올려 보이고 모자를 잠깐 벗어 보이고는 빨리 뛰어가 버렸다." 막다른 골목에서의 프라이드는 보기 좋은 에티켓으로 형태를 바꾼다. 프라이드도 이쯤 되어야 할 거다. 프라이드가 아름다울 수 있는 가장 빠른 길이라는 생각도 이젠 내 고정관념 중의 하나이다.

영이는 지금 어디쯤 갔을까? 아직까지 다방에 앉아서 나를 기다리는지도 모른다. 그 여자는 내가 낙선한 것을 신문에서 찾아보고는 알고 있을 거다. 그 여자는 내가 오늘 자기 앞에 나타나지 않은 것과 내가 신문사의 소설 모집에서 낙선한 것을 연관시켜서 생각할지도 모른다. 하긴 전연 관련이 없는 것도 아니다. 어느 정도의 관련이냐 하면, 우리나라 사람들이 모두 따지고 보면 일가 친척이 된다는 정도의 관련이다. 당선자 발표는 어제 있었다. 당선자는 한 명이었는데 그건 물론 내가 아니었다. 만일 내가 당선되었을 경우를 상상해보자. 어제 나는 며칠 후에 탈 상금을 보증 세우고 누구에게서라도 몇백 원쯤 빌릴 수 있었을 거다. 그러면 엊저녁밥을 사먹을 수 있었을 거고 오늘 아침밥도 그리고 지금쯤은 점심도 먹고 있을 거다. 영이에게 당선을 알리기 위해서—물론 그 여자도 신문에서 보고 알았을 거지만—조금쯤은 의기양양하게(배가 부르니까 말이다) 다방에 나갈 수 있었을 거다. 그러나 낙선해 버린 것이다. 내게 돈을 빌려줄 친구는 아무도 없다. 내가 돈을 빌려 달라는 것은 그저 달라는 것과 같다는 걸 친구들은 알고 있기 때문에 예컨대 당선되어서 상금이 나온다는 보증이라도 없다면 이제 돈을 꾸기도 힘들다. 망할 놈의 소설이 낙선해 버린 거다. 당선소감까지 미리 써두었는데 말이다. 그 당선소감이란 건 이렇다.

"…가짜를 진짜로 속여서 팔고 난 후의 상인의 심경은 대체 어떤 것일까 하고 항상 궁금하게 여겨왔는데 이번에 그걸 좀 알게 된 것 같다. 그 장사꾼은 상품을 속여서 팔았던 일을 잊어 버리고 싶은 것이다. 재미있었다고 생각하는 것도 아니고 부끄러워하는 것도 아니고 속여 팔았다는 사실을 그저 잊어 버리기로만 해버리는 것이다. 왜냐하면 돈은 이미 내 손에 들어와 있고 물건을 사간 사람은 속아서 샀다는 걸 알고 벌써 화를 내버렸을 테니까 말이다…"

사실 내가 응모한 소설이란 가짜 상품이었다. 하도 많이 들어서 이젠 구역질이 날 지경인 저 헤밍웨이와 말로르 소재에다가 황순원의 문체가 뒤범벅이 된 말하자면 길가에서 파는 만병통치약 같은 것이었다. 낙선될 걸 알고 있었지만 다행히 심사위원들이 멍청이들이어서 당선될 경우도 없지 않다고 생각하여 당선소감까지, 아주 정직한 소감까지 써둔 것인데 한번 굉장히 정직해 볼 기회가 영 달아나 버렸다. 정직해 보고 싶은 기회를 주지 않는 게 세상이다라는 생각도 퍽 흔한 생각이지만, 이젠 내 고정관념 중의 하나이다. 가짜인 줄 알면서 왜 소설 응모를 했느냐고 묻는다면 나는 대답한다. 돈이 필요했다. 돈을 얻어들이는 일이 나 자신에 대하여 가장 정직한 일이었다. 돈이 필요했다면 왜 하필 그런 수단을 썼느냐. 그러니까 말이다. 앞에서 나는 말하지 않았던가, 수단은 흔히 목적을 배반한다고. 딴은 괘씸하기 짝이 없는 명제다. 하여튼 어제 나는 낙심천만하여 찬바람이 휩쓰는 거리를 헤매다가 내 방으로 돌아왔다. 도중에 어느 거리의 벽에선가, 나는 무심히 손을 들어 벽에 붙은 영화광고용의 포스터를 부욱 찢어 냈는데 종이가 찢어지는 부욱 소리에 정신을 차리고 보니 나는 금빛과 연분홍색으로 장식된 종이를 들고 있었다. 내가 들고 있는 종이를 찢어낸 부분에 맞추어 보았더니 그건 킴 노박의 볼과 머리였다. 이것을 동그라미로 오려 보자. 그리고 내 방의 허술하기 짝이 없는 벽에 붙이자. 이렇게 정기 없는 눈으로 보아도 벽의 저 귀퉁이는 아무래도 허술하다. 벽의 귀퉁이로 눈이 가기만 하면 나는, 허술하구나 라고 생각해 버린다. 할 수 있을까? 저 허술한 벽에 킴 노박의 볼을 붙이는 일. 고구마 덴뿌라가 먹고 싶다. 하필이면 고구마 덴뿌랄까. 하여튼 그게 제일 먹고 싶다. 검정깨를 뿌려놓은 고구마 덴뿌라. 아니 그게 왔어요, 하고 침이 허둥지둥 달려나온다. 허술한 벽을 향한 내 입이 멋쩍게 웃는다. 엊저녁엔 무얼 먹는 꿈을 꾸었다. 배가 고픈 날 밤엔 항상 무얼 먹는 꿈을 꾼다. 먹는 꿈을 꾸면 감기가 든다. 그러나 감기는 며칠 전부터 걸려 있으니까 뭐 곱빼기로 걸리진 않을 거다. 이럴 땐 그 녀석, 영이 오빠라도 왔으면 좋겠다. 그 녀석이 내 거치를 아는 유일한 놈이다. 그 녀석의 호주머니에는 항상 천 원짜리 몇 장쯤은 있다. 때로는 바지의 허리띠 밑에 숨어 있는 그 조그만 호주머니, 흔히들 도장을 넣고 다니는 그 호주머니, 나는 기차 여행을 할 때 기차표를 감추어두는 그 호주머니에서 그 녀석은 꽁꽁 접은 오백 원짜리를 집어내어 보이며, 극장구경 갈까, 하기도 한다. 그럴 때의 그 녀석은 알미웁기 짝이 없다. 그래서 나는, 너처럼 돈 자랑하는 놈들 보기 싫으니까 철저한 프롤레타리아 공화국이나 되어버렸으면 좋겠다고 쏘아댄다. 그러면 그 녀석은, 야옹, 하고 고양이 소리를 흉내내고 나서 너처럼 가난한 게 무슨 특권이라도 되는 듯이 까부는 놈 보기 싫으니까 무지무지한 자본주의 국가가 되었으면 좋겠다고 응수한다. 그러나 어느 쪽도 되어서는 안 되리라. 팽창되어버린 감정의 의사는 살인적이다. 어느 쪽에도 치우치지 않고 괴로워하며 '사이'에 위치하는 게 좋다. 괴로워하며 '사이'에 위치하는 게 최선의 태도라는 생각도 이젠 내 고정관념 중의 하나이다. 그 '사이'란? 아마 영이쯤이겠지. 부르주아의 딸, 그러나 예지와 미덕이 갖추어진 부르주아의 딸과 프롤레타리아 청년이 연애하는 얘기는 18세기 소설들이 즐겨 쓰던 소재다. 18세기에는 그런 일이 많았던 모양이다. 아니 실제로는 그리 많지 않았는지 모른다. 단지 소설가들이 그런 경우가 있다면 퍽 멋있을 텐데 하고 바라면서 썼을 뿐일 거다. 왜냐하면 소설가들은 그리 되기를 바라는 것을 사실 그대로인 것처럼 써버리는 놈들이니까 말이다. 어쨌든 20세기가 18세기와 달라진 것은 별로 없는 것 같다. 하긴 달라질 수도 없을 거다. 연애문제에서만큼은 말이다. 그때도 사랑의 부재를 느낀 사람과 사랑의 절대성을 주장하던 사람이 있었을 거고 지금도 사랑의 절대성을 주장하는 사람과 사랑의 부재를 느끼는 사람이 있을 거다. 현재 있는 것은 옛날부터 쭈욱 있어왔을 거다. 이것도 이젠 내 고정관념 중의 하나이다. 쭈욱 있게 된 건 아마 습관—사람들이 아이를 만들어 세상에 남기고 가는 것과 똑같은 방식의 습관 때문일 거다. 결국은 제 나름으로 살다가 죽어 가는 것이다. 그런데 제 나름으로 살다가 죽어 가는 사람들의 밖에 서 있는 어떤 미치광이가 그 사람들의 공통점을 만들어내 가지고 이러쿵저러쿵하고 있는 것이다. 그러면 죽어간 사람들의 다음에 사는 사람들이 그 미치광이에게 홀려서 미치광이가 만들어놓은 공통점에 자기 자신들을 맞추어 보려고 역시 미치광이가 되어 가는 것이다. 따라서 진짜로 제 나름으로 멋있게 살아본 사람들은 미치광이가 나타나기 전에 산 사람들뿐이다. 하기야 그런 사람들이 있었을까? 아담과 이브? 글쎄. 나의 가설은 항상 엉망진창이다. 그럴듯하게 맞아 들어가다가 그만 거짓이 탄로되고 만다.

영이는 지금 어디쯤 갔을까? 그 여자는 지금 꽤 낙심해 있을 거다. 세상에서 가장 나쁜 초조감은 무엇을, 누군가를 기다릴 때 생기는 초조감이다. 기다린다. 멋있는 웃음을, 사람들의 박수를, 뜨거운 포옹을, 밥을, 당선 통지서를, 사장의 칭찬을, 수(秀)를, 이쁜 아들을,

죽음을, 아침이 되기를 또는 밤이 되기를, 바다를, 용기를, 도통하기를, 엿장수를, 성교(性交)를, 분뇨차를, 완쾌를… 그러나 결국은 환멸을 기다린 셈이 아닐까? 영이는 지금 찬바람이 부는 거리를 헤매고 있을 거다. 코트 깃을 아무리 세워도 가슴이 차가우니 그 여자는 떨고 있을 거다. 병신 같은 사내, 소설 낙선쯤 했다고 나타나지 않을게 뭐람. 여자는 쓸쓸한 거리를 헤맨다, 눈이 내릴 듯이 어둑신한 거리를. 그때 멋있게 차린 사내가 여자 앞으로 다가온다. 슬퍼 보이는군요, 하고 사내가 말한다. 그러자 여자는 정말 자기는 지금 슬프다고 느낀다. 따뜻한 곳으로 가시죠, 하고 사내가 말한다. 울림이 있어서 신뢰하고 싶은 목소리. 여자는 조금은 불안해하며 사내를 따라서 걷는다. 여자와 사내는 어디로 갔을까? 쓸데없는 상상을 했다. 우리의 상상도 이젠 틀 속에 갇혀 버렸다. 누군가를, 기다림에 지쳐 버린 한 여자를 어떤 멋있는 사내와 만나게 해놓고 그들을 소재로 상상을 백여 명의 사람에게 하도록 했을 때, 대동소이(大同小異), 신성일과 엄앵란과 허장강을 벗어나지 못하고 만다. 망할 놈의 영화가 사람들의 상상력을 압박하고 있다. 여자들의 자기 용모에 대한 판단력조차 영화가 압박하고 있다. 배우들 중에 자기가 닮은 배우가 있으면 자기도 미인이라고 생각해 버린다. 아무리 못생긴 경우에도 말이다. 배우들 중에 자기가 닮은 배우가 없으면 자기는 미인이 아니라고 생각해 버린다. 그 자기가 세상에서 가장 이쁠 경우에도 말이다. 그러다가 마침 자기와 닮은 배우가 하나 스크린에 나타나면, 그제야, 아 나도 미인이라고 기뻐한다. 사람들을 영화의 압박에서 해방시킬 수는 없을 것 같다. 이것도 이젠 내 고정관념 중의 하나이다. 그 압박은 사람들의 내부에서, 내부의 아주 깊은 곳에서 행해지고 있으니까. 그들은 압박받는 아픔을 소리쳐서 알리지도 않는다. 그냥 끙끙 신음만 울리며 참고 있다. 그 신음소리만 듣고 우리는 그 사람이 감기에 걸린 건지 음독한 건지조차 구별할 수 없는 노릇이다. 신음하고 있는 자신밖에 모를 일이다. 나는 무엇을 신음하고 있을까? 고구마 덴뿌라가 먹고 싶어서 동시에 저 벽의 허술함이 괴로워서 동시…

어제 저녁 굴다리 밑을 지나오다가 나는 머리 위로 지나가는 기차가 내는 요란스러운 소리를 들었다. 얼른 굴다리를 벗어나서 기차를 올려다보았다. 기차는 어둠 속으로 사라져 갔다. 그 기차가 고향으로 가는 기차라는 걸 나는 알았다. 창마다에서 환한 불빛을 쏟아내며 기차는 남쪽으로 사라져 갔다. 기차의 맨 뒤칸에 붙은 빨간 등조차 어둠 속으로 잠겨 버릴 때까지 나는 서 있었다. 저 기차를 타면 내일 아침엔 고향에 도착할 거다. 그리고 남쪽은 따뜻할 거다. 왜 이 추위 속에 나만 남아 있느냐. 나는 머리를 흔들었다. 내일은 영이와 만나기로 했다. 그 때문에 남아 있는 거다. 내일도 또 내일도 영이와 만나기로 한 거다. 그러나 나는 그 내일에 이렇게 멀거니 벽만 바라보며 누워 있다. 내 동면성 섹스 때문에. 그것을 나는 신음하고 있다. 아니다. 아니다. 무엇을 신음하고 있느냐. 나는 거지의 정열을, 그것을 신음하고 있다. 모든 것을 잃었음에도 왜 정열만은 남는 것일까, 거지에게는. 가가호호의 대문을 두드리는, 거지에게 남아서 사라질 것 같아 뵈지 않는 그 정열 차분히 생각해 보자. 저 벽이 어쨌단 말인가. 왜 그것이 허술하게 균형 잡히지 않아 보인다는 말인가. 가방은 그냥 가방일 뿐이고 선반은 그냥 선반일 뿐이고 벽은 그냥 벽일 뿐이다. 몬드리안이 어째서 저기에 적용될 수 있단 말인가. 거지의 정열이 그렇게 생각할 뿐이다. 던적스러운 정열이. 그러나 생각해 보자. 가방은 가방인 동시에 직사각형이 아닐까? 선반은 선반인 동시에 직선이 아닐까? 벽은 벽인 동시에 정사각형이 아닐까? 나는 인간인 동시에? 뭐라고 설명할 수 없는 곡선의 평면이다. '마티스'의 저 여인들처럼, 화려한 풍경 속에서 창백한 백지로 남는, 곡선으로 이루어진 어떤 하얀 평면. 고운 커튼을 드리워 놓고 싱싱한 화초를 가꾸어 놓고 하늘이 엿보이는 유리창을 달아놓은 그러한 방 속에서 그러나 그 모든 것을 설치해 놓은 여인은 텅 빈 백지. 동그라미를 저 벽에 붙이러 일어나보자. 할 수 있겠지? 자아, 내게 가장 귀한 고정관념으로써. (1963)

霧津紀行

무진으로 가는 버스

버스가 산모퉁이를 돌아갈 때 나는 '무진 Mujin 10Km'라는 이정비(里程碑)를 보았다. 그것은 옛날과 똑같은 모습으로 길가의 잡초 속에서 튀어나와 있었다. 내 뒷좌석에 앉아 있는 사람들 사이에서 다시 시작된 대화를 나는 들었다. "앞으로 십 킬로 남았군요." "예, 한 삼십 분 후엔 도착할 겁니다." 그들은 농사 관계의 시찰원들인 듯했다. 아니 그렇지 않은지도 모른다. 그러나 하여튼 그들은 색무늬 있는 반소매 셔츠를 입고 있었고 데드롱 직(織)의 바지를 입었고 지나쳐 오는 마을과 들과 산에서 아마 농사 관계의 전문가들이 아니면 할 수 없는 관찰을 했고 그것을 전문적인 용어로 얘기하고 있었다. 광주(光州)에서 기차를 내려서 버스로 갈아탄 이래, 나는 그들이 시골 사람들답지 않게 낮은 목소리로 점잔을 빼면서 얘기하는 것을 반(半)수면 상태 속에서 듣고 있었다. 버스 안의 좌석들은 많이 비어 있었다. 그 시찰원들의 말에 의하면 농번기이기 때문에 사람들이 여행을 할 틈이 없어서라는 것이었다. "무진엔 명산물이… 뭐 별로 없지요?" 그들은 대화를 계속하고 있었다. "별 게 없지요. 그러면서도 그렇게 많은 사람들이 살고 있다는 건 좀 이상스럽거든요." "바다가 가까이 있으니 항구로 발전할 수도 있었을 텐데요?" "가보시면 아시겠지만 그럴 조건이 되어 있는 것도 아닙니다. 수심이 얕은 데다가 그런 얕은 바다를 몇백 리나 나가야만 비로소 수평선이 보이는 진짜 바다다운 바다가 나오는 곳이니까요." "그럼 역시 농촌이군요?" "그렇지만 이렇다할 평야가 있는 것도 아닙니다." "그럼 그 오륙만이 되는 인구가 어떻게들 살아가나요?" "그러니까 그럭저럭이란 말이 있는 게 아닙니까!" 그들은 점잖게 소리내어 웃었다. "원, 아무리 그렇지만 한 고장에 명산물 하나쯤은 있어야지." 웃음 끝에 한 사람이 말하고 있었다.

무진에 명산물이 없는 게 아니다. 나는 그것이 무엇인지 알고 있다. 그것은 안개다. 아침에 잠자리에서 일어나서 밖으로 나오면, 밤사이에 진주해 온 적군들처럼 안개가 무진을 뻥 둘러싸고 있는 것이었다. 무진을 둘러싸고 있는 산들도 안개에 의하여 보이지 않는 먼 곳으로 유배당해 버리고 없었다. 안개는 마치 이승에 한이 있어서 매일 밤 찾아오는 여귀(女鬼)가 뿜어 내놓은 입김과 같았다. 해가 떠오르고, 바람이 바다 쪽에서 방향을 바꾸어 불어오기 전에는 사람들의 힘으로써는 그것을 헤쳐 버릴 수가 없었다. 손으로 잡을 수 없으면서도 그것은 뚜렷이 존재했고 사람들을 둘러쌌고 먼 곳에 있는 것으로부터 사람들을 떼어놓았다. 안개, 무진의 안개, 무진의 아침에 사람들이 만나는 안개, 사람들로 하여금 해를, 바람을 간절히 부르게 하는 무진의 안개, 그것이 무진의 명산물이 아닐 수 있을까!

버스의 덜컹거림이 좀 덜해졌다. 버스의 덜컹거림이 더하고 덜하는 것을 나는 턱으로 느끼고 있었다. 나는 몸에서 힘을 빼고 있었으므로 버스가 자갈이 깔린 시골길을 달려오고 있는 동안 내 턱은 버스가 껑충거리는 데 따라서 함께 덜그럭거리고 있었다. 턱이 덜그럭거릴 정도로 몸에서 힘을 빼고 버스를 타고 있으면, 긴장해서 버스를 타고 있을 때보다 피로가 더욱 심해진다는 것을 알고 있었지만 그러나 열려진 차창으로 들어와서 나의 밖으로 드러난 살갗을 사정없이 간지럽히고 불어가는 유월의 바람이 나를 반수면 상태로 끌어넣었기 때문에 나는 힘을 주고 있을 수가 없었다. 바람은 무수히 작은 입자로 되어 있고 그 입자들은 할 수 있는 한 욕심껏 수면제를 품고 있는 것처럼 내게는 생각되었다. 그 바람 속에는 신선한 햇살과 아직 사람들의 땀에 밴 살갗을 스쳐 보지 않았다는 천진스러운 저온(低溫) 그리고 지금 버스가 달리고 있는 길을 에워싸며 버스를 향하여 달려오고 있는 산줄기의 저편에 바다가 있다는 것을 알리는 소금기, 그런 것들이 이상스레 한데 어울리면서 녹아 있었다. 햇빛의 신선한 밝음과 살갗에 탄력을 주는 정도의 공기의 저온, 그리고 해풍에 섞여 있는 정도의 소금기, 이 세 가지만 합성해서 수면제를 만들어 낼 수 있다면 그것은 이 지상에 있는 모든 약방의 진열장 안에 있는 어떠한 약보다도 가장 상쾌한 약이 될 것이고 그리고 나는 이 세계에서 가장 돈 잘 버는 제약회사의 전무님이 될 것이다. 왜냐하면 사람들은 누구나 조용히 잠들고 싶어하고 조용히 잠든다는 것은 상쾌한 일이기 때문이다.

그런 생각을 하자 나는 쓴웃음이 나왔다. 동시에 무진이 가까웠다는 것이 더욱 실감되었다. 무진에 오기만 하면 내가 하는 생각이란 항상 그렇게 엉뚱한 공상들이었고 뒤죽박죽이었던 것이다. 다른 어느 곳에서도 하지 않았던 엉뚱한 생각을 나는 무진에서 아무런 부끄럼 없이, 거침없이 해내곤 했었던 것이다. 아니 무진에서는 내가 무엇을 생각하고 어쩌고 하는 게 아니라 어떤 생각들이 나의 밖에서 제멋대로 이루어진 뒤 나의 머릿속으로 밀고 들어오는 듯했었다.

"당신 안색이 아주 나빠져서 큰일났어요. 어머님의 산소에 다녀온다는 핑계를 대고 무진에 며칠 동안 계시다가 오세요. 주주총회에서의 일은 아버지하고 저하고 다 꾸며 놓을 게요. 당신은 오랜만에 신선한 공기를 쐬고 그리고 돌아와 보면 대회생제약회사의 전무님이 되어 있을 게 아니에요?"라고 며칠 전날 밤, 아내가 나의 파자마 깃을 손가락으로 만지작거리며 나에게 진심에서 나온 권유를 했을 때 가기 싫은 심부름을 억지로 갈 때 아이들이 불평을 하듯이 내가 몇 마디

입안엣소리로 투덜댄 것도 무진에서는 항상 자신을 상실하지 않을 수 없었던 과거의 경험에 의한 조건반사였었다.

내가 나이가 좀 든 뒤로 무진에 간 것은 몇 차례 되지 않았지만 그 몇 차례 되지 않은 무진행이 그러나 그때마다 내게는 서울에서의 실패로부터 도망해야할 때거나 하여튼 무언가 새 출발이 필요할 때였었다. 새 출발이 필요할 때 무진으로 간다는 그것은 우연이 결코 아니었고 그렇다고 무진에 가면 내게 새로운 용기라든가 새로운 계획이 술술 나오기 때문도 아니었다. 오히려 무진에서의 나는 항상 처박혀 있는 상태였었다. 더러운 옷차림과 누우런 얼굴로 나는 항상 골방 안에서 뒹굴었다. 내가 깨어 있을 때는 수없이 많은 시간의 대열이 멍하니 서 있는 나를 비웃으며 흘러가고 있었고, 내가 잠들어 있을 때는 긴긴 악몽들이 거꾸러져 있는 나에게 혹독한 채찍질을 하였었다. 나의 무진에 대한 연상의 대부분은 나를 돌봐 주고 있는 노인들에 대하여 신경질을 부리던 것과 골방 안에서의 공상과 불면을 쫓아 보려고 행하던 수음과 곧잘 편도선을 붓게 하던 독한 담배꽁초와 우편배달부를 기다리던 초조함 따위거나 그것들에 관련 된 어떤 행위들이었었다. 물론 그것들만 연상되었던 것은 아니다. 서울의 어느 거리에서고 나의 청각이 문득 외부로 향하면 무자비하게 쏟아져 들어오는 소음에 비틀거릴 때거나, 밤늦게 신당동 집 앞의 포장된 골목을 올라갈 때, 나는 물이 가득한 강물이 흐르고 잔디로 덮인 방죽이 시오리 밖의 바닷가까지 뻗어나가 있고 작은 숲이 있고 다리가 많고 골목이 많고 흙담이 많고 높은 포플러가 에워싼 운동장을 가진 학교들이 있고 바닷가에서 주워온 까만 자갈이 깔린 뜰을 가진 사무소들이 있고 대로 만든 와상(臥床)이 밤거리에 나앉아 있는 시골을 생각했고 그것은 무진이었다. 문득 한적(閑寂)이 그리울 때도 나는 무진을 생각했었다. 그러나 그럴 때의 무진은 내가 관념 속에서 그리고 있는 어느 아늑한 장소일 뿐이지 거기엔 사람들이 살고 있지 않았다. 무진이라고 하면 그것에의 연상은 아무래도 어둡던 나의 청년이었다.

그렇다고 무진에의 연상이 꼬리처럼 항상 나를 따라다녔다는 것은 아니다. 차라리, 나의 어둡던 세월이 일단 지나가 버린 지금은 나는 거의 항상 무진을 잊고 있었던 편이다. 어제 저녁 서울역에서 기차를 탈 때에도, 물론 전송 나온 아내와 회사 직원 몇 사람에게 일러둘 말이 너무 많아서 거기에 정신이 쏠려 있었던 탓도 있겠지만, 하여튼 나는 무진에 대한 그 어두운 기억들이 그다지 실감나게 되살아오지는 않았다. 그런데 오늘 이른 아침, 광주에서 기차를 내려서 역 구내를 빠져 나올 때 내가 본 한 미친 여자가 그 어두운 기억들을 확 잡아 끌어당겨서 내 앞에 던져 주었다. 그 미친 여자는 나일론의 치마저고리를 맵시 있게 입고 있었고 팔에는 시절에 맞추어 고른 듯한 핸드백도 걸치고 있었다. 얼굴도 예쁜 편이고 화장이 화려했다. 그 여자가 미친 사람이라는 것을 알 수 있는 것은 쉼 없이 굴리고 있는 눈동자와 그 여자를 에워싸고 서서 선 하품을 하며 그 여자를 놀려 대고 있는 구두닦이 아이들 때문이었다. "공부를 많이 해서 돌아버렸대." "아냐, 남자한테 채여서야." "저 여자 미국말도 참 잘한다. 물어볼까?" 아이들은 그런 얘기를 높은 목소리로 하고 있었다. 좀 나이가 든 여드름쟁이 구두닦이 하나는 그 여자의 젖가슴을 손가락으로 집적거렸고 그럴 때마다 그 여자는 여전히 무표정한 얼굴로 비명만 지르고 있었다. 그 여자의 비명이 옛날 내가 무진의 골방 속에서 쓴 일기의 한 구절을 문득 생각나게 한 것이었다.

그때는 어머니가 살아 계실 때였다. 6·25사변으로 대학의 강의가 중단되었기 때문에 서울을 떠나는 마지막 기차를 놓친 나는 서울에서 무진까지의 천여 리 길을 발가락이 몇 번이고 불어터지도록 걸어서 내려왔고 어머니에 의해서 골방에 처박혀졌고 의용군의 징발도 그 후의 국군의 징병도 모두 기피해 버리고 있었다. 내가 졸업한 무진중학교의 상급반 학생들이 무명지에 붕대를 감고 '이 몸이 죽어서 나라가 산다면…'을 부르며 읍 광장에 서 있는 트럭들로 행진해 가서 그 트럭들에 올라타고 일선으로 떠날 때도 나는 골방 속에 쭈그리고 앉아서 그들의 행진이 집 앞을 지나가는 소리를 듣고만 있었다. 전선이 북쪽으로 올라가고 대학이 강의를 시작했다는 소식이 들려왔을 때도 나는 무진의 골방 속에 숨어 있었다. 모두가 나의 홀어머님 때문이었다. 모두가 전쟁터로 몰려갈 때 나는 내 어머니에게 몰려서 골방 속에 숨어서 수음을 하고 있었다. 이웃집 젊은이의 전사 통지가 오면 어머니는 내가 무사한 것을 기뻐했고, 이따금 일선의 친구에게서 군사우편이 오기라도 하면 나 몰래 그것을 찢어 버리곤 하였었다. 내가 골방보다는 전선을 택하고 싶어해 가는 것을 알고 있었기 때문이다. 그 무렵에 쓴 나의 일기장들은, 그 후에 태워 버려서 지금은 없지만, 모두가 스스로를 모멸하고 오욕을 웃으며 견디는 내용들이었다. '어머니, 혹시 제가 미친다면 대강 다음과 같은 원인들 때문일 테니 그 점에 유의하셔서 저를 치료해 보십시오…' 이러한 일기를 쓰던 때를 이른 아침 역 구내에서 본 미친 여자가 내 앞으로 끌어당겨 주었던 것이다. 무진이 가까웠다는 것을 나는 그 미친 여자를 통하여 느꼈고 그리고 방금 지나친, 먼지를 둘러쓰고 잡초 속에서 튀어나와 있는 이정비를 통하여 실감했다.

"이번엔 자네가 전무가 되는 건 틀림없는 거구, 그러니 자네 한 일주일 동안 시골에 내려가서 긴장을 풀고 푹 쉬었다가 오게. 전무님이 되면 책임이 더 무거워질 테니 말야." 아내와 장인 영감은 자신들은 알지 못하는 사이에 퍽 영리한 권유를 내게 한 셈이었다. 내가 긴장을 풀어 버릴 수 있는, 아니 풀어 버릴 수밖에 없는 곳을 무진으로 정해준 것은 대단히 영리한 것이었다.

버스는 무진 읍내로 들어서고 있었다. 기와지붕들도 양철지붕들도 초가지붕들도 유월 하순의 강렬한 햇빛을 받고 모두 은빛으로 번쩍이고 있었다. 철공소에서 들리는 쇠망치 두드리는 소리가 잠깐 버스로 달려들었다가 물러났다. 어디선지 분뇨 냄새가 새어 들어왔고 병원 앞을 지날 때는 크레졸 냄새가 났고 어느 상점의 스피커에서는 느려 빠진 유행가가 흘러나왔다. 거리는 텅 비어 있었고 사람들은 처마 밑의 그늘에 쭈그리고 앉아 있었다. 어린아이들은 빨가벗고 기우뚱거리며 그늘 속을 걸어다니고 있었다. 읍의 포장된 광장도 거의 텅 비어 있었다. 햇볕만이 눈부시게 그 광장 위에서 끓고 있었고 그 눈부신 햇살 속에서, 정적 속에서 개 두 마리가 혀를 빼물고 교미를 하고 있었다.

밤에 만난 사람들

저녁식사를 하기 조금 전에 나는 낮잠에서 깨어나서 신문지국들이 몰려 있는 거리로 갔다. 이모님 댁에서는 신문을 구독하고 있지 않았다. 그렇지만 신문은 도회인이면 누구나 그렇듯이 이제 내 생활의 일부로서 내 하루의 시작과 끝을 맡아보고 있었던 것이다. 내가 찾아간 신문지국에 나는 이모님 댁의 주소와 약도를 그려 주고 나왔다. 밖으로 나올 때 나는 내 등뒤에서 지국 안에 있던 사람들이 그들끼리 무엇이라고 수군거리는 소리를 들었다. 아마 나를 알고 있는 사람들이었던 모양이다. "…그래애? 거만하게 생겼는데…" "…출세했다지?" "옛날… 폐병…" 그런 속삭임 속에서, 나는 밖으로 나오면서 은근히 한마디를 기다리고 있었다. 그러나 결국은 '안녕히 가십시오'는 나오지 않고 말았다. 그것이 서울과의 차이점이었다. 그들은 점점 수군거림의 소용돌이 속으로 끌려들어 가고 있었으리라, 자기 자신조차 잊어버리면서, 나중에 그 소용돌이 밖으로 내던져졌을 때 자기들이 느낄 공허감도 모른다는 듯이 그들은 수군거리고 수군거리고 또 수군거리고 있으리라. 바다가 있는 쪽에서 바람이 불어오고 있었다. 몇 시간 전에 버스에서 내릴 때보다 거리는 많이 번잡해졌다. 학생들이 학교에서 돌아오고 있었다. 그들은 책가방이 주체스러운 모양인지 그것을 뱅뱅 돌리기도 하며 어깨 너머로 넘겨 들기도 하며 두 손으로 껴안기도 하며 혀끝에 침으로써 방울을 만들어서 그것을 입바람으로 훅 불어 날리곤 했다. 학교 선생들과 사무소의 직원들도 달그락거리는 빈 도시락을 들고 축 늘어져서 지나가고 있었다. 그러자 나는 이 모든 것이 장난처럼 생각되었다. 학교에 다닌다는 것, 학생들을 가르친다는 것, 사무소에 출근했다가 퇴근한다는 이 모든 것이 실없는 장난이라는 생각이 든 것이다. 사람들이 거기에 매달려서 낑낑댄다는 것이 우습게 생각되었다.

이모댁으로 돌아와서 저녁을 먹고 있을 때, 나는 방문을 받았다. 박이라고 하는 무진중학교의 내 몇 해 후배였다. 한때 독서광이었던 나를 그 후배는 무척 존경하는 눈치였다. 그는 학생 시대에 이른바 문학소년이었던 것이다. 미국작가인 피츠제럴드를 좋아한다고 하는 그 후배는 그러나 피츠제럴드의 팬답지 않게 아주 얌전하고 매사에 엄숙했고 그리고 가난하였다. "신문지국에 있는 제 친구에게 내려오셨다는 얘길 들었습니다. 웬일이십니까?" 그는 정말 반가워해 주었다. "무진엔 왜 내가 못 올 덴가?" 그렇게 대답하며 나는 내 말투가 마음에 거슬렸다. "너무 오랫동안 오시지 않았으니까 그러는 거죠. 제가 군대에서 막 제대했을 때 오시고 이번이 처음이시니까 벌써…" "벌써 한 사 년 되는군." 사 년 전 나는, 내가 경리일 보고 있던 제약회사가 좀 더 큰 회사와 합병되는 바람에 일자리를 잃고 무진으로 내려왔던 것이다. 아니 단지 일자리를 잃었다는 이유만으로 서울을 떠났던 것은 아니다. 동거하고 있던 희만 그대로 내 곁에 있어 주었던들 실의의 무진행은 없었으리라. "결혼하셨다더군요?" 박이 물었다. "흐응. 자넨?" "전 아직, 참 좋은 데로 장가드셨다고들 하더군요." "그래? 자넨 왜 여태 결혼하지 않고 있나? 자네 금년에 어떻게 되지?" "스물 아홉입니다." "스물 아홉이라. 아홉수가 원래 사납다고 하대만. 금년엔 어떻게 해보지 그래?" "글쎄요." 박은 소년처럼 머리를 긁었다. 사 년 전이니까 그 해의 내 나이가 스물 아홉이었고 희가 내 곁에서 달아나 버릴 무렵에 지금 아내의 전남편이 죽었던 것이다. "무슨 나쁜 일이 있었던 건 아니겠죠?" 옛날의 내 무진행의 내용을 다소 알고 있는 박은 그렇게 물었다. "응. 아마 승진이 될 모양인데 며칠 휴가를 얻었지.” “잘 되셨군요. 해방 후의 무진중학 출신 중에선 형님이 제일 출세하셨다고들 하고 있어요.” “내가?” 나는 웃었다. “예, 형님하고 형님 동기 중에서 조형(趙兄) 하고요.” “조라니 나하고 친하게 지내던 애 말인가?” “예, 그 형이 재작년엔가 고등고시에 패스해서 지금 여기 세무서장으로 있거든요.” “아, 그래?” “모르셨어요?” “서로 소식이 별로 없었지. 그 애가 옛날엔 여기 세무서에서 직원으로 있었지, 아마?” “예.” “그거 잘됐군. 오늘 저녁엔 그 친구에게나 가볼까?” 친구 조는 키가 작았고 살결이 검은 편이었다. 그래서 키가 크고 살결이 창백한 나에게 열등감을 느낀다는 얘기를 내게 곧잘 했었다. ‘옛날에 손금이 나쁘다고 판단받은 소년이 있었다. 그 소년은 자기의 손톱으로 손바닥에 좋은 손금을 파가며 열심히 일했다. 드디어 그 소년은 성공해서 잘 살았다.’ 조는 이런 얘기에 가장 감격하는 친구였다. “참 자넨 요즘 뭘 하고 있나?” 내가 박에게 물었다. 박은 얼굴을 붉히고 잠시 동안 머뭇거리다가 모교에서 교편을 잡고 있다고, 그것이 무슨 잘못이라도 되는 것처럼 우물거리며 대답했다. “좋지 않아? 책 읽을 여유가 있으니까 얼마나 좋은가? 난 잡지 한 권 읽을 여유가 없네. 무얼 가르치고 있나?” 후배는 내 말에 용기를 얻었는지 아까보다는 조금 밝은 목소리로 대답했다. “국어를 가르치고 있습니다.” “잘 했어. 학교 측에서 보면 자네 같은 선생을 구하기도 힘들 거야.” “그렇지도 않아요, 사범대학 출신들 때문에 교원자격고시 합격증을 가지고 견디기가 힘들어요.” “그게 또 그런가?” 박은 아무 말 없이 쓸쓸한 미소만 지어 보였다.

저녁 식사 후, 우리는 술 한잔씩을 마시고 나서 세무서장이 된 조의 집을 향하여 갔다. 거리는 어두컴컴했다. 다리를 건널 때 나는 냇가의 나무들이 어슴푸레하게 물 속에 비쳐 있는 것을 보았다. 옛날 언젠가 역시 이 다리를 밤중에 건너면서 나는 저 시커멓게 웅크리고 있는 나무들을 저주했었다. 금방 소리를 지르며 달려들 듯한 모습으로 나무들은 서 있었던 것이다. 세상에 나무가 없다면 얼마나 좋을까 하고 생각하기도 했었다. "모든 게 여전하군." 내가 말했다. "그럴까요?" 후배가 웅얼거리듯이 말했다.

조의 응접실에는 손님들이 네 사람 있었다. 나의 손을 아프도록 쥐고 흔들고 있는 조의 얼굴이 옛날보다 윤택해지고 살결도 많이 하얘진 것을 나는 보고 있었다. "어서 자리로 앉아라. 이거 원 누추해서… 빨리 마누랄 얻어야겠는데…" 그러나 방은 결코 누추하지 않았다. "아니 아직 결혼 안 했나?" 내가 물었다. "법률책 좀 붙들고 앉아 있었더니 그렇게 돼버렸어. 어서 앉아." 나는 먼저 온 손님들에게 소개되었다. 세 사람은 남자로서 세무서 직원들이었고 한 사람은 여자로서 나와 함께 온 박과 무언가 얘기를 주고받고 있었다. "어어, 밀담들은 그만 하시고, 하 선생, 인사해요, 내 중학 동창인 윤희중이라는 친굽니다. 서울에 있는 큰 제약회사의 간사님이시고 이쪽은 우리 모교에 와 계시는 음악 선생님이시고 하인숙씨라고, 작년에 서울에서 음악대학을 나오신 분이지." "아, 그러세요. 같은 학교에 계시는군요?" 나는 박과 그 여선생을 번갈아 가리키며 여선생에게 말했다. "네." 여선생은 방긋 웃으며 대답했고 내 후배는 고개를 숙여 버렸다. "고향이 무진이신가요?" "아녜요. 발령이 이곳으로 났기 땜에 저 혼자 와 있는 거예요." 그 여자는 개성 있는 얼굴을 가지고 있었다. 윤곽은 갸름했고 눈이 컸고 얼굴색은 노리끼했다. 전체로 보아서 병약한 느낌을 주고 있었지만 그러나 좀 높은 콧날과 두터운 입술이 병약하다는 인상을 버리도록 요구하고 있었다. 그리고 카랑카랑한 목소리가 코와 입이 주는 인상을 더욱 강하게 하고 있었다. "전공이 무엇이었던가요?" "성악공부 좀 했어요." "그렇지만 하 선생님은 피아노도 아주 잘 치십니다." 박이 곁에서 조심스런 목소리로 끼어 들었다. 조도 거들었다. "노래를 아주 잘 하시지. 소프라노가 굉장하시거든." "아, 소프라노를 맡으시는가요?" 내가 물었다. "네, 졸업연주회 땐 '나비부인' 중에서 '어떤 개인 날'을 불렀어요." 그 여자는 졸업연주회를 그리워하고 있는 듯한 음성으로 말했다.

방바닥에는 비단 방석이 놓여 있고 그 위에는 화투짝이 흩어져 있었다. 무진이다. 곧 입술을 태울 듯이 타들어 가는 담배꽁초를 입에 물고 눈으로 들어오는 그 담배연기 때문에 눈물을 찔끔거리며 눈을 가늘게 뜨고, 이미 정오가 가까운 시각에야 잠자리에서 일어나 허황한 운수를 점쳐 보던 그 화투짝이었다. 또는, 자신을 팽개치듯이 끼어 들던 언젠가의 노름판, 그 노름판에서 나의 뜨거워져 가는 머리와 손가락만을 제외하곤 내 몸을 전연 느끼지 못하게 만들던 그 화투짝이었다. "화투가 있군, 화투가." 나는 한 장을 집어서 딱 소리가 나게 내려치고 다시 그것을 집어서 내려치고 또 집어서 내려치고 하며 중얼거렸다. "우리 돈내기 한판 하실까요?" 세무서 직원 중의 하나가 내게 말했다. 나는 싫었다. "다음 기회에 하지요." 세무서 직원들은 싱글싱글 웃었다. 조가 안으로 들어갔다가 나왔다. 잠시 후에 술상이 나왔다.

"여기엔 얼마쯤 있게 되나?" "일주일 가량." "청첩장 한 장 없이 결혼해 버리는 법이 어디 있어? 하기야 청첩장을 보냈더라도 그땐 내가 세무서에서 주판알 퉁기고 있을 때니까 별수도 없었겠지만 말이다." "난 그랬지만 넌 청첩장 보내야 한다." "염려 말아. 금년 안으로 받아볼 수 있게 될 거다." 우리는 별로 거품이 일지 않는 맥주를 마셨다. "제약회사라면 그게 약 만드는 데 아닙니까?" "그렇죠." "평생 병 걸릴 염려는 없겠습니다 그려." 굉장히 우스운 익살을 부렸다는 듯이 직원들은 방바닥을 치며 오랫동안 웃었다. "참, 박 군, 학생들한테 인기가 대단하더구먼. 기껏 오 분쯤 걸어오면 될 거리에 살면서 나한테 왜 통 놀러오지 않나?" "늘 생각은 하고 있었습니다…" "저기 앉아 계시는 하 선생님한테서 자네 얘긴 늘 듣고 있지. 자, 하 선생, 맥주는 술도 아니니까 한잔 들어봐요, 평소엔 그렇지도 않던데 오늘 저녁엔 왜 이렇게 얌전을 피우실까?" "네 네, 거기 놓으세요. 제가 마시겠어요." "맥주는 좀 마셔봤지요?" "대학 다닐 때 친구들과 어울려서 방문을 안으로 잠가 놓고 소주도 마셔 본 걸요." "이거 술꾼인 줄은 몰랐는데."

"마시고 싶어서 마신 게 아니라 시험 삼아서 맛 좀 본 거예요." "그래서 맛이 어떻습디까?" "모르겠어요. 술잔을 입에서 떼자마자 쿨쿨 자버렸으니까요." 사람들은 웃었다. 박만이 억지로 웃는 듯한 웃음이었다. "내가 항상 생각하는 바지만, 하 선생님의 좋은 점은 바로 저기에 있거든. 될 수 있으면 얘기를 재미있게 하려고 한다는 점, 바로 그거야." "일부러 재미있게 하려고 하는 게 아녜요. 대학 다닐 때의 말버릇이에요." "아하, 그러고 보면 하 선생의 나쁜 점은 바로 저기 있어. '내가 대학 다닐 때'라는 말을 빼놓곤 얘기가 안 됩니까? 나처럼 대학엔 문전에도 가보지 못한 사람은 서러워서 살겠어요?" "죄송합니다아." "그럼 내게 사과하는 뜻에서 노래 한 곡 들려주시겠어요?" "그거 좋습니다." "좋지요." "한번 들어봅시다." 사람들이 박수를 쳤다. 여선생은 머뭇거렸다. "서울 손님도 오고 했으니까… 그 지난번에 부르던 거 참 좋습디다." 조는 재촉했다. "그럼 부릅니다." 여선생은 거의 무표정한 얼굴로 입을 조금만 달싹거리며 노래를 부르기 시작했다. 세무서 직원들이 손가락으로 술상을 두드리기 시작했다. 여선생은 '목포의 눈물'을 부르고 있었다. '어떤 개인 날'과 '목포의 눈물' 사이에는 얼마만큼의 유사성이 있을까? 무엇이 저 아리아들로써 길들여진 성대에서 유행가를 나오게 하고 있을까? 그 여자가 부르는 '목포의 눈물'에는 작부들이 부르는 그것에서 들을 수 있는 것과 같은 꺾임이 없었고, 대체로 유행가를 살려주는 목소리의 갈라짐이 없었고 흔히 유행가가 내용으로 하는 청승맞음이 없었다. 그 여자의 '목포의 눈물'은 이미 유행가가 아니었다. 그렇다고 '나비부인' 중의 아리아는 더욱 아니었다. 그것은 이전에는 없었던 어떤 새로운 양식의 노래였다. 그 양식은 유행가가 내용으로 하는 청승맞음과는 다른, 좀더 무자비한 청승맞음을 포함하고 있었고 '어떤 개인 날'의 그 절규보다도 훨씬 높은 옥타브의 절규를 포함하고 있었고, 그 양식에는 머리를 풀어헤친 광녀(狂女)의 냉소가 스며 있었고 무엇보다도 시체가 썩어 가는 듯한 무진의 그 냄새가 스며 있었다.

그 여자의 노래가 끝나자 나는 의식적으로 바보 같은 웃음을 띠고 박수를 쳤고 그리고 육감으로랄까, 나는 후배인 박이 이 자리에서 떠나고 싶어하는 것을 알았다. 나의 시선이 박에게로 갔을 때, 나의 시선을 받은 박은 기다렸다는 듯이 자리에서 일어났다. 누군지가 그에게 앉아 있기를 권했으나 박은 해사한 웃음을 띠며 거절했다. "먼저 실례합니다. 형님은 내일 또 뵙지요." 조는 대문까지 따라나왔고 나는 한길까지 바래다주러 나갔다. 밤이 깊지 않았는데도 거리는 적막했다. 어디선지 개 짖는 소리가 들려왔고 쥐 몇 마리가 한길 위에서 무엇을 먹고 있다가 우리의 그림자에 놀라 흩어져 버렸다. "형님. 보세요. 안개가 내리는군요." 과연 한길의 저 끝이, 불빛이 드문드문 박혀 있는 먼 주택가의 검은 풍경들이 점점 풀어져가고 있었다. "자네, 하 선생을 좋아하고 있는 모양이군?" 내가 물었다. 박은 다시 그 해사한 웃음을 띠었다. "그 여선생과 조 군과 무슨 관계가 있는 모양이지?" "모르겠습니다. 아마 조형이 결혼 대상자 중의 하나로 생각하는 것 같아요." "자네가 그 여선생을 좋아한다면 좀더 적극적으로 나가야 해. 잘해 봐." "뭐 별로…" 박은 소년처럼 말을 더듬거렸다. "그 속물들 틈에 앉아서 유행가를 부르고 있는 게 좀 딱해 보였을 뿐이지요. 그래서 나와 버린 거죠." 박은 분노를 누르고 있는 듯이 나직나직 말했다. "클래식을 부를 장소가 있고 유행가를 부를 장소가 따로 있다는 것뿐이겠지. 뭐 딱할 것까지야 있나?" 나는 거짓말로써 그를 위로했다. 박은 가고 나는 다시 '속물'들 틈에 끼었다. 무진에서는 누구나 그렇게 생각하는 것이다. 타인은 모두 속물들이라고 나 역시 그렇게 생각하는 것이다. 타인이 하는 모든 행위는 무위와 똑같은 무게밖에 가지고 있지 않은 장난이라고.

밤이 퍽 깊어서 우리는 자리에서 일어났다. 조는 내가 자기 집에서 자고 자기를 권했다. 그러나 다음날 아침에 잠자리에서 일어나서 그 집을 나올 때까지의 부자유스러움을 생각하고 나는 기어코 밖으로 나섰다. 직원들도 도중에 흩어져 가고 결국엔 나와 여자만이 남았다.

우리는 다리를 건너고 있었다. 검은 풍경 속에서 냇물은 하얀 모습으로 뻗어 있었고 그 하얀 모습의 끝은 안개 속으로 사라지고 있었다. "밤엔 정말 멋있는 고장이에요." 여자가 말했다. "그래요? 다행입니다." 내가 말했다. "왜 다행이라고 말씀하시는 줄 짐작하겠어요." 여자가 말했다. "어느 정도까지 짐작하셨어요?" 내가 물었다. "사실은 멋이 없는 고장이니까요. 제 대답이 맞았어요?" "거의." 우리는 다리를 다 건넜다. 거기서 우리는 헤어져야 했다. 그 여자는 냇물을 따라서 뻗어나간 길로 가야 했고 나는 곧장 난 길로 가야 했다. "아, 글루 가세요? 그럼…" 내가 말했다. "조금만 바래다주세요. 이 길은 너무 조용해서 무서워요." 여자가 조금 떨리는 목소리로 말했다. 나는 다시 여자와 나란히 서서 걸었다. 나는 갑자기 이 여자와 친해진 것 같았다. 다리가 끝나는 거기에서부터, 그 여자가 정말 무서워서 떠는 듯한 목소리로 내게 바래다주기를 청했던 바로 그때부터 나는 그 여자가 내 생애 속에 끼여 든 것을 느꼈다. 내 모든 친구들처럼, 이제는 모른다고 할 수 없는, 때로는 내가 그들을 훼손하기도 했지만 그러나 더욱 많이 그들이 나를 훼손시켰던 내 모든 친구들처럼. "처음 뵈었을 때, 뭐랄까요, 서울 냄새가 난다고 할까요, 퍽 오래 전부터 알던 사람처럼 느껴졌어요. 참 이상하죠?" 갑자기 여자가 말했다. "유행가." 내가 말했다. "네?" "아니 유행가는 왜 부르십니까? 성악 공부한 사람들은 될 수 있는 대로 유행가를 멀리하지 않았던가요?" "그 사람들은 항상 유행가만 부르라고 하거든요." 대답하고 나서 여자는 부끄러운 듯이 나지막하게 소리내어 웃었다. "유행가를 부르지 않으려면 거기에 가지 않는 게 좋다고 얘기하면 내정간섭이 될까요?" "정말 앞으론 가지 않을 작정이에요. 정말 보잘것없는 사람들이에요." "그럼 왜 여태까진 거기에 놀러다녔습니까?" "심심해서요." 여자는 힘없이 말했다. 심심하다, 그래 그게 가장 정확한 표현이다. "아까 박군은 하 선생님께서 유행가를 부르고 계시는 게 보기에 딱하다고 하면서 나가 버렸지요." 나는 어둠 속에서 여자의 얼굴을 살폈다. "박 선생님은 정말 꽁생원이에요." 여자는 유쾌한 듯이 높은 소리로 웃었다. "선량한 사람이죠." 내가 말했다. "네, 너무 선량해요." "박군이 하 선생님을 사랑하고 있다고 생각을 해본 적은 없었던가요?" "아이, '하 선생님 하 선생님' 하지 마세요. 오빠라고 해도 제 큰오빠 뻘이나 되실 텐데요." "그럼 무어라고 부릅니까?" "그냥 제 이름을 불러주세요. 인숙이라고요." "인숙이 인숙이." 나는 낮은 소리로 중얼거려 보았다. "그게 좋군요." 나는 말했다. "인숙인 왜 내 질문을 피하지요?" "무슨 질문을 하셨던가요?" "여자는 웃으면서 말했다. 우리는 논 곁을 지나가고 있었다. 언젠가 여름 밤 멀고 가까운 논에서 들려오는 개구리들의 울음소리를, 마치 수많은 비단조개 껍질을 한꺼번에 맞부빌 때 나는 듯한 소리를 듣고 있을 때 나는 그 개구리 울음소리들이 나의 감각 속에서 반짝이고 있는 수없이 많은 별들로 바뀌어져 있는 것을 느끼곤 했었다. 청각의 이미지가 시각의 이미지로 바뀌어지는 이상한 현상이 나의 감각 속에서 일어나곤 했었던 것이다. 개구리 울음소리가 반짝이는 별들이라고 느낀 나의 감각은 왜 그렇게 뒤죽박죽이었을까. 그렇지만 밤하늘에서 쏟아질 듯이 반짝이고 있는 별들을 보고 개구리의 울음소리가 귀에 들려오는 듯했었던 것은 아니다. 별들을 보고 있으면 나는 나와 어느 별과 그리고 그 별과 또 다른 별들 사이의 안타까운 거리가, 과학책에서 배운 바로써가 아니라, 마치 나의 눈이 점점 정확해져 가고 있는 듯이 나의 시력에 뚜렷이 보여 오는 것이었다. 나는 그 도달할 길 없는 거리를 보는 데 홀려서 멍하니 서 있다가 그 순간 속에서 그대로 가슴이 터져 버리는 것 같았었다. 왜 그렇게 못 견디어했을까. 별이 무수히 반짝이는 밤하늘을 보고 있던 옛날 나는 왜 그렇게 분해서 못 견디어했을까. "무얼 생각하고 계세요?" 여자가 물어왔다. "개구리 울음소리." 대답하며 나는 밤하늘을 올려다봤다. 내리고 있는 안개에 가려서 별들이 흐릿하게 떠 보였다. "어머, 개구리 울음소리, 정말예요. 제겐 여태까지 개구리 울음소리가 들리지 않았어요. 무진의 개구리는 밤 열두시 이후에만 우는 줄로 알고 있었는데요." "열두시 이후에요?" "네, 밤 열두시가 넘으면 제가 방을 얻어 있는 주인댁 라디오 소리도 꺼지고 들리는 거라곤 개구리 울음소리뿐이거든요." "밤 열두시가 넘도록 잠을 자지 않고 무얼 하시죠?" "그냥 가끔 그렇게 잠이 오지 않아요." 그냥 그렇게 잠이 오지 않는다. 아마 그건 사실이리라. "사모님 예쁘게 생기셨어요?" 여자가 갑자기 물었다. "제 아내 말씀인가요?" "네." "예쁘죠." 나는 웃으면서 대답했다. "행복하시죠? 돈이 많고 예쁜 부인이 있고 귀여운 아이들이 있고 그러면…" "아이들은 아직 없으니까 쬐금 덜 행복하겠군요." "어머, 결혼을 언제 하셨는데 아직 아이들이 없어요?" "이제 삼 년 좀 넘었습니다." "특별한 용무도 없이 여행하시면서 왜 혼자 다니세요?" 이 여자는 왜 이런 질문들을 할까? 나는 조용히 웃어버렸다. 여자는 아까보다 좀더 명랑한 목소리로 말했다. "앞으로 오빠라고 부를 테니까 절 서울로 데려다 주시겠어요?" "서울에 가고 싶으신가요?" "네." "무진은 싫은가요?" "미칠 것 같아요. 금방 미칠 것 같아요. 서울엔 제 대학 동창들도 많고… 아이, 서울로 가고 싶어 죽겠어요." 여자는 잠깐 내 팔을 잡았다가 얼른 놓았다. 나는 갑자기 흥분되었다. 나는 이마를 찡그렸다. 찡그리고 찡그리고 또 찡그렸다. 그러자 흥분이 가셨다. "그렇지만 이젠 어딜 가도 대학 시절과는 다를 걸요. 인숙은 여자니까 아마 가정으로나 숨어버리기 전에는 어느 곳에 가든지 미칠 것 같을 걸요." "그런 생각도 해봤어요. 그렇지만 지금 같아선 가정을 갖는다고 해도 미칠 것 같은 생각이 들어요. 정말 마음에 드는 남자가 있다고 해도 여기서는 살기가 싫어요. 전 남자에게 여기서 도망치자고 조를 거예요." "그렇지만 내 경험으로는 서울에서의 생활이 반드시 좋지도 않더군요. 책임, 책임뿐입니다." "그렇지만 여긴 책임도 무책임도 없는 곳인 걸요. 하여튼 서울에 가고 싶어요. 절 데려다 주시겠어요?" "생각해 봅시다." "꼭이에요 네?" 나는 그저 웃기만 했다. 우리는 그 여자의 집 앞까지 왔다. "선생님, 내일은 무얼 하실 계획이세요?" 여자가 물었다. "글쎄요. 아침엔 어머님 산소엘 다녀와야 하겠고, 그리고 나면 할 일이 없군요. 바닷가에나 가볼까 하는데요. 거긴 한때 내가 방을 얻어 있던 집이 있으니까 인사도 할 겸." "선생님, 내일 거긴 오후에 가세요." "왜요?" "저도 같이 가고 싶어요. 내일은 토요일이니까 오전수업뿐이에요." "그럽시다." 우리는 내일 만날 시간과 장소를 약속하고 헤어졌다. 나는 이상한 우울에 빠져서 터벅터벅 밤길을 걸어 이모댁으로 돌아왔다.

내가 이불 속으로 들어갔을 때 통금 사이렌이 불었다. 그것은 갑작스럽게 요란한 소리였다. 그 소리는 길었다. 모든 사물이 모든 사고(思考)가 그 사이렌에 흡수되어 갔다. 마침내 세상엔 아무것도 없어져 버렸다. 사이렌만이 세상에 남아 있었다. 그 소리도 마침내 느껴지지 않을 만큼 오랫동안 계속할 것 같았다. 그때 소리가 갑자기 힘을 잃으면서 꺾였고 길게 신음하며 사라져 갔다. 내 사고만이 다시 살아났다. 나는 얼마 전까지 그 여자와 주고받던 얘기들을 다시 생각해 보려 했다. 많은 것을 얘기한 것 같은데 그러나 귓속에는 우리의 대화가 몇 개 남아 있지 않았다. 좀더 시간이 지난 후, 그 대화들이 내 귓속에 내 머릿속으로 자리를 옮길 때는 또 몇 개가 더 없어져 버릴 것인가. 아니 결국엔 모두 없어져 버릴지도 모른다. 천천히 생각해보자. 그 여자는 서울에 가고 싶다고 했다. 그 말을 그 여자는 안타까운 음성으로 얘기했다. 나는 문득 그 여자를 껴안고 싶은 충동에 사로잡혔다. 그리고… 아니, 내 심장에 남을 수 있는 것은 그것뿐이었다. 그러나 그것도 일단 무진을 떠나기만 하면 내 심장 위에서 지워져 버리리라. 나는 잠이 오지 않았다. 낮잠 때문이기도 하였다. 나는 어둠 속에서 담배를 피웠다. 나는 우울한 유령들처럼 나를 내려다보고 있는 벽에 걸린 하얀 옷들을 흘겨보고 있었다. 나는 담뱃재를 머리맡의 적당한 곳에 털었다. 내일 아침 걸레로 닦아 내면 될 어느 곳에. '열두시 이후에 우는' 개구리 울음소리가 희미하게 들려오고 있었다. 어디선가 한시를 알리는 시계 소리가 나직이 들려왔다. 어디선가 두시를 알리는 시계 소리가 들려왔다. 어디선가 세시를 알리는 시계 소리가 들려왔다. 어디선가 네시를 알리는 시계 소리가 들려왔다. 잠시 후에 통금해제의 사이렌이 불었다. 시계와 사이렌 중 어느 것 하나가 정확하지 못했다. 사이렌은 갑작스럽고 요란한 소리였다. 그 소리는 길었다. 모든 사물이 모든 사고가 그 사이렌에 흡수되어 갔다. 마침내 이 세상에선 아무것도 없어져 버렸다. 사이렌만이 세상에 남아 있었다. 그 소리도 마침내 느껴지지 않을 만큼 오랫동안 계속할 것 같았다. 그때 소리가 갑자기 힘을 잃으면서 꺾였고 길게 신음하며 사라져 갔다. 어디선가 부부들은 교합하리라. 아니다. 부부가 아니라 창부와 그 여자의 손님이리라. 나는 왜 그런 엉뚱한 생각을 하고 있는지 알 수 없었다. 잠시 후에 나는 슬며시 잠이 들었다.

바다로 뻗은 긴 방죽

그 날 아침엔 이슬비가 내리고 있었다. 식전에 나는 우산을 받쳐들고 읍 근처의 산에 있는 어머니의 산소로 갔다. 나는 바지를 무릎 위까지 걷어올리고 비를 맞으며 묘를 향하여 엎드려 절했다. 비가 나를 굉장한 효자로 만들어 주었다. 나는 한 손으로 묘 위의 긴 풀을 뜯었다. 풀을 뜯으면서 나는 나를 전무님으로 만들기 위하여 전무 선출에 관계된 사람들을 찾아다니며 그 호걸웃음을 웃고 있을 장인 영감을 상상했다. 그러자 나는 묘 속으로 들어가고 싶었다.

돌아가는 길은 좀 멀긴 하지만 잔디가 곱게 깔린 방죽길을 걷기로 했다. 이슬비가 바람에 뿌옇게 날리고 있었다. 비를 따라서 풍경이 흔들렸다. 나는 우산을 접어 버렸다. 방죽 위를 걸어가다가 나는 방죽의 경사 밑, 물가의 풀밭에 읍에서 먼 촌으로부터 등교하기 위하여 오던 학생들이 모여서 웅성거리고 있는 것을 보았다. 나이 많은 사람들이 몇 사람 끼어 있었고 비옷을 입은 순경 한 사람이 방죽의 비탈 위에 쭈그리고 앉아서 담배를 피우며 먼 곳을 바라보고 있었고 노파 한 사람이 혀를 차며 웅성거리고 있는 학생들의 틈을 빠져 나와서 갔다. 나는 방죽의 비탈을 내려갔다. 순경 곁을 지나면서 나는 물었다. "무슨 일입니까?" "자살 시첸니다." 순경은 흥미 없는 말투로 말했다. "누군데요?" "읍내에 있는 술집여잡니다. 초여름이 되면 반드시 몇 명씩 죽지요." "네에." "저 계집애는 아주 독살스러운 년이어서 안 죽을 줄 알았더니, 저것도 별 수 없는 사람이었던 모양입니다." "네에." 나는 물가로 내려가서 학생들 틈에 끼었다. 시체의 얼굴은 냇물을 향하고 있었으므로 내게는 보이지 않았다. 머리는 파마였고 팔과 다리가 하얗고 굵었다. 붉은색의 얇은 스웨터를 입고 있었고 하얀 스커트를 입고 있었다. 지난밤의 새벽은 추웠던 모양이다. 아니면 그 옷이 그 여자의 맘에 든 옷이었던가 보다. 푸른 꽃무늬 있는 하얀 고무신을 머리에 베고 있었다. 무엇인가를 싼 하얀 손수건이 그 여자의 축 늘어진 손에서 좀 떨어진 곳에 굴러 있었다. 하얀 손수건은 비를 맞고 있었고 바람이 불어도 조금도 나부끼지 않았다. 시체의 얼굴을 보기 위해서 많은 학생들이 냇물 속에 발을 담그고 이쪽을 향하여 서 있었다. 그들의 푸른색 유니폼이 물에 거꾸로 비쳐 있었다. 푸른색의 깃발들이 시체를 옹위하고 있었다. 나는 그 여자를 향하여 이상스레 정욕이 끓어오름을 느꼈다. 나는 급히 그 자리를 떠났다. "무슨 약을 먹었는지 모르지만 지금이라도 어쩌면…" 순경에게 내가 말했다. "저런 여자들이 먹는 건 청산가립니다. 수면제 몇 알 먹고 떠들썩한 연극 같은 건 안 하지요. 그것만은 고마운 일이지만." 나는 무진으로 오는 버스칸에서 수면제를 만들어 팔겠다는 공상을 한 것이 생각났다. 햇빛의 신선한 밝음과 살갗에 탄력을 주는 정도의 공기의 저온, 그리고 해풍에 섞여 있는 정도의 소금기, 이 세 가지를 합성하여 수면제를 만들 수 있다면… 그러나 사실 그 수면제는 이미 만들어져 있었던 게 아닐까. 나는 문득, 내가 간밤에 잠을 이루지 못하고 뒤척거리고 있었던 게 이 여자의 임종을 지켜 주기 위해서가 아니었을까 하는 생각이 들었다. 통금해제의 사이렌이 불고 이 여자는 약을 먹고 그제야 나는 슬며시 잠이 들었던 것만 같다. 갑자기 나는 이 여자가 나의 일부처럼 느껴졌다. 아프긴 하지만 아끼지 않으면 안 될 내 몸의 일부처럼 느껴졌다. 나는 접어든 우산에 묻은 물을 휙휙 뿌리면서 집으로 돌아왔다. 집에는 세무서장인 조가 보낸 쪽지가 기다리고 있었다. '할 일 없으면 세무서로 좀 들려주게.' 아침밥을 먹고 나는 세무서로 갔다. 이슬비는 그쳤으나 하늘은 흐렸다. 나는 조의 의도를 알 것만 같았다. 서장실에 앉아 있는 자기의 모습을 보여 주고 싶은 거다. 아니 내가 비꼬아서 생각하고 있는지도 모른다. 나는 고쳐 생각하기로 했다. 그는 세무서장으로 만족하고 있을까? 아마 만족하고 있을 게다. 그는 무진에 어울리는 사람이다. 아니, 나는 다시 고쳐 생각한다. 어떤 사람을 잘 안다는 것—잘 아는 체한다는 것이 그 어떤 사람의 입장에서 보면 무척 불행한 일이다. 우리가 비난할 수 있고 적어도 평가하려고 드는 것은 우리가 알고 있는 사람에 한하는 것이기 때문이다.

조는 러닝셔츠 바람으로, 바지는 무릎 위까지 걷어붙이고 부채를 부치고 있었다. 나는 그가 초라해 보였고 그러나 그가 흰 커버를 씌운 회전의자 위에 앉아 있는 것을 자랑스러워하는 듯한 몸짓을 해 보일 때는 그가 가엾게 생각되었다. "바쁘지 않나." 내가 물었다. "나야 뭐 하는 일이 있어야지. 높은 자리라는 건 책임진다는 말만 중얼거리고 있으면 되는 모양이지." 그러나 그는 결코 한가하지 않았다. 여러 사람들이 드나들면서 서류에 조의 도장을 받아갔고 더 많은 서류들이 그의 미결함에 쌓여졌다. "월말에다가 토요일이 되어서 좀 바쁘다." 그는 말했다. 그러나 그의 얼굴은 그 바쁜 것을 자랑스럽게 여기고 있었다. 바쁘다. 자랑스러워할 틈도 없이 바쁘다. 그것은 서울에서의 나였다. 그만큼 여기는 생활한다는 것에 서투를 수 있다고나 할까? 바쁘다는 것도 서투르게 바빴다. 그리고 그때 나는 사람이 자기가 하는 일에 서투르다는 것은, 그것이 무슨 일이든지 설령 도둑질이라고 할 지라도 서투르다는 것은 보기에 딱하고 보는 사람을 신경질 나게 한다고 생각하였다. 미끈하게 일을 처리해 버린다는 건 우선 우리를 안심시켜준다. "참, 엊저녁, 하 선생이란 여자는 네 색시감이냐?" 내가 물었다. "색시감?" 그는 높은 소리로 웃었다. "내 색시감이 그 정도로밖에 안 보이냐?" 그가 말했다. "그 정도가 뭐 어때서?" "야, 이 약아빠진 놈아, 넌 빽 좋고 돈 많은 과부를 물어 놓고 기껏 내가 어디서 굴러온 줄도 모르는 말라빠진 음악 선생이나 차지하고 있으면 맘이 시원하겠다는 거냐?" 말하고 나서 그는 유쾌해 죽겠다는 듯이 웃어대었다. "너만큼만 사는 정도라면 여자가 거지라도 괜찮지 않아?" 내가 말했다. "그래도 그게 아닙니다. 내 편에 나를 끌어 줄 사람이 없으면 처가 편에서라도 누가 있어야 하는 거야." 그가 대답했다. 그의 말투로는 우리는 공범자였다. "야, 세상 우습더라. 내가 고시에 패스하자마자 중매쟁이가 막 들어오는데… 그런데 그게 모두 형편없는 것들이거든. 도대체 여자들이 성기(性器) 하나를 밑천으로 해서 시집가 보겠다는 고 배짱들이 괘씸하단 말야." "그럼 그 여선생도 그런 여자 중의 하나인가?" "아주 대표적인 여자지. 어떻게나 쫓아다니는지 귀찮아 죽겠다." "퍽 똑똑한 여자일 것 같던데." "똑똑하기야 하지. 그렇지만 뒷조사를 해보았더니 집안이 너무 허술해. 그 여자가 여기서 죽는다고 해도 고향에서 그 여자를 데리러 올 사람 하나 변변한 게 없거든." 나는 그 여자를 어서 만나보고 싶었다. 나는 그 여자가 지금 어디서 죽어가고 있는 것처럼 생각되었다. 어서 가서 만나고 싶었다. "속도 모르는 박군은 그 여자를 좋아한대." 그가 말하면서 싱긋 웃었다. "박군이?" 나는 놀란 체했다. "그 여자에게 편지를 보내어 호소를 하는데 그 여자가 모두 내게 보여 주거든, 박군은 내게 연애편지를 쓰는 셈이지."나는 그 여자를 만나보고 싶은 생각이 싹 가셨다. 그러나 잠시 후엔 그 여자를 어서 만나보고 싶다는 생각이 되살아났다. "지난봄엔 그 여잘 데리고 절엘 한번 갔었지. 어떻게 해보려고 했는데 요 영리한 게 결혼하기 전까진 절대로 안 된다는거야." "그래서?" "무안만 당하고 말았지." 나는 그 여자에게 감사했다.

시간이 됐을 때 나는 그 여자와 만나기로 한 읍내에서 좀 떨어진 바다로 뻗어나가고 있는 방죽으로 갔다. 노란 파라솔 하나가 멀리 보였다. 그것이 그 여자였다. 우리는 구름이 낀 하늘 밑을 나란히 걸어갔다. "저 오늘 박 선생님께 선생님에 관해서 여러 가지 물어 봤어요." "그래요?" "무얼 제일 중요하게 물어 보았을 거 같아요?" 나는 전연 짐작할 수가 없었다. 그 여자는 잠시 동안 키득키득 웃었다. 그리고 말했다. "선생님의 혈액형을 물어봤어요." "내 혈액형을요?" "전 혈액형에 대해서 이상한 믿음을 가지고 있어요. 사람들은 꼭 자기의 혈액형을 나타내주는—그, 생물책에 쓰여있지 않아요?—꼭 그 성격대로이기만 했으면 좋겠어요. 그럼 세상엔 손가락으로 꼽을 정도의 성격밖에 없을 거 아니에요?" "그게 어디 믿음입니까? 희망이지" "전 제가 바라는 것은 그대로 믿어 버리는 성격이에요." "그건 무슨 혈액형입니까?" "바보라는 이름의 혈액형이에요." 우리는 후텁지근한 공기 속에서 괴롭게 웃었다. 나는 그 여자의 프로필을 훔쳐보았다. 그 여자는 이제 웃음을 그치고 입을 꾹 다물고 그 커다란 눈으로 앞을 똑바로 응시하고 있었고 코끝에 땀이 맺혀 있었다. 그 여자는 어린아이처럼 나를 따라오고 있었다. 나는 나의 한 손으로 그 여자의 한 손을 잡았다. 그 여자는 놀란 듯했다. 나는 얼른 손을 놓았다. 잠시 후에 나는 다시 손을 잡았다. 그 여자는 이번엔 놀라지 않았다. 우리가 잡고 있는 손바닥과 손바닥 틈으로 희미한 바람이 새어 나가고 있었다. "무작정 서울에만 가면 어떻게 할 작정이오?" 내가 물었다. "이렇게 좋은 오빠가 있는데 어떻게 해주겠지요." 여자는 나를 쳐다보며 방긋 웃었다. "신랑감이야 수두룩하긴 하지만… 서울보다는 고향에 가 있는 게 낫지 않을까요?" "고향보다는 여기가 나아요." "그럼 여기 그대로 있는 게…" "아이, 선생님. 절 데리고 가시잖을 작정이시군요." 여자는 울상을 지으며 내 손을 뿌리쳤다. 사실 나는 내 자신을 알 수 없었다. 사실 나는 감상이나 연민으로써 세상을 향하고 서는 나이도 지난 것이다. 사실 나는 몇 시간 전에 조가 얘기했듯이 '빽이 좋고 돈 많은 과부'를 만난 것을 반드시 바랐던 것은 아니지만 결과적으로는 잘 되었다고 생각하고 있는 사람인 것이다. 나는 내게서 달아나 버린 여자에 대한 것과는 다른 사랑을 지금의 내 아내에 대하여 갖고 있었다. 그러면서도 나는 구름이 끼어 있는 하늘 밑의 바다로 뻗은 방죽 위를 걸어가면서 다시 곁에 선 여자의 손을 잡았다. 나는 지금 우리가 찾아가고 있는 집에 대하여 여자에게 설명해 주었다. 어느 해 나는 그 집에서 방 한 칸을 얻어들고 더러워진 나의 폐를 씻어내고 있었다. 어머니도 세상을 떠나간 뒤였다. 이 바닷가에서 보낸 일 년. 그때 내가 쓴 모든 편지들 속에서 사람들은 '쓸쓸하다'라는 단어를 쉽게 발견할 수 있었다. 그 단어는 다소 천박하고 이제는 사람의 가슴에 호소해 오는 능력도 거의 상실해 버린 시어 같은 것이지만 그러나 그 무렵의 내게는 그 말밖에 써야 할 말이 없는 것처럼 생각되었었다. 아침의 백사장을 거니는 산보에서 느끼는 시간의 지루함과 낮잠에서 깨어나서 식은땀이 줄줄 흐르는 이마를 손바닥으로 닦으며 느끼는 허전함과 깊은 밤에 악몽으로부터 깨어나서 쿵쿵 소리를 내며 급하게 뛰고 있는 심장을 한 손으로 누르며 밤바다의 그 애처로운 울음소리에 귀를 기울이고 있을 때의 안타까움, 그런 것들이 굴껍데기처럼 다닥다닥 붙어서 떨어질 줄 모르는 나의 생활을 나는 '쓸쓸하다'라는, 지금 생각하면 허깨비 같은 단어 하나로 대신시켰던 것이다. 바다는 상상도 되지 않는 먼지 낀 도시에서, 바쁜 일과 중에, 무표정한 우편배달부가 던져 주고 간 나의 편지 속에서 '쓸쓸하다'라는 말을 보았을 때 그 편지를 받은 사람이 과연 무엇을 느끼거나 상상할 수 있었을까? 그 바닷가에서 그 편지를 내가 띄우고 도시에서 내가 그 편지를 받았다고 가정할 경우에도 내가 그 바닷가에서 그 단어에 걸어보던 모든 것에 만족할 만큼 도시의 내가 바닷가의 나의 심경에 공명할 수 있었을 것인가? 아니 그것이 필요하기나 했었을까? 그러나 정확하게 말하자면, 그 무렵 편지를 쓰기 위해서 책상 앞으로 다가가고 있던 나도, 지금에 와서 내가 하고 있는 바와 같은 가정과 질문을 어렴풋이나마 하고 있었고 그 대답을 '아니다'로 생각하고 있었던 듯하다. 그러면서도 그는 속에 '쓸쓸하다'라는 단어가 쓰여진 편지를 썼고 때로는 바다가 암청색으로 서투르게 그려진 엽서를 사방으로 띄웠다. "세상에서 제일 먼저 편지를 쓴 사람은 어떤 사람이었을까요?" 내가 말했다. "아이, 편지. 정말 편지를 받는 것처럼 기쁜 일은 없어요. 정말 누구였을까요? 아마 선생님처럼 외로운 사람이었겠죠?" 여자의 손이 내 손안에서 꼼지락거렸다. 나는 그 손이 그렇게 말하고 있는 듯한 느낌이 들었다. "그리고 인숙이처럼." 내가 말했다. "네." 우리는 서로 고개를 마주보며 웃음 지었다.

우리는 우리가 찾아가는 집에 도착했다. 세월이 그 집과 그 집 사람들만은 피해서 지나갔던 모양이다. 주인들은 나를 옛날의 나로 대해 주었고 그러자 나는 옛날의 내가 되었다. 나는 가지고 온 선물을 내 놓았고 그 집 주인 부부는 내가 들어 있던 방을 우리에게 제공해 주었다. 나는 그 방에서 여자의 조바심을, 마치 칼을 들고 달려드는 사람으로부터, 누군지가 자기의 손에서 칼을 빼앗아 주지 않으면 상대편을 찌르고 말 듯한 절망을 느끼는 사람으로부터 칼을 빼앗듯이 그 여자의 조바심을 빼앗아 주었다. 그 여자는 처녀는 아니었다. 우리는 다시 방문을 열고 물결이 다소 거센 바다를 내려다보며 오랫동안 말없이 누워 있었다. "서울에 가고 싶어요. 단지 그거뿐예요." 한참 후에 여자가 말했다. 나는 손가락으로 여자의 볼 위에 의미 없는 도화를 그리고 있었다. "세상에 착한 사람이 있을까?" 나는 방으로 불어오는 해풍 때문에 불이 꺼져 버린 담배에 다시 불을 붙이며 말했다. "절 나무라시는 거죠? 착하게 보아 주려는 마음이 없으면 아무도 착하지 않을 거예요?" 나는 우리가 불교도라고 생각했다. "선생님은 착한 분이세요?" "인숙이가 믿어주는 한." 나는 다시 한 번 우리가 불교도라고 생각했다. 여자는 누운 채 내게 조금 더 다가왔다. "바닷가로 나가요, 네? 노래 불러드릴 게요." 여자가 말했다. 그러나 우리는 일어나지 않았다. "바닷가로 나가요, 네? 방은 너무 더워요." 우리는 일어나서 밖으로 나왔다. 우리는 백사장을 걸으며 인가가 보이지 않는 바닷가의 바위 위에 앉았다. 파도가 거품을 숨겨 가지고 와서 우리가 앉아 있는 바다 밑에 그것을 뿜어 놓았다. "선생님." 여자가 나를 불렀다. 나는 여자 쪽으로 고개를 돌렸다. "자기 자신이 싫어지는 것을 경험하신 적이 있으세요?" 여자가 꾸민 명랑한 목소리로 물었다. 나는 기억을 헤쳐 보았다. 나는 고개를 끄덕이며 말했다. "언젠가 나와 함께 자던 친구가 다음날 아침에 내가 코를 골면서 자더라는 것을 알려 주었을 때였지. 그땐 정말이지 살맛이 나지 않았어." 나는 웃기기 위해서 그렇게 말했다. 그러나 여자는 웃지 않고 조용히 고개만 끄덕거렸다. 한참 후에 여자가 말했다. "선생님, 저 서울에 가고 싶지 않아요." 나는 여자의 손을 달라고 하여 잡았다. 나는 그 손을 힘을 주어 쥐면서 말했다. "우리 서로 거짓말은 하기 말기로 해." "거짓말이 아니에요." 여자는 빙긋 웃으면서 말했다. "'어느 개인 날'을 불러 드릴 게요." "그렇지만 오늘은 흐린 걸." 나는 '어느 개인 날'의 그 이별을 생각하며 말했다. 흐린 날엔 사람들은 헤어지지 말기로 하자. 손을 내밀고 그 손을 잡는 사람이 있으면 그 사람을 가까이 가까이 좀더 가까이 끌어당겨 주기로 하자. 나는 그 여자에게 '사랑한다'고 말하고 싶었다. 그러나 '사랑한다'라는 그 국어의 어색함이 그렇게 말하고 싶은 나의 충동을 쫓아 버렸다.

우리가 바닷가에서 읍내로 돌아온 것은 저녁의 어둠이 밀려든 뒤였다. 읍내에 들어오기 조금 전에 우리는 방죽 위에서 키스했다. "전 선생님께서 여기 계시는 일주일 동안만 멋있는 연애를 할 계획이니까 그렇게 알고 계세요." 헤어지면서 여자가 말했다. "그렇지만 내 힘이 더 세니까 별수 없이 내게 끌려서 서울까지 가게 될 걸." 내가 말했다.

집으로 돌아와서 나는 후배인 박이 낮에 다녀간 것을 알았다. 그는 내가 '무진에 계시는 동안 심심하지 않을까 하여 읽으시라'고 책을 세 권 두고 갔다. 그가 저녁에 다시 오겠다고 하더라는 얘기를 이모가 내게 했다. 나는 피로를 핑계로 아무도 만나기 싫다는 뜻을 이모에게 알려두었다. 이모는 내가 바닷가에서 아직 돌아오지 않았다고 대답하겠다고 말했다. 나는 아무것도 생각하고 싶지 않았다. 아무것도. 새벽녘에 잠깐 깨었다. 나는 이유를 집어 낼 수 없이 가슴이 두근거렸는데 그것은 불안이었다. "인숙이"하고 나는 중얼거려보았다. 그리고 곧 다시 잠이 들어버렸다.

당신은 무진을 떠나고 있습니다

나는 이모가 나를 흔들어 깨워서 눈을 떴다. 늦은 아침이었다. 이모는 전보 한 통을 내게 건네주었다. 엎드려 누운 채 나는 전보를 펴보았다. '27일회의참석필요, 급상경바람 영.' '27일'은 모레였고 '영'은 아내였다. 나는 아프도록 쑤시는 이마를 베개에 대었다. 나는 숨을 거칠게 쉬고 있었다. 나는 호흡을 진정시키려고 했다. 아내의 전보가 무진에 와서 내가 한 모든 행동과 사고를 내게 점점 명료하게 드러내 보여주었다. 모든 것이 선입관 때문이었다. 결국 아내의 전보는 그렇게 얘기하고 있었다. 나는 아니라고 고개를 저었다. 모든 것이, 흔히 여행자에게 주어지는 그 자유 때문이라고 아내의 전보는 말하고 있었다. 나는 아니라고 고개를 저었다. 모든 것이 세월에 의하여 내 마음속에서 잊혀질 수 있다고 전보는 말하고 있었다. 그러나 상처가 남는다고. 나는 고개를 저었다. 오랫동안 우리는 다투었다. 그래서 전보와 나는 타협안을 만들었다. 한번만, 마지막으로 한 번만 이 무진을, 외롭게 미쳐 가는 것을, 유행가를, 술집여자의 자살을, 배반을, 무책임을 긍정하기로 하자. 마지막으로 한 번만이다. 꼭 한 번만. 그리고 나는 내게 주어진 한정된 책임 속에서만 살기로 약속한다. 전보여, 새끼손가락을 내밀어라. 나는 거기에 내 새끼손가락을 걸어서 약속한다. 우리는 약속했다.

그러나 나는 돌아서서 전보의 눈을 피하여 편지를 썼다. '갑자기 떠나게 되었습니다. 찾아가서 말로써 오늘 제가 먼저 가는 것을 알리고 싶었습니다만 대화란 항상 의외의 방향으로 나가 버리기를 좋아하기 때문에 이렇게 글로써 알리는 것입니다. 간단히 쓰겠습니다. 사랑하고 있습니다. 왜냐하면 당신은 제 자신이기 때문에 적어도 제가 어렴풋이나마 사랑하고 있는 옛날의 저의 모습이기 때문입니다. 저는 옛날의 저를 오늘의 저로 끌어다놓기 위하여 갖은 노력을 다하였듯이 당신을 햇볕 속으로 끌어 놓기 위하여 있는 힘을 다할 작정입니다. 저를 믿어 주십시오. 그리고 서울에서 준비가 되는 대로 소식 드리면 당신은 무진을 떠나서 제게 와주십시오. 우리는 아마 행복할 수 있을 것입니다.' 쓰고 나서 나는 그 편지를 다시 읽어봤다. 또 한번 읽어봤다. 그리고 찢어버렸다.

덜컹거리며 달리는 버스 속에 앉아서 나는 어디쯤에선가 길가에 세워진 하얀 팻말을 보았다. 거기에는 선명한 검은 글씨로 '당신은 무진읍을 떠나고 있습니다. 안녕히 가십시오'라고 쓰여 있었다. 나는 심한 부끄러움을 느꼈다.

(1964)

차나 한잔

오늘 아침에도 그는 설사기 때문에 일찍 잠이 깨었다. 자리에서 일어나기가 싫어서 참을 수 있는 데까지 참아 보려고 했다. 그러나 배가 뒤끓으면서 벌써 항문이 옴찔거려서 견디어낼 수가 없었다. 휴지를 챙겨들고 변소로 갔다. 어제 저녁에 먹은 구아니딘이 별로 효과를 내지 못한 모양이다. 변소에 쭈그리고 앉아서 그는 자기의 배앓이에 대해서 생각해 보았다. 과식을 했다거나 기름진 것을 먹은 적도 요 며칠 안엔 없었다. 있었다면 좀 심한 심리의 긴장상태뿐이었다. 신문에서 자기의 연재만화가 요 며칠 동안 이따금씩 빠져 있었기 때문에 그는 나쁜 예감으로 불안해 있었던 것이다. 재미가 없었던 것일까, 하고 생각하며, 그래도 여전히 그 날분의 만화를 그려서 가지고 가면, 문화부장은 여느 때와 똑같은 태도로 만화를 받아서 여느 때와 똑같이 그것을 보고 나서 여느 때와 똑같이 아주 우스워서 못 견디겠다는 듯이 오랫동안 고개를 끄덕이며 낄낄거리고 나서,

"좋습니다. 아주 걸작입니다."

라고 말하는 것이었다. 그러면 그는, 문화부장의 태도에 다분히 과장이 섞인 것을 보면서도, 역시 겨우 안심을 하고 묻는 것이었다.

"오늘치는 빠졌더군요."

그러면 문화부장은 안경을 벗어서 양복 깃에 닦으면서,

"아, 기사 폭주 관계입니다."

고 간신히 대답하는 것이었다. 그 이상 더 물을 수가 없어서 그는 자신을 안심시켜가며 데스크 위에 흐트러져 있는 경쟁지들과 일본에서 온 신문들 그리고 통신사에서 배달된 유인물을 대강 훑어보고 나서 나오는 것이었고 그 다음날 아침 신문을 보면 또 만화가 빠뜨려진 채 배달되곤 했다. 오늘도 기사 폭주 때문일까, 하고 문화면을 살펴보는 것이지만 썩 대단한 기사들이 실린 것도 아닌 데다가, '그렇다면, 그전, 만화가 꼬박꼬박 나올 때엔 한번도 기사 폭주가 없었단 말인가?' 하는 의혹이 생기는 것이었다.

그런 이유로 그는 며칠 전부터 긴장되어 있었는데, 어제 새벽부터는 설사가 시작되었다. 그는 자기의 배앓이가 낭패해 가고 있는 자기의 심리상태에서 결과된 것이라고 믿게 되었다.

그는 똥이 더 나올 듯한 개운치 않음을 느끼며 방으로 돌아와서 이불 속으로 들어가서 아직도 잠들어 있는 아내와 나란히 누웠다. 그는 머리맡에 풀어놓은 팔목시계를 누운 채, 한 손만 뻗쳐 더듬어 집었다. 그리고 미닫이의 방문을 비추고 있는 새벽의 희미한 빛에 시계를 비추어 보았다. 여섯시가 좀 지나고 있었다. 시계를 다시 머리맡에 놓고 그는 이불을 턱 밑까지 끌어올려 덮고 왼손을 아내의 사타구니에 밀어 넣었다. 그리고 천장을 올려다보며 오늘분의 만화를 구상하기 시작했다.

그러나 얼른 얘깃거리가 생기지 않는다. 삼분폭리(三粉暴利)를 깔까? 한일회담을 취급하자. 아니 그건 지난번에도 그려 가지고 갔었다. 신문엔 나지 않고 말았지만. 평범한 가정물로 하나 생각해 보자. 그러나 얼른 얘깃거리가 생기지 않는다. 대통령으로 약속하는 검정 안경을 쓰고 볼이 홀쭉한 인물과 '아톰X군'의 얼굴만이 그의 눈앞에 어른거렸다.

'아톰X군'은 어린이를 상대로 하는 어느 주간신문에 그가 연재하고 있는 우주의 용사였다. 꼭대기에 안테나가 달린 산소투구를 머리에 쓰고 등에는 산소탱크와 연료탱크를 짊어지고 만능의 고주파총을 들고 눈알이 동글동글하고, 화성인을 상대로 용감무쌍하게 투쟁하는 소년 용사였다. 검정 안경을 쓴 대통령 각하와 탱크를 둘씩이나 짊어진 '아톰X군' 그리고 어쩌다 생각난 듯이 청탁이 들어오는 몇 군데 잡지의 만화가 그와 그의 아내에게 밥을 먹여 주고 있는 것이었다. 주 수입은 아무래도 대통령이 많이 나오는 신문의 연재만화 쪽이었다. 그러나 주 수입이라고 해도, 끼니를 제외하고 담배와 차를 마시고 가끔 당구장엘 드나들고 나면 이따금 아내와 함께 영화를 보러갈 수 있을 정도였다. 그렇지만 그 수입 원천이 흔들리는 불안을 그는 느끼게 된 것이었다. 설사가 나올 만도 하지, 라고 스스로 꼬집어 생각하자 잠깐 웃음이 나왔다가 사그라졌다.

그는 어쩌다가 내가 만화를 그리기 시작했나 하고 자신의 이력을 검토해 보기 시작했다. 이른바 일류대학을 지망했다가 실패하자 '나만 열심히 하면 어느 대학이고 어떠랴' 하고 들어간 정원미달의 어느 삼류 대학 사회학과를 마치고, 입대하여 훈련을 마치자 어쩌다가 떨어진 게 정훈(政訓)이었고 정훈에서 어쩌다가 맡은 게 군내(軍內) 신문 편집이었고 그리고 어쩌다가 보니까 거기에서 만화를 그리고 있었고 제대하여 취직할 데를 찾던 중 어느 회사의 굉장한 경쟁률의 입사시험에 응시했다가 떨어지고 그러나 거기에서 함께 응시했다가 함께 미역국을 먹은 여자와 사랑하게 되어 사랑하는 이를 위해서는 모험이라도 불사하겠다는 각오로 군대에 있을 때의 어설픈 경험으로써 대학동창 하나가 기자로 들어가 있는 신문에 그 친구의 소개로 만화를 연재하게 되었고, 밥값이 생기자 그 여자와 결혼식은 빼어 버린 부부가 되어, 한 지붕 밑에 여러 세대가 살고 있는 이 집의 방 한 칸을 세내어 들고 오늘에 이르렀음.

그야말로 '어쩌다가'의 연속이었다. 그는 자기가 지난날 우연 속에 자신을 맡겨 버린 것이 갑자기 역겨워졌다. '거지 같은 자식이었다' 하고 그는 자신을 욕했다. 손톱만큼이라도 좋으니 나의 주장이 있어야 할 게 아닌가. 그러나 다시 한 번 자기의 이력을 검토해 보면 그 망할 놈의 군대생활이 끼어 있었기 때문에 사실 어쩔 도리가 없었다고 생각하게 되었다. 군대 속에서 어떻게 자기의 희망대로 생활할 수 있단 말인가. '좌향 앞으로 갓!' 하면 왼쪽으로 돌아야 되고 '포복!' 하면 엎드려서 기어야 했었다. 마치 그의 만화 속의 인물들이 자기들의 표정과 운명을 그의 펜 끝에 맡겨버릴 수밖에 없듯이. 우연 속에 자신을 맡겨 버리는 습관을 가르쳐 준 게 그놈의 군대였었다. 그런데, 하고 그는 생각했다. 하긴 그것이 평안했어. 적어도 신경쇠약에 걸릴 염려는 없었거든. 그는 여전히 천장을 올려다보고 생각했다. 이제 와서 대학에서 배운 것을 팔아먹고 싶다고 앙탈하지는 않겠다. 만화일 만이라도 계속할 수 있어야겠다.

그는 잡념을 없애기 위해서 베개에서 머리를 약간 위로 들어 머리를 몇 번 흔들었다. 오늘분의 만화를 구상해야 했다. 엊저녁에 그려놓았어야 하는 건데, 아니 구상만이라도 해놓았어야 하는 건데, 하고 그는 자신을 나무랐다. 엊저녁엔 도대체 무얼 했었나? 그제야 그는 엊저녁에 자기가 술을 마시고 들어왔던 것을 기억해 내었다. 선배 만화가 한 분에게 끌려가서 마신 게 퍽 취했었나보다. 몇 시쯤 집에 돌아왔는지가 생각나지 않을 정도니까. 퍽 취했던 셈치고는 잠을 깨고 나도 머릿속이 맑다. 좋은 술이었던 모양이지. 그러나 그는 자기의 긴장상태 때문이라고 할 수 없이 생각했다. 이렇게 배가 곯고 거기에다가 만취 후인데도 머리가 무겁지 않을 수 있는 것은 그런 이유가 아니면 무엇일까. 그건 그렇고 그는 오늘분의 만화를 구상해야 하는 것이었다. 담배가 피우고 싶어졌다. 자유로운 한쪽 손으로 머리맡을 더듬어 담배를 한대 빼서 입에 물고 성냥을 집어들었다.

그런데 담배의 매운 연기가 잠들어 있는 아내의 코로 스미면 아내의 잠을 깨게 하리라. 그는 단잠을 자고 있는 아내를 깨우고 싶지가 않았다. 도로 담배를 머리맡으로 던져두고 시선을 아내의 얼굴로 돌렸다. 언제 보아도 귀여운 얼굴이었다. 이렇게 옆으로 누워서 보면 마치 전연 알지 못하는 사람의 얼굴처럼 보이는데 그것이 그에게는 꽤 재미있었고 야릇한 흥분조차 느끼게 하는 것이었다. 그는 이른 아침의 희미한 빛 속에서 엷은 명암을 지닌, 전연 알지 못하는 사람의 얼굴 같은 아내의 얼굴을 시선으로써 찬찬히 더듬기 시작했다. 그러자 아무래도 알지 못하는 사람의 얼굴 같았다. 그리고 여느 때와 달라서 오늘은 그 전연 남의 얼굴 같은 아내의 얼굴이 그에게 야릇한 흥분을 일으켜주는 것이 아니었다. 오히려 그는 문득 조바심이 나고 불안해져서 고개를 들고 아내의 얼굴 바로 위에서 정면으로 아내를 내려다보았다. 틀림없는 자기의 아내였다.

속눈썹이 가늘게 떨고 있는 걸 보아서 아내는 잠이 깨어 있었던 모양이다. 남편이 만화 구상을 하고 있는 태도일 때면 아내는 언제나 없는 듯이 침묵을 지켜 주었다. 낮일지라도 흔히 잠자고 있는 시늉을 해버리는 것이었다.

그는 천천히 고개를 숙여서 아내의 입술에 가벼운 키스를 했다. 그제야 아내는 눈을 뜨고 눈으로 웃음을 지어 보였다.

"일찍 깨셨군요."

아내가 속삭이듯이 말했다.

그는 미소를 띈 채 고개를 끄덕이고 나서, 아내의 사타구니에서 자기의 왼손을 빼내어 아내의 팔베개로 해줬다. 그러자 그는 좀 전에 느꼈던 조바심과 불안이 가셔진 것을 느꼈다.

"엊저녁에 나 늦게 들어왔지?"

그도 속삭이듯이 말했다.

"별루요. 여덟시 반쯤 들어오셨어요."

아내는 방긋 웃고 나서,

"굉장히 취하셨댔어요. 주정도 하시구…"

"주정? 어떻게 했지?"

"사람이란 시새움이 많아야 잘 사는 법야 하셨죠. 그 말만 자꾸 하셨어요. 천장을 보시면서요. 천장에 그 말을 박아놓을 듯이 말예요."

아내는 그에게 엊저녁의 그를 일러놓고 나서 소리를 죽여서 키득키득 웃었다.

그는 자기가 왜 그런 주장을 했을까 알 수 없었다. 평소에 맘에 먹고 있던 말도 아니었다. 아마 우연히 한마디했는데 그게 마음에 들어서 자꾸 반복했었던 것이겠지.

"내가 엉뚱한 주정을 했던 모양이군."

그가 쑥스러워 피시시 웃었다.

갑자기 아내가 그의 입을 자기의 손가락으로 막고 고갯짓으로 옆방을 가리켰다. 옆방과 이 방을 가르는 벽이 옆방에 사는 아주머니와 아저씨의 높은 숨소리를 이쪽으로 통과시키면서 규칙적으로 그리고 조용히 흔들리고 있었다.

"난 또 뭐라고."

하며 그는 장난꾸러기 같은 웃음을 눈에 담고 있는 아내를 내려다보며 또 한번 피시시 웃었다.

"엊저녁에도 한바탕 싸워서 아주머니는 울고불고 야단했었는데… 부부싸움이란 정말 칼로 물 베기인가 봐."

아내는 여전히 장난스런 눈을 하고 속삭였다.

"또 싸웠어? 난 잠들어서 몰랐었는데… 그리고는 재봉틀을 돌렸겠지."

"그럼요. 한바탕 싸우고 나서도 다시 재봉틀을 돌렸어요. 제가 잠들 때까지 재봉틀 소리를 들었으니까요. 하여튼 지독한 아주머니예요."

"저 아저씨도 나쁜 사람은 아닌데…"

"그러게요. 술만 안 마시면 조옴 얌전한 분이에요?"

"허긴 흔히 아주머니가 먼저 시비를 걸더군. 며칠 전에 저 아저씨가 날더러 그러더군. 술을 마시고 들어가면 아내가 앙탈을 하는데 말야, 사실 염치도 없고 그래서 별수 없이 주먹질을 한다는 거야."

"그렇긴 해요. 그렇지만 아주머니도 그럴 만하잖아요? 부인이 팔이 빠지도록 밤 열두시가 넘도록 재봉틀을 돌려서 번 돈으로 술을 마시면 어떡해요. 애들이 넷이나 있는데 벌어 오진 못할망정 말예요."

"뭐 가끔이던데."

"하여튼 지독한 아주머니예요. 전 이젠 달달거리는 재봉틀 소리 땜에 미칠 것 같아요."

"정말이야."

사실 옆방 아주머니의 삯바느질의 재봉틀 소리는 좀 과장하면 이쪽을 비웃는다고 할 정도로 밤낮없이 달달거렸다. 제법, 제법이 아니라 진짜로, 진짜 정도가 아니라 무지무지하게 생활을 아끼며 순종하고 있다는 듯했다. 그 재봉틀 소리가 그들의 안면을 유난히 방해하는 저녁이면 때때로 그들은 이불 속에서 입을 삐쭉거리며 속삭이곤 했다.

"어지간히 성실하게 사는 척하지?"

"정말예요."

아내는 잽싸게 대답하며 키득거리곤 했다.

"그래도 별수 없는 셋방살인데요, 네?"

저 정도의 열심으로라면, 하고 그는 이따금 생각하는 것이었다. 다른 일을, 말하자면 시장에 가서 장사라도 한다면 수입이 더 나을 텐데.

"오늘치, 다 생각하셨어요?"

아내가 걱정스러운 표정으로 그에게 물었다.

"아니, 아직…"

"아이! 그럼 어서 생각하세요."

아내는 자기가 베개삼아 베고 있던 그의 팔을 자기의 손으로 빼내고 나서 그를 살짝 밀면서 말했다.

"저 조용히 하고 있을 게요."

아내는 반듯이 누워서 눈을 감았다가 다시 떠서 그의 쪽으로 얼굴을 돌리고,

"담배 피우세요."
라고 말하고 나서 다시 고개를 반듯이 하고 눈을 감았다.
그는 아까 던져두었던 담배를 집어서 입에 물었다. 막 성냥을 켜려고 할 때 그는 대문께에서 들려오는 배달원의 '신문이요오' 하는 소리와 신문이 땅에 떨어지는 찰싹 소리를 들었다. 아내도 들었는 모양인지 자리에서 일어났다.
대문간에 배달된 신문을 가지러 가는 일은 항상 아내가 해왔었다.
"아니 내가 가져오지."
그는 아내에게 말하면서 일어났다. 그러자 갑자기 부끄러움 비슷한 느낌이 들었다. 다시 누워 버리면서 그는 아내에게 말했다.
"당신이 가져오구려."
그는 신문을 들고 방으로 들어오는 아내의 표정에서 오늘도 만화가 나지 않았음을 알았다.
"요즘은 매일 기사가 넘치나봐요."
아내는 신문을 그에게 건네주면서 조심스럽게 말했다.
"글쎄."
그는 신문을 받아서 1면부터 훑어보기 시작했다. 자기의 만화가 실리는 5면부터 펼치던 여느 때의 습관을 누르고서. 아내는 옷을 갈아입고 아침밥을 지을 준비를 하기 시작했다. 그는 한 면 한 면을 천천히 그러나 실상은 아무 기사도 보지 않은 채 넘겼다. 5면에서 자기의 만화가 들어갈 자리에 오늘은 영국의 어느 '보컬 그룹'에 대한 소개기사와 그들이 입을 쩍 벌리고 찍은 사진이 버티고 있는 것을 보고 그는 눈앞이 캄캄해졌다.
아내는 바가지에 쌀을 담아 가지고 밖으로 나가려다가 생각난 듯이 그의 머리맡에 쭈그리고 앉으며 말했다.
"오늘은 그리시지 않아도 되잖아요? 그동안 밀려 있는 만화가 많지 않아요?"
"그렇지만 그때 그때의 시사성에 따르는 거니까 말야… 또 그려 가지고 가야 해."

그는 생각하며 말하듯이 일부러 느릿느릿 대답했다.

"한 달분 스물 여섯 일곱 장은 채워야 월급을 줄 게 아니야?"

아내는 생긋 웃으며 일어나서 밖으로 나갔다. 그는 방금 아내의 웃음이 아마 알았노라는 대답이려니 생각하면서도 자꾸만 마음에 걸렸다. 그는 천천히 담배를 빨면서 소재를 찾기 위해 신문을 뒤적거렸다. 그러다가 그는 문득 생각이 나서 밖을 향하여 말했다.

"난 흰죽을 좀 쒀줘요."

그는 열시 가까이 되어서 집을 나섰다. 여느 때와 같이 서류용 봉투 속에 아직 먹물이 마르지 않은 만화를 조심스럽게 넣어서 옆구리에 끼었다. 오늘분의 만화도 독자를 웃기기에 별로 자신이 없었다. 항상 그렇듯이.

"화장지 좀 넣고 가세요."

그가 방을 나설 때 아내는 둘둘 말린 휴지 뭉치에서 얼마간 찢어내어 차곡차곡 접어서 그의 호주머니에 넣어 주었다. 세심한 주의력을 가진 아내에게 감사와 귀여움이 섞인 느낌이 울컥 솟아나서 그는 손을 들어 아내의 볼을 쓰다듬었다. 아내의 볼 위에 눈물 자국이 남아 있었다. 아침식사 때, 밥상 위에 기어올라오는 이름 모를 작은 벌레를 그는 무심코 엄지손가락으로 문질러 버렸는데 그것이 아내를 울게 만든 이유였다. 아내가 더듬거리며 말하는 내용을 종합하면, 그가 요즘 이상해지고 있다는 것이었다. 뚜렷이 이상해진 증거를 댈 수는 없지만 느낌으로서랄까, 말하자면 조금 전 벌레를 잔인하게 눌러버릴 때의 그는 확실히 좀 변해 버린 사람 같다는 것이었다. 그 전 같았으면 '에잇, 더러운 게 있군' 하고 중얼거리면서 종이를 달라고 하여 거기에 벌레를 싸서 밖으로 던졌을 거라는 것이었다. 묵과하려고 했지만 요즘 좀 당황해하고 있는 당신을 보니까 자기마저 이상스레 불안하고 허둥거려진다고 하고 나서 '울어서 미안해요' 하며 방긋 웃으면서 눈물을 닦았던 것이다.

"혼자 심심할 텐데 영화구경이나 갔다와요."

그는 집을 나서면서 아내에게 말했다.

그가 버스 정거장으로 나가는 골목을 빠져나오는데, '이 선생, 이 선생' 하고 누가 그를 불렀다. 골목의 입구에는 판잣집 하나가 가게와 복덕방으로 나누어져 있는데 그를 부르는 사람은 복덕방 영감이었다. 그 영감이 그가 지금 들어 있는 방을 소개해 준 사람이었다. 그는 자기를 부르고 있는 사람 앞으로 걸어왔다.

"영감님, 안녕하세요?"

그가 인사했다.

"안녕하슈? 어째 안색이 좋지 않습니다."

영감은 안경 너머로 그를 노려보며 말했다.

"예, 배가 좀 아파서요."

"허어, 요샌 배앓이쯤은 병두 아닌데, 약 사 잡숫구려."

"먹었는데 별루…"

"허긴 요샌 가짜 약도 흔해서. 참 곶감을 다려 먹어 보우. 뭐 금방 나을 걸."

"그래요?"

그는 신기한 처방을 들었다는 듯한 말투를 꾸며서 대답했다.

"암, 그만이지요. 그런데 이 선생…"

그러면서 영감은 무슨 비밀히 할 얘기가 있다는 얼굴로 그의 한팔을 붙잡고 그를 복덕방 안으로 데리고 들어갔다.

"요즘 신문에서 왜 이 선생 망가[漫畵]를 볼 수 없수?"

영감은 그의 턱 앞에 자기의 얼굴을 바싹 들이대며 물었다.

"아, 그건…"

그러자 영감은 고개를 절레절레 흔들면서 추궁하듯이 말했다.

"아아아, 난 절대로 이 선생 지지자요. 나한텐 솔직히 얘기해두 염려할 거 하나두 없어요. 심하게 정부를 까더니 그예 당했구려?"

그제야 그는 영감이 묻는 의도를 알았다.

"그게 아니라…"

"뭐가 그게 아니야. 그렇잖고서야 그렇게 꼬박꼬박 나오던 망가가 갑자기 나오지 않을 리 있수? 이야기해 보아요."

영감은 술 때문에 항상 핏발이 서 있는 눈으로 그를 노려보면서 기어코 자기의 예상을 만족시키고 말겠다는 듯이 물어 대었다.

"그게 아니라 제가 직업을 바꿨어요."

그는 얼떨떨해서 그렇게 대답해 버렸다.

"아니 이젠 망가를 그만두었다구?"

영감은 예상이 어긋나서 맥이 빠졌다는 음성으로 말했다. 그렇다고 대답하면서 그는 정말 자기는 만화 그리기를 그만둘지도 모른다는 생각이 문득 들었다.

"무슨 까닭이 있겠지. 암, 있구 말구. 틀림없이 있어."

영감은 자기 좋을 대로 한마디 해댔다.

버스에 흔들거리며 신문사로 가면서, 그는 영감의 의견과 같이 정부측의 압력 때문에 만화연재를 중단할 수 있다면 얼마나 행복할까 하고 생각했다. 그렇게만 된다면 그것은 필화사건이 된다. 그리고 그렇게만 된다면 그는 영웅이 될 수도 있다. 사실 옛날 자유당 시절에는 그런 사례가 있기도 했었다. 그러나 위정자가 바뀌고 보니 그런 경우를 당하기가 힘들어졌다. 만화가를 건드리면 손해보는 건 자기들이라는 걸 알아 버린 모양이지. 허긴 선배 만화가의 얘기에 의하면 지금도 그런 경우가 전연 없지 않다는 것이었다. 그러나 그것도 차라리 행복한 편이라고 그는 생각하고 있었다. 자기의 경우는 아마, 아마가 아니라 거의 틀림없이 자기 만화 자체 속의 어떤 결함, 말하자면 '웃기는' 요소가 부족했다든가 하는 결함에서 당하고 있는 일이라는 것을 그는 짐작하고 있었기 때문이다. 정부가 자기 만화 때문에 노해 주었으면 얼마나 좋을까. 그런 생각을 하자 그는 자신이 우스꽝스러워져서 눈을 감아버렸다.

편집국 안에 들어섰을 때, 그가 두려워하고 있던 예측이 이젠 어쩔 수 없게 된 것을 최초로 그에게 느끼게 해준 것은 국내(局內)에서 심부름을 하는 계집애의 표정에서였다. 여느 때 그 계집애는 만화가를 만화 속의 인물과 똑같이 생각하고 있는 탓인지 그를 보기만 하면 웃음을 참지 못하고 고개를 돌리며 휭 가버리곤 하는 것이었는데, 그날은 제법 나붓이 '안녕하세요'를 하고 나서 미소를 띈 채 그의 얼굴을 똑바로 올려다보는 것이었다.

그것이 극히 잠깐 동안이었지만 신경을 곤두세우고 있던 그에게 모든 걸 알 수 있게 해주었다. 계집애가 자기를 올려다보던 맑은 눈 속을 살짝 스치고 가던 게 어쩌면 연민이 아니었을까 하고 생각하자 분노보다도 오히려 전신에서 맥이 빠져나가는 것을 그는 느끼면서 굳어진 얼굴로 문화부를 향하여 갔다.

자기들의 데스크 앞에 앉아 있던 몇 명의 기자들이 여느 때와 달리 유별나게 반갑게 인사할 때는 그는 이미 알고 있다는 듯이 자기도 덩달아서 지금 작별을 하듯이 정중하게 인사를 하고 있었다. 그리고 나서 잠시 동안 그는 자기가 어떻게 처신해야 될지 알 수 없었다. 흐르던 시간이 갑자기 끊어지면서 공백이 생기는구나 하는 생각이 알 수 없는 부끄러움과 함께 그를 엄습했다. 그러고 있는 그를 문화부장이 구해 줬다.

"오늘치 만화 좀…"

하면서 문화부장은 손을 내밀었던 것이다. 그는 당황해졌다. 그가 짐작하고 있던 사태 속에서 문화부장의 지금 얘기는 불필요한 게 아닌가. 그는 옆구리에 끼고 있던 서류봉투를 살그머니 좀더 힘을 주어 끼면서 땀이 송글송글 맺히고 빨개진 얼굴을 손바닥으로 닦으며 말했다.

"그려오지 않았는데요."

말하고 나서 그는 금방 후회했다. 어쩌면 자기의 짐작이란 게 얼토당토않은 게 아닐까… 자기의 신경과민으로 자기는 지금 큰 실수를 저지르고 있는 건 아닌지… 그러나 문화부장의 다음 말은 그의 그러한 희망에 찬 기대를 산산이 부숴 버렸다.

"그럼 알고 계셨군요."

문화부장은 자리에서 일어서면서 그에게 말했다.

"차나 한 잔 하러 가실까요?"

할 얘기가 있다는 암시를 그에게 주면서 문화부장은 그의 앞장을 서서 걸어가기 시작했다.

"아주 섭섭하게 되었습니다. 퍽 오랫동안 함께 일해 왔었는데…"

다방에 들어가서 자리에 앉아 문화부장은 그에게 말했다.

"저는 이형(李兄)을 두둔했습니다만… 국장님도 이형의 만화에는 항상 칭찬을 하셨댔는데… 그… 독자들이 자꾸 투서를…"

"아니 사실 재미가 없었지요. 제 자신이 잘 알고 있었습니다."

그는 문화부장이 우물쭈물하고 있는 게 미안해서 얼른 말을 받았다.

"난 커피. 이형은?"

"저도 그걸로…"

"그런데 말썽이 난 것은 지난 주일의 만화들 때문인 것 같습니다. 솔직히 말씀드리자면, 그 일주일 동안에 히트가 하나도 없었다는 게 아마 독자들을… 하여튼 그 주일의 독자 투서 때문에 저나 국장님이 좀 애를 태웠지요."

그러나 가장 애가 탔던 사람은 만화를 그리는 바로 그였었다.

"예, 사실 재미가 없었어요."

"어디 컨디션이 좋지 않으셨던가요?"

"예, 배가 좀… 배가 퍽 아파서…"

그러나 배앓이는 어제 새벽부터 시작했던 것이다.

"아, 그거 야단났군요. 크로로마이싱 잡숴 보셨어요?"

"뭐 이젠 다 나았습니다."

"아, 다행이군요."

찻잔이 그들 앞에 놓여졌다.

"자, 듭시다."

문화부장이 말했다. 그들은 뜨거운 차를 홀짝거리며 마셨다. 예의상 찻잔을 탁자 위에 잠시 놓았다가 다시 들어서 마시곤 했다.

"이상하게도 이형과는 차 한잔 같이 나눌 기회가 없었군요. 이게 아마 처음이지요?"

"예, 처음인 것 같습니다."

"어떤 까닭인지 요즘 우리 신문의 기고가들 컨디션이 저조한 모양예요. 지금 연재중인 소설에 대해서도 매일 거의 대여섯 통씩 투서를 받고 있습니다. 재미가 없으니 중단시켜 버리라는 거지요. 우리 신문에 수난이 닥친 모양입니다."

문화부장은 아마 그를 위로하느라고 그런 얘기를 하는 모양이었다. 그러나 그에게는 노엽게 들리었다. 아마 저 재미없는 소설을 쓰는 사람에게 연재중단을 통고하러 가서는 이 만화가의 예를 들겠지. 그리고 역시 말하겠지. 우리 신문에 수난이 닥친 모양입니다. 그의 뱃속에서 꾸르륵하는 소리가 꽤 길게 났다.

"보는 사람은 잠깐 웃어 버리고 말지만 만화를 그리는 사람은 퍽 힘들 거야."

문화부장은 혼잣말하듯이 말했다.

"하여튼, 이형, 참 용하십니다. 어디서 만화를 배우셨던가요?"

"뭐… 그저… 어쩌다가 그리게 되었지요."

그리고 어쩌다가 당신네 신문에서 밥을 얻어먹게 되었구요라고 말하고 싶었으나 물론 그 말은 입안에서 사라져 버렸다.

"사람을 웃긴다는 게 쉬운 일이 아니거든. 이형, 무슨 비결 같은 게 없습니까? 만화를 그리는 데 말예요. 말하자면 만화 그리는 걸 배울 때 이렇게 하면 사람이 웃는다라는 법칙 같은 게 있어요?"

문화부장은 마치 아주 무식한 사람처럼 얘기하고 있었다. 그는 문화부장이 지금 무식을 가장하고 있다는 걸 알고 있었다. 그것은 바꾸어 말하자면 이쪽을 무식한 자로 취급하고 나서 자기가 이 무식한 자의 수준만큼 내려가 주겠다는 의도임이 틀림없다고 그는 생각했다. 그래서 그는 문화부장이 괘씸해지기 시작했다.

"아시겠지만."

그는 약간 숙이고 있던 고개를 천천히 들어서 문화부장을 똑바로 보면서 말했다.

"사람이 웃음을 웃게 되는 데는 몇 가지 메커니즘적인 과정이 있습니다. 프로이드는 사람이 웃게 되는 과정을 분석하기를…"

그러자 문화부장은, 이 사람이 도대체 누굴 보고 무슨 강의를 시작할 작정이냐는 듯이 얼른 그의 말을 가로챘다.

"아, 프로이드가 그것에 대해서 분류해 놓은 정도라면 누구나 알고 있겠지요. 그렇지만 유머가 성립되는 몇 가지 패턴을 알고 있다고 해서 누구나 금방 우스운 만화를 그릴 수 있는 건 아니잖습니까? 이형도 그 패턴들에 대해서는 잘 알고 계시지만 이따금 우습지 않은 만화가 나온다는 경우가 있잖습니까?"

문화부장은 그를 괘씸하게 여긴다는 말투로 얘기하고 있었기 때문에 그는 좀 전의 분노가 쑥 들어가 버리고 기가 죽어 버렸다.

"그… 사실 그렇죠."

그는 의미 없는 말을 중얼거렸다.

그러자 그는 이상스럽게도 이제야 자기가 그 신문사로부터 해고당했다는 사실을 뼈저리게 느꼈다. 조금 전까지 그는 자기 자신의 내부에서 생긴 혼미 속에 갇혀서 지나치게 당황했다가, 지나치게 부끄러워했다가, 기가 죽었다가 노여워했다가 하고 있었던 것이다.

"그럼… 제 대신 누가 그리기로 되었습니까?"

그는 문화부장을 향하여 처음으로 사무 냄새가 나는 질문을 했다. 그리고 그는 누구와도 항상 사무적인 대화를 하기 싫어했던 자신을 발견하는 것이었다. 왜 사무적인 대화를 하기 싫어했을까? 줘야 할 것과 요구해야 할 것을 떳떳이 서로 얘기하고 필요하다면 소리를 높여 다투기라도 해야 했을 게 아닌가? 생각이 비약하는 것인지 모르지만, 하고 그는 자신에게 말했다. 그랬기 때문에 나는 만화가밖에 될 수 없었던 것인지 몰라.

"이형 대신 누가 그렸으면 좋을 것 같습니까? 추천해 보시지요."

문화부장은 자신은 의식하지 못하는 새에 또 한번 이쪽의 부아를 돋우는 말을 했다. 그는 대답하고 싶었다. 글쎄요, 참 이 사람은 어떨까요, 바로 저 말입니다. 그리고 나서 소리 높이 좀 웃어보았으면. 그러나 그는 자기의 그런 엉뚱한 생각을 눌러 버리고 그가 가입하고 있는 만화가협회 회원들의 이름을 하나씩 속으로 체크해 나갔다. 이 사람은 지금 어떤 신문에 연재를 얻고 있다. 이 사람도 역시. 이 사람은… 글쎄, 나의 재판이 되고 말걸. 이 사람은… 그러고 있는데 문화부장이 웃으면서 말했다.

"실은 반쯤 내정이 되어 있습니다."

"누구로…"

그는 문화부장의 '반쯤'이라는 말이 '결정적'이라는 뜻과 맞먹는다는 걸 경험으로써 알고 있었기 때문에 또 속았구나 하는 느낌이 들어서 화가 났다.

"이형의 만화를 중단시킬 정도일 때야 국내에서 이형 대신 그릴 사람이 있지 않을 거라는 건 짐작하실 수 있지 않습니까?"

"그럼…"

그는 한창 해외에까지 손을 뻗치고 있는 미국 만화가들의 신디케이트가 얼른 생각났다.

"누구가 될는지는 확실치 않지만 미국 만화가들 중에서 한 사람이 되는 건 틀림없습니다."

"역시 그렇군요."

그는 고개를 끄덕이며 생각했다. 이렇게 되면 이번 해고당하는 것이 내 개인의 문제에서 그치는 게 아니다. 그것은 국내 만화가들의 소멸을 의미하게 되는 것이다. 한 장의 만화를 여러 장으로 복사해서 세계 각 곳에 싼값으로 팔아먹는 미국 만화가들의 신디케이트에 국내

신문이 걸려들기 시작했다면 이건 큰일이다. 오래지 않아서 모든 국내 신문들은 미국 가정의 유머를 팔아먹고 있게 되리라. 미국 만화가들의 복사된 만화는 사는 편에서만 생각한다면 값이 싸니까 그리고 문명인들답게 유머가 세련되어 있으니까. 그는 언젠가 한국을 방문했던 미국의 한 뚱뚱보 만화가를 생각하고 있었다. 그 양반은 자기 복사가 열 군데나 팔린다고 했다. 스위스에 별장을 가지고 있다는 자랑도 했다. 그때 국내의 협회 회원들은 그 뚱뚱보를 부러운 듯 쳐다보고 있었던 것도 그는 생각났다. 그렇지만, 하고 그는 생각했다. 한탄을 한들 내가 어쩔 수 있단 말인가.

"역시 그렇군요."

그는 또 한번 말하며 고개를 끄덕였다.

"그러니까 이형한테는 내가 아주 면목이 없는 건 아니지요."

그렇게 말하고 나서 문화부장은 껄껄 웃었다.

"국내에서 꼭 찾겠다면 왜 이 선생님께 이런 괴로움을 드리겠어요."

"아니 별루… 괴롭게 생각지는 않습니다."

"날 원망하시진 마시기 바랍니다. 나 역시 거기서 밥 얻어먹고 있는 놈에 불과하니까요. 자 그럼 가보실까요. 도장 가지고 경리부에 들러 가세요. 뭐가 좀 있을 겁니다."

그들은 자리에서 일어났다.

그는 신문사 정문의 계단 위에 서서 어디로 갈까 망설이고 있었다. 경리부에서 여자 직원이 내주는 봉투를 받아서 윗도리의 안주머니에 넣을 때, 그는 문득 '이걸로써 내가 그 속에서 살아왔던 한 가지 우연이 끝장났구나' 하는 느낌이 들었다. 그래서 그는 여자 직원에게,

"미스 신은 볼의 까만 사마귀가 항상 매력적이야. 그 사마귀만 믿고 살아 봐요. 앞으로 행복할 테니까. 자 그럼 잘 있어요."

하고 농담을 해서 그 여자 직원을 놀라게 해줄 수조차 있었다. 그러나 이렇게 계단 위에 서서 사람과 자동차들이 밀려가고 밀려오는 거

리를 내려다보고 있으려니 그는 겁이 나기 시작했다. 어서 또 무엇을 붙들어야 한다. 오늘 중으로 무언가 확실한 걸 붙들어 둬야 한다. 어제와 오늘과 내일을 순조롭게 연속시켜 주는 것을 붙잡아 둬야 한다.

"안녕하십니까?"

누군지가 계단을 올라오며 말소리를 길게 빼면서 그에게 인사했다.

"예, 안녕하십니까?"

그는 황급히 인사를 돌려주었다. 알 만한 사람이었다. 당구장에서 늘 만나는 사람이었다. 아마 흔해빠진 예술가들 중의 하나일 것이다. 이름은 모른다. 그에게는 그런 친구들이 많다. 때로는 밤늦도록 술집에 앉아서 함께 술을 마시면서도 지금 자기와 함께 술을 마시고 있는 그 친구의 이름을 모르고 마는 경우는 흔해빠진 것이었다. 아무개 신문의 기자입니다. 시도 씁니다만. 아무 학교에서 그림을 가르쳐 주고 빌어먹고 있습니다. 옛날에 아무 출판사에서 일보고 있었지요. 지금 그 출판사가 망해 버려서 저도 요 모양이 되어 버렸습니다만. 혹은 그에게 만화청탁을 하러 온 적이 있던 정부기관이나 제약회사나 은행의 기관지들의 기자들…

"요즘은 재미가 좋으시다더군요."

계단을 올라온 사람은 지금의 그에게는 터무니없는 인사를 했다. 그러나 그는 이런 서울 식의 인사에는 익숙해져 있었다.

"예, 그런데 배가 좀 아파서…"

"크로로마이싱을 잡숴보시죠…"

"예, 그래야겠습니다."

"자, 실례하겠습니다."

그 사람은 건물 안으로 들어가 버렸다. 다시 그의 앞에는 사람들과 자동차들이 밀려가고 밀려오는 거리가 나타났다. 이렇게 멍청한 자세로 이곳에 더 서 있을 수 없다고 그는 생각하며 좀 차분히 생각해 볼 수 있는 장소를 찾아서 그는 계단을 떠나 걷기 시작했다. 좀 걷다가 그는 신문사의 건물을 돌아보았다. 자기가 여기에 관계를 갖고 있던 그동안 타인들로 하여금 자기를 볼 때에 몇 점 더 놓고 보게 해주던 그 회색빛 괴물을. 이 회색빛 괴물의 덕분으로 그는 생전 처음 만나는 사람에게 긴 설명이 필요없이 자기를 신용해 버리게 할 수 있었다. 만일 이 괴물이 없었다면 평생을 두고 설명해도 신용해 줄지 말지 모를 사람들로 하여금 말이다.

여태까지 꾸르륵거리기만 하던 배가 살살 아파 오기 시작했다. 그는 광화문 쪽으로 걸어갔다. 우선 조용한 다방으로 가자. 그는 느릿느릿 걷고 있었으므로 빠르게 걷는 사람들이 그를 뒤로 떨어뜨렸다. 어떤 사람들은 그와 어깨를 부딪치기도 하였다. 조용한 다방으로 가자. 그러나 손님도 몇 사람 없고 레지도 우울한 얼굴로 전축만 지켜보는 그런 다방에 가서 앉아 있기는 싫었다. 지금 자기가 그런 다방의 딱딱한 의자 위에 앉아 있으면 아마 최고로 몰골이 추해 보일 것이다. 어쩌면 하루종일을 멍하니 앉아 있다가 나오게 되어 버릴 것 같아서 그는 좀 조용한 다방으로, 좀 조용한 다방으로를 뇌이면서 '초원'이라는 아주 번잡한 다방으로 들어가 버렸다. 다방의 이름이 가리키듯이 상록수들로써 가득 장식되어 온실 같은 실내가 무척 넓었다. 카운터만 해도 네댓 개나 되는 모양이었다. 그 어둑신하고 넓은 실내에 사람들이 꽉 차있고 스피커들이 운동회 때처럼 음악을 내지르고 있었다. 겨우 자리를 차지하고 앉자 그는 마음이 좀 놓인 것 같았다. 미국 만화가들의 신디케이트 같은 다방이로군, 하고 그는 생각했다. 그때 그는 누가 자기에게 말하는 소리를 들었다.

"좋은 게 좋아요."

"그럼요. 좋은 게 좋지요."

그는 소리가 난 방향으로 고개를 돌렸다. 그의 오른쪽으로 놓인 좌석에 앉아 있던 젊은이 한 떼가 높은 목소리로 자기들끼리 얘기하고 있었다. 자기에게 한 거라고 그가 착각했던 말은 그들의 대화에서 튀어나온 것이었다. 그는 자기가 생각하고 있던 것과 그들의 대화가 우연히 들어맞아 버린 것에 짜증이 났다. 사람이 많은 곳에서 우연이 많은 모양이군.

"…이 년. 군대 삼 년. 오 년만 기다려 줘. 기다릴 수 있어?"

그의 맞은편 자리에 앉아 있는 대학생 차림의 남자가 자기 곁에 앉아 있는 역시 대학생 차림의 여자에게 나직이 얘기하고 있었다. 그가 만일 친한 친구와 같이 들어왔더라면 그 친구에게 '저 여자 굉장히 색이 강하겠는데'라고 했을 얼굴을 가진 여자였다.

"기다릴게요. 그렇지만 딱 서른 살까지만 기다리다가 서른 살에서 하루만 더 지나도 다른 데로 가버리겠어요."

여자는 대답하고 나서 재미있어 죽겠다는 듯이 웃었다.

'서른 살이 되기까지. 그래 정말 지루하지'라고 그는 생각했다.

"무얼 드시겠어요?"

레지였다.

"커피. 그리고 성냥 좀 갖다 주시오."

그는 담배 한 대를 꺼내어 한쪽 끝을 탁자 위에 톡톡 두드리면서 궁리하기 시작했다. 오늘 중으로 반드시 오늘 중으로 붙잡아야 한다. 그런데 무엇을 무엇을 말인가? 레지가 커피를 가져오고 그가 그것을 다 마시고 그리고 담배를 두 대 계속해서 피우고 나서 그는 답을 얻었다. 만화다. 아직 연재만화가 실려 있지 않은 신문에 자기 만화를 연재해 달라고 하자. 그런데 그런 신문이 있던가? 글쎄 잘 생각해보자. 그러나 그의 머릿속에서 빙빙 돌고 있는 건 이때까지 그가 그려왔던 만화 속의 가지가지 유형들이었다. 돼지를 닮은 사장님, 고양이를 닮은 여비서, 고슴도치를 닮은 룸펜 청년, 불독 같은 탐관오리… 멍청하나 순진한 돌쇠, '아톰X군', 대통령 각하… 그는 담배를 계속해서 피웠다. 담배 세 대를 더 태우고 났을 때 그는 드디어 한 신문을 생각해 냈다. 그가 알기로는, 보수가 적다는 이유 외에 인쇄가 더럽다는 이유까지 곁들어서 만화가들이 아무도 만화를 그리려고 하지 않는다는 신문이었다. 아마 어느 개인회사에서 자기네의 선전용으로 만들어 놓은 신문이었다. 따라서 신문 자체에 큰 비용을 들이지 않기 때문에 그런 현상이 생겼다는 이야기를 들은 듯했다. 그렇지만 그 신문에도 만화가들의 이름쯤은 외우고 있는 사람이 있겠지. 가보자.

그는 밖으로 나와서 버스를 탔다. 버스에서 그는 앉고 싶었지만 자리가 없었다. 배가 꾸르륵거리며 살살 아파 왔기 때문에 손잡이를 붙잡고 서 있기가 고되었다. 그의 앞에 눈을 얌전히 내리깔고 앉아 있던 여대생이 역시 얌전하게 일어나서 자리를 양보했다. 그러나 그를 위해서가 아니라 그의 옆에 서 있던 영감을 위해서였다. 차의 진동이 심했다. 그리고 그의 배는 점점 뒤끓고 있었다. 금방 설사가 나올 듯해서 그는 다리를 꼬았다. 손에 힘을 주어서 손잡이에 거의 매달리다시피 하여 차의 진동에 몸을 맡겨 버렸다. 이마에 진땀이 솟아나고 입술이 바짝 말랐다. 그는 눈을 감았다.

"젊은이, 멀미를 하나베."

그는 눈을 떴다. 여대생의 양보로 자리에 앉은 영감이 그를 올려다보며 말하고 있었다.

"안색이 좋지 않구려."

"예, 배… 배수술을 받은 지가 얼마 되지 않아서요."

그는 대답하고 나서 깜짝 놀랐다. 왜 이렇게 간사해져 버렸을까. 자기는 영감에게 자리를 양보해 달라고 한 셈이었다.

과연 영감은 자리에서 일어나면서 말했다.

"여기에 앉구려."

"앉아 계세요. 괜찮습니다."

"앉구려."

영감은 그의 팔을 잡아서 자리에 앉혔다. 그는 얼굴이 달아올랐다.

"무슨 수술을 받았댔소?"

"뭐 대단찮은 거였습니다."

"맹장수술이었소?"

"예, 맹장이었습니다."

그는 이 영감이 설마 이 버스 칸에서 배를 좀 보여 달라고 하지는 않으려니 생각하면서 대답했다.

"내 손주 녀석도 맹장수술을 받았댔지."

"아, 그랬습니까?"

"옛날엔 없던 병이 요즘은 많이 생겼단 말야. 세상이 험하니까 병도 새로운 게 자꾸 생기나부지?"

"그럴 리가 있을라구요? 옛날에도 있었지만 몰랐었던 것뿐이겠지요."

"그럴까? …그럼 젊은이도 방귀 때문에 꽤 걱정했겠구려."

"예?"

"내 손주 녀석은 수술을 받고 나서도 사흘 동안이나 방귀가 나오지 않아서 걱정들 했었지. 젊은이는 며칠 만에 방귀가 나옵디까?"

"예, 글쎄요. 그게…"

"하여튼 의사선생이 하루에도 몇 차례씩 와서 묻는 거였지. '방귀 나왔습니까? 방귀 나왔습니까?' 방귀가 나와야만 수술이 성공한 것이래나? 세상을 오래 살다보니까 방귀가 안 나온다는 애를 다 태워 봤군."

영감은 어허허허허 하고 요란스럽게 웃어제꼈다. 차에 타고 있던 사람들도 모두 영감을 따라서 웃었다. 그의 배는 계속해서 꾸르륵거렸다. 똥이 조금 밖으로 나와 버린 듯했다. 그는 입속으로 하느님, 하느님, 하고 있었다. 버스에서 내리는 대로 크로로마이싱이란 걸 사 먹자. 내리는 대로 당장. 그러나 그는 버스에서 내리자마자 자기가 찾아온 신문사의 건물 안으로 들어갔다.

마침 이층으로 올라가는 층계를 막 밟기 시작한 사람이 있어서 그는

"변소가 어딥니까?"

고 물었다. 키가 작달막하고 안경을 쓴 그 사람은,

"에또, 여기서 가장 가까운 변소가 가만 있자… 아, 일층에 있군요."

하고 그를 변소 앞까지 안내했다. 그가 변소 문을 막 열고 들어가려고 할 때 그를 안내해 준 사람이 싱긋 웃으면서 농담을 했다.

"그럼 배설의 쾌감을 많이 즐기시기 바랍니다."

그는 그 사람을 향하여 웃어 보이려고 했는데 그게 잘 안 되어서

얼굴이 찡그러져 버렸다.

변소 안에서 그는 아내가 넣어준 휴지를 만지작거리며 아내에 대해서 생각하고 있었다. 영화 구경을 갔을까? 갔겠지. 아마 최무룡이 김지미가 사람을 울리는 영화겠지. 세상엔 참 별 직업도 많다. 나는 사람을 웃겨야 하고 최무룡이는 사람을 울려야 하고… 그리고 나서 그는 상표가 되어 버린 몇 사람의 이름들을 생각해 보았다. 이름이 신용있는 상표가 되면 그러면 되는 것이다. 어설픈 만화가 이 아무개 정도 가지고는 아무리 너그럽게 생각해도 좀 곤란하다. 나를 이 신문사가 사줄까? 지금 자기네의 변소 안에 쭈그리고 앉아 있는, 거의 기도하는 심정으로 자기네에게 구원을 부탁하려는 이 사람을 그들은 알고 있을까? 이 사람은 한 이년 동안 어떤 신문에서 만화를 그렸던 사람이다. 탄압받기를 바랐던 것은 아니지만 그러나 잡혀가게 될 경우엔 얼씨구나 하고 잡혀가 줄 용의가 없었던 것도 아니어서 그보다는 국민된 자의 공분(公憤)으로써 때로는 겁나는 줄 모르고 정부를 공격하고 사회악을 비꼬던 만화가 이 아무개다.

그러나 그는 아무래도 부탁하러 들어갈 용기가 나지 않았다. 그 이상 더 필요가 없었지만 그러나 그는 용기를 돋우기 위해서 변소 안에 그대로 쭈그리고 앉은 채였다. 담배가 피우고 싶었지만 성냥이 없었다. 크로로마이싱을 사먹자. 그리고 성냥도 한 갑 사자고 그는 좀 엉뚱한 생각만 되풀이하고 있었다. 그는 지금 될 수 있는 대로 좀 엉뚱한 생각만 되풀이하기로 하고 있었다. 엉뚱한 생각들이 포화되어 그의 머릿속에서 '취직 부탁하러 간다'는 생각을 쫓아 버릴 때 그는 이 신문사의 편집국 문을 밀 수 있을 것 같았다. 말하자면 저돌적으로 일단 문 안에만 들어서고 나면 그때는 할 수 없다는 생각으로 아마 문화부장을 찾겠지. 천만다행으로 혹시 아는 사람이 있다면 그 사람을 통하여 교섭을 부탁해 보자. 그는 다리가 저려서 더 이상 쭈그리고 앉아 있을 수가 없을 때에야 일어섰다. 그는 바지를 추켜 입고, 곧 변소문을 나오자 바쁜 일이라도 있는 듯이 곧장 편집국 문을 향하여 빠르게 걸어갔다. 도중에서 멈칫거리다간 영영 들어가지 못하고 말 것을 그는 알고 있었다. 마침내 그는 편집국 문을 열고 그 안에 들어섰다.

실내가 예상외로 좁고 지저분했기 때문에 그는 당황했다. 그는 마침 자기와 가까운 곳에 책상을 놓고 앉아 있는 계집애에게, 문화부장이 계시냐고 물었다. 저깁니다 하면서 계집애가 가리키는 곳에 아까 그를 변소로 안내해준 사람이 이쪽을 보고 빙글거리고 있었다.

"저 안경 쓰고 키가 작은 분 말입니까?"

"네 바로 그 분예요."

그는 돌아서서 나와 버릴까 하고 잠시 망설였다. 그러나 창피하다는 느낌보다도 더 큰 것이 그를 끌고 가서 그를 문화부장 앞에 세워 놓았다.

"문화부장님이세요?"

그가 말했다.

"그림 그리시는 이 선생님이시죠? 일루 앉으세요."

문화부장님은 그에게 의자를 권하면서 말했다.

"용무를 꽤 오래 보시는군요. 그걸 오래 보면 오래 산다는데, 축하합니다."

그에게는 문화부장의 농담이 귀에 들어오지 않았다. 이 사람이 나를 알고 있었다. 내가 만화가 이 아무개라는 것을 전연 인사한 적도 없는데 알고 있었다. 환희.

"그런데 웬일이십니까? 전 변소에 용무가 급해서 들어오신 줄로 알았는데요."

"예, 실은 좀 부탁드릴게 있어서… 저어 나가서 차나 한 잔 하실까요."

그는 더듬거리며 말했다.

"그럴까요?"

문화부장은 선뜻 자리에서 일어섰다.

"누구한테나 그렇게 농담을 잘 하십니까?"

층계를 내려오면서 그가 물었다.

"천만에요. 이 선생님을 제가 알고 있었으니까 그럴 수 있었던 거죠. 노여우셨댔어요?"

"아아니요. 실은 갑자기 배탈이 나서…"

"설사였군요. 그 정도야 빨가벗고 여자를 끼고 하룻저녁만 자고 나면 거뜬히 나아버리지요."

그들은 함께 소리내어 웃었다. 다방에 들어가서도 그는 오랫동안 화제를 공전시키고 있었다.

마침내 문화부장이 시계를 들여다보면서 물었다.

"아까, 제게 부탁할 일이…?"

"예."

그는 얼른 말을 받았다.

"실은 이번에 제가 관계하던 신문과 관계가 끝났습니다."

"그렇게 됐어요? 요즘 이 선생님의 그림을 볼 수가 없어서 짐작은 했습니다만. 다투기라도 했던가요?"

"아닙니다. 미국 만화가들의 작품이 실릴 계획인 모양이더군요."

"아, 그렇군요? 요전번엔 저의 신문에도 교섭이 왔더군요."

"미국 만화가 측에서요?"

"네, 중개인이라는 사람이 찾아왔었지요. 물론 한국 사람이었습니다만."

"그래서 어떻게 하셨습니까?"

"아유, 말씀 마십시오. 우리 사장이 만화에 원고료 한푼 내놓을 사람인 줄 아십니까? 지금 문화면을 몇 사람이 만들고 있는 줄 아십니까? 세 사람입니다. 단 세 명이 매일 몇십 장씩 남의 것을 훔치고 번역해 내고 해야 합니다. 만화 연재는 엄두도 못 내고 있지요."

"그렇습니까?"

그는 절망을 느끼면서 말했다.

"이 선생님께서 절 찾아오신 이유를 조금은 짐작은 하겠습니다만 거의 백 퍼센트 불가능한 일입니다."

"예, 그렇습니까?… 그런 곳에서 일하시려면 속 좀 상하시겠습니다."

"그런 신문사에서 견뎌 낼 사람은 저 같은 사람 아니면 안 됩니다. 불만이 있으면 큰 소리로 외쳐 대고 화가 나면 잉크병도 내던져 버려야만 견딜 수 있지요. 만일 꽁생원처럼 참고만 있으면 자기 속이 썩어 버려서 하루도 못 참고 달아나 버리게 돼요."

"그럴 것 같군요."

"그럴 것 같은 게 아니라 사실이 그렇습니다. 아까 보셔서 아시겠지만 우리 신문사 기자들 표정들 좀 보세요. 누가 자기를 건드려 주지 않나, 사흘이고 나흘이고 물고늘어지겠다는 표정들이 아닙디까?"

"몰랐는데요."

"다음에라도 좀 보세요."

그는 이 수다쟁이 문화부장의 농지꺼리에 진력이 나기 시작했다. 신경의 한올 한올이 곤두서서 그는 작은 소리에도 깜짝깜짝 놀랬다. 보통의 경우에는 의식하지 못하는 모든 소음들—다방 안에서 나는 소리들과 거리에서 들려오는 소음들이 모두 한꺼번에 살아서 그의 귓속으로 밀려들어 그의 머리는 터져 버릴 듯 했다.

"만화 연재할 계획이… 그러니까 없으시겠군요?"

"네, 지금으로서는 그렇습니다."

"혹시…"

그는 주저하면서 말했다.

"요담에 기회가 생기면 절… 제게…"

"그럭허지요. 꼭 그럭허겠습니다."

문화부장은 선선히 대답하고 나서,

"그럼 저도 한 가지 부탁드리겠는데,"

"예, 말씀하세요."

그는 부탁 받는 게 기뻐서 큰 소리로 대답했다.

"혹시 예수 믿으시거든, 우리 사장이 좀 빨리 뒈져 달라고 기도해 주십시오."

문화부장은 하하하하 웃었지만 그는 이 헐리우드 식의 농담에 씁쓸한 미소만 띠었다.

"바쁘실 텐데 실례 많았습니다. 잘 부탁하겠습니다. 나가실까요."

그가 먼저 자리에서 일어나면서 말했다.

"네, 그럼 저도 단단히 부탁드렸습니다."

문화부장이 일어서면서 말했다. 그리고 재빨리 카운터를 향하여 갔다. 그는 당황하여 자기의 서류용 봉투도 탁자 위에 그대로 둔 채 카운터를 향하여 가고 있는 문화부장의 뒤를 뛰다시피 쫓아갔다.

"아니 제가 모시고 왔는데요…"

그는 문화부장의 팔을 잡았다.

"다음에 술이나 한잔 사주십시오."

문화부장의 손에서 돈이 벌써 마담의 손으로 넘어가 버렸다.

그들은 밖으로 나왔다. 곧 이어 레지가 그가 잊고 온, 잃어 버려도 좋은 서류용 봉투를 들고 쫓아 나왔다.

"이거 가져가세요."

레지가 소리쳤다.

"감사합니다."

그걸 받아들 때 그는 살며시 서글퍼졌다.

문화부장과 헤어지자 그는 더 이상 갈 데가 없어서 잠시 동안 길 가운데 마치 누구를 기다리는 자세로 서 있었다. 크로로마이싱. 그는 문득 생각이 나서 사방을 두리번거렸다. 길 저편에도 그리고 자기의 바로 근처에도 '약'이라는 간판이 얼마든지 있었다. 그는 자기에게서 가장 가까운 곳에 있는 약방을 향하여 걸어갔다.

아마 대학을 갓 나왔을 듯싶은 젊은 여자는 설사라는 한마디에 약을 네 가지나 번갈아 내보였다. 그리고 약 한가지마다 긴 설명을 덧붙였다. 약 자체의 값보다 설명 값이 더 많겠군 하고 그는 생각하며

'크로로마이싱!'하고 짜증이 나서 투덜대는 목소리로 말했다.

"크로로마이싱하고 이것을 함께 잡수세요."

"여기서 좀 먹어야겠는데요."

캡슐에 든 크로로마이싱과 새까만 가루약을 입에 털어넣고 여자가 건네주는 컵의 물을 마셨다. 그는 컵을 받을 때 컵을 잡은 여자의 손에 큰 흉터가 있는 것을 보았다.

"손에 흉터가 있군요."

그는 컵을 돌려주며 무심코 말했다. 여자의 얼굴이 금세 빨개졌다.

"실험하다가… 대학 다닐 때…"

그는 목안으로 자꾸 기어드는 여자의 목소리를 듣고 있으려니까 콧등이 시큰해졌다. 얼른 계산을 해주고 그는 허둥지둥 쫓기듯이 밖으로 나왔다.

"어딜 그렇게 급히 가세요?"

그의 맞은편에서 걸어오던 키가 큰 사람이 여전히 걸음을 계속하면서 그에게 말했다. 그가 관계하고 있는 신문사의 카메라맨이었다.

"어디 가세요?"

그는 반가워서 빠른 말씨로 인사를 했다.

카메라맨은 벌써 지나치면서

"이형, 다음에 좀 봅시다."

라고 말하며 가버렸다.

그는 그네들의 말투를 알고 있었다. 저 도회의 어법을. 그리고 그는 항상 그 어법에 잘 속았었다. 방금 카메라맨이 말한 '다음에 좀 봅시다'는, 그 뜻을 따라서 정확히 표기하자면 '그럼 다음에 또 만납시다. 안녕히 가십시오'이다.

그런데 그들은 '좀'이라는 부사를 집어넣어서 듣는 사람을 환장하게 만들어 버린다. '다음에 좀 만납시다'. 어쩌면 당신에게 일자리를 얻어줄 수도 있을지 모르니까요인가? 생각해 보라. 그렇게밖에 들리지 않지 않은가? 그는 아침나절에 그가 관계하던 신문사에서 문화부장에게 속히우던 일이 생각났다.

그가 해고당한 것을 알리기 전에 문화부장은 먼저 '오늘치 만화 좀…' 했던 것이다. 그래서 자기가 해고당할 것을 예측하고 있던 그를 당황하게 했던 것이다. '오늘치 만화…'라고 했으면 그는 자기가 해고당하지 않았음을 알았으리라. 또는 '오늘부터는 그리실 필요는 없게 되었습니다'라고 하면 유감스럽긴 하지만 그것도 뜻은 분명하다. 그런데 '오늘치 좀…' 했던 것이다. 오늘치의 만화를 보아서 재미가 있으면 계속하겠고 그렇지 않으면 해고다, 라고 밖에 들리지 않던 그 말투. 그는 갑자기 느릿느릿 걸었다. 거리의 모퉁이에서 공중전화가 눈에 띄었다. 집에 전화가 있다면 아내를 불러내었으면 좋겠다. 아내와 함께 밤늦도록 거리를 쏘다닌다면 좋겠다. 쇼윈도라도 보면서, 그래 쇼윈도라도 보면서.

그는 누구에게라도 좋으니 전화를 걸어서 이야기해 보고 싶었다. 얼른 생각난 사람이 엊저녁에 술을 사주던 선배 만화가 김 선생이었다. 김 선생은 자기가 근무하고 있는 신문사의 자리에 있었다.

"김 선생님, 결국 목 잘렸습니다."

저쪽에서는 잠시 침묵이었다.

"제기럴, 또 한잔할까?"

"그럽시다. 나오세요. 아니 제가 선생님께 지금 가죠."

"오게. 제기럴, 한잔하세."

수화기를 놓고 나올 때 그는 마음이 조금 가벼워진 것을 느꼈다.

그는 김 선생이 따라주는 술을 빨리빨리 마셨다.

"좀 천천히 마시게."

김 선생은 걱정이 되는 모양이었다.

"괜찮아요."

그는 손등으로 입가를 닦으며 싱긋 웃었다.

"우리나라 만화가들의 그 단순하면서도 회화적인 선이 얼마나 훌륭한 걸 우리나라 사람들은 모르고 있단 말야."

김 선생은 술잔 속을 들여다보며 중얼거렸다.

"기계로 그린 것 같은 양키들의 만화가 진짜인 줄로 알고 있거든."

"만화가 우스우면 그만이지 쥐뿔나게 회화적이고 아니고를 찾게 됐어요?"

그는 술을 또 들이켰다. 김 선생은 그를 힐끗 쳐다보았다.

"제가 군대 있을 때 말입니다." 그는 힐끗 말했다. "남들은 제가 정훈으로 떨어졌다고 부러워했거든요. 편할 거라는 거죠. 그렇지만 전 말예요, 총대를 쥐지 않으니까 말이지요, 군인 기분이 안 났거든요." 그는 취해 오는 것을 느끼며 말했다. "아마 그때 총대를 쥔 사람들이 지금은 안정된 직장에들 앉아 있겠지요? 저는 항상 만화만 붙들고, 남들은 편하려니 부러워하지만 실상은 불안해서 어쩔 줄 모르고 말입니다."

"그럴까?"

김 선생이 말했다.

"술이 없으면 말야…" 그들의 뒤쪽에 앉아 있는 패들의 하나가 소리쳤다. "인생이란 말야…" "허, 또 나오시는군." "허, 저 소리 듣기 싫어서 이젠 술 끊어야겠어." 누군지가 소리쳤다.

"문화부장이 차나 한 잔 하자고 하더군요."

그는 속으로는, 자기가 만화 연재를 부탁하러 갔던 문화부장을 생각하면서 말하고 있었다.

"다방에 가서 그 양반이 그러더군요. 사람 웃기는 방법의 몇 가지 패턴을 안다고 곧 만화가가 되는 것이 아니다. 바로 그 양반이 그랬어요. 두꺼비 같은 눈알을 부라리면서 말입니다."

찻값을 앞질러 내버리던 그 키가 작은 작달막한 문화부장. 날 무척 무안하게 해줬었지.

"그러면서 말입니다. 너는 미역국이다, 이거죠."

자기네 사장이 얼른 뒈져달라는 기도를 하라던 그 사람. 난 참 면목이 없어서 혼났지.

"차나 한 잔. 그것은 일종의 추파다. 아시겠습니까? 김 선생님?" 그는 혀가 잘 돌아가지 않았다. "그것은 내가 그 속에서 성실을 다했던 하나의 우연이 끝나고…"

그는 술을 한 모금 꿀꺽 마셨다.

"새로운 우연이 다가온다는 징조다. 헤헤, 이건 낙관적이죠, 김 선생님?" 그는 김 선생이 방금 비워낸 술잔에 취해서 떨리는 손으로 술을 따랐다. "차나 한잔. 그것은 이 회색빛 도시의 따뜻한 비극이다. 아시겠습니까? 김 선생님, 해고시키면 차라도 한잔 나누는 이 인정. 동양적인 특히 한국적인 미담… 말입니다."

"그, 어린이 신문에 그리고 있는 거라도 열심히 하고 있게. 기다리면 또 뭐가 생길 테지."

김 선생이 술잔을 들면서 말했다.

"자, 드세."

그는 자기 술잔을 잡으려고 했다. 잘못해서 술잔이 넘어져 버렸다. 그는 손가락 끝에 엎질러진 술을 찍어서 술상 위에 '아톰X군'의 얼굴을 그리기 시작했다.

"자, '아톰X군', 차나 한 잔 하실까? 군과도 이별이다. 참 어디서 헤어지게 됐더라." 그는 그림을 그리고 있지 않는 다른 손으로 자기의 이마를 한번 찰싹 때렸다. 골치가 쑤셨기 때문이다. "오, 화성인들의 계략에 빠져서 군이 포로가 되어… 바야흐로 생명이 위험해져 있는 데서 '다음 호에 계속'이었군… 미안하다, '아톰X군'… 사람들은 항상 그런 걸 요구하거든. 아슬아슬한 데서 '다음 호에 계속'". 그는 다 그려진 '아톰X군'의 얼굴을 다시 손가락 끝에 술을 찍어서, 지우기 시작했다. "미안하다. '아톰X군'. 어떻게 군의 힘으로 적진을 뚫고 나오기 부탁한다. 이제 난… 힘이 없단 말야. 나와 헤어지더라도… 여보게, 우주는 광대하고." 그러면서 그는 양쪽 팔을 넓게 벌렸다. "어두운 공간 속에서 영원한 소년으로 살아있게."

그들은 밤늦도록 그런 식으로 술집에 앉아 있었다.

김 선생이 부축해서 태워준 택시를 타고 그는 집으로 왔다. 택시 안에서 그는 술이 좀 깨어 있었다. 그는 택시에 탈 때 김 선생이 쥐어준 서류용 봉투를 택시에서 내릴 때 그대로 두고 내렸다.

"또 술을 먹고 와서 미안하오."

그는 방문을 열면서 아내에게 말했다.

"퍽 취하셨네요."

아내는 남편이 반가워 깡충거리듯이 뛰어나왔다.

"배 아프시던 건 좀 어떠세요?"

"크로로마이싱을 먹었어. 크로로마이싱을 말야. 흉터가 있더군."

"어디에 흉터가 있어요?'

"어디긴 어디겠어? 크로로마이싱에지."

"정말 취하셨어요."

아내는 그를 이불 위로 눕혔다. 옆방에서 재봉틀 돌아가는 소리가 들려오고 있었다.

"어지간히 성실하게 사는 척하지?"

아내는 자기의 손으로 남편의 머리카락을 쓸어 넘기고 있었다. 그때 옆방에서 방귀소리가 둔하게 벽을 흔들며 들려왔다.

"그래도 별수 없이 보리밥만 먹는 신센데요, 네?"

아내가 킬킬거리며 그의 귀에 대고 속삭였다. 그만해 두자, 아내야. 그는 갑자기 웃음이 터졌다. 하하하하… 꽤 오랫동안 웃었나보다. 아주머니가 지금 무안해하고 있나 보다. 재봉틀 소리가 그쳐 있었다. 돌려요, 아주머니, 어서 재봉틀을 돌려요. 웃음소리가 잠꼬대였던 것처럼 할 수는 없나, 고 그는 생각했다. 그러면서 아까 낮에 버스칸에서 자기에게 자리를 내주던 영감이 생각키었다. 아주머니, 그건 건강한 증거입니다. 돌려요, 어서 돌려요. 그 사이에 재봉틀이 다시 돌아가는 소리가 들리고 있었다. 흥, 방귀 좀 뀌었기로서니, 하며 입술을 삐죽 내민 아주머니의 얼굴이 보이는 듯하다. 그럼요, 아주머니, 방귀 좀 뀌었기로서니 재봉틀 소리를 죽여야 할 거까지는 없습니다. 돌려요, 어서요.

그는 두 팔로 아내의 상반신을 껴안았다. 그러면서, 앞으로 자기도 아내를 때리게 될는지 알 수 없다는 생각이 문득 들었다. 그러자 앞으로 다가올, 아직 확인되지 않은 수많은 날들이 무서워져서 그는 울음이 터질 뻔했다.

그는 아내를 껴안고 있는 자기의 팔에 힘을 주었다.

(1964)

서울 1964년 겨울

1964년 겨울을 서울에서 지냈던 사람이라면 누구나 알 수 있겠지만, 밤이 되면 거리에 나타나는 선술집—오뎅과 군참새와 세 가지 종류의 술 등을 팔고 있고, 얼어붙은 거리를 휩쓸며 부는 차가운 바람이 펄럭거리게 하는 포장을 들치고 안으로 들어서게 되어 있고, 그 안에 들어서면 카바이드 불의 길쭉한 불꽃이 바람에 흔들리고 있고, 염색한 군용잠바를 입고 있는 중년사내가 술을 따르고 안주를 구워 주고 있는 그러한 선술집에서, 그날 밤, 우리 세 사람은 우연히 만났다. 우리 세 사람이란 나와 도수 높은 안경을 쓴 안이라는 대학원 학생과 정체는 알 수 없지만 요컨대 가난뱅이라는 것만은 분명하여 그의 정체를 알고 싶다는 생각은 조금도 나지 않는 서른 대여섯 살짜리 사내를 말한다.

먼저 말을 주고받게 된 것은 나와 대학원생이었는데, 뭐 그렇고 그런 자기 소개가 끝났을 때는 나는 그가 안씨라는 성을 가진 스물 다섯 살짜리 대한민국 청년, 대학 구경을 해보지 못한 나로서는 상상이 되지 않는 전공을 가진 대학원생, 부잣집 장남이라는 걸 알았고, 그는 내가 스물 다섯 살짜리 시골 출신, 고등학교는 나오고 육군사관학교를 지원했다가 실패하고 나서 군대에 갔다가 임질에 한번 걸려본 적이 있고 지금은 구청 병사계에서 일하고 있다는 것을 아마 알았을 것이다.

자기 소개들은 끝났지만 그리고 나서는 서로 할 얘기가 없었다. 잠시 동안은 조용히 술만 마셨는데 나는 새카맣게 구워진 군참새를 집을 때 할 말이 생겼기 때문에 마음속으로 군참새에게 감사하고 나서 얘기를 시작했다.

"안형, 파리를 사랑하십니까?"

"아니오, 아직까진… " 그가 말했다. "김형은 파리를 사랑하세요?"

"예"라고 나는 대답했다. "날 수 있으니까요. 아닙니다. 날 수 있는 것으로서 동시에 내 손에 붙잡힐 수 있는 것이니까요. 날 수 있는 것으로서 손안에 잡아본 적이 있으세요?"

"가만 계셔 보세요." 그는 안경 속에서 나를 멀거니 바라보며 잠시 동안 표정을 꼼지락거리고 있었다. 그리고 말했다. "없어요, 나도 파리밖에는…"

낮엔 이상스럽게도 날씨가 따뜻했기 때문에 길은 얼음이 녹아서 흙물로 가득했었는데 밤이 되면서부터 다시 기온이 내려가고 흙물은 우리의 발 밑에서 다시 얼어붙기 시작했다. 소가죽으로 지어진 내 검정 구두는 얼고 있는 땅바닥에서 올라오고 있는 찬 기운을 충분히 막아내지 못하고 있었다. 사실 이런 술집이란, 집으로 돌아가는 길에 잠깐 한잔하고 싶은 생각이 든 사람이나 들어올 데지, 마시면서 곁에 선 사람과 무슨 얘기를 주고받을 만한 데는 되지 못하는 곳이다. 그런 생각이 문득 들었지만 그 안경잽이가 때마침 나에게 기특한 질문을 했기 때문에 나는 '이놈 그럴듯하다'고 생각되어 추위 때문에 저려드는 내 발바닥에게 조금만 참으라고 부탁했다.

"김형, 꿈틀거리는 것을 사랑하십니까?" 하고 그가 내게 물었던 것이다.

"사랑하구 말구요." 나는 갑자기 의기양양해져서 대답했다. 추억이란 그것이 슬픈 것이든지 기쁜 것이든지 그것을 생각하는 사람을 의기양양하게 한다. 슬픈 추억일 때는 고즈넉이 의기양양해지고 기쁜 추억일 때는 소란스럽게 의기양양해진다.

"사관학교 시험에서 미역국을 먹고 나서도 얼마동안, 나는 나처럼 대학입시 시험에 실패한 친구 하나와 미아리에서 하숙하고 있었습니다. 서울엔 그때가 처음이었죠. 장교가 된다는 꿈이 깨어져서 나는 퍽 실의에 빠져 있었습니다. 그때 영영 실의해 버린 느낌입니다. 아시겠지만 꿈이 크면 클수록 실패가 주는 절망감도 대단한 힘을 발휘하더군요. 그 무렵 재미를 붙인 게 아침의 만원된 버스칸이었습니다. 함께 있는 친구와 나는 하숙집의 밥상을 밀어놓기가 바쁘게 미아리 고개 위에 있는 버스정류장으로 달려갑니다. 개처럼 숨을 헐떡거리면서 말입니다. 시골에서 처음으로 서울에 올라온 청년들의 눈에 가장 신기하게 비치는 게 무언지 아십니까? 부러운 건, 뭐니뭐니 해도, 밤이 되면 빌딩들의 창에 켜지는 불빛 아니 그 불빛 속에서 이리저리 움직이고 있는 사람들이고 신기한 건 버스칸 속에서 일 센티미터도 안 되는 간격을 두고 자기 곁에 이쁜 아가씨가 서 있다는 사실입니다. 때로는 아가씨들과 팔목의 살을 대고 있기도 하고 허벅다리를 비비고 있을 수도 있어서 그것 때문에 나는 하루종일 시내버스를 이것저것 갈아타면서 보낸 적도 있습니다. 물론 그날 밤엔 너무 피로해서 토했습니다만…"

"잠깐, 무슨 얘기를 하시자는 겁니까?"

"꿈틀거리는 것을 사랑한다는 얘기를 하려던 참이었습니다. 들어보세요. 그 친구와 나는 출근시간의 만원 버스 속을 쓰리꾼들처럼 안으로 비집고 들어갑니다. 그리고 자리를 잡고 앉아 있는 젊은 여자 앞에 섭니다. 나는 한 손으로 손잡이를 잡고 나서, 달려오느라고 좀 멍해진 머리를 올리고 있는 손에 기댑니다. 그리고 내 앞에 앉아 있는 여자의 아랫배 쪽으로 천천히 시선을 보냅니다. 그러면 처음엔 얼른 눈에 뜨이지 않지만 아랫배가 조용히 오르내리는 것을 볼 수 있습니다."

"오르내린다는 건… 호흡 때문에 그러는 것이겠죠?"

"물론입니다. 시체의 아랫배는 꿈쩍도 하지 않으니까요. 하여튼… 나는 그 아침의 만원버스칸 속에서 보는 젊은 여자 아랫배의 조용한 움직임을 보고 있으면 왜 그렇게 마음이 편해지고 맑아지는지 모르겠습니다. 나는 그 움직임을 지독하게 사랑합니다."

"퍽 음탕한 얘기군요"라고 안은 기묘한 음성으로 말했다. 나는 화가 났다. 그 얘기는, 내가 만일 라디오의 박사게임 같은 데에 나가게 돼서 '세상에서 가장 신선한 것은?'이라는 질문을 받게 되었을 때, 남들은 상추니 오월의 새벽이니 천사의 이마니 하고 대답하겠지만 나는 그 움직임이 가장 신선한 것이라고 대답하려니 하고 일부러 기억해 두었던 것이다.

"아니, 음탕한 얘기가 아닙니다." 나는 강경한 태도로 말했다. "그 얘기는 정말입니다."

"모르겠습니다. 관계 같은 것은 난 모릅니다. 요컨대…"

"그렇지만 그 동작은 '오르내린다'는 것이지 꿈틀거린다는 것은 아니군요. 김형은 아직 꿈틀거리는 것을 사랑하지 않으시구먼."

우리는 다시 침묵 속으로 떨어지는 술잔만을 만지작거리고 있었다. 개새끼, 그게 꿈틀거리는 게 아니라고 해도 괜찮다, 하고 나는 생각하고 있었다. 그런데 잠시 후에 그가 말했다.

"난 방금 생각해 봤는데 김형의 그 오르내림도 역시 꿈틀거림의 일종이라는 결론을 얻었습니다."

"그렇죠?" 나는 즐거워졌다. "그것은 틀림없이 꿈틀거림입니다. 난 여자의 아랫배를 가장 사랑합니다. 안형은 어떤 꿈틀거림을 가장 사랑합니까?"

"어떤 꿈틀거림이 아닙니다. 그냥 꿈틀거리는 거죠. 그냥 말입니다. 예를 들면… 데모도…"

"데모가? 데모를? 그러니까 데모…"

"서울은 모든 욕망의 집결지입니다. 아시겠습니까?"

"모르겠습니다"라고 나는 할 수 있는 한 깨끗한 음성을 지어서 대답했다.

그때 우리의 대화는 또 끊어졌다. 이번엔 침묵이 오래 계속되었다. 나는 술잔을 입으로 가져갔다. 내가 잔을 비우고 났을 때 그도 잔을 입에 대고 눈을 감고 마시고 있는 게 보였다. 나는 이젠 자리를 떠나야 할 때가 되었다고 다소 서글픈 기분으로 생각했다. 결국 그렇고 그렇다. 또 한번 확인된 것에 지나지 않다고 생각하면서 '자, 그럼 다음에 또…'라고 말할까 '재미있었습니다'라고 말할까, 궁리하고 있는데 술잔을 비운 안이 갑자기 한 손으로 내 한쪽 손을 살그머니 잡으면서 말했다.

"우리가 거짓말을 하고 있었다고 생각하지 않으십니까?"

"아니오" 나는 좀 귀찮은 생각이 들었다. "안형은 거짓말을 했는지 모르지만 내가 한 얘기는 정말이었습니다."

"난 우리가 거짓말을 하고 있었던 것 같은 느낌이 듭니다." 그는 붉어진 눈두덩을 안경 속에서 두어 번 끔벅거리고 나서 말했다. "난 우리 또래의 친구를 새로 알게 되면 꼭 꿈틀거림에 대한 얘기를 하고 싶어집니다. 그래서 얘기를 합니다. 그렇지만 얘기는 오 분도 안 돼서 끝나 버립니다."

나는 그가 무슨 얘기를 하고 있는지 알 듯하기도 했고 모를 것 같기도 했다.

"우리 다른 얘기합시다." 하고 그가 다시 말했다.

나는 심각한 얘기를 좋아하는 이 친구를 골려 주기 위해서 그리고 한편으로는 자기의 음성을 자기가 들을 수 있는 취한 사람의 특권을 맛보고 싶어서 얘기를 시작했다.

"평화시장 앞에 줄지어 선 가로등들 중에서 동쪽으로부터 여덟 번째 등은 불이 켜 있지 않습니다." 나는 그가 좀 어리둥절해하는 것을 보자 더욱 신이 나서 얘기를 계속했다.

"…그리고 화신백화점 육 층의 창들 중에서는 그중 세 개에만 불빛이 나오고 있었습니다…"

그러자 이번엔 내가 어리둥절해질 사태가 벌어졌다. 안의 얼굴에 놀라운 기쁨이 빛나기 시작했기 때문이다.

그가 빠른 말씨로 얘기하기 시작했다.

"서대문 버스 정거장에는 사람이 서른 두 명 있는데 그 중 여자가 열일곱 명이었고, 어린애는 다섯 명 젊은이는 스물 한 명 노인이 여섯 명입니다."

"그건 언제 일이지요?"

"오늘 저녁 일곱시 십오분 현재입니다."

"아" 하고 나는 잠깐 절망적인 기분이었다가 그 반작용인 듯 굉장히 기분이 좋아져서 털어놓기 시작했다.

"단성사 옆 골목의 첫 번째 쓰레기통에는 초콜릿 포장지가 두 장 있습니다."

"그건 언제?"

"지난 십사일 저녁 아홉시 현재입니다."

"적십자병원 정문 앞에 있는 호도나무의 가지 하나는 부러져 있습니다."

"을지로 삼 가에 있는 간판 없는 한 술집에는 미자라는 이름을 가진 색시가 다섯 명 있는데 그 집에 들어온 순서대로 큰미자, 둘째미자, 세째미자, 넷째미자, 막내미자라고들 합니다."

"그렇지만 그건 다른 사람들도 알고 있겠군요. 그 술집에 들어가 본 사람은 꼭 김형 하나뿐이 아닐 테니까요."

"아 참, 그렇군요. 난 미처 그걸 생각하지 못했는데. 난 그 중에서 큰 미자와 하룻저녁 같이 잤는데 그 여자는 다음날 아침, 일수로 물건을 파는 여자가 왔을 때 내게 빤쯔 하나를 사주었습니다. 그런데 그 여자가 저금통으로 사용하고 있는 한 되들이 빈 술병에는 돈이 백십 원 들어 있었습니다."

"그건 얘기가 됩니다. 그 사실은 완전히 김형의 소유입니다."

우리의 말투는 점점 서로를 존중해가고 있었다. "나는…" 이번에는 그가 말할 차례였다. "서대문 근처에서 서울역 쪽으로 가는 전차의 도로리가 내 시야 속에서 꼭 다섯 번 파란 불꽃을 튀기는 것을 보았습니다. 그건 오늘 밤 일곱시 이십오분에 거길 지나가는 전차였습니다."

"안형은 오늘 저녁엔 서대문 근처에서 살고 있었군요."

"예, 서대문 근처에서 살고 있었어요."

"난, 종로 이 가 쪽입니다. 영보빌딩 안에 있는 변소문의 손잡이 조금 밑에는 약 이 센티미터 가량의 손톱자국이 있습니다."

하하하하 하고 그는 소리내어 웃었다.

"그건 김형이 만들어 놓은 자국이겠지요?"

나는 무안했지만 고개를 끄덕이지 않을 수 없었다. 그건 사실이었다.

"어떻게 아세요?" 하고 나는 그에게 물었다.

"나도 경험이 있으니까요." 그가 대답했다. "그렇지만 별로 기분 좋은 기억이 못 되더군요. 역시 우리는 그냥 바라보고 발견하고 비밀히 간직해 두는 편이 좋겠어요. 그런 짓을 하고 나서는 뒷맛이 좋지 않더군요."

"난 그런 짓을 많이 했습니다만 오히려 기분이 좋았… " 좋았다고 말하려고 했는데, 갑자기 내가 했던 모든 그것에 대한 혐오감이 치밀어서 나는 말을 그치고 그의 의견에 동의하는 고갯짓을 해버렸다.

그러자 그때 나는 이상스럽다는 생각이 들었다. 내가 약 삼십분 전에 들은 말이 틀림없다면 지금 내 옆에서 안경을 번쩍이고 앉아 있는 친구는 틀림없는 부잣집 아들이고, 높은 공부를 한 청년이다. 그런데 왜 그가 이래야만 되는가?

"안형이 부잣집 아들이라는 것은 사실이겠지요? 그리고 대학원생이라는 것도…" 내가 물었다.

"부동산만 해도 대략 삼천만 원쯤 되면 부자가 아닐까요? 물론 내 아버지의 재산이지만 말입니다. 그리고 대학원생이란 건 여기 학생증이 있으니까…"

그러면서 그는 호주머니를 뒤적거려서 지갑을 꺼냈다.

"학생증까진 필요없습니다. 실은 좀 의심스러운 게 있어서요. 안형 같은 사람이 추운 밤에 싸구려 선술집에 앉아서 나 같은 친구나 간직할 만한 일에 대해서 얘기하고 있다는 것이 이상스럽다는 생각이 방금 들었습니다."

"그건… 그건…" 그는 좀 열띤 음성으로 말했다. "그건… 그렇지만 먼저 물어보고 싶은 게 있는데요. 김형이 추운 밤에 밤거리를 쏘다니는 이유는 무엇입니까?"

"습관은 아닙니다. 나 같은 가난뱅이는 호주머니에 돈이 좀 생겨야 밤거리에 나올 수 있으니까요."

"글쎄, 밤거리에 나오는 이유는 뭡니까?"

"하숙방에 들어앉아서 벽이나 쳐다보고 있는 것보다 나으니까요."

"밤거리에 나오면 뭔가가 좀 풍부해지는 느낌이 들지 않습니까?"

"뭐가요?"

"그 뭔가가. 그러니까 생이라고 해도 좋겠지요. 난 김형이 왜 그런 질문을 하는지 그 이유를 조금은 알 것 같습니다. 내 대답은 이렇습니다. 밤이 됩니다. 난 집에서 거리로 나옵니다. 난 모든 것에서 해방된 것을 느낍니다. 아니, 실제로는 그렇지 않을는지 모르지만 그렇게 느낀다는 말입니다. 김형은 그렇게 안 느낍니까?"

"글쎄요."

"나는 사물의 틈에 끼어서가 아니라 사물을 멀리 두고 바라보게 됩니다. 안 그렇습니까?"

"글쎄요. 좀…"

"아니, 어렵다고 말하지 마세요. 이를테면 낮엔 그저 스쳐지나가던 모든 것이 밤이 되면 내 시선 앞에서 자기들의 벌거벗은 몸을 송두리째 드러내 놓고 쩔쩔 맨단 말입니다. 그런데 그게 의미가 없는 일일까요? 그런 사물을 바라보며 즐거워한다는 일이 말입니다."

"의미요? 그게 무슨 의미가 있습니까? 난 무슨 의미가 있기 때문에 종로 이 가에 있는 빌딩들의 벽돌 수를 헤아리는 일을 하는 게 아닙니다. 그냥…"

"그렇죠? 무의미한 겁니다. 아니 사실은 의미가 있는지도 모르지만 난 아직 그걸 모릅니다. 김형도 아직 모르는 모양인데 우리 한번 함께 그거나 찾아볼까요. 일부러 만들어 붙이지는 말고요."

"좀 어리둥절하군요. 그게 안형의 대답입니까? 난 좀 어리둥절한데요. 갑자기 의미라는 말이 나오니까."

"아, 참 미안합니다. 내 대답은 아마 그렇게 될 것 같군요. 그냥 뭔가 뿌듯해지는 느낌이 들기 때문에 밤거리로 나온다고." 그는 이번엔 목소리를 낮추어서 말했다. "김형과 나는 서로 다른 길을 걸어서 같은 지점에 온 것 같습니다. 만일 이 지점이 잘못된 지점이라고 해도 우리 탓은 아닐 거예요." 그는 이번엔 쾌활한 음성으로 말했다. "자, 여기서 이럴 게 아니라 어디 따뜻한 데 가서 정식으로 한잔씩하고 헤어집시다. 난 한 바퀴 돌고 여관으로 갑니다. 가끔 이렇게 밤거리를 쏘다니는 밤엔 여관에서 자고 갑니다. 여관엘 찾아든다는 프로가 내게는 최고죠."

우리는 각기 계산하기 위해서 호주머니에 손을 넣었다. 그때 한 사내가 우리에게 말을 걸어왔다. 우리 곁에서 술잔을 받아 놓고 연탄불에 손을 쬐고 있던 사내였는데, 술을 마시기 위해서 거기에 들어온 것이 아니라 불을 쬐고 싶어서 잠깐 들렀다는 꼴을 하고 있었다. 제법 깨끗한 코트를 입고 있었고 머리엔 기름도 얌전하게 발라서 카바이드 등의 불꽃이 너풀댈 때마다 머리 위의 하이라이트가 이리저리 움직이고 있었다. 그러나 어디선지 분명하지는 않았지만 가난뱅이 냄새가 나는 서른 대여섯 살짜리 사내였다. 아마 빈약하게 생긴 턱 때문이었을까, 아니면 유난히 새빨간 눈시울 때문이었을까. 그 사내가 나나 안 중의 어느 누구에게라고 할 것 없이 그냥 우리 쪽을 향하여 말을 걸어온 것이었다.

"미안하지만 제가 함께 가도 괜찮을까요? 제게 돈은 얼마든지 있습니다만…"이라고 그 사내는 힘없는 음성으로 말했다.

그 힘없는 음성으로 봐서는 꼭 끼어달라는 건 아니라는 것 같았지만 한편으로는 우리와 함께 가고 싶은 생각이 간절하다는 것 같기도 했다. 나와 안은 잠깐 얼굴을 마주 보고 나서

"아저씨 술값만 있다면…"이라고 내가 말했다.

"함께 가시죠."라고 안도 내 말을 이었다.

"고맙습니다" 하고 사내는 여전히 힘없는 음성으로 말하면서 우리를 따라왔다.

안은 일이 좀 이상하게 되었다는 얼굴을 하고 있었고, 나 역시 유쾌한 예감이 들지는 않았다. 술좌석에서 알게 된 사람끼리는 의외로 재미있게 놀게 되는 것을 몇 번의 경험으로 알고 있었지만, 대개의 경우, 이렇게 힘없는 목소리로 끼어 드는 양반은 없었다. 즐거움이 넘치고 넘친다는 얼굴로 요란스럽게 끼어 들어야만 일이 되는 것이었다. 우리는 갑자기 목적지를 잊은 사람들처럼 사방을 두리번거리면서 느릿느릿 걸어갔다. 전봇대에 붙은 약 광고판 속에서는 이쁜 여자가 '춥지만 할 수 있느냐'는 듯한 쓸쓸한 미소를 띠고 우리를 내려다보고 있었고, 어떤 빌딩의 옥상에서는 소주 광고의 네온사인이 열심히 명멸하고 있었고, 소주 광고 곁에서는 약 광고의 네온사인이 하마터면 잊어버릴 뻔했다는 듯이 황급히 꺼졌다간 다시 켜져서 오랫동안 빛나고 있었고, 이젠 완전히 얼어붙은 길 위에는 거지가 돌덩이처럼 여기저기 엎드려 있었고, 그 돌덩이 앞을 사람들은 힘껏 웅크리고 빠르게 지나가고 있었다. 종이 한 장이 바람에 휙 날리어 거리의 저쪽에서 이쪽으로 날아오고 있었다. 그 종이조각은 내 발 밑에 떨어졌다. 나는 그 종이조각을 집어들었는데 그것은 '美姬서비스, 特別廉價'라는 것을 강조한 어느 비어홀의 광고지였다.

"지금 몇 시쯤 되었습니까? 하고 힘없는 아저씨가 안에게 물었다.

"아홉시 십분 전입니다."라고 잠시 후에 안이 대답했다.

"저녁들은 하셨습니까? 난 아직 저녁을 안 먹었는데, 제가 살 테니까 같이 가시겠어요?" 힘없는 아저씨가 이번엔 나와 안을 번갈아 보며 말했다.

"먹었습니다." 하고 나와 안은 동시에 대답했다.

"혼자서 하시죠."하고 내가 말했다.

"감사합니다. 그럼…"

우리는 근처의 중국요리집으로 들어갔다. 방으로 들어가서 앉았을 때 아저씨는 또 한번 간곡하게 우리가 뭘 좀 들 것을 권했다. 우리는 또 한번 사양했다. 그는 또 권했다.

"아주 비싼 걸 시켜도 괜찮겠습니까?"라고 나는 그의 권유를 철회시키기 위해서 말했다.

"네, 사양 마시고." 그가 처음으로 힘있는 목소리로 말했다. "돈을 써 버리기로 결심했으니까요."

나는 그 사내에게 어떤 꿍꿍이속이 있는 것만 같은 느낌이 들어서 좀 불안했지만 통닭과 술을 시켜달라고 했다. 그는 자기가 주문한 것 외에 내가 말한 것도 사환에게 청했다. 안은 어처구니없는 얼굴로 나를 보았다. 나는 그때 마침 옆방에서 들려오고 있는 여자의 불그레한 신음소리를 듣고만 있었다.

"이형도 뭘 좀 드시죠"라고 아저씨가 안에게 말했다.

"아니 전…" 안은 술이 다 깬다는 듯이 펄쩍 뛰고 사양했다.

우리는 조용히 옆방의 다급해져 가는 신음소리에 귀를 기울이고 있었다. 전차의 끽끽거리는 소리와 강물소리 같은 자동차들의 달리는 소리도 들렸다. 우리의 방은 어색한 침묵에 싸여 있었다.

"말씀드리고 싶은 게 있어요." 마음씨 좋은 아저씨가 말하기 시작했다. "들어 주셨으면 고맙겠습니다… 오늘 낮에 제 아내가 죽었습니다. 세브란스병원에 입원하고 있었는데…" 그는 이젠 슬프지도 않다는 얼굴로 우리를 빤히 쳐다보며 말하고 있었다.

"네에에." "그거 안되셨군요"라고 안과 나는 각각 조의를 표했다.

"아내와 나는 참 재미있게 살았습니다. 아내가 어린애를 낳지 못하기 때문에 시간은 몽땅 우리 두 사람의 것이었습니다. 돈은 넉넉하진 못했습니다만 그래도 돈이 생기면 우리는 어디든지 같이 다니면서 재미있게 지냈습니다. 딸기철엔 수원에도 가고 포도철엔 안양에도 가고, 여름이면 대천에도 가고, 가을엔 경주에도 가보고, 밤엔 함께 영화구경, 쇼 구경하러 열심히 극장에 쫓아다니기도 했습니다…"

"무슨 병환이셨던가요?"하고 안이 조심스럽게 물었다.

"급성 뇌막염이라고 의사가 그랬습니다. 아내는 옛날에 급성맹장염 수술을 받은 적도 있고, 급성폐렴을 앓은 적도 있다고 했습니다만 모두 괜찮았었는데 이번의 급성엔 죽고 말았습니다… 죽고 말았습니다."

사내는 고개를 떨구고 한참 동안 무언지 입을 우물거리고 있었다.

안이 손가락으로 내 무릎을 찌르며 우리는 꺼지는 게 어떻겠냐고 눈짓을 보냈다. 나 역시 동감이었지만 그때 사내가 다시 고개를 들고 말을 계속했기 때문에 우리는 눌러앉아 있을 수밖에 없었다.

"아내와 재작년에 결혼했습니다. 우연히 알게 되었습니다. 친정이 대구 근처에 있다는 얘기만 했지 한번도 친정과는 내왕이 없었습니다. 난 처갓집이 어딘지 모릅니다. 그래서 할 수 없었어요." 그는 다시 고개를 떨구고 입을 우물거렸다.

"뭘 할 수 없었다는 말입니까?" 내가 물었다.

그는 내 말을 못 들은 것 같았다. 그러나 한참 후에 다시 고개를 들고 마치 애원하는 듯한 눈빛으로 말을 이었다.

"아내의 시체를 병원에 팔았습니다. 할 수 없었습니다. 난 서적 월부판매 외판원에 지나지 않습니다. 할 수 없었습니다. 돈 사천 원을 주더군요. 난 두 분을 만나기 전까지도 세브란스병원 울타리 곁에 서 있었습니다. 아내가 누워 있을 시체실이 있는 건물을 알아보려고 했습니다만 어딘지 알 수 없었습니다. 그냥 울타리 곁에 앉아서 병원의 큰 굴뚝에서 나오는 희끄무레한 연기만 바라보고 있었습니다. 아내는 어떻게 될까요, 학생들이 해부 실습하느라고 톱으로 머리를 가르고 칼로 배를 찢고 한다는데 정말 그러겠지요?"

우리는 입을 다물고 있을 수밖에 없었다. 사환이 다꾸앙과 파가 담긴 접시를 갖다놓고 나갔다.

"기분 나쁜 얘길 해서 미안합니다. 다만 누구에게라도 얘기하지 않고서는 견딜 수 없었습니다. 한가지만 의논해 보고 싶은데, 이 돈을 어떻게 하면 좋을까요? 저는 오늘 저녁에 다 써버리고 싶은데요."

"쓰십시오." 안이 얼른 대답했다.

"이 돈이 다 없어질 때까지 함께 있어 주시겠어요?" 사내가 말했다. 우리는 얼른 대답하지 못했다. "함께 있어 주십시오." 사내가 말했다. 우리는 승낙했다.

"멋있게 한번 써봅시다."라고 사내는 우리와 만난 후 처음으로 웃으면서 그러나 여전히 힘없는 음성으로 말했다.

중국집에서 거리로 나왔을 때는 우리는 모두 취해 있었고, 돈은 천 원이 없어졌고 사내는 한쪽 눈으로는 울고 다른 쪽 눈으로는 웃고 있었고, 안은 도망갈 궁리를 하기에도 지쳐 버렸다고 내게 말하고 있었고, 나는 "악센트 찍는 문제를 모두 틀려 버렸단 말야, 악센트 말야"라고 중얼거리고 있었고, 거리는 영화광고에서 본 식민지의 거리처럼 춥고 한산했고, 그러나 여전히 소주 광고는 부지런히, 약 광고는 게으름을 피우며 반짝이고 있었고, 전봇대의 아가씨는 '그저 그래요'라고 웃고 있었다.

"이제 어디로 갈까?" 하고 아저씨가 말했다.

"어디로 갈까?" 안이 말하고

"어디로 갈까?" 라고 나도 그들의 말을 흉내냈다.

아무 데도 갈 데가 없었다. 방금 우리가 나온 중국집 곁에 양품점의 쇼윈도가 있었다. 사내가 그쪽을 가리키며 우리를 끌어당겼다. 우리는 양품점으로 들어갔다.

"넥타이를 골라 가져. 내 아내가 사주는 거야." 사내가 호통을 쳤다.

우리는 알록달록한 넥타이를 하나씩 들었고, 돈은 육백 원이 없어져 버렸다. 우리는 양품점에서 나왔다.

"어디로 갈까?"라고 사내가 말했다.

갈 데는 계속해서 없었다. 양품점의 앞에는 귤 장수가 있었다.

"아내는 귤을 좋아했다"고 외치며 사내는 귤을 벌여 놓은 수레 앞으로 돌진했다. 삼백 원이 없어졌다. 우리는 이빨로 귤껍질을 벗기면서 그 부근에서 서성거렸다.

"택시!" 사내가 고함쳤다.

택시가 우리 앞에 멎었다. 우리가 차에 오르자마자 사내는 세브란스로!"라고 말했다.

"안 됩니다. 소용없습니다." 안이 재빠르게 외쳤다.

"안 될까?" 사내가 중얼거렸다. "그럼 어디로?"

아무도 대답하지 않았다.

"어디로 가시는 겁니까?"라고 운전사가 짜증난 음성으로 말했다. "갈 데가 없으면 빨리 내리쇼."

우리는 차에서 내렸다. 결국 우리는 중국집에서 스무 발자국도 더 벗어나지 못하고 있었다. 거리의 저쪽 끝에서 요란한 사이렌 소리가 나타나서 점점 가깝게 달려들었다. 소방차 두 대가 우리 앞을 빠르고 시끄럽게 지나쳐 갔다.

"택시!" 사내가 고함쳤다.

택시가 우리 앞에 멎었다. 우리가 차에 오르자마자 사내는 "저 소방차 뒤를 따라갑시다"고 말했다.

나는 귤껍질을 세 개째 벗기고 있었다.

"지금 불 구경하러 가고 있는 겁니까?"라고 안이 아저씨에게 말했다. "안 됩니다. 시간이 없습니다. 벌써 열시 반인데요. 좀더 재미있게 지내야죠. 돈은 이제 얼마 남았습니까?"

아저씨는 호주머니를 뒤져서 돈을 모두 털어 냈다. 그리고 그것을 안에게 건네줬다. 안과 나는 헤아려 보았다. 천구백 원하고 동전 몇 개, 십 원짜리 몇 장이 있었다.

"됐습니다." 안은 돈을 다시 돌려주면서 말했다. "세상엔 다행히 여자의 특징만 중점적으로 내보이는 여자들이 있습니다."

"내 아내 얘깁니까?"라고 사내가 슬픈 음성으로 물었다. "내 아내의 특징은 너무 잘 웃는다는 것이었습니다."

"아닙니다. 종삼(鍾三)으로 가자는 얘기였습니다." 안이 말했다.

사내는 안을 경멸하는 듯한 웃음을 띠며 고개를 돌려 버렸다. 그러는 사이에 우리는 화재가 난 곳에 도착했다. 삼십 원이 없어졌다. 화재가 난 곳은 아래층인 페인트 상점이었는데 지금은 미용학원인 이층에서 불길이 창으로부터 뿜어 나오고 있었다. 경찰들의 호각 소리, 소방차들의 사이렌 소리, 불길 속에서 나는 탁탁 소리, 물줄기가 건물의 벽에 부딪쳐서 나는 소리. 그러나 사람들의 소리는 아무것도 나지 않았다. 사람들은 불빛에 비쳐 무안 당한 사람들처럼 붉은 얼굴로, 정물처럼 서 있었다.

우리는 발 밑에 굴러 있는 페인트 든 통을 하나씩 궁둥이 밑에 깔고 웅크리고 앉아서 불 구경을 했다. 나는 불이 좀 더 오래 타기를 바랐다. 미용학원이라는 간판에 불이 붙고 있었다. '원'자에 불이 붙기 시작했다.

"김형, 우린 우리 얘기나 합시다." 하고 안이 말했다. "화재 같은 건 아무것도 아닙니다. 내일 아침 신문에서 볼 것을 오늘밤에 미리 봤다는 차이밖에 없습니다. 저 화재는 김형의 것도 아니고 내 것도 아니고 이 아저씨의 것도 아닙니다. 우리 모두의 것이 돼 버립니다. 그러나 화재는 항상 계속해서 나고 있는 건 아닙니다. 그러기 때문에 난 화재엔 흥미가 없습니다. 김형은 어떻게 생각하십니까?"

"동감입니다." 나는 아무렇게나 대답하며 이젠 '학'자에 불이 붙고 있는 것을 보았다.

"아니 난 방금 잘못 말했습니다. 화재는 우리 모두의 것이 아니라 화재는 오로지 화재 자신의 것입니다. 화재에 대해서 우리는 아무것도 아닙니다. 그러기 때문에 난 화재에 흥미가 없습니다. 김형은 어떻게 생각하십니까?"

"동감입니다."

물줄기 하나가 불타고 있는 '학'으로 달려들고 있었다. 물이 닿은 곳에서 회색 연기가 피어올랐다. 힘없는 아저씨가 갑자기 힘차게 깡통으로부터 일어섰다.

"내 아냅니다." 하고 사내는 환한 불길 속을 손가락질하며 눈을 크게 뜨고 소리쳤다. "내 아내가 머리를 막 흔들고 있습니다. 골치가 깨질 듯이 아프다고 머리를 막 흔들고 있습니다. 여보…"

"골치가 깨질 듯이 아픈 게 뇌막염의 증세입니다. 그렇지만 저건 바람에 휘날리는 불길입니다. 앉으세요. 불 속에 아주머님이 계실 리가 있습니까? 라고 안이 아저씨를 끌어 앉히며 말했다. 그러고 나서 안은 나에게 나지막하게 속삭였다. "이 양반 우릴 웃기는데요."

나는 꺼졌다고 생각하고 있던 '학'에 다시 불이 붙고 있는 것을 보았다. 물줄기가 다시 그곳으로 뻗어 가고 있었다. 그러나 물줄기는 겨냥을 잘 잡지 못하고 이리저리 흔들리고 있었다. 불은 날쌔게 '용'을 핥고 있었다. 나는 '미'까지 어서 불붙기를 바라고 있었고 그리고 그 간판에 불이 붙는 과정을 그 많은 불구경꾼들 중에서 나 혼자만 알고 있기를 바랐다. 그러나 문득 나는 불이 생명을 가진 것처럼 생각되어서, 내가 조금 전에 바라고 있던 것을 취소해 버렸다.

무언가 하얀 것이 우리가 웅크리고 앉아 있는 곳에서 불타고 있는 건물 쪽으로 날아가는 것이 보였다. 그 비둘기는 불 속으로 떨어졌다.

"무엇이 불 속으로 날아 들어갔지요?" 내가 안을 돌아다보며 물었다.

"예, 뭐가 날아갔습니다." 안은 나에게 대답하고 나서 이번엔 아저씨를 돌아다보며 "보셨어요?" 하고 그에게 물었다.

아저씨는 잠자코 있었다. 그때 순경 한 사람이 우리 쪽으로 달려왔다.

"당신이다."라고 순경은 아저씨를 한 손으로 붙잡으면서 말했다.

"방금 무얼 불 속에 던졌소?"

"아무것도 안 던졌습니다."

"뭐라구요?" 순경은 때릴 듯한 시늉을 하며 아저씨에게 소리쳤다. "내가 던지는 걸 봤단 말요. 무얼 불 속에 던졌소?"

"돈입니다."

"돈?"

"돈과 돌을 손수건에 싸서 던졌습니다."

"정말이오?" 순경은 우리에게 물었다.

"예, 돈이었습니다. 이 아저씨는 불난 곳에 돈을 던지면 장사가 잘 된다는 이상한 믿음을 가졌답니다. 말하자면 좀 돌았다고 할 수 있는 사람이지만 나쁜 짓은 결코 하지 않는 장사꾼입니다." 안이 대답했다.

"돈은 얼마였소?"

"일 원짜리 동전 한 개였습니다." 안이 다시 대답했다.

순경이 가고 났을 때 안이 사내에게 물었다.

"정말 돈을 던졌습니까?"

"예."

"모두?"

"예."

우리는 꽤 오랫동안 불꽃이 튀는 탁탁 소리에 귀를 기울이고 있었다. 한참 후에 안이 사내에게 말했다.

"결국 그 돈은 다 쓴 셈이군요… 자, 이젠 그럼 약속이 끝났으니 우린 가겠습니다."

"안녕히 계십시오."라고 나도 아저씨에게 작별 인사를 했다.

안과 나는 돌아서서 걷기 시작했다. 사내가 우리를 쫓아와서 안과 나의 팔을 한 쪽씩 붙잡았다.

"나 혼자 있기가 무섭습니다." 그는 벌벌 떨며 말했다.

"곧 통행금지 시간이 됩니다. 난 여관으로 가서 잘 작정입니다." 안이 말했다.

"난 집으로 갈 겁니다." 내가 말했다.

"함께 갈 수 없겠습니까? 오늘밤만 같이 지내 주십시오. 부탁합니다. 잠깐만 저를 따라와 주십시오. 부탁합니다. 잠깐만 저를 따라와 주십시오." 사내는 말하고 나서 나를 붙잡고 있는 자기의 팔을 부채질하듯 흔들었다. 아마 안의 팔에 대해서도 그렇게 했으리라.

"어디로 가자는 겁니까?" 나는 아저씨에게 물었다.

"여관비를 구하러 잠깐 이 근처에 들렀다가 모두 함께 여관으로 갔으면 하는데요."

"여관에요?" 나는 내 호주머니 속에 든 돈을 손가락으로 계산해 보며 말했다.

"여관비라면 내가 모두 내겠으니 그럼 함께 가시지요." 안이 따라와 사내에게 말했다.

"아닙니다. 폐를 끼쳐 드리고 싶지 않습니다. 잠깐만 절 따라와 주십시오."

"돈을 빌리러 가는 겁니까?"

"아닙니다. 받아야 할 돈이 있습니다."

"이 근처에요?"

"예, 여기가 남영동이라면."

"아마 틀림없이 남영동인 것 같군요." 내가 말했다.

사내가 앞장을 서고 안과 내가 그 뒤를 쫓아서 우리는 화재로부터 멀어져 갔다.

"빚 받으러 가기에는 시간이 너무 늦었습니다." 안이 사내에게 말했다.

"그렇지만 저는 받아야 합니다."

우리는 어두운 골목길로 들어섰다. 골목의 모퉁이를 몇 개인가 돌고 난 뒤 사내는 대문 앞에 전등이 켜져 있는 집 앞에서 멈췄다. 나와 안은 사내로부터 열 발짝쯤 떨어진 곳에 멈췄다. 사내가 벨을 눌렀다. 잠시 후 대문이 열리고 사내가 대문 안에 선 사람과 말하는 소리가 들렸다.

"주인 아저씨를 뵙고 싶은데요."

"주무시는데요."

"그럼 주인 아주머니는…"

"주무시는데요."

"꼭 뵈어야겠는데요."

"기다려보세요."

대문이 다시 닫혔다. 안이 달려가서 사내의 팔을 잡아 끌었다.

"그냥 가시죠?"

"괜찮습니다. 받아야 할 돈이니까요."

안이 다시 먼저 서 있던 곳으로 걸어왔다. 대문이 열렸다.

"밤늦게 죄송합니다." 사내가 대문을 향해서 고개를 숙이며 말했다.

"누구시죠?" 대문은 잠에 취한 여자의 음성을 냈다.

"죄송합니다, 이렇게 너무 늦게 찾아와서. 실은…"

"누구시죠? 술 취하신 것 같은데…"

"월부책값 받으러 온 사람입니다."하고 사내는 갑자기 비명 같은 높은 소리로 외쳤다. "월부책값 받으러 온 사람입니다." 이번엔 사내는 문기둥에 두 손을 짚고 앞으로 뻗은 자기 팔 위에 얼굴을 파묻으며 울음을 터뜨렸다. "월부책값 받으러 온 사람입니다. 월부책값…" 사내는 계속해서 흐느꼈다.

"내일 낮에 오세요." 대문이 탁 닫혔다.

사내는 계속해서 울고 있었다. 사내는 가끔 "여보"라고 중얼거리며 오랫동안 울고 있었다.

우리는 여전히 열 발짝쯤 떨어진 곳에서 그가 울음을 그치기를 기다리고 있었다. 한참 후에 그가 우리 앞으로 비틀비틀 걸어왔다.

우리는 모두 고개를 숙이고 어두운 골목길을 걸어서 거리로 나왔다. 적막한 거리에는 찬바람이 세차게 불고 있었다.

"몹시 춥군요"라고 사내는 우리를 염려한다는 음성으로 말했다.

"추운데요. 빨리 여관으로 갑시다." 안이 말했다.

"방을 한 사람씩 따로 잡을까요?" 여관으로 들어갈 때 안이 우리에게 말했다. "그게 좋겠지요?"

"모두 한 방에 드는 게 좋겠지요?"라고 나는 아저씨를 생각해서 말했다.

아저씨는 그저 우리의 처분만을 바란다는 듯한 태도로 또는 지금 자기가 서 있는 곳이 어딘지도 모른다는 태도로 멍하니 서 있었다. 여관에 들어서자 우리는 모든 프로가 끝나버린 극장에서 나오는 때처럼 어찌할 바를 모르고 거북스럽기만 했다. 여관에 비한다면 거리가 우리에게는 더 좁았던 셈이었다. 벽으로 나누어진 방들, 그것이 우리가 들어가야 할 곳이었다.

"모두 같은 방에 들기로 하는 것이 어떻겠어요?" 내가 다시 말했다.

"난 지금 아주 피곤합니다." 안이 말했다. "방은 각각 하나씩 차지하고 자기로 하지요."

"혼자 있기가 싫습니다"라고 아저씨가 중얼거렸다.

"혼자 주무시는 게 편하실 거예요."안이 말했다.

우리는 복도에서 헤어져서 사환이 지적해준, 나란히 붙은 방 세 개에 각각 한 사람씩 들어갔다.

"화투라도 사다가 놉시다." 헤어지기 전에 내가 말했지만

"난 아주 피곤합니다. 하시고 싶으면 두 분이나 하세요"라고 안은 말하고 나서 자기의 방으로 들어가 버렸다.

"나도 피곤해 죽겠습니다. 안녕히 주무세요"라고 나는 아저씨에게 말하고 나서 내 방으로 들어갔다. 숙박계엔 거짓 이름, 거짓 주소, 거짓 나이, 거짓 직업을 쓰고 나서 사환이 가져다 놓은 자리끼를 마시고 나는 이불을 뒤집어썼다. 나는 꿈도 안 꾸고 잘 잤다.

다음날 아침 일찍이 안이 나를 깨웠다.

"그 양반, 역시 죽어 버렸습니다." 안이 내 귀에 입을 대고 그렇게 속삭였다.

"예?" 나는 잠이 깨끗이 깨어 버렸다.

"방금 그 방에 들어가 보았는데 역시 죽어 버렸습니다."

"역시…" 나는 말했다. "사람들이 알고 있습니까?"

"아직까진 아무도 모르는 것 같습니다. 우린 빨리 도망쳐 버리는 게 시끄럽지 않을 것 같습니다."

"자살이지요?"

"물론 그것이겠죠."

나는 급하게 옷을 주워입었다. 개미 한 마리가 방바닥을 내 발이 있는 쪽으로 기어오고 있었다. 그 개미가 내 발을 붙잡으려고 하는 것 같은 느낌이 들어서 나는 얼른 자리를 옮겨 디디었다.

밖의 이른 아침에는 싸락눈이 내리고 있었다. 우리는 할 수 있는 한 빠른 걸음으로 여관에서 떨어져 갔다.

"난 그 사람이 죽으리라는 걸 알고 있었습니다." 안이 말했다.

"난 짐작도 못했습니다"라고 나는 사실대로 얘기했다.

"난 짐작하고 있었습니다." 그는 코트의 깃을 세우며 말했다. "그렇지만 어떻게 얘기합니까?"

"그렇지요. 할 수 없지요. 난 짐작도 못했는데…" 내가 말했다.

"짐작했다고 하면 어떻게 하겠어요?" 그가 내게 물었다.

"씨팔것, 어떻게 합니까? 그 양반 우리더러 어떡하라는 건지…"

"그러게 말입니다. 혼자 놓아두면 죽지 않을 줄 알았습니다. 그게 내가 생각해 본 최선의 그리고 유일한 방법이었습니다."

"난 그 양반이 죽으리라고 짐작도 못했다니까요. 씨팔것, 약을 호주머니에 넣고 다녔던 모양이군요."

안은 눈을 맞고 서 있는 어느 앙상한 가로수 밑에서 멈췄다. 나도 그를 따라서 멈췄다. 그가 이상하다는 얼굴로 나에게 물었다.

"김형, 우리는 분명히 스물 다섯 살짜리죠?"

"난 분명히 그렇습니다." 그는 고개를 한번 갸웃거렸다.

"두려워집니다."

"뭐가요?" 내가 물었다.

"그 뭔가가, 그러니까…" 그가 한숨 같은 음성으로 말했다. "우리가 너무 늙어 버린 것 같지 않습니까?"

"우린 이제 겨우 스물 다섯 살입니다." 나는 말했다.

"하여튼…" 하고 그가 내게 손을 내밀며 말했다.

"자, 여기서 헤어집시다. 재미 많이 보세요." 하고 나도 그의 손을 잡으며 말했다.

우리는 헤어졌다. 나는 마침 버스가 막 도착한 길 건너편의 버스정류장으로 달려갔다. 버스에 올라서 창으로 내다보니 안은 앙상한 나뭇가지 사이로 내리는 눈을 맞으며 무언지 곰곰이 생각하고 서 있었다.

(1965)

염소는 힘이 세다

염소는 힘이 세다. 그러나 염소는 오늘 아침에 죽었다. 이제 우리 집에 힘센 것은 하나도 없다.

나는 때로는 홍수의 꿈을 꾼다. 오늘 아침에도 나는 홍수의 꿈을 꾸었다. 황톳빛 강물이 부글부글 끓듯이 거품을 일으키고 무서운 소리를 내며 빠르게 흐르고 있었다. 나는 강변에 있는 마을 폐허 위에서 있었다. 간밤의 폭우 때문에 집들은 더러운 판자더미가 되어 있었고, 강물이 흐르며 내는 소리—그 무겁고 한 순간도 휴지가 없는 쭈욱 이어서 들리는, 그래서 그 소리에 귀를 기울이고 있는 사람은 처음엔 그 소리가 끝날 때를 기다리지만 차츰 그 소리가 아니라는 것을 확신하게 되고 그러자 그것이 생명과 의지를 가진 괴물처럼 생각되어 온몸에 식은땀이 흐르는 그러한 강물 소리가 울려서인지, 그 비에 젖어 시커멓게 된 판자더미는 덜덜덜 떨리고 있었다. 나는 그 소리로부터 도망치려고 몸을 돌렸다. 그때 판자더미 속에서 '매매애—' 하는 염소의 울음소리가 약하게 들려왔다. 나는 판자더미를 헤쳤다. 하얀 털을 가진 염소새끼 한 마리가 그 속에 있었다. 나는 그 놈을 가슴에 안았다. 새끼염소에 정신이 팔려 있는 동안은 내 귀에 들리지 않던 무서운 강물소리가 내가 그 놈을 안고, 어디서 이 놈의 임자가 나타나지 않을까, 하고 사방을 두리번거리는 동안에 다시, 나를 휩쓸고 갈 듯이 달려들었다. 나는 새끼 염소를 안은 채 도망쳤다. 그 무서운 강물소리, 그것은 소리라기보다는 소리의 메아리라고나 하는 편이 좋을 만큼 귀신 같은 데가 있는데, 그 웅웅거림이 끝없이 나를 쫓아오고 있었고 그리고 내 가슴에 안긴 새끼염소는 나의 달음박질을 독려하듯이 쉼 없이 그 곱게 떨리는 소리로 울고 있었다. 나는 잠이 깨었고 눈을 떴다. 그것은 내가 우리 집의 염소를 처음 얻던 때의 바로 그 사정인 꿈이었다.

염소는 힘이 세다. 그러나 염소는 오늘 아침에 죽었다. 이제 우리 집에는 힘센 것은 하나도 없다. 나는 때때로 홍수의 꿈을 꾼다. 오늘 아침에도 나는 홍수의 꿈을 꾸었다.

꿈이 깼을 때 나는 자리에서 발딱 일어나 앉았다. 무서운 강물의 웅웅거림과 염소의 슬프고 끊임없는 울음소리는 꿈이 깨었음에도 여전히 내 귀에 들려오고 있었다.

내 할머니는 조금 귀머거리다. 그래서 할머니는 산골에서 살아도 무방하고 자동차들과 전차들이 잇달아 달리는 도시의 한길 가에 살아도 별로 괴로움을 느끼지 않는다. 할머니는 이 집에서 살 자격이 충분히 있다. 그러나 내 어머니와 누나는 눈도 밝고 귀도 밝다. 그래서 항상 어머니는 이렇게 말한다. "아아, 깨끗하고 조용한 곳으로 이사 갔으면! 저 차 소리들 때문에 난 죽고 말 거야." 그러면 "나두 그래, 엄마"하고 누나가 말한다. 나는 어머니와 누나를 깨끗하고 조용한 곳으로 보내 드리고 싶다. 그러나 나는 깨끗하고 조용한 곳이 어디 있는지 모른다. 내가 알고 있는 곳으로서 깨끗하고 조용한 곳은 우리 학급 반장네 집의 변소뿐이다. 그러나 어머니와 누나를 남의 집 변소로 보내드릴 수는 없다. 나는 깨끗하고 조용한 곳이 어디 있는지도 모르지만 이사를 어떻게 하는지도 모른다. 나는 우리 집 앞 한길 가에서 수레나 오토바이, 트럭이 살림살이를 잔뜩 싣고 달리는 것을 자주 본다. 내가 알고 있는 이사는 그것이다. 살림살이를 실은 차들이 유난히 많이 지나다니는 날엔 할머니는 "오늘이 손이 없는 날인 모양이군"하시곤 한다. "저 차들은 멀리 가?" 하고 내가 할머니에게 소리쳐서 묻는다. "아아니"라고 할머니는, 거리에서 곧장 집안으로 날아오는 먼지들 때문에 항상 쉬어 있는 목소리로 대답하신다. "기껏해야 서울 시내겠지."

내 귀에 여전히 들려오고 있는 강물소리가 집 바로 밖의 거리를 자동차들이 달리며 내는 소리의 혼합체인 것이 점점 뚜렷해졌다. 나는 집밖의 거리 쪽으로 귀를 기울이며 꼼짝하지 않고 누워 있었다. 여러 소리들이 범벅이 되어 마치 범람하는 강물 소리 같은 그 소리 속에서 버스가 내는 소리와 택시가 내는 소리와 트럭이 내는 소리와 전차가 내는 소리를 나는 차츰 구별해 낼 수가 있었다. 그러나 그러고도 여전히 내 귀에는 한가지 이상한 소리가 남아 있었다. 그것은 염소의 슬픈 울음소리였다. 우리 집 뒤안에서 나야 할 소리가 거리에서 들려오고 있는 것이었다. "우리 집 염소 소리지?" 병들어 쭈욱 누워 계신 어머니가 근심스런 음성으로 말씀하셨다. 나는 자리에서 빠르게 일어나서 이른 아침인 밖으로 뛰어나갔다.

염소는 힘이 세다. 그러나 염소는 오늘 아침 죽었다. 이제 우리 집에는 힘센 것은 하나도 없다. 나는 염소가 죽는 순간까지도 힘이 세었던 것을 보았다.

우리 집의 오른편으로는 시멘트 벽돌로 지은, 좀 길다는 느낌을 주는 단층집이 있다. 그 건물의 한길로 향하고 있는 면은 더러운 유리가 끼어 있는 미닫이문과 커다란 간판으로만 이루어져 있다. 그 긴 건물이 세 칸으로 나누어져 있으므로 간판도 각 다른 내용으로서 세 개다. 그 중 한 개는 초록색으로 길고 굵은 구렁이가 숲 속을 헤치며 달리고 있는 그림이다. 그 간판이 달린 집에서는 미닫이문 밖의 인도에, 비오는 날을 제외하고는 항상 화로를 내어 놓고 그 위에 항상 김이 새어 오르는 약단지를 올려놓고 있다. 그 화로는 겉은 쇠로 되어 있고 안은 황토를 두껍게 발라서 만든 크고 높은 것으로서, 그 안에는 수많은 뱀들이 저주하기 위해서 혀를 날름거리는 듯한 연탄불의 작고 파란 불꽃이 수없이 있다. 그 불꽃 위에 올려진 약단지 속에는 진짜 뱀들이 담겨져 있고 끓는 물이 그 뱀들의 형체를 풀어헤치며 뱀 속에 있던 가지가지의 맛과 양분을 빨아들이고 있다. 새파란 불꽃과 끓는 물과 그 속에서 요동치다가 점점 형체가 녹아 버리는 뱀 떼와. 그래서 내게는 그 화로 전체가 내가 상상할 수 있는 최악의 지옥이었고 그래서 그 화로의 무게는 나로서는 짐작도 안 되는 것이었다. 집안이 들여다보이지 않도록 하얀 페인트칠을 해버린 유리창에 붉은 글씨로 '생사탕'이라고 써놓은 그 집에서, 지옥 바로 그것인 그 화로를 유리창의 안 - 집안에 두지 않고, 유리창 밖 - 행인들이 오고가는 한길에 내어놓고 있는 이유도 내게는 연탄가스 때문이라고는 조금도 생각되지 않고 오직 그 화로, 지옥의 무게를 감당해 낼 수가 없어서인 것만 같다.

오늘 아침, 그 화로가 차도와 인도의 경계가 되는 곳에 굴러 넘어져 있었고 빨갛게 단 연탄은 산산조각이 되어 길 위에 흩어져 있었고 약단지는 금이 가서 김이 나는 물이 그 금 사이로 새어 나와 길바닥 위에 뱀처럼 기어가고 있었다. 그리고 '생사탕'집의 뚱뚱보 영감이 한 손으로는 우리 염소의 목고리를 쥐고 기다란 나무토막을 쥔 다른 손으로는 염소의 머리를 사정없이 내리치고 있었다. 염소는 약하게 울고 있었다. 그것은 울음이 아니라 이젠 죽어 가는 신음이었다. "우리 염소예요, 왜 때려요?" 하고 나는, 길에 굴러 넘어진 지옥의 주인인 그 영감의 팔에 매달리며 소리쳤다. 분노 때문에 나는 울먹거렸다. 나는 다시 집으로 달려가서 할머니를 끌고 나왔다. 할머니는 비로소 사태를 아셨다. 우리 할머니는 비명 같은 고함을 지르며 염라대왕에게 달려들었다. 염라대왕이 염소를 때리던 매질을 멈추고 할머니를 상대하기 위해서 그가 쥐고 있던 목고리에서 손을 떼자 염소는 맥없이 쓰러졌다. 나는 염소를 부둥켜안았다. 할머니와 염라대왕은 말다툼을 하고 있었다. "요 할미야, 고삐를 단단히 매어 두지 않고 왜 풀어놨느냔 말야, 약단지 값하고 뱀 값을 물어내란 말야, 저놈의 염소 한 번만 더 밖에 나왔다간 봐라, 아주 죽여 버릴 테니…" 그러나 염소는, 우리 식구들 모르게 고삐를 말뚝에서 슬쩍 떼어내고 우리 집 뒤안 변소와 헛간이 붙은 판잣집 속에 있는 자기의 우리로부터 거기로 뛰어나올 기회를 영영 갖지 못하고 말았다. 벌써 숨이 넘어가 버렸던 것이었다.

염소는 힘이 세다. 그러나 염소는 오늘 아침에 죽었다. 이제 우리 집에는 힘센 것은 하나도 없다.

머리칼이 하얗고 입 속에는 어금니 세 개밖에 남아 있지 않은 귀머거리 할머니는 목소리를 제외하면 힘이 세지 않았다. 목소리는 아무리 커도 힘이 될 수 없으니까 할머니는 완전히 힘이 세지 않았다. 달포 전까지는 종로 거리를 오락가락하며 꽃 장사를 하다가 마지막 가을비가 내리던 날부터 쭈욱 끙끙 앓으며 이불을 둘러쓰고 누워 있는 어머니도 힘이 세지 않았고 그리고 누나—이젠 어머니 대신, 새벽 네시에 일어나서, 교외에서 수레에 꽃을 실어 가지고 온 꽃 도매상에게서 꽃을 받으러 청계로로 갔다가 바구니에 두서너 종류의 꽃을 받아 가지고 집으로 돌아와서 아침을 지어먹고 다시 꽃바구니를 머리에 이고 종로의 어머니가 나가 앉아 있던 빌딩의 벽 밑, 빌딩과 빌딩 사이의 골목 속으로 가는 누나도 "열일곱 살이면 힘도 좀 쓰게 됐는데…" 하시는 할머니의 말씀만 없다면 힘이 세지 않았다. 그렇지만 나로서는 열일곱 살이 힘인지 아닌지를 분명히 모르니까 누나도 완전히 힘이 세지 않았고 그리고 여름철의 폭풍이 부는 밤이면 우리 집으로부터 떨어져 나가 버리고 싶다는 듯이 쿵쾅 소리를 내며 날뛰는 우리 집의 양철지붕도 힘이 세지 않았고 집 앞 한길에 교외의 도로포장

공사장으로 가는 불도저가 지나갈 때면 덜덜덜 떨고 있는 우리 집의 썩어 가는 판자 담과 판자로 된 쪽대문도 힘이 세지 않았고 염소가 그럴 생각만 있었으면 간단히 고삐를 떼고 거리로 도망칠 수 있었던 말뚝도 힘이 세지 않았고 미닫이를 사이에 둔 우리 집의 방 두개도, 아무리 밝은 날에도 저녁때처럼 어두컴컴하기만 해서 힘이 세지 않았고 좁은 마당도 좁아서 힘이 세지 않았고 아니 우리 집 전체가, 그것이 날이 갈수록 키가 자라나는 벽돌 건물들 틈에 끼어 있기 때문에 힘이 세지 않았다. 그리고 나, 바로 나도 열두 살짜리의 힘없고 키 작은 "아유, 우리 예쁜 고추야!"일 뿐이다.

염소는 힘이 세다. 그러나 염소는 오늘 아침에 죽었다. 이제 우리 집에 힘센 것은 하나도 없다. 힘센 것은 모두 우리 집의 밖에 있다.
아저씨는 우리 집에 살고 있지 않았다. 따라서 아저씨는 힘이 세었다. 할머니가 나에게 아저씨를 데려오라고 말씀하셨다. 아저씨는 키는 작지만 턱과 볼에 수염이 많고 매부리코를 가지고 있고 사람과 얘기할 때는 조그만 눈으로 상대방을 흘겨보며 얘기한다. 나는 상대방을 흘겨보면서 얘기하는 아저씨의 그 모습이 부러워서 나도 동무들과 얘기할 때 상대방을 흘겨본다. 언젠가 나보다 힘이 센 아이가 진짜로 나를 흘겨보면서 말했다. "얘, 넌 왜 날 째려보지?" "아니야" 하고 나는 말했다. "째려보지 않았어." 그리고 나는 정말 그 애를 흘겨보지 않고 시선을 밑으로 떨구어버렸다. 그때 나는 서투르게도 아저씨 흉내를 낸 나 지신이 부끄러웠다. "염소가 죽었다? 염소를 파묻어 달란 말이지? 알았어"하고 아저씨는 이부자리 속에 누운 채 여전히 잠들어 있는 듯한 얼굴로 말했다. "이따가 가겠다구 할머니한테 말해. 제기럴, 파묻다니, 미련하게." 아저씨는 여전히 눈을 감고 누운 채 혀를 쯧쯧 찼다. "얘, 국수 한 그릇 먹고 가련?" 하고 아주머니가 말했다. 나는 고개를 저었다. 아저씨 집에서 파는 돼지기름 냄새나는 국수를 나는 싫어했다. 그것은 정말 비위에 거슬리는 냄새였다. 지게꾼들은 그러나 그 냄새 역겨운 국수를 맛있게 먹곤 했다. 지게꾼들은 힘이 세다. 아마 돼지기름 냄새가 나는 국수를 먹기 때문인지도 모른다. 그러나 나는 정말 그 냄새가 싫다. 나는 고기기름 냄새가 나는 거리를 지날 때면 항상 뜀박질을 했다. 나는 많은 거리를 뜀박질로 지나가야 했다. 서울엔 고기기름 냄새나는 거리가 너무나 많다고 나는 생각했다. 그러나 나의 고기기름에 대한 혐오감 속에는 그것에 대한 부러움도 섞여 있다. 고기기름을 먹을 수 있으면 힘이 세어질지도 모른다는 생각이 늘 내 머릿속 한 구석에 있기 때문이다.

염소는 힘이 세다. 그러나 염소는 며칠 전에 죽었다. 이제 집에 힘센 것은 하나도 없다. 힘센 것은 모두 우리 집의 밖에 있다. 아저씨는 우리 집의 밖에서 살고 있다. 따라서 아저씨는 힘이 세다. 힘이 약한 사람은 힘이 센 사람에게 복종할 수밖에 없다.

아저씨는 말했다. "미련하게 염소를 왜 파묻어요? 그걸 이용해 보도록 하세요. 꽃 파는 것보담야 훨씬 나을 걸요." 할머니도, 병을 앓고 누워 계신 어머니도 아저씨의 의견에 고개를 끄덕거리셨다. 나는 어쩐지 할머니와 어머니께서 고개를 끄덕거리시는 것이 조마조마했다. 고개를 끄덕거려서는 안 될 것처럼 문득 생각되었지만 아저씨의 의견이 눈에 보이는 일과 물건들로 나타나기 시작했을 때엔 명절날처럼 신나기만 하였다. 마당가 장독대 곁에 큰 가마솥이 놓여졌다. 우리 집의 죽어버린 힘센 염소가 털이 벗겨지고 여러 조각으로 잘려져서 그 가마솥 속에 들어가 앉았다. 부엌에 뚝배기가 많아졌고 누나는 추운 날씨임에도 불구하고 이마에 땀이 송글송글 돋을 만큼 뚝배기 속에서 뛰어다니지 않으면 안 된다. 어머니는 길 건너편에 있는 내과병원의 하꼬방 같은 입원실로 옮겨가셔서 그 입원실의 우리 집 쪽으로 향한 벽만 바라보며 누워 계신다. 할머니는 이따금 외치지 않으면 안 된다. "뭐요? 뭐라구요? 난 귀가 잘 안 들린다우. 뭐? 외상으로 하겠다구? 안 돼요, 안 돼. 자기 몸 좋아지라구 고깃국 먹구서 외상으로 하자니 말이 되나?" 나는 때때로 힘없이 썩어 가는 우리 집의 판자 담과 판자로 된 쪽대문에 '정력 보강 염소탕'이라는 광고지를 새로 써서 갖다 붙이곤 한다. 염소 고깃국에서는 돼지기름보다 더 고약한 냄새가 났다. 처음 며칠 동안 나는 매일 한번씩 식구들 몰래 뒤안에 있는 변소에 가서 토했다. 그러나 그 고약한 냄새는 점점 더 부풀어서 마당을 채우고 마루를 채워 버리고 두 방을 채워 버리고 심지어 뒤안의 이젠 비어 버린 염소 우리도 채워 버렸다. 벽에서도 그 냄새가 났고 이불에서도 그 냄새가 났고 누나의 옷에서도 할머니의 머리칼에서도 났고 밤늦게 방문을 안에서 잠그고 난 후 할머니와 누나와 내가 손가락에 침을 발라가며 차례차례 셈해 보는 돈에서도 그 냄새가 났다. "아유, 기름 냄새!" 하며 내과 병원의 여드름 많은 간호원은 내가 어머니를 만나기 위하여 병원 안에 들어서면 손바닥으로 코를 막았고 "고기기름 냄새가 별로 좋지 않구나"라고 어머니도 그 하얗고 가죽만 남은 손으로 내 등을 쓰다듬으며 말씀하셨다. 그러나 그 냄새는 이젠 나조차도 휩싸버렸다. 이제 나는 그 냄새가 좋지도 않고 싫지도 않다.

염소는 힘이 세다. 그러나 우리 집 염소는 보름쯤 전에 죽어 버렸다. 이제 우리 집에 힘센 것은 하나도 없다. 힘센 것은 모두 우리 집의 밖에 있다. 염소 고깃국을 사먹으러 오는 사람들은 모두 우리 집의 밖에서 우리 집으로 들어왔다. 따라서 그 사람들은 기운이 세다.

기운 센 그 사람들은 사흘 만에 염소 한 마리씩 삼켜버린다. "겨울철엔 뭐니뭐니해도 염소 고깃국이 제일이거든요. 한 그릇 먹고 나면 얼굴이 불그스름해지고 사타구니가 뜨뜻해진단 말야." 손님 중의 한 사람이 말한다. "요즘 자네 마누라는 볼이 홀쭉해졌겠군" 하고 다른 사람들은 말한다. "예끼, 이 사람. 아닌게 아니라 마누라도 가끔 데려와서 이걸 먹여야겠어." "동네가 요란해지겠군." 그들은 난 알 듯 말 듯한 애기를 주고받으며 높은 소리로 웃어댄다. 나는 그들이 좀

더 기운이 세어서 염소를 하루에 한 마리씩 뱃속으로 삼켜 버리기를 원한다. "염소고기에 소주 한잔이 없어서 될쏘냐? 하고 어떤 손님이 말했다. "할머니, 술도 좀 가져다 놓구 파시라우요?" 하고 그 손님이 외쳤다. 많은 손님들이 술을 찾았다. "손님들이 술을 팔라구 해요"라고 나는, 어머니의 저녁밥을 바구니에 넣고 병원에 갔을 때 어머니께 얘기했다. "얘, 그건 안 된다. 술은 팔지 말라구 꼭 할머니한테 말씀 드려라." 어머니는 손까지 내저으며 성나신 음성으로 말씀하셨다. 나는 정말 그래야 할 것 같았다. 할머니께 내가 말했다. "엄마가 술은 절대로 팔지 말라구 하셨어." "오냐, 오냐. 술은 팔지 말아야지. 너 이젠 엄마한테 그런 얘긴 하지 말아야 돼. 엄마 병이 더해진단다"라고 할머니는 말씀하셨다. 그러나 할머니는 푸른색의 작은 술병들을 부엌 선반에 줄지어 세워 놓고 손님들에게 술을 판다. 나는 할머니와 어머니가 마치 싸움이라도 할 것 같아서 서러웁다. 나는 어머니에게 술을 팔고 있다는 얘기는 하지 않았다. 나만 알고 있기로 하였다.

"이젠 단골손님이 좀 생겼니?" 어머니가 내게 물으셨다. "조금씩 생기는 것 같아요." 내가 대답했다. "장사를 하려면 단골손님을 많이 가져야 한단다." 어머니는 내 손을 만지작거리며 말씀하셨다. "광화문에서 꽃을 팔 때 내게 오는 단골손님이 꽤 많았단다. 그 중에서 거의 날마다 내 꽃을 팔아 주는 사람이 있었단다. 내가 그 앞에 꽃바구니를 놓고 앉아 있는 건물은 은행인데 그 사람은 그 은행에서 일하고 있는 젊은 남자였지. 머리를 깨끗이 빗어 넘기고 동그란 안경을 쓴 사람이었어…" "엄마, 나도 한 번 봤어" 하고 내가 말했다. "언제더라? 내가 엄마한테 학급비 타러 갔을 때 그 사람이 우리 앞을 지나가면서 엄마에게 절했잖아? 저 사람이 내 꽃을 많이 팔아준다구 그때 엄마가 그랬잖어?" "그랬던가?" 어머니는 말씀하셨다. "아마 그랬을지도 몰라, 내 앞을 지나갈 때 항상 인사를 했으니까. 한번 물었지. 꽃을 거의 날마다 사가지고 가서 어디에 쓰느냐구 말야. 그랬더니 자기 약혼자가 꽃을 아주 좋아한다는 거 아니겠니?" "약혼자는 색시지?" "맞았다. 결혼하기로 약속한 사람이란 뜻이야. 나도 한번 그 분의 약혼자를 보았지. 아주 이쁘고 키가 날씬한 여자였단다. 한번은 그분의 심부름으로 어느 다방으로 그 여자를 만나러 간 적이 있지 않았겠니! 그 두 사람이 시간 약속을 했는데 남자에게 급한 일이 생겼기 때문에 내가 남자의 부탁으로 여자에게 간 거야. 한 시간쯤 기다려 줬으면 좋겠다고 내가 말하니까 그 여자가 방긋 웃으면서 말하더라. 아주머니, 몇 시간이고 기다리겠다고 좀 전해주세요, 라고. 참 좋은 사람들이었어."

염소는 힘이 세다. 염소는 죽어서도 힘이 세다. 가마솥 속에서 끓여지는 염소도 힘이 세다. 수염이 시커멓고 살갗이 시커멓고 가슴이 떡 벌어졌고 키가 크고 손이 큰 남자들도 가마솥 속의 염소에게 끌려서 우리 집으로 들어온다. 염소는 우락부락하게 생긴 사람만 일부러 골라서 우리 집으로 끌어들일 만큼 힘이 세다.

우리 집 쪽대문에서 스무 발짝쯤 떨어진 곳에 합승 정거장이 있다. 한 남자어른이 항상 거기에 서 있다. 그 사람은 어떠한 합승이 올지라도 타지 않는다. 다만 그 사람은 항상 거기에 서서, 합승의 여차장이 내미는 종이조각에 무언가 적어 주고 있기만 한다. 그 사람은 합승회사에서 내보낸 사람으로서 운전사들이 회사에서 정해 준 시간을 잘 지키고 있나 없나 조사하러 나와 있는 사람이라고 한다. 마흔 살쯤 먹은 사람이다. 방한모자를 쓰고 있고 낡은 오버를 입고 있고 두껍고 커다란 가죽장갑을 끼고 있다. 코가 납작하고 턱이 뾰족하고 두터운 입술이 바나나만큼이나 크다. 그 사람도 우리 집 단골손님이다. 이젠 고깃국을 먹지 않더라도 틈틈이 우리 집에 들어와서 불을 쬐며 할머니와 큰 소리로 얘기를 주고받는다. "할머니, 영감님은 언제 돌아가셨소?" 하고 그 남자는 소리쳐서 묻고 낄낄댄다. "늙은이를 놀리면 죽어서 지옥에 가는 거야." 할머니가 외치신다. "술 한잔 주슈" 하고 그 남자는 외친다. "술값을 내야만 주지." 할머니가 외치신다.

"아, 월급 나오면 어련히 드리겠수. 소주 한잔 살짝 덥혀서 줘요."
"이 선생은 너무 술을 좋아해서 망할 거야"라고 할머니는 말씀하시면서 술을 준다. 나는 그 남자가 기분 나쁘다. 그러나 그 남자는 내가 귀여운 모양인지 이따금 내 머리를 주먹으로 툭 치며 히이 웃는다. 내 누나의 엉덩이를 손바닥으로 툭 치기도 한다. 그럴 때 누나는 손에 들고 있던 것 이를테면 물이 든 바가지라든가 국자라든가 연탄집게를 그 남자를 향하여 내던지며 소리지른다. "제발 좀 그러지 마세요." 그러면 사내는 온몸에 물을 뒤집어쓰고도 끄떡없이 히이 웃으며 "선아 중매는 내가 서야지"라고 말한다. 눈이 많이 내려서 집 앞 한길을 달리는 차들이 바퀴에 쇠줄을 감고 찍찍거리며 달리던 날, 나는 뒤안에 있는 헛간—우리 집 염소가 살아 있을 때엔 염소의 우리로 쓰던 곳으로 갔다. 그곳으로 연탄을 가지러 간 누나가 오지 않아서 누나와 연탄을 가지러 갔던 것이다. 나는 헛간 문 앞에서 갑자기 덜덜 떨리는 몸을 움직일 수가 없게 되어버렸다. 가마니로 문을 가린 헛간 속에서 끼익 끼익 하는 무서운 소리가 났기 때문이다. "괜찮아, 괜찮아, 이러지 말아, 오오 귀엽지, 자아 자아…"라는 굵고 낮은 목소리가 들렸고 횃대에서 닭이 쥐를 보고 놀라서 푸닥거리는 듯한 소리가 들렸다. 나는 누나에게 큰 변이 생긴 것을 직감했다. 그러나 무서워서 몸을 움직일 수가 없었다. 한참 만에야 겨우 몸을 움직여서 가마니와 헛간 문의 기둥 틈으로 안을 들여다보았다. 합승정거장의 사내가 아랫도리를 반쯤 벗은 채 한 손으로 누나의 입을 틀어막고 누나의 몸 위에 엎드러져 있었다. 누나의 발이 힘없이 허공을 차고 있었다. 나는 어찌해야 좋을지 몰랐다. 할머니에게 알려야 한다는 생각밖에 들지 않아서, 뛰어서 방으로 들어갔다. 할머니는 이제 막 나간 손님들이 앉아 있던 식탁을 행주로 닦고 계셨다. 나는 할머니에게 얼른 알려야 한다는 마음과는 반대로 입이 영 열리지 않았다. 목구멍 속이 뜨겁기만 하였다. 결국 아무 소리도 못하고 마루로 나와 버렸다. 그때 합승 정거장의 사내가 집 모퉁이를 돌아 나오고 있었다. 나는 있는 힘을 다하여 두 눈 속에 모으고 그 놈을 쏘아보았다. 그 놈은 핏발이 선 눈을 묘하게 오그리며 히이 웃고 아무 말 없이 대문 밖으로 나가 버렸다. 나는 헛간으로 달려갔다. 누나는 더러운 짚더미에 머리를 처박고 어깨를 들먹이며 울고 있었다. 누나의 치마가 조금 걷어올려져서 드러나 보이는 하얀 허벅다리에 피가 조금 묻어 있었다. "누나아!"하고 나는 고함질렀다. 누나는 퍼뜩 고개를 들어 나를 올려다보았다. 온 얼굴이 눈물로써 범벅이 되어 있었다. 누나가 내 다리를 감싸안으며 다시 소리를 죽여 울었다. 그 놈은 그 후로도 뻔뻔스럽게 우리 집에 드나들었다. 매일 서너 차례씩 들렀다. 그 놈이 대문으로 들어서기만 하면 누나는 얼른 부엌 속으로 들어가서 그 놈이 다시 대문 밖으로 나갈 때까지 나오지 않았다. 나는 누나와의 약속대로 할머니에게도 병원에 누워 계시는 어머니에게도 그 얘기는 하지 않았다. 나와 누나는 가끔 둘이서만 있게 되면 그 놈을 어떻게 죽여 버릴 수 있을까 하고 작은 소리로 의논하였다. 그러나 그 방법은 전연 생기지 않는다.

염소는 힘이 세다. 염소는 죽어서도 힘이 세다. 수염이 시커멓고 살갗이 시커멓고 가슴이 떡 벌어졌고 키가 크고 손이 큰 남자들도 가마솥 속의 염소에게 끌려서 우리 집으로 들어온다. 염소는 우락부락하게 생긴 사람만 일부러 골라서 우리 집으로 끌어들인다.

그 사람은 키도 작고 우락부락하게 생기지도 않았지만 힘이 센 듯했다. 그 사람과 함께 온 검은 유니폼을 입은 순경보다 더 힘이 센 듯했다. 염소가 왜 그 사람조차 우리 집으로 끌어들였는지 모르겠다. 염소는 힘 자랑이 몹시 하고 싶었던 모양이다. 그 사람이 할머니에게 말했다. "허가도 내지 않고 술을 팔고 음식을 팔면 어떻게 되는지 정말 몰랐단 말요." 할머니는 벌벌 떨며 말씀하셨다. "몰랐습니다. 정말 몰랐습니다. 허가를 어떻게 내야 하는 줄도 몰랐습니다." 누나는 방 속에서 이불을 뒤집어쓰고 벌벌 떨고 있었다. "누가 이 집 주인이

오?" 순경이 말했다. "우리 며느리가 주인입니다. 저두 주인이구…" "며느님은 어디 있어요?" 순경이 말했다. "병을 앓아서 요 앞 병원에 입원해 있어요." "남자는 없어요?" 순경이 말했다. "왜 있지요." "어디 갔어요?" 할머니가 방안에 숨어 있는 나를 부르셨다. 나는 무서움에 질려서 비틀비틀 마루로 나갔다. "남자어른 말예요, 어른" 하고 세무서에서 온 사람이 할머니의 귀에 대고 소리쳤다. "어른은 없어요. 전쟁통에 모두 죽었어요." 할머니가 울먹거리며 대답하셨다. "며느님한테 갑시다." 순경이 말했다. "우리 며느리는 아무것도 몰라요. 제발 빕니다. 우리 며느리는 죽어요. 며느리한테 가지 마세요." 할머니가 손을 비비며 말씀하셨다. 두 남자는 무어라고 수군거렸다. 한참 동안 수군거렸다. 그리고 할머니에게 순경이 말했다. "오늘부터 당장 그만 두시오, 할머니. 그렇잖으면 징역 삽니다. 꼭 장사를 하시려면 구청에서 허가를 받구 해야 합니다. 아시겠어요! 할머니?" 할머니는 고개를 여러 번 끄덕거리며 대답하셨다. "알았습니다, 나으리." 그 사람들은 돌아갔다. 누나와 나는 병원의 어머니한테로 달려갔다. "우리가 잘못한 거야"라고 어머니가 말씀하셨다. "이젠 그만 집어쳐요, 엄마. 우리 그 장사는 그만 집어쳐요"라고 말하면서 누나는 어머니 무릎에 얼굴을 대고 울었다. "무서워요. 무서워 죽겠어요." 계속해서 누나가 말했다. "살기란 힘든 거란다." 어머니가 힘없이 말씀하셨다. 나는 아무 말도 하지 않았다. 할머니가 나를 아저씨에게 보내셨다. 아저씨는 말했다. "세금을 내면서 그 장사를 하려면 음식값을 많이 받아야 한다. 음식값을 많이 받으면 누가 그걸 사 먹으러 오겠니? 순경 말은 못 들은 체하구 그냥 계속하라구 할머니한테 그래라." 그러나 우리는 아저씨의 말을 따를 수가 없었다. 우리는 문을 닫았다. 어머니는 아직 덜 나으신 몸을 집으로 다시 옮겼다. 누나가 새벽 네시에 일어나서 청계로에 나가서 꽃을 받아왔다. 누나는 아침부터 꽃바구니를 들고 종로로 나갔고 어머니는 오후에 누나의 것보다는 작은 꽃바구니를 들고 소공동 쪽으로 나가셨다.

염소는 힘이 세다. 죽어버린 염소도 힘이 세다. 앓는 어머니를 소공동 쪽으로 밀어 보낼 만큼 힘이 세다.

나는 학교가 파하면 소공동으로 간다. 어머니 곁에 앉아서 책을 읽는다. 책을 읽다가 심심해지면 종로에 있는 누나에게로 간다. 누나는 자기 곁에 앉아 있는 사탕장수 아주머니에게서 사탕 한 알을 얻어 나를 준다. 어느 날 누나가 말했다. "그 놈이 오늘 점심 때 나를 찾아왔어." 누나의 음성은 무서움으로 떨고 있는 듯했다. "뭐라구 그랬어?" 내가 물었다. "난 암말도 안 했어. 그랬더니 나한테 점심 사줄 테니 따라 오래." "그래서?" "난 안 따라갔어." "잘했어." 하고 내가 말했다. "그놈은 그냥 갔어." "누나, 무섭지?" "응." 누나는 내 손을 꼬옥 쥐며 말했다. "내게 권총 한 개만 있으면 그놈을 그저…" "그러면 감옥살이하니까 그건 안 돼." 누나는 근심스런 눈빛으로 나를 보며 말했다. 그런데 누나는 거짓말쟁이였다. 어느 일요일 오후에 나는 누나를 찾아갔다. 항상 앉아 있던 자리에 누나가 보이지 않았다. 사탕장수 아주머니에게 물어보았지만 누나가 어디 갔는지 모른다고 그 아주머니는 대답했다. 나는 종로 이 가에서 동대문까지 천천히 걸으며 누나를 찾았다. 길가의 장사꾼들 틈을 살펴보았지만, 땅콩장수가 가장 많다는 사실밖에 발견하지 못했다. 건물과 건물 사이에 있는 지저분하고 좁은 골목들 속엔 '여관'이라는 간판이 가장 많다는 것밖에 발견하지 못했다. 동대문을 지나서 저쪽으로 갔을 리는 없었다. 그쪽에 꽃을 살 만한 사람들은 없는 것이다. 그래도 혹시나 하고 나는 교통순경의 눈을 피하여 동대문의 쇠창살을 넘어 들어가서 돌계단을 밟고 올라가 숭인동 쪽 거리와 서울운동장 쪽 거리를 내려다보았다. 사람들이 너무 많아서 아무것도 보이지 않는 형편이었다. 동대문 건물 속의 음산한 마루에만, 거기에 귀신이 숨어 있는 것 같은 느낌이 자꾸 들어서, 신경이 쓰였다. "이놈!" 하고 성벽 아래에서 누가 외쳤다. 내려다보니 교통순경이 나에게 내려오라는 손짓을 했다. 나는 겁이 나서 다른 쪽으로 도망갈 수가 없을까 하고 사방을 두리번거렸다.

"빨리 내려오지 못해?" 순경이 다시 고함을 질렀다. 도망갈 길은 아무데도 없었다. 나는 후들거리는 다리를 간신히 가누며 밑으로 내려왔다. 순경이 따귀를 철썩 때렸다. 불이 번쩍하며 눈앞이 캄캄해졌고 바지에 오줌을 질금 싸버렸다. "이놈, 정신차려. 다시는 올라가지 마, 알았어?" 순경이 말했다. "네." 하고 나는 울음이 터질 듯해서 입술을 깨물며 겨우 대답했다. "다시 한번 큰 소리로 대답해. 알았어?" "넷." 동대문까지 오던 길을 다시 거슬러가며 길가를 살폈지만 누나는 어디에도 없었다. 차라리 광화문 쪽으로 먼저 가볼 걸 잘못했다고 생각하면서도 나는 좌우로 눈을 열심히 돌렸다. 파고다 공원 앞에 왔을 때 나는 길 건너 저쪽에 누나 같은 여자를 보았다. 걸음을 멈추고 저세히 보았더니 틀림없는 나의 누나였다. 그러나 놀랍게도 누나 곁에는 그 놈이 붙어 서서 누나와 나란히 걷고 있었고 누나의 꽃바구니는 어디 있는지 보이지 않았다. 누나는 고개를 조금 숙이고 길바닥을 내려다보며 걷고 있었고 그 놈은 마치 자기 딸이라도 데리고 가는 듯이 거만한 걸음걸이로 걸어가고 있었다. 나는 그들이 나를 혹시라도 발견할까 봐 얼른 파고다공원 안으로 뛰어들어갔다. 그리고 쇠창살 틈으로 길 저편의 그들을 바라보았다. 그 놈이 누나에게 무어라고 말을 했다. 그들의 모습이 건물에 가려진 내 시야의 밖으로 나가 버렸다. 나는 쇠창살에 이마를 댄 채 오랫동안 가만히 서 있었다. 쇠창살은 무척 차가워서 내 이마는 꽁꽁 얼어 버렸다. 이윽고 나는 느릿느릿 공원 밖으로 나섰다. 길의 어느 곳에서도 그들의 모습은 보이지 않았다. 나는 고개를 힘껏 숙이고 주먹으로 자꾸 샘솟는 눈물을 닦으며 천천히 걸었다. 내 가슴이 무겁게 뛰고 있는 것을 느꼈다. "정민아!" 하고 누가 내 이름을 부르는 소리가 들렸다. 누나의 목소리라는 것을 금방 알아차렸다. 고개를 돌려 보니 누나는 사탕장수의 아주머니의 옆자기 자리에 꽃바구니를 천연스럽게 놓고 앉아서 나를 부르고 있는 것이었다. 나는 언젠가 그 놈을 향하여 그랬었던 것처럼 온 힘을 두 눈에 모으고 입을 꼭 다물고 누나를 쏘아보며 서 있었다. 누나의 얼굴이 하얘지며 후다닥 자리에서 일어섰다. 그리고 나에게 빠른 걸음으로 걸어와서 말했다. “너 왜 그러니?” 누나의 입에서 짜장면 냄새가 풍겨 나왔다. “더러워” 하고 나는 말했다. “더러워, 저리 가!” 누나가 내 양쪽 어깨를 자기의 두 손으로 아플 만큼 눌러 쥐었다. “아무것도 아냐. 나도 취직할 수 있을 뿐인걸.” 누나의 목소리는 떨고 있었다. 나는 힘차게 어깨를 흔들어 누나의 손을 뿌리쳤다. 그리고 사람들을 비켜 가며 빨리빨리 걸었다.

누나가 타고 있는 합승이 처음으로 우리 집 앞을 지나는 날, 나는 집 앞의 길에서 누나의 차가 오기를 기다리고 서 있었다. 할머니도 쪽대문을 열고 밖으로 나오셔서 나에게 “아직 안 오니?”하고 내게 물으셨다. “아직 안 와요”라고 내가 대답하면 할머니는 다시 집안으로 들어가셨다가 얼마 되지 않아서 또 나오셔서 “아직 안 오니?” 하시는 것이었다. 아무것도 모르는 할머니는 항상 합승 정거장에 서 있는 그 놈에게 “고마워요, 이 선생!” 하고 말하시지만 나는 그놈의 얼굴도 쳐다보지 않는다. 나는 우리 염소를 생각해 본다. 그 놈은 무척 힘이 세었다. 그 놈이 죽어 버리니까 우리 집에 힘센 것은 하나도 없게 되어버렸다. 그러나 염소는 죽어서도 힘이 세다. 어쨌든 누나를 힘세게 만들어주었다. 누나가 타고 있는 합승의 번호가 거리의 저쪽에 나타났다. 내 가슴은 갑자기 뛰기 시작했다. 얼굴이 아무리 그러지 않으려고 해도 뜨겁게 달아올랐다. 나는 길가에 서 있기가 힘들었다. 나는 집안으로 뛰어들어갔다. “할머니이” 하고 나는 집안을 향하여 고함쳤다. “누나 차가 왔어. 빨리빨리 ─” 할머니는 어금니가 세 개밖에 남아 있지 않은 합죽한 입에 웃음을 가득 담고 허둥지둥 뛰어나오셨다. 나와 할머니는 썩어 가는 우리 집의 판자 담 틈에 눈을 붙였다. “오라잇!” 하고 누나의 목소리가 들린 듯했다. 분홍색 합승이 우리 집 쪽대문 앞 한길을 부르렁거리며 지나갔다. 차창 그 안에서 누나가 승객들을 향하여 무어라고 말하며 손짓을 하고 있는 게 보였다. “정민아!” 하고 할머니가 내게 말씀하셨다. 나지막하게 말씀하시려고 했던 모양이지만 그러나 우리 귀머거리 할머니의 음성은 항상 힘이 세다.
"할머니!" 하고 나도 중얼거렸다. 누나의 차가 남기고 간 푸르스름한 연기가 길 위에서 어지럽게 감돌고 있었다.

(1966)

夜行

현주는 자기 몸에 늘어붙고 있는 사내의 시선을 느꼈다. 확인해 보나마나 알지 못하는 술 취한 어떤 사내겠지. 그 사내가 자기를 향하여 다가오고 있는 것을 현주는 돌아보지 않고도 느낌으로써 알 수 있었다.

"댁이 어디십니까?"

사내가 앞을 가로막으며 말을 걸어왔다.

사내는 말과 함께 들큼한 술 냄새를 뿜어냈다. 넥타이의 매듭이 헐렁하게 늘어져 있고 와이셔츠의 꼭대기 단추가 채워져 있지 않았다. 그 때문에 현주는, 헤드라이트의 밝은 불빛에 드러나곤 하는 사내의 목줄기를 볼 수 있었다. 그것은 깃털을 몽땅 뽑아 버리고 빨간 물감으로 염색해 놓은 수탉의 껍질 같았다. 튀어나온 울대가 그 껍질 속에서 재빠르게 꿈틀대며 한번 위로 올라갔다가 내려왔다. 침이라도 삼켰나 보다. 아니면 무슨 말을. 어떻든, 사내가 긴장을 하고 있음에는 틀림없었다. 아마 꼼짝도 하지 않고 무표정하게 자기의 목 언저리만 응시하고 있는 현주의 자세가 사내를 불안하게 한 것이리라.

"댁이 어디신지, 같은 방향이면 택시 합승을 할까 해서…" 변명을 시작하는 것으로 봐서 사내는 슬그머니 도망할 채비를 차리기로 한 것 같았다. "보시다시피 이 시간엔 택시도 어차피 합승해야 하니까요."

현주는 사내가 손짓을 과장하여 가리키고 있는 차도를 보는 대신 사내가 손에 들고 있는 서류용 봉투를 보았다. 술집에서는 아마 궁둥이 밑에라도 깔고 앉아 있었던지 그것은 주름투성이로 구겨져 있었다. 시뻘겋고 닭껍질처럼 땀구멍이 오돌도돌 들여다뵈는 목줄기. 주름투성이로 구겨진, 흔해빠진 누런 대형봉투. 들큼한 술냄새. 그리고 헐렁하게 늘어져 있는 넥타이 위의 얼굴이 불안에 떠는 가쁜 숨결을 내뿜고 있었다. "댁이 어디십니까?" 하며 당당하게 앞을 가로막던 그 음색은 벌써 아니었다.

풋내기다. 사내는 모처럼 용기를 냈겠지, 술의 힘을 빌려서. 이 시간, 통금이 머지 않은 이 시간이면 종로의 그리고 을지로나 명동 부근의 모든 정류소에서 술 취한 사내들이 자기 근처에 있는 여자의 앞을 가로막는, 우연과 만나보려는 저돌적인 몸짓을 사내는 수없이 보아 왔겠지. 그리고 한번 흉내내 보았던 것이리라. 여자가 앙칼진 목소리로 욕설을 퍼붓고 피해 간다고 해도 그렇다고 해서 미리부터 그런 시도를 해볼 생각도 하지 않는다는 건 그야말로 아무것도 아니다. 어떤 여자가 어떤 남자의 곁을 우연히 지나쳐 갔을 뿐이라면 정류소의 이 시간이 다른 시간과 다른 게 무엇이랴!

더구나 짓궂은 장난인 듯이 가장하고 있는 사내들의 그 행위 속에는, 대낮의 생활로부터 이 도시로부터, 자기의 예정된 생활로부터, 자기가 싫증이 날 지경으로 잘 알고 있는 자기 자신으로부터 도망해 보고 싶은 욕구가 움직이고 있음을 현주는 알고 있는 것이었다. 또 그 여자는 알고 있었다. 도망할 수 있는 사람과 욕구는 있지만 그러지 못하고 마는 사람이 있다는 것을. 닭껍질 같은 목줄기. 구겨진 대형봉투. 그리고 이제는, 여자의 꼿꼿한 침묵 때문에 불안하여 떨리기 시작한 목소리. 이 사내는 평생 도망가지 못하고 말리라. 그의 말마따나 일인당 백 원씩 받는 택시합승으로 집으로, 그의 일상으로 돌아갈 수밖엔 없으리라. 돌아가게 해주자, 그가 바라고 있는 것은 그것이므로.

"전, 집이 바로 요 건너에 있어요."

그 여자는 아직도 사내의 얼굴은 보지 않은 채 거짓말을 나직이 말했다.

"아, 그러세요. 이거, 잘못 알고… 실례 많았습니다."

사내는 사실 이상으로 취한 체, 몸을 가누기도 힘들다는 듯이 비틀거리며 현주의 앞을 떠나 사람들 틈으로 끼여들어가 버렸다.

사내가 가버리기 전에 그 여자는 일부러는 아니겠지만 그 사내의 얼굴을 보고 말았다. 얼른 지적할 만한 특징이 있는 건 아니면서 호감이 가는 생김새였다. 무엇보다도 그는 얼굴을 보기 전까지 그 여자가 본능적으로 펼친 상상 속에서보다는 젊은 것이었다. 스물 일고여덟 살쯤 됐을까?

문득 뜻하지 않은 느낌이 그 여자의 몸 속에서 번지기 시작했다. 그것은 쓸쓸함이었다. 외면적으로야 자신과는 완전히 관계없는 일 때문에도 느껴지는 순수한 쓸쓸함이었다.

그것은 가령 그 여자가 언젠가 극장에서 뉴스영화를 볼 때 느껴 본 적이 있던 느낌과 같은 종류의 것이었다. 베트남 전선으로 가는 군인들이 군함의 갑판 위를 새까맣게 덮고 있었다. 그들은 꽃다발을 하나씩 목에 걸고 웃으며 부두에 서 있는 사람들을 향하여 끊임없이 손을 젓고 있었다. 그들의 얼굴이 모두 어리다고 생각될 만큼 너무 젊은 것을 새삼스럽게 발견하고 현주는 충격을 받았다. 그리고 그렇게 많은 얼굴들을 한꺼번에 놓고 보게 되니 문득 우리 종족의 얼굴의 특징이 잡혀지는 것이었다. 그들의 얼굴이 제 나름의 색다른 인생에 의하여 싫든 좋든 이미 강한 개성을 가져 버린 늙은이들의 얼굴이 아니라 이제야 자기 나름의 인생을 살게 될 나이에 있는 젊은이들의 얼굴이었기 때문에 그 여자가 우리 종족의 얼굴의 특징이라 하여 그 스크린 속에서 붙잡아본 것들은 아마 거의 정확한 것이었을 게다. 그 특징들에 의하여 현주가 내린 결론은 우리나라 남자들은 도무지 군인으로서는 어울리지 않는다는 것이었다. 미군식의 유니폼 때문일까? 뉴스영화를 보고 있으면서 그 여자는 집에 돌아가는 대로 곧 한국 남자들이 입어서 군인답게 보일 수 있는 유니폼을 디자인해 봐야겠다고 생각하고 있었다. 그러면서도 동시에 어떠한 디자인도 그들을 그렇게 보이게 할 수가 없으리라는 단정을 막연히나마 내리고 있었다. 문득, 한 군인이 클로즈업되었다. 카메라맨은 어떤 의도로써 그 젊은이를 클로즈업시켰는지 알 수 없었으나 그 화면을 보면서 현주는 치밀어 오르는 감동에 아랫입술을 지그시 물었다. 그 화면 속의 인물이야말로 그 여자가 발견한 그 특징들을 가장 잘 구현하고 있는 얼굴이기 때문이었다. 납작한 이마, 숱이 짙은 눈썹, 크지 않은 눈, 광대뼈가 약간 불거졌으면서도 갸름한 얼굴… 현주는 그 젊은이를 군함에 태워 보내고 싶지 않다는 충동을 느꼈다. 하마터면 화면을 향하여 두 팔을 내밀 뻔하였다. 그러나 화면은 곧 바뀌어서 나부끼는 태극기의 물결로부터 군함은 점점 멀어져 갔다. 그때 그 여자는 지친 듯 허탈해지면서 느릿느릿 밀려드는 쓸쓸한 느낌을 경험하게 되었던 것이다.

마지막 버스를 놓치지 않으려고 이리 뛰고 저리 뛰는 사람들 틈을 걸어가면서 현주는 자기를 붙잡는 사내들의 얼굴은 될 수 있는 대로 보지 않기로 자신에게 약속시켰던 점을 새삼스럽게 다행으로 생각했다.

그 여자가 자기 자신에게 그런 약속을 시킨 맨 처음의 동기는 그 뒤에 그 약속이 나타낸 효과와는 정반대였다. 즉 밤거리에서 자기에게 멀을 걸어오는 사내의 얼굴을 그 여자가 애써 보지 않으려고 하는 이유는 사내에게 용기를 주기 위해서였다. 그 여자의 생각으로는, 만일 자기가 남자라면 밤거리에서 장난 반 진담 반으로 여자를 붙들어 세웠더니 그 여자가 차마 자기 얼굴도 보지 못하고 묵묵히 서 있기만 하는 걸 보면 없던 용기가 부쩍 솟으며 이젠 사태가 진담이기만 할 뿐이라는 즐거운 절박감조차 들지 않을까 하는 것이었다. 만일, 자기가 남자라면, 그렇다, 더 이상 군말 없이 그 여자의 손목을 잡아끌고 가리라. 끌고 가리라. 그러나 그 여자의 침묵과 외면이 사내에게 작용한 결과는 번번이 사내로 하여금 불안과 경계심으로 떨게 할 뿐이었다. 그 여자가 만났던 사내들 중에서 가장 뻔뻔스럽다고 생각되는 사내도, "뭐 이런 게 있어? 벙어린가?" 하며 슬슬 물러가 버렸던 것이다.

예상과는 전연 반대로 나타난 이 효과에 대하여 그러나 현주는 결코 불만스럽게 생각하지 않았다. 오히려 그것 때문에 많은 것을 절약할 수 있음을 알고 기뻤다. 시간도, 말도 그리고 무엇보다도 말을 붙여오는 그 사내가 자기에게 필요한 사내인가 아닌가 하는 것을 알아보기 위한 노력이 절약된다는 건 참 다행스러운 일이었다.

그리고 이제 다행스럽다고 생각되는 이유는 하나 더 늘어난 것이었다.

그릇 속의 물에 떨어진 한 방울의 잉크가 번지듯이 그 여자 안에서 번지기 시작하여 이제는 발끝까지 가득히 채우고 있는 저 쓸쓸한 느낌이 만약 그 사내가 말을 걸어오던 처음부터 그의 얼굴을 보았음으로써 이내 그 여자를 사로잡았더라면 아마 그 여자는 자기 쪽에서 먼저 사내에게 팔을 내밀어 버렸을지도 모를 일이었다. 마치 극장에서 스크린을 향하여 팔을 내밀 뻔했듯이. 사실 그럴 수 있는 가능성은 있었다.

최근에 와서 그 여자의 욕구는 비틀거렸다.

그 여자는 자기의 욕구가 지나치게 무모하고 비상식적이고 반사회적이라는 걸 그 욕구의 싹이 자기의 내부를 자극하기 시작하던 처음부터 깨닫고 있기는 했다. 그러나 그 여자로 하여금 그러한 욕구를 갖도록 해준 어떤 경험이 그리고 인간이 지니고 있는 욕구는 그것이 어떠한 것이든지 그 속에 한 줄기 강렬한 빛을 발하고 있다는 자각이 그 여자로 하여금 그 무모하고 비상식적이고 반사회적이라고 생각되는 울타리를 감히 넌지시 넘도록 한 것이었다. 어느 시간, 어느 장소, 어느 사람들 사이에서는 그것은 결코 무모하지 않으며 비상식적인 것도 아니며 반사회적인 것도 아닐 수 있으리라. 가령, 그 여자는 포로수용소를 탈출하고 싶어하는 포로를 상상한다. 그는 철조망의 한 곳이 허술한 것을 우연히 발견한다. 그것을 발견하자 그는 자기가 이 수용소로부터 탈출하고 싶어했다는 걸 비로소 깨달은 것이다. 그는 계획을 세우고 준비한다. 그리고 예정했던, 어느 달없는 밤에 그는 철조망을 넘어선다. 어느 입장에서 보면 그의 행위는 분명히 무모하고 비상식적이고 반사회적이다. 그렇다고 하여 그의 욕구가 완전히 부정되어야 할 것인가.

현주가 자기 몸의 허술한 울타리를 경험한 것은 8월 초순의 어느 날이었다. 그것은 이젠 어떤 수단으로써도 정정할 수 없는 과거의 사실임에도 불구하고 그 여자는 대낮에 일어난 일이었다는 게 오히려 시일이 갈수록 더욱 믿기어지지 않는 것이었다. 물론 그것은 대낮이었다. 해도 긴 8월의 오후 세 시경이었다.

그 여자는 신세계백화점 앞의 육교 계단을 느릿느릿 올라가고 있었다. 그 여자가 입고 있던 옷은 은행원의 제복이 아니라 분홍빛 나뭇잎 무늬가 있는 원피스였다. 그 여자는 일주일 동안 얻은 휴가를 보내고 있는 중이었다. 그 날은 휴가 마지막 날이었다. 그 여자는 몇 시간 전에 시외버스에서 내렸었다. 휴가를 고향의 어머니 곁에서 보냈던 것이다.

모처럼의 휴가를 두고 그 여자의 계획은 너무나 많았었다. 그러나 그 계획들은 어느 것 하나도 실행되지 못하고 말았다. 처음의 계획에는 들어 있지도 않았던 엉뚱한 곳에서 휴가를 보냈다. 결국 어떤 의무감에서 나온 결정이었는데 그 여자는 오랫동안 만나 보지 못한 고향의 어머니 곁에서 휴가를 보내기로 결정했었던 것이었다. 그래서 그 여자는 어머니한테 갔었다. 모녀는 첫날은 오랜만의 상봉에 기쁨으로 들떠서 지냈다. 다음날엔 여러 가지 일에 대하여 도란도란 얘기를 주고받았고, 그 다음날엔 어머니 특유의 나무랄 수 없는 잔소리가 시작됐고, 그 다음날엔 딸 특유의 신경질이 되살아났으며, 마지막으로 모녀는 한바탕 크게 싸웠다. 다음날 새벽, 딸이 버스정류소로 가기 전에 모녀는 슬그머니 화해를 하고 있었으며 딸이 버스에 올랐을 때 어머니는 헤어지는 슬픔 때문에 차창에 매달리며 쿨적쿨적 울었고 딸은, 딸도 눈물을 글썽거렸다. 그뿐이었다. 그 여자의 휴가 동안에 일어난 일이라고는.

번잡한 육교의 계단을 올라가면서 그 여자는 샌들의 가죽끈 밖으로 가지런히 내밀어져 있는 자기의 발가락을 내려다보고 있었다. 그것들은 땀과 흙먼지로써 남 보기에 창피할 만큼 더럽혀져 있었다. 그 부분만은 그 여자의 것이 아닌 것 같았다. 아니 그 부분만이 참으로 자기 소유인 것 같다고 그 여자는 느끼고 있었다.

계단을 오르기 조금 전에 그 여자는 남편에게 자기가 돌아온 것을 전화로 알렸다. 남편은 그 여자와 같은 은행에 근무하고 있었다. 그러나 그 두 사람이 사실상의 부부라는 것을 알고 있는 사람은 그 직장 안에는 아무도 없었다. 그들은 그 직장 안에서 알게 되어 연애를 했고 부부가 됐다. 그러나 결혼식을 하지 않은 부부였다. 부부관계라는 것도 애써 숨겼다. 직장에서는 그들은 전연 타인들처럼 행동했고 일 때문에 부득이 말을 주고받아야 할 경우에도 반드시 무표정한 얼굴로 '박 선생님' '미스 리' 했다. 그들의 연극은 지난 이년 반 동안 한 번도 탄로난 적이 없었다. 이젠 두 사람 자신들도 자기들이 연극을 하고 있다는 의식에 사로잡혀 있지는 않았다. 다른 사람들이 자기들의 관계를 눈치채지 못하도록 조심하는 것도 이젠 이미 습관이었다. 물론 불안한 습관이긴 했지만. 그들이 그러할 것을 처음 제안한 사람은 남편이 아니라 현주였다. 그 여자의 직장에서는 기혼여성은 쓰지 않았다. 결혼을 하게 되면 여자 직원은 그 직장을 그만두거나 기혼여성이어도 무방한 다른 직장으로 옮겨야 했다. 그러나 현주의 경우, 두 가지 중 어느 것 하나도 할 자신이 없었다. 그 여자는 남편의 수입만으로써는 생활이 주는 평범한 행복을 얻어낼 수 없을 것 같은 불안에 사로잡혀 있었고 좀더 저축이 불어날 수 있다는 가능성을 차버리고 싶지가 않았다. 남편은 처음엔 남자로서의 자존심을 내세웠으나 현주의 거의 호소에 가까운 주장으로써 자기의 자존심이 달래지고 나서는 그러기로 동의했다. 물론 언젠가는 그들도 남들과 마찬가지로 정식으로 청첩장을 돌리고 은행장을 주례로 모신 결혼식을 올릴 터였다. 현주는 퇴직금을 받고 즐거이 직장을 그만둘 것이며 남편에게 피임기구를 사용하게 하지도 않을 것이며 그때쯤은 계장이 되어 있을 남편에게 "당신 밑에 있는 사람들, 오늘 저녁식사는 우리 집에 와서 하시라고 하세요"라고 말할 터였다. 그것은 불안한 습관이 되어버린 그들 부부의 연극을 확실히 보상해주고도 남음이 있을 즐거운 꿈이었다.

그런데 왜 이렇게 더러워 보일까? 그 여자는 계단을 오르고 있었다. 이젠 직장을 그만둬야 할 때가 온 것일까?

"저예요. 아침에 도착했어요. 퇴근하고 오실 때까지 잠자코 있으려고 했지만, 보고 싶어서 히잉… 곁에 누가 있어요?"

"응."

남편의 대답은 짧고 무표정했다.

"그래요? 그럼 이따가 만나요. 저 시장 좀 봐 가지고 들어가겠어요. 물론 일찍 들어오시죠?"

"그러엄."

"끊어요."

"끊어."

그 여자의 귓속에서는 아직도 수화기 특유의 윙하는 금속음이 울리고 있었다. 계단을 내려오고 있던 파라솔 하나가 살대의 뾰족한 끝으로 현주의 관자놀이를 아프게 스치고 그러고도 시치미를 뚝 떼고 지나갔다. 한국은행 본점의 돔 그늘에서 비둘기 몇 마리가 뜨거운 햇볕을 피하고 있는 게 보였다. 현주는 계단의 마지막 층계를 오르고 있는 중이었다. 그때였다, 낯선 사내의 억센 손이 그 여자의 팔꿈치 근처를 움켜쥔 것은.

한번도 본 기억이 없는 사내였다. 아니 본 적이 있는지도 모른다.

만원버스 속에서 또는 은행의 창구를 통하여 또는 극장의 휴게실에서 또는 시장의 좁은 통로에서 또는… 그런 곳에서라면 얼마든지 보았던, 전연 기억되지 않는 얼굴이었다. 사내는 약간 비대하였고 햇볕에 그을려 갈색인 얼굴은 땀을 뻘뻘 흘리고 있었다. 삼십 사오 세? 못생기지는 않았다. "왜 그러세요?"

현주는 사내의 손아귀에서 팔을 빼내려고 하였다. 땀에 젖어 있던 사내의 손바닥이 미끄러운 마찰을 일으켰다. 그러나 사내는 손을 떼지 않았다.

"조용히 드릴 얘기가 있습니다. 아무 말씀 마시고 절 따라와 주세요."

말하고 나서 사내는 현주의 팔꿈치를 잡고 있던 손을 아래로 미끄러 내려 손목을 힘주어 잡았다. 그리고 여자가 방금 올라왔던 계단 아래로 내려가기 시작했다. 그 여자는 휘청거리며 끌려 내려갈 수밖에 없었다. 사내의 절박한 표정에 속았던 것이 아니었다. 공포가 그 여자의 목구멍을 틀어막고 있었기 때문이었다. 뭔가 오해가 있는 것이겠지. 이 사내가 품고 있는 오해가 내가 해명해 줄 수 있는 오해였으면…

"왜 이러시는 거예요, 정말?."

"잠깐이면 됩니다."

"어디로 가는 거죠?"

"바로 요 됩니다."

"손은 좀 놓으세요. 따라갈 테니까. 절 아세요?"

"압니다."

사내는 손목을 놓지 않고 그리고 현주의 얼굴을 돌아보지 않고 말했다. 육교에서 팔꿈치를 잡고 말을 걸어오던 때를 제외하고는 그는 내내 여자를 돌아보지 않고 걸었다.

그 여자는 공포와 혼란의 늪 속에서 허우적거리기 시작했다. 숨이 막히는 것 같았다. 발버둥쳐 보았지만 혼란의 늪 속에는 디딤돌이 없었다. 그 여자의 머릿속은 뜨겁게 부푼 진흙으로 가득 차 버렸다. 마침내 그 여자는 생각하였다. 아아, 마침내 내 연극이, 속임수가 탄로나고 만 거야. 탄로나고 말았어. 속임수를 썼던 죄로 나는 지금 잡혀가고 있는 거야. 그들은 나를 고문할까? 아냐, 고문하기 전에 내가 먼저 자백해 버리겠어. 아냐, 그럴 필요는 없지. 물론 우리는 결혼식을 하지 않았어, 하지만 앞으로도 하지 않을 거야. 그래, 그러면 나에겐 자백할 게 아무것도 없어지는 셈이지.

그들은 백화점을 끼고 돌았다. 그들은 차도를 건너 가로질러갔다. 도중에 차도의 복판에서 차가 몇 대 지나가기를 기다리느라고 잠깐 걸음을 멈춘 동안, 사내는 문득 "날씨는 몹시 덥죠?" 하고 중얼거렸다. 그것은 여자에게라기보다는 자기 자신에게 들려주기 위한 중얼거림 같았다. 차라리 사내가 여자에게 말하고 있는 것은 여자의 손목을 잡고 있는 그의 손을 통해서였다. 여자는 빼내려 하고 사내는 놓치지 않으려 하는 두 손은 몹시 미끄럽게 마찰되고 있었고 그 움직임이 문득 눈에 뜨이자 현주는 마치 사내가 자기를 애무하고 있는 게 아닌가 하는 착각에 휘말려드는 것이었다. 사내는 손을 묘한 형상으로써 그 여자의 손목을 잡고 있었다. 즉 사내는 엄지손가락의 끝을 나머지 네 개의 손가락 끝에 맞대어 일종의 고리를 만든 것이었다. 그 고리 속에 현주의 가느다란 손목이 갇혀있는 꼴이었다. 그 고리는 여자의 손목이 마음대로 움직일 수 있을 만큼 헐렁하였다. 그러나 빠져나올 수는 없었다. 사내 손의 그 섬세한 조작이 그 여자의 마음에 들었다. 공포 속의 안심이라고나 할까, 그 여자는 그런 걸 느꼈다. 그 여자는 손목을 빼내기를 단념하였다. 그러자 그 고리가 점점 오그라들어 움직이기를 멈춘 여자의 손목을 아프지 않은 한계 안에서 조이는 것이었다. 그 여자는 문득 자기의 손과 사내의 손의 그 땀에 젖어 미끄러운 틈으로부터 생명의 거친 숨소리가 들려오는 것을 의식하였다. 그것은 북소리처럼 둔중했고 생선 아가미처럼 가빴다. 사내의 생명도 아닌 전연 낯선 생명이 지금 마악 땀에 젖은 손과 손의 틈바구니에서 태어난 것 같았다. 그러자 여자의 공포와 혼란은 더욱 말할 수 없는 힘으로 그 여자를 흔들어 놓기 시작했다.

"뭘, 저한테 뭘 요구하시는 거예요?"

"요구하다니, 오해하지 마시오. 당신한테 할 말이 있다니까."

사내는 침착하게 나직나직 말했다.

사내의 목적지가 가까운 다방이나, 최악의 경우 파출소쯤이려니 생각하고 있던 현주는 사내가 회현동 골목 속에 새로 단장한 지 오래지 않은 듯한 이층건물 속으로 한마디 해명도 없이 그리고 고개 한번 돌려보는 법 없이 자기를 끌고 들어섰을 때는 너무나 놀라서 아래턱만 덜덜 떨 뿐 말 한마디 꺼내지 못하고 있었다. 그곳은 여관이었다.

"자, 그만 울어. 이젠 경찰에 가서 강간당했다고 고발해도 돼. 난 감옥에 가는 걸 무서워하지 않거든. 당신의 팔뚝이 몹시 매끄러워 보이더군. 내 손 속에 넣고 만지고 싶었어. 당신을 그냥 지나쳐 버렸더라면 어떻게 됐을까? 어떻게 되긴, 뭐 아무것도 아니지. 당신도 역시 아무 일도 일어나지 않은 게 좋다고 생각하는 그런 여자인가? 어어, 굉장히 더운 날이지? 그만 울어요, 여름에 울면 감기 걸린대."

사내가 말할 게 있다던 것은 대강 그것이었다.

그 일이 있고 난 직후엔 그 여자는 그 일을 단순한 봉변으로 돌려버리고 싶어했다. 자기의 죄의식과 어떤 불량배의 무도한 욕구가 우연히 부딪쳐서 튀긴 불똥이었다고 생각하려 했다. 그 사건 자체에 대해서는 그 여자는 자기에게 책임이 있을 수 없다고 생각하려 했다. 남편 아닌 다른 사내의 몸이 자기 몸에 닿았던 점에 대해서는 남편에게 미안한 생각을 하지만 그렇다고 그 사건을 고백하고 용서를 구하고 하는 따위의 일은 조금도 하고 싶지 않았다. 그 여자는 가능하다면 하루빨리 그 사건이 망각되어지기만을 바랐다.

그러나 시일이 갈수록 그 일이 그 여자에게 남기고 간 흔적은 뚜렷해졌다. 마치 피와 고름과 살덩이가 범벅이 되어 뭐가 뭔지 형체를 알 수 없던 상처가 오랜 후에 한 가닥의 허연 흉터로 모습을 분명히 나타내듯이 그 사건은 그렇게 그 여자의 내부에 자리잡혀 간 것이었다.

그 사건이 생긴 데 대하여 책임져야 할 사람이 있다면 그것은 그 불량배가 아니라 자기와 자기의 남편이어야 한다고 그 여자는 생각하였다. 뿐만 아니라 이제는 그 날 그 육교 위에서 손목을 잡힌 사람은 그 불량배였는지 자기였는지조차 판단할 수 없다고 생각하였다. 자기는 자기의 더러움을 보았다. 마치 한 사람이 자기 곁을 지나가고 있었다. 자기는 그 사람의 손목을 붙잡고 이곳이 아닌 다른 곳으로 데려가 달라고 애원하였다. 그 사람은 자기를 데려다 주었다. '이곳'이 아닌 다른 곳으로, 더 나은 곳인지 아닌지는 몰라도 적어도 '이곳'이 아닌 것만은 틀림없었다. 그 점에 대해서는 의심의 여지가 없다. 얘기가 이렇게 되는 것이 그 사건의 정확한 줄거리라고 그 여자의 의식은 말했다.

그 여자는 자기가 확실히 그 사내에게 매달리고 있었음에 틀림없다고 생각하게 되었다. 그리고 그 사내는 믿음직스럽게 행동했던 것 같았다. 타성이 그 여자에게 불어 넣어준 그 사내에 대한 저항을 사내는 얼마나 멋있게, 꼼짝할 수 없도록 때려뉘었던가! 땀, 그렇다. 쉴 줄 모르고 솟아나 온몸을 목욕시키던 땀은 그 여자의 '이곳'이 패배의 쓰라림에 흘린 눈물은 아니었는지!

그러나 그 여자의 외면적인 생활은 여전히 계속되었다. 남편과는 이십 분 간격으로 은행에 출근하였고, 은행에선 두 사람은 될 수 있는 대로 접촉을 피했고 부득이 말을 주고받아야 할 경우엔 '박 선생님' '미스 김' 했다. 하루 일이 끝나면 남편은 으레 다른 남녀행원들과 함께 문을 나섰고 그 여자 역시 다른 남녀행원들 틈에 끼어 문을 나섰다. 그 후에 그들이 집에서 만나게 되는 시간은 대중없었다.

어느 날 밤늦게 그 여자는 중앙극장에서 영화의 마지막회를 보고 명동 입구까지 걸어 나와서 버스를 탔다. 바의 여급들이 술에 취해 비틀거리며 집으로 돌아가는 시간이었다. 버스에 올라 자리를 잡고 앉은 현주는 차가 출발할 때까지 차창을 통하여 내려다보이는 거리의 풍경을 눈여겨보고 있었다. 이 시간의 이 거리가 그 여자에게는 어쩐지 심상치 않게 보이는 것이었다. 이 거리는 그 여자가 일하고 있는 은행의 이웃이었다. 그러나 대낮이나 초저녁의 이 거리에 대해서는 그 여자도 익숙해 있었다. 그런데 이 시간의 이 거리는 왜 이렇게 낯설어 보이는 것일까? 막차를 놓치지 않기 위해서 사람들이 초조한 걸음으로 이리 뛰고 저리 뛰기 때문만은 아니었다. 명동 안쪽의 상점들이 모두 불을 끄고 셔터를 내려 버렸기 때문만도 아니었다. 버스 안 가득히 술 냄새가 풍기고 있기 때문만도 아니었다. 유치하게 화려한 차림의 여급들이 거리낌없이 쌍소리를 높은 음성으로 재잘대며 버스에 오르기 때문만도 아니었다. 이 거리의 어디로부터 지금 자기가 듣고 있는 헐떡이는 숨소리가 들려오고 있는 것일까? 누가 자기를 부르고 있는 것일까? 왜 이 거리에서 지금 공포와 혼란의 거센 바람소리가 들려오는 것일까?

마침내 그 여자는 그 모든 소리들이 어디서 오는 것인가를 찾아냈다. 거리의 여기저기서 사내들이 지나가는 여자의 앞을 가로막는 모습이 눈에 뜨인 것이었다. 아까부터 자기가 보고 있었던 것은 바로 그들임을 현주는 깨달은 것이었다.

어떤 여자들은 자기에게 말을 붙인 사내들을 따라갔고 어떤 여자들은 가지 않았다. 그 여자들의 대부분이 여급이라는 건 차림새로 봐서 짐작할 수 있었다. 물론 사내를 따라간 여자들은 그들의 직업으로 봐서 낯선 사내와 동행한다는 일에서 별다른 의미를 느끼지 않는지는 알 수 없었다. 그러나 버스 속에 앉아서 창을 통하여 그들을 발견했을 때, 현주는 자기 자신을 더럽게 여기고 있는 여자들이 그렇게도 공공연하게 많다는 사실을 하나의 충격으로서 받아들이지 않을 수 없었다.

따지고 보면 그 여자는 그 풍경을 오늘에야 처음으로 본 것은 결코 아니었을 게다. 본 적이 있다고 얘기할 자신이 없을 만큼 눈여겨보지 않았을 따름이었을 게다. 전에는 그 여자가 그들을 보았다고 해도 거기서 아무런 의미를 볼 수 없었기 때문에 무심히 지나쳐 버릴 수 있었을 뿐일 게다.

달리는 버스 속에서 그 여자는 그들에 대하여 생각하고 있었다. 그들은 울타리를 넘어 어디로 갔을까? 그들이 도착한 곳은 어떤 곳일까? 울타리를 넘다가 그들은 감시병의 총격을 받지는 않았을까? 군견의 헐떡이는 숨소리가 뒤를 쫓고 서치라이트의 동그란 불빛이 그들의 등을 끝없이 쫓아가고 있지는 않을까? 그 여자는 그들이 무사히 도망했기를 빌고 싶었다.

그 이후로 그 여자는 가끔, 자기가 뜨거운 8월의 어느 날 우연히 한번 넘어서 본 적이 있던 울타리를 넘고 싶다는 욕구를 발작적으로 강렬하게 느끼곤 하였다. 드디어 어느 날 밤, 밤거리로 나섰다. 일부러 바가 문을 닫는 무렵의 시간을 택했다.

그 여자는 이따금 다른 사람들과 어깨를 부딪쳐 가며 느릿느릿 걸었다.

한 시간쯤 후엔 이 도시에 셔터가 내려진다. 자동차들은 무서운 속도로 질주하고 있었고 행인들의 발걸음은 바빴다. 그 속에서 그 여자의 느린 걸음걸이는 눈에 뜨이는 것이었다. 그 여자는 그것을 계산하고 있었다.

아직도 가을이라 생각하고 있는데 기온이 갑자기 영하로 내려간 밤이었다. 종로백화점 옆 골목의 그늘 속에 어떤 사내가 쭈그리고 앉아 욱욱 소리를 내며 토하고 있었다. 그날 아침에 세탁소에서 찾아다 입은 듯한 깨끗한 외투의 밑자락이 사내가 괴로워서 몸을 뒤틀 때마다 땅바닥에서 이리저리 끌리고 있었다. 기름칠을 하여 단정하게 빗어 넘긴 머리가 가로등의 형광빛을 받아 철사처럼 번쩍이고 있었다. 거의 비슷한 차림인 다른 사내가 낄낄대며 그 사내의 등을 주먹으로 쿵쿵 내려치고 있었다. 토하고 있는 사내가 한 손을 어깨 너머로 돌리고 흔들며 말했다.

“이 새끼야, 아파, 아프다니까, 이 씹새끼야.”

그 여자는 그들을 더 이상 보지 않고 지나쳤다. 그들에 대한 말 할 수 없이 강한 증오심이 끓어올랐다. 그렇다. 그 여자는 자기가 증오하고 있는 게 누군지를 알고 있었다. 그 여자는 그들과 자기 남편을 구별할 수 없었던 것이다. 아마 그들의 옷차림 때문이었을까? 서울 중심지에서는 얼마든지 볼 수 있는 월급쟁이들의 그 어슷비슷한 복장 때문에 그 여자는 잠깐 그들과 자기 남편을 혼동하였던 것일까? 그리고 그들 중의 하나는, 친구의 구토를 진정시켜 보겠다는 진심에서가 아니라 오직 그러는 것이 재미있기 때문에 주먹으로 친구의 등을 내리치며 낄낄대고 있고 그리고 다른 하나는 그 깨끗한 옷차림에도 불구하고 마치 자의식 없는 깡패들처럼 욕설을 지껄이고 있음이 그 여자는 미웠고 그 마음은 곧 자기 남편에게로 돌려진 것이 아닐까? 저렇게 유치하게 굴 수 있는 자들이야말로 같은 직장에 자기 아내를 숨겨두고도 무표정한 얼굴을 잘도 꾸밀 수 있는 게 아닐까?

그날 밤, 그 여자는 길거리에 쭈그리고 앉아서 토하고 있는 사내를 여러 명 보았다. 그리고 그 여자가 기다리던 것을 만났다.

"어디까지 가세요?"

현주 옆으로 다가와 어깨를 나란히 하고 걸으며 사내는 말했다. 그 여자는 걸음을 멈추었다. 사내의 얼굴을 돌아보고 싶은 욕망을 누르고 여자는 땅바닥만 내려다보고 서 있었다.

"어디 가서 커피라도 한잔 마실까 하는데 같이 가시지 않겠어요?"

사내가 현주의 어깨에 손을 얹으며 말했다.

현주는 잠자코 있었다. 자기의 내부에서 저 안면 있는 공포와 혼란이 일어나기를 기다리고 있었다.

"아직까지 문을 열고 있는 다방이 있을 겁니다. 갑시다."

사내가 결심을 굳힌 듯 현주의 어깨를 가볍게 떠밀며 말했다. 그러나 그 여자는 한 발자국도 움직이지 않았다. 사내의 손힘이 너무 약했던 것이다.

"허어, 돌부처로군. 그럼 나 혼자 갑니다. 아아, 커피, 얼마나 맛

있을까 커피…"

사내는 슬슬 물러가 버렸다.

사내가 자기의 침묵을 겁냈던 것을 그 여자는 비로소 알아차렸다. 사내가 자신의 행위를 농담으로 돌려버리려 했다는 것이 그 여자에게는 몹시 불쾌하였다. 사내가 가버리고 난 후에야 그 여자는 자기가 기다리고 있던 것은 공포와 혼란이기도 했지만 그보다 먼저 사내의 억센 끌어당김이었다는 걸 알았다. 그 여자의 내부에서 공포와 혼란의 뜨거운 늪이 들끓지 않고 만 것은 당연했다. 그것은 사내의 손이 그 여자의 손목을 억세게 잡아끈 이후에야 생길 터였기 때문이다. 그 여자는 지난 여름 자기를 습격했던 그 사내가 몹시 그리워질 지경이었다. 결국 그날 밤엔 택시를 타고 집으로 돌아갔다.

그 여자의 서성거림은 번번이 그런 식으로 끝나곤 하였다. 차츰 그 여자는 깨달았다. 사내들이 탈출하고 싶어하는 욕구는 거의 모두가 조건부라는 것을. 다시 말해서 사내들은 영원히 '이곳'을 떠날 의도는 없어 보였다. 그들은 잠깐 울타리를 뚫고 밖으로 나가 본다. 그러나 아침이 되면 얼른 제자리로 돌아온다. 아니 미처 그것도 아니다. 울타리 안에서 울타리를 만지작거리며 생각만 한없이 되풀이하고 있는 것이다.

그리고 여자는 새삼스럽게 깨달았다. 자기의 욕구는 반드시 사내들이 자기네의 욕구를 과감히 실천할 때 함께 성취될 수 있음을. 그렇다, 사내가 그 여자의 내부에 공포와 혼란을 일으켜놓지 않는다면 그 여자는 어떻게 자기의 더러움을 자백할 수 있을 것인가!

그 여자는 걸었다. 걸었다, 걸었다. 그러나 아무도 "감옥에 가는 것을 겁내지 않거든" 하고 말해주는 사람은 없었다. 그 여자는 택시를 타고 통금시간이 임박해서 집으로 돌아가야 하는 것이었다.

어느 날 직장에서 그 여자는 무의식중에 자기 남편을 향하여 집에서 하듯 "여보!" 하고 불렀다. 남편의 얼굴이 새빨갛게 굳어지는 것을 보고 그리고 남편 곁에 있던 행원들이 요란하게 웃음을 터뜨리는 것을 보고서야 그 여자는 자기의 실수를 깨달았다. 이제껏 그런 실수는 한번도 하지 않았던 그 여자였다. 남편이 얼른 "왜! 내가 미스 리 남편 같소?" 하고 농담으로 얼버무렸기 때문에 그 여자의 실수는 하나의 농담인 듯 끝날 수 있었지만 그 여자 자신에겐 무척 충격적인 것이었다. 연극이 탄로날 때가 온 것이다. 연극은 탄로나야 한다고 그 여자는 집요하게 생각하고 있었다.

어느 날 밤, 그 여자는 좀 색다른 사내를 만났다. 어쨌든 그 사내는 그 여자의 손목을 힘차게 잡아끌고 간 것이었다. 그 사내가 목적지로 정한 것이 분명해 보이는 어느 골목 속의 호텔이 저만큼 보였을 때 그 여자는 기다리던 공포와 혼란이 증기처럼 피어오르는 걸 느꼈다. 그 여자 자신이 그것을 객관화할 수 있을 만큼 그것의 양은 적었지만 어떻든 그것은 그 여자의 내부에 생겨난 것이었다. 그들은 호텔의 현관 앞에 이르렀다. 그때 문득 여자는 사내가 자기의 얼굴을 돌아보고 있는 걸 보았다. 사내는 마치 "정말 괜찮겠느냐?"고 그 여자에게 묻고 있는 것 같았다. 그러자 갑자기 그 여자의 공포와 혼란은 깨끗이 스러져 버리고 그 대신 사내에 대한 혐오감만 잔뜩 부풀어오르기 시작하는 것이었다. 그 여자는 사내의 손을 뿌리치고 골목 밖으로 달려 나왔다. 그리고 택시를 타고 집으로 돌아왔다. 차 속에서 그 여자는 8월의 그 사내가 여관 안으로 들어갈 때까지 한번도 자기의 얼굴을 돌아보지 않았던 것의 의미를 깨달았다. 그것은 확실히 중요한 의미를 갖고 있었다.

그제야 그 여자는 자기의 욕구가 쉽사리 이루어질 수 없다는 걸 깨닫게 되었다. 8월의 그 사내와 똑같은 사내가 얼마든지 있다고는 그 여자도 생각하지 않았다.

그리하여 최근에 와서 그 여자의 욕구는 비틀거렸다. 이따금 그 여자는 그 공포와 혼란이 없이도 사내의 손에 이끌려 갈 수 있는 게 아닌가 하고 생각해 보곤 하였다. 창녀들처럼 아니 절실하게 기도해야 할 것이 별로 없음에도 불구하고 미사에 참석하는 신자들처럼.

그러나 그 여자가 가장 두려워하는 것은 자기의 욕구를 그러한 의식으로써 포장하게 될까 하는 것이었다. 막연하나마 그 여자는 만약 자기에게 공포와 혼란이 없이 그것을 한다면 마침내 의식만이 남게 될 뿐이며 그리고 그것은 파멸이라는 걸 알고 있었다.

그 여자가 바라는 것은, 그렇다, 파멸이 아니라 구원이었다. 속임수로부터의 해방이었다.

그럼에도 불구하고 욕구의 자리에 의식을 대신 들여앉히려는 유혹은 그 여자의 서성거림이 잦아질수록 증가하는 것이었다. 그 유혹을 그 여자가 겁내는 까닭은 그것이 그 여자의 내부에서 오기 때문이었다. 가령, 조금 전, 그 사내의 얼굴이 그것이었다. 아니 그 사내가 젊고 호감가게 생겼다는 그것이 아니라 그 얼굴을 본 이후에 그 여자의 내부에 번진 쓸쓸한 느낌이 그것이었다. 스크린을 향하여 하마터면 팔을 내밀 뻔했던 그 유혹이었다. 꽃다발을 목에 걸고 손을 저으며 웃으며 죽어 가는 종족에 대한 안타까움이 그것이었다.

"집이 어디세요?"

어떤 사내가 그 여자의 앞을 가로막으며 말을 걸어왔다.

(1969)

그와 나

내가 그를 처음 만난 것은 서울행 기차칸에서였다.

기차는 2월의 춥고 캄캄한 어둠 속을 질주하고 있었다. 차 안은 초만원이어서 2인용 좌석엔 세 사람씩 꽉 끼여 앉았고 통로에도 갱생회 판매원이 물건 팔기를 포기해야 할 만큼 승객들로 꽉 차 있었다. 나는 좌석에 앉아 있는 축이었다. 운이 좋아서가 아니라 상당한 노력의 결과였다.

전국의 거의 모든 고교 졸업생들이 서울로 몰려가는 이 시기에 지정 좌석이 없는 대신 차비가 비교적 싼 야간 보통 급행열차의 좌석을 차지하기가 쉽지 않을 것이 뻔해서 나는 일부러 고향의 기차역에서 타지 않고 버스로 한 시간 반이나 달려 그 기차의 시발역까지 가서 탔던 것이다. 시발역에서도 개찰구에서 기차가 서 있는 곳까지 다른 사람들과의 있는 힘을 다한 경주 끝에 겨우 자릴 잡고 앉을 수 있었다. 서울까지 아홉 시간 동안을 서서 가야 한다는 것은 말도 안 되는 소리였다. 상당한 노력을 바치고 잡은 자리였기 때문에 나는 가령 노인이라든지 아이를 업은 아낙네 따위의, 내가 자리를 양보하지 않으면 안 될 사람이 내 근처에 오게 될까봐 두려워하고 있었다. 그래서 시발역에서부터 나는 잠을 청하는 체 눈을 감고 있었고 실제로 잠깐씩 얕은 잠이 들었다 깨곤 했다.

기차가 새로운 역에 도착할 때마다 나는 확성기 소리와 불빛 때문에 잠이 깬 표정을 지으며 눈을 떠서 역명을 알고 나서는 도로 눈을 감아 버리곤 했다. 내 바로 곁, 통로에 서있는 사람들과는 되도록 시선이 마주치지 않아야 했다. 시선이 마주치면, 그들은 옳다구나 하며 재빨리 이렇게 말할지도 모른다. 학생, 자리 좀 잠깐 교대할까?

그때 나는 검정색 고등학교 제복을 아직 그대로 입고 있었다. 얼마 전에 졸업식을 치렀기 때문에 고 3임을 나타내는 T자 배지는 뗐지만 모교 배지와 이름표는 아직도 목깃과 왼쪽 가슴에 붙인 채였다. 머리칼이 제법 자라 있는 머리엔 고교생의 교모도 아직 그대로 쓴 채였다. 모교에 대한 감상적인 정절 이상의 무엇이 나를 인도하고 있었다.

졸업식을 해버렸고 이어서 지망했던 대학의 합격통지서를 손에 들었다고 해서 재빨리 교복을 벗어버리고 맨머리에 잠바나 양복을 걸치고 어느 틈에 배웠는지 담배를 물고 있는 동창생만큼 나를 어리둥절하게 하는 것은 없었다. 그들을 음험한 배신자로 보려고 하고 있는 나 자신을 나는 간신히 이렇게 타이를 수 있을 뿐이었다. 열등생으로서 지녀야 했던 고교시절의 제복이 그들에게는 죄수복처럼 느껴졌을 것이다. 또한 앞으로 그들이 다녀야 하게 될 삼류 대학의 교복 역시 그들로서는 명예롭게 여겨질 리 없다. 그들은 익명의 옷을 입지 않고서는 부끄러워서 견딜 수 없는 것이다.

나는 어떤가? 나로 말하자면 내가 다음 달부터 다니게 될 서울대학교의 교복을 입지 않는다는 건 상상할 수 없었다. 어쩌면 오로지 그 교복 자체가 지난 수년 동안 코피를 쏟아가며 수험공부를 해온 유일한 목적이었다. 혹시라도 금년부터 재수없이 대학교에서 교복착용 제도가 없어지지 않을까 전전긍긍할 정도였고 나아가서, 금빛 지퍼가 세로로 두 줄 달린 그 감색 윗도리의 앞가슴에 왜 이름표를 달지 않게 하는지 몹시 유감스러울 지경이었다.

그러나 대학 교복을 나는 입학식 아침에야 입을 작정이다. 입학식 전날까지는 모교의 교복을 그대로 입고 있을 터였다. 그리하여 내가 사랑했고 나를 사랑했던 고교 시절은 대학교 입학식 전날 밤에야 끝이 나는 것이다. 고등학교 제복과 대학교의 제복 사이에 단 하루의 틈도 있을 수 없었다. 단 하루라도, 학생인지 공무원인지 상인인지 건달인지 알 수 없는, 익명의 사복차림의 꼴을 나는 결코 자신에게 허락하지 않을 터였다. 인생의 한 단계가 얼마나 조리있게 끝났고 또 얼마나 정연하게 시작되려 하는가?

하기야 나 역시 지난 이십 년 동안 잘도 견디며 살아왔던 초라한 지방 도시로부터의 해방감으로 몹시 들떠 있긴 했다. 어머니가 '기차칸과 서울 거리의 쓰리꾼들'에 대비하여 팬티자락에 재봉틀질로 봉해 준, 내 허벅다리 맨살에 거북스런 감촉을 주고 있는 돈 다발을 바지 위에서 슬그머니 어루만져 확인하곤 할 때마다 그 해방감은 더욱 내 어금니를 간지럽혔다. 물론 그 돈은 대학교 입학금, 등록금, 교복값, 책값, 한 달치 하숙비, 이발값, 교통비 따위로서 어머니가 연필심에 몇 번씩 침을 묻혀가며 빠듯이 계산한 한푼의 여유도 없는 돈이었으나 어떻든 그 돈은 나만을 위해서 쓸, 내 손으로 세어서 줄 내 돈인 것이었다.

그때까지 한번도 만져본 일조차 없는 많은 액수의 돈을 어머니의 간섭 없이 고스란히 내가 관리할 수 있다는 사실이 내 해방감을 고조시켰고 내가 성인이 되었음을 확인시켜 주는 것이었다.

그렇다고는 하지만 이 해방감이 내가 인생의 한 단계를 조리있게 끝맺음한 데 대한 보답으로 얻어진 다음 단계에 보너스로 곁따라온 것 이상이 아님을 나는 잘 안다. 보너스는 어디까지나 보너스, 허상은 어디까지나 허상. 이 해방감이 나의 예정과는 아무런 관련이 없음을 나는 잘 안다. 오히려 이 해방감은 불청객. 나의 결정되어 있는 미래를 엉뚱한 웃음거리로 만들어버릴 수 있는 함정을 한 구석에 숨기고 있는지도 모른다.

그렇다, 두려워하지 않으면 안 되었다. 아무리 두려워하고 아무리 긴장하고 아무리 섬세하게 살펴도 결코 지나친 법은 없었다. 그리고 그 두려움, 그 긴장, 그 조심성은 나에게는 결코 낯선 것이 아니었다. 오히려 습관처럼 익숙해 있었다. 그것은 내가 대학입시 수험생이기 훨씬 이전, 이 사회가 우리의 인생을 위하여 조리있게 여러 단계를 마련해 놓고 있다는 것을 의심없이 믿게 된 국민학교 고학년 시절의 계시처럼 내 이웃에서 생긴 어떤 웃음거리에 연유한 것이다.

그 무렵까지도 내 고향에서는 소집영장을 받고 입대하는 장정들에게 동네마다 제법 성대한 환송식을 차려 주고 있었다. 일제 시대부터의 풍속인지, 또는 입대라는 것이 곧 전사나 부상을 의미하던 육이오 때 생긴 풍속인지 알 수 없으나, 태극기를 그린 수건을 두른 입영 장정들은 며칠 전부터 떼를 지어 몰려다니며 별의별 난장판을 다 벌이곤 했다. 그 정도가 지나쳐도 경찰은 못 본 체해 줬고 주민들도 입영 장정들의 특권을 인정하고 있었다. 나의 이웃집에 바로 그런 청년이 하나 있었다. 그의 특권 행사는 유난히 심했다.

입영날짜는 아직 멀었는데 벌써부터 수건을 두르고 벌겋게 술취한 얼굴로 이집 저집 찾아다니며 술 내놔라 밥 내놔라 어리광을 부리고 다녔다. 그의 입영 환송식은 동회 앞마당에서 성대하게 거행되었다. 동장님의 환송사가 있었고 주민들이 모은 축의금 전달이 있었고 그는 답사를 했고 우리는 만세삼창까지 해줬다. 식이 끝나서 그는 장정들의 집결장소인 역 앞 광장으로 갈 준비를 하느라고 그때까지 신고 있던 비교적 깨끗한 구두를 벗어 놓고 헌 농구화로 갈아 신고 있었다.

그런데 그때 그는 땅바닥 한 끝을 단단히 박고 있는 녹슨 쇠못에 발바닥을 깊이 찔린 것이었다. 피가 꽤 많이 흘렀다. 동장님이 재빨리 상처에 담뱃가루를 바르고 붕대로 처매어주었다. 아픈 것을 참고 우리들에게 억지로 웃어 보이고 갔다. 그러나 다음날 아침 그는 논산에 있지 않고 자기 집 안방에 누워있었다. 다리가 퉁퉁 부어 있었다. 얼마 후에 그는 기피자로 체포되었고 체포된 며칠 후에 파상풍으로 죽어버렸다.

그가 입영을 기피하기 위해서 일부러 부상한 것이 아니라는 건 우리가 증언할 수 있었다. 그 느닷없는 녹슨 쇠못만 아니었더라면 그는 무사히 입영을 했을 것이고 그 성격상 군인다운 군인이 되었을 것이다.

아아, 그 하찮은 녹슨 못 한 개! 불가사의적인 작은 우연이야말로 내가 가장 두려워해 온 것이었다. 시험공부를 할 때도 내 눈에서 빠져나간 외마디 단어 하나가 나에게 미역국을 먹일지도 모른다는 생각 때문에 나는 전율했다. 인생이란 얼마나 조심스러운 것이냐! 아무리 찬찬히 주의해서 걸음을 내디뎌도 결코 지나친 법은 없는 것이다! 그 입영 장정의 웃음거리가 되고 만 인생은 자라나는 나에게 그 어떠한 좌우명, 어떠한 설교보다도 무서운 교훈이었다.

내 인생이 나의 사소한 소홀과 부주의 때문에 웃음거리가 되어 버릴지도 모른다는 상상만 해도 나는 미칠 것 같았다. 따라서 내가 무언가 평가하거나 선택하지 않으면 안 될 경우에 닥칠 때마다 그것이 나에게 한 개의 녹슨 쇠못이 되는 것은 아닌가 하는 점을 따져 버릇했다. 두려워하고 긴장하는 것은 나에겐 익숙한 습관이었고 그 습관은 나에게 손해를 가져다 준 일이 한번도 없었다. 그러므로 기차칸에서 내 어금니를 간지럽히고 있는 그 해방감 역시 나는 경계하지 않으면 안되었다.

바로 그때 그 친구의 말소리가 내 귀에 들린 것이었다. "난 말이지 여태까지 사람의 양심이 몸 어느 부분에 붙어 있는지 몰랐어. 남들이 흔히 간이 없다, 쓸개가 빠졌다 하길래 양심이 간이나 쓸개에 붙어사는 놈인 줄로만 알고 있었지 뭐야. 그렇지만 이제 알겠어. 양심은 말이지 사람들의 감은 눈꺼풀에 대롱대롱 매달려 있구만 그래. 저 친구 좀 봐. 저 눈꺼풀이 떨리는 걸 보란 말야. 자리를 양보하긴 싫고 미안한 생각은 있어서 말야." 이어서 그의 친구들의 걸걸한 웃음소리가 요란하게 들려왔다.

나는 눈을 뜨고 말소리의 임자를 돌아봤다. 그가 어느 역에서 올랐는지 생각나지 않는다. 싱글싱글 웃으며 그는 나를 빤히 내려다보고 있었다. 코트의 목깃에 서울대학교의 배지가 붙어 있었다. 머리칼이 아직 짧은 건 그 역시 이번 신입생이란 걸 알려 주는 것이겠다. 나는 그를 묵살하는 수밖에 없었다. 빈정거림이야말로 늦게 탄 자들이 먼저 탄 자를 몰아낼 때 곧잘 쓰는 수법이라고 나는 생각했다. 또 그 친구의 말소리가 들려왔다. "하기야 나쁜 건 철도청이야. 좌석을 지정해주는 특급열차하고 이 차하고 운임 차이가 칠백 원이라지만 말야, 내가 대강 계산을 해봐도 이렇게 사람을 때려 싣고 보면 특급열차의 수입을 훨씬 상회한단 말야. 이건 폭리야." 나는 속으로 중얼거렸다. 난 체하고 있군. 그래서 어쨌다는 거야? 더 이상 그에게 관심을 갖지 않기로 하고 나는 눈을 감았다.

그러나 '감고 있는 눈꺼풀에 대롱대롱 매달려 있는 양심'이라는 말이 악성 병균처럼 내 안으로 끈질기게 파고들어 오는 것에 나는 당황하지 않을 수 없었다.

그런 식의 표현 자체에서 나는 마치 비릿한 물이끼 냄새가 풍겨오면 강이 가까웠음을 알 수 있듯 대도회의 세련된 문화와 성인 세계의 윤리가 나에게 임박한 것을 느끼며 뭔가 숨쉬기가 답답해졌다. 가난한 지방도시에서는, 그리고 자라나는 유·소년 시절엔 옆엣사람을 돌보지 않는 악착스런 경쟁과 경쟁에 진 자의 굴종이 스스럼없이 공존하는 것이다. 그 공존에 불평을 하거나 야유를 한다는 건 가난한 지방도시의 문화와 유·소년 시기의 윤리를 파괴하는 것이다. 먼저 타고자 노력을 한 자가 자리를 잡고 앉는 것은 당연한 것이다. 그 친구의 빈정거림은 어쩌면 내가 살아왔던 공간과 시간 전부를 모욕하는 것이다. 그러나 그 모욕에 어떻게 대체해야 할지 나는 알지 못했다. 새벽에 서울역에 도착하여 홈 밖으로 나가기 위하여 줄을 짓고 서 있을 때도, 공교롭게 내 바로 뒤에 서 있던 그 친구는 또 한번 내 부아를 돋우었다. "편하게 살기가 제일 불편한 거요. 인연이 있으면 또 만납시다." 나는 서울의 차가운 새벽 풍경만 보고 있는 체했지만 빙글거리며 빤히 쳐다보고 있는 그 친구의 얼굴을 등으로 충분히 느끼고 있었다. 그 얼굴에 대고 나는 중얼거렸다. 입만 까진 녀석, 네까짓 게 녹슨 쇠못을 어떻게 알겠느냐!

그 친구와는 만날 인연이 있었다.

두 번째로 우리가 만난 것은 저 역사적인 데모의 인파 속에서였다.

데모란 나로서는 전연 예정에 없는 등록금과 하숙비의 낭비에 불과했다. 학교에 나와 보니 갑자기 모든 학생들이 책가방을 챙겨들고 교문 쪽으로 몰려간다. 학생들이 몰려가는 곳이기 때문에 나도 빠질 수 없을 뿐이었다. 이것이야말로 녹슨 쇠못이다, 이것에 발을 찔려 나는 예정했던 길을 못 가고 말지 모른다고 깨달았을 때는 이미 늦었다.

나는 어깨동무를 하고 겹겹이 에워싼 학생들의 한복판에서 빠져나갈 틈을 찾을 수 없었다. 그들에게 떠밀려가면서 나는 점점 멀어지는 학교 건물을 돌아보았다. 왜 우리를 붙잡지 않는가. 왜 우리를 불러들이지 않는가. 버스를 잘못 타고 목적지와 정반대 방향으로 멀어져가는 자의 안타까움 때문에 내 온몸은 땀투성이였다. 데모대가 외치는 구호, 내휘두르는 피켓에 씌어진 구호 자체에 반대하는 건 아니었다. 그러나 그따위 구호야 아무래도 무슨 상관이냔 말이다.

그 구호의 요구조건이 그대로 관철되었을 때 가장 이익을 볼 자들이 아무 소리도 않고 있는데 왜 애꿎게 우리가 나서서 야단이냔 말이다. 난 진심으로 시간이 아깝고 돈이 아깝다. 하숙방의 벽에 꼼꼼히 그려 붙여 놓은 내 하루의 시간표와 이번 학기의 공부 목표량은 결코 멋으로 붙여 놓은 것이 아니다. 어머니가 부쳐 주는 돈도 쓰고 남아서 보내주는 것이 아니다. 과에서 야유회를 갔을 때도 나는 낭비에 대한 안타까움으로 가슴이 타는 듯 쓰라렸다. 이건 야유회보다도 더하지 않은가. 내 인생에서 중요한 이 단계를 뒤죽박죽으로 헝클어 놓지 말라. 이 단계를 조리있게 끝맺음하지 못했을 때 나를 기다리고 있는 다음 단계가 나를 쌀쌀하게 취급한다고 해서 나는 어따 대고 호소할 것인가? 누가 나의 미래를 보장해 주는가? 아무것도 없다. 이 경쟁

사회가 마련해 두고 있는 시험제도밖에는 아무도 나를 보장해 줄 건 없다. 그렇게 생각하고 있는 자신을 나는 결코 비겁하다고 여기지 않는다. 비겁한 것은 나의 귀중한 시간과 돈을 나와 한마디 상의도 없이 자기네 멋대로 동원하여 낭비하고 있는 데모의 선동자들이고 그들을 방관하고 있는 학교였다. 사실 박차고 열외로 나가 버리지 못하고 엉거주춤 휩쓸려 떠밀려 가고 있는 이유는 다만 학교에 돌아가 봤댔자 교수들이 나 하나만을 상대로 강의를 해줄 것 같지 않기 때문일 뿐이었다.

그리고 비겁한 것은 사회인들이었다. 부정선거로 표를 도둑질 당했다고 이 아우성이지만 도둑질 당한 표에 학생들의 표가 많았겠는가, 사회인들의 표가 많았겠는가. 아우성을 쳐야 할 건 지금 길가에서 데모 대열을 구경하며 박수를 치고 있는 저 사회인들이고 우리야말로 그들이 아우성칠 때 곁에서 박수나 쳐주면 충분한 게 아니냐 말이다. 직접 당사자들이 왜 침묵하고 있는가를 왜 이 어리석은 학우들은 모른단 말인가? 내가 가르쳐 주마. 인생의 예정된 단계를 밟아 올라가는 데는 이따위 데모는 아무 관계가 없기 때문인 것이다. 인생은 그토록 조심스러운 것이며 이따위 데모는 아무리 잘 봐준 대도 가난뱅이가 골동품을 사는 것과 같은 도락(道樂)에 불과한 것이다.

그때 대열의 앞쪽에서 한 학생이 다른 학생의 어깨 위에 무등을 타고 불쑥 솟아서 뒤따라오는 우리를 향하여 외쳤다. 기차칸에서 만났던 바로 그 친구였다. "여러분, 새로운 구호를 전달하겠습니다. 힘차게 외칩시다. 〈우리에게 가르친 대로 그대로 행하라.〉" 학생들은 신난 음성으로 복창했다. 우리에게 가르친 그대로 행하라. 그 구호는 수없이 반복되어 외쳐졌고 반복될수록 더욱 열기를 띠었고 종로의 빌딩들 벽에 포성처럼 메아리쳤다. 나는 그 구호 때문에 하마터면 함정에 빠질 뻔했다. 우리에게 가르친 대로 그대로 행하라. 그 구호를 외칠 수 있는 것은 사회인이 아니라 우리 학생들일 수밖에 없었다. 동시에 그 데모 역시 강의실의 연장일 수 있다는 것이었다. 아스팔트 강의실이라고나 할까. 나는 자신으로서는 처음 느껴보는 어떤 감격에 눈물조차 핑 돌았다. 어느새 나 역시 주먹으로 허공을 때리며 그 구호를 외치고 있었다. 그러나 얼마나 다행했던가, 나의 일시적인 착각을 시정해 주는 경찰들의 총소리가 요란하게 터지기 시작했고, 선두의 학생들이 쓰러졌다는 전달이 이 입에서 저 입으로 뛰어다녔다.

머리 위로 날아가는 총탄 소리에 우리의 대열도 수은 방울처럼 흩어졌다. 엉거주춤 따라온 나조차도 경찰이 설마 실탄 사격을 해대리라고는 예상하지 못했다. 이거야말로 녹슨 쇠못 정도가 아니다. 보아라 친구들아, 인생에 어리광 같은 도락이 끼여들 자리는 없는 것이다. 나는 옆구리에 끼고 있던 책가방을 어디서 떨어뜨렸는지도 생각나지 않았다. 빈손인 것을 깨달았을 때는 하숙집 앞 골목 안으로 숨이 턱에 닿아 뛰어들고 있을 때였다.

그 친구를 다시 본 것은 그 데모가 있었던 날들로부터 열흘쯤 후 데모가 목적 이상의 성과를 거두고 그동안 폐쇄되었던 대학의 교문이 활짝 열린 날 학교 구내의 잔디밭에서였다.

그 역사적인 사건을 취재하기 위해서 날아왔다는 미국의 한 방송국 스태프들이 무비카메라를 뻗쳐 놓고 '역사를 창조한 학생들'과 인터뷰를 하고 있었다.

빙 둘러서 있는 학생들의 무리 쪽으로 내가 어슬렁어슬렁 다가가 어깨 너머로 엿보았을 때, 지금 미국인 방송 기자와 더듬거리는 영어로 얘기를 주고받고 있는 것은 바로 기차칸의 친구였다. 그 친구가 그 역사적 사건의 주동자나 대표자가 아니란 건 분명하지만 나는 어쩐지 그 친구 만한 적격자도 없을 것 같았다.

나로 말하자면 그 데모로 인한 사태가 예상보다 빠르게 결말이 나서 학교가 문을 연 것만이 기뻤다. 물론 그 데모가 성공한 쪽이 실패한 쪽보다 낫긴 하지만 그건 무슨 일이든지 시작한 일은 성공하는 쪽이 좋다는 뜻이지 뭐 실패했다고 해도 별로 유감스러울 게 없을 것 같았다. 운동 시합에서 우리편이 이겼다고 내가 인생을 위하여 해야 할 일을 하지 않아도 좋은 건 아니었다. 오히려 경찰의 총에 맞아 죽은 자들 덕택에 저 녹슨 쇠못의 교훈은 진리임을 확인할 수 있었을 뿐이었다. 내가 태어나서 이십 년 동안 믿고 의지해 온 사회가 내 인생을 위하여 마련해두고 있는 단계들—그 체제를 건드리지 않는 한 나로서는 그런 사건이 성공해도 좋고 실패해도 그만이다.

아니 가장 좋은 것은, 그런 사건이 아예 일어나지 않았더라면 하는 것이다. 왜냐하면 나는 아직도 눈에 선한, 나로서는 생전 처음 구경한 그 날의 그 거대한 군중의 집단에 아직도 압도되어 위축되어 있기 때문이었다. 외면상으로나마 나 역시 그 군중들의 한 사람이었기를 망정이지, 가령 하숙집 주인 아저씨 같은 사람들이 나의 그 외면을 존중해 주고 있기 망정이지 만약 그 군중들이 나의 적이라면 어찌할 것인가! 정말이지 하숙집 아저씨가 나를 그 사건의 대표자라도 되는 양 취급해올 때는 이마에서 식은땀이 줄줄 흘렀다. 따라서 그 데모가 실패하지 않고 성공한 바람에, 적어도 그런 건 사치스런 도락 이상이 아니라고 감히 입 밖에 내어 말할 수 없게 된 것이 우울했다. 한편 별로 달가워하지 않는 사람조차도 끌어들여 집단적인 의사라는 것을 만들어 내고 마는 군중이라는 존재를 처음 내 눈으로 본 경험에 어리둥절해 있었다.

요컨대 그 데모와 나와의 관계는 그 정도라고 나는 생각하고 있었다.

그런데 그때 미국인과 인터뷰하고 있는 그 친구가 하고 있는 말이 내 귀를 때렸다. "아이 빌리브 위 머스트 인벤트 아워 퓨처 앤드 위 캔 두 잇." 나는 그가 한 발음 그대로를 알파벳으로 허공에 써보았다. I believe we must invent our future and we can do it.

인벤트, 발명하다. 인벤숀, 발명. 인벤트 아워 퓨쳐, 우리의 미래를 발명하다. 아이 빌리브 위 머스트 인벤트 아워 퓨쳐 앤드 위 캔 두 잇. 나는 믿고 있습니다, 우리는 우리의 미래를 발명하지 않으면 안 된다는 것을. 그리고 믿고 있습니다. 우리는 발명할 수 있다는 것을. 나는 갑자기 숨쉬기가 답답해지는 것을 느꼈다. 기차칸에서도 그 친구는 그 현학적인 표현으로 내 호흡을 답답하게 했었다.

'감은 눈꺼풀에 대롱대롱 매달린 양심'. 그 말은 병균처럼 내 머릿속으로 파고들며 나를 아프게 쑤셔댔었다. 서울역에서는 '편하게 사는 것이 가장 불편한 거요', 데모 대열에서는 '우리에게 가르친 대로 그대로 행하라', 거기다가 오늘은 '자기의 내일을 발명해야' 한단다.

발명을 해야 한단다. 기다리고 있지 않단다. 기다리고 있지 않단다. 발명해야 한단다. 그런데 왜 나는 이렇게 저 말장난에 불과한 현학적인 표현에 현혹당하려 하는가. 그렇다, 나는 알고 있었다. 그 데모의 성공, 망할 놈의 '역사적 사건' 위에 저 장난 같은 말이 자리잡고 있기 때문에 이토록 나를 압도해 오는 것이다.

우리의 내일을 발명한다? 말은 근사하지만 그 사건의 경험이 없었더라면 나는 이토록 당황하지는 않았을 것이다. 이제야 나에게는 그 데모와 나와의 관계가 분명히 드러나는 것이었다. 그것은 성공해도 좋고 실패해도 그만인, 나와 아무 관계가 없는 도락이 아니라 반드시 파괴시켜 버리려는, 실패했어야 할 반드시 실패했어야 할 나의 적이었다. 그리고 제 맘대로 나의 몫의 내일까지 발명하겠다고 호언하는 친구 역시 나의 적인 것은 분명했다. 또는 그에게 있어서 나는 그의 적이 분명했다.

(1972)

서울의 달빛 0章

형님한테서 전화가 왔다.

"너, 차를 샀다면서?"

이 기사한테서 들었을 게 틀림없다. 고용인으로서 몇 시간이나마 자리를 비우려면 외출 이유를 주인에게 말하지 않을 수 없을 것이다. 주문했던 차가 오늘 공장에서 나오기로 되어 있었고 나는 형님의 운전사인 이 기사에게 인수해다 주기를 부탁해 놓고 있었던 것이다. 나는 운전에는 자신이 있었지만 아직 차가 내는 미세한 이상음을 판별할 만큼 차에 익숙해 있지는 않았다. 나에게 운전을 가르쳐 준 이 기사는 차를 느낄 줄 알았다. 운전석에 엉덩이를 대는 순간 타이어의 탄력을 잴 수 있었고 내게는 정상적으로 들리는 엔진 소리에서 실린더의 이상을 발견하곤 했다. "그런 것쯤은 한 차만 쭈욱 몰면 금방 알게 되니까요." 이 기사는 그렇게 말하지만 솔직히 말해서 나는 차에 대해서 그렇게 자질구레한 신경을 쓰게 되는 것은 싫었다. 항상 완전하여 그냥 몰아 대기만 하면 되는 차가 내가 바라는 차였다.

"그런 차가 어디 있겠어요? 쇠로 되고 바퀴가 달렸을 뿐이지 살아 있는 말이라고 생각해야 돼요. 좋은 사료를 먹여 주고 과로시키지 말고 병이 났나 살펴봐 주고 외양도 항상 깨끗하게 해줘야 되고…"

이 기사는 말에다 비유하며 말하고 있었지만 나는 여자에다 비유하며 떠들었다. 문득, 결국 나는 여자를 필요로 하고 있었던가 하는 생각이 들었다. 뚜렷이 내세울 만한 용도도 없이 어쩐지 자꾸만 차가 갖고 싶더라니, 생각하며 나는 픽 웃었다. 팔 개월 동안 내 아내였던 여자는 우리가 살던 아파트만이라도 위자료로서 자기한테 줬으면 하고 기대하는 눈치였고, 나 역시 재산 따위 모두 처먹어라, 하고 아내에게 던져줘 버리고 싶었지만 물론 아내는 위자료 같은 걸 입밖에 내어 요구할 처지가 아니었고 한편 결혼 선물로 그 아파트를 사준 어머니는 내가 이혼하는 여자한테 일원 한푼 줄까 봐 독이 오른 눈으로 감시하고 있었다. 결혼 때 해준 패물들도 모두 돌려 받으라는 게 어머니의 고집이었지만 그것만은 나는 못 들은 체하였다. 돌려 받을 수도 없었다. 아내는 벌써 그 패물들을 팔아서 이혼 후에 자기가 살 조그만 아파트를 사놓고 있었던 것이다. 친정집으로 들어가 살 줄로만 생각하고 있었던 나는 아파트에서 혼자 살 계획을 하고 있는 아내에 대하여, 이혼에 임박하자 나를 사로잡기 시작한 그 여자에 대한 연민이 사라져 버리며, 이전 어느 때보다도 강한 증오, 여러 경우의 여러 증오를 모두 묶어 놓은 것보다 더 강한 증오를 느꼈다. 그동안 나를 조롱한, 나로서는 얼굴도 모르는 수많은 사내들이 이제부터 혼자 살 아파트를 맘놓고 드나들 거라는 상상 때문에 나는 차라리 아내를 죽여 버리고 싶다는 충동에 시달렸다. 그러나 아내가 나에게 위자료를 청구할 수 없듯 아내의 미래에 참견할 권리는 없는 것이었다. 가장 침착한 얼굴로, 가지고 나갈 짐을 차근차근 정리하고 있는 아내를 다만 핏발 선 눈으로 바라보기만 할 뿐이었다. 그 여자가 떠나 버린 아파트에서 나 혼자 살 수도 있었다. 어머니와 형수가 재빨리 옷장이나 찬장이니 침대, 화장대 따위를 사들여 빈자리를 메워 마치 여자와 함께 살고 있는 집인 듯 꾸며 주었다. 그 가구와 집기 따위가 주로 형수의 취향과 안목에 따라 골라진 것들이었기 때문에 나는 마치 새로운 여자와 함께 살게 된 듯한 느낌을 받았다. 새로운 도배질, 새로운 가구들은 실내에서 아내에 대한 어떤 기억들을 몰아내는 데 확실히 효과가 있었다. 그러나 결과는 더 나빴다. 그 여자가 가장 주부다웠던 집안에서의 세세한 기억들만 몰아버린 것이었다. 그 기억들은 그 여자를 위해서가 아니라 나 자신을 위해서 간직해 두고 싶었던 것들이었다. 그것들이 아내에 대한 증오를 중화시켜 주는 건 결코 아니지만 가령 길에서 스쳐가는 어린이의 얼굴에서 밝은 모습을 볼 때 얻어질 수 있는 무용한 윤기의 노릇을 나한테 할 수 있었을 것이다. 그런데 그 여자는 그야말로 그 집 밖으로 나가버린 것이었다. 바깥에서의 그 여자란 나를 의혹과 질투와 증오, 썩은 감정의 늪 속으로 밀어 넣는 요물에 지나지 않았던 것이다. 그러나 그 때문에 그 아파트를 팔아버린 것은 아니었다. 팔아서 내 마음대로 할 테다, 하는 충동으로 팔아 버렸던 것이다. 나는 모든 타인들에게 그들이 나의 타인임을 분명히 해두고 싶었다. 아니 그들이 나를 자기네의 타인임을 분명히 밝히고 있었다. 아내는 말할 것도 없고, 어머니와 형님까지도 나로서는 타인이 아닐 수 없었다. 한 여자와 결혼을 하면서부터 내가 그들로부터 분리되는 것을 나는 온몸으로 느꼈다. 그들은 얼마간의 재산과 함께 나를 자기들로부터 떼어 버린 것이었다. 결혼 이후 그들이 나에게 묻는 것은 돈과 관련된 것만이었다. 내 얼굴에 버짐이 피더라도 그건 이제 나 자신과 아내가 책임질 일이지 어머니나 형님이 걱정해선 안 될 일이었다. 내가 아내와 이혼할 결심과 그 이유를 얘기했을 때야 나는 옛날처럼 나의 마음 세세한 움직임까지 알아두지 못해 안달하는 어머니와 형님을 다시 만날 수 있었다. 그러나 찢어진 종이처럼 그들과 나를 연결시킨 것은 이혼이라는 풀칠이라는 걸 나는 알고 있었다. 나는 그들과 한마디 의논도 없이 아파트를 팔았고 그 판 돈의 일부로 작은 아파트를 샀고 자동차를 주문했고 나머지를 아내였던 여자한테 주기 위해 예금통장으로 만들어 가지고 있었다. 내 맘대로 할 테다, 라고 한 것은 결국 어머니와 형님이 싫어하는 짓을 하겠다는 것이라고 해야 할 것이다. 자동차는 나한테 가장 불필요한 물건들 중의 하나일 것이고 불필요한 물건을 사는 데 적지 않은 돈을 쓰는 일은 어머니와 형님이 가장 싫어하는 것이었다. 나는 아무 일도 안 하기로 작정한 사람이었다. 이혼하자마자 대학의 교양학부 국어강사 자리도 집어치웠다. 어머니가 내 소유로 해준, 영등포에 있는 중국음식점에서 들어오는 수입으로 생계는 충분할 것이고 그동안 지키려고 애쓰고 있던 학문의 사명감 같은 것은 깨끗이 사라져 버렸다. 운전을 열심히 배웠던 이유는 아내를 방송국까지 태워다 주고 데리러 가고 싶다는 꿈 때문이었지 나 자신을 위해서는 아니었다. 나한테 왜 자동차가 필요할 것인가! 그런데 이 기사의 이야기를 들으며 자동차를 여자에 비유해 보고 있으려니, 그 구매동기를 무작정이라고 스스로 여기고 있던 차가 실은 아내의 대체물이라고 문득 깨달아지며 내 속에 굴을 파고 둥우리를 틀어 앉아버린 여자라는 독충에 대하여 짓이겨 주고 싶은 혐오감이 드는 것이었다. 기껏해야 어머니와 형님이 펄펄 뛰며 싫어할 것이기 때문이라고 이유를 만들 수 있다고 생각한 통장 건은 그렇다면 무슨 벌레가 마음의 어느 굴 속에서 나왔기 때문인가? 나는 알 수 없었다.

"너한테 차가 왜 필요하니?"

"그냥… 자동차로 지방여행이나 다녀볼까 하구요."

대답하며 나는, 이 기사에게 차를 인수해다 줄 것을 부탁했을 때 무의식중에 내가 차를 산 사실은 이 기사를 통하여 형님에게 알리고 싶어했었던 것인지 모른다고 생각했다.

"시골 좀 가는 데 레코드 신품이 왜 필요해, 임마. 값싸고 쓸 만한 중고차가 얼마나 많은데 하필이면 제일 비싼 차를… 너, 레코드 한 대 굴리는 데 얼마나 드는지나 알아? 세금도 그렇고 기름값만 해도 다른 차 갑절은 먹혀. 네가 무슨 재벌이냐? 지방 다니려면 고속도로 통행료만 해도 얼마나 드는지 알구 있어? 지방 갈 때는 나두 고속버스 타고 다녀 임마. 그리고 차를 사고 싶으면 어머니한테라두 미리

상의를 해야지. 너, 어머니가 얼마나 화나신 줄 알아? 너한테 맡겨뒀다간 엉뚱한 짓 하느라고 다 까먹겠다구 식당도 명의를 내 앞으로 바꿔놓자고 야단이셔."

"차는 형님 차하고 바꿔도 좋아요. 뭐 꼭 레코드라야겠다는 건 아니니까…"

"임마, 나도 레코드 좋은 줄 몰라서 안 굴리는 줄 아니? 유지비가 많이 들어서 그러는 거야. 어차피 물릴 수는 없는 거구, 내가 임자 찾아볼 테니까 그건 팔아치우고 꼭 차가 있어야겠으면 중고차 중에서 쓸 만한 걸 골라줄 테니까… 그리구 어머니한테서 전화가 갈 거야. 돈도 돈이지만, 너 차사고로 무슨 일을 낼까 봐 펄펄 뛰시니까, 마음이 울적해서 샀는데 며칠만 타 보구 팔아치우겠다고 말해. 알았어?"

아닌게아니라 형님의 전화가 끝나기 무섭게 어머니한테서 전화가 걸려왔다. 아직 점심시간도 아닌 땐데 "갈비탕 합이 셋!" 따위의 소리가 어머니의 말 마디마디 사이로 배어 나오고 있었다. 카운터에 앉아서 한 손으로는 종업원에게 전표를 떼 주면서 전화를 걸고 있는 모습이 선히 보이는 것 같았다.

"엄마 태우고 관광여행이나 다니려구요."

"넋빠진 소리 말구 오늘 당장 형한테 맡겨서 팔아치워요. 네가 운전을 언제 해봤다구… 사람이나 덜컥 치어놔 봐라. 천천히 망하려면 아편을 하구 빨리 망하려면 차를 사라구 했어. 그리구 너 은행에 넣었다는 돈 얼마 남았니? 차 사고도 많이 남았을 텐데…"

"없어요, 한푼도."

"없다니?"

"다 써버렸어요. 친구들하고 술 마시느라고…"

계획했던 것도 아닌데 불쑥 거짓말을 하고 말았다. 술보다는 지난 3개월 동안 수많은 여자를 사는 데 돈을 쓴 건 사실이지만 그 액수란 백만 원 이내였고 그것도 주로 중국음식점에서 나온 수입으로였다. 4백만 원은 아내였던 여자에게 주기 위해 그 여자 이름으로 예금통장을 만들어 내가 가지고 있었던 것이다. 어머니가 물어올 경우에 대비한 대답은, 물론 내가 그렇게 말할 수 있을지 스스로 의심했지만, 그것은 "영숙이 줘버렸어요"라는 것이었다. 왜 줬느냐고 물으면 대답할 말을 준비하지 못한 채, 아마 "그냥요"라는 말이 내 입에서 튀어나오리라고만 막연히 생각해 왔다. 그런데 전연 거짓말이 튀어나왔던 것이다.

"안 되겠다. 너 당장 이리 좀 오너라. 내가 자리를 빌 수는 없구. 엄마한테 지금 좀 와."

"오후에 들를 게요. 어젯밤 꼬박 새우고 지금 자고 있었던 거예요. 잠 좀 자구 나갈 게요."

그건 거짓말이 아니었다.

"뭘 하느라고 밤을 새? 또 고등학교 동창생이냐?"

"예, 두수라구 나두 새까맣게 잊어 버리고 있던 친군데 소식을 들었다구 전화가 와…"

"어떤 녀석이 나발을 불고 다닌대니? 이혼이 무슨 잔치 났다구 동창들한테 방을 돌리구 지랄들이라니? 결혼식 때는 코빼기도 안 내밀던 녀석들이… 철딱서니 없는 것들… 그럼 밤새도록 술을 마셨단 말이냐?"

"네, 그 녀석 집에 가서 옛날 이야기하며…"

이건 거짓말이었다. 비어홀이 끝나자 두수라는 녀석과 함께 술자리에서 짝이었던 호스테스들을 데리고 여관으로 갔었던 것이다.

이혼 이후, 생활은 전연 상상도 하지 않았던 방향에서 이상한 틀을 들고 나한테 덮쳐 나를 그 틀 속에 집어넣고 틀 모양대로 일그러뜨렸다. 상투적인 매일이었다. 이젠 이름조차 잊어가고 있는 고등학교 동창생으로부터의 갑작스런 전화. 비어홀. 여자 얘기 또는 돈벌이 얘기. 그리고 여자를 사서 호텔로 간다. 또는 호텔에 가서 여자를 산다. 마치 내가 이혼하기를 사방에서 기다리고 있었다는 듯 전화가 지긋지긋하게 많이 걸려 왔다. 나 두수야, 생각 안 나니? 하긴 졸업하고 첨이니까. 아냐, 우리 훈련소에서 한번 만났잖아! 벌써 팔년이 됐구나. 자아식, 이제 생각나니? 영진이한테서 네 소식은 자주 듣고 있지. 너 뭐 이혼했다며? 나와라, 술 한잔 살 게. 그리고 호기롭게 문지기가 알아주기를 기대하며, 그쪽에서 알아모시지 않으면 자기 쪽에서 문지기의 어깨를 두드리며, 잘 있었어? 앞장서 들어가는 술집들도, 자기네 딴에는 마음을 써 일류로 데려가 준 때문인지 그게 그거다. 엠파이어, 월드컵, 코스모스, 오비타운, 그리고 관광호텔들의 나이트 클럽들… 어제 저녁엔 딴 녀석과 밴드석 바로 앞자리에서 마셨는데 오늘은 이 녀석과 구석자리에서 마신다. 무대에서는 텔레비전에서 본 가수들이 무식의 악취를 풍기며 슬픈 노래도 백치처럼 싱글싱글 웃으며 부르고 있고, 개그맨들은 어젯밤과 똑같은 대사를 똑같은 표정으로 씨부렁거리고 있다. 운동부족과 영양과다로 비만증에 걸려있는 사내들은 넥타이 매듭과 허리띠를 헐겁게 풀어놓고 헐떡이며 맥주를 들이키고 나서 한 손으로는 자기의 튀어나온 배를 슬슬 어루만지고 있다. 간신히 엉덩이까지만 내려오는 원피스 유니폼을 입은 호스테스들은 자기 사내가 술잔에서 입을 뗄 때마다 땅콩이나 북어포 조각을 사내 입에 넣어주고, 가수의 노래가 끝날 때마다 눈은 딴 곳을 향한 채 무대 쪽으로 손만 내밀어 맥빠진 박수를 친다. 사내의 손은 탁자 밑에서 아가씨의 사타구니를 더듬고, 아이, 남들이 보잖아요, 빼내는 손끝에 묻어오는 것은 냉증 특유의 썩은 냄새일 게 틀림없다. 썩은 냄새. 썩은 음부. 아내의 사타구니에서 풍겨오던 부패 그 자체. 허연 거품을 떠올리는 노랗게 썩은 술. 가슴 복판에서 시작하여 독사처럼 외줄기로 목구멍까지 치달려오는 통증마저도 상투적이다. 썩은 술이 빠르게 침투하여 상투적으로 모든 신경세포를 들쑤시고 머리, 가슴, 불알, 무릎 관절의 모든 조직을 썩인다. 썩은 술에 의해 썩어 가는 사고, 썩은 사고에 의한 썩은 감정. 상투적으로 끓어오르는 상투적인 증오. 혈관 속의 피는 검은색으로 변하고 있으리라. 인간은 행복할 자격이 있는가? 먹을 것이 부족하던 시절에는 생선시장의 개들처럼 꼬리를 뒷다리 사이에 감아 넣고 눈을 슬프게 치켜 뜨고 다니다가 형편이 좀 나아지면 발정한 개들처럼 닥치는 대로 붙을 자리만 찾아다닌다. 사람들이 결국 바라는 건 필요 이상의 음식, 필요 이상의 교미. 섹스의 가수요(假需要). 부잣집 며느리 여름철에 연탄 사 모으듯, 남의 아내가 될 여자건 닥치는 대로 붙는다. 남의 사랑을 위한 빈 자리를 남겨두지 않는다. 물처럼, 공기처럼, 여력만 있으면 빈자리를 메우려든다. 인간은 자연인가? 메우고 썩인다. 썩은 사타구니에서 쏟아지는 썩은 감정. 자리를 찾지 못한 자들의 증오. 평화가 만든 여유. 여유가 만든 가수요. 가수요가 만든 부패. 부패가 만드는 증오. 부패는 이미 시작되었으며 남은 일은 증오의 누적, 그리하여 전쟁. 전쟁은 필연적이다. 전쟁으로 모두 빼앗기고 다시 시작. 인간은 행복할 자격이 있는가? 그게 아녜요. 형편이 나아져서가 아녜요. 아내가 말한다. 그럼 뭐야. 그렇군, 형편이 더 나빠져서군. 돈 때문이니까. 우리를 지배하고 있는 건 돈이니까. 아녜요. 슬픔 때문예요. 종말에 대한 슬픔이 섹스를 만든 거예요. 마찬가지로 우리 모두를 지배하고 있는 슬픔이 우리들의 섹스를 만들어요. 사람들은 슬퍼하고 있어요. 당신이 바라고 있는 그 전쟁 때문예요. 정부에서도 신문에서도 대비하라고 야단들이잖아요? 내가 얘기하는 건 그런 전쟁이 아냐. 전쟁은 다 마찬가지예요. 전쟁이 나면 이번엔 아무 데도 도망갈 데가 없다는 걸 어린애까지도 알고 있어요. 지난번 전쟁보다 더 끔찍하리라는 것도 모두 알고 있어요. 우리를 지배하고 있는 것은 자본주의도 정치권력도 아녜요. 종말에 대한 불안이에요. 적개심을 돋운다고 하지만 그건 전쟁 이후에도 살아남을 수 있는 사람들을 위해서죠. 집은 불타고 자기는 죽고 아이들은 고아원으로 간다는 것쯤은 누구나 알고 있어요. 슬픔이 적개심을 휩싸여 녹아버려요. 우리가 기대할 수 있는 건 적개심에 대해서가 아니라 우리의 적들에게도 불탈 집이 있고 고아원으로 갈 아이들이 있어서 우리처럼 슬퍼하고 있는지 하는 사실에 대해서 뿐이죠. 그렇지만 그런 희망이 얼마나 허망한 결과로 나타나는지는 정부에서 설명 안 해줘도 누구나 알고 있어요. 그래요, 모두를 지배하고 있는 것은 슬픔예요. 그 슬픔은 특히 남자들을 사로잡고 있어요. 그 슬픔이 남자들의 윤리를 허물어뜨려요. 윤리란 미래적인거죠. 우리에겐 미래가 없는 거예요. 그리고 허물어진 남자들이 여자를 지배하고 있구요. 그래서 모두 슬픈 거예요. 악귀 붙은 년, 악귀 붙어 미친 년. 네 주둥이를 빌려서 아는 체 떠들고 있는 도깨비는 어떤 놈이냐? 방송극의 유치한 대사로만 꽉 들어찬 네 대가리에서 나올 수 있는 말이 아니다. 왜 화제를 나한테 돌리세요? 옳아, 이제 보니 그동안 쭈욱 날 우습게 보고 있었군요? 가장 위해 주는 체하면서. 그래 우습게 보고 있었다. 누구냐? 네 입을 빌려서 떠들고 있는 놈. 그 따위 말로 널 유혹했단 말이지? 그따위 말로 내 자리를 빼앗았단 말이지? 여자의 자물쇠는 그따위 말로 열린단 말이지? 열리자마자 문 안으로 정액을 쏟아 놓아 그 말을 네 자궁 속에 풀칠해 놓았단 말이지? 우린 이제 모두 죽게 될 테니까, 하며 슬픈 얼굴을 짓고 다가오면 네 문은 스스로 열린단 말이지? 누구냐? 이름을 대란 말야. 네 주둥아리를 통해서 말하고 있는 그 놈. 아직도 네 자궁 속에 살아서 까불대고 있는 놈. 개 같은 욕망에 시대의 구실을 붙여 널 유혹한 놈. 이름을 대. 모두 이름을 대. 몇 놈이냐? 모두 이름을 대. 개새끼야, 미친 건 네놈이야. 이제 싫증났으면 그냥 싫다고 해. 내가 언제 처녀랬어? 내가 언제 결혼해 달라구 했어? 결혼하자구 찾아다닌 건 네놈이잖아! 그냥 나가 달래도 얼마든지 나갈 수 있어. 그래 미쳤는지도 모른다. 네 자궁 속에서 붙어서 아무한테나 문을 열어주는 도깨비한테 물려서 나도 미친 모양이다. 어서 이름만 대. 악귀는 제 이름을 부르면 도망치는 거다. 널 쫓아내고 싶어서가 아니다. 네 몸 속의 도깨비를 쫓아내고 싶어서다. 왜 감추느냐, 왜 도깨비를 감싸고 내놓지 않느냐. 부끄러워서냐. 작은 부끄러움을 지키려고 큰 사랑을 거절하는 거냐. 널 마음대로 휘두르고 있는 건 네 몸에 붙은 도깨비야. 도깨비가 지배하고 있는 널 내가 어떻게 믿고 사랑할 수 있느냐. 토해 버려라, 도깨비를 토해 버려, 네 자궁 속의 도깨비를 입으로 토해 버려. 널 사랑하고 싶어서 그러는 거야. 개새끼야. 진짜로 미친놈은 네놈이야. 없는 도깨비를 억지로 만들어서 날 쫓아내려구. 좋아 나갈 게. 네놈 아니면 남자 없을 줄 알구. 개 같은 년. 허연 거품을 떠올리는 누렇게 썩은 술.

아내를 처음 알게 된 것은 결혼하기 반 년쯤 전, 4월 어느 일요일 오후, 부산에서 서울로 오는 비행기 안에서였다. 그 전날 오후, 부산에서 고등학교 교편을 잡고 있는 동창의 결혼식이 있었다. 오전에 태종대를 구경하고 그 바닷가 바위 위에서 마신 소주 때문에 아직도 새빨간 얼굴을 해 가지고 비행기에 올라 자리에 앉아 있는데 어쩐지 내 옆자리에 예쁜 여자가 앉아 줄 것 같은 예감이 들었다. 예감은 기대로 바뀌어 만일 예쁜 여자가 아닌 사람이 앉는다면 나는 몹시 불쾌해질 것 같았다. 그래서 승강구 쪽에서 내 쪽을 향해 다가오는 사업가 차림의 사내들에게 나는 갑자기 날카로운 적의를 느끼며 조마조마한 마음으로 기다리고 있었다. 오르고 있는 여자라고는 대부분 남편 동반의 기름진 중년여인들이었고 그나마도 몇 명 되지 않았다. 잠시 후에 여자대학 배지를 옷깃에 단 아가씨 두 명이 올랐으나 너무 어려 보였고 예쁘지도 않았다. 다행히 그 두 아가씨는 다른 자리에 나란히 앉았다. 그리고 잠시 후에 기다리던 여자가 나타났다. 몸매가 가늘고 얼굴 생김이 뚜렷한 스무 서너 살로 보이는 여자였다. 옷차림이 다소 지나치게 화려해 보였으나 그건 휴일날 유원지에서라면 얼마든지 볼 수 있는 정도였다. 저 여자라면, 하고 기대하고 있는데 다른 사람들 눈에도 예뻐 보이는지 그 여자가 통로를 걸어와 좌석번호를 확인하고 내 옆에 앉을 때까지 그 여자를 보기 위해 고개를 돌리고 있는 사람들이 여기저기 보였다. 특히 중년여인들이 그랬다. 다른 사람들도 나처럼 저기 옆자리에 예쁜 여자가 앉기를 바라고 있었구나, 생각하며 일정한 조건 속에선 사람들의 심리가 어슷비슷하다는 바로 그 점이 사람들을 결속시키는 것이라고 잠깐 엉뚱한 생각을 하고 있었다. 그 여자 뒤로는 몇 명의 젊은 여자가 올랐으나 그 여자만큼 예쁜 여자는 없었다. 모두가 나를 부러워하고 있는 것 같아서 나는 무표정하려고 애써도 참을 수 없이 웃는 얼굴이 되었다. 문득 많은 사람들 앞에서 발가벗고 선 것처럼 부끄러워서 웃음을 삼키려고 어금니를 깨물며 창밖 풍경을 구경하는 체했다. 비행기가 이륙하여 저녁햇살을 받아 명암이 뚜렷한 산들이 아득히 내려다보이자, 나는 그 명암이 뚜렷한 산들과 허공에 떠 있는 몇십 명의 사람이 그려진 초현실주의 화풍의 그림을 상상으로 보고 있었다. 그리고 비행기의 실종을 상상했다. 어딘가 무인도에 내려 이 비행기를 타고 있는 사람들끼리만 한 사회를 이루고 살아야 한다면, 가만 있자 남자가 몇 명이고 여자가 몇 명이지? 고개를 쭉 뽑고 그래도 안 되어 엉덩이까지 들어올려 기내의 남자와 여자 숫자를 눈으로 세어 보고 있는 나를 내 옆의 여자는 이상하다는 눈으로 보고 있었다. 남자 일곱 명에 여자 하나의 비율이라는 계산이 나왔다. 결국 나는 이 여자를 다른 남자 여섯 명과 함께 가질 수밖에 없다. 아냐, 젊고 가장 예쁜 여자라니까 모든 남자가 다 가지고 싶어 할 것이다. 물론 나는, 비행기에서 앉았던 대로, 운명대로 짝을 지웁시다고 주장하겠지만 보아하니 비행기 안에 앉아 있는 대부분의 남자들은, 넥타이를 끄르고 양복만 벗어버리면 씨름꾼이라고 해도 정확할 만큼 정력적으로들 생겼다. 그런 주장을 하다간 우르르 달려들어 우선 나부터 처치해 놓고 볼 인상이다. 나는 아내와의 운명을 그때 벌써 예감하고 있었던가 보았다. 아니 만일 하나의 이미지가 그 이후의 운명을 유도한다면 그 비행기 속에서의 망령된 공상이 그 이후 아내를 대하는 나의 자세로 굳어졌던 것일 수도 있다.

스튜어디스가 통로를 지나가며 나의 여자에게 "안녕하세요?" 상냥하게 인사를 했을 때야 나는 말 붙일 구실을 잡을 수 있었다. "비행기를 자주 타시는 모양이죠?" 나의 여자는 긍정도 부정도 아닌 미소만 지어 보였다. "전 비행기 타보는 거, 이번이 두 번째입니다. 작년 여름방학 때 제주도 가면서 한번 타보구선…" "학생이시군요?" 학생이라면 동생처럼 여기고 말상대를 해주겠다는 듯 얼굴을 풀며 말하는 그 여자의 입에서 담배냄새가 풍겨왔다. "학생은 아니지만 대학에 나가고 있습니다." "어머, 그럼… 교수님이신가요?" "아녜요, 아직 시간강사예요. 헤헤…" 교수는 그만두고 전임강사도 아닌 자신이, 그리고 백치처럼 말꼬리에 싱거운 웃음을 흘리고 만 자신이 혐오스러웠다. "학생이세요?" 이번엔 내가 물었다. 화장이 짙은 걸로 봐서 학생은 아니다고 확신하면서. 그러나 '졸업했어요' 정도의 대답은 기대하면서. 그 여자는 눈이 부신 듯 깜박이며 나를 잠깐 응시했다. 이해할 수 없는 사태나 사람과 갑자기 부딪쳤을 때 그 여자의 눈은 그렇게 떨리고 그렇게 맑아지는가 보았다. 어쨌든 속눈썹을 떨며 내 눈을 응시하던 그 여자의 눈길은 내 운명을 결정했다. 그 순간에 나는 그 여자를 사랑해 버렸던 것이었다. 마음과 마음의 가장 빠른 지름길은 마주치는 눈길이었구나 생각하며 나의 술 마셔 붉은 얼굴은 더욱 붉어지며 이마로 진땀이 배어 나오기 시작했다. 그 여자의 얼굴에 갑자기 장난꾸러기 같은 미소가 번지면서 "제가 대학생 같아 보이세요?" 물어왔다. 마치 학생 같아 보이기를 기대하듯. "글쎄요, 사 학년쯤… 아니 졸업하셨죠?" 가만히 손을 올려 웃는 입을 감추며 그 여자는 재빠른 시선으로 그동안 그 여자를 곁눈질로 훔쳐보고 있던 통로 저쪽의 중년남자를 보고 나서, 표정을 다시 의젓하게 정리했다. 그 다음부터는 마지못해 하는 듯 내 질문에 반응했다. "댁이 부산이세요?" "아니, 서울예요." "책 많이 읽으세요?" "…네." "주로 어떤 책을… 소설 같은 거요?" "소설도 보구요…" "또?" "닥치는 대로 보죠 뭐. 그렇지만 워낙 시간이 없어서 많이는 못 봐요." "뭘 하시는데 시간이 없으세요? 공부하시느라고요? 역시 학생이군. 어느 학교 다니세요?" 그 여자는 이번엔 냉담한 얼굴로 잠깐 나를 돌아보았을 뿐이었다. 나는 머쓱해지지 않을 수 없었다. "미안합니다. 실은 미인이셔서 자꾸 말이 하고 싶네요." 그제야 미소를 띠고 얼굴은 앞을 향한 채 상반신만 내 쪽으로 약간 기울여 "저 방송국에 나가고 있어요." 남이 들을까 꺼리는 듯 속삭이는 음성이었다.

그 은근한 속삭임 때문에 나는 그 여자한테서 모든 것을 허락받은 듯한 기쁨을 느꼈다. 그러나 나는 여전히 그 여자에 대해서는 모른 채였다. 방송국에 나간다는 말을 다만 직장이 방송국이라는 뜻으로만 들었다.

"방송국에서 뭘 하세요? 아, 아나운서군요?"

"…그 비슷한 거예요."

그때 내 앞자리의 중년여자가 의자 등받이 너머로 얼굴을 내밀고 나에게 웃음 머금은 사투리로 말했다. "보소, 듣자듣자 하니 너무하데이. 유명한 텔레비 탤런트 한영숙씨도 모르나, 이 답답한 양반아." 중년여자의 말이 끝나기도 전에 주위에 왁 웃음이 터지는 걸로 보아 그동안 내가 나의 여자와 주고받는 말을 그들은 흥미있게 듣고 있었던 모양이었다. 내가 목덜미까지 새빨개진 것은, 남들이 다 알고 있는 유명한 여자를 몰라봤다는 부끄러움 때문이 아니라 우리의 은밀한 대화를 남들에게 들켰다는 창피함 때문이었다. 텔레비전이라야 휴일날 방영해 주는 외국영화나 가끔 보는 데 지나지 않아서 나는 그 여자가 텔레비전 드라마에 출연하는 여배우란 건 전연 상상도 안 했었다. "공부만 열심히 하시는 모양이네요. 텔레비 같은 건 안 보시구…" "예, 앞으론 열심히 보겠습니다."

사실 그 후 며칠 동안 나는 그 여자의 얼굴을 보기 위해서 그 여자가 출연하는 드라마 시간이 되면 텔레비전 수상기 앞에 앉곤 하였다. 역할을 위한 분장 탓인지 화면 속의 그 여자는 내가 본 그 여자와는 다른 것 같아서 안타까움을 느꼈다. 국민학교 때 아동극에 출연한 같은 반 계집애가 야단스런 화장을 했을 때 느낀 그 서먹서먹함과 앙증스럽게 귀엽던 생각이 났다. 비행기 안에서 그 여자를 돌아보던 사람들의 표정이 이제 보니 아동극의 소녀를 바라보던 국민학교 때의 나의 표정이었다는 걸 깨달았다. 관심을 갖고 보니 여배우들의 사생활에 대한 소문도 내 귀에 많이 들어왔고, 사람들의 화제를 대부분 차지하고 있는 것이 뜻밖에도 바로 여배우들의 사생활에 관한 것이라는 것을 알았고, 그리고 그것은 스캔들을 취급하는 신문이니 잡지들이 사회적 존경을 유지시킬 필요가 있는 직업이나 계층의 사람들의 스캔들을 취급할 힘이 바로 그 사람들에 의해서 빼앗기고 있고 또 그 사람들이 오직 단 하나의 문, 여배우나 가수 등 대중의 휴식에 봉사하는 계층의 스캔들을 취급할 수 있는 문만 그 여론 도구에게 열어주고 있기 때문이라는 것을 알게 되었고, 그리고 사람들이 여배우의 스캔들에 관심을 갖는 것은 그 여배우 자신에 대한 호기심 때문이 아니라 그 여배우를 통해서나 엿볼 수 있을 것 같은 자기 시대의 감춰져 있는 부분에 대해서라는 것도 알게 되었다. 그러나 아무것도, 화면 속의 그 여자도 여배우들에 대한 해괴한 소문도 내 속에 들어와 박혀 있는 그 여자의 눈을 빼내지는 못했다. 숨결이 내 뺨에 와 닿을 만큼 가까운 거리에서 어리둥절해서 깜박이며 내 눈을 빤히 들여다보던 그 눈. 그 눈이 어딜 가나 나를 따라다녔다. 어느 날 나는 문득 내가 그 여자에게 결혼신청을 해볼 수도 있다는 아주 간단한 사실을 깨달았다. 그러자 그 여자가 승낙하리라는 확신이 들었다. 왜냐하면 그것은 운명이니까. 지금 그 여자에게 결혼하기로 약속한 남자가 있다고 하더라도 그 여자가 그 약속을 취소하고 나와 결혼할 것이 틀림없다. 왜냐하면 운명이니까. 그런 생각이 든 다음날 나는 방송국 근처의 다방에서 그 여자에게 전화를 했다. "녹화중이어서요"라고 말하는 그 여자의 얼굴은 분장 때문에 진짜 아동극의 소녀 같아서 나는 웃음이 나왔다. 그 자리에서 나는 우리 집에서 한번 저녁 대접을 하고 싶다고 말하고 사흘 후에 오겠다는 약속을 받았다. 우리 집이란 어머니와 가정부가 쓰고 있는 살림집을 말함이었다. 음식은 어머니가 경영하는 식당에서 준비를 해가지고 종업원이 차로 날라왔다. 형님 집에서 형수와 조카들이 여배우 구경을 하러 왔다. 저녁식사 후 내 서재에서 나는 내가 느끼고 있는 그 여자와 나와의 운명에 대해서 얘기했다. 결혼은 아직 생각해본 적이 없다는 대답이었다. 지금 자기 머릿속을 차지하고 있는 것은 여배우로서의 성공뿐이라는 것이었다. 누군가 그 여자로 하여금 한 남자의 소유가 되는 것을 가로막고 있다는 것을 그 여자의 말 속에서 나는 느낄 수 있었다. 그 누군가는 자기의 꿈이라고 그 여자는 말했지만 수녀가 되는 여자들에게도 천주에 봉사하기를 부추기는 사람이 있는 것이다. 마침내 그 여자는 그것이 자기 집의 가난이라고 실토했다. 아버지, 어머니, 네 명의 동생들이 그 여자 수입에 의존하고 있는 것이었다. 결혼은 해줄 수 없지만 좋은 친구는 돼주겠다고 그 여자는 말했다. 내가 그 여자에게 결혼신청을 했다는 사실을 나중에 알고 어머니와 형님은 어처구니없다는 표정이었다. 형수만이, 그럴 수도 있는 거죠 뭐, 라고 말했다. 결국 나는 그 여자의 친구로 지낼 수밖에 없다고 각오하게 되었고 그러나 남자와 여자 사이의 친구란 아무것도 아니란 걸 깨닫고, 이젠 방송국 근처 다방에도 그만 나가야겠다고 생각할 무렵 갑자기 여자가 결혼을 승낙했다. "욕심쟁이!" 나에 대한 그 여자의 그 말이 나와 결혼할 것을 결심한 이유라는 것이었다. 나는 무슨 뜻인 줄 몰랐다. 나는 나의 그 여자에 대한 전인격적 사랑을, 완전한 소유욕을 그 여자가 그렇게 표현한 것이라고만 생각하고 자랑스럽게 웃었다. 다른 남자들이 그 여자의 음부만으로 만족하고 그 여자의 나머지는 그 여자 자신의 소유로 인정해 버리는 데 비교된 표현이라고는 생각하지 못했다. 그 여자가 말하는 '친구'라는 것이, 가방을 든 채 어슬렁어슬렁 방송국 근처 다방으로 가서 차를 시켜 놓고 그 여자를 기다리는 동안 남의 웃음거리나 되는 것이 아니라는 걸 몰랐다. 결혼식까지도 나는 그 여자에게 처녀막이 있는지 없는지에 대해서는 한번도 생각해 보지 않았다. 결혼 안 한 여자니까 처녀일 것은 당연했다. 갑자기 닥친 결혼식을 앞두고 허둥지둥 병원으로 달려가 정충검사를 해본 것은 나였다. 군대시절, 부대 근처 마을의 한 술집 아가씨와 다섯 번 성교를 했는데 그때 성병에 걸렸던 것이었다. 부대의 의무실에 입원까지 해가며 치료를 받아 완치된 줄은 알고 있지만 막상 결혼을 앞두고 보니 그 악독한 병균이 혹시 미세한 하나라도 내 몸 속에 남아 있을까 봐 불안해서 견딜 수가 없었다. 아내 이전에 여자 경험이라고는 병을 옮겨 준 그 아가씨가 유일한 것이었지만 그마저도 나는 아내 될 여자에게 죄스러웠다. 결혼식만 치르고 나면 기회를 보아 그 일을 고백하고 용서를 구하리라고 작정하고 있었다. 서귀포의 호텔에서 첫날밤 신부가 처녀가 아니기 때문에 당황한 것은 아내가 아니라 나였다. 처녀가 아닌 점에 대해서는 아내는 한마디 설명도 없었다. 거짓으로라도 아픈 체해 줬더라면 좋았을 것이다. 아니 아픈 체해 보려고 시도는 하는 것 같았다. 그러나 스스로 멋쩍었던지 금방 그런 거짓 표정을 지워 버렸다. 아내와의 최초의 행위가 끝났을 때 나는 내가 신부의 비처녀를 전연 알아채지 못한 듯 구느라고 소란을 피웠다. "아팠지? 처음엔 되게 아프다던데?" 이마, 뺨, 닥치는 대로 키스를 해대고 손으로 아내의 배를 쓸어 주고 하며 고통을 위로해 주는 듯 호들갑을 떨었다. 실제로 나는 그토록 소원했던 여자와 알몸으로 껴안고 있게 된 기쁨에만 휩싸여 있었다. 처녀가 아니기 때문에 당황했을 뿐이지 아직 실망하거나 화가 나지는 않았다. 호들갑을 떨고 있는 나를 그 여자가 내가 잊을 수 없는 그 눈으로 꽤 오랫동안 보고 있었다. 어리둥절하여 깜박이며 내 눈을 빤히 들여다보는 그 눈. 나중에야 나는 그 여자에게 고백시켜 그 여자를 정화시킬 수 있었던 기회는 바로 그때였다고 깨닫게 되었지만 어떻든 그 눈표정이 바뀌었을 때 그 여자의 자궁 속에서 나갈까 말까 망설이던 도깨비는 도로 자궁 속 깊이 들어가 버린 것이었다. 그 눈앞에서 고백을 시작한 건 오히려 나였다. 부대 근처 마을의 술집, 염소처럼 눈동자가 노랗던 아가씨, 성병, 결혼식을 앞두고 대학병원에서 완전무결하다는 진단을 받았다는 얘기까지 했다. 성병이라는 얘기를 할 때 그 여자는 치가 떨리는 듯 몸을 웅크리고 돌아누우려 했다. 황급히 어깨를 끌어안아 내 쪽으로 돌려놓고 아내를 안심시키기 위해서 부대의 의무실에서의 치료과정을 기억나는 한 상세하게 설명했다.

"용서해 줘. 용서해 줄 수 없어?" 용서한다는 듯 아내는 내 목을 끌어안았다. 그리고 욕실에 가서 아랫도리를 다시 씻고 오라고 했다. 욕실에서 돌아오자 나를 침대 위에 반듯이 눕게 하고 아내는 엎드려서 나의 벌레처럼 줄어든 남성을 입에 넣고 애무하기 시작했다. 내 남성은 그 어느 때보다도 크게 발기되고 있었지만 그러나 내 몸을 적시기 시작하는 것은 관능의 쾌감이 아니라 슬픔이었다. 아내는 아직 용서받은 것이 아니었다. 그런데도 그 여자는 모두 용서받은 듯이 굴고 있는 것이었다. 성기에 입을 대는 것이 성병에 걸렸던 나를 용서한다는 의식이라고 그 여자는 생각했는지 모르지만 나는 외국에 다녀온 친구가 언젠가 슬그머니 보여주던 포르노 사진의 그 비속의 극치를 기억하고 그런 대담한 행위를 첫날밤 보여줌으로써 아내가 자신의 추잡한 과거를 인정하도록 나에게 강요하고 있는 것이라고 생각했다. 나는 인정할 수가 없었다. 아내가 잠든 후 나는 이불을 걷고 아내의 음부를 들여다보았다. 난생 처음 보는 음부의 추악한 모습에 나는 구토증을 느꼈다. 그것은 악마에게 강요당하여 아내가 할 수 없이 몸에 차고 다니는 주머니인 것만 같았다. 4박 5일의 신혼여행을 끝내고 서울로 돌아왔을 때 나는 성기에서 이따금 찌르는 듯 스치고 지나가는 통증을 느꼈다. 병원에 가보니 잡균의 침입으로 생긴 요도염이었다. 이것만은 모른 체해도 좋을 일이 아니었다. 아내는 자신은 아무렇지도 않다고 했다. 냉증은 어느 여자에게나 있는 것이라고 했다. 나의 성병이 재발했을 것이라고 우기며 새삼스럽게 구토증을 느끼는 듯 목줄기에 손을 대고 침을 뱉았었다. 어쨌든 아내와 나는 사이좋은 유치원 아이들처럼 병원엘 다녔다. 그렇다. 부부란 함께 병을 고치기 위해 만난 남자와 여자다. 나는 그렇게 생각했다. 그러나 변기에 앉아 핏덩어리를 쏟고 있는 아내를 병원으로 데려가 태아의 자연유산임과 의사의 입에서 아내의 인공유산의 경험이 많음을 알고 났을 때 이제부터 아내는 나에게 도깨비들이 실컷 뜯어먹다 싫증이 나서 던져준 썩은 고깃덩이에 지나지 않았다. 그렇다고는 하지만 늦지는 않았었다. 그 여자가 입으로 도깨비들을 토해 줬더라면. 그러나 아내는 드라큘라에게 목덜미를 물린 여자였다. 지방에서 양조업을 하고 있는 고등학교 동창생이 오랜만에 서울에 온 김에 친했던 친구 몇 명을 불러 근사하게 한잔 사겠다고 간 후암동의 어느 은밀한 방에서, 캘린더 촬영 때문에 늦겠다고 전화했던 아내가 다른 호스테스들과 함께 들어왔을 때 나는 이제껏 그 여자가 빠져나오지 못하고 있는 세계의 두꺼움을 감히 짐작조차 할 수 없었다. 거품처럼 끓어오르는 증오. 너 이런 데 왜 왔어? 돈 때문이죠. 돈은 누가 주지? 돈 가진 남자들이 주지 누가 줘요. 남자는 왜 너한테 돈을 주지? 즐겁게 해줬으니까 주지 왜 줘요. 즐겁다의 반대말은 슬프다. 역시 그런가? 갖가지 친구들의 갖가지 충고. 그러니까 일찍 일찍 하나라도 많이 주워먹는 거야. 여편네는 어차피 처녀가 아닐 테니까. 나라고 가만 있을 수 있니? 자기가 터뜨린 처녀가 하나만 있어도 좋아. 여편네 생각하고 화가 날 때 나도 처녀 하나 먹었으니까 하면 되니까. 많이 먹을수록 좋아. 그 기억만으로 충분히 위로받을 수 있어. 여편네의 용도는 어차피 다른 거니까. 인간은 도대체 행복을 바라고 있기나 한가? 개새끼들. 너희들이다, 아내의 자궁 속에 달라붙어 있는 슬픈 얼굴의 도깨비는. 다시 만나 살라구. 이혼한 여자는 불쌍한 거야. 여자란 처녀인 체 속일 수 있는 동안 꼿꼿할 수 있는 거야. 속일 수도 없게 됐다는 점 때문에 이혼한 여자는 절망하는 거지. 여자가 한번 절망하면 얼마나 자기를 더럽게 내돌리는지 넌 모르지? 불쌍하지도 않니? 개새끼들. 불쌍하다는 말 속에서 축축한 욕망이 엿보인다. 그래, 이혼한 여자란 처녀가 아니다. 처녀가 아니니까 외설스럽다. 길에서 내 아내였던 여자를 만나게 되면 너희들은 그 여자의 아랫배부터 볼 게 틀림없다. 난 처음부터 그럴 줄 알았어. 네가 여배우하고 결혼했다는 소문을 들었을 때부터 앞날이 훤히 보이더군. 우선 여배우란 직업은 일종의 사업이야. 가정이란 것도 하나의 사업이구. 한꺼번에 두 가지 사업을 둘 다 잘 경영한다는 건 힘든 거야. 결혼할 때 그 직업은 그만두게 해야 했어,

네 와이프는 화가지? 달라, 여배우란 특수한 직업이야. 그 육체 자체가 대중의 소유야. 여배우 자신이 그걸 잘 알고 있어. 대중의 소유물을 너 혼자 독점하려면 대중들이 그 여자에게 줄 수 있는 것 이상을 네가 줄 수 있어야 해. 대중들이 부러워할 명예라든가 어마어마한 돈이라든가 그 여자가 무슨 짓을 하든지 얼마든지 용서할 수 있는 사랑이라든가. 비싼 창녀란 말이군. 남편은 기생의 기둥서방이 되란 거구. 여자 중의 여자란 말이지. 모든 여자란 규모가 크고 작을 뿐 다 그런 거야. 만족의 한계가 좁달 뿐 아무리 평범한 여자도 다른 남자가 주는 것 이상을 줄 때 독점할 수 있는 거야. 남녀관계란 근본적으로 경제적인 관계야. 남자끼리의 관계만 사상적 관계지. 부자와 가난뱅이도 같은 취미로써 친구로 지내거든. 말 잘했다. 내가 증오하는 것은 너희 남자들 그 경제구조를 엉망으로 만드는 사상구조. 아이를 빨리 만들지 그랬니? 아이란 우리들의 신(神)이야. 인간적인 사랑이란 삼각형의 관계 형식 속에서만 가능하다구 생각해. 한 꼭지점에는 남자, 또 한 꼭지점엔 여자 그리고 또 한 꼭지점엔 신이 있어야 하는 거야. 남자와 여자가 함께 바라보는 신이 있을 때 추잡한 거래관계를 벗어날 수 있는 거야. 신이 없는 두 꼭지점만의 남자와 여자의 사랑이란 이기적으로 무한히 탐욕적인 동물적인 사랑에 지나지 않아. 어느 한편이 상대를 잡아먹고서야 끝나는 투쟁에 지나지 않아. 끝나도 괴로운 투쟁이지. 왜냐하면 상대를 잡아먹어 버렸으니 남은 건 고독한 자기란 말야. 신이 있으면 달라. 신에게는 남자도 여자도 다 있어줘야 한다는 걸 알고 남자와 여자는 진실로 평등하게 상대를 존중하게 되지. 서양사람들에게는 그 신이 있지만 신이 없는 우리들에겐 자식이 그 신 노릇을 하는 거야. 물론 그 신이 불변하고 영원한 하나의 신이 아니라 변하고 일시적이고 수많은 신이기 때문에 우리가 만드는 삼각형은 불안전한 삼각형이고 너무나 많아서 충돌하기 쉬운 다신교라고 해야겠지만 어쨌든 남자와 여자 사이에 추잡한 동물적 사랑이 아닌 숭고한 인간적 사랑을 최소한이나마 가능하게 해주는 거야. 신이 인간을 구제한다면 아이들이 우리를 구제해 주고 있는 거야. 아이를 빨리 낳았더라면 네 부부가 파경을 당하진 않았을 거야. 네 부인도 달라졌을 거구. 그랬을지도 모르지. 그러나 도깨비가 붙어 있는 썩은 자궁. 유산 경험이 많으시군요. 습관성 유산입니다. 전쟁이 나면 고아원에나 가게 될 아이, 안 낳으면 어때요? 나의 자리를 오염시킨 놈들은 누구냐. 철저히 불안전하고 위선적인 삼각형. 바로 너의 논리에 의하여 부정당해야 할 너의 주장. 아이는 신이 될 수 없다. 아이는 언제까지나 아이로 있는 게 아니다. 아이를 갖지 않은 어른들, 아이를 잃어 버린 어른들이 된다. 내 것이어야 할 아내의 처녀를 도둑질한 놈은 이십대 미혼청년이었고 아내를 돈으로 유혹한 놈들은 장성해 버려 이젠 자식이라고 하기 어려운 자식을 가진 오십대 사내들이었다. 부모에겐 신이 되고 스스로는 악마인 두 가지 얼굴의 신이 아니다. 탐욕적인 청춘, 이기적인 중년, 발기되는 노년들이 물처럼 공기처럼 빈자리를 메우려 드는 세계. 우리의 삼각형은 그들 틈에 우글쭈글 뒤틀려 잠시 끼어 있을 뿐. 상투적인 저녁이었다. 이름조차 잊어가고 있던 동창생들로부터 갑작스런 전화. 소문 들었다. 술 살게 나와라. 여자 얘기 또는 돈벌이 얘기. 임마, 마셔, 마시고 잊어버려. 버스하구 여자는 오 분만 기다리면 오는 거야. 야, 오늘 저녁 너 이 손님 잘 모셔. 내가 왜 돈 벌려고 악착 떠는 줄 아니? 이런 친구 위로해 주려구 그러는 거야. 너 팁, 평생 잊지 못하도록 줄 테니까 잘 모셔야 해. 이 친구, 너무 순진해서 여편네한테 구박받은 몸이니까 네가 인생 공부 좀 시켜 드려. 어머, 탤런트 한영숙이 남편이에요? 야, 너 여편네 덕 단단히 보는구나. 나중엔 이혼할망정 나두 탤런트하고 결혼할 걸. 맙소사.

이혼 이후, 이혼의 충격으로 멍해 있을 때 생활은 엉뚱한 방향에서 이상한 틀을 가지고 나를 덮쳐 나를 그 틀 속으로 밀어 넣었다. 곡마단의 객석에서 무대 위로, 술의 늪으로, 음모의 숲으로 나는 그것들의 부력(浮力)에 나의 존재를 떠받치도록 맡기고 있었고 그래서 나라고 내가 생각하고 있던 이전의 나로부터 점점 멀어져갔다. 물론 이건 내가 아니라고 생각했지만 그 전에도 항상 이건 내가 아니라고 생각하며 살았었다. 이건 내가 아니고 이전의 내가 나라고 한다면 이전의 나는 그 이전의 나를, 그 이전의 나는 그 그 이전의 나를… 그리하여 나는 무(無)이어야 할 것이다. 그러므로 이건 내가 아니라고 하는 바로 내가 나임을 나는 안다. 어느 때나 돼야만 이건 나라고 할 수 있을 것인가! 그건 꿈속의 꿈임을 안다. 나는 이전의 나로부터 멀어져 감으로써 아내 쪽으로 가까워지리라 기대하고 있었다. 그러나 아무리 떠내려가도 가까워지는 것은 아무것도 없었다. 아내나 친구나 그리고 내가 알고 있던 모든 사람들과 이전의 나는 그때의 그 관계대로 어느 시점에서 영화의 정지된 화면처럼 멈춰서 지나가 버린 시간의 땅 위에 남겨진 채로 나 자신에게조차 전연 낯선 나만이 낯선 여자들과 가까워질 아무것도 발견하지 못한 채 캄캄한 바다로 떠내려가고 있었다. 그 어두운 바다는 전연 다른 법칙으로서 역시 상투적이었다. 타인끼리만 지키는 캄캄한 법칙의 바다였다. 그런 바다에서 어떤 변화를 기대하거나 시도하는 것은 위험했다. 육지에서 변화를 기대하는 자는 잠시 얕은 바다에 뛰어들면 되지만, 되돌아가고 싶은 육지도 없이 바다의 부력에만 존재를 맡기고 떠내려가는 자가 변화를 시도하려면 물 속 깊이 빠져 버리는 수밖에 없다. 바다 밑에서 딴 세계가 기다리고 있을지도 모른다. 그러나 거의 그것은 죽음일 것이다. 캄캄한 부력은 그런 위험한 시도로부터 나를 떠받치고 있었다.

그리하여 나는 지난 3개월 동안 60명 이상의 여자와 관계했다. 세면이 일과의 하나이듯 성교 역시 일과의 하나였다. 매번 다른 여자라는 사실은 매일 낯선 지방으로 여행하는 것과 흡사했다. 빨리 통과해 버리고 싶은 여자가 있었고 며칠이고 머물고 싶은 여자가 있었다. 그렇다 그것은 여행이었다. 가는 곳마다 고향과 비교해 보듯 여자마다 아내와 비교해 보곤 했다. 그러나 모두가 고향과 닮았으나 아무 데도 고향은 아니듯 모두가 아내를 닮았으나 아내는 아니었다. 실제로 며칠이고 머물고 싶어 붙잡은 여자도 마침내는 비용만 축낼 뿐 어느 순간에선가 역시 타향이라는 깨달음만 안겨 주는 것이었다. 나의 타향을 자기의 고향으로 가진 사람들이 있듯 나에겐 타인인 그 여자들을 고향으로 갖고 있는 남자들이 있다는 사실도 알 수 있었다. 몇 개의 마을을 지나치는 동안 배치가 다르고 가꿈이 다르고 규모가 다를 뿐 결국 모든 곳이 집과 길과 숲과 냇물 등으로 이루어져 있음을 알게 되듯 그 마을의 생활 속으로 들어갈 수 없고 또 뻔해서 들어가기도 싫은 여행자에게는 여행의 시작에 느꼈던 기대와 흥분도 이내 잃어 버리고 지저분하나마 익숙한 고향 거리에 대한 향수만 짙어갈 뿐이었다. 마침내 향수의 고통으로써 허전한 여행자는 아무리 잘 꾸민 도시에서도 지저분한 고향의 모습과 닮은 구석을 발견했을 때만 우두커니 발길을 멈춘다. 마을마다 역사가 다르듯 살아온 얘기가 다르고 마을마다 주민이 다르듯 사소하나 친밀한 생활을 함께 하는 사람들을 따로 갖고 있는 그 모든 여자들과 나의 아내가 공통되는 것은 오직 음부뿐이었다. 첫날밤 아내가 잠든 후에 살그머니 들여다보고 그 부분만은 악마의 솜씨로 만들어졌다고 생각하며 구토증을 느꼈던 그 음부만이 이제는 가장 사랑스럽고 가장 소중한 고향의 모습이었다. 눈만 뜨면 내 사고의 초점은, 강력한 모터로 움직이는 기계처럼 아무리 멎게 하려 해도 억센 힘으로 내 의지를 밀쳐내 버리며 자동적으로 한 점으로만 집중하며 나를 목마르게 하는 나날이 시작되었다. 여자의 음부로만. 오직 여자의 음부로만. 눈만 뜨면 내 앞에 마주서는 이미지는 여자의 육체에서 떨어져 나와 혼자서 꿈틀거리고 느끼고 생각하고 울고 잠드는, 알맞은 볼륨을 가진 생명체, 음부였다. 그 이미지와 함께 있는 동안만 나는 살아 있었다. 그 밖의 모든 일과 시간, 책을 보는 것도 친구와 만나는 것도 물건을 사는 것도 나에게는 무의미한 것이었다. 그 이미지의 실체를 만나려 나는 여자를 불렀다. 그러나 그때마다 만나는 것은 자기의 소중한 음부를 더러운 노예처럼 학대하며 사타구니에 차고 다니는 잔인할 만큼 이기적인 타인들뿐이었다.

음부를 제거하고 나면 여자란 정말 경멸할 만큼 하잘것없는 것이다. 아아! 저 훌륭한 생명체가 왜 여자들의 노예로서 끌려다녀야 하는 것인가! 여자가 떠나간 다음에야 그 생명체는 서서히 여자로부터 분리되어 확대되면서, 내 앞에 마주서는 것이었고 다시 나를 안타깝도록 목마르게 하는 것이었고 그래서 나로 하여금 또 여자를 부르게 하는 것이었다. 하루에 여섯 명의 여자를 차례차례 데려오게 한 날도 있었다. 이제 나는 알고 있었다. 아내가 나의 아내인 동안에 다른 사내들이 내 아내한테서 얻을 수 있었던 것은 음부를 더러운 노예처럼 학대하는 노예상인의 잔인한 얼굴뿐이었다는 것을. 또한 나는 이제 알고 있었다. 음부란 물론 그 자체로서 소중한 것이긴 하지만 아내와는 아무런 관련이 있을 수 없는 독립된 생명체라는 것을. 음부는 아내가 아니었다. 다만 아내가 내 곁에 있을 때 항상 데리고 있으면 충분한 그 무엇이었다. 그런데 아내는 항상 내 곁에 있었던가? 그렇다. 아내는 나를 속이면서까지 항상 내 곁에 있으려고 했었다. 이제 나는 물체의 세계를 들여다본다. 중요한 것은 '있다'는 것이다. 의혹과 질투의 고통은 '있지 않다'는 것에 비하면 하잘것없는 것이다. 그러므로 그 여자가 나의 아내로 있는 동안 '친정집을 도와주기 위하여' 나 모르게 저질렀던 매음행위는 무시해도 좋으리라. 그것이 법률이나 사회윤리에 저촉되는 짓이라고 비난하지 말자. 법률이나 사회윤리 같은 건 개나 처먹어라. 그것들은 만화 속의 경찰처럼 도둑이 아니라 쫓고 있는 피해자를 소란 피운다고 쫓고 있을 뿐이다. 그렇다고는 하지만 지금도 여전히 그 여자가 내 곁에 있지 않았었다는 믿음이 씻어지지 않는 것은 무엇 때문인가? 왜 나는 첫날밤부터 그 여자가 내 곁에 있지 않다고 믿어 버렸던가? 내가 그 여자에게 바랐던 것은 무엇이었는가? 그것은 아무래도 가장 단순하고 가장 불가능한 것, 내가 그 여자의 최초의 남자가 아니라는 것뿐이다. 그 여자의 나와 알기 이전의 과거까지 소유하고 싶은, 불가능한 욕망 때문에, 음부와 그 여자를 분리시켜 봐도 여전히 그 여자는 부재인 것이다. 그러나 과거를 소유한다는 것이 과연 불가능한 것일까. 결혼하는 남자와 여자가 서로 가져가는 것은 결코 가구나 패물만이 아니다. 자기들의 모든 과거를 짊어지고 만나는 것이다. 친정 식구들마저도 그 여자의 과거로서 남편에게 가져가는 것이다. 이미 돌아가신 할아버지 할머니마저도 얘기라는 수단으로써 짊어지고 사는 것이다. 마땅히 아내는 과거의 연장인 처녀막을 가지고 오든지 아니면 죽은 할아버지처럼 과거의 남자를 구화(口話)를 통해서 데려다 놔야 할 것이다. 그런데, 라고 나는 고개를 갸웃거린다. 밤의 파도 위에서 만난 수많은 여자들에게 나는 그 여자들이 최초의 처녀를 상실했을 때의 사정을, 상대 남자를, 때와 장소를, 그 일이 그 여자에게 끼친 영향 등을 묻곤 했다. 그리고 망설이면서 또는 거리낌없이 그 여자들이 묻는 대로 자세히 얘기할 때 나는 과연 그 여자들이 과거를 짊어지고 나한테 왔다는 느낌이 들었던가? 오히려 반대로, 얘기를 하고 있는 동안 그 여자들이 당당한 걸음걸이로 과거를 향해 떠나버리는 것을 보지 않았던가! 그 여자의 과거는 내 손에 잡았지만 그 여자 자신은 내 손에서 빠져나가 버리곤 하지 않았던가. '있다'는 것이 중요한 물체의 세계와 과거마저 소유하고 싶은 욕망은 동시에 성취될 수 있는 것인가? 아무래도 그것은 내 소유욕을 유발시키는 과거가 아내에게 없어야 했고, 그것은 불가능한 것이었다.

차가 도착한 것은 오후 세시쯤이었다. 차임벨 소리에 현관문을 열어 보니 이 기사가,

"백마가 아주 늘씬합니다. 고분고분 말귀도 잘 알아듣구요."

나는 흰색으로 주문해 놓고 있었던 것이다. 이빨을 닦던 중이라 칫솔을 입에 문 채 베란다로 나가서 차를 굽어봤다. 하얀 차체가 눈에 들어오는 순간 나는 현기증을 느끼며 비틀거렸다. 고등학생일 때 공중목욕탕에서 칸막이 사이로 우연히 눈에 뜨인 여자의 알몸을 보았을 때도 머릿속의 모든 것이 기화하여 순식간에 새어나가 버리는 듯한 현기증을 느꼈었다.

"자, 어서 한번 밟아 보세요."

이 기사의 재촉에도 불구하고 나는 우두커니 차를 내려다보고 있었다. 아니 차를 보고 있는 게 아니라 내 앞에서 자꾸만 확대되고 있는 시간과 공간을 넋 놓고 바라보고 있었다. 그것은 허공처럼 무색으로 확장되며 나에게 묻고 있었다. 넌 도대체 이 차를 가지고 어쩌겠다는 거냐? 무얼로써 이 시간과 공간을 채우겠다는 거냐?

어쩌겠다는 계획이라고는 하나밖에 없었다. 차를 가지게 된 날 준비해뒀던 예금통장을 아내였던 여자에게 갖다주겠다는 것이었다. 우리의 재산을 공평하게 분배함으로써 비로소 나는 아내였던 여자에게 마음의 빚을 갖지 않을 수 있다고 생각했다. 나는 차를 샀는데 너도 사고 싶은 거 사렴. 아파트를 위자료로서 자기한테 줬으면 하던 아내의 눈치가 항상 마음에 걸려 있었던 것이다. 우리 시험삼아서 이제부터 새로 시작해 보지 않겠어? 되면 되고 안 되면 제자리지. 자, 나도 이만하면 준비가 된 것 같은데.

이 기사를 옆에 태우고 신호가 열리는 길이면 아무 데로나 닥치는 대로 차를 몰며 시운전을 했다.

"불안할 때는 곧 길 옆으로 비켜서 차를 세우세요. 억지로 참으면 사고가 나요."

말하는 이 기사를 형님 집 근처에 내려주고 나는 방송국으로 향했다.

내가 맨 처음 찾아갔을 때처럼 아내였던 여자는 분장한 모습으로 다방에 나왔다. 싸우고 헤어진 남편 대접을 해주기 위해 침통한 표정을 짓느라고 안간힘을 쓰고 있는 게 분명했다.

"나 차 샀어."

말하자마자 그 여자는 언제 침통했더냐는 듯이 표정을 활짝 걷어버리고 깜짝 반가운 음성으로,

"정말? 어디?"

보고 싶다는 듯 고개를 다방 입구 쪽으로 돌렸다. 아내만 아니라면 얼마나 사랑스러운 여자일까, 하고 나는 생각했다.

"태워줄 게, 시간 있으면…"

"지금은 안 되구. 구경이나 해요."

우리는 주차장으로 향했다. 가는 동안 나는 팔짱을 껴 주지 않는 여자를 바싹 곁에서 느껴야 하는 고통에 시달렸다. 이따금 그 여자의 팔과 부딪치곤 하는 내 왼팔이 어깨에서 손끝까지 마비된 듯 무거웠다. 안방에서 식탁 앞까지 가는 동안에도 팔짱을 끼곤 하던 여자였다. 애정의 몸짓이라기보다 그 여자의 버릇이었다. 여자친구와 걸을 때도 으레 팔짱을 끼곤 했다. 역시 의식하고 있구나. 그렇게 생각하니, 내가 운전하는 차로 그 여자를 방송국에 데려다주고 데려오겠다고 얘기하던 시절이 안타깝도록 그리워지고 그 여자에게 차 구경을 시킨다는 것이 잔인한 것 같았다.

"어머, 레코드네!"

내 차 앞에서 탄성을 내지르는 그 여자를 보고서야 나는 내가 가장 비싼 차를 구입한 이유를 처음으로 알았다.

"왜 흰색으로 했어요? 안방마님이나 타는 차 같잖아요."

"나도 모르겠어. 괜히 하얀색이 좋아 보여서… 잠깐 차에 타지."

"안 돼요. 일곱시까진 계속 녹화예요. 차 태워주고 싶으면 일곱시 반쯤 오세요."

"아니, 차 타구 어디 가자는 게 아니구 잠깐 할 얘기가 있어."

"그런 다시 다방으로 가요. 이혼한 줄 다 아는데 차 속에서 다정하게 앉아 있으면 남들이 웃어요."

"그럼 여기서 말하지."

나는 예금통장과 그 여자의 이름을 새긴 도장을 건네줬다.

"이게 뭐예요?"

"아파트를 팔았어. 우리 둘이 나눠 갖는 거야. 난 이 차를 샀어. 내가 좀 많이 가졌지만 받아 줘."

통장을 받아들고 있는 그 여자의 손이 가늘게 떨고 있었다. 진실로 침통한 표정이 그 여자의 분장을 헤집고 새어나왔다. 고통을 참고 있는 관자놀이를 보자 나는 울부짖으며 그 뺨을 후려치고 싶은 충동을 느꼈다.

잠시 후에 그 여자는 사색이 끝났다는 듯 미소를 띠고,

"위자료군요?"

이제야 이혼을 실감하겠다는 듯 말했다.

아냐, 위자료가 아냐. 너한테 위자료 같은 걸 받을 권리는 없어. 이건 유혹하기 위한 선물이야. 이제부터 다시 시작해 보자고 유혹하는 뇌물이야. 나는 그렇게 말하고 싶었으나 그 말들은 지렁이 떼처럼 덩어리로 엉켜서 가슴속을 굴러다닐 뿐이었다.

"지나 놓고 보니 위자료 같은 거 안 받아서 얼마나 다행이었는지 모른다고 생각했는데 … 결국 나는 나쁜 여자가 되는군요… 잘 쓰겠어요."

"저어… 나… 영숙이 아파트로 가끔 놀러가도 되겠어?"

어리둥절한 표정으로 그 여자의 눈이 깜박거리며 내 눈을 빤히 응시했다. 비행기 안에서처럼, 비처녀를 감춰주느라고 호들갑을 떨고 있는 나를 바라보던 첫날밤처럼. 그렇다, 이 여자가 저런 눈이 될 때마다 우리의 관계는 새로운 국면을 맞이하곤 했던 것이다. 자, 무슨 일이 생길 것인가?

갑자기 그 여자의 한쪽 콧구멍에서 검붉은 피가 한줄기 흘러내렸다. 호주머니를 뒤졌으나 내 호주머니 속에 손수건 따위가 있을 리 없다.

"고개를 젖혀."

손을 가져가려 하자 그 여자의 음성이 쇳소리를 냈다.

"손대지 말아요."

방송극의 대사처럼 그것은 평범한 일상의 음색은 아니었다.

"잠깐 고개를 젖히고 있어."

나는 약솜을 사기 위해 건너편에 있는 약방으로 달려갔다. 그 여자를 위해서 어디론가 마냥 달리고 있다면 좋겠다고 생각했다. 달리고

있는 몸에 썩은 감정들이 달라붙을 자리는 없을 것이다. 그러나 약솜을 사가지고 왔을 때 그 여자는 없었다. 찢어진 통장의 종이조각들만 마음의 쓰라린 파편으로서 땅바닥에 널려져 있었다. 나 역시 그 여자와의 완전무결한 메별(袂別)을 처음으로 실감했다. 증오의 고통도 함께 찢겨져버린 것이다.

(1977)

幻想手帖

이것은 나와 퍽 가까이 지내던 한 친우의 소설 형식으로 된 수기(手記)다. 하지만 소설이라 하기에는 너무 엉성한 데가 있고 그저 수기라고 해두자. 그는 문과대학생이었다. 아마 대단한 열등생이었던 모양이다. 우수한 대학생이라면 이처럼 비논리적인 수기는 부끄러워서도 차마 못 썼을 테니까. 이 수기 속에서는 나에 대한 얘기도 잠깐 나오지만 그리고 나를 퍽 증오하고 있는 태도로 쓰고 있지만 뭐 누가 옳았고 누가 글렀다고 얘기할 수는 없으리라. 그게 문제는 안 될 것이다. 중요한 것은 난 살아서 이 세상에 있고 그는 죽어서 이 세상에 없다는 게 아닐까?

이 수기와 관계가 없는 사람들에겐 흥미가 없겠지만 그래도 여전히 전세기적(前世紀的)인 병을 앓고 있는 사람들이 있다고 하니까, 혹시 그러한 사람들에게는 납득이 가는 얘기인지 알아보고 싶어서 발표해 보는 것이다. 요컨대 나로 말하자면 이 수기의 얘기들이 너무나 유치해서 관심에 두고 싶지 않다는 것을 명백히 해둔다.

1

그 해 가을도 깊었을 때, 나는 마침내 하향(下鄕)해 버리기로 결심했다. 더 견디어 내기 어려운 서울이었다. 남쪽으로, 고향이 있는 남해안으로 가면 새로운 생존 방법이 있을지도 모른다는 기대로써였다.

서울에서 나는 너무나 욕된 생활 속을 좌충우돌하고 있었다. 그리고 슬프게 미쳐 버렸다고나 할까, 환상과 현실과의 거리조차 잊어 버려서 아무것도 구별해낼 수가 없게 되었고 사람을 미워하는 법을 배우고 말았다. 아아, 그들을 죽이든지 그렇지 않으면 내가 떠나든지 해야 했다.

"잘 가게."

오영빈(吳英彬)은 서울역에서 그렇게 말하며 내게 손을 내밀었다.

우정. 그것도 문학하는 친구끼리라는 미명 아래 서로를 이용하고 서로를 파멸시켜 가며 그러나 헤어지지도 않고 끈덕지게 붙어서 으르렁대던 친구 영빈이. 결국은 너도 좋은 놈인가? 형광등 불빛이 조금만 더 엷었던들 달빛이 밀려온 것이라고 생각하고 싶은 대합실에서 영빈은 쓸쓸한 미소를 지어 보였던 것이다. 대합실 밖 포도 위로 어디서 날아온 것인지 낙엽이 하나 멎을 듯 굴러가는 것을 무심히 바라보며,

"응, 잘 있어."

하고 대답하고 있는 내가 오히려 아무 감동이 없는 편인 듯싶었다.

내가 개찰구를 나설 때, 뒤에서 그는

"될 수 있는 대로 살아봐."

하고 외치듯 내게 말을 보내는 것이었는데 그 말에 나는 피식 웃음이 나왔다.

며칠 전, 강의가 끝나서 한산한 캠퍼스의 잔디밭에 앉아, 누렇게 말라가고 있는 잔디를 쓰다듬으며 내가, 다 그만두고 시골에나 가서 박혀 있겠다는 뜻의 얘기를 했더니, 영빈은 도대체 내 말에서 무슨

냄새를 맡았다는 것인지 뛸 듯이 좋아하며

"너 죽으려는 거지? 응? 너 자살하러 가는 거구나."

하며 내가 무어라고 부정도 하기 전에

"네가 그렇다니 이건 아까운 정보지만 제공하지."

하며 어처구니없게도 노트를 꺼내어 뒤표지에 약도를 그리기 시작하는 것이었다. 경주(慶州)의 토함산(吐含山)이었다. 석굴암 가는 길을 따라 산을 오르다가 멀리 영지(影池)가 보이는 산 중턱에서 길을 버리고 오른쪽으로 숲을 헤치고 들어가면 낭떠러지가 나오는데, 거기서라면 뭐 금강산보다는 못하겠지만 약간은 기분 좋게 투신할 수 있으리라는 것이었다. 언젠가 그곳에 여행을 갔다가 자기가 발견한 장소인데, 몇 번이고 망설였지만 결국 못 뛰어내리고 말았는데, 나한테라면 그곳을 양도할 테니 꼭 그곳으로 가서 죽으라는 설명이었다.

기가 막혔지만, 나는 그의 어쩌면 성실하다고까지 생각키우는 표정 때문에 할 수 없이

"그렇지만 바다 편이 낫겠어."

하고 대답했다. 그러자 그는 노발대발,

"바다? 바다에 투신한다는 건 너무나 문학적이다. 죽을 때만이라도 좀 생활인의 흉내를 내봐. 산이 좋아. 바다가 전연 보이지 않는 산이 좋아."

하고 우겨댔다. '자살하는 생활인'이라는 말을 생각하니 우스워서 나는 하하 웃었지만 그러나 결국 나는 이 엉뚱한 친구에게만은, 이번 나의 하향은 자살을 위한 것으로 낙착되었다. 그러나 그는 자기에게는 그런 용기가 없음이 무척 슬프다는 것이었다. 그리고 거기서 뛰어내려 주기만 한다면 어떠한 힘을 다해서라도 그 자리에 비석을 세우겠다는 것이었다.

"비명(碑銘)은?"

내가 묻자

"글쎄, '우리 세대에도 용기 있는 자가 있었다'? 아니 그보담 '그대

드디어 생활을 알았구나'가 좋겠군."

노트 위에 연필을 굴리며 그는 이렇게 천연스러운 대답을 하는 것이었다.

"제발 망설이지 말아. 눈 지끈 감고 뛰어내려 버려."

그는 내가 당장 그 낭떠러지 위에서 주춤거리고 있기라도 하듯이 격려를 하기도 했다. 아마 자기불신(自己不信)이 저런 말을 하게 하는, 아니라면 나에 대한 마지막 우정 표시란 말이지? 나는 한숨을 쉬었었다.

그런데 내가 차표를 입에 물고 개찰구를 나설 때, 뜻밖에도 그는

"될 수 있는 대로 살아봐."

라는 말을 외치듯 내게 해버린 것이었다.

실수였을까? 실수였겠지. 나는 혼자 중얼거렸다. 우기(雨期)의 기상처럼 위악(僞惡)의 구름이 뭉게뭉게 이는 우리의 생활 속에서 간간이 내미는 저 빼끔한 푸른 하늘—사람들이 질서라 하고 혹은 가치라고 하던 그런 순간은 적어도 영빈에게 있어서만은 실수의 소치인 것이다. 영빈이 지금쯤은 대합실 밖을 나서며 자기가 불쑥 그런 말을 했던 것을 후회하고 있으리라고 나는 장담할 수 있다. 영빈은 그런 친구였다.

기차에 올라서 그리고 기차가 움직이기 시작하자 나는 예기치 못했던 외로움이 밀려드는 것을 느꼈다. 여름밤, 캠퍼스 내의 벤치 위에서 잠을 자다가 새벽 두시나 됐을까 세시나 됐을까 푸시시 잠이 깨어 일어나 앉아, 이슬이 내려 축축해진 옷 때문에 약간 한기를 느끼며 어둠 속을 내어다보고 우두커니 앉아 있을 때 밀려들던 그러한 외로움이었다.

누구나 입에서 내뱉어지기 때문에 차마 입밖에 내어 말하기가 머뭇거려지던 '외로움'이란 어휘가 그 기차칸에서는 아무 자책 없이 안겨오는 것이었다. 외롭구나, 라는 말 한마디하기에도 숨이 컥컥 막히었다니. 나는 기차의 유리창에 입김을 불어 뿌옇게 만들어서 거기에 손

가락으로 '외롭다'라고 써 보았다. 그러자 온갖 부담을 털어 버리는 혹은 잊어 버렸던 유희를 기억해 낸 듯이 흐뭇해 오는 느낌이 있었다.

창밖은 벌써 캄캄한 밤이었다. 나의 헝클어진 머리카락과 움푹 그늘이 진 볼이 그 창에 비치고 있었다. 바깥의 풍경을 보여 주지 못하는 것이 미안하다는 듯이 야행열차만이 주는 선물이었다. 나는 오랫동안 나의 표정 없는 얼굴을 들여다보았다. 거기에는 하향한다는 기쁨도 그렇다고 불안도 없었다. 늙어 버린 원숭이 한 마리가 어둠 속을 지켜보고 있는 모습일 뿐이었다. 새벽이 오면 습관에 따라 열매를 따러 나가겠다는 듯이 지극히 무관심한 표정. 그러자, 괴롭구나, 하는 생각이 들었다.

부글부글 끓어오르는 내부를 저런 무관심한 표정으로 가려 버리는 법을 지난 몇 년 동안 서울에서 나는 마스터한 것이었다. 되도록 무관심한 척하라. 할 수 있으면 쌀쌀하게 웃기까지 하여라. 그제야 적은 당황한다. 제군, 표정을 거두어라. 그리고 오직 하나 무관심한 표정만을 남겨라. 그게 됐으면, 자 이번에는 거부하는 몸짓으로 쌀쌀하게 웃을 차례다. 하나 둘 셋.

기차는 한강철교를 쿵쾅거리며 지나가고 있었다. 강 위에는 낚시꾼의 불빛이 몇 개인지 흐릿하게 떠 있었다.

남들의 무관심에 큰 충격을 받고 나도 저래야 되겠다고 허둥지둥 무관심의 탈을 써봤으나 아무래도 견디어 낼 수 없어서 바야흐로 기권을 하고 있는 내게 그러면 저 유리창 속에서 웅크리고 있는 얼굴은 지난 몇 년 동안의 잔상이란 말인가?

나는 남쪽에 가서의 나의 처신을 기차칸에서 생각하기로 하고 있었다. 그러나 아무 생각도 충분히 하고 앉아 있을 수가 없었다.

무관심한 표정도 기술적으로 만들어내어야 한다. 그저 남의 흉내나 내다가는 단단히 속으니까. 선애(善愛)도 그렇게 해서 잃어버렸던 것이다.

며칠 동안 풀이 죽어 있는 나에게

"왜 그래?"

하고 영빈이 물었는데, 남의 기분까지 살펴 물어주는 게 고마워서

"선애가 자칫하면 아마 임신인가 본데…"

하고 실토를 했더니

"아직 확실히는 모른단 말이지?"

하고 물어서, 그렇다고 하니까, 설령 임신이라 하더라도 이제 얼마 안 되었으면 방법이 있다고 하면서 나를 약방으로 끌고 가더니 키니네를 한 움큼 사주며, 가지고 가서 적당히 태아(胎兒)를 떨어질 정도로만 먹여 보라는 것이었다. 어떻게 해야 좋을지 갈팡질팡하고만 있던 나는 키니네 용법이 얼마나 위험하다는 것을 뻔히 알면서도 한 움큼이나 되는 키니네를 무모하게도 선애 앞까지 가지고 갔었다. 그러나 결국 호주머니에서 그 약봉지를 꺼내지 못하고 나는 말 한마디 못한 채 선애의 한 손만 쥐고 어린애처럼 훌쩍거리며 울어 버렸다.

오월 어느 날, 어둠이 내리고 있는 마포(麻浦) 강둑에서였다.

그때 선애는 기분 좋다는 듯이 생글거리며 웃고 있었는데 문득 청승맞구나, 하는 생각이 들어 내가 우는 것을 그치자 그녀는, 좀더 울어, 응? 조금만 더, 하며 어깨를 툭툭 치는 것이었다.

그리고 얼마 후, 바로 그 강둑에서 우리는 입장이 거꾸로 되어 있었다.

"나 어제부터 그거 있어요."

선애는 그렇게 말하며, 쓸쓸한 얼굴이다, 하고 내가 생각도 하기도 전에 금방 그 커다란 눈이 몇 번 껌벅이더니 얼른 돌아앉아 둑의 잔디 위에 엎드려 소리를 죽여 울기 시작했다. 멘스가 시작되었다면 임신은 아니다. 그러면 안심할 수가 있는 것이 아닌가. 안심하면 눈물이 나오는 법이냐? 그러나 눈물이 나오는 법이었다, 임신쯤 아무것도 아니라는 듯이 오히려 명랑한 척해 보이던 표정 뒤에 저렇게 무섭도록 조용한 불안이 숨어 있었던 것이다.

선애를 처음 만난 것은 대학 2학년 겨울방학 때였다.

숭인동 산기슭에 한 칸짜리 방을 얻어 자취를 하고 있을 때였다. 밤으로 나는 야경을 다녔다. 야경이란 통금시간 동안 딱딱이를 치며 지정된 마을의 코스를 돌면서 보안하는 것인데 그것을 반원(班員) 들이 차례차례 돌아가며 해야 하는 것이었다. 그러나 추운 겨울 밤, 가장 잠이 퍼붓는 시간에, 추위로 발을 동동 구르며 골목을 돌아다닌다는 것은 여간 엄두로써는 할 수 없으므로, 어지간한 여유만 있으면 사람들은 자기 차례를 대신해 줄 사람을 사서 시켜 달라고 반장에게 돈을 주며 맡겨 버리는 것이었다. 그 일을 내가 맡아할 수 있었던 것이다. 하루 저녁에 오백 환의 수입이었다.

그 날 오후에도 나는 전날 저녁의 보수를 받기 위해서 반장댁에 가 있었다. 전날 저녁의 당번인 집에서 아직 돈을 가져오지 않았으므로 반장과 나는 화로의 불을 쪼이면서 이것저것 잡담을 하며 그걸 기다리고 앉아 있는데 누가 밖에서 반장을 찾는 것이었다. 반장이 나갔다가 손님을 데리고 들어왔다. 눈이 놀란 듯이 유난히 크고 팔목과 다리가 가느다란 여대생 차림의 여자였다.

"무슨 일로 오셨소?"

하고 반장이 물었으나 여대생은 말하기가 거북한 듯이 쭈뼛거리고 있었다. 나는 그들의 대화를 듣고 있지 않는 체해 보이기 위해서 멍한 눈으로 방금 그 여자가 들어온 문을 바라보고 있었다. 문에 달린 유리 조각을 통하여 밖에 눈이 내리고 있는 것이 보였다. 결심한 듯이 여자가 찾아온 이유를 얘기했다. 그 여자의 얘기는, 딴 건 묻지 말고 그저 야경 일을 시켜 달라는 것이었다. 말하자면 내가 그때 맡아하고 있던 그런 일자리가 없겠느냐고 묻고 있는 것이었다. 그러자 반장은 어이없다는 듯이 한번 웃고 나서 정색을 하여

"여자는 사지 않습니다. 그리고 지금 그걸 하고 있는 사람이 있기도 하구요."

하고 거절했다.

"그럼 할 수 없군요."

하고 여자는 몹시 부끄러운지 얼굴이 새빨갛게 되어서 안녕히 소리도 제대로 하지 못하고 눈이 내리고 있는 밖으로 도망가듯이 나갔다. 그러나 나는, 그 며칠 전, 가정교사를 구하고 있는 데가 있더라고 하며 전화번호와 주소를 적어주는 친구의 지시대로 그 집을 찾아갔더니 남학생은 안 되고 여학생이라야 되겠다는 주인 아주머니의 거절로 돌아온 적이 있었던 것이 생각났다. 혹시나, 하는 생각이 들어 나는 문밖으로 뛰어나갔다. 여자는 얼음이 얼어서 미끄러운 비탈길을 주춤주춤 걸어 내려가고 있었다. 그렇게 만난 것이 선애였다.

그때 내가

"왜 그런 일자리를…"

하고 묻자, 선애는 절망해 버린 자들에게서나 들을 수 있는 쉰 듯한 목소리로, 비탈길이 끝나는 곳에 시선을 박고

"몸 파는 것보다 낫지 않아요?"

하고 반항처럼 대답했다.

그 아랫마을인 창신동엘 가면 여자들이 오백 환에 몸을 판다는 얘기를 나는 들어 알고 있었지만 그렇다면 창녀란 선애와 같은 여자도 해낼 수가 있는 직업이란 말인지. 한 손을 반쯤 들어 무심한 표정으로 손바닥에 눈을 받고 서 있던 그때의 선애는 뭐랄까 요염하도록 순진한 창녀였다. 그러나 선애를 알아 가는 동안, 그녀는 요염하지도 않고 순진하지도 않았다. 가난한 시골 어느 가족의 맏딸로서 생활에 부대껴서 닳아질 대로 닳아진 그래서 거세기 짝이 없는 여대생일 뿐이었다.

국민학교 다닐 때였다고 한다.

영양 부족으로 노오란 얼굴을 하고 점심도 가지고 가지 않는 자기를 동정해서 반 아이들이 번갈아 도시락을 갖다주었다. 다정한 친구들이 아무 비웃음 없이 갖다주는 것이었으므로 별 고까움도 느끼지 않고 그걸 받아먹곤 했는데, 어느 날 신문에 그 사실이 미담으로 취급되어 커다랗게 나왔었다. '가난한 학우를 돕는 따뜻한 도시락'이라

는 큰 활자로 찍힌 제목 아래에는 이름은 바꾸어 써주었지만 바로 자기가 취급되어 있었고 그리고 여러가지 아름다운 어구로써 학급 애들을 칭찬하고 있었다.

그때까지 도시락 얻어먹는 사실을 묵인해 오던 식구들도 일단 신문에 그 사실이 취급되자 무척 창피스럽게 여겨 특히 성격이 괄괄하던 아버지는 울면서 주먹으로 딸을 마구 때렸다. 소나기처럼 퍼붓는 아버지의 손길 밑에서 그녀는 죽어 버리고 싶었었다고 했다.

신문의 일이 있고 나자 애들은 더욱 경쟁하다시피 도시락을 날라 왔지만 그녀는 하나도 받아먹을 수가 없었다. 신문도 그들의 편이었지만 부끄러움에 목이 메게 된 그녀의 사정은 조금도 고려하고 있지 않았다.

"그 후부터 전 세상에서 미담이라고 하여 내세우는 것은 믿지 않게 되었어요."

"그렇지만 미담이란 아마…"

"물론 있긴 있겠지요. 그러나 난 한 번도 진짜 미담을 본 적이 없는 걸요."

"어디에 있을까, 미담은?"

"글쎄요. 물론 있긴 있겠지만… 하여튼 그런 건 미담이 아니었어요… 사람들이 악이라고 하는 곳에 더 많은지도 모르죠."

자기의 전체로써 그러한 시점(視點)을 만들어가고 있는 선애에게 비하면, 오영빈이라는 한 서울내기 친구에게 이끌려서 '죽지 않을 아이를 낳을 태를 가진 여자는 없는가'라는 시나 써내고 마실 줄도 모르는 소주병을 호주머니에 넣고

"이상(李箱) 짜아식, 자살을 했으면 더 멋있었을 텐데."

하고 강의실의 친구들 앞에서 고함이나 지르던 나는 말하자면 덜렁뱅이 가짜였다. 더구나 언젠가 선애가

"우리는 왜 대학에를 기어코 다니는 걸까요?"

하고 고맙게도 나까지 자기와 동급(同級)으로 취급해서 내게 그러한

질문을 했을 때, 내가
"글쎄…"
하며 깊이 생각해 보는 체했더니 그녀는
"난 이렇게 생각하는데요. 끈기를 시험하는 거죠. 얼마만큼 해낼 수 있나 하고요. 우리는 뭐랄까 용감해요."
하고 말하는 것이었다.

세상의 선행이나 미담을 믿지 않고서도 저렇게 강한 힘이 나오는 것일까 하고 나는 도무지 믿어지지 않으면서도, 그럴 수도 있나 보다, 말하자면 진짜들은, 하고 생각하게 되자 선애가 갑자기 무서워지기도 했었다.

선애에 대한 그러한 경원심(敬遠心)이 비겁하게도 선애를 육체적으로 정복하게 했던 것인지…

그녀가 꾸깃꾸깃해진 스커트를 가다듬고 있을 때, 내가
"순전히 성욕 때문이었어. 미안해."
하고 말하자
"알아요."
하고 그녀는 별로 불쾌하지도 않았다는 듯이 대답했다. 그러나 천만에, 순전히 성욕 때문만도 아니었다는 것을 영리한 그녀지만 모르고 있었다. 그리고 드디어 나의 계획은 성공했다고나 할까? 어둠이 내리는 마포 강둑에서 그녀는 마침내 엎드려 울었던 것이다. 나는 유리창 속을 들여다보았다. 나의 표정은 제법 정식으로 무관심한 표정을 유지하고 있었다. 영등포도 지났는지 창밖으로는 불빛이 드물게 흘러갔다. 멀리 비행장 있는 쪽에서 서치라이트의 비단결 같은 빛살이 밤하늘을 스쳐가고 또 스쳐가고 있었다. 나는 또 한번 입김을 불어 유리창을 뿌옇게 만들었다.

그런 일이 있은 뒤로 갑자기 약해져 가고 있는 선애 때문에 나는 뜻밖의 일이나 만난 듯이 당황해졌다.

"사랑을 성욕으로 간주해 버리고 경계하는 여자도 밉지만 그러나 성욕을 사랑이라고 믿어 버리고 달라붙는 여자도 여간 난처한 게 아니야."

내가 제법 잔인한 웃음까지 띄워 가며 이렇게 얘기하면

"알아요."

하고 그녀는 대답하고 나서 한숨을 쉬었다. 그때 내가 만약, 우리는 왜 기어코 대학엘 다니는 것일까, 하고 물었다면 그녀는, 끈기를 시험하기 위해서죠, 라고는 반드시 대답하지 못했을 것이다.

어느 날, 나는 억지로 술을 잔뜩 마시고 그녀와 만나기로 한 장소에 가서 거의 부르짖듯이

"선애, 옛날로 돌아가 줘. 추워서 덜덜 떨며 반장집엘 찾아가던 그때의 용감한 선애로 돌아가 줘. 난 아무 힘도 없는 놈이야. 내가 잘못했어."

하고 주정 비슷하게 아예 자신 없는 권유를 했더니

"제가 뭐 어쨌어요?"

하며 그녀는 재미있다는 듯이 조용히 웃어 보였지만, 그러나 그녀는 그 날 뼈에 사무친 얘기를 하는 것이었다.

"정우 씨는 가령 이럴 수가 있을 것 같아요? 한번 불에 데어서 혼겁이 나간 적이 있는 어린애가 불은 무서운 게 아니라고 한들 곧이들을까요? 혹은 한번 쾌락을 맛본 자가 쾌락이 무엇인지 모른다고 감히 얘기할 수 있을까요? 요즘 난 그런 것과 비슷한 경우에 있는 것 같아요. 어쩐지 뻥 뚫린 구멍을 보아버린 것 같아요. 아무리 발버둥쳐도 별수 없이 눈에 보이는 구멍이지요. 찬바람이 술술 새어 들어오고…"

"그럼 전엔 그런 걸 못 느꼈단 말야?"

"희미하게 느끼긴 했어요. 그렇지만 아득아득 이를 악물고 해나가면 될 수 있을 것 같았어요. 그렇지만 이젠…"

"아아."

내가 여태껏 차마 입밖에 내어 말할 수 없었던 것을, 그녀는 그때, 하늘도 무섭지 않은지 정확한 발음으로 표현하고 있었던 것이다.

"찬바람이 불어오는 뻥 뚫린 구멍, 찬바람이 불어오는 뻥 뚫린 구멍…"

나는 노래하듯 중얼거리고 있었다. 그 뒤, 어느 날, 눈치 빠른 영빈이가

"너 요새 타락해가고 있는 거 같아."

하고 내게 말했다. 타락, 내가 그까짓 따위의 약한 소리를 듣고 울먹거리고 있다는 것은 영빈의 입장으로 보면 분명히 하나의 타락이었다.

그러나 굳이 숨기고 싶지도 않아서, 내가 키니네 사건 이후로 갑자기 약해져 버린 선애에 대한 얘기를 했더니, 그는

"허어. 자칫하면 플라토닉이 되겠군. 이거 르네상스가 왔어."

하며 히죽거리더니

"야, 너 이렇게 하자."

하며 기상천외의 제안을 하는 것이었다.

선애를 자기에게 인계하라는 것이었다. 우선 소개만 시켜 주면 그 다음엔 넌 알 바가 아니라는 것이었다. 넌 선애에 대한 모든 것을 깨끗이 청산한 셈으로 하라. 그러면 넌 아무 부담도 느끼지 않을 게 아니냐. 아니 내가 그렇게 되도록 협력하는 거다. 그 대신 별 부담 없이 데리고 놀 만한 계집애를 소개해 주마. 내가 여태껏 데리고 놀던 앤데, 이름은 향자, 종삼(鍾三) 창녀지만 그러니까 부담을 느끼지 않을 것이다. 영빈의 얘기는 대강 이런 것이었다. 말하자면 내 것과 네 것을 바꾸자는 얘기였다.

거절할 수도 없었다. 거절하면 또 무슨 핀잔을 받을지 몰랐다. 그리고 위대한 모험 속으로라도 뛰어드는 기분이기도 하였다. 스스로 모험을 만들어 거기에 자신을 바칠 기운도 없었다. 어쩌면 이런 일이 저절로 일어나기를 기다리고 있었던 것인지도 몰랐다. 세상이 깜짝 놀랄 사건이나 일으키고 죽고 싶다. 선애고 뻥 뚫린 구멍이고 휩쓸어 버릴 사건이나 생겼으면 좋겠다. 그러고 있을 때였다.

나는 아주 선선한 태도를 꾸며 승낙했다.

"향자란 애, 미인이냐? 만일에 선애만 못하면 내가 본 손해만큼은 네가 돈으로 지불해야 한다?"

라고 농담까지 했다.

영빈은 초조한 빛을 노골적으로 나타내며

"너, 이 약속 어겨선 안 된다."

고 내게 다짐시키며

"지금 향자한테 갈까?"

하며 서두르기도 했다. 그러나 나는 웃으며 만류하고, 향자라는 여자의 인상과 집의 위치만을 적어 받았다. 오히려 내가 선애를 소개시키는 일을 서두르고 있었다.

그 날 오후, 우리는 선애가 가정교사로 들어가 있는 집에 전화를 걸어 마침 집에 있는 선애를 다방으로 불러내었다. 아무것도 모르고 나와 영빈의 맞은편에 가냘픈 몸차림으로 말도 잘 하지 않고 별로 움직이지도 않고 단정히 앉아 있는 선애는 나를 속으로 끝없이 울리는 것이었으나, 금방 나는, 영빈의 빙글거리는 얼굴과 너무나 천진한 선애의 그 자세 때문에 문득 저 '운명'이라는 단어—단어에도 빛깔이 있다면 아마 피와 흙이 범벅이 됐을 때 생기거나 할 어두운 색을 하고 있을 그런 단어가 생각났고 그래서 방향 없는 반발이 무럭무럭 솟아나기 시작하는 것이었다.

그 다방의 대면이 있고 한달 가량 지난 어느 날, 강의실에서 영빈이 내게 휙 던져준 쪽지에는

'황홀하던 간밤이여. 선애는 백기(白旗)를 올리고.'

라고 적혀 있었다. 아아, 마침내 마침내.

나의 눈에서는 불똥이 튀었다. 한참 신나게 떠들고 있는 교수의 말소리도 귓전에서 웅웅거릴 뿐, 나의 쪽지를 향하여 부릅뜬 두 눈에서는 눈물이 금방 쏟아질 듯이 마구 글썽거렸다. 입술을 씰룩거리며 간신히 웃고 나서 나는 다른 종이쪽지에

'겨우 이제야? 하여튼 축하. 축하.'
라고 써서 영빈에게 휙 던졌다. 나는 내가 던지는 것이 날카로운 비수였으면 하고 바라고 있을 정도였다.

그러나 그런 결과를 납득할 수 없는 조마조마한 심정으로 어쩌면 기다리고 있었던 것은 바로 내 자신이 아니었던가. 누구에게도 호소할 수 없는 게 아닌가.

그 날의 강의가 어떻게 끝난지도 모르게 끝났을 때, 나는 햇볕이 가득 찬 대낮인데도 영빈이 적어 주었던 쪽지를 들고 달리다시피 하여 향자라는 창녀를 찾아갔다.

"절 찾으세요?"
하며 곰팡이 냄새라도 날 듯이 컴컴한 방에서 이불을 펴고 낮잠을 자다가 부시시 깨어 나오는 향자라는 여자는 부슥부슥하고 누런 얼굴에 목덜미가 때가 낀 듯이 시커먼 서른이 가까운 여자였는데 용모와는 달라서 목소리만은 앙칼졌다. 내 앞에서 괴상한 미소를 띠고 빨리 용무를 얘기하라는 듯이 파자마 자락을 손으로 쓰다듬으며 서 있는 짐승 같은 여자를 내려다보며 나는 영빈이라는 친구가 점점 더 따라갈 수 없는 거리를 아니 차라리 안개 저편으로 숨어버린 듯이 느껴졌고 선애도 나도 함께 단단히 속아 버린 듯하여 선애에 대한 연민이 울컥 솟아나서 나는 비명이라도 지르고 싶었다. 아무 말 없이 비실비실 도망치듯 돌아서서 나오는 내 등뒤에서

"별 쌍놈의 새끼 다 보겠네."
하는 그녀의 말소리가 예상보다는 힘없이 들려왔다.

선애의 자살을 안 것은 그 다음날 아침 신문에서였다.

그 날, 나와 영빈은 아침부터 대학 앞 하꼬방 술집에 들어박혀 이단 짜리 '여대생 염세자살'의 기사를 오려서 술상 위에 밥풀로 붙여 놓고

"선애를 위해서 건배!"

"아냐, 이 오영빈의 성공을 건배!"

"아냐, 짜식아. 선애를 위해서다."

"아냐, 날 위해서 건배!"

"뭐야, 이 짜식."

술잔을 그의 면상에 던지고 그러면 그는 안주 접시를 내 얼굴에 던지고 그러다가 다시 술을 불러서, 짤캉, 정다운 듯이 마시고 또 마시고, 마침내 나는 똥물까지 토해 놓고 의식을 잃었었다.

유리창에 뿌옇게 서렸던 입김은 어느새 사라져버렸다. 나는 다시 입김을 내뿜어서 뿌옇게 만들었다. 그리고 손가락으로 거기에 '선애'라고 써보았다. '미안하다'라고도 써보았다. 미안하다니? 얼마나 무책임한 언어인가? 그렇다고 무엇이 책임있는 말이고 무엇이 책임없는 얘기인지도 구별할 수 없었다. 원수를 사랑하라. 그러면? 그렇다. 마땅히 사랑해야 할 사람을 사랑하는 데 등한하게 되었던 것이다. 그렇지만 내 편과 원수를 구별할 수가 없었던 게 아닌가.

국민학교 사 학년 때였던가? 나는 토끼 사육장에서 아카시아 잎을 토끼들에게 먹이고 있었다. 사육장의 당번은 아니었지만, 토끼들이 마른풀에 몸을 부비는 바스락 소리밖엔 아무 소리도 들리지 않는 사육장에서, 나는 하학 후의 낮 시간을 거기서 보내는 게 아주 즐거웠다. 그러나 담임선생님께서는 나의 그러한 행동이 대단히 염려스러웠던 모양이었다.

그 날도 뒤에서 인기척이 있으므로 돌아봤더니 담임선생님이었다.

"넌 도대체 무슨 애가 그 모양이냐?"

화가 나 계셨다.

"사내애가 기껏 그림 그리기나 좋아하고 토끼 사육장에나 드나들고…"

그리고

"내일부턴 사육장에 들어오지 마. 그 대신 학교 파하면 해가 질 때까지 운동장에서 축구를 해야 한다. 내가 감독할 테니 잊어 버리지마. 사내자식이 싸움도 하고 그래라. 원."

선생님이 말씀하시는 동안, 나는 고개를 숙이고 햇볕이 눈부시게 쨍쨍 비치는 땅바닥에 내가 들고 서 있는 아카시아 잎이 연초록색 그림자를 드리우고 있는 것만 보고 있다가 선생님이 나가시자, 저 귀여운 토끼들은 부드러운 아카시아 잎이나 먹고 새빨간 눈알로 푸른 하늘이나 바라보고 때때로 사랑이나 하고 살면 그만인데 난 난 주먹을 쥐고 싸움을 해야 하고… 그런 생각을 하다가 토끼울의 나무칸 살에 이마를 대고 소리를 죽여 울어 버렸었다.

그 뒤 선생님 덕분에 나는 악착스레 축구도 하고 열심히 싸움도 해보았으나 얼굴에 상처가 훈장처럼 남고 엄지발가락에 피멍이 들었다가 빠지고 빠지고 했을 뿐 별로 변한 것 같지도 않았다. 토끼와 축구를 한꺼번에 마스터할 수는 없는 모양이었다. 그러나 그래야 한다고 사람들은 내게 요구해오는 것이었다.

대학에서도 나는 실망의 연속이었다. 교수들은 강의를 하다가 틈틈이 유머를 얘기하는데 유머란 다름아닌 상대편을 어떻게 하면 꽈악 눌러버릴 수 있느냐 하는 공격 방법이었다. 사르트르와 카뮈가 논쟁을 했는데 그때 이긴 것은 누구고 진 것은 누구다. 이것이 교수들의 관심거리였다. 평단(評壇)에서 남을 공격하여 백전백승하는 실력파 교수 한 분의 강의를 나는 듣고 있었는데 그 분의 얘기는 전제(前提) 투성이였다. 우수한 학생이란, 교수의 이론에 반기를 들고 교수의 이론을 멋있게 때려눕히는 자라는 관습이 어느 대학에도 있다. 그래서인지 그 실력파 교수는 눈알을 이리저리 바쁘게 돌리며 혹시 누구로부터 까다로운 질문이 들어오지 않나 하며 내가 보기에는 아무래도 불안해하는 표정으로 어떠한 공격에도 빠져나갈 수 있는 전제를 열거하기에 바쁜 것이었다. '코에 걸면 코걸이 귀에 걸면 귀걸이'라는 말이 있지만 그 교수의 이론이란 누구의 공격도 받을 수 없는 만큼 이도 저도 아닌 것이었으나 공격을 막아낼 줄 안다는 사실만으로써 학생들로부터 인기를 얻고 있었다. 환멸뿐이었다.

그랬기 때문에, 어느 날 영빈이 그 교수의 연구실에서 두툼한 양서

(洋書)를 다섯 권인가 훔쳐 가지고 왔을 때 나는 허리가 꺾이도록 웃을 수 있었다. 우리는 무교동의 빈대떡이 이름난 술집에서 그 책들을 담보로 약주를 불렀다가 소주를 불렀다가 실컷 마시고 토하고 하며 눈이 쓰리도록 웃고 또 웃었다. 생각하면, 서울에서의 몇 년 동안에 가장 신나던 날이 아닌가 생각된다.

하기야 교수들 자신이 스스로, 교수란 인기 없는 배우라고 생각하고 있었다. 그렇게 자처하면서, 보는 편이 얼굴이 붉어지도록 어색하게 자주 웃는 것이었다.

새 학기 등록을 할 때면 학생과에서 신상 카드를 내주며 소정란을 기입해서 제출하라고 하는데, 그 카드엔 존경하는 인물을 쓰라는 난이 있었지만 그러나 우리 세대 중에서 존경하는 인물을 간직하고 있는 자가 과연 몇 명이나 될는지. 존경이란 말은 이미 없어진 것이었다. 있다고 하면 부러움의 대상이 있을 뿐이었다. 리즈의 수입, 케네디의 인기, 이브 몽땅의 매력, 슈바이처의 명예 혹은 카뮈의 행운. 이런 것들은 부러움의 대상일 뿐이지 그것 때문에 존경을 받고 있다고는 말할 수 없었다. 존경할 줄 모른다는 것이 다행인지 불행인지도 모르고 있는 것이었다.

남은 것은 환상뿐이었다.

영빈은 여러 차례 문예작품 현상모집 같은 데에 응모했다가 그때마다 낙선을 하고 나서는

"까짓거, 한국 문단 상대하게 됐나?"

그러면 나는

"상대 안 하면 어쩔 테야? 고등고시 공부나 시작하실까?"

"고시? 흥… 까짓 거 일본으로나 뛸까?"

그러고 나서 그는 잔디에 벌렁 누우며, 기묘한 목소리를 만들어 가지고

"육십년대에는 홀연히 바다 건너 대륙으로부터, 우리가 영원히 간직할 보석과 같은 작가가 밤의 배를 타고 건너와서 '긴자'에 웅거하며

그의 반짝거리는 사상을 치덕치덕한 문체로 감싸서 우리에게 욕심껏 산포해 주고 있었다."

그렇게 중얼거리고 나서

"이게 무엇인 줄 알어? 일본의 평론계에서 지금 나를 한창 칭찬하고 있는 말이야."

하도 어처구니가 없어서 웃음조차 나오지 않는 망상을 그는 하고 있는 것이었다. 그러나 까놓고 보면 나 역시 영빈과 오십보 백보였다. 환상. 망상. 더구나 그 망상을 현실까지 끌어내려 그것으로써 자위해가며 살아가고 있기까지 했던 것이다.

더 버티어 낼 수 없는 생활이었다. 어딘지 어긋나 있거나 선애의 말대로 구멍이 뻥 뚫어져 있거나 했다.

2

기차가 대전을 지나서부터 나는 초조해지기 시작했다. 심한 열병에 걸린 놈처럼 되어 있는 나를, 아무리 고향이지만, 쉽사리 식혀 줄 만한 일이라곤 없을 듯했다. 우선 아버지와 어머니를 어떻게 납득시켜야 하느냐가 문제였다.

비단을 싼 큰 보퉁이를 이고 시골의 장날을 찾아 돌아다니는 어머니는 집에 있는 시간이 적으니까 그럭저럭 넘겨 버릴 수 있겠지만, 허구한 날 집안에 틀어박혀 화초나 가꾸고 사군자(四君子)나 끄적거리고 있는 아버지를 나 역시 하는 것 없이 집안에 박혀 있으면서 대하게 되리라는 것은 상상만 해도 우울한 것이었다. 하기야 아버지의 화초 감상법 강의에 귀를 기울이다가 가끔, 아버지 대단하십니다, 라는 소리로써 맞장구나 쳐주고 있으면 그럭저럭 얼마동안은 지탱할 수 있겠지만 그것도 자라나면서 귀에 못이 박히도록 들어온 바니 이건 아무래도 이쪽의 강력한 인내심이 필요한 것이다. 다른 것은 모르지만, 아버지의 연두색에 관한 심미안은 엄청난 것이었다.

화분에 심겨진 어린 난초에서 볼 수 있는 연두색과 가을 오동잎의 갈색 저편에서 은은히 비쳐 오는 연두색은 얼른 보기에는 아주 동떨어진 것 같지만 기실은 연두색 세계의 쌍벽으로서, 환희와 비애라고 상징할 수도 있고 어쩌면 만날 길이 없어서 먼 곳에서 서로 손짓만 하며 슬픈 사랑을 하는 한 젊은이와 처녀라고, 이건 엉뚱한 동화까지 만들어내기도 하는 것이었다. 내가 보기엔 아무래도 푸르거나 기껏 옥색이기만 한 먼 하늘가에서 연두색을 가려내는 정도였으니, 연두색 제련사(製鍊士)라고나 할까, 아니면 모든 것이 연두색으로밖에 보이지 않는 색맹이라고나 할까. 어머니도 집에 있을 때만은 반드시 연두색 저고리에 하얀 치마를 입어야 했고 어머니가 이고 다니는 비단 보퉁이 속에도 연두색 옷감이 유난히 많이 들어 있었다. 아버지의 권유 때문이었는데 말하자면 한복의 아름다움은 아무래도 연두와 하얀의 콤비네이션에서 그의 극치가 생긴다는 미학이었다.

오십. 남의 아버지들 같으면 국장님도 되고 영감님도 될 나이지만 생활력은 조금치도 없었다. 그렇다고 신경질도 피우는 법 없이 마치 남의 인생을 공짜로 얻어서 살아 주는 것처럼 유유했다. 그러나 때때로 술이 들어가는 날이면, 나와 지금은 고등학교 삼 학년에 다니는 내 동생을 꿇어앉혀 놓고

"이놈들아, 내가 왜 너희들을 만든 줄 아느냐? 하, 이놈들, 외로워서 그랬다. 내가 외로워서 그랬어. 뭐 너희들, 이 알뜰한 세상 구경시키려고 만든 것은 아니고 그저 심심하고 외로워서… 암, 날 좀 이해해 줄 놈들을 만들고 싶어서 그랬지. 그나저나 하여튼 미안하다. 고생시켜서 미안해. 미안하니까, 에또, 가서 공부해."

이런 식으로 한마디씩 못 하는 것은 아니었다.

선애가 임신했는지도 모른다고 했을 때 나는 문득 아버지의 주정이 생각나서

"애가 태어난다면 어떻게 길렀으면 좋겠어?"

하고 다소 어색한 익살을 했더니, 선애는

"글쎄요. 난 어렸을 때부터 말하자면 여자는 어린애를 낳아야 한다는 생각이 들면서부터 늘 이런 아이를 낳았으면 하고 생각했지요. 남보다 영리하고 아주 예쁘고 그런 아이를 말이지요. 그렇지만 요 근래엔…"

"요 근래엔?"

"… 그저 밉상은 아니고… 바보 비슷한 아이를 낳았으면 해요."

"왜?"

"고뇌가 무엇인지도 모르고 그저 영화나 보고 좋아하고 당구나 치고 만족할 수 있고 야구 구경이나 하며 시간을 보내고도 후회하지 않는 아주 속물로 만들고 싶어요."

"그렇지만 애가 백치가 아닌 이상 그럴 수 있을까?"

"글쎄요. 하여튼 튼튼한 백치나 낳았으면. 호호호…"

선애도 역시 익살로 대답을 했지만 선애다운 얘기였다. 선애의 논리에 의하면 아버지는 연두색의 백치가 되려고 노력하는 것이리라.

아니 선애의 추억은 불러일으키지 말자. 고향에 가서 나는 어떻게 살아야 하느냐가 문제다. 서울에서 내 행동의 일체가 악이었다면 그러면 고향에서는 그와 정반대로의 행동을 하고 살면 선이 될 것인가? 그러나 정반대의 행동이란 도대체 어떤 것인가? 그러기 전에 내가 과연 서울에서의 나의 행동 일체를 부정하고 나설 수 있을까?

우선 고향의 내 친구들이 생각났다. 분석해 보면 영빈과 별 차이 없는 친구들이었다. 영빈보다는 좀 덜 들떠 있다고 하면 설명될 수 있는 친구들이었다. 고향에 가도 별수 없겠다는 생각이 자꾸 드는 것은 내가 다정하다고 생각하고 있는 친구들의 무엇엔가 짓눌려버린 표정들이 눈앞에 보이는 듯했기 때문이다.

김윤수(金允洙), 몸무게가 병적으로 가벼워서 징병 신체검사에 늘 무종(戊種)을 받고, 시를 쓰는 친구. 어떤 문예지에 시 추천을 받았는데 그의 시를 추천해 준 소위 대가 시인의 추천사가 걸작이었다.

'김군. 그대는 드디어 생각하는 갈대가 되었도다. 운운.'

그것을 보고 하도 우스워서 정색을 해버렸는데 지금도 괜히 갑갑증이 생기면 그 추천사를 펴 보고 낄낄거리며 웃다가 갑갑증을 풀어 버린다는 편지를 보내온 친구였다. 별로 크지 않은 키에 넓적한 얼굴. 눈가에 주름이 많이 잡히며 왼쪽 턱에 까만 사마귀가 있어서 '섹스 어필'하다고 기생들이 많이 따르는, 내게 가장 다정한 친구였다. 영빈에게 비하면 자학이 심하다고나 할까 스스로를 파멸시키는 생활을 하고 있었지만 그러나 영빈보다는 훨씬 고급인 것이, 영빈이라면 '그렇지만 이건 내 탓이 아니야'라고 말할 것도 윤수는 뭐 항의할 수도 없다는 듯이 묵묵한 것이었다. 자살 문제만 해도, 영빈은 죽을 용기가 없어서 슬프다고 법석을 떨지만 그러나 위암이나 걸리지 않는 한 살아갈 친구였고 그에 비하면 윤수는 죽음이라는 말을 입밖에 내어서 말하는 법은 없지만 언제 어떻게 되어 버릴지 조마조마하기 짝이 없는 친구였다. 이제 와서 조화된 고향을 찾는 일이 망발이라면 윤수는 아쉬운 대로 그럭저럭 '아직도 순박한 고향'이라고 말할 수 있었다.

그러나 내 눈앞에서 낄낄거리고 있는 윤수의 곁에 또 한 친구의 얼굴이 떠올랐다.

임수영(任壽永), 한마디로 무시무시한 친구. 시골 고등학교를 나와 함께 졸업하고 법대에 진학했는데, 재작년 그러니까 이 학년 때, 바람 한 점 없이 뜨거운 어느 여름날 오후, 대학가의 플라타너스에 기대어 피를 토하고 나서 대학병원의 폐침윤(肺浸潤) 2기의 진단을 받고 힘없이 고향으로 내려가 있는 친구였다. 홀어머니와 간신히 고등학교를 마친 누이동생과의 간단한 식구였지만 무척 가난하였다.

지난 여름, 나는 별로 소식이 없던 그로부터 난데없는 등기우편을 받았었다. 위체(爲替) 천환 권과 다음과 같은 내용의 편지가 들어 있었다.

'… 아시아짓드, 파스. 모두 고가액의 약품들이다. 홀어머니의 삯바느질 수입으로써는 아무래도 나는 살아날 길이 없을 듯하다. 여기 보내는 천 환으로 돈어치만큼 춘화(春畵)를 사서 보내 주기 바란다.

판로(販路)는 얼마든지 있을 듯하다…'

다음날 그 편지를 영빈에게, 나는 자랑이라도 하는 기분으로 보였더니 영빈은 과연 감탄을 연발하는 것이었다.

"메시아가 탄생했군. 메시아가 탄생했어. 이거 한잔 마셔야겠는데."

둥실둥실 춤이라도 출 듯이 좋아하며 그는 자기의 돈 천 환을 더 보태어 어디선지 춘화 팔십 매를 구해다가 내 손에 쥐여주는 것이었다.

"임마, 특별히 도매가격으로 사온거야. 메시아께 내 얘기도 몇 자 적어 보내."

그는 그렇게 말하기도 하였다.

얼마 후 수영에게서 소식이 왔는데 '일 매당 백 환 판매 대성황. 주문 속속 도래. 내 건강 회복에 축복 있을진저.'
라는 익살스러운 소식과 영빈을 자기의 사도(使徒)로 취임시키겠다는 농담에 자본금 2천 환을 보내어 춘화를 더 사서 보내달라는 것이었다. 그 후로 몇 차례 더 그런 일이 있고 소식이 끊어졌는데, 윤수 편의 소식에 의하면 수영은 시골에서 직접 그걸 만들어 판다는 것이었다. 건강도 별로 좋아진 것 같지 않다고 했다. 그리고 '죽여 버리고 싶은 놈이다'라고도 써 있었다.

그 외에 김형기(金亨基)라는 친구가 생각났다. 다소 어리석은 듯하지만, 그런 만큼 정직하고 욕심낼 줄 모르는 친구였는데 고등학교 다닐 때 나를 퍽 따랐었다. 계집애처럼 예쁘장하고 키가 작아서 학교 친구들 사이에서는 형기가 나의 '각시'로 통해 있었다. 야 네 각시 저기 온다고 놀리곤 했는데, 악의는 없는 듯했으므로 나와 형기는 웃으며 받아넘길 수 있었다. 그러나 언젠가 한 번은 담임선생님께서 우리들을 교무실로 불러 놓고, 농담 반 진담 반으로, 너희들 심각한 사이는 아니겠지? 하고 물어보는 바람에 어색하고 창피하고 그렇다고 우물쭈물할 수도 없어서, 아뇨 굉장히 심각한 사이입니다, 라고 내가 농담으로 대답했지만, 그때 흘깃 곁눈질해 보니 형기는 정말 계집애처럼 새빨간 얼굴을 푹 숙이고 어쩔 줄 모르고 있었다.

그렇게 착한 형기가 고아가 된 뒤에 장님까지 되어 버렸다는 소식이 있었다. 지난해 겨울, 꽤 큰 화재가 있었는데 그때 형기의 집도 불길에 휩싸여 형기의 식구는 모두 타서 죽고 형기는 겨우 빠져 나왔으나 눈을 뜰 수가 없게 되었다는 믿을 수 없도록 놀라운 소식이었다. 지금은 친척집에 얹혀 살면서 안마술을 배워 그 걸로써 푼돈이나마 벌어들이고 있다고 했다. 고향도 어두우리라. 사람이 미워졌고 더구나 사람을 미워하는 방법을 배워 버린 내가 어두운 고향에서 또 어떠한 광태(狂態) 속에 휩쓸려 버릴는지, 나는 벌써부터 울고 싶었다. 그러나 울고 싶은 만큼의 반작용이 없는 것도 아니라고 장담할 수도 있긴 했다. 해내는 거다. 세상이 당연하다고 내미는 것을 나 역시 당연하다고 생각하며 받아들이도록. 평범한 것을 흡족하게 생각하며 받아들이도록. '여보게 딴 생각말고 착실히 공부해서 좋은 데 취직하여 착한 여자 얻어서 아들 딸 낳고…' '네, 저도 그럴 작정입니다'라고 대답하도록. '분수에 넘치도록 욕심이 많은 사람이 자살하는 법이야. 욕심을 줄이면 되지 않나?' '선생님, 참 그렇군요'라고 생각하도록. '팔십이 다 되어 가는 내가 끄떡 없이 사는데 귓바퀴에 피도 안 마른 놈이 괴롭네 어쩌네 앓는 소리를 하다니…' '할아버지, 존경하겠습니다.'

어쩌면 내게는 그럴 가능성이 얼마든지 있을 듯했다. 우선 철저히 파멸되는 것이 무서워서 서울을 도망이라도 하는 기분으로 떠나고 있는 내 행위가 그걸 증명해 주고 있는 게 아닐까? 차창에 비친 나의 표정 잃은 얼굴에 나는 괴로워하고 있지 않은가? 그리고 무엇보다도, 사람이 밉다고 떠들고 있지만 고향의 벗들을 나는 연민이 가득한 마음으로 그리워하고 있는 것이 아닌가? 나의 이 연민이 배반만 당하지 않기를.

뻥 뚫린 구멍? 그러나 그것을 땜질할 만한 것이 존재하지 않는다고 아직은 단언할 수도 없는 것이 아닌가? 나는 고향이 가까워올수록 피어나는 희망을 보았다.

3

기차는 날이 다 밝아서, 아침밥 먹을 무렵에 고향에 도착했다. 순천(順天), 고향에도 가을이 깊어 있었다. 조용하면서도 꽤 강렬한 아침 햇살에 눈이 부셔 다소 어지러움을 느끼며 내가 플랫폼을 나서자, 윤수가 내 앞을 막아섰다. 얼굴은 온통 주름투성이로 웃고 있었다. 내가 띄운 엽서를 받고 마중을 나왔다고 했다. 그리고 그는 나의 한 손에 든 여행가방을 받아들면서

"잘 왔다, 잘 왔어."

하고 말하는 것이었다. 진심에서인 듯했다.

그는 낡은 흑색 양복을 입고 때 낀 백색 와이셔츠를 안에 입고 있었는데 넥타이는 없었다. 옷차림부터가 어딘지 무너져 가는 듯했지만 이 젊은 나이에 노인처럼 주름이 지고 주독이 올라 검붉은 빛깔을 하고 있는 그의 얼굴을 보자 나는 갑자기 허무한 생각이 들었다.

역에서 시가지로 들어오는 한길을 걸어가며 잠시 동안 우리는 무슨 얘기를 해야 할지 몰라서 잠잠했다. 수많은 낙엽들이 길 위를 이리저리 굴러다니고 있었다. 차디차게 파아란 빛을 하고 있는 아스팔트 위에 낙엽들의 갈색은 꽃처럼 선명했다.

"물론 계획은 없겠지?"

윤수는 별로 대답이 필요 없는 질문을 했다. 나는 빙긋 웃어 보였을 뿐이었다. 한참 후에 내가

"시 많이 썼냐?"

고 물었더니

"아아니, 통 못 썼어… 봄여름엔 술만 마셨지. 글은 가을이 오면 쓰기로 했는데 가을이 다 가도록 써지지가 않아… 소설도 한 편 써볼까 하고 있었는데 원고지로 두 장 쓰니까 막혀버려서… 뭐 그걸로 다 써버린 느낌이기도 하고…"

"생각하는 갈대께서?"

"글쎄. 시를 쓰는 것은 생각하는 갈대쯤이면 되겠지만 소설은…"
"소설은?"
"글쎄. 철면피? 돼지? 악마? 하여튼 여간 배짱 가지잖고선 그런 능청은 못 부리겠더라."
"양심을 걸고 쓰면…"
"양심? 소설에 양심을 걸고? 아하하하하…"
그러면서 그는 양복의 안호주머니에서 다색(茶色) 봉투를 꺼내어 그 속에 접어서 넣어 두었던 원고지 두 장을
"내 소설의 서두지."
라고 말하면서 내게 건네주었다. 글은 먹물로 갈겨 씌어져 있었다.
'황(荒)이라고나 표현하고 싶은 친구. 태어날 때의 재산은 A형인 혈액뿐. 그나마 부족했던지 늘 빈혈증으로 비틀거리고. 아아 그렇지만 사람들은 이따위 상징적인 이력을 통 신용 안 한다. 그러면? 경주(慶州) 김씨 순은공파(派) 36대손. 항렬은 수(秀)자. 외가는 파평(坡平) 윤씨. 남원(南原) 지방에서 주거(住居)하다가 남하(南下)하여 그의 씨를 퍼뜨린 김○○의 5대 직손. 그러나 이런 고전적 서사시도 지금은 사라지고 없다. 무어라고 쓸까? 무어라고 쓸까? 나는 착한 놈입니다라고 그냥 우겨대어 나가보자. 그러나 과연 그래도 괜찮을는지.'
나는 웃으면서 그것을 도로 건네주며
"모르긴 모르지만, 소설은 이렇게 쓰는 게 아닐 거야."
"글쎄."
하고 그도 웃었다.
"넌 역시 시를 써야만…"
하고 내가 말하자, 그는 다시 피식 웃으며
"시? 그것도 능청을 좀 부려야 쓰지 이젠 못 쓰겠어. 시라고 써놓고 보면 기막힌 욕설이 되어버리니 참."
"술 많이 마시냐?"
"음. 많이. 지독하게 많이. 코가 비뚜러지도록…"

"뭔가… 기생들하고?"

"음. 그렇지만 기생이란 칭호가 과분한 여자들이어서. 허긴 나도 시인이란 칭호가 과분한 놈이지만, 하여튼 그런 년놈들이 모이니까 판은 어울리지. 하하하하…"

그러다가 그는 문득 생각난 듯이

"진짜 기생들과 술을 마셔봤으면 좋겠어. 그 뭔가 샤미셍〔三味線〕을 켠다는 일본 기생들과 말야."

"일본 기생까지 끌어들일 건 없지 않아? 우리나라에도…"

"그렇지만 벌써 옛날이지. 우린 세상에 태어나기도 전에 멸망해 버린걸. 물론 그 가야금을 켜는 기생들이 지금까지 내려온다면 샤미셍네보다야 상품(上品)이겠지만. 아아, 아름다운 것은 일찍도 멸망하느니라."

"전쟁 탓이지."

"그 '전쟁' '전쟁'은 집어치워. 입에서 신물이 난다. 전쟁이 반드시 손해만 준 것은 아니잖느냐 말야."

"……"

"예컨대 내가 한꺼번에 여자를 서너 명씩 데리고 자는 것을 허용하든가."

우리는 함께 소리내어 웃었다.

"그런데 그 기생 아니 갈보들이 말야, 걸작이거든. 소월(素月) 시를 줄줄 외우고 게다가 내가 이상(李箱)을 읽어 주면 다 알아듣겠다는 거야. 언젠가 내가 사전에서 어려운 말만 골라서 시랍시고 써 가지고 갔더니, 대 명작이라는 거야. 엄청나지. 진짜 문학은 걔들이 허나봐."

그는 낄낄거리며 웃었다.

나는 점점 험상궂은 구름이 나의 내부에서 피어나는 것을 느꼈다.

"변변찮은 철공소를 차려 놓고 망치로 쇠붙이를 두들기고 있어야 하는 아버지는 내 어머니라는 여자 하나만으로 참아야 하는데 아들인 나는 그 사람의 아들이라는 이유만으로 그 반대지. 요즘은 부쩍 아버지가 불쌍한 생각이 든다니까. 언제 기회가 생기면 내가 아는 기생들을 몽땅 데리고 집으로 가서 큰상이나 하나 차려 놓고 아버지께 여자 맛이나 실컷 보여줄까 하는데. 뭐 내 처지에서 그것밖에 효도가 없을 것 같기도 하고."

이런 얘기를 하며 낄낄거리고 있는 윤수에게서 나는 내가 피해온 저 오영빈의 세계가 되살아오는 듯해서 고향에서 최초의 식은땀을 흘렸다.

규모가 작기는 하지만 고향도 도시였다. 도시이기 전에 저 사조(思潮)라는 맘모스와 그리고 그것이 찍고 가는 발자국에 고이는 구정물의 시간이었다. 그것을 긍정한다면 남이 나를 미워하듯이 나도 그들을 미워하는 것은 당연하지 않은가. 그러나 사람을 미워하는 감정 자체가 너무 괴로운 것이었다. 내 지난날의 그 평안, 토끼의 세계를 떨구어가듯이—그 세계가 잦아져 버리는 게 아니라 내가 거기에서 막연한 필요성 때문에 도망하는 듯한 안타까움이 있었다. 게다가 시대의 핑계만으로는 단념할 수가 없다는 집념이 거기에 곁들이고 있는 것이기도 하였다.

윤수에게는 대체 어떠한 안타까움이 있는 것일까? 어쩌면 내가 감히 이해할 수 없는 것인지도 모른다. 그러나 어찌됐든, 윤수가 영빈과는 다르다는 나의 생각—영빈보다는 윤수 편이 훨씬 진실된 고뇌를 가졌다는 생각. 그들 둘의 어떤 결과된 행동이 꼭 같다 하더라도 내부의 충동은 윤수 편이 훨씬 옳았다는 생각. 이러한 나의 생각이 단순히, 윤수는 '고향의 친구'라는 어휘가 주는 어감의 장난이 아니기를! 그리고 사실, 춘화를 파는 친구 임수영을 '죽여 버리고 싶은 놈'이라고 표현할 수 있었던 윤수는 나의 그러한 기대에 보답될 수 있는 사람이 아닐까? 아직 식은땀까지 흘릴 필요는 없는 것인지도 모른다. 젊은이 특유의 대화체라고 생각해도 무관할 것이다. 뭐 우리네의 대화란 태반이 하지 않아도 좋을 것들이니까.

형기에 대한 얘기를 해야 할 것 같다. 장님이 되어 버린 나의 옛 '각시'. 집에 짐을 풀고 나서 오후에 나는 형기를 찾아갔다. 역에서 오는 길에, 윤수로부터 형기의 괴로움을 대충은 들었었다. 그러나 내가 직접 형기를 만났을 때 나는 형기 자신의 괴로움이 내게 전해올 뿐만 아니라 내 앞에서 울음이 금방이라도 터질 듯한 얼굴을 푹 숙이고 그러면서 무언가 말이 하고 싶은지 입을 쫑긋거리고 앉아 있는 그의 외모 때문에 나는 나대로의 괴로움을 얻고 있었다.

화상 때문에 얼굴 근육들은 비틀어져 버렸고 동글동글하고 자그마한 얼굴에 커다란 흑색 안경을 쓴 그는 아무래도 웃음이 나는 만화의 주인공 같았다. 더구나 그가 들어 있는 방이란 그의 숙부 댁의 한 작은 골방인데 한쪽 구석을 쌀가마니 두 개가 차지하고 있고 천장은 낮고, 얼마나 오래 되었던지 회색으로 썩어가는 돗자리를 깐 방바닥에 홑이불처럼 얇은 이불을 이건 언제 펴두고 한번도 개지 않았는지 걸레처럼 쭈글쭈글 깔아놓고 그 위에 형기는 서투르게 만들어진 부처님처럼 앉아 있었다.

나는 무슨 말을 해서 그의 불행을 위로해야 좋을지 몰라서 잠자코 그의 한 손만 쥐고 그걸 만지작거리며 앉아 있었다.

한참 후에 형기가 고개를 숙인 채 혼잣말처럼

"날 바다로 데려다 줘."

하고 말했다. 나는 그의 시커먼 안경 밑으로 눈물이 방울방울 흘러내리는 것을 보았다.

"바다는 왜?"

바다는 여기서 남쪽으로 삼십 리쯤 밖이었다.

"불 속에서 차라리 식구들과 죽었으면 좋았을 텐데."

"……"

"……"

"죽어 버리고 싶나?"

고 묻자 그는 고개를 끄덕였다.

"정우야."

그는 내가 쥐고 있는 자기의 손을 약간 흔들며 말했다.

"바다로 데려가 줘?"

내가 물었다. 그는 또 고개를 끄덕여서 대답했다. 어딘지 어리광 같고 그러나 사실은 웃음으로 받아넘겨 버릴 수 없는 부탁이었다.

형기는 자기의 괴로움을 안으로만 간직하며 이때까지 나를 기다리고 있었던 게 아닐까고 나는 생각하고 있었다. 그는 나와 대면하고 나의 얘기에 귀를 기울이고 그리고 나의 도움으로 죽든지 그렇지 않으면 살든지 하겠다고 작정하고 있었던 게 아닐까. 어쨌든 내가 그를 사랑하고 있었던 것을 그는 알고 있었던 것이니까. 마치 남자가 여자를 사랑하듯이 사랑하고 있었다고 해도 나로서는 무어라고 부정할 말이 얼른 생각나지 않는다. 나에 대한 형기의 감정도 그랬으리라. 아니 더했으면 했지 결코 뒤지지는 않았던 게 분명하다. 나는 이상스레 당황해지기 시작했다. 고등학교 때 저 담임선생 앞에서 형기가 계집애처럼 새빨개진 얼굴을 푹 숙였던 이유를 오늘에야 이해할 수 있을 듯했다.

(내가 하행하지 않았다고 하면?)

아마 그는 자기의 괴로움을 껴안은 채 나와 저절로 대면하게 될 때까지 모든 결정을 유예시키고 있었을 것이다. 어쩌면 그는 나와 만나게 되는 것을 두려워하고 있었던 게 아니었을까. 십중팔구 나의 이런 생각은 옳을 것이다.

"임마, 쓸데없는 소리말고…"

나는 이렇게 말을 시작했으나 더 이어지지가 않아서

"나하고 천천히 생각해보자."

하고 말했다.

나는 그의 한 손을 붙잡고 바람을 쐬러 밖으로 나갔다.

구름이 끼고 음산한 바람이 불고 있었다. 나뭇잎도 다 져 버린 나무들은 회색 하늘 밑에서 앙상하게 서로를 의지하고 있었고 시(市)

주변의 산들은 어두운 갈색으로 칙칙하게 저녁을 맞이하고 있었다. 우리는 산밑을 흐르는 강의 방죽으로 나갔다. 방죽에는 까만 벚나무가 줄을 지어 서 있었다. 봄이 오면 꽃들이 활짝 피어서 방죽은 꽃구경 나온 사람들로 화려했었다. 북쪽으로 먼 산간 지방으로부터 눈이 녹아 내려온 맑은 봄물이 넘실거리던 강은 지금은 물이 말라버려서 한 줄기 가느다란 물줄기가 바싹 마른 자갈과 모래 사이를 근근히 비껴 흐르고 있었다. 물이 흐르는 쪽으로 눈을 돌리면 멀리 긴 다리가 그의 하얀 모습을 가물가물 보여준다. 이 쓸쓸한 풍경 속에서 난 계절의 아름다움을 느끼고 있었다. 나는 무심코

"제법 어떤 분위기를 가진 풍경이지?"

하고 형기에게 물어 버렸다.

"응."

하고 그가 대답하며 미안한 듯이 빵긋 웃었을 때, 나는 그가 장님이라는 현실로 돌아왔고 그 현실이 얼마 전보다 훨씬 쓰라리게 생각되었다. 나는 호주머니를 뒤져 담배꽁초를 찾아내서 피웠다. 담배 연기가 금방금방 공중에 흩어져 버리는 것에 주의를 집중시키며 내가 마음의 쓰라림에 어떤 방향을 주려고 애쓰고 있는데 형기가

"담배 냄새란 참 좋구나."

하고 말했다. 나는 담배를 방죽 밑으로 던졌다. 담배는 모래밭에서 빨간 점이 되어 있다가 얼마 후에 꺼져 버렸다. 어둠이 내리고 있는 강바닥에서 그 빨간 담뱃불은 무척 고왔다. 빗방울이 들기 시작했다. 바람도 퍽 쌀쌀하게 불어서 나는 형기의 손을 잡고 일어섰다.

이미 나는 형기와 나와의 관계를 깨닫고 있었다. 형기를 사랑할 수 있는 것도 반대로 학대할 수 있는 것도 세상에서는 나뿐이었다. 내가 그의 곁에 있는 한 그는 살아갈 것이다. 오직 내가 그의 곁에 있다는 사실만으로써도. 그리고 그것은 내 하향에 부여된 하나의 의미이기도 한 것이었다. 나는 그와 잡은 나의 손에 힘을 주었다. 얼마 후에 그의 손에서도 연인끼리의 그것처럼 조심스러운 반응이 왔다.

아버지와 어머니는 예상 이상으로 나의 하향을 슬퍼하고 계셨다. 아버지 편이 더 그랬다. 그날 저녁, 내가 아버지 앞에 꿇어앉아서 무어라고 변명을 시작하려고 하는데, 아버지는 나지막한 음성으로

"안다. 안다."

고 말하며 고개를 숙이고 있었다. 아버지는 정말로 알고 있는 모양이었다. 그러나 어머니는 무언가 오해를 하고 있는 듯했다.

"얼마나 부대꼈으면…"

하고 말끝도 맺지 못하고 돌아앉아 울기 시작하면서 띄엄띄엄

"자식 하나 편안히 못 가르치고… 난 죽일 년이지."

안으로 기어드는 목소리로 겨우 말하고 있었다.

그게 아니었습니다, 뭐 돈 같은 것 때문이 아니었어요 하고 말하고 싶었으나 따지고 보면 다소 그런 괴로움이 없던 것도 아니었으므로 그러나 그보다는 나의 하향 이유를 들으면 어머니나 아버지는 더욱 슬퍼할 것이므로 나는 아무 말 하지 않기로 해버렸다. 나의 방으로 물러 나오면서 내가

"시청 같은 데 취직이라도 하겠습니다."

하고 말했더니, 아버지는 어이가 없다는 듯이

"네가?"

하며 텅 빈 웃음을 허허 웃었다. 사실 이런 취직난 시대에 더구나 병역도 마치지 못한 놈이 취직할 데는 어디에도 없는 것이었다. 그리고 지금의 나로서는 취직을 했다고 한들 한 달도 못 견디어 낼 것이다. 고마우신 아버지, 아버지가 연두색에 미쳐 버렸듯이 나도 무엇엔가 미쳐야겠다고 생각하며 나는 쓰게 웃었다.

고등학교 삼 학년인 아우도 애매한 이유로써나마 실의에 차 있는 듯했다.

"너 이렇게 공부해 가지고 서울대학은 안 된다. 내가 수험공부를 할 때는…"

하고 제법 큰 소리로 위협을 해보는 것이지만 사실 자신을 돌아볼 때

목이 컥 막히는 것이었다. 서울대학에 합격했다고 해서 무엇을 얻었던가. '예링'을 가르치는 구역질나는 강의. 또 거기에는 '헤겔'과 '쇼펜하우어'가 동시에 위대한 것이었다. 당사자들이 들었으면 펄펄 뛰었을 텐데도 순전히 보편적 진리란 이름으로 그들이 서로서로 상대편이 오류라고 하며 자기를 관철시키려던 얘기는 하나의 에피소드에 불과한 것이었다. 그리고 그 보편적 진리를 배웠다는 친구들의, 아아 날뛰는 꼴. 감색 교복에 은빛 배지를 빛내며 버스칸 같은 데서 가죽가방을 무릎에 세우고 영감님처럼 점잖게 앉아 있는 국립대학생. '헤겔'도 못 되고 '쇼펜하우어'도 못 된 것들이. 더구나 '예링'의 절규가 어디서 나온 것인 줄도 모르고 그 절규의 메아리만 배워서 실천하려고 드는 무리들. 그러나 그들은 행복해 보였다. 아우도 그래 주었으면 좋겠다고 나는 생각하고 있었다.

"임마, 너 합격만 하면 내가 입던 교복 너 줄게."

하며 나는 아우의 어깨를 툭툭 쳤지만 그러나 나의 교복은 술과 토해낸 것들로 하얗게 얼룩이 져서 대학 앞 어느 술집에 외상의 담보로 잡혀져 있는 것이었다.

며칠 후 저녁 식사 때에 대학교복 얘기가 나와서 어머니가 아우를 가리키며

"얘는 얼굴이 하야니까 감색 옷을 입으면 참 예쁠 거야."

하고 말하자 아우가 계집애처럼 해해 웃는 걸 보고, 나는 토끼를 쫓고 있는 내 자신의 재판(再版)을 거기서 보는 듯하여, 아우만은 버스칸에서 영감님처럼 앉아 있을 수 있어 주었으면 하고 가슴 아프도록 바라고 있었다.

고향에 와서의 이튿날은 하루 종일 비가 내렸다. 나는 우산을 받쳐들고 춘화장수, 폐병쟁이 수영이를 찾아갔다. 그의 집은 작은 초가집인데 방이 두 칸, 하나는 그의 어머니와 누이동생이 삯바느질을 하며 거처하고 있고 다른 하나가 수영의 말하자면 병실이었다.

고생을 많이 해서 육십이나 되어 보이도록 주름이 많고 핼쑥한 그

의 어머니와 이 역시 한창 스물 나이답지 않게 핼쑥한 그의 누이동생에게 인사를 할 때 나는 자신도 모르게 눈물이 핑 돌았다. 그러나 정작 병자인 수영은 그의 해골처럼 바싹 마른 용모에도 불구하고 의외로 명랑한 편이었다. 수영이 거처하는 방은 대낮에도 촛불이나 켜야 책을 읽을 수 있을 만큼 어두컴컴하고 사방이 책으로 싸여서인지 먼지가 많았다. 책상 위에는 진한 녹색의 사보텐이 한 포기 화분에 심겨 놓여 있었다. 사보텐의 그 강렬한 빛깔은 어두운 방안에서 환히 돋보이는 것이었다. 내가 사보텐을 보고 있는 걸 알아채고 그는

"사보텐 좋지 응?"

하고 물었다.

"장엄하구나."

내가 그렇게 대답하자

"장엄하다? 좋았어. 본인은 그처럼 장엄하게 살고 있지."

그렇게 말하며 그는 흐흐흐 웃었다.

"곧 꽃이라도 필 것 같은데."

나는 웃으며 맞장구를 쳐주었다.

"그거 무얼 양분으로 하고 자라는 줄 알겠냐? 맞춰봐. 아주 상징적인 물건이지."

그가 물었다. 내가 의아한 눈초리로 화분을 보고 있노라니까 그는 다시 흐흐흐 웃으며 화분을 가리키고

"파봐. 거기 화분의 흙을 헤쳐 봐."

나는 지시하는 대로 손가락으로 흙을 헤쳐 보았다. 몇 개의 환약이 썩은 색을 하고 손가락에 잡혔다. 그 밑에도 몇 개 있을 듯했으나 파헤치는 걸 그치고 나는 드러난 약을 한 개 집어들어서 냄새를 맡았다.

"그거 무언 줄 알겠냐?"

하고 그는 웃음을 띤 채 물었다.

내가 무엇이냐는 듯이 고개를 그에게로 돌리자 그는 방바닥에 깔아 놓은 이불 위로 깍지낀 손을 뒷머리에 대고 벌렁 나자빠지며

"새코날이야."
하고 말했다.
"새코날이 사보텐을 키운다. 좋지 않아?"
그는 또 흐흐흐 하고 웃었다.
"좋구나."
나는 손에 든 걸 화분 속으로 던지고 그의 옆에 앉았다. 그는
"저만큼 비켜 앉아. 너도 폐병쟁이 될라."
하고 말하면서 나의 엉덩이를 밀었으나 나는 그대로 버티고 앉아서 방안을 둘러보았다. 저 안편에 검정색 커튼이 드리워 있었다. 나는 짚이는 게 있어서 그 커튼 쪽을 가리키며
"저거냐?"
하고 물었다. 그는 다 알면서도
"무어?"
하고 되물었으나 그 다음에 씨익 웃는 것으로 보아 나의 상상대로 그곳에는 춘화를 만들어 파는 사진기구가 있는 모양이었다. 가서 들추어 보았더니 과연 간이 인화기나 현상용 비커니 약품이 든 병들이 있었다.
"수입은?"
하고 내가 묻자
"내 약값엔 충분하지."
"몸은 많이 나았냐?"
"피는 안 토하기로 했지. 그러나 이따금씩 심해질 때가 있어."
"경찰엔 안 걸리고?"
"다행히 거래상의 의리란 게 아직 남은 모양이어서 한 번도 걸리진 않았지."
"뭘로 시간 보내냐?"
"그럭저럭 잠이나 자고 책이나 읽고."
"책은 무슨 책을?"

그는 손가락으로 방안을 한바퀴 휘 가리켰다. 나는 손에 집히는 대로 한 권을 빼서 그것의 제목을 보았다. 유행 작가의 소설이었다.

"문학을?"

"응."

"법대생이?"

"법대생?"

그는 또 그 호호호 웃음을 터뜨렸다.

"법대생? 그러고 보니 다시 한번 대학생이 되고 싶어지는구나."

"소설 많이 읽었냐?"

"글쎄. 닥치는 대로지 뭐."

"누가 좋았어?"

"글쎄… 앙드레 지드란 놈 알지?"

내가 고개를 끄덕이니까

"그 자식 나하고 흡사하던데."

"천만에. 정반대인걸."

"아냐, 흡사해. 그 자식 일 주일에 수음 몇 번 했는가를 알아맞히라고 하면 난 말할 수 있지."

"몇 번 했어?"

"네 번이지. 왜냐고? 나하고 흡사한 놈이니까. 호호호."

나도 그를 따라 웃을 수밖에 없었다.

"생텍쥐페리는?"

내가 묻자 그는

"읽었어."

"어때?"

"그 자식은 아무래도 믿을 수가 없어. 놈의 소설을 읽고 있노라면 무엇엔가 꼭 속고 있는 느낌이란 말야."

나는 덤덤한 심정으로 고개를 끄덕였다. 아마 수영의 얘기는 정당할 것이다. 나는 타인에 대하여 오랫동안 깊이 생각해 본 적이 별로 없다. 타인의 소설이라든가에 대해서도. 그런데 수영이는 퍽 오랫동안 그리고 깊이 생각해 본 자의 태도로 얘기하고 있는 것이었다. 어쩌면 그는 거기에서 구원의 길을 찾고 있었던 게 아닐까. 아무래도 그는 밑바닥까지 내려가 있으니까. 그런데 반추해 보면 나의 위치는 퍽 애매한 것이었다. 밑바닥까지 내려가 있는 자를 부러워하고 그리고 그만큼의 강도로 그곳에 추락되는 것을 무서워하고 있는 것이었다. 가만 있자, 이 얘기는 어찌 되는 것일까? 나는 문득 수영에 대하여 증오의 감정이 생기는 것을 느꼈다. 죽어 줬으면 좋겠다는 생각이 갑자기 찾아왔다. 그러나 수영이 자신은 새코날로 사보텐을 기르고 있는 것이 아닌가? 기어코 살아 내겠다는 의지로 뭉쳐 있는 것이었다. 수영이가 더욱 미워졌고 산다는 것이 던적스럽게 생각되었다.

"윤수는…"

내가 윤수를 빙자하여 나의 그런 감정을 표시하려고 할 때 그는 단 한마디로 간단히 방어해 버리는 것이었다.

"그 자식은 날 미워하고 있어."

그렇게 말하는 그의 말투가 어찌나 험악했던지 나는 움찔 움츠러들어 버렸다.

"날 질투하고 있어."

그는 또 그렇게 말하였다. 질투? 그럼 지금 나의 수영에 대한 감정도 질투란 말인가?

"내게 여자를 제공해 준 게 누군 줄 알아? 윤수야. 여자 위에 올라타고 있는 게 누군 줄 알아? 윤수지."

그는 벌떡 일어나더니 커튼 저편에 가서 춘화를 한 뭉텅이 가지고 와서 내 앞에 던졌다. 가지각색의 자세로 찍혀 있는 그것들은 너무나 기괴망측하였다. 내가 영빈을 통하여 사 보냈던 춘화에도 그처럼 괴상한 자세는 없었다. 춘화를 만들기 위한 춘화. 너무나도 돈을 만들기 위한 춘화. 약을 사기 위한 춘화. 살기 위해서는 저처럼 망측한 자세가 유지되어야 한다는 그 사진들에서 다행히 윤수는 한결같이 고개를 돌려 버림으로써 얼굴을 보이지 않고 있으므로 얼른 윤수라고 알아볼 수는 없었으나 어쨌든 윤수임에는 틀림없는 모양이었다. 윤수와 같이 찍혀져 있는 여자의 얼굴은 이쪽을 향하고 있었다. 눈썹이 짙은 얼굴이었다.

"서울에서 네가 보내준 것을 팔고 있을 때 어떻게 알았는지 윤수가 찾아와서 자기가 모델이 되어줄 테니 여기서 만들어 팔라고 권하였지. 짜아식의 그때 표정은 영 잊을 수가 없어. 아주 징그럽게 웃으면서 뭐랄까 나를 물어뜯을 듯했으니까. 나도 이를 갈면서 '오케이'했지. 하지만 내가 늘 선수지. 난 여자와 결코 가까이 하지 않거든. 몸이 나빠지니까 말야. 아마 짜식은 내가 죽기를 바랄지도 모르지. 그렇지만 내가 죽어?"

그는 억지로 짜내는 웃음을 쿡쿡 웃었다. 나는 고향에서 두 번째의 식은땀을 흘렸다. 수영의 그 말투 속에는 '이놈 너도 역시' 하는 가시가 돋쳐 있는 것만 같았다. 더구나 수영의 그 웃음 앞에서 나의 모든 괴로움은 한낱 허수아비의 가면처럼 무의미한 것이 되어 버리고 쳇바퀴를 도는 다람쥐로 변신해 버리는 듯하였다. 세상에는 무수한 위기가 있다고 하지만 그야말로 수영의 웃음은 중대한 위기였다. 그러나 나는 솔직히 고백하거니와, 수영이가 내 지난날의 생활에 대한 내 자신의 죄책감을, 마치 안개처럼 흐릿하나마 분명히 존재하고 있던 회오를 점점 불려 보내고 있는 듯이 느끼고 있었다. 그리고 그것은 대단히 미묘한 평안이었다. 그렇다고 수영에 대한 증오가 사라졌다는 말은 아니다. 오직 그 증오란 게 내가 생각해도 내세울 만한 것이 못된다는 얘기일 뿐이다.

그 해 가을이 다 가고 높바람이 꽤 세게 불기 시작하는 동짓달을 맞을 때까지 내가 대부분의 시간을 보낸 곳은 수영의 방이었다. 윤수도 아침부터 출석이었다. 윤수가 수영을 미워하고 있는 것은 사실이었으나 그리고 수영의 표현대로 질투하고 있는 것도 사실이었으나 그것이 수영을 위한 것이 아니라 오직 윤수 자신의 에고이즘에서 튀어

나오는 것이었으므로 드러내 놓고 수영을 공격하거나 하는 행위는 없었다. 질투라고 해도 사실은 별 게 아니었는지 모른다. 문학이라는 자기 영역을 침입받았다는 그리고 수영이 작품을 쓴다면 자기보다 우수하리라는 질투 정도였는지 모른다. 윤수는 은근히 수영을 골려 줄 기회를 잡으려고 애쓰고 있긴 했으나 별로 큰 성과는 없었다. 수영은 병든 고슴도치처럼 웅크리고 앉아서 빈틈없이 자신을 보호하는 것이었다. 말하자면 감정의 장난이었다. 하여튼 겉으로는 서로 퍽 다정한 듯이 굴었고 평온했는데 내가 사이에 끼어서 조정한 힘도 컸을 것이다. 내가 하향한 지 며칠 후에 내가 손을 잡고 데리고 온 것을 계기로 형기도 우리들 틈에서 뒹굴었다. 그가 나날이 눈에 뜨이게 명랑해져 가는 것이 내게는 커다란 위안이 되었다.

"적어도 난 너희들과는 다른 고차원의 세계에서 사는 사람이야. 난 너희들이 보지 못하는 어둠의 세계를 보고 살고 있으니 적어도 일 차원은 더 너희보다 높은 거야. 저, 저것 봐라. 저기 천사가 날아가네"

라고 농담을 할 정도로 입심이 늘기도 하였다. 설령 그가 입에 담을 수 없는 욕지거리를 술술 했다고 해도 나는 웃으며 받아들였을 것이다. 아무래도 그는 순수한 슬픔의 덩어리를 붙잡고 있는 사람이었으니까. 하기는 때때로, 나와 단둘이 있게 되면

"정우야. 날 바다로 데려가 줘."

하고 고개를 숙이고 얘기하는 것이었지만 그러나 그것도 이제 와서는 한 가지 애교에 불과했다. 상대편의 사랑이 혹시 식어 버리지나 않았나 근심이 되어 '우리 이젠 그만둘까?' 하고 짐짓 시험을 걸어 보는 연인들 사이에 흔히 있는 제스처와 흡사한 것이었다. 그리고 그러한 제스처에 속아넘어가는 연인이 세상엔 없듯이 나도 형기의 애교에 속지 않았다.

그렇지만 아아 그 퉁소 소리. 늦가을의 밤바람이 쓸쓸한 소리를 내며 불어 가는 것에 귀를 기울이고 있을 때 그 바람에 휘몰려 가는 듯이 가냘프게 형기가 불고 다니는 퉁소 소리가 들려오는 것이었다. 안

마쟁이가 여기 지나갑니다 라는 신호였다. 이불 속에 누워서 질주하는 바람에 모든 것이 불려가 버리는 느낌으로 그 퉁소의 여운을 생각하고 있노라면 형기가 그의 시커먼 안경으로 우수(憂愁)를 가리고

"정우야. 날 바다로 데려가 줘."

하던 말은 견디어 낼 수 없도록 절실한 것이었다. 그리고 진(眞)과 위(僞)의 차이를 구별해낼 수 없었던 서울에서의 나로 되돌아가는 자신을 발견하는 것이었다. 실상 고향에서도 나는 아무 결론을 얻지 못하였다. 생활을 빼어 버린 나의 하루하루는 그렇다고 내세울 만큼 착한 것도 아니었다. 생활한다는 것, 좋든 나쁘든 생활한다는 것이 최고의 표현을 가진 예술이라면 내게는 어처구니없지만 예술조차도 사라져 버린 것이었다. 세상의 위인이란 사람들이 입버릇처럼 얘기하는 '항상 새로 출발하라'의 지점으로 돌아와 있는 것이라고 생각하면 간단하겠지만 그렇게 생각하기에는 짊어져야 할 것이 너무 많은 듯했다.

수영의 어두운 방에서 우리는 아포리즘 풍의 시를 써내거나 하는 일로 소일하고 있었다. 윤수는 종이에 우리가 한마디씩 하는 것을 정리해 내곤 했다.

우울한 날엔 편지를 써라.
아무에게나 생각나는 사람에게 편지를 써라
그래도 우울한 날엔 책을 읽어라
그래도 우울한 날엔 노래를 불러라
아무쪼록 유행가를 낡은 기억 속에서 끄집어낸 유행가를
그래도 우울한 날엔 잠을 청해라
잠도 오지 않도록 우울한 날엔 수음을 해라 눈을 부릅뜨고
그래도 우울한 날엔 울어보아라
거울 앞에 목을 앞으로 빼내어
울음소리를 닮아 소리를 질러라
그래도 우울한 날엔 그래도 우울한 날엔…

"그 다음엔 '죽어라'인가?"

"아냐, 죽이지 않고 어떻게 해볼 방법은 없나?"

수영은 그렇게 대답하며 계속시킬 어구를 찾느라고 입을 우물거리는 것이었다. 서글펐다. 그러한 서글픔을 나는 김빠진 웃음만 허허 웃으며 삭여버렸다. 나도 그들을 따라서 입을 우물거려보았다. 입을 우물거리고, 그저 그러기만 하고 있었으면 나는 행복했다고나 할까?

4

날이 갈수록 내 도피의 어리석음이 드러났다. 미워하는 데서 그치지 말고 반항하는 법을 배웠더라면 나의 괴로움은 진작 서울에서 무마될 수 있었을 것이다. 스스로 목숨을 끊은 결과를 가져왔다고 하더라도 그 편이 훨씬 정직한 것이었으리라.

어느 날 아침, 내가 수영의 집에 출근했을 때 내가 좀 일렀던지 수영은 아침 산보에서 돌아오지 않고 출근자는 나 혼자뿐이었다. 수영의 방에 누워서 뒹굴고 있노라니 누가 방문을 똑똑 두드렸다. 수영의 동생 진영(眞永)이었다.

"어머니가 잠깐 건너오시래요."

하고 진영이 말했다. 스물 나이답지 않게 병자처럼 핼쑥한 그녀의 얼굴은 사뭇 엄숙한 표정이었다. 무슨 근거에선지 문득, 아 이제 심판이 시작되었구나, 하는 느낌이 들었다. 그리고 수영의 어머니가 어떠한 질문을 하더라도 나는 그것에 대답하지 못할 것 같았다. 불안. 죄인의 불안. 나는 잠시 동안 방바닥에 앉은 채 멀거니 진영의 얼굴만 보고 있었다. 나의 불안이 내 표정이 되어 있었던지 진영은 아무 일도 아니라는 듯이 생긋 웃어 보였다. 그 미소 속에는 때묻지 않은 처녀가 있었다. 나는 용기를 내어 진영과 그녀의 어머니가 거처하는 방으로 건너갔다.

방은 손재봉틀과 낡은 궤짝 같은 농으로 차서 비좁았다. 방바닥에는 옷감 마름해 놓은 것이 널려져 있고 벽에는 사진틀이 하나 걸려 있었다. 사진틀의 유리에 파리똥이 새카맣게 앉아 있고 그 속에서 누렇게 퇴색한 사진이 엿보이고 있었다. 사진은 구식 결혼의 사진이었다. 장삼을 입고 족두리를 쓰고 얌전히 눈을 내리깔고 서 있는 신부가 수영의 어머니였다. 퍽 고운 자태라고 나는 생각하고 있었다. 그리고 그때 내 앞의 옷감들을 주섬주섬 한쪽으로 밀어 제치며 무언가 간절한 얘기를 시작하고 싶어하는 이제는 늙어버린 수영의 어머니에게도 아직도 저 퇴색한 사진 속의 신부와 같은 우아함이 보존되어 있었다. 나는 수영의 어머니가 어떠한 얘기를 할지라도 고분고분히 들을 작정이었다.

그러나 수영 어머니의 얘기는 예상외로 꾸지람이 아니라 하소연이었다. 수영은 일방적인 의사로서 자기의 밥값을 자기 어머니에게 지불하고 있는 것이었다. 수영은 자기를 아들이라고 생각지 말 것을 자기 어머니에게 선언했던 것이었다. 수영은 어머니가 당신의 수입으로 사들여 준 약병을 어머니 앞에서 깨뜨려 버렸던 것이었다. 수영은 윤수와 윤수의 기생을 자기 방에 데려다 놓고 미친 듯이 괴성을 연발하곤 했던 것이었다. 수영의 춘화 만드는 얘기는 어지간히 알려져 버린 것이어서 수영의 어머니와 진영은 낯을 들고 거리를 다닐 수 없다는 것이었다.

수영의 어머니가 이러한 얘기를 하고 있는 곁에서 진영은 울먹거리는 목소리로

"차라리 우리는 오빠가… 오빠가 죽어줬으면 해요."

하고 나더니 엎드려서 어깨를 들먹이는 것이었다. 마침내 그의 어머니까지 훌쩍거리며 울고 있었다. 이러한 모녀를 흙벽 하나 저편에 두고 악마의 주언(呪言) 같은 얘기들만을 쑤군거리고 있던 우리들은, 아아 죽을지어다 죽을지어다.

나는 슬그머니 자리에서 일어나 수영의 방으로 건너왔다. 수영은 언제 들어왔는지 방바닥에 벌렁 누워서 방문을 열고 들어가는 나를

보며 히쭉 웃었다. 내가 시무룩한 표정으로 그의 옆에 쓰러지듯 주저앉자 그는

"난 다 들었다. 난 다 들었다."

라고 흥얼거리기 시작했다. 그는 천장을 올려다보며 화난 표정이었다.

"듣긴 무얼 들어?"

내가 자신도 모르는 새에 소리를 꽥 지르자 그는

"임마, 그따위 넋두리에 넘어갔구나."

하며

"난 다 들었다. 난 다 들었다."

다시 흥얼거리기 시작했다. 나는 책상 위에 있는 사보텐 화분만 멍하니 보고 있다가 집으로 돌아와 버렸다. 그 뒤로 나는 수영의 집에 다니는 것을 그만두었다. 윤수와 형기도 내가 나가지 않으니까 출입을 끊었다.

그 대신 나는 윤수를 따라서 윤수의 단골 술집엘 다니기 시작했다. 윤수에게 얹혀서 값싼 안주에 소주를 마시고 술상머리에 네 활개를 쭉 펴고 잠이 들었다가 저녁이 오면 찬물에 얼굴을 담그고 나서 집으로 돌아오곤 했다. 집에 오는 길에, 젖먹이를 버려 두었다가 갑자기 생각이 나서 달려가는 어미의 심정이 들면 형기를 찾아가서 기껏 위로한다는 소리가

"오늘 밤은 추우니 안마 나가지 마라 응?"

하거나

"어떻게 되겠지. 조금만 기다려보자. 어떻게 될 거야."

하고 자신이 생각해도 우스운 약속만 실컷 하고 그러면 쓸쓸함이 밀려와서 몸서리를 치거나 했다. 그러나 형기는 나의 허공에 뜬 대화에 진력도 내지 않고 조용히 귀를 기울이다가 이따금씩 밖에 찬비라도 내리는 날이나 혹은 바람이 유난히 거세게 부는 날에는

"날 바다로 데려가 줘."

하며 나의 등에 볼을 대고 슬퍼하곤 했다.

술집에는 기생이란 이름의 여자들이 네 명 있었는데 그들간에 윤수는 대인기였다. 여기야말로 나의 왕국이라는 듯이 윤수는 별의별 말, 별의별 짓을 다해서 여자들을 웃기었다. 그가 이른바 문학수업을 통해서 얻은 지식은 몽땅 그곳의 여자들을 웃기는 데 쓰이고 있었다. '카프카'의 작품들을 완전히 자기류의 유머 소설로 만들어서 떠들어대면 여자들은 배를 움켜잡고 방바닥을 굴러다니기도 했다. 점점 나도 거기에 동화되어 가는 듯했다. 남에게 피해는 입히지 않는다. 죽어도 내가 죽을 테니 간섭을 말아라. 대강 이런 식이었다.

"기도(妓道)가 무엇인지도 모르는 기생과 세상에서 문학의 소재가 어디멘지를 모르는 문학청년이 왜 만들어졌는지 알 수 없는, 자아, 술을 들자."

윤수는 이렇게 소리를 지르다가도

"제기럴, 이번 가을엔 꼭 시집을 한 권 낼려고 애써 모아 두었던 돈 다 없어지네."

하고 중얼거리곤 하였다.

술집여자들로 말하자면 나는 그들에게 통 흥미가 없었다. 그들간에도 기막힌 우정이 있다. 모든 것을 잃어 버린 자들이 갖는 생명에의 집착이 있다. 돈을 가장 바라는 걸로 세상에 인식되어 있으면서도 기실은 돈을 가장 경멸하는 부류. 겨우 이 정도의 선의적인 관찰로써 나는 그들에게 흥미를 느낄 수는 없었다. 술에 취하면 나는 곧잘 어느 여자의 무릎에나 머리를 얹고 잠이 드는 것이었지만 그렇다고 그것이 여자들에 대하여 사랑의 감정이 있어서는 아니었다. 따지고 보면 서울에서의 여대생 선애보다 몇 갑절 더 불행한 여인들이었다. 그런데 선애의 불행에 대해서는 그토록 마음 아파했으면서 그보다 더 불행한 여자들 앞에서 왜 나는 무감각한가. 선애와의 관계에는 사랑이 개재했으니까, 라고? 그러나 반드시 그런 것 때문만도 아닌 듯했다. 생각하면 선애는 치르고 나면 면역이 생기는 열병과 같은 존재였나보다. 첫서리만이 차가운 법이었다. 하나의 고된 시련을 치르고 나면 그 다음의 시련엔 별 고통이 없다는 이치 속에 나는 끼여 있는 것이었다. 아, 알 듯하다. 노인들에겐 놀랍도록 웃음도 없고 눈물도 없는 까닭을. 인간은 수많은 병기로써 무장하고 있다. 사랑, 미움, 즐거움, 서러움, 자만, 회오… 혹은 섬세한 연민, 섬세한 질투… 그런데 살아가노라면 단지 살아가노라면 이것들은 하나씩 하나씩 마비되어가나 보다. 자신도 알지 못하는 사이에 미묘한 장점이 훼손되어 있기도 하리라. 아아 싫다. 마비시켜 버리더라도 뚜렷한 의식 가운데서 그러고 싶다. 그러기 전에 그러한 병기들을 잃어 버리고 싶지가 않다.

그러나 아무래도 그 술집여자들에게 마음의 밑바닥에서 우러나오는 태도는 거짓으로나마 지어 보일 수가 없었다. 겨우, 같은 처지에 처한 사람들끼리의 우정 비슷한 것만이 생기고 있을 뿐이었다. 그러고 있을 때, 결정적인 타격이 왔다.

윤수가 형기를 술집으로 꾀어 온 것이었다.

그 날 아침, 나는 전날의 통음(痛飮)으로 머리가 띵하고 사뭇 어지러워서 창문을 열었더니 겨울을 알리는 바람이 휙 몰아쳐 왔는데 그것이 머리의 진통을 가라앉혀 주는 듯하여 한참 동안 창문턱에 이마를 대고 있다가 고개를 들었을 때 맞은편 문간채의 기와지붕 위에 서리가 햇빛을 받아 보석처럼 반짝이고 있는 게 보였다. 문득 계절에 생각이 미치어 달력을 보았더니 벌써 십일월도 중순으로 접어들고 있었다. 하향한 지 거진 한 달이 되어가고 있었다. 나는 아무런 잡념 없이 순전히 초조함으로 가슴이 두근거리기 시작했다. 어떻게 해야 한다는 생각, 이대로 있어서는 안 된다는 생각만이 꽉 찼다. 나는 다시 이불 속으로 기어들어 갔으나 정신은 또렷또렷해지기만 하고 그러나 무슨 판단력이 생기는 것은 아니었다. 얼마나 지났는지도 모르게 그런 상태로 누워 있다가

"위기다! 위기다!"

하고 중얼거리며 나는 자리에서 벌떡 일어나 옷을 주워입고 아침밥도 먹지 않은 채 윤수가 와 있을 술집으로 달려갔다. 그런데 형기가 거

기에 있는 것이었다. 한 번도 데려오지 않았고 그리고 할 수 있으면 술집을 형기에게는 알리고 싶지 않았었다.

그런데 더욱 분한 것은, 형기를 방 한가운데 세워놓고 술집여자들과 윤수가 그를 뺑 둘러싸고, '용용 날 잡아라'를 하고 있는 것이었다. 그들은 박수를 치며 깔깔대고 있었다. 그런데 형기 자신도 무척 즐거운 듯이 이마에 땀이 송글송글 맺히도록 열심이었다.

내가 들어서자 여자 하나가

"이거 보세요. 이 눈먼쟁이 아주 걸작이에요."

나의 팔을 잡아 끌어들이면서 깔깔거렸다.

"약주를 한 되나 마시고도 끄덕 없어요. 저것 봐요. 얼굴이 붉어지지도 않았죠."

"게다가 저 꼴에 인자한테 반했는 모양이지요."

나는 인자라는 기생을 돌아보았다. 그녀도 재미난다는 듯이 양손으로 허리를 잡고 웃고 있었다. 형기는 내가 나타나자 당황해진 모양이었다. 얼굴이 새빨갛게 되어서 무안을 당한 사람처럼 멀어버린 눈을 껌벅거리며 어설픈 웃음을 띠고 방 가운데 나무토막처럼 서 있었다.

윤수는 방바닥에 누워버리면서

"내 탓은 아니로다. 내 탓은 아니로다."

하고 말했다. 그 말을 하면서 그는 가톨릭 신자들처럼 주먹으로 자기 가슴을 툭탁툭탁 치는 것이었다. 우선 윤수가 엄청나게 변했다는 사실로써 그랬다. 목구멍을 치받고 올라오는 것이 있었다. 나는 있는 힘을 다하여 엉뚱하게도 형기의 뺨을 갈기었다. 형기는 비틀거렸다. 그러더니 그 자리에 엎드려서 마신 것을 토하기 시작했다. 방바닥은 금세 오물로 가득 찼다. 인자가 걸레를 들고 달려와서 형기가 토해놓은 것들을 치우며 나를 흘겨보았다. 딴 여자들도 도대체 당신이 뭔데 그러느냐고 투덜대었다. 윤수만이 더욱 높아진 목소리로

"내 탓은 아니로다. 내 탓은 아니로다."

하고 외치고 있었다. 나는 방바닥만 우두커니 내려다보며 서 있다가

형기가 겨우 자리에서 비척거리며 일어서자 그의 팔을 끌고 밖으로 나왔다. 울고 싶었다. 그러나 먼저 운 것은 형기 쪽이었다. 그는 느껴대며 울었다. 인자가 방에서 형기의 검정 안경을 들고 나왔다. 내가 그것을 받아서, 눈물이 흐르고 있는 그의 멀어버린 눈을 손수건으로 훔쳐준 다음 그것을 씌워주었다. 나는 형기의 팔을 잡고 천천히 걸어서 그의 집에까지 데리고 와서 그의 방에 눕혔다. 그가 코를 골며 잠이 들 때까지 나는 그의 한 손을 쥐고 그의 옆에 잠자코 앉아 있었다.

그러나 며칠 후, 형기가 부끄러운 웃음을 띠며

"인자라는 여자… 좋은 여자지?"

하고 내게 물었을 때, 나는 그 날 일의 중대함을 다시 한번 느꼈다. 나도 웃으며

"왜? 어떻게 좋은 여자인지 아닌지 알았어?"

하고 묻자, 그는

"그냥. 뭐 그렇게 느껴졌어. 그 여자 나빠?"

"아아니, 마음씨가 고운 여자지."

그는 고개를 끄덕이며

"그럴 것 같았어."

하고 안심하듯이 말했다.

형편이 별수 없게 되었다고 나는 생각했다. 마침내 나는 그 술집출입을 끊고 형기를 윤수에게 내맡겨버렸다. 형기가 인자에게 흠뻑 빠져버렸다는 얘기를 나의 집으로 찾아오는 윤수편에서 듣고 있었다. 육체관계도 있는 모양이었다. 인자가 형기에 대하여 어느 정도인지는 알 수 없었다.

그럴 무렵, 어느 날 저녁에 나는 아버지와 어머니 앞에 호출당했다. 그분들의 얘기는 아주 간단했지만 무척 어려운 것이기도 하였다. 내가 아버지 앞에 무릎을 꿇고 앉자, 아버지는 무거운 목소리로

"네 소원이 무엇이냐?"

고 내게 묻는 것이었다.

소원. 소원? 소원? 나는 목이 메었다. 너무나 많기에 없느니만 못한 소원. 나는 무엇이 되고 싶습니다, 라고 꼭 한 가지를 분명하게 얘기할 수 있는 사람은 복받은 사람임에 틀림없으리라. 아버지, 모든 것이 다 되고 싶습니다. 모든 것이 다 갖고 싶습니다, 이런 대답은 있을 수 없었다. 그러나 솔직히 말하면 무엇을 맡겨도 감당해낼 자신이 없다고 얘기했어야 할 것이었다.

내가 아무 말 없이 고개만 흔들고 있자, 아버지는

"날씨가 좀 무리일는지 모르나 어디 여행이라도 한번 하고 오너라. 여행중에 차분히 생각도 좀 해보고… 다소 도움이 될 테니."

라고 말하면서 어머니가 건네주는 종이로 싼 뭉치를 받아서 내 앞에 밀어놓으며

"돈이다. 오늘 저녁에 잘 생각해 봐서 돈 자라는 데까지 돌고 오너라."

라고 말했다. 꽤 많은 듯했다. 어머니가 비단 보따리를 이고 다니며 간신히 끼니를 이어가는 살림에 내 앞에 놓인 부피의 돈이라면 굉장한 것이었다. 나는 지그시 눈을 감았다.

"정우야. 우리도 남들처럼 한번 살아보자. 여행하고 와선 마음 단단히 먹고 한번 살아보자."

어머니가 떨리는 목소리로 그런 말을 했을 때 나는 더 견디어낼 수 없었다.

"그렇게 하겠습니다."

라고 대답하고 나서 나는 내 방으로 도망치듯 건너와서 이불을 둘러썼다. 그러나 울고 싶은 마음과는 반대로 눈물은 나오지 않고 허허어 하는 웃음소리를 닮은 괴성이 목구멍에서 터져 나왔다. 언젠가 수영이가 '죽지 않고 어떻게 해결할 방법을 찾아야지' 하던 물음을 나는 생각하고 있었다. 어쩌면 영원한 질문. 두고두고 써야 할 테마가 아닐는지? 나는 밤이 새도록 잠을 못 이루었다. 퍽도 긴 밤이었다. 다

음날, 마침 집으로 찾아온 윤수에게 나는 여행에 관한 얘기를 했다. 윤수도 옛날부터 남해의 도서지방을 돌아보고 싶었다고 하면서 이 기회에 자기와 함께 그쪽 방면으로 여행을 가는 게 어떻겠느냐고 제안했다. 그렇지만 이번 나의 여행의 목적은 단순히 아름다움을 찾기 위한 것이 아니라고 내가 얘기하자 그는 잘 알겠다고 고개를 끄덕이며, 그러나 너무 기대는 걸지 말고 우선 출발해 보자는 얘기를 하는 것이었다. 그렇게 얘기하는 윤수는 오래간만에 진실한 태도였다.

5

집을 나설 때 대문 밖까지 배웅을 나온 아버지와 어머니의 표정을 잊을 수가 없다. 두 분은 분명히 나를 불쌍히 여기고 있었다. 어쩌면 지난날의 자신들을 향하여 응원의 주먹을 휘두르는 기분이었는지도 모른다. 특히 아버지 편이 말이다. 이제 와서 나는 움쭉달싹할 수 없음을 느꼈다. 애쓰다가 애쓰다가 안 되면 그만이다 라던 얼마 전까지의 내 생각은 수정을 받아야 했다. 이제는 애쓰다가 애쓰다가 안 되면 아니 그렇지만 기어코 해내어야만 되었다. 저 덜컥거리던 야행열차의 유리창에 비친 나의 무표정한 얼굴을 들여다보며 세상이 내미는 모든 것을 고분고분히 받아들이자던 나의 약속을—뒤집어보면 그러한 나의 생각엔 일종의 비웃음이 섞여 있었지만—이제는 어쩔 수 없이 실천해야만 하게 되었음을 깨달았다.

세상의 모든 사람들이 나를 향하여 '너의 이른바 고뇌라는 것에서는 젖비린내가 난다'고 하며 웃어버릴지라도 아버지와 어머니만은 나만큼 아니 나보다도 더 절실하게 나의 번민을 앓아주고 있는 것이니 그런 분들이 요구하는 것이라면 무엇이든 되어주고 싶다는 생각이 들었다. 그런데 바로 그분들이 나더러 저 범속한 사람들 틈에 끼어달라고 요구하는 것이었다. 마치 내가 아우에게, 버스칸에서 영감님처럼 앉아 있을 수 있는 대학생이 되어 주기를 그리고 선애가 차라리 튼튼한 백치를 낳기를 바라고 있던 것과 같은 심정으로써.

여행에 관해서 나는 좀 세세히 적고 싶다. 어쨌든 즐거운 여행이었으니까. 윤수와 나의 여장은 초라하도록 간단했다. 어깨에 걸치게 된 작은 백에 몇 가지 내의와 책 두어 권씩을 넣고 우리는 버스로 우선 여수(麗水)에 도착하였다. 동짓달의 엷은 햇살은 그나마 차가운 바닷바람이 쓸고 지나가 버리는 것이어서 거리는 흙먼지가 날리고 무척 황량하였다. 시(市) 전체가 흙바람에 싸여 희뿌연 게 도시의 신기루를 보고 있는 느낌이기도 하여 만지(蠻地)에 온 것만 같았다. 바다를 보면, 수평선까지 백파(白波)가 성성하고 돛배가 몇 척 쓰러질 듯한 자세로 빠르게 항해하고 있었다. 우리는 시(市)의 동북쪽에 있는 긴 방파제에 웅크리고 앉아서, 올 데까지 왔다 더 가기가 싫다. 저 백파의 바다를 넘어서 섬으로 갈 이유가 무엇인가, 라는 얘기를 한마디씩 중얼거리고 그러나 짧은 해가 다 지도록 이상한 마력으로써 우리의 마음을 한없이 설레게 하는 물결 높은 바다를 바라보고 앉았다가 숙소를 찾으러 시내로 돌아왔다. 밤이 와서 거리가 텅 빈 항구는 더욱 황량하였다. 우리는 입고 있는 낡은 코트의 깃을 세우고 꾸부린 자세로 발걸음을 빨리 하여 큰 거리를 부두 쪽으로 걸어갔다. 여기서 한마디 해두고 싶다. 이 쓸쓸한 풍경 속에서 그러나 나의 마음은 알 수 없이 따뜻해 있었던 것을. 무엇이었을까? 센티멘털리즘? 센티멘털리즘이라고 해두자. 그러나 몇십 년 후, 코트 깃을 세우고 이 바람찬 항구의 겨울 거리를 비스듬한 자세로 걸어가는 센티멘털리즘이 없다면, 아아, 그런 일은 없으리라, 단연코 없으리라. 아무런 속박도 욕망도 없이 볼을 스치고 가는 바람의 온도와 체온과의 장난을 즐기며 꾸부린 자세가 오히려 편안하다고 느끼며 그리고 내 구두가 아스팔트를 울리는 소리만을 들으며 어디론가 그저 걸어가는 일. 그 순간에 나는 죽어도 좋았다.

우리는 부두에서 가까운 여관 하나를 찾아 들어갔다. 손님이 많은 까닭인지 퍽 소란스러웠다. 사환애의 안내를 받고 방을 정한 뒤에 윤

수가 찌푸린 얼굴로

"여관이 조용하지 못하군."

하고 중얼거리니까, 사환애는 죄송스럽다는 듯이 해해 웃으며

"서커스단이 투숙하고 있어서요. 그렇지만 오늘밤까지만 있고 내일은 섬으로 떠난다니까 내일부터선 조용할 겁니다. 손님들은 오래 계실 분들이신가요?"

"글쎄, 오늘 밤 자고 나서 작정하지."

내가 얼버무려 대답했다. 윤수도 잠자코 고개만 끄덕이고 있었다. 사환애는 밖으로 나가더니 숙박계를 들고 와서 우리의 기입을 기다리었다. 기입하기 가장 곤란한 난은 직업이라는 난이었다. 나는 '학생'이라고 써넣었지만 윤수는 잠시 고개를 갸웃거리고 나서 무어라고 끄적거려 써넣고 나더니 미친 사람처럼 방바닥으로 나둥그러지며 배를 움켜잡고 웃어대었다. 나는 숙박계를 들여다보았다. 윤수는 직업난에 지극히 엄숙한 자체(字體)로 '시인'(詩人)이라고 써넣었던 것이다. 시인. 시 한 줄 못 쓰고 가을만 기다리다가 그 가을도 보내 버리고 정신없이 섬으로만 가고 싶어하는 시인. 나는 웃음이 터져 나왔다. 그리고 윤수에 대하여 여태껏 비록 조그마하나마 품고 있었던 불화(不和)의 감정은 그때 말끔히 사라져 버리는 것이었다. 귀여운 시인.

사환애가 아무 사정도 모르면서 아첨하는 웃음을 해해 웃고 나서 숙박계를 거두어 밖으로 나가려고 할 때 윤수는 무슨 생각을 했던지 자리에서 벌떡 일어나 앉으며

"얘, 서커스단은 내일 무슨 섬으로 떠나느냐?"

고 물었다.

"거문도(巨文島)로 간다고 하더군요."

사환애는 그렇게 대답하고 나서

"원래 섬으로는 안 돌아다니는 법인데 금년엔 시험삼아 한번 가본다나요."

하고 덧붙이었다. 사환애가 나가자 윤수는

"야, 내일 서커스단과 함께 출발하자. 재미있을 거야."
하며 나의 어깨를 툭 쳤다. 우리는 사환애를 다시 불러서 거문도의 위치와 내일 출발시간을 알았다. 배를 타고 남쪽으로 여덟 시간쯤 가야 한다고 했다. 출발시간은 아침 아홉시. 내일 아침 필요하다면 자기가 배 타는 데까지 안내하겠다고 말하며 사환애는 또 해해 웃었다.
나는 변소엘 갔다오다가 아마 곡예단에 소속한 듯한 사내가 마루 끝에 얼빠진 자세로 앉아 있는 것을 보았는데, 사십이 넘어 보이는 체구가 작은 그 사내는 촉수 낮은 전등 아래에서 무척 외로워 보였다. 면도 자국이 파아란 볼이 인상적이었다. 내가 뚫어질 듯한 눈초리로 그를 보고 있었는데도 그는 못 본 척하고 땅바닥만 내려다보고 앉아 있었다. 방에 들어오자 윤수가 없었다. 나는 이불 속으로 발을 넣고 벽에 기대어 방금 보고 온 사내가 주던 분위기를 흉내내어 앉아 있는데 윤수가 네 홉들이 소주병 하나와 군 오징어를 사들고 들어왔다. 내가 술은 무엇하러, 하는 시늉으로 눈살을 찌푸리자 그는 변명하듯이
"난 너하고는 여행 목적이 다르니까."
하며 낄낄거리며 웃었으나 웃음은 힘없이 그치었다. 미안한 생각이 들었다. 나도 자세를 바꾸어 허리를 쭉 펴고 그에게 다가앉아서
"나도 한잔."
하며 대들다가 문득 마루에 외롭게 앉아 있던 사내 생각이 나서 윤수에게 잠깐 기다려 달라고 하며 밖으로 나가보았다. 사내는 여전한 자세로 앉아 있었다. 나는 조심스럽게 그의 곁으로 다가가서
"선생님, 실례지만 저희들 술 한잔 받으시겠어요?"
하고 말했다. 그는 흘깃 나를 올려다보더니 아무 말 없이 고개를 도로 숙여 버렸다. 내가 무안해서 돌아서려고 하는데 사내는 잠자코 일어서더니 나를 따라왔다. 사내는 우리가 건네는 술잔을 받으며 묻는 말 외엔 말이 없었다. 어떻게 보면 퍽 싱거운 술좌석이었으나 나는 아주 편안한 기분이었다. 이씨라는 성을 가진 그 사내는 역시 곡예단

원이었다.

"그럼 이 선생님, 몇 년 동안이나 서커스를 하셨어요?"

"그럭저럭 삼십 년쯤."

삼십 년. 놀랍고 그리고 부러운 시간이었다.

"어렸을 때부터 하셨겠어요?"

"아주 어렸을 때부터죠. 만주에 있을 때부터니까요."

윤수는 술 한 병을 더 사왔다. 사내는 술이 들어갈수록 얼굴이 샛노래졌다. 나는 석 잔을 마시고 곤드레가 되어서 어린애 같은 호기심으로 사내에게 이것저것 묻고만 있었다.

사내의 얘기에서 안 것은 이번 섬 공연을 마지막으로 그 곡예단은 운영난 때문에 해체하게 되었다는 것이었다. 삼십여 년 동안 곡예사 노릇을 해오면서 여러 곡예단이 해체하는 것을 보아왔지만 이번의 해체는 여간 마음 아픈 것이 아니라고 하면서 그는 술을 들었다.

"이젠 늙어서, 서커스쟁이는 더 할 수 없는 나이죠. 과부라도 하나 얻어서 살림이나 차리고 싶지만 그것도 밑천이 있어야지."

그는 파아란 턱을 손바닥으로 쓰다듬으며 멋쩍은 듯이 처음으로 웃었다.

"남들이야, 그까짓 거, 하며 웃을지 모르지만 그래도 반평생을 바친 것이고 보면 미련이 자꾸 남아서… 정작 그만둔대도 무엇을 어떻게 해야 할지 막막하구먼요."

밤이 이슥하도록 그는 삼십 도짜리 소주를 주는 대로 받아먹고 나서

"내일 동행하신다니 그럼 이걸로 실례합니다."

하고 비척거리며 밖으로 나갔다. 그리고 이내 마루 끝에선지 토하는 소리가 욱욱 들려왔다. 그때 밖에 나갔다가 돌아오는지 왁자지껄하며 여자들의 목소리 한 떼가 들어오다가

"어머, 훈련부장님이 토하고 계셔."

"저런, 술을 자셨나봐."

"기분 나쁜 일이 있나 봐. 술을 잘 안 하시는데."

그런 대화와 토하고 있는 사람에게로 달려가는 급한 발자국 소리가 들려왔다. 윤수와 나는 눈을 동그랗게 뜨고 잠시 서로의 얼굴을 쳐다보았다.

재미있는 일이 그날 밤 우리가 잠자리에 들어가려고 할 때 일어났다.

사환애가 찾아와서, 은근한 목소리로

"색시 안 사시겠어요? 아주 미인들인데."

하고 묻는 것이었다. 윤수는 술이 올라 붉어진 얼굴에 장난꾸러기 같은 웃음을 띠고

"만일 미인이 아니면 넌 없어."

하고 위협을 하자, 사환애는 해해 웃으며

"내기할까요?"

하고 장담하고 나더니 다시 은근한 목소리로

"서커스하는 여자들인데 그 중에서도 일등 미인들만 골라오죠."

하고 깜짝 놀랄 얘기를 했다. 윤수가 질겁했다는 목소리로

"서커스하는 여자들이 갈보짓도 하느냐?"

고 묻자 사환애는 그것도 몰랐느냐는 듯이

"서커스해서 버는 수입이 수입인 줄 아세요?"

하며, 그럼 데리고 오겠습니다, 하고 나가는 것이었다. 내가 그럴 수가 있느냐는 얼굴로 윤수를 쳐다본 후에 나가는 사환애를 만류하려고 하자

"가만 있어 봐. 구경이나 하자."

하며 윤수는 사환애에게 어서 데려오라는 눈짓을 해 보였다. 나는 될 대로 되라는 심정으로 이불을 푹 뒤집어쓰고 누워 버렸다. 이윽고 방문 여닫는 소리가 들리고 여자들이 들어온 모양이었다. 윤수가, 능청떨지 말고 일어나, 하며 이불을 거두어 버리는 바람에 나는 할 수 없이 부스스 일어나 앉았다.

여자는 둘 다 십팔구 세나 됐을까, 의외로 나이가 어려 보였다. 둘 다 빼빼 마른 체구에 사환애의 장담과는 좀 거리가 멀었지만 그럭저

럭 귀여운 데가 있었다. 윤수는 안심했다는 듯이, 생글거리며 앉아 있는 여자들을 향하여 씨익 웃어 보이고 나서 모두들 일어서 하고 온 방에 차도록 이불을 깔았다. 우리는 그날 저녁, 사환애를 시켜서 사 온 화투를 치며 밤을 새웠다. 여자들이, 피곤하니까 그만 자자고 해도 윤수는 그들을 독려해 가며 화투놀이를 강행하였다.

그날 밤, 새벽 네시나 되었을까, 내가 졸음에 못 이겨 이불 위로 비스듬히 쓰러져 잠이 들면서 가슴 가득히 느낀 것은 윤수에 대한 신뢰와 여자들을 향한 자랑스러움이었다. 다음날 알았지만, 윤수는 그 여자들에게 하룻밤의 값을 정확히 주어서 보냈다고 했다.

다음날은 초가을처럼 온화한 날씨였다. 윤수와 나는 늦잠을 잤기 때문에 세수도 하는 둥 마는 둥 하고 사환애를 앞장세우고 부두로 달려가서 배에 올랐다. 곡예단원들은 벌써 배에 올라 있었다. 배가 떠날 즈음에 알았는데 단원의 일부는 벌써 해체되어 섬으로 가지 않고 여수에 그대로 남아서 제 갈 데를 찾아 헤어지는 모양이었다. 그들은 떠날 준비의 뱃고동이 뿌우뿌우 울리자 남자고 여자고 서로 부둥켜안고 울음을 터뜨렸다. 무어라고 넋두리를 하며 몸부림치는 여자도 있고 조용히 눈물만 글썽이는 남자도 있었다. 볼에 면도 자국이 파아란 어제 저녁의 체구 작은 사내 이씨도 깡마르고 키가 훨씬 큰 한 사내와 서로 손을 맞잡고 고개를 끄덕여가며 눈물을 질금거리고 있었는데 윤수와 나는 뱃머리에 걸터앉아서 시종 미소를 띠고 그들을 보고 있었다. 뱃사람 하나가, 내릴 분은 빨리 내리라고 재촉을 하자 그들은 모두 우르르 부두로 내려가서 또 한번 울음을 터뜨리며 작별인사를 하고 있었다. 초겨울의 바다 위에서 그 진기한 이별은 이국인들의 그것을 보듯이 퍽 낯선 것이었다.

"먼 항해나 떠나는 것 같군."

윤수는 그렇게 중얼거렸는데 사실 그랬다. 전날 저녁에 우리와 놀던 여자들도 한 사람은 섬으로 한 사람은 육지에 그대로 남아 있는 모양이었다. 섬으로 가는 여자는 미아(美兒)라는 이름이었고 성심이란 이름의 딴 여자가 육지에 남는 모양이었다. 그리고 거기서 우리는 눈치로 알았지만 육지에 남는 성심이란 여자는 남편이 있었던 모양이었다. 한 사내가 줄곧 그 여자와 함께 행동하고 있었다.

"큰 죄를 질 뻔했구나."

하고 내가 턱짓으로 성심을 가리키며 말하자 윤수는

"남편이 있는 줄 알았으면 껴안고 자는 걸 그랬구나."

하고 농담을 했다.

섬으로 가는 곡예단원은 남녀 합해서 스물 남짓했다. 섬으로 가는 동안 미아는, 어제 저녁엔 고마웠습니다, 라고 말하고 그리고 자기를 배 안에서 사귄 것처럼 해달라고 우리에게 부탁하고 나서 내처 우리와 함께 있었다. 키 작은 사내 이씨도 우리의 곁에 서 있었다. 표정은 여전히 없었으나 우리에게 친절한 말씨로 얘기를 해주었다. 우리의 화제는, 아까 육지에 남은 사람들은 헤어져서 도대체 어디로 갈까, 하는 것이었다.

"절구 아저씨는 서울에 형님뻘 되시는 분이 사업을 하고 있다면서요?"

"그래 그래."

미아와 이씨와의 대화를 우리가 듣고 있는 편이었다. 누구는 고향에 가서 농사를 착실히 지어 보겠다고 했고, 누구는 엿장수라도 하며 방랑벽을 만족시키겠다고 했고, 누구는 갈보 노릇밖에 더 할 게 있겠느냐고 말하며 울더라고 하였다. 그런 얘기를 하고 있는 미아와 이씨의 표정은 자신들의 앞날을 생각하는 것인지 쓸쓸했다.

"섬에서 한몫 잡으면 모두 다시 불러올 수 있는데요 네? 아저씨."

하며 미아가 희망이 있다는 듯이 빠른 말씨로 얘기를 하면 이씨는

"어림없어."

하며 미아의 희망을 꺾어버리기도 하였다.

바다 가운데로 나오자 바람이 불고 있어서 몹시 추웠다. 게다가 전날 밤의 수면 부족도 있고 해서 나는 갑판에서 선실로 내려와 한숨 잤다.

내가 잠이 깨어 띵한 골치를 식히러 갑판으로 나갔을 때 모두들 선실에 있는 것인지 갑판 위에는 아무도 없고 선원들만이 이따금씩 왕래하고 있었다. 바다는 여러 가지 푸른색의 띠를 두르고 아름답게 펼쳐져 있었다. 나는 기름처럼 빛나는 여름 바다를 보고 사랑을 느낀 적이 있지만 그러나 온화한 겨울하늘 아래에서 비단처럼 숨쉬고 있는 겨울바다도 비길 데 없는 아름다움이 있었다. 수평선까지의 변화 많은 푸른색 비단 위를 하얗고 긴 파도의 띠가 규칙적으로 누비며 달려가고 있었다. 작은 섬들 주변의 바다에는 까만 물오리떼가 둥실둥실 떠다니고 있었다.

소변을 보러 배의 후미에 있는 변소엘 가다가 나는 윤수와 미아가 거기 난간에 나란히 걸터앉아 있는 것을 보았다. 그들은 퍽 다정하게 손을 잡고 있었다. 내게 발견된 것이 멋쩍었던지 윤수는 씨익 웃었다. 미아도 생글생글 웃으며 바람에 마구 흩날리는 머리카락을 손으로 매만졌다.

그날 저녁, 거문도의 여관방에 누워서 윤수는 뜻밖의 결심을 얘기했다.

"미아와 결혼해야겠어."

나는 얼른 말이 나오지 않았다. 내가 아무 말이 없으니까, 그는

"어차피 결혼은 해야 할 게고… 미아 정도면 좋지 않아?"

하고 웃으며 말했다. 나는 미아를 좀더 관찰해보지 못했던 것을 후회하며

"글쎄, 무어라고 충고할 수는 없지만, 너 알고 보니 '센티멘털 휴머니스트'로구나."

하고 별로 웃지도 않고 말했다. 그러나 그는 나의 그런 말에 대꾸도 않고

"미아가 승낙했어."

하고 말했다.

"뭐?"

나는 어처구니가 없었다.

"난 진심이다. 아마 그게 통했던지 미아도 결혼해 주겠대. 부모가 없는 모양이지만 결혼을 돌봐 줄 만한 일가는 찾아보면 있을 거라고."

진심인 모양이었다. 나는 더 말할 필요를 느끼지 않았다.

"자기가 처녀가 아닌 게 가장 죄송스럽다는 거야. 그 애가 그런 말을 하는데 난 눈물이 날 것 같더군."

윤수와 나는 누워서 똑바로 천장을 쳐다보면서 얘기를 주고받았다. 그들의 결합은 세상에서 제일 착한 것인지도 알 수 없는 것이었다. 윤수의 그 얘기가 아름다운 겨울 바다가 준 일시적인 장난이 아니기를 나는 바랐다. 그리고 튼튼한 기적이기도. 나는 왠지 이번 여행에서 윤수에게 자꾸 빚을 지는 기분이었다.

다음날 아침, 나는 일찍이 잠을 깨었다. 여관의 부엌에서 식모가 달그락 소리를 내는 외엔 아무도 일어나지 않았다. 밖으로 나갔더니 싸락눈이 내리고 있었다. 사십쯤 되어 보이는 식모는 부엌에서 나오다가 기쁜 음성으로

"요 몇 년 구경 못 하던 눈이구먼요."

하고 내게 말하며 소리 없이 웃었다. 여관의 작은 뒷마당으로 돌아가 봤더니 백동백(白冬柏)의 꽃이 몇 송이 피어 있었다. 약간 노란기가 도는 흰색의 꽃잎이 눈 속에서 아련하게 번져 보였다. 가까이 다가가서 보았더니 노란 꽃술이 약간 엿보이며 하얀 꽃잎은 가늘게 떨고 있었다.

대문 밖으로 나와서 동백나무가 울창한 높은 언덕으로 올라갔다. 바다는 연회색이었다. 수평선이 눈을 싣고 온 구름 아래에서 둥글게 섬을 싸고 있었다. 해가 돋기 시작하자 눈은 그쳤는데 햇빛을 받고 일본식으로 지은 집들의 기와지붕이 반짝이기 시작했다. 섬의 새벽은 무척 아름다웠지만 너무 짧았다. 여관으로 내려오니 사람들은 대부분 깨어서 웅성거리기 시작했다.

그 날 오전부터 나와 윤수는 곡예단이 공연할 장소에 천막 치는 일

을 도와주었다. 섬사람들은 우리도 곡예단원인 줄로 알고 호기심에 찬 시선으로 바라보았다. 섬은 명절이나 만난 듯이 법석대었다. 섬의 장정들도 몇 명이 나와서 도와주었으나 천막 치는 일은 꼬박 이틀이 걸렸다. 그 일을 하는 동안, 윤수는 미아와 서로 눈짓을 하며 입을 빙긋거렸는데 곁에서 보고 있는 나의 얼굴이 간지러울 정도였다.

"단장한테 미아와의 관계에 대해서 미리 말해 두는 게 좋지 않을까?"

나는 윤수에게 그렇게 권하였다.

"해체하면 어차피 단장도 뭣도 아닌걸 뭐."

윤수는 그럴 필요 있겠느냐는 얼굴로 대답했지만 내가

"그럼 그 이씨라는 사람에게라도 알려서 미아의 편의를 봐 달라고 하는 게 좋지 않을까?"

하고 말하는 데는 그도 승낙을 하였다.

섬에 온 지 이틀째 되는 날 점심 때, 나와 윤수는 미아와 이씨를 우리의 방으로 불렀다. 내가 중간에서 자세한 얘기를 이씨에게 해주며 도움을 바란다고 부탁했다. 내가 이야기하는 동안 미아는 숫처녀처럼 얌전히 고개를 숙이고 있었는데 나는 자꾸 웃음이 나왔다. 이씨는 시종 근엄한 얼굴로 고개를 끄덕이며 얘기를 듣고 있다가 아주 조용한 음성으로

"제가 무어라고 얘기하겠습니까만… 미아… 불쌍한 놈입니다."

라고 얘기하다가 자기 얘기에 스스로 감격했던지 손수건을 꺼내어 코를 한번 풀고 나서는

"한때 기분이 아니기만 바랍니다. 할 수 있다면 저라두 미아 결혼식에는 참석하겠습니다."

하며 더 말을 잇지 못하고 손바닥으로 방바닥을 쓰다듬으며 묵묵히 앉아 있었다. 미아도 끝까지 얌전한 자세로였다.

그 날 오후 윤수는 〈화촉(華燭) 없는 혼례(婚禮)〉라는 시의 한 연을 썼다.

散華하고 싶던 겨울
섬으로 가는 때 낀 航路는
'트럼펫'이 울려서
婚禮.
바다 위엔 假花가 날려도
나의 童貞은
한 치
한 치
움이 돋는다.

그날 밤에 우리는 그 곡예단의 공연을 처음으로 보았다. 솔직히 말하면 나의 실망은 컸다. 그러나 나의 곡예단에 대한 관념이란 게 어린 날 품게 되었던 그것이 그대로 간직되어 있었기 때문인지도 몰랐다. 구슬픈 곡조가 흐르고 붉고 푸른 조명이 박수를 받으며 빙글빙글 돌아가며 예쁜 아가씨가 나와서 식은땀이 바짝바짝 솟는 그네타기를 하고, 그것은 즐거운 꿈과 같은 것이었다. 그러나 그날 밤, 바람에 펄럭이는 소리를 내는 천막 안에서는 피로에 지친 어른들이 철봉에서 혹은 막대를 들고 심심풀이 장난을 하는 것이었다. 어렸을 때 등을 오싹하게 하던 '엿!'하고 기합 넣는 소리도 가끔 있긴 했지만 옛날의 그 신비로운 음성은 아니었다. 미아네들이 입고 있는 아주 짧은 비단치마도 헐고 기운 자국이 있어선지 옛날의 그 찬란한 공주는 아니었다.

그러나 미아가 한 손에 부채를 들고 줄타기를 할 때와 이씨가 천막 안의 가장 높은 곳에 있는 철봉그네에 발을 걸고 거꾸로 매달려서 한 어린애가 발을 걸고 매달린 띠를 입에 문 여자의 다리를 붙들고 곡예를 해 보일 때는 나도 곡예단의 한 가족이 되어 그들이 무사히 그 프로를 이루어 놓기를 빌고 있었다. 이씨는 가장 빠르고 영리하게 모든 프로를 끌고 나갔다. 그는 이미 전문가였다.

요컨대 그날 밤의 공연은 적어도 내게는 화려한 구경거리가 아니라 가장 대표적인 생활형태였을 뿐이다. 나는 그 밤 이후로는 한번도 공연장소엘 가지 않았다. 그런데 집요하게 머릿속에 남아 있는 것이 있었다. 여관에서의 이씨와 철봉그네 위에서의 이씨는 그리고 윤수 곁에서의 미아와 줄을 타고 있던 미아는 어쩌면 그렇게도 달랐던가! 생활하는 딴 얼굴은 슬프도록 서먹서먹했다 그러나 그 서먹서먹하다는 느낌 속에 존경의 감정이 끼어 들었다면 나는 어찌될까? 그런데 사정은 그런 것이었다. 나의 연민을 받고 있던 사람들이 나의 가족으로 그리고 나의 스승으로 되는 까닭을 알고 보면 그렇게도 단순한 것이었다. 내가 무서워하며 들어가기를 망설이고 있던 것은 실상은 아주 간단한 모습을 한 하나의 얼굴이었던가? 저 일상생활이란 대수롭지 않은 하나의 탈〔假面〕이란 말인가? 둘러써도 별 손해 없는, 과연 별 손해 없는? 철봉그네 위에서의 이씨의 표정처럼 위악(僞惡)도 없고 위선(僞善)도 없는 것이라면 한번 둘러써보고 싶었다.

그러나 나의 이런 생각이 색다른 것이긴 하지만 역시 망상이었다는 사실이 다행히 곧 밝혀졌다.

섬에 와서 일주일인가 지나서, 곡예단이 이 섬에서는 더 있어 보았자 별 수 없다는 얘기가 생길 즈음, 이씨가 공중비행의 곡예 도중에 추락하여 사망한 것이었다. 여수의 여관에서 이후로는 한번도 면도를 하지 않았던지 수염이 가난뱅이답게 자라 있는 그의 죽은 얼굴을 들여다보며 나는 틀림없이 그가 자기의 몸을 스스로 죽음으로 던졌으리라고 생각했다.

"그럭저럭 삼십 년쯤."

이란 말을 후회는 없다는 태도로 얘기하던 이씨는 나의 그런 생각에 자신을 주었다. 결국 한 가지 이상의 얼굴은 있을 수 없나 보다. 일생을 걸고 목숨을 건다는 말이 좀 유치하게 들릴는지 모르나 그러나 일생을 걸고 목숨을 걸 얼굴은 아무래도 하나일 것이다. 그런 의미에서 이씨는 행복한 사람이었다. 그리고 이씨가 그런 행복을 맛본 최후의 사람인 것만 같았다. 어디에고 나의 일생과 나의 목숨을 기다리는 일은 없는 것이었으니까. 문학? 그렇지만 술집으로 추방당한 문학은 상상하기에도 싫었다. 서기? 대의원? 교수? 비행사? 오늘에 와서 그것들은 하나의 얼굴로서 견디어 낼 수 있을는지?

이씨는 고향이 이북이니 시신을 육지로 운반해 가도 소용없다는 의견이 지배적이어서 섬의 서북쪽 산기슭에 묻혔다. 바람이 몹시 부는 날이어서 장례는 어수선하기만 했다. 이씨의 죽음이 큰 이유가 되어 곡예단의 천막은 다시 헐려졌고 여수로 일단 돌아가서 거기서 곡예단의 해체를 갖기로 했다. 날씨가 더 여행할 수 없도록 추워지기도 했지만 미아와의 일도 있고 해서 우리도 곡예단과 함께 여수로 돌아가기로 결정하고 배에 올랐다. 섬에서 멀어질수록 이씨의 음성이 환청으로 들려서 나는 가슴이 타버리는 듯했다.

여수에서는 또 한번 울음 소동이 나고 곡예단은 완전히 해체되었다. 전에 투숙했던 여관에서 이별 잔치가 벌어졌는데 미아도 술이 몹시 취하여 가지고 노래를 부르고 잉잉 울고 하다가 우리가 있는 방으로 와서 윤수 앞에 퍽 주저앉으며

"나 당신과 결혼한다는 말 거짓말이야."

하며 주정을 빌려서 윤수의 결혼 의사를 다짐해 보는 것이었다. 윤수는 싱글벙글 웃으면서 찬물을 떠다가 미아에게 마시게 하며

"술은 이걸로 마지막이다. 알았지?"

하고 부드러운 목소리로 나무라기도 하였다.

미아의 가까운 친척이 산다는 삼천포(三千浦)에 우선 미아를 데려다 두기 위해서 우리는 또 한번 배를 탔다. 나와 윤수와 미아의 셋이었다.

배 안에서 어린애처럼 쫄랑거리다가는 금방 얌전한 처녀가 되고 하며 행복해서 어쩔 줄을 모르던 미아의 모습을 잊을 수가 없다. 그리고 미아의 등뒤에 서서, 저 섬의 빛깔 멋있지, 하며 손짓을 하고 서 있던 윤수의 사랑스러운 모습도 잊을 수가 없다.

우리가 떠나올 때

"꼭 기다리겠어요. 하루라도 빨리 데려가 줘요, 네?"
하고 울 듯한 얼굴로 말하던 미아의 음성도, 그리고 돌아오는 버스에서
"시는 그만두겠어. 이제부터 생활전선이다."
하던 윤수의 화려한 음성도 잊을 수가 없다.

여기에서 얘기가 끝이었으면 좋겠다. 윤수는 이른바 '밝은 세계' 속으로 아무 미련 없이 뛰어들어갔고 나로 말하더라도, 그 따스한 여행에서 생활의 안팎을 대강은 안 듯하여 이제는 흡족한 마음으로 작은 일이나마 시작할 수도 있을 듯했으니까. 외롭기는 마찬가지였지만 인간에 대한 포용력은 다소 자란 것이었다. 내가 부정해 오던 '사랑'도 있는 듯했고 '운명'도 인간에게 의존하는 것 같았다. 덤벼들 수 없다고 생각했던 조건도 몇 가지는 나의 오해였으리라 생각될 정도였으니까. 고향에 돌아와서 생긴 사건을 생각하면 정말 더 써나가기가 싫다.

6

우선 윤수의 급작스런 죽음을 얘기해야 할 것 같다.

고향으로 온 다음날 오후에 나와 윤수는 그동안 잊어 버리고 내버려두었던 친구 수영을 찾아갔다. 나도 그랬지만 윤수도 역시, 이제는 수영이를 미워할 수가 없다는 우월감으로써였다. 수영의 투쟁하는 방법은 아무래도 값싼 것이라는 생각이었다.

"어어, 꿈자리가 사납더니."
하며 수영은 우리를 반겨주었다.

내가 그동안 여행을 하고 돌아왔다는 얘기와 윤수와 미아와의 약혼을 얘기해주었더니 수영은
"야아, 거 유치하다. 그렇지만 유치한 것 속에는 귀염성이 있어서 늘 다행이지."
하며 웃었다. 여전했다.

나는 저 우아한 부인인 수영의 어머니가 조금 전에 우리가 들어올

때, 방문만 빼꼼히 열어 보며 반갑지 않은 태도로
"응, 어서 오너라."
하던 것이 아무래도 마음에 걸려서, 그동안 놀러오지 못했던 핑계를 내심 적당히 꾸미며
"너의 어머니나 뵙고 올게."
하고 자리에서 일어나자, 수영은
"뭐 갈 거 없어. 갈 거 없어. 또 넋두리지."
하고 만류하는 것이었다. 그러나 나는 수영의 어머니가 거처하는 방으로 건너갔다. 수영의 어머니는 좀 야릇한 웃음을 띠고 나를 맞아 주었다. 진영이는 이불을 덮고 누워 있다가 내가 들어서자 나를 힐끗 올려보더니 자리에서 조용히 일어났지만 인사도 없이 멍한 표정으로 맞은편 벽만 보며 앉아 있었다. 병이 든 모양이었다.
"진영이가 어디 아픕니까?"
하고 내가 수영의 어머니에게 인사를 하자, 수영의 어머니는 당황할 때의 웃음을 웃으며
"아니, 감기가 좀 들었지."
하고 나서 나더러 아랫목으로 앉으라고 권하였다.
내가 여행에 관한 얘기를 하자, 수영의 어머니는, 그래서, 아 그래에, 하며 재미있게 듣는 척해 보였다. 십 분쯤 앉아 있다가 더 할 얘기도 없고 해서
"진영이 몸조리 잘해라."
하고 나왔다. 문을 나오면서 돌아보았더니 진영은 이 편을 보고 있다가 시선을 얼른 벽으로 돌려버렸다.
수영의 방으로 건너와서
"진영이 감기가 심한 모양이구나?"
하고 수영에게 얘기했더니 수영은 갑자기 웃음을 터뜨리며
"감기?"
하고 말했다. 혼자서 한참 동안 쿡쿡거리고 나더니

"처녀막이 감기에 걸렸나?"
한다. 무슨 얘기인지 알 수가 없어서 내가 상을 찌푸리자 수영은 울분이 터질 얘기를 남의 스캔들을 얘기하듯이 줄줄 하는 것이었다.

며칠 전에 진영이가 영화 구경을 하고 밤늦게 집으로 돌아오다가 버스정류소 부근에서 얼쩡대는 깡패들에게 납치되어 윤간을 당했다는 것이었다.

윤수도 그 얘기에는 참지 못하고
"그걸… 그걸… 그래 어쨌어?"
"어쩌긴 어째. 할 수 없는 일이지. 오히려 버얼써 그런 일 당하지 않았던 게 이상하지."
라고 대답하고 있는 수영은 뺨이라도 때려주고 싶도록 천연스러웠다.
"뭣이 어째?"
나도 얼결에 큰 소리를 지르고 있었다.
"내게서 춘화를 사간 놈들인 모양이야. 네 오빠가 그림 장수지, 하며 옷을 찢더라는 데야 난 뭐 분해서 씨근거릴 처지도 아니지 않아?"
그는 입술을 삐죽 내밀었다. 반 죽어 돌아온 진영에게 할 말도 없고 해서, 그래 남자 맛이 어떻든? 하고 묻다가 자기 어머니에게 방망이로 죽어라 하고 얻어맞았다고 하며 우리를 제법 타이르는 목소리로
"뭐 다 그런 거야. 슬퍼해서는 안 되지, 제군."
하며 흐흐흐 웃다가
"내 대신 그놈들한테 복수라도 해줄 테냐, 그렇게 분해서 죽겠으면?"
하고 우리를 놀렸다.

그날 저녁 윤수는 병원에서 죽은 것이었다. 울면서 나를 데리러 온 윤수의 어린 동생을 따라 달려갔더니 윤수는 온 얼굴에 붕대를 감고 곧 숨이 끊어져가고 있었다. 진영을 범한 깡패들을 찾아냈었다고 하며 있는 힘을 다해서 그들과 싸웠다고 하며 진영이를 나더라 맡아보라고 권하며 윤수는

"미아… 불쌍하다… 미아… 에게 미안하다고 전해."
하고 괴로워하다가 숨을 거두었다.

윤수의 죽음은 아무리 생각해도 어설픈 미덕이었다. 아무런 보상 없는 세상에서 윤수의 죽음은 아무리 생각해도 무의미한 것이었다. 윤수가 그것을 몰랐을 리 없는데. 아아 미친놈이었다.

윤수의 장례식을 치르고 난 뒤, 심신이 한꺼번에 약해져서 이불을 둘러쓰고 끄응끄응 앓았다. 불면증에 걸려서 어지럽기만 했다. 모든 것을 지배하는 것이 무엇인 줄 알아채고 요리조리 미끄러 빠지며 처신해 가는 수영에 대한 증오가 나의 혼미한 정신 속에서도 부글부글 끓었다. 신(神)이 있어 윤수를 죽인 자를 가리키라고 했다면 나는 수영이를 지적하고 싶을 정도였다. 울분의 시간과 울분의 공간. 깨끗이 속아넘어간 윤수. 바보.

그러고 있던 어느 날 저녁, 나는 형기의 퉁소 소리를 들었다. 자리에서 벌떡 일어나서 창문 쪽으로 다가가 귀를 기울였다. 낮부터 시작한 눈이 쉬지 않고 내리고 있었다. 상당히 먼 곳에서 들리는지 퉁소 소리는 약하게 울고 있었다. 삐이이 삐이이 하는 단조로운 퉁소 소리는 이내 들리지 않고 말았지만 그의 여운은 유리창에 이마를 대고 서 있는 내게 나의 어리석었던 고뇌를 깨우쳐 주고 있었다.

지상에 죄가 있을 리 없다. 있는 것은 벌뿐이다. 벌은 무섭지 않다. 무서운 것은 죄다라고 떠들며 실상은 벌을 피하기 위해서 이리저리 도망다니던 어리석은 나여. 옛의 유물인 죄란 단어에 속아온 아무리 생각해도 가련한 위선자여.

다음날도 눈이 내렸다. 오후에 형기를 찾아갔다. 나의 목소리를 듣고 형기는 자리에서 일어나며 눈물을 방울방울 흘렸다.

"살기 재미있지?"
하며 내가 이죽거리자, 그는 도로 조용히 주저앉으며 고개를 숙여버렸다. 나는 내가 한 말의 반향이 차츰차츰 하나의 결의로 되어 가는 과정을 흥미있게 바라보고 있었다. 그 순간 나는 실험실의 기사가 아니었을까?

오오 드디어,

"정우야, 날 바다로 데려가줘."

하고 형기가 말했다. 애교라도 좋고 제스처라도 좋고 그리고 진심이었대도 좋다. 나는 순진하여 그 말을 받아들여도 책임이 있을 수 없는 어린애로다. 무구한 어린애로다.

나는 형기의 손을 잡고, 눈을 온몸에 뒤집어쓰고 삼십 리 길을 비틀거리며 걸었다. 넓은 벌판 같은 염전을 가로질러 인가가 없는 바닷가로 갔다. 염전을 가로질러 갈 때 그는

"여기가 어디쯤이야?"

하고 물었다.

"순천만(順天灣)의 염전이다."

하고 내가 떨리는 목소리로 대답하자 그는

"으응, 그런 것 같았어."

하며 의미 없는 말을 했다. 그러나 그의 목소리가 너무나 가라앉아 있었기 때문에 나는 그가 벌써 시체가 된 것이 아닌가 하는 생각이 들어 공포감이 엄습해왔다. 사방을 둘러보면 텅 빈 벌판뿐. 눈은 펑펑 쏟아지고 산들도 눈발에 가리어 보이지 않았다. 얼음이 우리의 발밑에서 깨어지는 쇳소리만 있었다. 나의 몸에서는 땀이 흐르고 있었다. 드디어 우리는 파도가 해변의 바위들에 부딪쳐 내는 무서운 소리를 들었다. 생명이 물러가는 소리가 있다면, 아아, 저 파도 소리와 흡사하리라. 나의 시야는 흐려지고 몸을 가눌 수가 없었다. 그때 나의 뼈를 끊어내는 듯한 파도 소리에 섞여서 나는 형기가 마침내 미쳐서 쉴새 없이 무어라고 중얼대는 소리를 들었다. 나는 형기와 잡고 있던 손을 놓아 버렸다. 그는 그 자리에 웅크리고 앉으며 무슨 소리인지 알아듣기 힘든 말을 계속해서 웅얼거렸다. 나는 비명을 지르며 우리가 건너온 염전 벌판을 바라보았다. 아슴한 눈발 속에서 염전 벌판은 한없이 넓어져가고 있는 듯했고 나는 아무래도 그 벌판을 건너

가지 못하고 말 것 같았다.

그의 수기는 여기서 끝나고 있는데 아마 그 눈이 내리는 벌판을 건너오긴 했던 모양이다. 그리고 곧장 이 수기를 썼던 모양이다. 그러나 무슨 생각이 들었던지 며칠 후 그는 자살해버렸다.

다시 한번 말하고 싶지만 중요한 것은 어떻게 해서든지 살아 내야 한다는 문제일 것이라고 나는 확신한다. 더구나 그를 자살로 이끈 고뇌라는 게 그처럼 횡설수설하고 유치한 것이라면 아예 세상엔 사람이 하나도 없었으리라. 그는 마지막에 가서 엉뚱하게도 죄와 벌에 관한 얘기를 잠깐 꺼내고 있지만 죄란 게 있다고 한들 또 어떠한가? 불가피하게 죄를 짓게 되면 짓는 것이다. 그러나 죄의 기준이란 게 없어진 지금, 죄의 기준을 비단 죄뿐만 아니라 모든 것의 기준을 일부러 높여서 생각할 필요는 없다고 나는 생각한다. 그는 분명히 환상적인 기준을 만들어두고 거기에 자기를 맞추려고 애썼던 모양인데 참 바보 같은 놈이었다. 그가 고통하며 지낸 밤이 길었다면 내가 고통하며 지냈던 밤은 더욱 길었으리라. 산다는 것, 우선 살아 내야 한다는 것. 과연 그것이 미덕이라고까지는 얘기하지 않겠다. 그러나 그것은 이제야 출발하는 것이다. 죽음, 그 엄청난 허망 속으로 어떻게 하면 자기를 내던질 생각이 조금이라도 난단 말인가! 나의 건강이 회복되면 그때는 나도 죄의 기준이란 것을 좀 올려 볼 생각이지만 뭐 꼭 그럴 필요도 없으리라고 믿는다. 이 수기의 처음에 나오는 오영빈이라는 친구나 찾아보고 그가 아직 살아 있다면 태초의 인간임을 자부하면서 술이나 들고 싶다. —임수영 씀.

(1962)

多産性

돼지는 뛴다

카운터의 뒷벽에 걸려 있는 전기시계는 정확하게 여섯시 반이었다. 거짓말 같아서 팔목시계를 보았더니 그것도 여섯시 반이었다. 초침이 자리를 바꿔가고 있는 것을 보고 있으니 그제야 시간이 믿기어졌다.

놈들의 웃음소리가, 따로 문이 없는 별실(別室)에서 내가 서 있는 다방 입구까지 들려왔다. 녀석들 빨리도 왔군. 이제 레지가 그들을 나무라기 위해서 달려가겠지. "당신들만 손님이 아니에요." 그러나 아무도 레지의 꾸중을 겁내지 않는다. 녀석들 중의 한 놈은 레지의 손을 슬쩍 잡고 "알았습니다. 알았대두요." 그러면서 주물럭주물럭. "이 이가!" 레지는 잡힌 손을 홱 빼내면서 눈을 흘기겠지. 다시 웃음소리.

이상한 일이다. 하나하나를 보면 모두 소심하고 말이 드문 애들이다. 그런데 모이기만 하면… 우리 열 명이라는 밀가루는 반죽이 되면 엉뚱하게도 찐빵이 된다. 하나하나 가지고 있는 분위기는 서로 비슷하면서도 그들이 모였을 때는 전혀 다른 분위기가 되어 버린다. 조용한 밀가루들은 떠들썩한 찐빵이 되는 것이다.

물론 나는 그게 싫은 건 아니다. 가끔 감당해 내기에 벅찰 때가 있을 뿐이다. 그 자체로서 생명을 가지고 있는 찐빵은 대대로 우리를, 찬 겨울날 밤에 남산 꼭대기에 올려놓기도 하고 종삼(鍾三) 골목 속에 몰아넣기도 하고 술집의 사기그릇 든 찬장을 뒤집어엎는 데 끌어내기도 하고 또 때때로 우리로 하여금 눈깔사탕 봉지를 안고 양로원들의 썩어 가는 대문을 두드리게도 한다. 모두 찐빵의 횡포 때문인데 우리는 찐빵에게 질질 끌려다니기만 한다.

찐빵, 두려운 찐빵, 나는 다방 입구에서 처음으로 우리를 지배하고 있는 자의 상판때기를 똑똑히 보았다. 그 왕초의 주먹이 내 등을 아프도록 치는 것을 이따금 느끼기는 했지만 그 날 오후에야 나는, 왕초의 푸르딩딩한 얼굴을 똑똑히 본 것이다. 그러나 나는, 왕초의 손아귀에서 벗어날 수 없음도 동시에 보았다. 마치 원숭이가 부처님의 손아귀에서 벗어날 수 없음과 같이 귀여운 데가 있는 찐빵의 표정, 내게 관심을 가지고 있다는 듯한 그의 눈짓, 오오 거룩한 찐빵이여, 라고 소리내어 외치는 것이 차라리 현명할지도 모른다고 나는 생각했다.

왁 터지는 웃음소리, 열 발자국쯤 저편에서 왕초가 손짓을 하고 있었다. 알겠습니다. 나는 히쭉 웃고 그쪽으로 걸어갔다.

약속시간의 정각에 나타난 내가 가장 늦게 온 셈이었다. 그렇지, 찐빵의 시계는 항상 빨랐었지. 나는 친구들을 둘러보았다. 기름칠해서 빗어넘긴 머리, 하얀 와이셔츠 칼라, 갈색이나 초록색 계열의 색깔을 한 넥타이, 감색 양복, 무릎 위에 또는 탁자 위에 올려놓거나 궁둥이 밑에 깔고 있는 도시락이 들어 있는 서류용 대형 봉투—지난 봄에 대학을 졸업하고 일만 원 미만의 월급쟁이가 된 자들의 유니폼이었다.

"넌 어디로 갔으면 좋겠니?"

사회 비슷한 역을 맡고 있는 운길이가 내게 물었다.

"글쎄, 대부분이 행주산성(幸州山城)이니까 글루 정하지 뭘."

내가 대답했다.

"더 좋은 데루 다른 장소는 생각나지 않니?"

"별로 생각나지 않는데."

"그럼 우리 다수결로 정하자."

운길이가 좌중을 둘러보았다. 행주산성으로 결정되었다. 그리고 다른 제안이 나왔다. "계집애들을 끼울까?" '계집애'—역시 '지난 봄의 졸업생' 아니면 찐빵의 어휘들 중의 하나인지!

"먼저 끼울까 말까부터 정하고 만약 끼운다면 어떤 그룹을 잡느냐 아니면 각자가 데리고 오느냐를 정하기로 하고 그 다음엔 받으면 얼마를 받느냐를 정하고 그 다음엔 도시락을 계집애들에게 만들어오게 하느냐 식당에 주문하느냐를 정하고…"

운길이가 들놀이에 경험 많다는 사실은 증명되었으나, 아깝게도 계집애들은 끼우지 않는 게 오붓한 술타령을 할 수 있다는 다수결이었다.

"그럼 술은 무얼로 하지?"

술에 약한 내가 제안했다.

"막걸리냐? 소주냐? 소주라면 '진로'냐 '삼학'이냐?"

운길이가 좌중을 둘러보았다. 다수결은 소주의 편, 다수결은 단맛이 나지 않는 '진로'의 편, 다수결은 대단한 술꾼이었다.

"그럼 도시락은 어떻게 할까?"

운길이의 얼굴은 서치라이트였다.

"얘, 얘, 도시락도 도시락이지만 말야…"

서치라이트는 탈주자를 포착했다. 탈주자는 신이 나게 뛰었다. 탈주자는 우리 중에서 키가 제일 작은 정태였다. 우리는 그를 정어리와 명태의 트기라고 놀리곤 한다. 아닌게 아니라 그의 고향도 정어리와 명태의 명산지인 함경도다.

"소주의 안주에는 돼지고기가 그만이거든. 어때? 돼지고기 파티를 갖기로 하는 게 말야. 이를테면 돼지 한 마리를 가지고 가서 통돼지 구이를 만들어먹는다는 말야. 거 있잖아? 서부영화나 바이킹 영화에 잘 나오는."

좌중에서 왁 하고 환호소리가 터졌다. 탈주자는 찐빵의 가호 밑에 있었다. 돼지, 아 그것은 먹음직스럽다. 찐빵이여, 만세.

쪽지가 하루종일 나를 지배했다. 내가 하숙하고 있는 집에서 내게 밥상을 날라오는 것은 숙이였다. 아침밥을 먹고 나서 나는 밥상 위에 쪽지 편지를 두고 나왔다. 숙이가 밥상을 내어가는 것을 나는 확인했다. 숙이는 쪽지에 쓴 나의 편지를 읽었을 게다.

숙이, 그 여자는 옛날 어느 천사의 정통적 후손이다. 만일 옛 한 천사에게 생식기가 있었다면 그래서 그 생식기가 어느 날 그 천사로 하여금 딸 하나를 갖도록 명하고 그 딸이 딸 하나를 낳고 또 그 딸이 딸 하나를 낳고… 딸의 역사는 계속되고 그래서 낳아지는 딸마다 천사가 넣어준 피는 흐려졌다고 해도 그러나 우생학(優生學)은 유전인자의 변덕스러움을 우리에게 보장해 준다. 아마 옛 천사가 낳아 놓은 대대의 수많은 손녀 중에서 가장 그 여자와 닮은 손녀는 숙이일 것이다.

천사는 웃을 줄을 모른다. 천사는 때때로 어지러운 듯이 부엌 문기둥에 손을 짚고 그 손등에 이마를 대고 옆눈길로 마당 만한 크기의 하늘을 오랫동안 올려다본다. 천사의 볼은, 추운 날엔 때가 엷게 일어서 분가루를 잘못 바른 것처럼 가련하다. 말수 적은 천사는 그러나 밥상을 들어줄 때 '많이 드세요'라고 말한다. 천사는 서글프게 웃으면서 그 말을 한다. 고등학교만 나온 천사는 국민학교 삼학년에 다니는 동생을 가르친다. 천사의 나즉나즉한 목소리는 '사구삼십육, 오구사십오…'가 되어, 불 꺼버린 나의 방으로 그 여자 방의 전등 불빛과 함께 스며들어온다. 천사는 세금 받으러 온 사람 앞에서도 말을 더듬는다. '어머니가 시장에서 돌아오시면…'이란 짧은 말을 하는 데도 오 분쯤은 걸린다. 천사는 껍데기가 나무로 되어 있는 고물 같은 라디오를 사랑하여 시간 나는 대로 그 앞에 앉는다. 천사의 라디오는 돌아가신 그 여자의 아버지가 부자였다는 증거품으로서 몇 개 남아있지 않은 물품 중의 하나이다. 천사는 결코 라디오의 볼륨을 높이지 않는다. 천사는 내가 방안에 들어 있을 때 항상 공부를 하거나 요컨대 중요한 일을 하고 있는 줄로 안다. 천사는 내가 방안에서 소설책이나 읽고 벽에 낙서나 하고 팬티의 고무줄 밑으로 손이나 넣고 누워 있는 줄은 상상도 하지 않는다. 천사는 내가 신문사에 취직하여 처음으로 출근하는 날, 새벽 네시부터 부엌에 나와 달그락거리며 밥을 짓는다. 천사는, 처음 출근한다는 기쁨 때문에 역시 새벽 네시에 잠이 깨어 있는 나를 아직도 자고 있는 줄로 알고 김치가 있는 장독대로 가기 위해서 내 방 앞을 지날 때 발소리를 죽여 조심조심 걷는다. 천사는 나를 사랑하지 않는다. 다만 천사는 그 앞에서 조심하지 않으면 안 될 손님처럼 나를 생각하고 있을 뿐이다. 천사는 내가 다른 곳으로 하숙을 옮겨갈까 봐 항상 두려운 눈길로 나를 바라다본다. 천사는 자기 집이 다른 곳과 같은 액수의 하숙비를 받으면서도 반찬은 유난히 좋지 않다는 것을 잘 안다. 천사는 때때로 밤이 깊었을 때 마루에 나와서 소리 죽여 운다. 천사가 우는 이유는 밤하늘처럼 어둡기만 하다. 천사는 성우가 되기 위해서 공부한다. 천사는 고은정의 목소리를, 장서일의 목소리를, 유병희의 목소리를, 윤미림의 목소리를 틀림없이 흉내낼 줄 안다. 천사의 어머니가 방송 드라마 대본 하나를 구해다 줄 것을 나에게 부탁한다. 천사는 내 방의 불이 꺼지고 내가 잠이 들었으리라고 짐작되면 내가 구해다 준 대본을 보며 연기 공부를 한다. 천사는 우는 장면을 여러 가지 형식의 울음소리로 연습한다. 천사는 우는 장면을 연습하고 나서는 멋쩍은 듯이 쿡쿡 웃는다. 천사는 여러 가지로 웃을 줄도 안다. 천사가 웃는 연습을 하고 있을 때는 천사가 아닌 것 같다. 천사가 예술이 어떤 것인가를 나에게 가르쳐 주고 있다. 천사는 어느 방송국의 성우 모집 시험에 응시한다. 천사의 목소리는 마이크에 맞지 않는다. 천사는 불합격이다. 천사는 더욱 웃을 줄을 모른다. 천사는 이제 방송드라마 프로는 듣지 않는다. 천사는 자기의 불합격을 몹시 부끄러워한다. 천사가 만일 그 여자의 소원대로 성우가 되었더라면, 아, 얼마나 좋았을까! 천사는 쾌활해졌으리라. 천사는 내가 밀회를 신청하더라도 응할 만큼 스스로를 떳떳하게 생각했으리라. 천사의 손은 너무 빨리 늙어간다. 천사의 손은 구공탄 재가 담긴 쓰레기통과 말표 세탁비누와 찬물 때문에 마흔 살을 먹어버린다. 천사의 마음의 나이는 그 여자의 얼굴 나이와 손의 나이를 합친 것만큼은 된다. 천사는 예순 살, 천사는 할머니, 천사는, 아, 곧 죽어버릴지도 모른다.

그렇지만, 제각기의 인생인 것이다. 스무 살짜리의 얼굴을 가진 할머니는 반드시 불행한 법이라고 누가 나에게 가르쳤단 말인가. 설령 불행하다고 하더라도 누가 아침 밥상 위에 쪽지를 써두고 나오는 따위의 서투른 짓을 하라고 나에게 속삭였단 말인가. '같은 집에 살면서 말도 변변히 주고받지 못하였군요. 꼭 그래야 할 이유도 없으면서 말입니다. 시간이 나신다면 오후 여덟시에 요 앞 한길에 있는 매미다방으로 나와주셨으면 고맙겠습니다. 차라도 함께 들면서 세상 돌아가는 얘기나 해보았으면 좋겠습니다.' 편지 자체는 별로 우스울 게 없었다. 그러나 그 여자를 다방으로 불러내야 할 이유를 스스로 충분히 납득하고 있는지가 문제이다. '세상 돌아가는 얘기나 해보았으면'. 배꼽 빠질 이유였다. 그 여자는 죽을지도 모른다는 생각도 우습기 짝이 없는 이유가 된다. 그런 생각 속에 숨어있는 엄청난 기만, 교활, 위선을 과연 스스로 감당해낼 자신이 있다는 얘기인지. 차라리 '그 여자가 탐이 난다'라고 말해보자. '탐', 그것을 우선 그 여자의 하반신을 나의 하반신에 밀착시키는 것이라고 생각해보자. 그러면 이유는 훌륭하다. 그러나 그것만으로써 끝나버린 상태는 상상할 수가 없었다. '탐'의 대상도 선택되어진 것이니까라고 생각하면 그 '탐' 속으로 자기를 무작정 몰아넣을 수도 있다. 그러나 선택 이후의 사태에 대한 책임을 지는 것은 지금의 내가 아니라 나중의 나이다. 책임지기가 싫어진다면 혹시 모르지만 만일 책임지고 싶어지고 그런데 그건 잘 안 되고 할 때는? 나중의 나로 하여금 갈팡질팡하도록 일을 만들어놓는다는 건 그녀에겐 미안스러운 일이다. 제각기의 인생은 제각기의 것이다. 참 옳은 말씀이다. 왜 쪽지를 썼던가. 혹시 나는, 한 인생과 다른 인생이 접합점을 가졌을 때엔 이 인생도, 저 인생도 동시에 좋은 방향으로 달라지리라고 상상하고 있었던 것일까? 여자, 그것은 스물다섯 살짜리 사내에겐 생활을 구입하는 많은 방법 중의 하나가 될 수 있으니까? 천사 같은 여자, 그것은 나의 종교 노릇을 할지도 모르니까? 하반신을 밀착시키고 싶다는 탐이 거짓된 이유인가? 그 여자는 죽을지도 모른다는 추측이 거짓된 이유인가?

그러나 그런 것을 생각하기에는 너무 이른지도 몰랐다. 숙이가 다방으로 나올 것인지 아닌지가 의문이어야 할 때였다. 나왔다고 하더라도 내가 차 한잔 사준 걸로 우리가 만나는 행사는 끝나버릴 수도 있는 일이었다. 오늘 저녁부터 두 사람의 인생이 금방 달라지기 시작한다고 얘기할 수만 없었다.

여섯시에 회사에서 퇴근하자마자 나는 어제 저녁 운길이와 약속한 장소로 갔다. 운길이와 내가 돼지 구하는 일을 맡기로 하였다.

검붉은 색깔은 분명히 미각을 자극한다. 미각을 가진 것은 고등동물이다. 고등동물고등동물고등동물… 고등동물이란 말을 입 속에서 짓씹고 있으려니까 그 말의 의미는 마치 이빨에 의해서 잘게 부서진 살코기처럼 목구멍 속으로 넘어가 버리고 그 말의 자음과 모음만이 질긴 껍질처럼 혓바닥 위에 생소하게 남아 있었다. 유리로 된 진열장 속에서 고깃덩어리들은 흐느적거리며 서로서로 기대고 있었다.

달구지를 끌고 가는, 배 언저리에 오물이 말라서 조개껍질처럼 붙어 있는 황소와 푸줏간의 진열장 속에 널려 있는 고기를 연결시켜 생각한다는 것은 힘든 일이다. 그것이 힘들다는 사실을 아껴라—찐빵이 내린 계명 중의 하나이다.

군대에서 제대한 지 오래지 않은 듯, 젊은 푸줏간 주인은 몸이 날래 보였고 친절했다.

"조그만 돼지 한 마리라구요? 잔치에 쓰시려는 겁니까?"

"말하자면, 잔치에 쓰는 셈이지요." 운길이가 말했다. "댁에 부탁하면 구할 수 있습니까?"

"예, 물론 구할 수 있습니다. 그런데 몇 근짜리를 말씀하시는지…"

"몇 근짜리라니요?"

"돼지의 무게 말입니다. 고기가 많이 붙은 큰 돼지는 근이 많이 나갈 게 아니겠어요. 따라서 값도 그만큼 비싸고…"

"사오천 원에 살 수 있는 것은 몇 근쯤 됩니까?"

"사오천 원이라, 사오천 원… 아마 팔구십 근짜리는 사실 수 있겠군요. 그렇지만 잔치에 쓰시려면 이백 근짜리는 쓰셔야죠."

"이백 근짜리는 얼마나 큽니까?"

"아주 크죠. 어지간한 송아지만큼은 되니까요."

"비싸겠군요."

"만 원 정도면 살 수 있습니다."

"아니 그렇게 까진 필요 없어요. 우리들이 하는 잔치엔 열 사람밖에 오지 않거든요. 모두 식성이 좋긴 하지만 소화할 능력에 한계가 있으니까요. 사오천 원 정도로 구할 수 있는 건 아주 작을까요?"

"열 사람에겐 사오천 원짜리도 크죠."

"알겠습니다. 고맙습니다."

나는 주인에게 말하면서 운길이의 팔을 잡아끌었다. 운길이는, 얘기는 이제 시작되는 게 아니냐는 얼굴로 내게 끌려서 푸줏간 밖으로 나왔다. 푸줏간 역시 어디선가 돼지를 사와야 한다면 우리가 직접 돼지 기르는 곳을 찾아가서 사는 것이 싸게 살 수 있으리라고 나는 생각한 것이었다.

"그렇지만 귀찮지 않아? 푸줏간에 부탁해버리는 게 나을 거야."

운길이가 말했다.

운길이의 말투가 정말 귀찮아 죽겠다는 것이었으므로 그것이 나만의 용어라는 것을 미처 깨닫기 전에, 가벼운 분노조차 섞인 음성으로 나는 말했다.

"하지만 찐빵은 우리가 귀찮은 일을 해내어야만 우리를 신임하는 거야."

"찐빵? 찐빵이 뭐지?"

운길이가 물었다. 나는 나의 실언을 깨달았다. 그러나, 우기면 무언가 전해지는 법이다.

"찐빵은 위대한 존재야. 찐빵은 지고(至高)한 곳에 계신 존재지. 그분은 무엇이든지 할 수 있어."

나는 운길이의 시선을 나의 시선에 비끄러맨 뒤에 힐끔 밤하늘을 올려다보았다. 운길이의 시선도 밤하늘로 향해졌다.

"네가 말하고 있는 건 예수쟁이들의 하나님이냐?"

운길이가 물었다.

"천만에. 그 하나님은 이브가 설마 능금을 훔쳐먹을 것까지는 미처 몰랐지만 찐빵은 그것까지도 미리 알 수 있는 존재야."

가로등의 불빛과 여러 상점에서 쏟아져 나온 불빛과 빌딩의 창마다에서 새어나온 불빛들이 밤하늘과 우리 사이를 돼지 오줌보만큼의 두께로서 가로막고 있었다.

"이 녀석아, 농담하고 있을 때가 아니야. 빨리빨리 알아보고 집으로 가얄 거 아냐?"

운길이가 투덜거렸다. 히히 하고 나는 웃었다. 그러나 나는 슬펐다. 운길이가 찐빵을 의식하지 못하는 한 찐빵은 그에게 구원의 자비로운 손길을 내밀 것이다. 그러나 나는, 나는 사지(死地)로 밀파(密派)되는 간첩이 될 것이다. 어느새 이중간첩 노릇을 하게 되고 그러다가 어느 날엔가는 어느 어두운 골목이나, 밤 깊은 강변으로 끌려가서 칼로 목을 찍혀 피를 내뿜으며 거꾸러질 것이다. 찐빵은 자기의 얼굴을 보아버린 자를 그냥 두지는 않을 것이다. 그는 어떻게 할 것인가?

"찐빵은 훌륭한 분이야."

나는 주문을 외우듯이 말하고 나서 다시 밤하늘을 올려다보았다. 돼지 오줌보만큼의 두께밖에 가지지 못한 저 불빛들이 현란한 무늬를 가지고 나의 시력을 교란시키고 있었다.

"너 돌았니?"

운길이가 말했다.

"아아니."

나는 다시 히히 웃었다. 그리고 말했다.

"돼지는 말야, 내가 알아볼 게. 오늘은 그만 헤어지자."

"알아볼 데가 있어?"

운길이가 물었다.

"하숙집 주인 아주머니가 남대문시장에서 야채장사를 하는데 장사꾼들끼리는 싸게 구할 수가 있을 거야."

"그래? 그럼 나도 알아보겠지만 너한테 맡긴다. 내일 저녁까진 확실하게 구해놓아야만 한다는 건 잘 아실 게고 그리고… 그럼 내일 만나자. 자, 돈은 내가 가지고 있고 그리고… 그럼 내일 만나자. 내일 우리 회사로 전화해. 참 우리 어디 가서 대포 한잔씩 할까?"

"난 그냥 들어가야겠어."

나는 시계를 보았다. 여덟시가 조금 지나가고 있는 중이었다. 택시를 타지 않으면 안 되겠다. 만일 여자가 나와 있지 않다면? 통금시간 바로 전쯤 집으로 들어가리라. 그 여자가 대문을 열어주러 나오면 거짓 술 취한 척 비틀거리리라. 아무 말 하지 않고 천사는 그런 내 꼴을 보면 가슴이 아프겠지. 만일 아프지 않다면? 아프지 않다면 천사가 아니다. 아니다, 천사라면 콧구멍도 간지럽지 않을 게다.

'매미' 다방을 전봇대 한 칸쯤의 간격으로 저쪽에 두고 나는 택시를 내렸다. 그곳은 어떤 양장점 앞이었는데 마네킹을 세운 쇼윈도 안의 형광등이 낡았는지, 불이 사그라졌다가 다시 켜지곤 했다. 마네킹 역시 명멸하는 불빛 때문에 시력을 가눌 수가 없다는 표정이었다. 인도(人道)에선 가을 저녁바람을 즐기는 대학생 차림의 아베크들이 몇 쌍 눈에 띄었다. 모두 고행하는 수도승들처럼 진지한 얼굴을 하고 있으리라는 나의 상상을 그들의 어깨 모습과 걸음걸이가 보증해 주고 있었다.

나는 숙이가 나와 있을까 있지 않을까 하는 판단을 나의 예감에 물어보았다. 어떠한 예감이 완전히 나를 지배하면 막상 닥친 현실은 흔히 예감의 반대였다. 그래서 요즈음엔 나의 예감은 우왕좌왕하며 나를 지배할 만한 판단을 옛날처럼 곧잘 내려주지 못하였다. 예감에게 충분한 시간을 주었을 때엔 희미하게나마 나에게 어떤 판단을 내려주기는 하지만 그 날 저녁 내가 예감에게 준 시간은 전봇대 한 칸 사이의 분량밖에 되지 못했기 때문에 그것에게서 어떤 대답을 얻는다는 것은 완전히 불가능했다. 이미 나는 다방 입구에 서 있었다.

다방 안으로부터 어떤 기타곡이 불투명유리를 통하여 다방 밖으로 스며나오고 있었다. 나는 잠시 동안 그 곡을 들으며 문 앞에 서 있었다. 〈금지된 장난〉이라는 불란서 영화의 주제곡이었다. 장난이라는 단어가 무언가 건져 보려고 허우적거리는 그때의 내 그물에 걸렸다. 장난, 어른들이 어린애들의 행위를 평가할 때 쓰는 자[尺]의 한 눈금. 일부러 그 눈금에 맞추기 위하여 행위하는 사람은 하나도 없다. 그런데도 불구하고 생긴 일정한 뜻을 가진 말.

숙이를 불러낸 것이 장난이라면, 천사의 후예라고 좀 엄살을 부리자. 겨우 그 여자를 거의 있는 그대로 표현한 듯하던 느낌도 장난이어야 했고, 택시를 잡아타고 거기까지 달려오던 것도 장난이어야 했고, 그리고 다방 문 앞에 연극 속에서 우두커니 서 있는 것도 장난이어야 했다. 아무것도 장난이 아니었는데 우두커니 서 있는 동안 놀랍게도 그 모든 것이 장난처럼 생각되어 버렸다. 장난이 아닌 것으로서 유일한 것은, 만일 그 여자가 지금 저 속에 앉아 있는데도 불구하고 여기서 내가 그냥 돌아서 버린다면, 혹시 그 여자가 차를 마셨을 경우 그런데 나를 믿고 돈을 가져오지 않았을 경우에 그 여자가 당할 봉변이었다. 얼마든지 가능할 수 있는 그런 사태. 오로지 그것 때문에 나는 다방 문을 밀고 안으로 들어섰다.

다방 안쪽의 어두운 구석까지 가보았지만 그 여자는 나와 있지 않았다. '그럴 리는 없지만 혹' 하는 생각으로 다방 입구에 마련되어 있는 심장 모양의 메모판을 훑어보았다. 나를 위한 쪽지는 없었다. 그러나 나는 장난은 이미 끝나버렸고 그런데 그 장난은 내가 아직 장난이라고 생각하기도 전에 벌써 장난이라는 모습을 해버렸었다는 것을 깨달았다. 나는 팔목시계를 보았다. 여덟시 십오분이었다. 내가 정해준 시간을 내가 십오분이나 어기고 있었다. 그러자 그 여자는 혹시 아직 오지 않은 것인지도 모른다는 생각이 들었다. 여자와 처음으로 시간약속을 했을 때엔 여자가 약속시간보다 늦게 나온다는 것은 일종의 에티켓이다. 나는 앉아서 기다려보기로 했다. 장난은 아직 끝나지 않고 있었다. 장난이 끝날 때를 나는 별로 초조해하지도 않고 기다리고 있었다.

살찐 레지가 재떨이와 성냥과 물수건을 두 손에 나눠들고 내 앞으로 다가왔다. 가을에 주는 물수건은 뜨거운 것일까 찬 것일까? 물수건은 찼다. 무슨 차를 들겠느냐는 말을 심드렁하게 하고 나서, 내 대답을 들은 뒤, 레지는 문득 잊고 온 물건을 가지러 다시 집 쪽으로 몸을 돌이키듯이 돌아서서 넓은 엉덩이를 느릿느릿 흔들며 카운터 쪽으로 걸어갔다. 레지는 성냥개비로 한쪽 귀를 후비며 분홍빛 딱지를 주방으로 통하는 구멍 속으로 밀어 넣었다. 레지는 잠바차림으로 혼자 앉아 있는 남자 손님 앞으로 걸어가더니 그 남자의 맞은쪽 의자에 털썩 주저앉았다. 레지는 그동안 잠시 멈추고 있던 귀후빔질을 다시 시작하며 남자에게 무어라고 말하고 있었다. 남자는 엄숙한 얼굴로 한 손을 뻗쳐서 레지의 가슴께를 가리켰다. 레지는 높은 소리로 웃으며 남자의 뻗친 손을 탁 쳤다. 남자는 빙긋 웃으며 내게로 시선을 돌렸다. 나는 남자를 건너다보고 있었다. 그의 시선을 피해야 할지 어쩔지를 몰라서 나는 잠시 동안 눈동자를 이리저리 굴렸다. 그 남자 역시 그런 것 같았다. 나는 시선을 돌리지 않기로 작정했다. 그러기 위해서는, 노려본다는 형식을 취하기보다 그저 무심히 바라보고 있다는 형식을 취하기로 하였다. 그 남자가 고개를 다시 레지 쪽으로 돌렸다. 무어라고 말하였는지 이번에는 레지와 함께 고개를 돌려서 나를 보았다. 이번에 나는 레지의 시선에 내 시선을 부딪치게 하였다. 레지가 잠바 쪽으로 얼굴을 돌리며 무어라고 말하고 나서 일어났다. 레지는 카운터 쪽으로 느릿느릿 걸어갔다. 남자의 시선이 내 볼에 와 닿아 있는 것을 나는 느꼈다. 내 볼이 근질거렸다. 레지는 주방으로 통하는 구멍에 대고 무어라고 말하고 있었다. 접시에 받친 커피잔이 그 구멍으로부터 밀려나오고 있었다. 레지와 찻잔의 풍경을 갑자기 무엇이 가로막았다. 나는 시선을 위로 보냈다. 뜻밖의 환희 같은 느낌이 강렬하게 나를 흔들었다. 숙이가 참 거북해 죽겠다는 표정으로 내 앞에 서 있었던 것이다.

"앉으시죠."

나는 일어서며 내 맞은편 의자를 손짓으로 가리켰다. 숙이는 서투른 솜씨로 의자를 약간 뒤로 밀쳐내며 조심조심 앉았다. 나는 별 생각 없이 잠바차림의 남자를 흘깃 돌아봤다. 잠바는 담배를 피워물고 앉아서 나를 노려보고 있었다. 나는 얼른 숙이 쪽으로 시선을 돌렸다.

"전 나오시지 않나 했습니다."

내가 말했다.

숙이는 입술을 쫑긋거리며 미소했다. 집에서 입는 옷차림 그대로였다. 낡은 반소매 털실 스웨터와 역시 낡은 바지를 입고 고무신을 신고 있었다. 머리 역시 가다듬지 않은 단발이었다. 자취하는 여학교 학생이 바구니를 들고 시장에 나왔다가 잠깐 다방에 들른 것 같았다. 집에서 늘 보는 그런 차림이 오히려 나에게 특이한 인상을 주었다. 그 여자가 만일 나올 경우엔 으레 좋은 옷을 입고 머리도 가다듬고 나오리라고 무의식중에 나는 그렇게 생각하고 있었던 모양이었다. 정말 그 여자가 그렇게 하고 나왔다면 나는 그 여자 옷차림에서 아무런 인상도 받지 못하였을 것 같았다. 그것이 좋은 인상이든 나쁜 인상이든.

레지가 찻잔을 내 앞에 놓고 나서, 마치 길거리에서 희극배우를 보는 듯한 얼굴로 숙이를 내려다보고 서 있었다.

"무얼 드시겠어요?"

내가 숙이에게 물었다. 숙이는 숙이고 있던 고개를 더욱 가슴 쪽으로 내려박으며 얼굴을 붉혔다. 그러나 '커피'라는 말을 내가 알아들을 수 있을 만큼은 크게 발음하였다. 레지가 돌아서서 갔다.

"제 편지 우스웠죠?"

나는 호주머니에서 담뱃갑을 꺼내며 말했다. 여자는 고개를 숙인 채 침묵.

"어머니 아직 안 들어오셨지요?"

여자는 숙인 고개를 끄덕였다. 그리고 침을 삼키고 나서 '네'라고 '커피'만큼 작게 말했다.

"동생들은 학교에서 다 돌아왔겠고요…"

고개를 끄덕거리고 그 다음에 '네'.

"오늘 낮엔 무얼 하셨어요?"

고개를 숙인 채 침묵.

"빨래하셨어요?"

침묵. 나는 방금 한 질문은 나빴다고 생각했다. 그리고 나니까 나는 할 말이 없었다. 나는 레지가 숙이 몫의 차를 빨리 가져오기를 바랐다.

장난은 너무 심심하게 끝나버릴 것 같은 예감이 들었다. 처음부터 장난이 아니었다는 생각이 들었다. 숙이의 수줍음에서 생긴 침묵이 나를 안타깝게 만들었다. 너무 무의미하게 우리의 만남이 끝나버릴 것 같았다. 내가 그 여자에게 묻고 있는 말들이 따지고 보면 그 여자로서는 고갯짓만으로써도 충분히 대답할 수 있는 것이긴 했지만 너무 공허한 것으로 생각되었다. 내가 조금 전에 입을 놀려서 무어라고 말했는지 어쨌는지조차 말이 끝난 바로 다음에는 의심이 되곤 했다. 내가 하는 말들이 그 여자와 나 사이를 메워서 둘을 연결시켜 주고 있는 것 같아서 나는 화제를 만들려고 애썼다.

"돌아오는 일요일날 그러니까 모레죠. 친구들과 행주산성에 놀러

가기로 했거든요. 돼지 한 마리를 사가지고 가서 통째 구워 먹기로 했어요."

숙이는 무엇을 상상했는지 잠깐 고개를 들어서 나를 건너다보며 자기의 어깨를 가만히 조였다.

"돼지고기 싫어하세요?"

내가 물었다.

"네."

그 여자가 대답했다.

"제가 돼지고기를 가장 좋아한다는 건 유숙씨와 시골에 계시는 저의 어머님이 가장 잘 아실 겁니다."

숙이는 고개를 좀더 숙였다. 아마 웃는 모양이었다.

"육류를 좋아하면 살갗이 거칠어진다면서요? 그래서 여자들은 고기를 좋아하지 않는다면서요?"

웃는 모양이었다.

"나쁜 화장품을 써도 살갗이 거칠어진다면서요? 그래서 국산품을 쓰지 않는다면서요?"

웃는 모양이었다.

레지가 커피를 가져왔다. 한참 동안 내가 들기를 권한 뒤에 숙이는 겨우 찻잔을 들고 커피 몇 방울을 입술에 묻힌 둥 만 둥하고 다시 탁자 위에 잔을 놓았다.

"제 친구들 중엔 한 방울만 혀에 대보고도 그게 진짜 커피인지 가짜 커피인지 가려내는 놈들이 있죠. 전 모두 진짜 같기도 하고 모두 가짜 같기도 해서 아직 커피 마실 자격이 없나봐요."

커피 얘기, 살갗 얘기가 숙이에겐 얼마나 짐스런 화제였다는 것을 나는 아직 모르고 있었다. 그 여자가 천사라고 해도 날개가 등에서 솟아나 있기 때문에 하늘을 날아다닐 수 있는 천사가 아니라 잠자리 날개로 지어진 옷을 입었기 때문에 하늘을 날 수 있는 천사라는 것을 모르고 있었다. 나무꾼에게 옷을 도둑질당하고 나면 별수없이 땅에서 베를 짜고 아이를 낳으며 살아야 하는 그런 천사였다는 것을 나는 아직 모르고 있었다.

찻잔이 비자마자 나는 계속해서, 영화에 대한 얘기, 방송극에 대한 얘기, 해외토픽란에서 본 얘기, 내가 어렸을 때 본 만화에 대한 얘기, 유머를 모아놓은 책에서 읽은 얘기, 내 직장인 신문사에서 주워들은 얘기, 심지어 외국의 유명한 작가나 철학가들의 에피소드까지 5톤쯤 늘어놓았다. 내 얘기들의 무게가 드디어 그 여자의 고개를 들어올리게 하는 데 성공했다. 그 여자는 내처 미소를 띠거나 손으로 입을 가리고 고개를 숙이며 웃거나 하면서 내 얘기에 귀를 기울였다. '재미있게 듣고 있는 중이니 어서 계속하세요'라고 그 여자가 마음속에서 말하고 있으리라고 내 속 편한 대로 정하고 나서 나는 그런 얘기들을 했다.

"오늘 낮엔 무얼 하셨어요?"

나는 값을 받는 듯한 태도로 물었다.

"옆집 마당 위에 고추잠자리떼가 날아다니는 것을 보고 있었어요. 그 집 마당에 코스모스가 많이 있잖아요? 그 위를 잠자리떼들이 마치 공중에 가만히 떠 있는 것처럼 하고 있었어요."

그 여자는 얼굴을 빨갛게 하고 그러나 고개는 숙이지 않고 성우처럼 또박또박 말했다.

"무슨 생각을 하면서요?"

내가 물었다.

"별루 생각 없었어요. 내년엔 우리 집 마당에도 코스모스를 심어야겠다는 생각 좀…"

"코스모스 정말 좋지요? 고향엘 가느라고 가끔 기차를 타면 철둑 양쪽으로 코스모스가 피어 있곤 했지요. 한때는 코스모스 라인이라구 해서, 라인이란 건 영어로 줄이란 말이잖아요? 전국 철로 양쪽에 코스모스를 심게 했다는데 요즘은 기차를 타도 그게 없어졌어요. 가뭄에 콩나기로 어느 시골 정거장에나 좀 심어져 있곤 하지요."

그 여자 얘기의 분위기에 맞추느라고 기껏 한 내 얘기는 그러나 마치 쇼펜하우어가 잉크병에 돈을 숨겨놓고 쓸 만큼 의심쟁이였다는 얘기를 하는 투가 되어버려서 나는 자기의 얘기에 화가 났다.

"코스모스도 좋지만 잠자리떼가 참…"

그 여자는 눈을 반짝이며 말했다.

"아, 고추잠자리…"

고추잠자리에 대한 내 나름의 회상이 또 나올 판이었다. 나는 그 여자의 말에 감동한다는 뜻을 나타내기 위해서는 더 긴 소리를 하지 않는 게 좋다고 판단했다.

"저어, 집에 들어가시지 않겠어요?"

그 여자가 내 눈치를 살피며 말했다. 정말 너무 늦어 있었다. 열한시가 가까워오고 있었다.

"어머님이 들어오셨겠군요."

나는 자리에서 일어서면서 말했다.

우리는 밖으로 나왔다. 전차 한 대가 창마다에서 따뜻한 불빛을 내쏟으며 빠르게 우리 앞을 지나갔다.

"동생들에겐 어디 간다구 하고 나왔습니까?"

"저어, 김 선생님 만나러 간다구 하고…"

"아니, 제가 만나자구 한다고 사실대로 말씀하셨단 말씀인가요?"

그 여자는 그럼 뭐라고 하느냐는 얼굴로 나를 올려다봤다. 그 여자에게 비밀을 간직하게 함으로써 나의 편이 되게 하겠다던 수법은 물거품이었다. 어쩌면 숙이는 자기 집 생활비를 일부 보태주고 있는 사람의 명령으로만 내 쪽지 편지를 이해하고 있었던지도 몰랐다. 내가 반찬을 좀 좋은 걸로 해달라는 얘기나 할 줄로 알고 있었단 말인지 참.

"어머님께도 물론 저와 만난 사실을 얘기하시겠군요."

"네? 해선 안… 돼요?"

그 여자는 놀란 듯한 얼굴을 하며 물었다. 그 놀란 듯한 얼굴이 음흉스러워 보이고 알미워졌다.

"안 될 것도 없지만…"

나의 화난 듯한 말투에 숙이는 처음 다방에 들어왔을 때의 꼴로 다시 돌아갔다. 그 여자는 나의 몇 발자국 뒤에서 나를 따라왔다. 나는 자꾸 화를 내는 척함으로써 그 여자를 나의 편에 끌어들일까 하고 생각했다. 그러나 너무나 얕은 꾀였고 그런 수법을 쓰기에는 아직 일렀다. 그렇다고 생각하자 진짜 화가 났다. 결국 장난으로 끝났고 다시는 되풀이하고 싶지 않은 장난이었다. 천사인지 돼지발톱인지, 어느 풀밭으로나 끌고 가서 내 가슴 밑에 그 여자를 깔아뭉개버리고 싶었다.

"둘이 함께 집으로 들어가면 이웃 사람들이 수군거리지 않을까요?"

걸음을 잠시 멈춰서 그 여자가 가까이 왔을 때 내가 말했다. 내 말투만은 속과 정반대로 신선님의 그것 같았다. 그 여자는 우두커니 내 앞에 선 채였다.

"먼저 들어가세요. 난 조금 있다가 들어갈 테니까요."

내가 말했다. 신선님처럼 웃는 얼굴로. 내 웃는 얼굴을 보니까 안심이 된다는 듯이 그 여자는 미소하면서 고개를 숙였다. 염병할, 턱에다 쇠뭉치를 달았나, 고개는 잘도 숙인다.

"아까 저쪽 전봇대 옆에 서 있었는데 알아보시지 못하고 그냥 다방으로 들어가시더군요."

그 여자는 다방 문앞의 전봇대를 가리키며 뚱딴지같은 얘기를 했다.

"그래요?"

나는 또 한번 신선님처럼 웃으면서 말했다. 어쩌면 이 바보같은 여자의 마음속에도 무언가 전해졌는지도 모르겠다는 생각이 들었다. 그게 아니라면 아무것도 모른 척 자기를 잘도 꾸밀 줄 아는 굉장한 여자인지도 모른다는 생각이 들었다.

"자, 먼저 들어가세요."

나는 점잖게 말했다. 그 여자는 남대문 쪽으로 가고 나는 동대문 쪽으로 가기 위해서 지금 헤어지는 듯한 느낌이 들었다.

내가 요 몇 시간 동안 만나고 있던 것은 숙이가 아니라 무어라고 말했으면 좋을지 모를 어떤 것, 나에게서도 조금은 나왔고 숙이에게서도 조금은 나왔고 의자에서도 조금은 나왔고 탁자에서도 조금은 나왔고 레지에게서도 조금은 나왔고 잠바에게서도 조금은 나왔고 음악에서도 조금은 나왔고 커피에서도 조금은 나왔고 마네킹에서도 조금은 나왔고… 그렇게 나온 조금씩의 어떤 것들이 뭉친 덩어리였음을 저 앞에서 걸어가고 있는 숙이의 좁은 어깨를 보고 있는 동안에 나는 깨달았다. 그 여자는 멀어져갈수록 다시 하얀 천사가 되어 나를 유혹했다. 저게 유혹하는 표현이 아니면 무엇일까? 내 시선을 자기 등에 느끼므로 어깨는 웅크려지고 걸음걸이는 절룩거려지며 모로 쓰러질 듯하여 빠르게 걷지 않으면 안 되겠다는 듯한 저 여자의 뒷모습이 주는 것이 나를 유혹하는 행동이 아니라면 무엇일까?

나는 빠른 걸음으로 그 여자의 뒤를 쫓아가기 시작했다. 집으로 들어가는 골목 입구에서 우리는 다시 만났다.

"어머니께서 저와 만났던 얘기를 물으시면 무어라고 대답하시겠어요? 대답할 말, 준비해두셨어요?"

그 여자는 자기의 처지가 무척 딱하다는 것을 표정에서 숨기지 않고 '아니오'라고 대답했다.

"제가 왜 만나자고 했던가는 분명히 알고 계세요?"

그 여자는 고개를 숙였다. 그리고 발끝으로 땅을 툭툭 차고 있었다.

"일요일날, 제가 친구들과 놀러가는데 돼지 한 마리를 구할 필요가 있어서 그것 때문에 숙이씨에게 의논하려고 제가 만나자고 했다고 하십시오. 숙이씨의 어느 친구집에서 돼지를 기르는데 팔지 않겠느냐고 갔더니 그 쪽에서 팔지 않겠다고 하여 그냥 돌아오다가 다방에서 차 한잔 사주기에 얻어먹었다. 아시겠습니까?"

숙이는 어둠 속에서 하얗게 이를 드러내 놓으며 소리 없이 웃었다.

"저희 어머님이 무서우세요?"

그 여자가 물었다.

"남자들이 세상에서 가장 무서워하는 건 여자친구의 어머님이라고

들 하죠."

나는 '여자친구'라는 말에 힘을 주었다. 힘을 너무 주었던지 그 여자의 고개가 푹 꺾였다.

"자, 그럼 먼저 들어가세요."

내가 말했다.

다음날 아침, 숙이는 밥상을 방문 앞에 놓고 아무 말 없이 부엌으로 돌아가 버렸다. 여느 때처럼 방안에까지 밥상을 들여 주지도 않았고 '많이 드세요'라는 말도 없이. 그것이 좋은 징조인지 나쁜 징조인지는 아직 판단할 수가 없었다. 그 여자와 나와의 관계에 무언가 변화가 생긴 것은 분명했고, 그것이 내겐 다소 불쾌한 형태로 보였다는 것만 분명했다.

서울역 앞 광장의 남쪽에 있는 천막 휴게소 안에서 우리 열 명은 꿈틀거리는 자루를 앞에 놓고 아득한 느낌 속에 빠져 있었다. 바이킹족을 제안했던 정태 바로 그놈이, 나와 운길이가 번갈아가며 어깨에 메고 온, 주둥이와 네 발을 새끼로 묶어서 광목자루 속에 넣은 돼지를 내려다보며 맨 처음 한숨을 내쉬었다.

"저걸 어떻게 요리한다지? 불을 피워 놓고 불 속에 던졌다가 숯덩어리가 되면 꺼내나, 도대체 우리 중에 저걸 요리할 놈이 있을까?"

"철사에 꿰어서 불 위에 올려놓고 빙글빙글 돌리며 구우면 되지 않아?"

누군가 말했다.

"양념을 발라가면서 말야. 통닭 굽듯이 하면 될 거야."

누군가 말했다.

"그렇지만 털도 벗기지 않고 그런 법이 어딨어? 먼저 목을 따서 죽여야 되고 배를 갈라서 내장도 긁어내야 하고…"

정태가 말했다.

"넌 그거라도 잘 아는구나. 난 돼지를 산 놈으로 보기를 수 년 만에 보는걸."

누군가 말했다.

"그러구 보니까, 난 고깃간 간판과 그림책에서밖에 돼지를 본 것 같지가 않은데."

누군가 말하면서 쭈그리고 앉아 자루 묶은 걸 풀고 속을 들여다보다가 후닥닥 일어서면서 즐거운 목소리로 외쳤다.

"야! 정말 그림대로 생겼군. 그런데 눈까지 튀겨먹기에는 너무 처량하게 맑은데."

자루는 계속해서 꿈틀거리고 있었다. 주둥이를 묶었기 때문에 꿀꿀거리지도 못하겠지만 목적지에 도달할 때까지 숨을 쉬고 있어주기를 나는 바랐다. 죽은 놈을 들고 가는 것보다는 아무래도 살아 있는 쪽이 덜 기분 나쁠 것 같았다.

"난 돼지고길 별루 좋아하지 않는데…"

누군가 말했다.

모두들 외국영화의 어떤 장면을 실연(實演) 한다는 것으로만 생각하고 좋아하고 있었나보았다.

"정태, 네가 하면 되지 않아?"

내가 말했다.

"쥐새끼 한 마리 잡는 데도 벌벌 떠는 내가 어떻게 그걸 하니? 쥐덫을 놓을 줄 안다는 것과 쥐덫에 걸려 죽은 쥐를 집어낸다는 것 사이에는 질적으로 다른 용기가 필요한 거야. 쥐덫을 놓은 사람과 죽은 쥐를 집어내는 사람이 반드시 같아야 한다는 법은 없지 않아?"

그는 돼지를 자기 손으로 죽인다는 것은 생각만 해도 식은땀 나는 일이라는 듯이 얼굴을 찡그리며 말했다.

"좋아, 알으켜만 줘. 내가 다 할 게."

운길이가 결국 나서야 했다.

"출발하기 전에 준비할 것만 다 해야지. 무엇이 필요하지? 철사? 칼?…"

정오가 거의 다 돼서 우리는 기차에 올랐다. 돼지가 든 자루를 의자와 의자 사이에 두고 운길이들이 몰켜 앉아서 떠들고 있는 것을 저만큼 바라보면서 나와 정태는 떨어져 앉아 있게 되었다. 여느 때엔 바라봄의 대상이 되어 있던 곳에 자리를 잡고 바라보고 서 있던 그곳을 본다는 것은 신기하고 즐거운 일이다. 그것이 여행이라고 하는 것일까. 서울역 구내를 기차가 빠져나가는 동안 나는 염천교 위에 서서 기차가 지금 그 밑을 지나가고 있는 것을 보고 있는 나를 상상해 보았고 서대문 담배공장의 높은 굴뚝을 바라보면서는 나는 담배냄새가 물씬 풍겨 나오는 공장 앞 한길을 걸어가고 있는 나를 상상해 보았고 서대문 쪽 터널로 기차가 들어갈 때는 미동국민학교 앞 한길에서 기차가 굴 속으로 들어가고 있는 것을 보고 있는 나를 상상해 보았고 신촌(新村) 역에 기차가 정거했을 때는, 그곳이 서울에서 멀리 떨어진 시골 같은 느낌이 들어서 바로 눈앞에 보이는 이화여대가 마치 서울에서부터 기차 꽁무니에 붙어 왔다가 기차가 서니까 슬쩍 내려서 시치미 떼고 거기에 서 있는 것처럼 괴기하게 눈에 비쳤다.

"사람은 그렇지 않은데 사람이 만들어놓은 것은 모두 장난감 같지 않아?"

정태가 나에게 속삭였다. 나는 정태를 돌아보았다. 녀석의 아프리카 토인처럼 툭 튀어나온 입술이 그때는 무척 영악스러워 보였다. 트기는 두뇌가 좋다는 일설이 있는데 이 녀석 역시 정어리와 명태의 트기니까 제법 영리한 말을 할 줄 아는구나. 녀석만은 찐빵의 존재에 대해서 생각해 본 적이 있는지도 몰랐다. 그러나 우선 나는 그가 조금 전에 한 말에 대해서 반박을 해야 했다.

"사람이 장난감이 아니란 건 무슨 책에 쓰여 있지?"

내가 물었다.

"사람이 장난감이란 건 그럼 누가 말했지?"

그가 말했다.

사람의 장난감적 성질에 대한 고찰은 그 이상 진전을 하지 못했다.

그 얘기를 우리는 한마디씩의 말장난에서 그쳐버렸다. 보아하니 둘 다 거기에 대해서는 구체적으로 생각해본 적이 없었다. 얘기는 '사람이 만들어놓은 것'으로 되돌아갔다.

"철로니 기차니 학교니 하는 게 장난감 같다는 뜻이야."

그가 말했다.

"그럼 쌀을 만들어내는 논은?"

내가 물었다.

"그것도 장난감 같지 않아?"

그가 말했다.

"왜?"

"그냥 그런 느낌이라는 거야. 왜가 왜 거기서 나와야 하니? 넌 생명을 연장시켜 주는 음식을 만들어 내니까 논이 얼마나 장난감보다 중요한 것이냐고 말하고 싶겠지. 또는 농부들에겐 결코 장난감이 될 수 없다. 때로는 목숨을 바쳐 가면서 그네들은 논에 대해서 생각한다고 말하고 싶겠지. 그런데 어떤 농부 하나는 논에 대해서 어느 날 갑자기 시큰둥해지고 목숨을 바치고 싶어지지도 않는다고 해봐. 그렇다고 그 농부가 특별한 다른 것에 관심이 있어서도 아니야. 그런 경우엔 논도 그에겐 장난감 이상의 것이 아닐 거야."

"그렇지만 그건 어떤 개인이 당할 수 있는 가능성에 대한 얘기가 아냐?"

"그래, 가능성에 대한 얘기야."

"아주 잠정적인 가능성이지."

"그래, 아주 잠정적일 수도 있지."

"네 말대로 그 농부가 논에 대해서 시큰둥해진다면 그 농부는 도시에 나와서 두부장수가 되겠지."

"천만에, 두부장수가 안 될 수도 있어. 그 사람은 자살할 수도 있어."

"네 얘기는 아무래도 어디서 들은 적이 있는 것 같은데. 하여튼 그렇다고 하고, 그럼 음악은?"

"그것도 장난감이지. 그거야말로 철저한 장난감이지."

"돼지는?"

"그건 사람이 만들었을까?"

"그럼 돼지를 만든 건 역시 신이라고 생각하는 거냐?"

"글쎄, 그건 모르겠어. 신은 어쩐지 사람이 만든 것 같은데 사람이 만든 신이 돼지를 만들었다는 건 너무 만화 같고…"

"신은 장난감이 아니라는 것이겠지. 신이 사람을 만들었다는 것을 인정할 수 없다고 하더라도 적어도 돼지와 사람과의 관계 정도로는 신과 사람과의 관계를 긍정하는 것이겠지. 안 그래?"

"넌 예수쟁이냐?"

그가 물었다.

"아아니."

"그럼 무신론자면서 신의 존재를 나에게 증명해 보여주려는 거냐?"

"난 무신론자도 아니고 예수쟁이도 아냐. 부처님 앞에 무릎 꿇는 것도, 알라를 믿는 것도 아냐. 넌 사람이 만들지 않는 것이 세상에 있다는 것을 알게 됨으로써 간단히 신을 인정할 수 있는 무신론자인 모양이군."

"아냐, 사실은 너와 똑같애. 아니, 아마 너도 나와 똑같은 모양이야. 만들어진 것이라는 것에서부터 생각을 출발시키면 결국 우리는 신을 인정해야만 해. 그런데 왜 그런지 그 신은 서양사람들이, 마치 기차를 만들어 내었듯이, 만든 것 같은 느낌이란 말야. 기차가 장난감으로밖에 생각되지 않듯이 신도 장난감으로밖에 생각이 안 돼. 무언가가 신은 장난감이 아니라고 생각하려는 내 뜻을 가로막고 있어."

"기차나 논이나 음악이 장난감이 아니라고 생각하려는 뜻을 가로막는 것도 바로 그 무엇이겠지."

"그런지도 몰라. 그 무엇이 무엇인지는 몰라도…"

"그 무엇이 바로 너의 '나'이겠지."

"논리적으로는 그래. 그렇지만 그 나를 모르겠어."

"소크라테스."

"농담하고있는 게 아냐."

"나도 농담하고 있는 게 아냐. 그 무엇은 바로 '신은 죽었다'라는 니체의 선언이겠지. 우리나라의 서양철학 소개자들이 교양전집 속에서 마구 인용했으니까."

"그럴지도 모르지. 그러나 서양사람들이 만든 것으로써 서양사람들이 만든 것을 부정한다는 건 큰 모순이겠지. 서양사람이란 말에서 서양이란 말을 빼도 마찬가지야. 어떤 장난감은 믿고 어떤 장난감은 믿지 않는다는 건 우습지 않어?"

"그렇지만 네가 어떤 장난감만은 사실상 믿고 있을 수는 얼마든지 있지."

"아냐. 난 장난감은 아무것도 믿지 않아."

"그럼 장난감이 아닌 것은 믿을 수 있다는 얘기냐?"

"글쎄 그런 것 같아."

"신이 장난이란 건 아직 증명되지 않았지."

"그런데 내 기분은 아직 증명되지 않았다고 말하거든."

"네 기분은 장난감이 아닐까?"

"내 기분?"

"마치 그건 믿고 있다는 투로 얘기하잖아?"

"내 기분. 그건 나야."

"그럼 결론이 났군. 넌 널 믿고 있고, 아까 난 농담인 줄 알았더니 실제로도 사람을 믿고 있고…"

우리는 우리가 무얼 얘기하고 싶어하는지도 모르면서 원시적인 논리로써 즉흥적으로 머리에 떠오르는 예를 들어가면서 그리고 서로의 말을 믿어가면서 얘기했다. 정태와 얘기하면서 나는 지나치게 그의 말 한마디 한마디에만 신경을 바치고 있었기 때문인지 우리가 나눈 대화의 전체를 통해서 정태라는 친구를 파악할 엄두는 생기지 않았다. 다만 느낌으로써—물론 그것이 정확한 것인지 부정확한 것인지는 그때는 알 수가 없었다—그가 중이 될 소질이 없지 않다는 것과 나와의 관계에서는 어쩌면 운길이보다 더 먼 곳에 그가 자리잡고 있는지 모른다는 것을 알았다. '더 먼 곳'이란 말이 애매하다면 아주 가까운 곳에 있으나 둘 사이에 건널 수 없는 강이 놓여 있음으로써 더 먼 곳이라도 자세히 설명할 필요가 있을지도 모른다. 그랬기 때문인지 정태는 내가 간단히 설명한 찐빵에 대하여 운길이보다는 훨씬 진지한 반응을 보였다.

"알겠어. 너의 용어로 말하면 찐빵이라는 작자는 나의 용어로 말하자면 장난감인데, 네 얘기는 장난감도 생명을 가질 수 있다는 얘기지? 생명만을 가진 정도가 아니라 우수한 두뇌와 날카로운 도구를 사용할 줄도 안다는 얘기지? 그러니까 얘기는 되돌아가서, 장난감에 대해서 가령 이쪽에서 믿지 않는다고 떠들어보았댔자 믿지 않으면 안 되는, 적어도 그 존재를 인정하고 그의 명령에 복종하지 않을 수 없는 사태가 생겨서 꼼짝없이 이쪽을 끌고 간다는 얘기지?"

"그렇지. 바로 그거야."

내가 말했다.

"네 말대로 그 사실, 그러니까 찐빵이 우리를 지배한다는 사실은 어쩔 수 없다고 하지. 그러나 문제는 그게 아니지 않을까?"

"그럼 무엇이 문제지?"

내가 물었다.

"그 어쩔 수 없는 사실에 대처하는 태도가 개인 개인에게는 문제겠지. 자세히 예를 들면, 찐빵이 있다는 것이 문제가 아니라 찐빵의 눈에 들려고 애쓰는 너의 태도가 문제란 말이야."

"나로서는 그게 최상의 태도라고 생각한 것인걸. 그렇지 않고서는…"

"죽을 수밖에 없다는 얘기겠지."

"그래."

"죽는 게 최상의 태도라면 그걸 선택할 용기는 있니?"

"아마 용기가 없으니까 복종하며 살아 있기로 한 것이겠지. 그보다 죽어버린다는 것은 태도 중의 하나가 아닐 거야?"

"죽는다는 것은 분명히 태도 중의 하나이지."

"그건 그렇다고 하고 요컨대 넌 찐빵에 대해서 어떤 태도를 갖고 있는 거냐? 찐빵의 존재를 알고 있기나 했니?"

"너의 용어로서는 아니지만 알고 있긴 있었던 것 같아. 그리고 나의 태도를 얘기하라면 그건 간단히 대답할 수 있어. 찐빵 역시 장난감이야. 장난감을 난 믿지 않는다고 말한 건 잘 알겠지."

"좀 비약하는 것인지 모르지만, 네가 만일 찐빵에 대해서 어쩔 수 없이 어떤 태도를 결정해야 할 때를 당한다면 넌 죽어 버리겠군."

"그럴지도 몰라. 그러나 난 내 기분을 믿으면 그만이어도 좋을 것 이상의 태도를 결정해야 할 때를 아직 당한 적이 없어."

"당한 적이 있었겠지."

"없었어."

"없었다고 네가 착각하고 있을 뿐이겠지. 일부러 없었다고 생각하려고 했거나…"

"그렇지는 않을걸."

"하여튼 네가 살아서 내 옆에 앉아 있다는 것이 용타."

나는 말했다. 그로 하여금 살아 있게 만든 것, 그것이 무엇인가에 대해서 생각해 보려고 했으나 나는 국민학교에서 배운 '생존본능'이란 답밖에 얻지 못했다. 그 이상의 복잡한 무엇이 있을 것 같은데도 나는 알 수 없었다. 하기야 우리의 환경은 아직 태도 결정을 우리에게 요구한 적이 없었는지도 몰랐다. 내가 신경과민이어서 디테일에서 전체를 파악하려는 잘못을 저지르고 있는지도 몰랐다.

운길이가 종이컵에 소주를 따라 가지고 기차의 진동 때문에 비틀거리며 우리 앞으로 다가왔다.

"자, 우선 한 모금씩!"

"벌써부터 기분 내면 모자라지 않아?"

정태가 말하면서 먼저 잔을 받았다. 술이 모자라는 법은 항상 없다고 나는 생각했다.

능곡(陵谷)에서 기차를 내려서 우리는 철도와 나란히 뻗은 한길을 걸어갔다. 능곡 넓은 들은 익기 시작한 벼로 가득했다. 산성(山城)은 동남쪽으로 별로 높아 보이지 않는 산을 가리키는 것이라고 누군가가 손짓으로 가르쳐 주었다. 돼지가 든 자루는 기차칸에서 조금씩 마신 술 때문에 용감해진 몇 녀석들이 서로 자기가 메고 가겠다고 나서서 운반되어지고 있었다. 그러나 그것을 서울역까지 가져오기 위해서 택시에 실을 때와 내릴 때 손을 대어본 운길이와 내가 잘 아다시피, 무게도 무게지만 꿈틀거리기 때문에 그것이 얼마나 취급하기 어려운 것이라는 것을 녀석들이 아직 몰랐을 때뿐이었다. 돼지자루는 곧 자갈길 가에 놓여졌고, "얘, 여기서 구워 가지고 가자" "우선 죽여서 토막을 내어서 하나씩 들고 가자" "칼이 잘 들까?" "아까 역 앞에서 시골사람에게 잡아 달랠 걸" 등등이 꿈틀거리고 있는 더러운 자루 위에 함박눈처럼 쌓였다. 그러나 오늘의 카니발은 계획대로 진행되어야 했다. 결국 자루 속에서 돼지는 꺼내졌고 주둥이와 네 발을 묶고 있던 새끼가 풀어졌고 그 대신 한쪽 뒷다리에만 쇠사슬처럼 새끼를 묶어서 새끼의 다른 쪽 끝을 번갈아 가며 붙잡고 산성까지 몰고 가기로 의견은 통일되었다. 돼지는 자루 속에 똥을 유산으로 남겼다. 똥이 든 빈 자루는 길가의 논에 버려졌다. 자루와 똥은 썩어서 금수강산을 더욱 기름지게 할 것이었다. 기름지지 못한 돼지의 털은 시골의 밝은 가을 햇볕을 받자 제법 금빛으로 빛났다. 돼지는 처음엔 엄살을 부리는지 쓰러질 듯 쓰러질 듯했으나 어쨌든 사람 열 명이 자기에게 잘 걸어주기를 호소하고 있는 것은 자랑스럽다는 듯이 뒤뚱뒤뚱 앞으로 앞으로 열심히 걷기 시작했다. 우리는 한길의, 눈에 보이는 끝까지의 거리를 몇으로 쪼개서 돼지 몰고 갈 사람을 정했다. 정태가 맨 처음 새끼의 한 끝을 쥐었다. 돼지는 거만하게 정태를 종놈으로 삼고 우리의 뒤에 떨어져서 걸었다. 정태를 제외한 나머지 사람들은 술병들과 점심 대신의 빵 꾸러미를 몇이서 나눠들고 둘씩 셋씩 짝을 지어 걸었다.

서울에서는 계절의 바뀜을 알리는 것이 라디오 정도였다. 서울에서 조금만 떨어져도 풍경과 계절은 믿어지지 않을 만큼 친한 사이여서 창경원 숲마저 무척 외로운 놈이었다는 것을 알게 된다. 들에는 왜병(倭兵) 대신에 벼들이 차 있고 멀리 보이는 산성은 권총 한 자루보다도 허약해 보여서 역사는 무척 외로운 놈이라는 것을 알게 된다. 산성 밑의 마을까지 뻗어 있는 길에는 자동차 한 대 보이지 않아서 마치 곡예단의 사자처럼 울안에 갇혀서 윙윙 소리지르며 정해진 장소를 빙빙 돌고 있는 서울의 그 많은 차들이 얼마나 외로운가를 알게 된다. 훌륭하기 때문에 외로운 것도 외로운 것임에는 틀림없다.

한길이 구부러진 곳은 철로와 교차로를 이루고 있었다. 돼지와 그의 종놈을 이젠 꽤 멀리 뒤로 한 우리들이 그 교차로를 건널 때 들판의 저 끝에서 사나운 뱀처럼 기차가 대가리를 이쪽으로 하고 달려오고 있는 것이 보였다.

얼마 후, 엉뚱한 사건이 터졌다. 이젠 멀리 떨어진, 우리가 지나온 교차로 쪽에서 정태가 두 팔을 휘두르며 우리를 부르고 있었다. 돌아보니 기차는 벌써 교차로를 지나서 능곡역 쪽으로 달리고 있었고, 정태가 모시고 있어야 할 나리님은 보이지 않았다.

"돼지가 철도자살을 한 모양이다."

운길이가 소리쳤다. 우리는 돌아서서 청상과부의 구원을 바라는 손짓에 응하기 위하여 길에 먼지를 피우며 달려갔다.

"어떻게 된 거야?"

"저쪽으로 도망갔어."

정태가 철로 곁에서 기차가 지나가기를 기다리고 서 있는데 기차의 꼬리가 교차로를 마악 벗어날 즈음에 자연의 냄새를 맡은 돼지의 근육은 오랜 옛날의 선조의 속삭임을 거기서 들었는지, 마음놓고 있던 정태의 손에서 탈출을 감행했다는 것이었다. 정태는 당황하여 돼지에게 끌려가고 있는 새끼의 끝을 발로 밟으려고 하였으나 실패. 돼지는 기차의 꼬리와 아슬아슬하게 자리를 바꾸면서 철로를 건너 바로 옆 논 속으로 뛰어들었다. 과연 저쪽 논은 흔들리고 있는 벼들로써 한 줄기 긴 줄을 지니고 있었다. 줄은 점점 길어지고 있었다.

"그 뒤뚱거리던 걸음은 속임수였어. 기차 정도로 빨랐으니까."

정태는 정말 질린 얼굴로 말했다. 우리는 한바탕 웃었다. 줄은 여전히 이어지고 있었으나 속도는 아까보다 훨씬 느려졌다. 줄은 비록 넓은 들 속으로 향하고 있었으나 그놈이 잡힐 것은 시간문제였다.

술병들과 빵 꾸러미를 지킬 녀석 한 놈만 남겨두고 우리는 뿔뿔이 헤어져서 논을 포위하였다. 그런데 예상과는 다르게 그놈을 체포한다는 것이 쉽지 않으리란 것이 점점 뚜렷해졌다. 그놈이 전진할수록 우리들 하나와 하나 사이의 간격은 점점 넓어져갔고 논두렁 속으로 들어가서 보니까 한길에서 들을 볼 때와는 다르게 시야가 넓지 못했다. 게다가 그놈은 이젠 길을 똑바로 정하지 않고 이리 꾸불 저리 꾸불 달리고 있었다.

가을 한낮의 햇볕은 눈부시게 들과 나의 머리 위를 비추고 있었다. 들은 돼지의 탈출을 돕는지 깊은 밤처럼 조용했고 그러나 그것도 내가 걸음을 멈추었을 때뿐, 움직이기 시작하면 들의 시민인 벼들이 내 몸에 부딪쳐 걸음을 늦추게 하면서 바스락바스락 소리를 지르며 내 신경을 피로하게 만들었다. 온 들이 나에게 저항했다. 텅 빈 허공조차 이젠 멀리 떨어진 내 전우의 외침을 나에게 정확히 전해주지 않음으로써 돼지의 탈출을 돕고 있었다. 메뚜기들은 나에게 육탄(肉彈) 돌격을 감행해 왔고 진짜 뱀 몇 마리가 나의 사기를 꺾기 위해서 시위했다. 우주가 시시각각 확대되어 간다는 과학책의 가르침을 그 들녘이 내 앞에 본보기로서 자기 몸을 내던졌다. 정말 들녘은 확대되어 가기만 했고 나의 전우들은 서로의 외침이 동물의 목구멍 속에서 나온 소리라는 것을 겨우 알 수 있을 정도로 멀리 떨어지게 되었다.

나도 나의 전우들과 마찬가지로 좁은 논두렁길을 비틀거리며 달렸다. 돼지를 잡기 위해서가 아니라 전우들과 가까워지기 위해서 달리고 있는 느낌이 들었다. 벼들은 더욱 요란스럽게 나를 향하여 짖어대고 논두렁은 자기 몸을 갑자기 꼬아버림으로써 내가 헛발을 디딜 수밖에 없게도 만들었다. 한 번은 논두렁이 정식으로 나를 논 속으로 밀어서 자빠뜨렸다. 까칠까칠한 벼잎들이 무자비하게 나를 찌르고 할퀴었다. 벼잎 하나는 자기의 예리한 칼을 정통으로 내 눈에 꽂았다. 겨우 벼잎들의 고문에서 몸을 빼내긴 했으나 한쪽 눈을 뜰 수가 없었다. 볼과 턱과 손등이 긁혀서 쓰라렸다. 나는 조심조심 달렸다. 이미 돼지의 행방은 내 눈에 들어오지 않았다. 전우들이 어떤 한 방향으로 달리고 있는 것을 보고 돼지가 그쪽으로 움직이고 있다는 것을 짐작할 수 있을 뿐이었다.

나는 정태가 일부러 돼지를 놓아준 것은 아닌가 하고 생각했다. 나는 찐빵은 너무 변덕스럽고 장난스러운 성격을 가졌다고 생각했다. 나는 돼지가 잡히기만 하면 내 손으로 그놈의 목에 칼을 찌르겠다고 생각했다. 나는 빨리 돼지를 생포하고 나서 친구들과 큰 소리로 한바탕 웃고 싶었다. 나는 이렇게 달리고 있는 것도 오늘 프로그램 중의 한 항목이라고 생각했다.

나는 걸음을 멈추었다. 벼잎에 찔린 눈은 눈물이 가득하고 쓰려서 뜰 수가 없었다. 나는 우리의 목적지인 산성을 돌아보았다. 아무리 보아도 높지 않은 산에는 구름의 그늘이 내려져 있었다. 나는 우선 쓰라린 눈을 달래기 위해서 두 손을 밑으로 늘어뜨리고 조심조심 그쪽 눈을 떴다. 눈물이 눈꼬리를 타고 내렸다. 구름의 그늘이 산성을 슬슬 어루만지며 지나가고 있었다. 문득 온 들녘이 화려한 색채를 띠고 나에게 웃음을 보냈다. 퇴색해 가는 초록색이 내 눈을 쓰다듬었다. 들바람이 한쪽으로만 몰켜 있던 나의 감각들을 어루만져서 제자리로 돌아가도록 했다. 나의 감각들은 바람의 속삭임과 들이 풍기는 냄새를 즐기기 시작했다. 먼 쪽의 논 하나를 둘러싸고 조금씩 포위망을 좁혀 가고 있는 사람들도 그 들녘의 일부분처럼 보였다. 나는 우리가 꼼짝할 수 없이 들의 포로가 되어 버렸음을 알았다. 돼지를 결국 잡았는지, 사람들이 얽혀 있는 모습과 그 쪽에서 바람이 싣고 온 짧고 희미한 환호소리조차 들녘의 풍부한 색채와 허공의 형태 없는 숨결을 예배하기 위해서인 것 같았다.

돼지는 온 몸에 흙물을 뒤집어쓰고 눈 가장자리와 콧등에 묽은 흙을 주렁주렁 달고 꽥꽥거리며 끌려왔다. 산성에 올라서 대첩비(大捷碑) 아래쪽 빈터에 모닥불을 장만하고, 털을 벗기고 배를 가른 돼지를 굽고 있는 동안에도 나는 들녘이 우리에게 던져준 돼지의 껍질을 우리가 굽고 있는 것만 같았다.

불꽃 위로 돼지의 기름이 뚝뚝 떨어질 때마다 불꽃은 노출된 상처를 찔리기라도 한 듯이 나지막한 비명을 지르며 펄쩍펄쩍 튀어올랐다. 대가리도 잘리고 털도 벗겨져 버려서 완전히 고깃덩어리에 지나지 않는 불꽃 위의 돼지는, 푸줏간의 고깃덩어리와 수레를 끄는 황소를 연결시켜 생각하기 힘들다는 사실을 존중하라던 찐빵의 계명을 나로 하여금 거역하지 않으면 안 되도록 했다. 불꽃 위의 고깃덩어리는 흙탕물을 뒤집어쓰고, 맑은 눈동자를 데록거리는 돼지로서 나를 무자비하게 물어뜯고 있었다.

"어쩐지 맛있을 것 같지 않은데."

누군가 구워지고 있는 돼지를 바라보며 말했다. 모든 사람이 그런 심정이었으리라. 나는 벼잎에 긁혀서 아직도 쓰린 볼과 손등을 쓰다듬어보고 또는 내려다보았다. 돼지는 잡히고 말았지만 너무 처참한 상처를 나에게 주고 나서 잡혔다.

숙이는 마치 나와 싸움이라도 했던 것처럼 움직였다. 마루끝에 우두커니 나앉아서 닦은 듯이 맑은 하늘을 올려다보는 법도 없어졌다. 부엌 문기둥에 어지러운 듯이 이마를 대는 법도 없어졌다. '많이 드세요'라는 말도 서글픈 웃음도 없어졌다. 자기의 동생들을 여전히 가르치긴 했지만 내 방에 전해지는 그 여자의 목소리 속에선 열성이 없어졌다. 때때로 일부러가 분명한 높은 웃음소리를 냄으로써 웃지 않는 법도 없어졌다. 라디오를 사랑하던 버릇도 없어졌다. 성우들에 대한 부러움도 없어졌다. 항상 밖에 나가 있어야 하는 어머니 대신 도맡아 하는 살림살이에 대한 열성도 없어졌다. 일요일 같은 때, 내가 방안에 있으면 손바닥만한 마당가의 꽃밭에서 이젠 시들어버린 꽃나무들을 쥐어뜯거나 호미로 꽃밭을 파는 필요하지 않은 짓을 하거나 했고 변소에라도 가기 위하여 마당으로 나선 나와 시선이 부딪치면 그 여자의 얼굴은 굳어지곤 했다. 일주일쯤, 나는 그 여자의 이해하기 힘든 변화 때문에 당황했다.

그러나 어느 날, 그 여자는 내게 대문을 열어주고 나서 지난 여러 날과는 다르게 사람들이 무안 당했을 때나 웃는 미소를 띠고 나에게 말을 걸었다.

"무슨 재미나는 책 가지고 계시면 좀 빌려주시겠어요?"

이번의 갑작스런 변화는 내게 무언가를 짐작하게 했고 지난 여러 날 동안 그 여자가 짓던 태도를 이해하게 해서 나의 아랫배로부터 조용한 웃음을 연기처럼 피어오르게 했다. 그러나 그 따뜻하기 짝이 없는 연기를 나는 심장의 바로 아래에서 흩어지게 해야 했다. 나는 묵묵한 태도로 책을 빌려주었다.

어느 날, 그 여자는 나에게 말했다.

"저, 성냥갑을 모으고 있는데 혹시 밖에서 디자인이 새로운 성냥갑을 얻으시면 좀…"

나는 할 수 있는 한 다방을 옮겨다니거나 식당을 옮겨다니거나 목욕탕을 옮겨다니면서 성냥갑을 얻어다주곤 했다.

어느 날, 그 여자는 나에게 말했다.

"타이프라이터 치는 것을 배워 두면 취직할 수 있을까요?"

잘되겠지요, 라고 나는 대답했다. 그러나 그 여자는 배우러 다니지 않았다. 교습소에 다닐 비용도 없었겠지만 살림을 도맡아하는 형편이었다.

나는 이따금 창녀의 집엘 찾아가곤 했다. 나는 창녀의 이마 위에 창녀의 눈썹 그리는 연필을 빌려서 까만 점 한 개를 그려놓고 나서야 그 점을 내려다보며 그 짓을 하곤 했다. 창녀는 재미있는 장난으로 생각하고 내가 자기 이마 위에 까만 점 한 개를 그리고 있는 동안 낄낄거렸고 나는 숙이의 이마 위에 있는 보일 듯 말 듯한 까만 점 한 개를 창녀의 이마 위에 옮겨 놓기 위하여 이를 악물었다. 까만 점은 마구 흔들렸다. 까만 점은 거짓 헛소리를 한 바께쓰쯤 쏟아 놓았다. 까만 점 위에 나는 땀 흐르는 내 이마를 대었다. 까만 점은 내가 흘린 땀에 씻겨져 없어졌다. 나는 구역질이 날 듯한 불쾌감을 돌아오는 길에서 보이는 모든 것에 발라 버리려고 애썼다. 그래도 한 순갈쯤 남은 불쾌감은 대문을 열어준 숙이 이마 위의 진짜 까만 점을 보자마자 없어졌다.

창녀의 집을 찾아다니는 것에도 지쳤을 때 나는 숙이의 성냥갑 모으는 취미의 정체를 알게 되었다. 그것은 가난뱅이들의 종교였다. 나도 그럴듯한 종교를 가졌다. 그것은 그 여자가 그 날 하루 동안에 내게 했었던 말들을 기억나는 대로 빠짐없이 하얀 종이에 써두는 것이었다. 나의 욕심은 그 여자의 숨결의 높고 낮음도 표정의 변화도 웃음소리도 손짓의 모양들도 적어 두고 싶어했으나 그것은 거의 불가능했다.

몸이 편찮으신가 봐요, 안색이 너무 좋지 않으시네요, 그럼 일이 너무 고되시나 부죠, 여기 물 가져왔어요, 빨래할 거 있으면 내놓으세요, 비가 올 것 같죠? 아이, 비가 하루종일 왔으면, 어머, 비를 싫어하세요? 전 비 오는 날이 제일 좋아요, 이유는 모르겠어요, 아늑하고 마음이 가라앉고 아이, 모르겠어요, 어저께 저녁 때 시장에 다녀오는데 하마터면 차에 치일 뻔했어요. 남자들이 어떻게 웃어대는지 창피해서 혼났어요, 막 놀리기도 하잖아요, 다 잊어 버렸어요, 제 친구 소개해 드릴까요? 고등학교 때 제일 친한 친구예요, 지금 이화대학 다녀요, 참 이쁘게 생겼어요, 졸업하면 미국 간대요, 책 잘 봤습니다, 네 재미있었어요, 정말 사람이 그렇게까지 될 수 있을까요? 러시아 소설은 읽기가 힘들어요, 나오는 사람들의 이름이 길고 괴상해서 이름이 나온 대로 종이에 적어 두고 맞춰 가면서 읽었어요, 다들 죽는다는 건 참 신기하죠? 이제 마흔 한 개 모았어요, OB살롱 성냥은 섬세해서 좋구요, 카이로다방 성냥은 색깔이 은은해서 좋구요, 뉴욕다방 것은 넓적해서 좋구요, 정말 다방 성냥들을 쭈욱 늘어놓고 앉아서 보고 있으면 세계 일주를 하는 것 같아요, 밖에선 무얼 하세요? 아이, 신문사 일말구요오, 약주 많이 드세요? 요즘 약주엔 약을 타서 너무 많이 마시면 머리가 나빠진대요, 제 친구 소개해 드릴까요? 아녜요, 접때 말한 친구는 이화여대 다니는 애구요, 저처럼 집에서 놀아요, 참 이쁘게 생겼어요, 이거 좀 잡숴보세요, 아아니요 안색이 나쁘시니까 어머니가 해드리라구 하셨어요, 아이 제게 무슨 돈이 있어요? 어머니가 해드리라구 하셨다니까요, 인형 만드는 기술을 배워볼까 하는데요, 학교 다닐 때 그림은 반에서 제일 못 그린걸요, 어머어머 그건 제게 너무 엄청나는 일예요, 비가 올 것 같죠? 막 좀 쏟아졌으면 좋겠어요, 엄앵란이가 빗속으로 미친 듯이 달려가는 장면 말이죠? 정말예요, 너무너무 좋아요, 제가요? 아이 놀리시면 나쁜 분이에요…

토끼도 뛴다

부장이 적어 준 주소를 한 손에 들고 나는 답십리(踏十里) 그 넓은 구역을 뱅뱅 돌았다. 그 전날 오후에 시작한 비가 그날 새벽까지도 왔었으므로 넓다는 아스팔트길조차도 진흙이 밀려 있어서 엉망이었다. 쉴새없이 오고가는 차들이 내 옷에 흙탕물을 끼얹기 시작한 것은 굴다리를 지나서부터니까, 목적하던 집을 찾았을 때 식모가 대뜸 '다음에 오세요'라고 나를 거지 취급한 것은 결코 괘씸한 일이 될 수 없었다.

집 찾는 데 다소 머리가 빨리 돌아가는 내가 그 집을 찾는 데 무려 두 시간이나 걸린 것은 오로지 비 탓이었다. 답십리 쪽으로는 언젠가 서너 차례 와본 적이 있어서 눈에 익은 곳이라고 자신하고 왔는데 정말 너무 변해 있었다. 얼마 전까지 논이던 곳에 붉은 기와에 하얀 타일을 바른 집들이 빽빽하게 들어서 있고 골목이 수없이 생겨 있었다. 거기에 비가 왔었으니 골목길은 다시 물논이 되어 있었던 것이다. 결국, 골목 안으로 들어서기를 무서워해서 포장한 한길만 오르락내리락하며, 내가 찾고 있는 집이 길가의 어디에 있기를, 다시 말하면 집이 나를 찾아오거나 손짓으로 나를 부르기를 바라던 게 잘못이었다.

복덕방 영감들이 내가 내미는 주소를 보며 '아마 저쪽일 거라'고 손짓해 주는 곳이, 이젠 별수없이 물논[水畓] 같은 골목을 헤치며 들어가야 할 곳이라는 게 납득되기까지도 꽤 오랜 시간이 걸렸다. 술 한 방울이 온 몸에 퍼지는 시간만큼은 지난 뒤 그동안 아연해 있던 표정을 얼른 거두고 용사 같은 얼굴로 '알았습니다, 고맙습니다' 그리고 이 생소하고 질퍽질퍽한 답십리와 영락없이 닮은 복덕방 영감들에게 꾸벅 절했다.

그 달에 받은 월급에서 천오백을 구두값으로 쓸 작정을 하고 나니까 그제야 나는 물논 속으로 돌진할 수가 있었다. 눈앞에 반질반질한 새 구두를 떠올리려고 애썼는데 조금은 성공한 것 같았으나 그래도 '곰탕이 스무 그릇, 곗돈은 세 몫, 곰탕이 스무 그릇, 곗돈은 세 몫'이란 소리가 저절로 흥얼거려졌다.

골목 속에서, 나는 창고나 또는 학교 또는 유치원 심지어 목욕탕 같은 건물만을 찾는 실수를 저질렀다. 연극 연습이라면 으레 넓은 장소가 필요할 것이고 그렇다면 가정집은 적당치 못할 것으로만 알고 있었는데 막상 그 주소의 집을 찾고 보니 쇠로 된 대문을 거느린 이층 양옥, 가정집이었다. 글자 몇 개와 숫자 몇 개가 눈앞에 커다란 집이 되어 나타나는 것은 신기한 일이었다. 그러나 즐겁다는 느낌은 조금도 없고 물논 같은 골목에 뿌리고 온 천오백 원을 현금으로 상상해보니 울화만 치밀었다.

홧김에, 벨을 누르는 대신, 쇠로 된 대문을 주먹으로 세 번쯤 쳤더니, 마침 마당에 나와 있었던지 식모 같은 아가씨가 샛문을 빼죽 열며 '다음에 오세요' 했다. 나는 샛문이 닫혀 버리는 것을 내버려두고 자신의 몰골을 훑어보았다. 흙탕물투성이가 된 잠바와 바지, 구두는 이미 각오한 바였지만 껴안고 울고 싶을 만큼 처참했다. 나는 다시 한번 내가 들고 있는 글자와 대문 돌기둥에 붙어 있는 글자를 맞추어 보고 나서 이번엔 벨을 눌렀다. 잠시 후에 아까 그 여자가 다시 얼굴을 내밀었다.

"이 집에서 '국민무대'(國民舞臺)가 공연연습을 하고 있습니까? 신문사에서 왔는데요."

"아."

아가씨는 얼굴을 붉히며 웃고 샛문이나마 활짝 열어주었다.

그 집의 이층방은 미닫이로써 연결되어 있는데 미닫이를 모두 떼어 내니까 댄스 파티도 할 만큼 넓었다. 연극 연습장소로는 아주 훌륭했다. 방의 창들이 검은 커튼으로 가려져서 밖에서 들어오는 빛을 차단하도록 해놓은 것은 이상했다. 그 대신 대낮인데도 전등을 켜놓고 있는데 도색(桃色) 영화를 찍는 스튜디오가 아닌가 하는 착각이 들 만큼 음침하고 수상스러운 분위기였다. 연예 담당기자라는 신분 때문에 나는 공연 연습장소엘 자주 가보곤 했지만 그렇게 복잡한 곳은 처음이었다. 대개는 학교 교실 따위를 빌려서 마룻바닥에 분필로 세트의 평면도를 그려 놓고 의자 몇 개를 놓으면 그만이었다. 우선 가정집 이층이라는 것까지는 그들의 호주머니를 참작하여 상상력을 발동시키면 그럴 수도 있겠지 한다고 하더라도, 그렇게 바깥의 빛을 차단해 버리고 자질구레한 도구가 많이 준비되어 있는 것은 이해할 수가 없었다. 제일 먼저 눈에 뜨이는 것은—그것이 나로 하여금 도색영화를 촬영하는 스튜디오가 아닌가 하는 착각을 하도록 한 것인데—철로 연변에서나 볼 수 있는 키 작은 신호등 닮은 조명기구가 세 개였고 그 다음에 눈에 뜨이는 것은 수상한 액체를 담은 유리병—그것들은 모두 콜크 마개로 덮여 있고 마개에는 길고 가느다란 고무줄이 하나씩 붙어 있고 고무줄은 관상(管狀)인지 끝을 작은 솜뭉치가 덮어 싸고 있었다—이 일곱 개 정도, 농악에나 쓸 것 같은 작은 북과 크기가 다른 방울이 여러 개, 그리고 옛날 톱밥을 연료로 쓰던 시절에나 필요하던 가정용 풀무가 한 대 눈에 뜨였다. 그 외에, 배우라는 남자 둘과 여자 하나와 연출자와 무슨 일인가를 맡고 있을 남자 셋은 으레 있는 것이라고 하지만, 토끼가 한 마리 방안을 뛰어다니고 있는 것은 아무래도 이상스런 풍경이었다.

'이번 국민무대의 레퍼토리는 좀 유별난 것이라고 한다. 무엇이 유별난가. 그것을 잘 알아오도록!' 이라는 부장의 얘기가 생각났다. 우선 연출자의 얘기를 듣기로 하였다. 사계(斯界)의 신인답게 연출자는 의욕과 정열이 가득 찬 음성으로 나의 모든 신경을 자기의 얘기 속에 담가버리려고 애쓰기 시작했다.

"우선 제 얘기를 완전히 믿어주실 각오로 들어주시기 바랍니다. 거짓말이 아니라는 것은 제 얘기가 끝나는 대로 증명해 보여 드리면 될 것이니까요. 제 얘기를 시작하기 전에 먼저 김 선생님께 물어보고 싶은 게 있는데, 김 선생님은 과학의 위력을 어느 정도로나 믿고 계십니까?"

토론하기 위해서 온 건 아니었지만 그 의욕에 넘쳐 있는 사람의 기분을 맞춰주기 위해서 나는 그 사람의 절반 정도로는 진지하게, "곧 화성에도 인공위성을 발사할 날이 오겠죠"라고 대답했다.

"로켓, 좋습니다." 그는 말했다. "그러나 제가 말하는 과학이란 그런 금속성인 게 아닙니다. 그 따위 아동들의 만화 같은 게 아니란 말씀입니다. 사람이 화성에 발을 디디는 것, 대단히 좋습니다. 그러나 사람들이 화성에 발을 디딜 자격이 있다고 생각하십니까? 미래의 인간들에겐 그럴 자격이 주어질는지 모릅니다. 단, 그들도 우리가 지금 무엇인가를 철저히 해놓았기 때문이라는 전제 밑에서 말입니다. 그들이 그런 영예를 화성에 발을 디디는 것을 영예라고 한다면 말입니다. 그런 영예를 누릴 수 있는 것은 다만 우리보다 늦게 태어났다는 이유 때문입니다. 그 외엔 아무런 이유도 없습니다. 그들에겐 의무 내지 심심하니까 할 일일 뿐입니다. 영예도 쥐뿔도 아닙니다. 제 말을 알아들으시겠습니까? 미래인이 심심해서 할 일을 미리 빼앗아서 하면서 영예니 뭐니 떠들 게 아니란 말씀입니다. 우리는 지금 심심하기 때문에 해야 할 일이 있습니다. 심심하니까란 말은 좀 틀린 것 같군요. 미래인들이 할 일이 너무 없으니까 화성에 발 디딜 생각이나 할 수밖에 없도록 지금 우리가 무언가를 해놓아야만 합니다. 그게 무엇이라고 김 선생님은 생각하십니까?"

연출자는 살짝곰보인 커다란 코를 손바닥으로 문지르면서 나를 노려보고 있었다.

"그것은… 연극입니까?"

내가 말했다.

"연극 얘기는 좀 나중에 합시다. 그것은 과학적 분야에서의 얘기입니다."

스무고개 같아서 나는 웃음이 나오려는 걸 참았다. '그것은 가지고 다닐 수 있습니까? '라고 묻는다면 이 친구는 '아닙니다. 한 고개'할 것 같았다.

"글쎄요. 뭐 많겠지요."

내가 말했다.

"뭐 많겠지요, 정도가 아닙니다. 너무 많습니다. 참, 담배 태우시죠"

그는 바지 호주머니에서 '백양'을 꺼내더니 내게 한 개비 권하고 나서 도로 호주머니 속으로 담뱃갑을 쑤셔 넣었다. 이번엔 바지의 다른 호주머니에서 라이터를 꺼내더니 불을 켜서 내 코밑으로 들이댔다. 담배 한 대를 권하고 라이터 한 번 켜주면서 마치 유치원 보모가 바지에 똥을 싼 어린애 다루는 듯한 기분을 물씬 느끼게 하는 그의 재주에 나는 감탄했다.

"그것은 무엇입니까?"

나는 담배를 한 모금 빨고 나서 우리의 보모님에게 물었다. 보모님은 마치 분필을 손가락으로 만지작거리듯이 고개를 약간 숙여서 마룻바닥의 한 군데를 시선으로 만지작거리며 나직나직한 목소리로 그러나 힘을 말 마디마디에 넣어가며 얘기하기 시작했다.

"전 과학자가 아닙니다. 따라서 전문적으로 이야기할 수는 없습니다. 그럴 필요도 없겠지요. 전 남보다는 좀더 과학적 분야에 대하여 관심을 가지고 있는 시민의 한 사람으로서 말씀드리려고 하는 것입니다."

그는 이렇게 말을 꺼내놓고 나서 잠깐 동안 입을 꼭 다물고 있었다. 곁에 물이 있었더라면 틀림없이 한 모금 마셨을 것이다.

"진정한 과학자는 반드시 두 가지 부분으로 되어 있습니다. 한 부분은 앞서간 과학자들이 남기고 있는 것을 완전히 이해하고 있는 부분이고 또 한 부분은 인류의 안전과 욕망을 보장하고 만족시켜 주기 위하여 엉뚱한 공상을 하는 부분입니다. 그들이 가지고 있는 한 부분 다시 말하면 제가 방금 앞에 말한 부분은 뒤에 말한 부분을 위해서만 의미가 있습니다. 그러므로 여기서 우리는 두 가지 얘기를 얻을 수가 있는데요. 하나는 과학자들이 공상하고 있는 것의 내용이 무엇인가가 아주 중요하다는 것이고 또 하나는 그들이 알고 있는 것, 다시 말해서 선배들이 남겨놓고 있는 것에다가 자기들은 후배를 위해서 무엇을 더 보태어 놓았는가가 중요한 문제라는 것입니다."

또 한 모금 마셨을 것이다.

"전 진정한 과학자라고 먼저 분명히 말했습니다. 진정한 과학자란 어떤 개인이나 어떤 국가만을 위해서 일하는 사람이 아니고 모든 사람, 다시 말해서 인간이라면 누구나 바라고 있는 문제의 어느 부분을 위해서 일하는 사람을 가리킨다는 저의 전제가 반드시 필요합니다. 그런 전제 다음에 아까 제가 말한 과학자를 이루고 있는 부분에 대해서 한번 생각해보자는 얘깁니다."

또 한 모금.

"제가 세계 도처에 있는 수많은 과학자들의 연구실을 일일이 방문하고 난 뒤에 다음 얘기를 하려는 게 아니란 건 잘 아실 것입니다. 저는 우리 시대의 정력과 시간의 많은 부분을 차지하고 있는 과학이 좀 엉뚱한 곳에서 뱅뱅 돌고 있지 않느냐는 것입니다."

"죄송하지만…" 하고 나는 말했다. "기사를 한 시간 안으로 써두어야 합니다. 선생님의 과학에 대한 관심의 정도는(표정으로 보아서, 라고 말하려다가 실례가 될 것 같아서 그만두었다) 잘 알겠습니다. 결론만 간단히 말씀해주시고 이번 공연에 관해서 좀…"

"아, 실례했습니다. 지루하신 모양이군요."

그는 자기 손바닥으로 자기 이마를 한 번 딱 치며 말했다.

"아닙니다. 단지 지금 제게 시간이 없기 때문에…"

"예, 알겠습니다."

내 말에 기분을 상한 것 같지는 않았으나 그는 잠시 말을 멈추고 있었다. 물을 마셨더라면 세 모금쯤 마셨을 것이다.

"글쎄요. 이것이 저의 결론이 될 수 있을는지 모르겠습니다만 들어보십시오. 전 어렸을 때부터 토끼를 사랑했습니다. 제겐 가축을 기르는 것이라면 무얼 기르든지 좋아하는 성미가 있는데 그 중에서도 토끼를 가장 좋아합니다. 토끼를 제가 길렀다기보다 저를 토끼가 기르면서 자라났다고 해도 좋을 지경입니다. 그런데 문제가 하나 있었습니다. 제가 토끼를 좋아하고 있는 그만큼 토끼도 나를 좋아하고 있을까? 토끼의 하는 짓을 보면 결코 그런 것 같지 않았습니다. 좋아하기는커녕 도대체 무엇에 관심이 있는 것 같지도 않았습니다. 그래서 슬펐습니다. 물론 어렸을 때의 얘기지요. 좀 자란 뒤엔 사람이 토끼를 기르는 것은 그것을 이용하기 위해서라는 것을 알았습니다. 토끼의 가죽과 털, 토끼의 고기, 토끼의 혈청, 대강 이런 것을 이용하기 위해서입니다. 토끼에 대한 생각은 저의 경우, '그것은 이용하기 위해서 둔다'는 것 이상이었습니다. 이용이라고 하더라도 반드시 분해되어서 만 사람을 돕는다는 게 좀 시원찮은 느낌의 원인을 좀 나중에 알게 됐습니다. 저는 토끼의 생명력까지도 이용하고 들었던 것입니다. 토끼가 자연으로부터 배당받은 생명력, 그것은 인간의 그것에 비하면 아주 적은 것인지도 모릅니다. 어느 때 개에 물려 죽는 토끼를 보았는데 물론 저는 개를 쫓기 위해서 뛰어갔습니다만 이미 토끼는 죽어가고 있었습니다. 그 토끼의 빛나는 노을 같던 눈동자는 밤에게 유린당하는 노을처럼 점점 회색으로 변했습니다. 그처럼 토끼의 생명력은 빨간 눈동자의 크기 정도밖에 되지 않은 것인지 모릅니다. 그러나 그 생명력을 이용한다면, 물론 공상이었습니다만, 사람들은 얼마나 큰 이득을 볼는지 헤아릴 수 없다고 생각했습니다."

"생명의 신비가 모두 밝혀지지 않은 채 그것을 이용한다는 것은 힘들고 잘못하면 아주 위험하기도 하겠지요."

나는 내 호주머니에서 내 '파고다'를 꺼내어 내 성냥으로 내 담배에 불을 붙일 준비를 하면서 말했다.

"아, 이제야 제 얘기에 관심을 가지시는군요. 여기 있습니다."

그는 재빨리 자기 호주머니에서 라이터를 꺼내어 찰칵 불을 켜서 내 코앞으로 내밀었다. 그러나 벌써 그때는 나의 성냥개비도 불을 밝히고 있을 때였다. 나는 내 손에 들린 성냥불과 코앞에 들이밀어진 라이터불을 두고 잠시 동안 어쩔 줄을 몰랐다. 라이터불이 이겼다.

"이제 마악 연극에 대한 얘기가 나오려고 하니까 재빨리 제 얘기에 관심을 나타내시는군요. 대단한 두뇌를 가지신 모양입니다."

그는 우선 나를 칭찬하고 나서 또는 비꼬고 나서 말을 계속했다.

"저는 과학자는 아닙니다. 그러나 제가 기울인 노력이 현대의 과학자들이 기울이고 있는 노력보다 더 귀중했으면 했지 못하다고는 생각하지 않습니다. 제가 토끼를 대했던 태도, 그것은 건축으로 말하자면, 너무 뼈대뿐인 것인지는 모르겠으나 모든 현대 과학자들이 가져야 할 기본태도 내지는 과학의 존재이유가 되어야 한다는 것입니다."

"토끼에게 어떤 태도를 취하셨던지는 모르겠으나 굉장한 일을 하신 모양이군요. 토끼의 뱃속에 혹시 어린애라도 만들어놓은 건…"

"농담하지 마시기를 부탁드립니다. 현대의 신문사 기자들에 대해선 전 과학자들에 대한 불만의 천 배 만 배를 털어놓고 싶을 지경입니다. 배우 아무개와 가수 아무개가 연애를 한다. 그러면 부랴부랴 뛰어갑니다. 혹시 어린애 안 만들었어? 안 만들었다. 에 시시하군 하면서 돌아섭니다. 그게 기자라는 것이죠."

"앞으로 주의하겠습니다."

"주의하실 필요는 없습니다. 신문기자 개개인의 탓은 아닐 테니까요. 제가 어디까지 얘기했죠?"

"토끼를 가지고 굉장히 자랑스러운 일을 해내었다는 뜻의…"

"아, 알겠습니다. 저는 이런 일을 했습니다. 불교는 이런 걸 가르쳐 주었습니다. 인간에겐 여섯 가지 식(識) 외에 두 가지 식이 더 있다고 합니다. 그러면 일종의 질량불변의 법칙, 이것은 오늘날 좀 의심받고 있습니다만, 하여튼 그것 비슷한 윤회설을 가진 불교가 인간에겐 무엇을 알고 판단하는 수단이 여덟 가지 있다고 말할 때는 동물에게도 그것이 있다는 것이 아닐까. 물론 이건 지극히 비과학적인 가설입니다만 여기서 힌트를 얻었습니다. 그래서 토끼를 상대로 우선 우리가 간단히 알 수 있는 기관들, 즉 토끼의 눈, 토끼의 코, 토끼의 귀에 저는 여러가지 수단으로써 호소하여 토끼의 생명력을 인간이 이용할 수 있도록 했습니다."

"어떻게 말입니까?"

나는 그의 말하는 투로 보아서 그가 결코 농담을 하고 있는 게 아니라는 건 알 수 있었지만 '토끼의 생명력을 인간이 이용할 수 있다'는 말이 한바탕 우스갯소리로 끝나버리지나 않을까 하는 염려가 생겨서 다급한 목소리로 물었다. 그랬더니 그는 의자에서 천천히 일어서면서 착 가라앉은 목소리로 교장선생님이 불량학생을 퇴학처분할 때 마지막으로 한마디 타이르듯이 말했다.

"지루하실 테니까 이 이상 더 말로 설명하지는 않겠습니다. 지금부터 직접 눈으로 보아주십시오. 지금 저기 토끼 한 마리가 있지 않습니까?"

토끼는 방 구석지에 웅크리고 앉아서 고개를 갸우뚱 돌리고 코를 발름거리고 있었다.

"삼막 준비!"

갑자기 연출자가 높은 목소리로 말했다. 나는 처음엔 그가 나에게 무어라고 말하는 줄 알았다. 그러나 그것은 대본의 3막 연습준비를 하라는 연출자의 스태프와 캐스트들에 대한 명령이었다. 연출자의 명령이 내린 방 안은 마치 적의 잠수함을 발견한 구축함 속 같았다. 스태프들로 보이는 사람들이 빠른 걸음으로 내가 그 방 안에 처음 들어섰을 때 이상하게 여기면서 보았던 기구들 앞으로 갔다. 어떤 사람은 철로 연변에 있는 키 작은 신호등 같은 물건 뒤에 서고 어떤 사람은 고무관이 탯줄처럼 달린 유리병들 앞으로 가고 어떤 사람은 농악할 때나 쓸 듯한 북이며 방울들 앞으로 갔다. 단 한 사람뿐인 여배우가 무대로 약속한 장소의 가운데에 섰다. 남자 배우 두 사람은 연출자의 곁에 그냥 서 있었다. 아마 3막에는 여자의 독백이 있나보다고 나는 생각하며 이제 시작하려고 하는 이 구축함 속처럼 복잡한 무대 위의 연극을 충분히 감상할 자세를 갖췄다. 한 사람이 지금까지 방 구석지에 웅크리고 있던 토끼를 안아다가 실제의 무대라면 오른쪽 출입구가 되는 곳에 앉혔다. 신기한 것은 토끼가 마치 지금 무대 중앙에 서 있는 여배우가 자기를 불러주기를 기다리고 서 있다는 듯이 고개를 들어 코를 발름거리며 여배우의 얼굴을 올려다보면서 한 자리에 가만히 앉아 있는 것이었다. 갑자기 연출자가 신들린 무당처럼 소리쳤다.

연출자 : 헤이, 라이트 들어왔다. 영자 웃으면서…

여배우 : 호호호호호호… 호호호호호호… 여신이시여, 밤의 여신이시여, (한 손을 가슴에 대면서) 저 같은 계집에게조차 밤을 가지라고 주셨군요. 고마우셔라. 하지만 여신이시여, 댁은 혹시 장님이 아

니시던가요? (부드럽던 말소리가 갑자기 변하여 기름장수와 더 달라 못 주겠다 싸우듯이) 필요없단 말예욧. 나에게는 밤 따위가 필요없단 말예욧.

연출자 : 숨을 크게 들여마시면서 눈, 눈을 좀더…

여배우 : (하늘을 증오하듯이 눈을 치켜뜨며) 팥죽처럼 흐물거리는 욕망과 여우같은 간계와 그 썩은 부분을 (두 손을 반쯤 들어 손가락들을 헝겊조각처럼 흔들며) 과연 이 먼지 터는 헝겊조각 같은 열 손가락으로만 막아 내라구요. 흥!

연출자 : 하낫, 둘, 셋, 넷, (연출자가 여섯을 세는 동안 여배우는 반쯤 올렸던 두 손을 탁 내려뜨리며 허탈하게 한 곳을 응시하고 서있다) 다섯, 여섯. 터뜨렷!

여배우 : (머리를 쥐어뜯으면서 허리를 굽힌다. 높고 울먹이는 목소리로) 싫어요, 싫어요, 저에게 밤을 주지 마세요. 저에게 줄 밤은 밤이 길기를 원하는 사람들에게나 나눠주세요.

연출자 : (여신의 목소리로써) 내가 귀여워하는 가난한 처녀야. 내가 너에게 무엇을 해줄 수 있을까, 내가 너에게 무엇을 해줄 수 있을까.

여배우 : (기도하듯이) 태양의 나라로 보내주세요. 기름진 나뭇잎들이 반짝이는 곳, 잔물결들이 반짝이는 곳, 뜨거운 모래밭, 밝은 합창, 새들의 날개 소리가 들리는 곳…

연출자 : 태양은 나의 원수, 내 귀여운 가난한 처녀야. 널 어찌 그곳으로 보내랴. 밤은 많은 것을 준비해 두었으니 네가 토끼를 사랑할 수만 있다면!

그때 방울소리가 딸랑 울렸다. 출입구로 약속하는 곳에서 여태까지 우두커니 여배우의 얼굴만 바라보며 얌전히 앉아 있던 토끼가 방울소리를 듣더니 자기가 나가야 할 때를 잘 알고 있는 배우처럼 깡충깡충 무대로 뛰어나갔다. 여배우를 향하여 뛰어가고 있는 토끼의 바로 코앞을 철도의 신호등처럼 생긴 조명기구에서 나온 빛이 쭈욱 비치고 있었다. 빛이 토끼를 인도하는 것이었다. 빛은 여배우를 중심으로 하고 빙빙 돌았다. 따라서 토끼도 여배우의 이쁘게 쭉 뻗은 다리를 중심으로 하고 그 주변을 돌며 뛰었다.

여배우: (혼잣말로) 아니 이게 웬 토낄까? 이 어두운 도시에 이 지저분한 밤에 어디서 온 토끼일까? (사이 여배우는 무엇인가 깨달은 듯이 점점 밝아지는 표정의 얼굴을 천천히 들어서 하늘을 우러러 본다) 아아, 여신이시여, 우리에게 어둠을 주시고 어둠 속에서 행해지는 모든 일을 주관하시는 밤의 여신이시여, 이 가련한 소녀에게 당신의 자비로움을 보여주셨군요. (갑자기 몸을 돌려 꿇어앉으며 기쁨에 넘치는 음성으로) 토끼야, 요 이쁜 토끼, 너의 자비로우신 주인은 어떻게 생겼지?

토끼는 마치 말 잘 듣는 강아지처럼 여배우의 얼굴을 올려다보며 가만히 앉아 있었다.

"됐어."

연출자가 소리쳤다. 그리고 나에게로 몸을 돌렸다.

"너무 짧았습니다만, 잘 보셨겠지요. 저건 이번 공연의 삼 막에 나오는 한 장면입니다."

"아, 놀랐습니다."

내가 말했다.

"우선 알고 싶은 것은 방금 제가 구경한 장면의 다음이 알고 싶군요. 계속해서 토끼는 배우로서 완전한 연기를 해냅니까?"

"그렇습니다."

연출자는 점잔을 부리면서 말했다.

"완벽한 연기를 합니다. 마치 한 사람의 배우처럼 말이죠."

"훈련을 잘 시켰군요. 조건반사를 응용하신 것 같은데…"

"천만에요."

연출자는 펄쩍 뛰었다.

"누구나 그렇게 생각할 겁니다. 동물이 말을 잘 들으면 사람들은 으레 조건반사를 생각합니다. 허긴 일종의 조건반사라고 해도 되겠지요. 생명을 가진 것 이를테면 눈에 보이지 않는 바이니까 그렇지만 흔히 조건반사라고 할 때엔 일정한 학습기간이 있음을 전제로 해야 합니다. 조건반사라는 것은 어떻게 말하면 아주 비과학적인 것인지도 모릅니다. 제가 토끼에 대해서 감히 과학이라는 말을 써가며 얘기하고 있는 것은 쩨쩨한 조건반사에 대해서 얘기하려고 그런 게 아닙니다. 무어랄까요, 마치 화농성균이 페니실린에 약하다는 것을 발견하는 것이 과학이듯이 토끼가 A라는 빛에 대해서 a라는 반응을 보이고 B라는 소리에 대해서는 b라는 반응을 보이고 C라는 냄새에 대해서는 c라는 반응을 보인다는 것을 발견하는 것이 바로 과학입니다. 그런데 제가 바로 그것을 발견했단 말입니다. 따라서 조건반사는 개별적인 것이지만 제가 발견한 것은 보편적인 것이란 말씀입니다. 반드시 저기 있는 저 토끼가 아니라도 어떠한 토끼일지라도 우리 연극의 무대에 올려놓으면 우리가 일정한 빛과 일정한 냄새와 일정한 소리를 제공하는 한 토끼는 훌륭한 하나의 연기자가 되는 것입니다. 알아들으시겠습니까?"

"놀랐습니다."

내가 말했다.

연출자의 말이 사실이라면 놀라운 발견이었다. 그리고 이 도시의 어느 숨겨진 장소에서 위대한 실험이 반복되고 있는 것을 나는 진심으로 기뻐하고 있었다. 인간들을 위해서 토끼들도 활약할 시대가 오는 것이다. 나는 기사 작성에 필요한 질문을 한 다스쯤 더 물어본 뒤에 말했다.

"공연하시는 날을 손꼽아 기다리겠습니다."

나는 정중한 음성으로 존경심을 나타내려고 애쓰며 그렇게 말했다. 위대한 시대만 온다면, 구두 한 켤레쯤은 아무것도 아니다.

전연 의식하지 않고 있었는데 그래도 내 귀는 저 혼자서 듣고 있었던지. 책상 위에 놓여 있는 사발시계가 갑자기 그 똑딱거림을 멈추었다는 것을 내 귀가 나에게는 알으켜 주었다. 나는 누워 있던 자세에서 얼른 몸을 일으켜 시계의 태엽을 감았다. 사발시계의 태엽은 항상 기분 좋을 정도로 알맞게 내 손에 저항해 온다. 내가 룸펜이라면 나는 항상 방안에 누워서 시계가 정지하는 것만 기다리고 있고 싶을 정도다. 가능하다면 한 시간에 한 번씩 태엽을 감아줘야 하는 시계를 구해다 놓고 말이다.

다시 살아서 똑딱거리기 시작한 시계를 제자리에 세워놓으려는 바로 그때 나는, 지금 집 안에는 나와 숙이를 제외하고는 모두 밖에 나가 버리고 없다는 사실을 깨달았다. 그 깨달음이 이상할 정도로 강렬한 기쁨의 떨림을 내 몸에 퍼부어 주었다. 그 뜨거운 떨림은 내 몸의 위에서부터 점점 아래로 번져 내려가더니 드디어 아랫배를 무겁게 압박하며 멈추었다. 마치 무인도에 두 사람만이 표류해 와 있는 듯한 정적, 그것이 왜 이렇게도 나에게 기쁨을 준단 말인가?

나는 아랫배가 느끼고 있는 미묘한 압박의 정체가 무엇인가를 금방 알았다. 그래서 황급히 방바닥에 누워 버리면서 일부러 소리내어 중얼거렸다. "모두들 어딜 나가서 아직 안 들어오나?" 그러나 그 압박은 가시지 않았다. 오히려 이빨로 아랫입술을 자근자근 씹고 싶을 정도로 더 강해지기만 했다. 내 앞에 던져진 가능성의 공간과 시간을 어떻게 처리해야 할지 실로 아득했다.

우선 무인도란 것에 대해서 생각을 집중시켜 보기로 했다. 무인도 무인도, 무인도다, 에 무인도. 미국 만화에 곧잘 나오지. 야자나무 한 그루가 있고 머리털과 수염이 원시인처럼 자라난 사람이 옷을 찢어서 수평선에 나타난 점 한 개 정도 크기의 배를 향하여 그것을 내 휘두르고 있지. 옷을 찢어서가 아니라 팬티를 벗어서 나뭇가지에 매어 흔들고 있지. 무인도, 무인도다. 남자 둘과 여자 하나가 있지. 힘센 남자가 약한 남자를 물 속으로 내던지고 있지. 여자는 여왕처럼 오만하게 앉아 있지. 참 왜 미국 사람들이 그린 만화에는 무인도가 그토록 많이 나올까? 보는 사람들이 그런 만화를 보면 좋아하니까 그러겠지. 왜 좋아할까? 유난스럽게 왜 무인도 만화를 좋아할까? 무인도에 가는 게 꿈인 모양이지. 조용한 곳. 혼자만의 또는 둘만의 시간. 내 아랫배는 여전히 찌뿌듯했다. 무인도 따위의 엉뚱한 생각을 할 게 아니다. 정면으로 숙이와 나에 대하여 생각을 집중시켜 보기로 했다. 그 여자와 말을 주고받기 전엔 나는 그 여자에게 아무것도 요구하지 않고 그 여자를 좋아하고 있었다. 좋아했다는 말이 너무 지나치다면 그 여자를 내 곁에 느끼고 있었다고 하자. 어느 날 문득 '천사의 직계 후손'이란 말이 생각났다. 그러자 숙이를 거의 완전하게 표현했다는 느낌이 들었다. 그리고 어느 날 그 여자를 다방으로 불러내었다. 서로 무언가 말을 주고받았다. 시시한 얘기뿐이었다. 그 여자를 대단찮게 생각하게 되었다. 대단찮다는 말은 그 여자가 이미 내 속에 들어와 있는 존재가 아니라 앞으로 끌어들여야 할, 내 속에 들어오게 하기 위해서는 그 여자를 둘러싸고 있는 많은 모서리나 돌기들을 내가 힘써 깎아내고 문질러 없애야 할 존재, 다시 말해서 남이라는 것이었다. '대단찮게 생각했다'는 것은 '귀찮게 생각되었다'는 것과 같은 뜻이었다. 귀찮게 여기지 않으면 안 될 어떤 과정을 겪어낼 것을 일단 포기해 버리자, 다시 그 여자는 여전히 남이긴 했으나 내 속에 들어와 있는 셈이 되었다.

나는 '귀찮다'라는 것을 내 아랫배를 향하여 강조했다. 그러나 마치 마술에 걸려서 갑자기 무인도에 온 것 같은 느낌을 주는 이 시간이 지나가 버리기 전에는 주어진 가능성을 추구해 보자고 내 아랫배는 자꾸 나를 쥐어박았다. 그 여자는 그때 안방에 있는 것 같았다. 책이라도 보고 있는지 아무 소리도 들려오지 않았다. 라디오 소리도 나지 않는 것을 보면 낮잠을 자고 있는지도 몰랐다. 어쨌든 처음에는 그 여자는 나를 거부할 것이다. 그럴 때 내가 지어야 할 표정은 어떤 것일까? 멋쩍게 웃을 수는 없다. 화난 체하고, 그럼 그만두자고 나와 버리는 건 두고두고 후회할 짓이다. 그렇지, 눈을 감자. 눈을 꾹 감고 내 아랫배가 명령하는 데 따라서 손을 움직이자. 그런데 정말 그 여자가 나를 거부할 때는? 그 여자에게도 자비심은 있겠지. 나로 하여금 부끄럼을 느끼도록 해버리지는 않겠지. 그 여자가 나에게 열심히 말을 걸어오고 있었다는 사실이 내 아랫배의 편을 들면서 나를 일으켜 세웠다.

나는 조심조심 내 방의 미닫이문을 열고 마루로 나갔다. 마침 마당 한 곳에서 자그마한 회오리바람이 일더니 그 작은 바람기둥은 팽이처럼 마당을 한 바퀴 돌고 사라졌다. 태양 빛을 받아서가 아니라 땅거죽 자체가 발광체인 듯이 마당엔 눈부신 햇볕이 가득하였다. 처마 그림자가 경계가 되면서 그 저쪽과 이쪽이 밝은 곳과 어두운 곳으로 뚜렷했다. 이쪽인 그늘 속에는 버림받은 듯한 꼴로 밟을 때마다 삐걱거리는 마루와 때묻은 파자마를 입고 서 있는 내가 있었다. 그리고 다른 모든 것은 햇볕 가득한 마당의 저쪽에 오글오글 모여 있는 것 같았다. 나는 안방 앞으로 발뒤꿈치를 올려서 살금살금 걸어갔다. 방안에서는 아무 소리도 들리지 않았다. 이럴 때 갑자기 안방 문이 왈칵 열리며 숙이가 밖으로 나온다면? 헤헤, 안녕합쇼라고 하나? 내 몸을 지탱하고 있는 발가락 열 개가 바르르 떨렸다. 결국 안방 문은 열지 못하고 말 자신을 잘 알고 있었던 것이 아닐까? 아랫배를 누르고 있던 압력이 네 주제에 이만한 것만도 장하다는 듯이 어느새 사라져 있었고 그 대신, 그 압력이 몸을 바꾼 것이지, 오줌이 조금 마려움을 나는 느꼈다. 나는 안방과 문 하나 사이를 둔 마루 끝에 앉았다. 이미 포기한 이상 나는 일부러라도 큰 소리를 내고 싶었다. 그래서 마루에 앉을 때도 마룻장이 울릴 만큼 큰 소리를 내며 주저앉았다.

"넘어지셨어요?"

먼저 숙이의 말소리가 들렸고 그 다음에 안방 문이 숙이에 의해서 열려졌다. 저렇게 간단히 열 수 있는 문을! 그러나 이젠 다 지나가 버린 것이다.

"햇볕 차암 좋네."

나는 혼잣말처럼 중얼거리며 마당을 내어다보고 있었다. 나는 빨리 내 방으로 돌아가고 싶었다. 그러나 숙이가 열었던 문을 다시 안에서 닫아버렸을 때는 그 여자와 무어라고 말이라도 건네어 보고 싶은 욕망이 울음이 터질 만큼 목 안에 가득했다.

"나와서 햇볕 구경이라도 안 하시겠어요?"

내가 좀 크게 말했다.

"네에."

하고 그 여자는 분명히 낮고 떨리는 음성으로 대답했다.

여자의 본능으로써 내게서 어떤 냄새라도 맡았던 것일까? 그 음성은 분명히 경계심과 공포에 차 있었다. 그러자 사라졌다고 생각했던 미묘한 압력이 울컥 다시 아랫배로 몰려들었다. 그러나 동시에 나는 조심조심 달각거리는 소리도 들었다. 그것은 그 여자가 문고리를 내게 눈치 채이지 않으려고 애쓰며 안에서 잠그고 있는 소리였다. 갑자기 부끄러움이 세찬 물결처럼 내 얼굴을 때리고 지나갔다. 나는 거의 무의식중에 어깨를 움츠려 올리고 혀를 쑥 내밀었다. 햇볕 가득한 마당을 향하여…

"햇볕 차암 좋네."

목에 가래 걸린 소리로 말하고 나는 변소로 갔다.

극장 안은 만원이었다. 표를 사지 못하고 돌아간 사람들도 많았다고 했다. 연극의 관객들은 항상 그 사람이 그 사람이어서 빤한 숫자인 데다가 연극 구경 세 번만 가면 서로 인사를 하지 않은 처지인데도, 응 저놈 왔군, 할 정도로 관객들끼리 서로의 얼굴을 외울 정도라는 이야기도 그 날은 거짓말이었다. 오히려 여느 때의 연극 팬들이 표를 사지 못한 축에 더 많이 끼어 있었다고 했다. 왜냐하면 그들은 으레 이번도 관객들은 그놈이 그놈으로서 아무리 늦게 가더라도 표는 남아돌아갈 테니까라고 생각했었기 때문이었다. 신문에 낸 극단측의 광고는 서영춘(徐永春), 구봉서(具鳳書)가 나오는 영화의 관객들에게 더 어필할 수 있는 요소를 많이 포함하고 있었다. '토끼가 사람 이상의 연기를 한다'느니 '과학은 예술을 돕는다'느니 하는 식의 캐치프레이즈는 분명히 곡마단의 그것과 거의 비슷한 효과를 내었다. 장내를 한 번만 둘러보아도 관객들의 옷차림에서부터 다른 연극공연에 온 관객들과는 전연 달랐다. 다른 때 극장의 의자를 차지하고 앉아 있는 친구들이란, 머리가 텁수룩하고 무릎 위에 대학 노트를 두세 권 올려놓고 세기의 고뇌를 홀몸에 짊어진 듯한 표정으로 앉아 있는 대학생들이거나 또는 지난번엔 자기들이 지금 올려다보고 앉아 있는 바로 그 무대 위에서 '나타샤'로서 또는 '브랑슈'로서 입을 열렸다 오므렸다 하던 현역 배우들이거나 또는 공짜표는 있겠다 별로 할 일은 없어서 산보 삼아 나와본 아주머니 아저씨가 고작이었었다. 그런데 그 날은 양단 치마저고리에 가을 코트를 걸쳐 입은 젊은 여자와 그 곁엔 머리를 깨끗이 빗어 붙이고 감색 양복에 붉은 넥타이를 한 청년 사장 또는 불붙이지 않은 파이프를 항상 입에 물고 그것을 이빨로 입의 이쪽 저쪽으로 움직이며 들릴 듯 말 듯이 낮은 목소리를 위협적으로 끌어내며 말하는, 동대문시장에 점포를 열 개쯤 가지고 있는 뚱뚱보 사장과 그의 하루살이 애인, 또는 그 날 낮엔 어느 중국요리집 이층방에서 계(契)라는 행사를 지내고, 마침 그 자리에서 수남이 엄마가 '오늘 아침 신문광고를 봤더니 재미있는 연극이 있대요'라고 말을 꺼내자 여기저기서 '그래요' '그래요' '나도 봤어요' '토끼가 나와서 사람만큼 연기를 잘한대요' 어쩌고저쩌고, 그래서 성미 급한—계꾼들 중엔 반드시 성미 급한 아주머니가 하나쯤 있어야만 계는 빵구가 안 난다—정혜 엄마가 '표를 예약합시다', 여기저기서 '그래요' '빨리 갑시다요' 그래서 택시 일곱 대가 부르릉이라는 식으로 여기에 온 아주머니들이 극장을 메우고 있었다. 모두들 입을 다물고 점잖게 앉아 있었다. 영화관에서라면 수군대는 소리 때문에 장내가 수선스러웠겠지만, 영화관에 비하면 훨씬 장소가 좁고 바로 눈앞에 거만하게 드리워져 있는 자주색깔의 우단으로 된 막을 보니까 좀 기가 죽었는지 그들은 몸을 도사리고 앉아 있었다. 확실히 옛 귀족들이 만들어 놓은 것에는 포마드와 대머리들의 기를 죽여버리는 무엇이 있었다.

"연극 구경, 참 오랜만이죠?"

내 곁에 앉아 있는, 어느 요정의 마담 같은 여자가 자기의 저쪽 곁에 앉아 있는 사내에게 소곤거렸다. 사내가 무어라고 대답했다.

"전 연극이 끝난 뒤에 나오는 '바라데이 쇼'가 재미있어요."

여자가 소곤거렸다. 남자가 무어라고 대답한 모양이었다.

"그래요? 요즘엔 '바라데이 쇼'도 안 해줘요? 아이, 시시하겠네."

여자가 말했다. 여자는 옛 악극단이 전성하던 시절에 살고 있는 모양이었다. 하기야 스크린이 보급되기 전엔 김희갑(金喜甲), 전옥(全玉)이도 악극단에 있었으니까.

"장내에선 금연으로 되어 있습니다. 담배를 피우실 분은 휴게소를 이용해주십시오."

확성기가 투덜댔다. 잠시 후에 확성기는 또 한 번 투덜거렸다.

"장내에선 금연으로 되어 있습니다."

갑자기 장내의 전등이 모두 꺼졌다. 동시에 사람들의 뒤에서 조명 하나가 거만한 우단 막의 중앙을 동그랗게 비췄다. '과학은 예술을 돕는다'는 것을 발견한 연출자가 스웨터 차림으로 조명 속에 나타났다. 그는 고개 한 번 끄덕이지도 않고 대뜸 웅변을 토하기 시작했다.

"여러분, 우리들의 예상을 완전히 뒤집어버림으로써 우리를 기쁘게 해주신 여러분, 여러분은 마침 좋은 때에 여러분 자신의 추악한 면을 발견할 수 있는 기회를 잡았습니다. 우리는 더 이상 여러분이 여러분 자신의 추악한 모습을 깨닫지 못하고 지내는 것을 참을 수가 없었습니다. 우리 '국민무대'는 생각했습니다. 여러분이 여러분 자신의 얼굴을 바라볼 기회를 갖지 못하는 한 여러분은 파멸할 수밖에 없다는 것을. 하여 우리는 장만했습니다. 여러분이 환영할 수밖에 없는 레퍼토리를 가지고 가장 효과적으로 여러분에게 여러분 자신의 모습을 보여줄 것을. 그렇다고 여러분은 우리에게 감사할 필요는 없습니다. 여러분을 구제하는 것, 그것은 우리의 의무이니까요. 그러나 우리는 불안했습니다. 아무도 우리의 호소에 귀를 기울이지 않는 한 여러분의 파멸은 말할 것도 없고 우리의 존재이유마저 물거품이 되고 마는 것이기 때문에. 그런데 여러분, 여러분은 떼를 지어서 이 극장으로 몰려들었습니다. 표를 사지 못한 사람은 더욱 많았습니다만 우리의 공연은 한국어를 알아들을 수 있는 사람이라면 누구나 다 우리의 무대를 쳐다볼 수 있는 바로 그 의자들에 앉을 때까지 계속될 것입니다. 여러분이 바로 그 의자들에 앉은 그 순간부터 여러분은 구제받기 시작했습니다. 그러면 여러분, 연극을 보시는 동안 그리고 보시고 나서 여러분이 우리가 여러분에게 보여주려고 했던 것을 조금이라도 알아보셨다면 그리하여 웃음이 나오거든 실컷 웃으시고 눈물이 난다면 실컷 우십시오. 눈물과 웃음, 그것은 여러분이 구제받기 위하여 쓸 수 있는 여러분의 최상의 바이블이 될 것입니다."

연출자가 관객들의 성분을 조금만 더 세밀히 관찰하였었다면 얘기를 쉽게 했으리라. 그러나 하여튼 관객들은 요란스럽게 박수했다.

"저 사람, 남자답게 생겼죠."

내 곁의 여자가 자기의 사내에게 소곤거렸다. 남자가 무어라고 대답한 모양이었다.

"아이, 당신은 빼놓고 얘기죠."

여자는 교태를 부리며 말했다. 그런데 동시에 남자의 손도 꼬집은 모양이었다.

"호호호, 그게 뭐 아프다구. 엄살도 심하셔."

여자가 말했다. 동그란 조명조차 꺼지고 장내는 깜깜해졌다. 잠시 후에 멀리서부터 점점 가까워오는 소리로 비행기의 폭음이 들리며 막이 올랐다.

극은 비행기의 항로를 하늘로 하고 있는 어느 시골에 사는 처녀가 마당에 나서서 하늘을 올려다보며 매일 밤 정해진 시간에 그 마을의 상공을 지나가는 비행기의 조종사를, 물론 얼굴도 모르는 사람이지만, 짝사랑하고 있다는 얘기에서 시작했다. 그 처녀는 비행기 조종사의 모습을 혼자 상상하며 애태운다. 그 처녀를 짝사랑하는 마을 머슴 하나가 나타나서 그 여자의 꿈이 얼마나 헛된 것인가를 말하려고 하나 차마 그 말은 꺼내지 못하고 사랑하기 때문에 나온 악의 없는 장난만 그 처녀에게 한다. 처녀는 머슴을 경멸한다. "오, 꺼졌다 켜졌다 하는 비행기의 저 빨간 등 푸른 등아, 나에게 네 주인 얼굴을 한 번만 보여다오." 처녀는 그 얼굴도 모르는 조종사를 찾아서 정든 마을을 탈출한다. 1막이 내린다.

"재미있을 것 같죠?"

내 곁의 여자가 자기의 사내에게 말했다. 사내가 무어라고 대답한 모양이었다.

"만날 거예요. 두고 보세요. 틀림없이 만날 거예요."

여자가 말했다. 서울에 올라온 처녀는 그 비행기의 조종사를 찾으러 다닌다. 어느 집 식모를 하며 틈틈이 밖에 나와서 그 조종사를 만날 수 있는 방법을 알려고 애쓴다. 그러나 그 여자가 알고 있는 것은 몇 시에 어느 마을 상공을 지나가는 비행기라는 것뿐이다. 어떤 남자가 나타나서 자기가 그 사람을 찾아주겠다고 한다. 식모 짓도 그만두고 그 남자를 따라간다. 그 시간에 그곳을 지나가는 비행기는 미공군 수송기일 것이라고 했다. 그러면서 양키 하나를 소개해 준다. "어머, 저 미국 사람으로 나오는 사람, 아까 시골의 머슴 아녜요?" 내 곁의 여자가 놀라서 자기의 사내에게 말했다. 아마 사내도 글쎄 이상하다고 대답한 모양이었다. 그 사람들에게 이 전위(前衛) 냄새를 풍기는 연극을 어떻게 설명할 수 있을까? 그럴 필요도 없겠지. 처녀는 저 사람은 아니라고 한다. 그러나 저 미국 사람이 틀림없는데 어쩔 것인가고 처녀를 데리고 온 사내가 말한다. 결국은 양갈보가 되고 만다. 2막이 내린다. 3막이 오른다. 조종사를 찾아주겠다고 하던 사내에게 속은 처녀는 이 양키 저 양키의 품 속으로 돌아다녀야만 한다. 그러나 자기가 찾고 있는 조종사를 만나게 될 것이라는 기대를 버리지 못한다. 그리고 내가 질흙으로 둘러싸인 답십리의 어느 연습장에서 잠깐 보았던 장면이 나오는 것이다.

히야 하고 나지막한 탄성들이 여기저기서 쏟아져 나왔다. 대망의 토끼, 동대문시장에서 종로 뒷골목의 요정에서 중국요리집 이층방에서 사람들을 이 극장 안으로 끌어오는 데 성공했던 신문광고의 캐치 프레이즈에 등장했던 토끼가 조명을 받으며 지금 무대 위를 깡충깡충 뛰어나오고 있었던 것이었다. 답십리의 이층방에서 보았을 때와는 다르게 토끼도 다른 배우들이 머슴으로 또는 양키로 분장했듯이 분홍색으로 하얀 털을 물들여 장식하고 있었다. 아닌게 아니라 나 역시 감탄할 만큼 토끼는 여자와 어울려 완전한 하나의 역을 해내고 있었다. "토끼야, 이 사랑스런 토끼야. 그분은 어디 있을까? 너의 주인에게 물어봐 주렴" 하고 여자가 푸념을 하면 토끼는 "글쎄요, 알아는 보겠습니다만 힘들 것 같은데요" 하는 표정을 몸 전체로 지어 보였다.

토끼의 출연 때문에, 연출자의 의도는 어떠했던지 모르지만, 극은 이제 코미디가 되어 있었다. 관객들의 관심은 온통 토끼의 움직임에만 쏠려버렸다.

그때, 예기치 못했던 실로 뜻밖의 사태가 벌어졌다. 토끼 때문에 넋을 놓고 있었던 탓일까. 관객석의 어느 곳에서 생리학적으로 얘기하자면 어쩔 수 없지만 요령 있게만 한다면 널리 알려지지 않을 수도 있는 소리가 났다. 그것이 사람들로 하여금 요란한 웃음소리를 터뜨리게 했다. 그렇지 않아도 토끼의 연기 때문에 얼마든지 웃을 준비가 되어 있던 사람들은 그 좋은 기회를 충분히 이용하였다. 온 장내는 사람들의 웃음소리—웃고 생각해 보니 또 우습고 그리고 나서 생각해보니 또 우스운 이 시간을 좀더 연장해보고 싶다는 듯한 웃음으로 가득 차서 깊은 늪이 갑자기 소용돌이치듯 했다.

뿐만 아니라, 이 뜻밖의 사태가 연극에 미친 영향은 너무 컸다. 갑작스런 사람들의 웃음소리, 무시무시한 괴물 같은 웃음소리 때문인지 토끼는 몸을 떨며 한 자리에 웅크리고 앉아서 관객 속을 응시하고 있었다. 웃음소리는 번지고 커지고 커진 대로 또 번지는 것이었다. 그때 토끼는 이젠 어쩔 수 없는 곳에 몰린 쥐가 고양이에게 달려드는 듯한 비장한 표정으로 관객석으로 뛰어내렸던 것이다. 사람들은 일제히 자리에서 일어섰다. 웃음소리는 사라졌다. 사람들은 이럴 때 어떻게 해야 하는가를 잠시 생각하고 있는 것 같았다. 생각은 끝났다. 장내는 수런거렸다. 관객석의 의자 밑으로 요리조리 뛰어 다니는 토끼를 잡으려는 사람들의 가쁜 흥분이 온 실내를 지배했다.

토끼는 이리 뛰고 저리 뛰었다. 토끼가 막상 자기 가까이 오면 여자들은 비명을 지르며 팔딱팔딱 뛰었고 남자들도 차마 손을 내밀어 토끼의 귀를 잡지는 못하였다. 이제 사람들은 토끼를 잡으려는 것이 아니라 토끼를 두고 매스게임을 하고 있는 성싶었다. 이쪽에서 즐거운 함성이 일어났다.

얼마가 지났을까, 확성기를 통하여 연출자의 분노와 굴욕감을 견디지 못하겠다는 듯한 음성이 울려나왔다.

"여러분 대단히 죄송합니다. 대단히 죄송합니다. 연극은 뜻하지 않은 사태 때문에 여기서 중단하겠습니다. 수부(守部)에서 관람료의 반을 돌려드리기로 됐습니다. 대단히 죄송합니다. 앞으로도 쭈욱 저희 '국민무대'를 사랑해 주셨으면 감사하겠습니다. 안녕히 가십시오."

사람들은 하나둘 밖으로 나갔다. 나는 마치 나조차 극단의 한 사람이라도 된 듯이 관객들에게 대하여 죄송한 마음을 금할 수 없었다. 그러나 이상했다. 연극이 중단된 것에 대해서 불평을 하는 사람은 하나도 없는 것 같았다. 오히려 모두 유쾌한 게임을 충분히 즐기고 난 후, 손수건을 꺼내어 이마의 땀을 닦는 듯했다.

다음날, 나는 숙이를 마른 잎이 수북이 쌓인 정능으로 데리고 가서 해치웠다.

노인이 없다

오후 네시. 나에겐 없어도 좋은 시간. 난로를 둘러싸고 앉아서 저마다 다른 생각을 하며 그러나 화제는 일관된 것으로서 작은 조리를 갖추기조차 하며 진행되는 시간이다.

"아아, 이젠 슬슬 그놈이나 찾아가 볼까?"

라고 누군지가 하품을 하며 말하고 나서, 그 작은 조리 속으로부터 아무런 미련 없이 떠나갈 수 있는 시간이다. 미련이 남는다면, 난로가 내뿜고 있는 열기에 대한 그것이 남는다는 정도이다. 무력한 작은 조리는 곧잘 가던 길을 멈추고 한다. '아무개 씨가 죽었대.' 누군지가 눈을 툭툭 털며 들어와서 난롯가에 끼어 앉으며 신문기사식으로 뉴스를 전하면 조리를 세우거나 두들겨 맞추고 있던 사람들은 단번에 순진한 독자가 되어 그 뉴스 맨에게 시선을 쏟는다. '왜?' '심장마비라나?' 그러면 복상사쯤을 기대하고 있던 좌중은 피시시해지고 만다. 그러나 생전의 고인에 대한 얘기가 새로운 화제로서 시작되는 것만큼은 틀림없다. 고인이 남긴 에피소드를 모두들 자기가 알고 있는 범위 안에서 얘기하기 시작하여 차츰 고인의 결과적인 견지에서의 존재이유까지 얘기하게 된다. 결국은 또다른 작은 조리가 대두하는 것이다. 그러나 그것도 오래가진 않는다. 방금 갈아넣은 난로 속의 49공탄이 지독한 냄새를 피우기 시작하면 난로를 둘러싸고 앉아 있던 사람들은 저마다 눈살을 찌푸리며 구공탄에 대한 얘기로 미련없이 화제를 옮기는 것이다.

그런데 그럴 수 있던 기자들이 단골로 찾아가는 신문사 뒤 골목 속에 있는 다방도 요 며칠 동안은 '내부 수리중'이란 딱지가 문에 붙어 있어서 기자들은 제각기 자기 취미와 필요에 맞는 다방을 찾아 뿔뿔이 흩어져 버렸었다.

나는 청결하지 못한 따뜻함 속에 나를 가두어 버리는 밖의 추운 날씨를 원망하며, '갇히다'는 것에 대해서 요리조리 생각하며, 숙이에 대해서 생각하며, 오후 네 시쯤엔 정(鄭)이라는 외신부 기자를 따라서 'A'라는 다방에 나가 앉았다. 그 지하실 다방은 스팀 장치가 되어 있어서 좋았다. 될 수 있는 대로 스팀의 곱창을 닮은 파이프가 있는 벽 가까운 좌석에 자리를 잡으려고 눈을 번뜩이며 나는 엉뚱한 작문을 지어 보곤 했다.

'황혼에 밝혀지는 불빛들이 이곳에 나를 가둔다…'는 '가둔다'는 말을 생각했을 때 금방 지어진 문구였고 그 후로 자꾸 지어 본 다른 모든 문구들에서 가장 맘에 드는 문구였다. '스팀의 촉촉한 온기가 이곳에 나를 가둔다.' 이건 너무 천박해. '대학에서 배운 지식이 이곳에 나를 가둔다.' 이건 어딘가 틀린 것 같고 역시 천박해. '파아란 털을 가진 고양이가 이곳에 나를 가둔다.' 멋들어지긴 한데 여학교에 다니는 소녀가 지은 글처럼 의미가 없다. 파아란 고양이란 도대체 무엇을 가리킨다는 말인가. '바람에 흔들리는 구름이 이곳에 나를 가둔다.' '헤세'와는 정반대의 의미를 가지면서 '헤세'가 금방 연상되는 문구. '돈이 이곳에 나를 가둔다.' 옳고 말고, 그러나 노골적으로 속을 내보인다는 것은 고금동서를 막론하고 상놈의 버르장머리. '황혼에 밝혀지는 불빛들이 이곳에 나를 가둔다.' '황혼에 밝혀지는…' 무척 맘에 들었다.

그러나 그런 것이 무슨 쓸모가 있단 말인가. 사(社)가 정해준 퇴근 시간까지, 다음 신문에 들어갈 기사만 꾸려놓으면, 곱창 파이프 가까운 좌석이나 혹시 비지 않을까 노리고 있고 비생산적인 문구나 속으로 흥얼대고 앉아 있는 시간이 내게는 몹시 아까웠다.

"부업을 가져보는 게 어때?"

어느 날, 정이 내게 말했다.

"부업? 가정교사?"

"예끼! 부업이라면 가정교사밖에 생각 안 되나? 사람도 참!"

나는 무안했다. 하지만 가정교사라면 나는 정말 싫었다. 만일 사람이 일생 동안에 한 번씩은 의무적으로 가정교사를 해야 한다면 나는 대학 다니는 동안에 다섯 사람 몫은 해치웠다. 아이들을 적으로 삼고 하는 전투란 악마도 비명을 지를 도리밖에 없을 것이다.

"가질 생각 없어?"

정은 정말 당장에라도 부업을 구해줄 수 있다는 듯이 재촉했다.

"글쎄."

"돈이 필요하지 않은가?"

돈? 아, 그래. 그게 필요하다고 나는 생각하고 있었다. 내가 애매하게 흘려보내 버리는 시간을 아까워하던 것은 그것이 돈으로 바뀌질 수도 있다는 가능성을 무의식중에 계산하고 있었기 때문이었을까?

"결혼자금을 장만하긴 해야 할 텐데."

내가 말했다.

나는 숙이와 함께 지내는 시간을 생각했다. 우리는 난로처럼 뜨겁게 달아 있었고 난로 위에 올려진 주전자의 뚜껑처럼 일정한 간격을 두고 들먹거리고 있었고 그리고 우리는 우리의 결혼에 대해서 얘기를 많이 했었다. 아니, 우리의 결혼에 대해서 얘기하는 쪽은 숙이와 나 중에서 거의 오직 나뿐이었었다. 내가 우리의 결혼에 대해서 얘기하는 동안 숙이는 쉴새없이 내 말을 부정하거나 의심하기로 작정한 듯했다.

그렇다고 숙이가 나와의 결혼을 싫어하는 것일까? 아니었다. 숙이가 나보다 훨씬 그것을 바라고 있는 것은 분명했다. 다만 어떤 계획이 확실한 모습을 가지고 나타날 때까지는 그것이 성취될 수 없으리라고 의심하기로 하고 있는 모양일 뿐이었다.

나는 다방의 그 정결치 못한 온기 속에서, 나를 가두고 있는 것의 하나가 바로 숙이의 내 얘기에 대한 의심임을 뒤늦게나마 깨달았다. 그 의심으로부터 벗어나기 위하여 나는 친구의 일깨워줌에 의하여 문득 부업을 가질까 하는 생각을 하고 있었고 내가 돈을 필요로 함을 알았고 그것이 결혼자금 준비라는 이름의 명분을 가짐을 알았다. 나는 숙이 앞에서 다하지 못했던 설명—숙이의 내 말에 대한 의심을 풀어보려는 노력을 숙이가 없는 곳, 말하자면 이 세상에 숙이라는 여자가 있다는 사실도 모르는 정 기자 같은 사람 앞에서 하고 있는 내가 참 딱해 보였다.

"약혼자가 있었어?"

정이 물었다.

"글쎄."

내가 대답했다.

숙이와 함께 여관방이나 다방 따위의 장소에서 우리의 결혼에 대해서 얘기하고 있을 때엔, 내일 신문에 나가도록 써 내놓은 기사에 설령 잘못된 부분이 있음을 문득 깨닫게 되더라도 이미 그건 내 힘으론 어쩔 수도 없고 어찌기도 싫은 듯이 생각되는 것처럼, 밖의 거리를 막아놓고 있는 찬바람이 내는 삭막한 소리와 답답하게 뜨뜻한 다방 속의 공기와 추상적이며 내가 가담해 있다고는 아무래도 생각할 수 없는 화제에 둘러싸여서는 숙이를 사랑하는지 어쩐지, 도대체 숙이와의 결혼을 내가 믿는지 어쩐지, 그것보다도 숙이라는 이름의 생물이 있는지 어쩐지조차 가끔 흐릿해지기만 하는 것이었다. 겨울의 기온이 이따금 사람의 판단력을 흐리게 하는 마술을 부린다고는 할지라도 그것만이 그런 이유의 전부는 아니었다.

오후 네시, 내게는 없어도 좋은 시간, 모든 것이 나와 관계없이 보이고, 아무도 그리고 아무것도 나를 필요로 하지 않는데 내가 그 무엇에 매달리려고 애쓰는 듯한 느낌 속으로 깊이 빠져 들어가는 시간, 모두들 제 나름으로 잘 해나가고 있는데 내가 오직 헛된 노력으로써, 나도 거기에 있어야 한다, 나도 그것을 해야 한다고 안간힘을 쓰고 있었던 것만 같은 느낌 때문에 숨쉬는 것도 그쳐버리고 싶은 시간이었다. 모두들 제 나름으로 잘해 가고 있는데, 그래, 어쩌면 숙이도 저 나름으로 잘해가고 있는지도 모르는데…

"따분하군."

기껏 표현한 것이 '따분하다'는 정도는 너무 억울하다고 나는 생각했다.

"가만히 앉아 있으니 따분하기만 할 수밖에. 무엇을 붙들면 되는 거야. 게다가 돈까지 생기는 일이면 더욱 좋고…"

정이 말했다.

"그럴 수만 있다면야. 이럴 땐 예수라도 믿어두었더라면 좋겠어. 기도문이라도 외우며 앉아 있게…"

내가 말했다.

"뭐 그렇게 고상한 것으로써 따분함을 메우려고 할 거까진 없어. 자네 정말 부업을 가질 수 있어?"

"정말 가질 수 있다니?"

"말하자면 시간적으로 여유가 있느냐 말야."

"뭐 좋은 일자리라도 있나?"

"하나 있긴 한데…"

그리고는 무엇을 생각했어요? 숙이가 묻는다. 리앵. 내가 대답한다. 리앵이 뭐예요? 아무것도 아니라는 뜻인데 불란서말이래. 내가 알고 있는 단 한 마디의 불란서말이지. 좋지? 리앵이란 말. 그 말을 좋아하세요? 응. 불란서말은 그것밖에 모르세요? 가만 있자… 아듀라는 말도 알아. 그 말도 좋아하지. 아, 그건 저도 알아요. 작별 인사죠? 그래 아이, 정말 외국의 작별인사는 참 좋은 게 많아요. '안녕히 계세요'는 전 싫어요. 너무 길고 복잡하고 그렇죠? '안녕' 이라는 말도 있잖아? 그래요. 그건 조금 나아요. 그렇지만 어디 슬픈 기분이 드나요, 뭐. 작별인사는 좀 섭섭한 뜻이 나타나 있어야죠. 작별인사는 어느 나라 말로 하고 싶지? 어머, 우린 참 우습네요. 왜 작별인사 얘기를 하는 걸까요 네? 그러게 말야. 헤어지게 될 모양이지? 정말 그러나 봐요. 농담이야. 헤어질 사람은 따로 있는 법야. 어느 나라 말로 하고 싶어? 글쎄요, 생각해 보지는 않았었는데… 음… '사요나라'도 괜찮죠? 그렇지만 좀 겉치레로만 다정히 구는 듯한 느낌이라죠? '굿

바이' 그건 좀 정이 모자라는 것 같구요. 참, 어느 영화에서 들었는데 '아디오스'라는 작별인사도 있더군요. 그렇지만, 그것도 좋긴 좋지만, 너무 우렁차서 남자들끼리나 했으면 좋을 인사 같구요. 그러구 보니 '아듀'가 그중 나은 것 같아요. 어쩐지 쓸쓸한 여운이 남는 것 같지 않아요? 그런 줄 몰랐었는데 숙이는 꽤 재치가 있었다. 어감(語感)을 구별할 줄도 알았고 남자의 비위를 맞출 줄도 알았다. 그렇지만 난 '아듀'보다 더 좋아하는 작별인사가 있어. 네? 그게 뭔데요? 참 어느 나라 말인데요? 어떤 잡지에서 봤는데, 소련말의 작별인사가 좋더군. '더스비다니어'라고. '더스비다니어'? 그게 소련의 작별인사예요? 응. 왜 소련말을 좋아하세요? 앞으로 조심해야겠어요. 아아냐, 소련말이라 좋아하는 게 아냐. '더스비다니어'라는 그 말 자체가 좋은 거지. 소련말들 사이에 끼어 있을 때의 그 말이 좋은 게 아니라 한국말을 하는 내 입에서 그 말이 나올 때 나는 그 말을 좋아하는 거야. 내 말 알아듣겠어? 한국식의 어감에 대한 감응력으로써… 아아, 귀찮어. 숙이에게까지 내가 소련을 좋아하지 않는다고 설명해야 되나? 관두세요. 그런 뜻으로 물어본 건 아녜요. 그 말 자체가 좋다고 하셨죠? 그럼 됐어요. 숙이는 마치 정보부의 스파이처럼 말하는군. 그래. 그 말 자체가 좋은 거야. 내 상상력을 자극해 주는 말이거든. 숙이, 어디 한번 나를 따라 상상하기 시작해 봐. 북쪽 지방의… 음성을 아주 낮게 하세요. 그래 아주 낮게 말할 게. 북쪽 지방의 황막한 벌판을 상상해 봐. 아무 데도 산이 보이지 않고 지평선으로만 막힌 벌판이야. 그리고 그 벌판에 눈이 펑펑 쏟아지는 밤을 말야. 그런 끝없는 벌판 가운데 작은 읍이 있고 지금 막 그 읍의 작은 정거장으로 하얗게 눈을 뒤집어쓴 기차가 증기를 내뿜으며 들어오고 있어. 캄캄한 밤이야. 아니지 눈 때문에 하얀 밤이야. 하얀 밤 알지? 백야(白夜) 말야. 기차가 도착했을 때 한 여자가 기차에 올라타는 거야. 털이 긴 털외투로 온몸을 싼 여자야. 얼굴만 빨갛게 어둠 속으로 내놓고 있는 아주 아름다운 여자야. 그 여자가 방금 오른 기차의 밖에서는 한 남자가 한 손에 하얀 어둠 속에서 노오란 불빛을 조그맣고 동그랗게 내뿜는 등불을 들고 그 여자를 바라보고 있는 거야. 역시 털외투를 입고 털모자를 쓰고 있는 젊고 잘생긴 청년이야. 기차 안으로 들어간 여자는 자리를 잡고 앉자마자 증기가 얼어붙어서 밖이 보이지 않는 유리창을 손바닥으로 문질러 닦는 거야. 이제 밖이 보이는 유리창에 그 여자는 얼굴을 찰싹 붙이고 등불을 들고 서 있는 남자를 내어다보며 입안의 소리로 가만가만히 말하지 '더스비다니어'라고. 그때 기차는 움직이기 시작했어. 밖에 서 있던 남자는 기차를 따라서 달려오며 노오란 등불을 내휘두르지. 그러면서 입을 힘껏 벌려 무어라고 외치는데 여자의 귀에는 그 소리가 들리지 않아. 눈이 내리는 광막한 벌판의 밤을 흔들어 놓기에는 너무 작은 소리였는지 모르지. 아니면 그 소리는 차가운 공중에 꽁꽁 얼어붙어 버렸는지도 몰라. 그러나 아마도 그 남자가 외친 소리 역시 '더스비다니어'였을 거야. 여자도 남자의 모습을 보기 위해서 더욱 더욱 얼굴을 유리창에 갖다붙이며 입 속에서 마구 외우지. '더스비다니어' '더스비다니어'라. 여자의 눈에서는 눈물이 한줄기 볼을 타고 빠르게 흘러내려 남자의 노오랗고 작은 불빛도 이내 어둠 속으로 파묻혀 버렸어. 기차는 눈 오는 밤에 지평선 너머로 달려가고… '더스비다니어'는 길가에서 만나는 사람들끼리 흔히 주고받는 작별인사래. 그런데도 어딘지 지금 헤어지면 다신 만나지 못할 사람들끼리 주고받는 인사 같은 데가 있지 않어? '더스비다니어'라고 나직이 말하고 나서 그 말을 한 사람은 눈 내리는 밤에 기차를 타고 지평선 너머로 영영 가버리는 거야. 숙이는 고개를 숙이고 조용히 듣고만 앉아 있다. 꼭 오늘밤처럼 눈이 내리는 밤이겠죠? 숙이가 말한다. 눈? 아참, 눈이 내리지. 내가 말한다. 어머, 눈이 내리고 있었다는 것도 잊어 버리셨어요? 방문 좀 열어 보세요. 아직 눈이 내리고 있는지 모르겠어요. 나는 방문을 연다. 전등불빛이 번져있는 공중에는 눈이 먼지처럼 흩날리고 있다. 그런데 여관의 좁은 안마당에는 눈이 조금도 쌓여 있지 않다. 콘크리트로 된 마당에는 물이 얕게 고여 있어서 내리는 눈은 마당에 닿자마자 없어져 버린다. 지금도 내리고 있어요? 응, 이쪽으로 와서 봐. 숙이는 밖을 보기 위해서 방의 안쪽에서 무릎으로 기어와서 열려진 방문 앞에 엎드린 자세로 있다. 눈 때문에 가야 할 먼길을 두고도, 어느 주막에 묵고 있는 여승 같은 숙이. 아이, 이러지 마세요. 약속했잖아요? 손목 좀 잡은 것뿐인데 뭘 그래. 단순한 거지만 장소에 따라서는 의미가 달라져요. 숙이가 얼른 자기 자리로 돌아가며 말한다. 어쨌든 숙이는 내 거야. 그래요, 그러니까 결혼할 때까지는 참으세요. 뭐라구? 뭐가 잘못됐어요? 리앵. 아무 데나 그 말을 쓰나요? 나는 그저 싱긋 웃기만 한다. 웃는 얼굴이 좋아요. 나 말야? 네. 그러니까 늘 웃고 계세요! 싱겁군. 싱겁지 않아요. 정말예요. 대화가 끊어진다. 숙이는 무릎까지 덮고 있는 이불을 내려다보며 손가락으로 이불의 꽃무늬를 꼭꼭 누르고 있다. 그러고 있는 숙이를 나는 이불을 사이에 두고 건너다보고 있다. 숙이가 고개를 든다. 아까 그 얘긴 상상하신 거예요? 무슨 얘기? 그 북쪽… '더스비다니어'에 관한… 아, 그거 응, 상상한 거야. 왜? 퍽 좋아요. 꼭 무슨 영화장면 같아서요. 영화장면? 그래, 영화장면이야. 어머, 금방 상상하신 거라구 해놓구선. 상상한 거야. 그런데 영화의 한 장면처럼 돼버렸어. 나는 영화라는 것에 문득 증오감을 느낀다. 영화 만드시면 잘 만드시겠어요. 나는 웃는다. 웃을 수밖에 없다. 또 대화가 끊어진다. 숙이가 말을 시작한다. 저 옆방에도 사람이 들어 있나 부죠? 그런 거 같군. 그럼 저걸 어떻게 하죠? 뭐 말야? 저 전등 말예요. 벽의 위쪽에 사각형의 구멍이 나 있고 거기에 전등이 걸려 있어서 그 한 개로써 두 방이 쓸 수 있도록 되어 있다. 저 방 사람들이 자면서 불을 꺼버리면 우린 어떻게 하죠? 우리도 자야겠지 뭘. 아이, 불을 꺼버리면 싫어요. 저쪽에서 불을 끄려고 하면 못 끄도록 하세요. 네? 나는 고개를 끄덕인다. 지금 몇 시쯤 됐어요? 나는 스웨터 소매를 걷고 시계를 본다. 속일까 하고 나는 생각한다. 그러나 정직하게 말한다. 열한시 조금 지났어. 아직도 버스가 다니겠네요. 그냥 집으로 가요. 네? 내일 아침이 되면 또 보게 될 텐데요. 네? 왜 엄마가 야단칠까봐 무서워? 아녜요. 어머니한테는 거짓말을 해서 미안해요. 무섭지는 않아요. 오늘만은 손가락 한 개 까딱하지 않겠다고 맹세했잖아? 한 번만 믿어봐. 허긴 나 자신도 믿을 수 없는 얘기다. 오늘만이 아녜요. 네? 앞으로 쭈욱 그러는 거예요. 네? 아무래도 좋아. 우리 둘이서 함께 지낸 밤을 갖고 싶었던 것뿐야. 가지 마. 이렇게 조용한 곳에 들어앉아 있으니까 서울에서 멀리 떨어진 곳에 온 것 같아요. 정말이야. 근데 눕지! 참, 누우세요. 피로하실 텐데… 전 정말 정신없는 여자죠? 누우세요. 전 이렇게 앉아 있는 게 더 편해요. 나는 숙이의 무릎을 베고 눕는다. 숙이도 그것만은 용서한다. 다른 건 뭐 상상하신 거 없으세요? 상상하신 애기가 참 재미있어요. 상상한 게 있긴 있어. 뭔데요? 해주세요? 우리가 결혼하고 난 후의 생활에 대해서야. 정말? 결혼하게 될까요? 그럼 하구말구. 무얼 상상하셨어요 아니, 내가 상상했다고 생각하지 말고 지금부터 함께 상상해 보기로 하지. 어때? 전 도무지 상상되지가 않아요. 전 병신인가 부죠? 아냐, 하면 돼. 우선 우리는 결혼식을 올리겠지? 숙이는 대답이 없다. 어느 예식장이 좋을까? 전 남들이 예식장에서 결혼식 올리는 것을 보고 있으면 괜히 제가 얼굴이 뜨거워져요. 성당이 참 좋아요. 어젠가 고등학교 동창애 하나가 성당에서 결혼식을 올리는 걸 봤는데 참 엄숙하고 좋아 보였어요. 그래, 그럼 성당에서 식을 올릴까? 그렇지만 그러려면 성당엘 다녀야 되잖아요? 까짓 거, 다니지 뭘. 다니실 수 있을 거 같아요? 까짓 거 다닐 수 있지 뭘. 숙인? 전 정말 다니고 싶어요. 근데… 근데 어째서? 근데 사람들이 너무 많아서 싫어요. 숙인 욕심쟁이군. 성당을 온통 혼자 차지하겠다니… 그건 아녜요. 그래. 하여튼 성당에서 우린 결혼식을 올리겠군? 피시이. 왜 웃었어? 마음대로 아무 데서나 결혼식을 올리시는군요. 그럼 마음대로지. 그런 거까지 우리 마음대로 안 되나? 하여튼 결혼식은 올렸어. 신혼여행을 가야겠지? 숙이는 대답이 없다. 내 친구들 보니까 대부분 온양이나 해운대로 가더군. 우린 좀 색다른 데로 갈까? 숙이는 대답이 없다. 어디가 좋을까? 제주도? 설악산? 참 경주도 괜찮겠군. 아니 그 모든 곳을 다 한 바퀴 돌고 오지 뭐. 신혼여행엔 역시 바닷가와 온천이 있는 곳이 좋은 모양이야. 우린 손을 잡고 백사장을 걷는 거야. 파도가 사악사악 밀려왔다간 물러가곤 하고. 그리고 밤이면 우린 함께 온천의 목욕탕으로 들어갈 거야. 숙이가 내 등을 밀… 숙이의 손바닥이 가볍게 내 뺨을 때린다. 그리고 나선 어쩔 줄을 모르겠는지 내 뺨 위에 손바닥을 얹어 놓고 있다. 아아, 방금 삼십 년 후가 상상됐어. 숙인 내가 빈 월급봉투를 들고 왔다고 방망이로 날 내쫓을 거야. 숙이는 웃는다. 그건 고바우 만화에나 있는 얘기예요. 아팠어요? 내 뺨 말야? 네. 쩌릿쩌릿해. 우리의 상상을 계속해야지. 아니 그만 하세요. 왜? 재미없어? 숙이는 대답이 없다. 우린 아이를 낳겠지. 아들을 낳아도 좋고 딸을 낳아도 좋아. 아들을 낳으면 숙이가 좋아할 테고 딸을 낳으면 내가 좋아할 거야. 단 어느 쪽이든 숙이를 닮아야 해. 그래야만 내가 아이를 안고 밖엘 나가더라도 사람들이 그 아이 참 이쁘게 생겼다고 할 거니까 말야. 우리는 어디 살게 될까? 변두리에 정원도 가꿀 만한 집을… 그만 하세요. 왜? 재미없어? 아녜요, 재미있어요. 그렇지만 상상보다 더 좋을 수도 있잖아요? 오오, 역시 숙인 욕심쟁이군. 아녜요, 욕심은 부리지 않아요. 저한테 상상되는 건 아무것도 없어요. 조금 있다면 결혼식장에 평택 아저씨댁 사람들이 식에 참석하실 거라는 것하구 어머니가 우실 것이라는 것하구… 뭐 그런 거뿐예요. 친구들도 오겠지? 그래요. 친구들이 몇 명 올지도 모르죠. 그렇지만 시집가 버린 친구들이 많아서 걔들이 와 줄는지 모르겠어요. 우리의 대화는 오랫동안 끊어진다. 사실 그래. 내가 말한다. 나도 솔직히 말하면 그것에 대해서는 상상하고 싶지가 않아. 상상하다가보면 우린 늙어서 죽는 거야. 서로 따로따로 죽는 거지. 아니 어쩌면 누가 먼저 병들어 죽을지도 몰라. 난 꼭 내가 먼저 무슨 사고나 병으로 죽을 것 같아. 전 제가 먼저 꼭 그럴 것 같아요. 그래, 어느 쪽이든 그렇게 될지 모른다. 그러면 아이들을 누가 혼자서 맡게 되겠지. 무척 괴로울 거야. 그렇게 나쁘게만 생각하지 마세요, 네? 그래. 그렇지만 조금도 떳떳하지 못하게 살지도 모른다는 생각이 가끔 들어. 난 아침 여섯시 반쯤엔 일어나서 세수를 해야겠지. 숙인 아침밥을 짓느라고 좀더 빨리 일어나야 되고 애들은 좀더 잠을 자고 싶어하겠지. 나도 어렸을 때 그랬으니까. 숙이와 내가 애들에게 호령해 가며 깨워야 할 거야. 숙이만 집에 남고 나와 애들은 만원버스를 겨우 타게 될 거야. 탈 때는 손을 꼭 붙잡고 탔는데 밀치고 밀리고 하다가 보면 애는 운전사 쪽에 처박혀져 있고, 난 맨 꽁무니 의자 쪽에 처박혀 있게 될지도 몰라. 애들은 숙제만 한아름 안고 집으로 돌아오고 난 술에 취해 가지고 돌아와서 괜히 친구들 핑계만 대며 억지술을 마셨다느니 중얼거리고 있을지도 몰라. 식구들 중에 누가 갑자기 병들면 숙이와 나는 돈을 꾸러 아는 집을 찾아다니며 고개를 굽신거려야 할지도… 그만하세요. 앞날은 알 수 없는 거예요. 다 알고 계시는 듯이 얘기하지 마세요. 그래 안 할게. 숙이 말이 맞아. 앞날은 알 수 없는 거야. 알 수 없다고 생각하기로 해요, 네? 그래, 알 수 없다고 생각하기로…

극장 안에서는 거울을 철거할 것을 나는 호소하고 싶었다. 스크린 위의 잘생기거나 멋진 또는 용감한 인물과 자기를 완전무결하게 혼동하고 있던 사람들이, 벨이 울리고 불이 켜진 뒤에 겨우 열 발자국쯤 걸어나오다가 거울 속에서 자신의 착각을 할 수 없이 인정하고 환멸을 느끼게 해버리는 극장 안의 거울은 과히 재치있는 도구가 아니다. 밤길을 흐뭇한 기분에 빠져서 걷게 하고 자기 방의 이불 위에 몸을 던지고 손거울을 들여다보고 그제서야 번지수가 틀렸다는 것을 깨닫게 하더라도 그다지 넉넉한 시간을 그 사람들에게 주는 것은 결코 아니다. 그러나 냉정한 정직을 사랑하는 사람들이 많다.

나는 휴게실의 벽에 걸려 있는 거울을 이용하여 영감님을 지켜보면서 그 휴게실을 꽉 채우고 있는 젊은 사람들과 거울과의 관계를 그렇게 생각하고 있었다. 그런 엉뚱한 생각이라도 하지 않고서는 움직이는 것이라고는 축 늘어진 눈꺼풀뿐으로서 마치 부처님처럼 휴게실의 긴 의자 한 귀퉁이를 차지하고 앉아 있는 영감님을 지켜보며 앉아 있기가 힘들었다. 어쩌자고 주책없이 영화관엔 오는지 몰랐다. 일반적으로 노인과 영화와의 관계에서는 나로서는 생각할 게 없는 것만 같았다. 인생을 영화 속에서 배운다고 하면, 이젠 주어진 시간을 거의 다 써버린 저 영감님 같은 분에겐 영화를 봄으로써 후회나 아쉬움밖에 남을 감정이 없을 것이다. 후회나 아쉬움으로써 자신을 학대하는 취미를 가진 영감이 아닌 바에는 영화관까지 나를 질질 끌고 다니지는 않을 텐데. 그러나 물론 영감의 취미를 나는 알 도리 없다.

하여간 괴상한 영감이었다. 별로 기운이 왕성한 것 같지도 않은데 그대로 꾸물거리며 몸을 여기저기로 옮기고 싶어하는 영감님이었다. 처음부터 괴상한 영감이었다.

'오후 세 시경, 집에서 출발. Λ다방으로 출근. 집에서 Λ다방으로 오는 동안엔 한눈도 팔지 않고 굼싯굼싯 걸어온다. 반드시 Λ다방으로 간다. Λ다방의 마담이나 레지 중의 누구에게 마음이 있어서인 것은 결코 아닌 것 같다. 하기야 그렇다고 하더라도 별 수 없는 나이이다. 아마 커피맛을 좇아오는 모양인 것 같다. 커피에 대해서 레지에게 잔소리를 많이 한다. 네 시나 다섯 시까지 Λ다방에 앉아 있다. 그냥 혼자 앉아서 사람 구경만 한다. 오랫동안 Λ다방을 나가고 있지만 말친구도 사귀지 않았다. 껌 파는 애들과 이따금 오랫동안 얘기를 하거나 할 뿐이다. 오후 여섯시 때로는 일곱시까지는 반드시 집으로 돌아간다. 그러니까 감시해야 할 것은 세시부터 일곱시까지의 네 시간 정도. 그동안에 영감님이 어디 가 있었는가, 누구를 만났는가를 따라다니며 알아두었다가 흥신소에 보고하는 일이다. 그동안에 물론 눈치채지 못하도록 해야 하는 것이며 특히 중요한 임무는 영감님의 신변을 보호해야만 하는 것이기도 하다. 이 일은 영감님이 살아 있는 동안 아니 자기 발로 걸어서 밖에 나오는 일이 계속되는 한 아마 쭈욱 있을 것이며 그 일을 맡는 사람에게 주는 사례는 일당 오백 원이다. 이것은 흥신소에서 영감님에게 따르는 소원(所員)에게 내린 지시라고 했다.'

정은 덧붙여 말했다.

"그런데 세 시부터 네 시까지는 구태여 따라다닐 필요도 없어. 반드시 Λ다방에 나와 앉거든. 신변보호 문제가 남는데, 그건 말하자면 영감쟁이가 자동차에 치이거나 남과 다투어서 얻어맞을 경로를 예상해서 그러는 모양이지만, 저 나이쯤 된 영감에게 행패부릴 사람은 없을 거고 자동차 사고의 경우를 예상하면 매일 구두 닦는 아이를 한 명씩 교대로 사서—그 애들한테는 오십 원만 주면 세 시부터 네 시까지의 보호는 맡으니까 말야—시키면 돼. 일곱 시까지는 틀림없이 자기 집으로 가는 양반이니까. 그 후엔 자유야. 요컨대 네 시부터 여섯 시나 일곱 시까지가 영감쟁이의 자유분방한 시간인데 그 시간에 영감쟁이가 가는 곳이 대중없단 말야. 오늘은 기원엘 가는가 하면 다음날은 영화관에 들어가면 딱 질색이거든. 하마터면 잃어 버릴 뻔하지 않나. 하마터면 내가 영화 보느라고 넋을 놓아버리지 않나. 그리구 잘 가는 데가 우습게도 파고다공원이란 말야. 글쎄 영국제 천으로 지은 양복과 코트를 입고 중절모를 쓰고 나비넥타이를 잡순 미끈한 영감이 욕설과 불평불만과 엉뚱한 꿈으로써 가득 찬 파고다 공원엔 뭐 하러 가는지 내 참. 요샌 겨울이니까 공원에 다행히 사람들이 나오지 않지만 다른 땐 하여튼 파고다공원에 가서 지게꾼들 틈에 끼여 그들의 얘기에 고개를 끄덕거리기도 하며 몹시 감동하는 듯하단 말이지. 그럴 땐 마치 민정(民情)을 살피러 다니는 일시적으로 은퇴한 정치가 같거든. 그리구 가는 데가 어디더라? 뭐 대중없다니까. 이발소엘 한 번 들어가면 안마까지 시켜 받으니까 그럴 땐 슬쩍 뒤따라 들어가서 옆 자리쯤 앉아 나도 이발을 하는 편이 좋을 거야. 아마 돈 많은 영감님이 의사의 권고로 산보를 다니시는데 혹시 교통사고라도 당할까봐 주인 마님께서 비밀 비서를 두자는 얘기인 것 같은데 생각하기보다는 까다로운 일이 아니야. 슬슬 따라다니다가 보면 가끔 재미있다고 생각되는 일도 있을 거야. 단 한 가지 태도만 유지하면 일은 쉬워. 즉 뙤놈 정신, 여유만만하게 생각하는 거야. 나 말인가? 아, 난 다른 일거리를 주더군. 굉장한 미인의 뒤를 쫓아다니며 그 여자에게 애인이 있나 없나를 알아다 바치는 일이야. 잘만 하면 그 여자가 하룻저녁쯤 같이 지내 줄지도 모를 일이거든. 몇 달 동안 영감쟁이만 쫓아다녔더니 나도 굼식굼식해지는 게 굼벵이가 다 된 것 같아. 영감말이지? 글쎄, 일의 성격이 뭐 그런 거니까 알고 싶지도 않아서 캐보진 않았는데 자기 마누라에겐 어린애로밖에 보이지 않는 복 많은 늙은이라고 생각해 둬도 무방한가 봐. 아마 활동하던 시절엔 외국에서 지낸 냄새가 나. 서양, 아마 미국에서겠지. 영감쟁이들 외국에서 지내고 온 양반들이 우습게도 철저한 유교도 노릇을 한단 말야. 기독교인이니 기독교 장로니들 하긴 하지만 그건 거기서 포크와 나이프를 써야 살기에 편하게 되듯이 장사 속셈까지 곁들여 그저 교회에 다녀본 것뿐이고 알맹이는 유교란 말야. 괴상한 유교도들이지. 아마 아직도 상투 달고 다니던 때에 외국에 나갔다가 그 외국에서는 굽신굽신 헤헤로 살아야 했고 그럭저럭 돈을 모아 늘그막에 고국으로 돌아왔는데 그놈의 고국이란 게 어찌나 변했는지 어떻게 행동해야 옳을지 모르겠고 영감이 그리워했고 살 수 있던 고국은 상투 시대였고 그런데 눈치를 보아하니 상투식의 생활이 아직도 있긴 있는 모양이고 하니까 괴상한 유교도가 될 수밖에. 내가 짐작하는 것은 그 정도야. 영감쟁이가 파고다공원에 잘 가는 것도 이해를 할 것 같아. 파고다공원식 여론의 발상이란 게 유교에 근거를 둔 것이거든. 거기선 대통령을 뭐라고 부르는지 아나? 나랏님이라고 불러. 하여간, 불과 두 시간 정도이긴 하지만 매일 따라다니기가 좀 따분하긴 할 거야. 그저 서울구경 하는 셈 잡고 '돈이 생긴다 돈' 하며 따라다녀 봐. 재미있을 때도 있다니까."

처음 며칠 동안은 신문사 일을 오히려 부업 취급해 버리고 온 정신을 눈에 모아서 영감님의 뒤를 쫓아다녔다. 다방에서는 나는 신문으로 얼굴을 가리고 명탐정이 된 듯한 기분으로 영감을 지켜보고 있었고 거리에서는 영감을 저 앞에 두고 본의 아닌 건달이 되어, 마음에 드는 물건도 없고 있다고 해도 살 돈도 없으면서 상점들의 진열장을 훔쳐보며 어슬렁거렸다.

"어때? 할 만해?"

정이 물었다.

"눈이 빠지겠어. 고것도 고역인걸. 마치 책 몇 권 보고 난 뒤 같아."

"영감이 좀 이쁘게나 생겼으면 좋겠지만…"

정이 말했다.

영감은 다만 영감일 뿐이었다. 표정을 변화시키기에도 힘이 드는 듯 항상 그저 그렇다는 듯한 얼굴로 앉아 있었고 한 걸음 한 걸음을 조심스럽게 옮겨 놓았고 가끔 멋진 중절모를 좀더 깊숙이 눌러 쓰기 위해서 짚고 있던 단장을 옆구리에 끼고 손을 움직이거나 하는 영감이었다. 추운 날씨인데도 늠름하게 거리를 걸을 수 있는 것은 속옷을 많이 껴입었거나 좋은 약을 많이 먹었거나 그럴 리는 없겠지만 감각이 모두 죽어버렸기 때문이겠지. 영감이 길을 걸어갈 때면 추위 때문에 얼음덩어리처럼 꽁꽁 얼어붙어 있는 거리가 영감의 몸뚱이 근처에서는 흐물흐물 녹아서 허공에 몸뚱이 크기만한 구멍이 피시시 뚫리는 것 같았다.

그처럼 흐물흐물하고 뒤뚱거리고 만사태평인 영감과 그 스무 발자국쯤 뒤에서 온갖 신경을 곤두세우고 코트 깃을 귀 위까지 끌어올리려고 애쓰며 갑자기 황망스런 종종걸음을 걷다간 금방 걸음을 느리게 하는 나는 아주 대조적이어서 영락없는 만화였다.

영감 뒤를 따라다니다가 보면 때때로 내가 나를 잃어 버리고 길 가운데 멍하니 서 있곤 했다. 내가 나를 잃어 버렸다는 얘기는, 급히 신문사로 돌아가야 할 일이 있어서 초조해지거나 영감의 하염없이 느리고 태평한 걸음걸이에서는 아무런 사건이 일어날 징조도 보이지 않는데도 무언가 일어나기를 기다리며 허둥거리는 내가 무엇 때문에 이

짓을 하고 있느냐는 의문이 교통신호처럼 대낮의 거리에서 불을 밝히기 때문이었다. 숙이, 일당 오백 원, 저금… 그렇게 생각해 나가면 웃음밖에 나오는 게 없어서 거리의 시멘트 전봇대에 털썩 등을 기대며 차가운 하늘로 얼굴을 올리고 입을 짜악 벌려버리곤 한다는 말이다.

내가 액자에 넣어져서 벽에 걸린 외국 배우들의 얼굴을 하나하나 구경하고 나서, 배우들은 눈이 예쁘게 생겼군 하고 생각하며 고개를 돌렸을 때 조금 전까지도 그 축 늘어진 눈꺼풀을 씰룩거리며 부처님처럼 휴게실의 긴 의자 한 귀퉁이를 차지하고 있던 영감님이 보이지 않았다. 영감님이 앉아 있던 곳을 중심으로 하고 나는 찬찬히 살펴봤다. 좀 물렁하게 비대한 편이고 까만 외투를 입고 있는 사람들이 몇 명 눈에 뜨이기도 했지만 모두 노인의 아들뻘이나 될 만한 중년 멋쟁이들뿐이었다.

나는 황급히 자리에서 일어섰다. 뺑소니를 쳤을까? 설마. 나는 다음 프로를 기다리며 휴게실에서 기다리고 있는 사람들 틈에서 갑자기 영감을 만나더라도 천연스럽게 행동하려고 느릿느릿 마치 화장실에라도 가는 사람처럼 걸었다. 그러나 눈알은 제정신이 아니었다. 극장 안의 휴게실에 앉아 있던 사람이 갈 만한 곳이라고는 영화 관람실과 화장실과 매점밖에 있을 수 없었다. 그런데 영화관람실은 지금 아무도 들어갈 수가 없으니 갈 곳은 화장실과 매점밖에 없었다. 나는 우선 금방 눈에 띄는 매점 쪽을 살펴보았다. 어떤 허름하게 생긴 청년이 담배를 사고 있는 게 보였을 뿐 영감은 그 근처에도 없었다. 나는 화장실을 목표로 통로를 걸어가면서도 쉴새없이 눈알을 굴렸다. 이상하게도 화장실 안에도 영감은 없었다. 작은 게 아니고 큰 것인 모양이라고 생각하며 나는 '노크'라고 쓰인 곳은 모두 두들겨 보았다. 곤란하게도 모두 만원이었다. 혹시나 싶어 다시 한 번 모두 두들기며 나는 안에서 나에게 대답하는 노크소리를 귀로 관찰했다. 성급하게 대답하는 노크소리, 귀찮다는 듯이 대답하는 노크소리, 큰 소리, 작은 소리, 한꺼번에 대여섯 번을 두들기는 소리, 딱 한 번 점잖게 두

들기는 소리, 가지각색이었다. 하지만 그 소리들 중에서 어떤 게 그 망할 놈의 영감의 노크소린지를 분간해낼 만큼 철저하게 사람을 닮았다고는 얘기할 수 없는 소리들이었다. 나는 화장실의 문밖에 서서 여유를 가지려고 담배를 피우며 나오는 사람들을 하나하나 훑어보았다. 굼벵이 같던 영감이 빠르기도 한 게 아무래도 무슨 흑막이 있는 것만 같았다. 변소문은 하나씩 하나씩 열렸고 사람들도 내가 언제 궁둥이를 까고 저 안에 앉아 있었느냐는 듯이 담배를 점잖게 빨며 마치 곰탕집에서 이를 쑤시며 나오듯이 나오는 사람… 그래도 영감은 끝내 나타나지 않았다. 아차, 좌석번호가 이층이어서 이층으로 올라갔나 보다. 나는 후닥닥 계단을 밟고 이층으로 뛰어 올라갔다. 이층에 가서는 또 마음과는 반대로 천연스런 걸음걸이로 의자들 사이의 통로를 걸으며 한 사람 한 사람 눈여겨보았다. 없었다. 역시 화장실에도 가보았다. 서서 용무를 보게 된 곳엔 물론 없었고 노크를 해야 할 곳은 들여다볼 수도 없었다. 문 하나가 사이에 놓였다는 사실만으로 그 저쪽은 이미 내 능력이 닿지 못한다는 사실 때문에 화가 치밀었다. 내 능력이 닿지 못할 곳은, 이런 식으로 생각해보면 얼마나 많을 것인가! 세상엔 얼마나 많은 문이 있을 것인가! 문은 사람이 그것을 열고 그 저쪽으로 가기 위해서 있다고? 천만에. 저쪽과 이쪽을 가로막기 위해서 있을 뿐이었다. 고맙게도 세상에 있는 모든 문을 다 열어볼 필요는 없다. 그러나 그때 내 앞에 있는 일곱 개의 문만은 모두 열어봐야 할 필요가 있었던 것이다. 그런데 열어볼 수가 없었던 것이다. 기다린 보람도 없이 하나씩 하나씩 열린 그 문들의 저쪽에서 나타난 모든 사람은, 염병할 것, 영감의 나이만큼 살려면 똥을 앞으로 이천 번도 넘게 싸야 할 놈들뿐이었다.

"이 극장에 삼층이 있던가요?"

나는 옥수수튀김을 봉지에 넣고 팔러 다니는 파란 유니폼의 여자애에게 물었다.

"네."

"계단이 보이지 않는데."

"아, 그건 사무실예요. 밖에 계단이 있어요."

"고맙습니다."

영감의 행방은 이젠 분명해졌다. 영화를 보고 싶은 생각이 갑자기 없어져서 내가 한눈을 팔고 있는 사이에 밖으로 나가 버린 것이었다. 영감이 없어진 것을 발견한 뒤로 시간이 꽤 지나 있었으므로 아무리 굼벵이 걸음으로 걷는 영감이지만 꽤 멀리 갔으리라. 현기증이라도 일으켰던 것일까? 제기랄, 정말 그랬다면 가다가 자전거에라도 부딪칠 건 뻔하다. 정말 그랬다면, 제기랄, 택시라도 불러타고 곧장 집으로 돌아갔으면 좋으련만.

나는 빠른 걸음으로 극장 밖으로 나갔다. 얼어서 미끄러운 길바닥을 보는 순간 영감에게 오늘 무슨 사고가 날 거라는 예감이 더욱 커졌다. 내게 할아버지가 계시더라도 이렇게 모시지는 않을 텐데. 오백원어치란 도대체 얼마나 걱정을 해야 다 하는 것인가? 나는 극장 앞 한길 가에 우두커니 서서 나의 왼쪽과 오른쪽으로 뻗은 길을 번갈아 돌아보았다. 왼쪽, 그것은 방향이었다. 오른쪽, 그것도 방향이었다. 그러나 왼쪽과 동시에 오른쪽, 그것은 아무것도 아니었다. 문이었다. 지랄이었다. 똥이었다. 개새끼였다. 염병할이었다. 뒈져라였다. 이빨을 뜨뜩 갈… 누가 내 허리를 쿡쿡 찔렀다. 나는 돌아보았다. 식당 사환 차림을 한 소년이

"저기서 좀 오시라는데요."

하고 나에게 말했다.

"나를?"

"예, 바로 저기예요."

"누가?"

"어떤 할아버지요."

"할아버지?"

아니 그럼 영감이란 말인가? 나는 소년을 따라 극장 바로 곁에 있

는 음식점 안으로 들어갔다. 나를 골탕먹인 바로 그 영감이 난롯가 가까운 탁자 앞에 자리를 잡고 문을 들어선 나를 향하여 히죽이 웃으며 고개를 끄덕끄덕 하고 있었다. 음식점 안에서 심부름하는 계집애가 물이 든 컵을 창가에 있는 탁자에서 지금 영감이 앉아 있는 탁자 위로 옮기는 것을 보았을 때, 나는 내 얼굴이 화끈거림을 느꼈다. 구렁이가 들어앉아 있었군. 나는 태도를 결정했다.

"아이구, 혼났습니다. 그렇게 골탕을 먹이십니까 그래?"

나는 마치 그 영감님과 잘 알고 있는 사이처럼 능청스럽게 호들갑을 떨며 영감과 마주보는 의자 위에 앉았다. 하기야 이 주일 동안 나는 온 신경을 동원해서 영감님을 따라다녔으니까. 그가 나를 모른다고 해서 나도 그를 모른다고 할 수 있을까? 더구나 지금 와서 보면 영감님도 나를 알고 있었다.

"그렇게 서툴러 가지고…"

영감님이 히죽이 웃는 채 나직이 말했다. 정 기자의 말이 맞았다. 영감님의 한국말은, 해방 후에 생겨난 명물 중의 하나인 띄엄거리고 혀꼬부라지고 토씨를 생략하는 말이었다.

안개 속에서 길을 잃어 버리고 정신없이 여기저기 헤매 다니는 꿈을 꾸다가 나는 잠이 깨었다. 머리맡에 놓은 탁상시계의 야광판은 새벽 네시가 조금 지났음을 알려주고 있었다. 눈이 쓰렸다. 그제야 나는 담배연기가 방안을 꽉 채우고 있음을 알았다. 엊저녁엔 잠자리에 들기 전에 방문을 조금 열어서 담배연기를 밖으로 내보내는 습관을 까먹었던 것이다. 나는 어둠과 추위가 둘러싸고 있는 나의 작고 조금은 훈훈한 방을 누운 채 눈동자만 돌려서 둘러보았다. 어둠 속에서 내 눈에 보이는 것은 없었으나, 영원과 친구인 바람과 추위와 어둠이 활개를 치는 대기 속에서 작으나 앙칼지게 버티며 위치하고 있는 따뜻한 직육면체를 느낄 수는 있었다. 방들의 수효만큼 세상에 존재하는 기적의 수효. 하나의 방이 꾸며지게 되기까지는 사실 예측할 수 없는 운명의 도움이 필요하다. 운명에 흠이 생겨서 태어나지 못한 방들이 얼마나 많을 것인가! 여기 있는 방, 그것은 기적이다. 그런데 많은 사람들이 그 기적의 주인이긴 하지만, 한편 또 얼마나 많은 사람들이 그 기적을 빌려 쓰고 있는 것일까! 바람과 추위와 어둠 속에서 서성거리며 손톱을 깨물고 있는 사람들. 참, 기적의 대량생산이 있었지.

나는 담배연기를 나가게 하기 위해서 누운 자세로 발가락만 놀려서 미닫이 방문을 열어보려고 했다. 그러나 삐걱거리는 요란한 소리만 냈지 문은 열리지 않았다. 결국 일어나서 손으로 문을 열어야 했다. 차가운 공기가 내 얼굴에 확 끼얹어졌다. 나는 얼른 이불을 둘러쓰며 몸을 눕혔다. 나는 문이 없는 방을 상상했다. 그것은 무덤밖에 없었다.

나는 마루를 사이에 두고 그 저쪽에 있는 숙이와 그 여자의 어머니와 동생들이 거처하고 있는 방의 문이 열리는 소리를 들었다. 이미 그 소리는 내 귀에 익은 많은 소리들 중의 하나였다. 물론 내가 다른 곳으로 옮긴 후엔 잊어 버릴 소리였지만 이 집에서 살고 있는 한 그것은 내 감각생활을 빠듯이 채워 주고 있는 많은 것들 중의 하나였다. 내가 의식하든 안 하든 마찬가지로써 그 소리는 내 귀에 들려올 것이었다. 어둠 속에서 눈을 뜨고 있는 사람의 귀에 들려오는 먼 곳에서 문 열리는 소리, 그것은 그것을 듣고 있는 사람의 가슴을 어떤 내용으로써든지 흔드는 것이다. 그렇다고는 하지만 숙의 방문이 열리는 소리를 듣자마자 내 가슴이 섬찟해졌던 것은 그 방문 열리는 소리가 무척 조심스러운 것이었기 때문이었다. 조심스럽게 방문을 여닫는 소리가 났지만, 으레 그 뒤에 들려야 할, 마루를 밟고 걷는 발자국 소리가 나지 않았기 때문이었다. 숙이구나 하는 생각이 들었다. 동시에 내 방으로 오는 것이구나 하는 생각도 들었다. 잠시 후 과연 내 방의 담배연기 때문에 열려진 문이 조심스럽게 좀더 열려지며 숙이가 귀신처럼 방안으로 들어와서 방문을 다시 조심스럽게 닫았다.

"저예요."

문을 등지고 선 채 숙이가 낮은 음성으로 말했다. 나는 부스럭거리는 소리가 나지 않도록 천천히 상반신을 일으켰다. 상상도 할 수 없던 이 깊은 밤의 뜻하지 않은 그 여자의 방문에 나는 놀랐다. 성욕이 숙이로 하여금 내 방으로 오게 한 것일까? 그렇게 생각하니 나는 숙이의 이 행위가 몹시 귀여웠고 동시에 인간에게 본능을 주신 신의 안녕을 빌고 싶을 지경이다. 나는 한 손을 내밀어 어둠 속에서 그 여자의 손을 더듬어 잡았다. 숙이는 무너지듯이 내 옆으로 이불 속을 바로 들어왔다.

"어머니가 아시면 어떻게 하라구 절 오라구 하시는 거예요?"

숙이가 원망하는 조로 소곤거렸다. 무슨 얘기인지 알 수가 없었다.

'어머니가 아시면 어떻게 하라구…' 그건 바로 내가 하고 싶은 얘기였다.

"응?"

내가 멍청한 음성으로 물었다.

"절 이방으로 건너오라고 방문을 여신 게 아니었어요?"

숙이가 말했다.

"아아, 그렇게 생각했었나?"

나는 우리 사이에 지어진 작고 귀여운 오해가 우스워져서 웃음 섞인 음성으로 말했다.

"담배연기를 밖으로 내보려고 열었던 건데…"

"그러셨어요?"

숙이는 내 겨드랑이에 얼굴을 처박고 소리를 죽여 웃었다.

"그렇지만 숙이가 왔으면 하고 무의식중에 바라고 있었던 것인지도 모르지."

"아니 제가 이 방으로 오고 싶어하고 있는 게 이심전심으로 통했던 게죠?"

"심령술 말이군. 하여튼 난 숙이가 잠들어 있는 줄로만 알았지. 그렇지만…"

"전 깨어 있었어요. 그래서 방문 여는 소리도 다 들었고 한숨을 크게 쉬는 소리도 들었어요."

"내가 한숨을 쉬었던가?"

"그럼요. 틀림없이 저더러 오라고 하고 계시는 걸로만 알았어요. 제가 올 때까지 방문을 열어두실 것 같았어요. 만일 제가 오지 않으면 찬바람 때문에 감기가 드실 것 같았어요. 그래서 어머니가 깨실는지도 모르지만 용기를 냈어요… 그런데 제가 괜히 왔나 부죠?"

"아니 잘 왔어."

나는 처음 우리가 관계를 가지게 된 것도 피차간의 어떤 작은 오해 때문은 아니었을까 하는 생각이 들었다. 그러나 그렇다고 하더라도 무슨 상관이 있을 것인가. 모든 것이 그럴지도 모른 것이다. 어떤 사람은 다른 이유로 방문을 열고 그러면 다른 사람은 다른 이유로 그 열려진 방문을 통하여 안으로 들어온다. 그러나 항상 '아니 잘 왔어'라고 얘기하게 되는 것이라면 어쨌든 무슨 상관이 있을 것인가.

"어머니가 깨실지 모르니까 그만 돌아가겠어요."

"아니, 조금만 더 있다가 가."

나는 황급히 숙이를 껴안으며 말했다. '아니 잘 왔어'는 점점 사실이 되는 것이었다.

"무슨 생각을 하고 계셨어요?"

숙이가 물었다.

"자본주의와 공산주의에 대해서 생각하고 있었어."

"네?"

"아니 참, 방이란 것에 대해서 생각하고 있었어."

"방이라니요?"

"우리의, 숙이와 내가 있을 방에 대해서 생각하고 있었어."

"그래서 한숨을 그렇게 크게 쉬셨어요?"

나는 피식 웃었다. 내가 한숨을 쉬었던지 어쩐지는 나로서는 기억에 없었다. 하지만 숙이가 내 한숨소리를 들었다고 우기는 한 그걸 인정할 수밖에 없었다. 더구나 숙이를 안고 싶어서 내뿜은 한숨으로 그 여자가 생각하고 있는 바에야… 나는 숙이의 몸을 더듬었다. 숙이는 조금 몸을 움츠리는 것 같았다. 그러나 팔은 내 목을 아플 만큼 껴안았다.

숙이의 속은 뜨거웠다. 그 뜨거움 속에서 나는 이상하게도 불쾌감을 느끼고 있었다. 마치 발산되지 못한 욕망이 만드는 생리적인 불쾌감 같은 것이었다. 그러나 그것은 나의 배설이 늦어지는 것 때문이 아니었다. 이 어둡고 춥고 두꺼운 대기층의 밑바닥에서 촉각을 허망하게 내휘두르며 몸을 꿈틀거리고 있는 두 마리의 못생긴 벌레, 나와 숙이가 그 벌레들인 것 같은 생각만 자꾸 들기 때문이었다.

"허 선생을 마지막으로 본 사람은 당신밖에 없습니다. 그 점을 잘 생각해 주십시오."

흥신소장인 박 선생은 형사 출신다운 매서운 눈초리로 나를 쳐다보며 말했다.

"경찰에 수색을 의뢰하기 전에 이분들께 잘 설명해 드리셔야겠습니다."

나는 무엇을 '이분들께' '잘' 설명해 줘야 할지 알 수 없었다.

"어저께 박 선생님께 얘기한 그것밖에 더 할 얘기가 없을 것 같군요."

"무슨 얘기 말씀이시죠?"

'이분들' 중의 한 사람인 그 허 영감의 동생되는 사람이 박 소장에게 물었다. 허 사장이라는 그 오십대의 사나이는 요정의 마담들이 사장이라면 이렇게 이렇게 생긴 사람이라고 생각하는 용모와는 아주 반대의 용모를 가지고 있었다. 검다고밖에 말할 수 없는 살결은 기름기가 빠져서 주름살투성이였다. 손가락에 끼고 있는 금반지며 외국제 천으로 지은 양복이며 여자들이 면도해 주고 안마를 해주는 이발소를 방금 다녀온 듯한 머리를 그 사람의 몸뚱이에서 모두 벗겨버린 후에 용모만 가지고 그 사람을 얘기하라면 집안에 우환을 많이 지닌 화물 트럭 운전사 같았다.

"아까 제가 말씀드린 얘기일 것입니다."

박 소장은 얼른 허 사장을 향하여 말하고 나서 이번에 나를 향하여 말했다.

"김 선생이 자신의 입으로 똑똑히 좀 말씀드려줘야 되겠습니다."

"어저께 그 영감님을 마지막으로 보았던 때의 얘기를 말입니까?"

내가 말했다.

"예. 그리고 주고받은 얘기랑…"

박 소장이 말했다.

내가 그 전날 하루에 그 영감님과 만나서 헤어지게 되기까지의 경과를 얘기하는 일은 아주 간단한 일이었다. 그러나 나는 그 얘기를 하기 싫을 만큼 굴욕감 같은 느낌을 받고 있었다. 그 이유는, 우선 흥신소장인 박이란 작자의 말투가 마치 내가 그 영감님을 정릉 뒷산 쯤에 생매장이라도 한 것처럼 나를 몰아세우고 있었기 대문이었다. 어제 저녁에 영감이 집에 들어오지 않았다. 그런 일이 왜 절대로 있을 수 없다는 것인가. 그런데 그 영감의 유일한 보호자라는 허 사장이란 이 화물트럭 운전사 같은 양반은 아예 그 영감이 어디서 아무도 모르게 맞아죽기라도 한 듯이 걱정을 하고 있고 거기에 덩달아 박 소장도 속으론 어떻게 생각하든 허 사장의 염려가 아주 타당하다는 듯이 그 영감을 집에까지 호위하지 않은 나에게 그 영감이 전날 저녁 집에 들어오지 않은 책임을 둘러씌우고 있는 것이었다.

나는 그러나 그 불쾌한 좌석을 빨리 떠나기 위해서는 내가 할 수 있는 얘기를 빨리 해버려야 함을 알고 있었다. 나는 고개를 숙이고 잠깐 눈을 감았다. 바로 어저께의 일이지만, 오늘 이런 일이 생기리라고 미리 알아서 열심히 외워두었던 것은 아니기 때문에, 마치 간밤에 요란스럽게 불어제치던 북풍에 날려가 버리기라도 한 듯이 그 영감님과 주고받은 얘기들의 세세한 점은 생각나지 않았다.

"그러니까, 바로 이 다방에서 나가서 영화관엘 들렀다가 곰탕집에서 영감님을 만났고 거기서 나와서 서로 헤어진 얘기만 하면 제가 알고 있는 것은 다 얘기하는 셈이군요."

나는 눈을 뜨고 고개를 들고 나서 한 마디 한 마디에 힘을 주며 말했다.

"자세히…"

박 소장이 말했다.

"저쪽 좌석입니다."

나는 그 전날 영감님이 앉아 있던 좌석을 손가락으로 가리키며 말했다.

"저 자리에서 영감님이 일어났습니다. 시간을 보진 않았습니다만 네 시 좀 지나서였습니다. 솔직히 말씀드리면 추운 밖으로 나가기가 싫어서 저는 영감님이 조금이라도 더 아니 쭈욱 이 다방에만 앉아 있다가 곧장 집으로 돌아갔으면 하고 바라고 있었습니다. 그러나 제 임무가 영감님을 따라다녀야 하는 일이니 어떡합니까? 여느 때와 다름없이 스무 발자국 뒤떨어져서 영감님을 미행했습니다. 작정하고 갈 곳이 있는 걸음걸이로 영감님은 한눈도 팔지 않고 걸어갔습니다. 중앙극장까지 갔습니다. 표를 사고 안으로 들어가셨습니다. 저도 잠시 후에 표를 사가지고 안으로 들어갔습니다. 아래층 휴게실에 앉아 계시기에 저도 영감님이 잘 보이는 곳에 자리를 잡고 앉아서 벽에 붙어 있는 영화 포스터들을 보고 있었습니다. 그러다가 보니까 영감님이 안 계시더군요. 저는 온 극장 안을 뒤져보았습니다만 안 계셨습니다. 무슨 급한 일이 생겨서 도루 나갔나 싶어서 저도 밖으로 나왔습니다. 길을 살펴봤지만 보이지 않았습니다. 제가 어쩔 줄 모르고 있는데 식당 보이가 와서 저를 음식점 안으로 데리고 갔습니다. 영감님이 저를 부르셨을 때는 벌써 제가 영감님의 미행자라는 사실을 영감님이 알고 계신 게 틀림없다고 생각하여 저는 일부러 영감님을 처음 보는 체할 수가 없었습니다. 영감님도 절 별로 탓하려고 하시지 않고 곰탕을 사주시며 얘기나 좀 하자구 해서 이것저것 얘기를 하다가…"

"무슨 얘기인지 그걸 자세히 좀 하시오."

박 소장이 말했다.

나는 무슨 얘기를 했었던지 기억을 되살리려고 담뱃갑에서 담배를 꺼내며 고개를 숙였다.

"여기 있습니다."

박 소장이 성냥불을 켜서 내 코앞으로 디밀었다. 나는 담배에 불을 붙이고 나서 다시 고개를 숙였다. 무슨 얘기를 했던가? 처음엔…

"처음엔 이런 얘기를 했죠. 누구 부탁으로 자기를 미행하는가고 영감님이 물으시더군요. 저는 흥신소원이라고 대답했죠. 그러나 너무 의심하실 건 없으신 게 전 다만 영감님의 호위병 같은 역할을 하라는 부탁만 받았으니까요라고 말했죠. 아마 댁에서 흥신소로 부탁한 게 아닌가 생각하고 있노라고 말했더니, 흥신소란 뭐 하는 데냐고 묻더군요. 그래서 여사여사한 일을 하는 데라고 말했더니, 왜 하필 흥신소에다가 자기 신변보호의 일을 부탁했는지 모르겠다고 혼잣말처럼 말씀하시더군요. 제가 미행하는 줄은 언제부터 아셨느냐고 물었더니 며칠 전부터라고 대답하시면서 처음엔 제가 경찰 계통에 있는 사람인 줄 알고, 왜 나를 미행할까 도무지 죄될 만한 일이라곤 한 적이 없는데 하고 염려하다가 이 다방에서 레지에게 제가 무엇하는 사람인 줄 혹시 아느냐고 물었더니, 신문기자라고 대답하기에 이번엔, 왜 나를 미행할까 도무지 신문에 날 만한 인물도 아닌데 라고 생각하셨다는 겁니다. 너야 미행하든 말든 난 아랑곳하지 않겠다고 작정하시고 며칠을 그대로 지냈는데 그래도 자꾸 신경이 쓰여서 어저께는 일부러 극장으로 저를 끌고 간 뒤에 살짝 저를 따버리려고 했다는 것입니다. 계획대로 저를 따버리긴 했지만 그러고 나니까 정말 당신이 무슨 죄인이기 때문에 그러기라도 해서 미행을 꺼려하는 듯이 저에게 보일까봐 곡절이나 좀 알자고 저를 음식점으로 일부러 불렀다는 것이었습니다. 거기서 이런 얘기 저런 얘기를 하다가…"

"그, 바로 그 이런 얘기 저런 얘기를 자세히 해주시오."

박 소장이 말했다.

"주고받은 얘기는 나중에 따로 하시고, 그래서요?"

허 사장이 말했다.

"영감님이 그러시더군요. 정말 다른 목적이 있어서 미행하는 건 아니냐고. 정말 그렇다고 대답했더니 무언지 곰곰이 생각하시는 표정을 하시더군요. 그리고 헤어질 때, 그러니까 곰탕집에서 한 시간쯤 있었을 겁니다. 그만 나가자고 하여 밖으로 나왔습니다. 헤어질 때 내일부터는 밖에 나오지 않을 테니까 미행할 필요가 없게 됐다고 말씀하시더군요. 돈벌이를 하지 못하게 돼서 섭섭하게 됐는진 모르지만 젊었을 때에 너무 돈만 생각하고 살진 말라고 점잖게 한마디 충고를 하셨습니다. 그리고 오늘은 여기서 헤어지자고 말씀하시기에 그렇지만 제 임무가 영감님께서 댁으로 들어가시는 것을 봐야만 끝나는 것이기 때문에 함께 가시자고 했더니 택시를 타고 곧장 집으로 갈 테니 오늘은 여기서 나를 그냥 집으로 가게 해줄 수 없겠느냐고 하시더군요. 그렇게 말씀하시는 표정이 정말 혼자 계시고 싶어하시는 것 같아서 저는 택시를 잡아서 태워 드렸습니다. 택시가 출발하는 걸 보고 나서 저는 곧장 신문사로 들어갔다가 사에서 퇴근하고 흥신소에 들러서 어저께 하루 일을 보고했던 것입니다."

"어디로 가셨을까요?"

'이분들' 중의 한 사람인 허 사장 부인이 처음으로 입을 열었다.

"친구 되시는 분의 댁에라도 놀러가신 건 아닐까요?"

내가 말했다.

"밤새워 함께 노실 만한 친구가 없습니다. 그리고 설령 밖에서 주무실 일이 생기시면 반드시 전화를 주시곤 하셨습니다. 지난 봄에 귀국하셨을 때엔 몇 번 밖에서 사업관계로 주무신 적이 있었지요만 근래엔 밖에서 주무시는 일은 없습니다."

허 사장이 말했다.

"정말 전화라도 반드시 하실 분이시거든요."

허 사장의 부인이 말했다.

"스물 네 시간이 지나도록 전화 안 하시는 건… 아무래도…

허 사장이 말했다.

"정말 면목없게 됐습니다."

박 소장이 죄송해 죽겠다는 표정으로 말했다.

"아무래도 말못할 사정이 있으니까 우리에게 부탁을 하셨을 텐데… 김 선생도(그러면서 박 소장은 턱짓으로 나를 가리켰다) 다만 그분의 신변보호라고 단순히 생각했으니까 어저께 그런 실수를 했겠지만 사실은 저도 다른 일과 달라서 아주 쉬운 일이라고, 말하자면 정확하게 말씀드려서 여기 있는 김 선생님에게만 맡겨놓아도 잘해 낼 일이라고 생각했던 게 잘못인 것 같습니다. 그렇지만 허 사장님께도 책임은 조금 있습니다. 그분이 행방불명이 될 염려가 있어서 우리에게 보호를 부탁한다고 하셨더라면 우리로서는 좀더 신경을 쓸 수 있었을 것입니다. 그런데 그냥 늙은이니까 무슨 교통사고라도 당할지 몰라서 부탁하는 것이라고 했으니까… 하여튼 좀 복잡한 관계가 있다는 걸 암시해주셨으면 이런 일이 생기지 않았을 텐데…"

"하, 이 양반이 해괴한 말씀을 하시는군."

허 사장은 박 소장의 음흉한 말뜻을 눈치챈 것 같았다.

"사람 찾아낼 생각은 안 하고 이제 와서 책임회피만 하실 생각이신가요?"

"무슨 말씀을 그렇게 하십니까? 책임감을 느끼니까 그런 얘길 하는 게 아닙니까? 하여튼 그분을 찾아야 한다는 게 우리가 당면한 문제니까 우리로서도 대강 어디어디에 갔으리라는 추측을 할 수 있을 만한 근거를 알아둬야 하지 않겠습니까?"

박 소장이 은근한 목소리로 말했다. 나는 박 소장이란 사람을 알지는 못했지만 4·19 이후에 사찰계에서 물러난, 일경(日警) 때부터 눈치보기와 냄새 맡기로는 원숭이나 개를 손자로 둘 만큼 영리한 형사였다는 사실 하나만으로써도 그의 솜씨를 짐작할 수가 있는 터였으므로 그가 이 허 사장이란 어리숙해 보이는 양반에게서 아마 가족적인 걸로만 그칠 것 같지 않은 문제가 있음을 눈치채고 있지 않나, 그래서 사건을, 만일 그것이 있다면 표출해 내고, 그것이 복잡하거나 이권에 관계되는 것이라면 박 소장 자신에게 어떠한 사건이 맡겨질는지도 모를 일이라고 생각하고 있음을 알 수 있었다. 형사 기질이란 남의 사생활도 그것을 담 밖으로 끌어내고 싶어하는 것이니까 말이었다.

"혹시 지금이라도 댁으로 연락이 왔을지도 모를 일 아니겠어요?"

내가 말했다. 이 음흉한 박 소장에게서 그들을 보호해 주고 싶은 심정이 들 만큼 허 사장 패는 멍청했다. 내 짐작이 틀림없다면 하루 세 끼를 붙들고 씨름을 하고 있던 차에 토정비결이 좋아서였던지, 그동안 생사도 알 수 없던 형이 미국에서 많은 돈을 모아가지고 돌아왔고 덕분에 하루아침에 사장 가족이 된 사람들이었다. 따라서 가난했던 시절의 겸손이며 자비가 이젠 모든 사람에게 다 향해지는 것이 아니라 그것을 바쳐도 좋을 사람과 그래서는 안 될 사람으로 나누어져 배급되는 것이었다. 박 소장이나 나 같은 사람은 허 사장의 입장에서 보면 고용을 해둔 사람들이었다. 허 사장은 머뭇거렸다.

그리고 네 말 때문이 아니라 내가 방금 그럴 생각이 났기 때문에 하는 것이라는 투로 자기 아내에게 말했다.

"집에 전화 좀 해보구려. 혹시 들어오셨는지…"

"지금 전화하실 분이 여태까지 안 하셨을라구요."

이 역시 얼굴에 고생티가 도장 찍힌 부인이 자리에서 일어나며 말했다.

부인이 전화가 있는 카운터 쪽으로 가고 난 후에 허 사장은 무언가 불안을 감추지 못한 음성으로 나에게 말했다.

"어저께… 그러니까 제 형님과 주고받으신 얘기… 형님께서 무슨 얘기를 하시던가요?"

"좀 자세히 해보시죠."

박 소장이 눈을 빛내며 내게로 몸을 기울여 왔다.

"그분께서 엊저녁에 댁에 들어가시지 않은 이유가 될 만한 이야기는 한 걸로 기억되지 않습니다. 별로 도움이 되시지 않을 겁니다."

"그렇지만…"

허 사장이 말했다.

"그렇지만 이 자리는 그분이 댁에 들어오시지 않는 것에 제가 아무 관계도 없다는 것을 밝혀야 하는 자리니까 기억나는 대로 자세히 말씀드리지요."

"무슨 얘기를 했었던가?"

"…당신을 수행하면, 그분은 저의 임무가 그분에게서 무엇을 캐내는 게 아니라 그분을 보호해야 한다는 것을 제가 얘기한 후부터는 미행이란 말을 쓰지 않았습니다. 보수는 얼마씩 받느냐고 물으시더군요. 일당 오백 원씩 받는다고 했습니다."

"하 내 참, 들키기는 왜 들키느냐 말예요? 처음부터 어쩐지 마음이 놓이지 않더라니… 박 선생의 말만 믿고 그랬더니…"

허 사장은 난폭하게 담뱃갑을 탁자 위로부터 집어들어 담배를 한 대 꺼내 물며 말했다.

"왜 저런 서투른 사람을 쓰시느냐 말예요. 기분이 나빴군. 틀림없이 기분이 나쁘셨어."

"기분이 나쁘셨다니 누가 말씀이지죠?"

내가 물었다.

"누군 누굽니까? 형님 말씀이지. 에이 참. 형님도 형님이시지. 의심은 왜 그렇게 많은지 차암."

"의심이라니요?"

박 소장이 물었다.

"아직 안 들어오셨대요."

허 사장 부인이 수심 찬 음성으로 말하며 자리에 앉았다.

"아무 연락도 없고?"

"네. 무슨 변고가 났어요. 틀림없이 무슨 변고가 났어요."

허 사장 부인은 가능한 대로 나를 보지 않으려고 애쓰며 부정하듯이 말했다. 나는 화가 울컥 끓어올랐다.

"죄송하지만 전 바쁜 사람입니다. 이제까지 저한테 물으신 것에 대해서만 대답하고 전 가겠으니 필요하신 일이 있으면 다음에 언제든지 저를 찾아오십시오. 앞으론 결코 저를 불러내시지는 마십시오. 하루에 오백 원을 받는다고 했더니 웃으시면서 그것을 받아 가지고 생활이 되느냐고 물으시더군요. 직업은 따로 있고 이건 부업이라고 했더니 참 부지런하군 하셨습니다. 그리고… 아, 이런 얘기도 하셨습니다. 제가 아마 외국에서 돈을 많이 벌어오신 모양인데 지금 무슨 사업을 하고 계십니까 하고 물었더니 그렇게 대답하셨을 겁니다. 모두 잃어 버렸다고 그러시더군요. 웃으시면서 그러시기에 농담인 줄은 알았지만 그래서 저도 농담조로 우리나라엔 소매치기가 너무 많지요 했더니, 아니 다른 사람이 훔쳐간 게 아니라 바로 당시 자신이 훔쳐 가버린 거라고 그러시더군요. 저 같은 돌대가리는 무슨 말씀이신지 알 수가 없다고 했더니, 당신께서 설명해도 아마 저는 잘 모를 거라고 말씀하십디다. 아드님이 계시냐고 했더니 이제 우리나라 노인들은 아무도 자기 아들을 가진 것 같지 않다고 대답하셨습니다."

"형님은 한 번도 결혼한 적이 없습니다. 미국에 계실 때 중국 여자와 얼마 동안 동거생활을 하신 적은 있습니다만…"

허 사장이 말했다.

"네에 그렇군요. 그러나 그런 뜻으로 하신 말씀은 아닌 것 같았습니다. 하여튼 제 얘기를 하겠습니다. 그분은 이런 얘기를 하시더군요. 당신은 당신의 재산을 관리하는 사람에게, 지금 보니 아마 허 사장님을 말씀하셨던 모양이군요. 그런 부탁을 했다더군요. 학문을 연구하는 사람들에게 재정적인 도움을 주도록 하라구요. 특히 과학분야의 젊은 학자들을 도우라고 했다더군요."

"그렇습니다. 구체적인 실시를 위해서 조사 연구 중에 있습니다."

허 사장이 말했다.

"그런데 그분은 이렇게 말하시더군요. 평생 놀기만 하고 지내겠다고 작정한 젊은 사람이 있으면 그 사람에게도 생활비를 도와주라고 일러야겠다구요. 그럴 사람이 있을까요? 라고 제가 물었더니, 당신 생각에는 재물의 궁극적 목적은 그래야만 할 것 같다고 말씀하십니다. 그래서 논다는 것은 어떻게 하는 것을 말씀하시느냐고 제가 물었더니, 그런 것은 이젠 없어져 버렸고 생길 가망도 없으니 그 얘기 그만두자고 하시더군요. 아마 욕망에 대한 얘기가 아닌가고 저는 생각했습니다만…"

"좀 알아듣기 쉽게 얘기해 주시오. 무슨 얘기를 했는지 좀 자세히…"

박 소장이 말했다. 허 사장도 그리고 그의 부인도 얼떨떨한 표정이었다. 그제야 나는 이상하게도 영감의 실종이 실감되었다. 이 사람들이 찾고 있는 것은 거무스레하고 쭈글쭈글하고 커다란 얼굴을 가졌고 등이 좀 꾸부러졌고 뚱뚱하고 좋은 천의 겨울양복을 입고 있고 중절모를 썼고 단장을 짚고 있는 노인 한 사람이라는 사실이 실감되었다. 그렇다면 나는 아무것도 모른다.

"대강 그런 얘기를 하다가 그 음식점을 나왔죠. 그리고 아까 얘기한 것처럼 택시를 타고 그분은 을지로 쪽으로 가셨고 저는 걸어서 신문사로 돌아왔습니다. 제 얘기는 끝났습니다. 어제로 흥신소와는 관계가 끊어졌으니 저는 더 이상 여기 있고 싶지가 않습니다. 물으실 말씀이 있으시면 신문사로 찾아와 주십시오. 그분이 돌아오시지 않은 것과 저와는 아무런 상관도 없다는 걸 제발 좀 알아주셨으면 합니다."

나는 자리에서 일어섰다. 허 사장이 재빠르게 일어서며 나의 팔을 잡았다.

"선생을 의심해서 부른 게 아닙니다. 형님을 마지막으로 보신 분이 아무래도 선생밖에 없으니까, 하도 답답해서 부른 게 아닙니까?"

"그분을 마지막으로 본 사람이 어째서 저라고 생각하십니까? 저와 헤어진 뒤에 또 어떤 사람을 만났을지도 모르지 않습니까? 그 사람을 찾아보십시오."

"이건 아무래도 유괴란 말야. 어떤 놈이 재산을 노린 유괴사건이란 말야. 흠."

박 소장이 천천히 팔짱을 끼며 고개를 숙인 명상하는 자세로 중얼거렸다.

"그럴지도 모르죠. 이제 며칠 안으로 범인에게서 협박장이 오겠죠. 그때까지는 아무 일 없을 테니까 다리 쭉 뻗고 자면서 기다리면 될 게 아닙니까?"

나는 말하고 빨리 걸어서 다방 밖으로 나왔다. 찬 공기가 내 얼굴을 때렸다. 나는 내 눈이 닿는 어느 거리에서도 노인은 한 사람도 볼 수가 없었다. 그리고 나의 세계 속에서는 여태까지 한 사람의 노인도 살고 있지 않고 있었음을 문득 깨달았다. 시골집에 계시는 내 할머니를 생각했다. 할머니는 콩을 까고 계셨지. 할머니는 마당에 흩어진 벼알 하나를 바가지에 주워담고 계셨지. 할머니는 웃으시면 눈에서 눈물이 질금질금 흐르지. 할머니는 할아버지와 증조할아버지와 증조할머니에 대한 얘기를 해주셨지. 그리고… 그리고는 생각나는 것이 별로 없다. 문득 나는 그 괴상한 영감이 말한 '우리나라 노인들에겐 아들이 없다'는 얘기가 거꾸로도 얘기될 수 있지 않을까 하는 생각이 들었다. 그러나 그런 불행한 말도 노인과 자식 사이에 어떤 관계가 있어야 하느냐가 분명해야만 '우리나라 노인들에겐 자식이 있다'는 얘기가 있을 수 있을 것이다. 노인은 어떤 자식을 원했을까? 아니 노인은 자기가 어떤 노인이기를 원했을까라는 질문이 생길 수도 있다.

신문사의 내 책상 앞에 앉자마자 박 소장에게서 전화가 걸려왔다.

"김 선생의 심경은 잘 알겠습니다. 하지만 사건이 사건이니만치…"

"아니 도대체 뭐가 사건이란 말입니까?"

"하아, 그 양반이 돌아올 때까지는 사건이라고 해둡시다 그려. 그 분이 찾아갈 만한 데도 도무지 없다는 게 아니오?"

"그 영감님이 그 허 사장한테 자기 친구들을 일일이 다 가르쳐 주었다고 볼 수도 없지 않습니까?"

"하여튼 이 양반들로서는 영감이 갈 데가 없는 거요. 내 말 알아들으시겠소? 그 영감을 찾아내는 일을 우리가 맡기로 했소."

"우리라니요?"

"김 선생과 나 말이지 누군 누구겠소. 보수는 톡톡합니다."

"다른 사람을 데리고 하시죠. 서투른 탐정놀이는 이젠 질색입니다."

"그러지 맙시다. 우리 중에서는 아무래도 김 선생이 제일 짐작이 가실 거니까요."

"생사람 잡지 마십시오."

"하아, 또 오해를…"

"서울시내 택시 운전사들을 모두 서울운동장에 모아놓고 어느 날 몇 시에 중앙극장 앞에서 영감을 태운 사람 손들엇 하는 편이 제일 확실한 방법입니다. 제가 낼 수 있는 꾀는 그것밖에 없습니다. 다시는 저를 고용할 생각은 마십시오."

"정말입니까?"

"정말입니다."

"좋습니다. 이쪽에도 생각이 있으니까…"

나는 수화기를 놓았다. 망할 자식, 생각은 무슨 생각. 영감과 헤어진 이후의 나에 대해서는 신문사의 동료들과 내 하숙집 주인 아주머니의 딸이며 동시에 내 애인인 숙이가 잘 알고 있을 터였다. 나는 이해할 수 없는 이 사건에서 자리를 피하고 싶었다. 영감은 돌아올 것이다. 설령 박 소장의 추측이 맞아서 유괴사건이라고 하더라도 허 사장이 꼭 그 영감을 찾고 싶어하는 한 돌아올 것이다.

다음날 오후 세 시쯤, 허 사장이 신문사의 현관에서 나를 불러내었다.

"어제께는 실례가 많았습니다."

허 사장은 그 화물트럭 운전사 같은 얼굴을 기묘하게 구기며 말했다.
"돌아오셨습니까?"
내가 물었다.
"아니오. 김 선생…"
"말씀 낮추십시오. 선생은 무슨 제가 선생…"
"아니오. 김 선생 좀 도와 주셔야겠습니다."
"정말 전 어제 얘기한 것 이상은 알지 못합니다."
"압니다. 김 선생을 의심하는 게 아닙니다. 그렇지만 김 선생은 제 형님이 행방불명이 됐다는 사실에 조금도 관심이 없습니까?"
"경찰에 심인계를 내십시오. 박 소장 같은 엉터리는 믿지 마시고 경찰에 의뢰하십시오. 경찰에 가시기 뭐하면 제가 같이 가 드려도 좋습니다. 제가 마지막 보았던 때의 얘기가 참고될지도 모르니까요."
허 사장은 고개를 숙이고 잠시 동안 생각에 잠긴 표정이었다. 나는 그가 내 충고를 따라주었으면 하고 바랐다.
"그 수밖에 없겠군요."
허 사장이 말했다.
나는 마음이 가벼워졌음을 느꼈다. 그리고 그제야 이상하게도 이 허 사장을 도와주고 싶다는 기분이 생겼다.
"타실까요?"
허 사장이 신문사 밖에 세워둔 자기 차의 문을 열며 말했다.
"어떻습니까? 경찰서가 별로 멀지 않으니까 걸어가시는 게요. 허 선생님과는 다른 방법으로 저도 그분을 찾아보려고 합니다. 그래서 몇 가지 물어보고 싶은 게 있는데요…"
"그럽시다."
허 사장은 차를 경찰서 앞에서 기다리라고 이르며 먼저 보냈다. 우리는 호주머니에 손을 찔러 넣고 천천히 걸었다.
"왜 그분에게 홍신소원을 뒤쫓아다니게 했습니까?"
내가 물었다.

"형님의 몸을 보호하기 위해서였습니다. 단순히…"

"박 소장에게서 제가 받은 임무는 그분이 누구누구와 만났는지도 알아오라는 것이었는데요."

"내가 그런 부탁을 한 일은 없습니다. 박 소장은 머리가 좀 돈 사람 아닙니까? 아마 형님과 나 사이에 무슨 곡절 있는 관계가 있는 걸로 알고 있는 것 같은데 정말이지 아무 다른 이유는 없거든요."

"그분도 그런 말씀을 하셨지만, 그런 이유 때문에 그랬다면 왜 하필 흥신소에 그런 일을 부탁했습니까? 아무라도 시켰으면…"

"돈 거래로만 하는 일이 가장 믿을 수 있다는 걸 아직 모르시는 모양이군요. 이왕에 돈이 들 바엔 신용 있게 해줄 곳을 찾아야만 합니다."

"튼튼한 소년을 하나 사서 그분과 같이 다니도록 했었던 게 좋지 않았을까요?"

"형님은 혼자 다니고 싶어하셨습니다. 아주 독립정신이 강한 분이시니까요. 난 형님이 거북스러워하지는 않도록…"

"알겠습니다. 그분께선 오랫동안 외국에 계셨습니까?"

"난 아직 세상에 나오기도 전에 평양에 와 있던 목사님을 따라서 미국으로 들어가셨습니다. 나하고는 이십 년이나 나이 차이가 있습니다. 그리고는 작년에 나오셨으니까… 물론 서신 왕래가 옛날엔 몇 번 있었지만…"

"미국에선 뭘 하셨답니까?"

"고생 많이 하셨다더군요. 이것저것 고생을 많이 하셨다더군요. 허지만 어떻게 고생하셨다는 자세한 얘기는 아직 듣지 못했습니다. 사업이 바빠서…"

"별로 관심이 없었던 게 아닙니까?"

"고생이야 사실 나도 할 만큼은 했으니까 남의 고생한 얘기엔 사실 흥미가 없지만…"

"가령 박정하게 얘기해서 말입니다. 그분을 꼭 찾아야 할 현실적인 이유 같은 건 없습니까?"

"현실적인 이유라니요?"

"가령 사업체의 명의가 그 분 앞으로 돼 있다든가…"

"아닙니다. 재산에 관한 것이라면 모두 내 명의로 돼 있죠. 그런데 왜 그런 이상한 질문을 하시오? 김 선생은 자기 친형님이 행방불명이 돼도 가만히 있겠소?"

"물론 찾으러 다녀야죠. 그런데 그분은 왜 매일 밖에 나와서 아무 특별한 일도 없이 돌아다니셨죠? 의사의 권고 때문인가요?"

"의사가 뭐라고 한 적은 없습니다. 이유는 잘 모르지만, 사실 집에만 앉아 계시기가 따분하시겠죠. 어쩌면 미국에 계실 때의 버릇인 줄도 모르지요."

"집에 계실 때는 어떻게 하고 계십니까?"

"늘 방안에 눕거나 앉아 계시죠. 우리 집 꼬마들에게 얘기를 들려주기를 좋아하시지만 애들이 공부를 해야지 어디 큰아버지 옛날얘기 들을 틈이 있습니까? 그리고 사실 형님의 얘기란 것도 그저 이런 고생을 했다는 정도였으니까요."

"만일 그분을 영영 찾지 못하면 어떻게 하시겠습니까?"

"누가… 형님을… 죽였을까요?"

"설마 돌아가시기야 했을라구요. 그런데 가령 그분 스스로 어디로 가버리셨다면?"

"가긴 어딜 간단 말예요? 형님의 숙소는 바로 우리 집이라니까요."

우리는 경찰서 앞에 도착했다. 나는 우중충한 회색의 경찰서 건물을 올려다보았다. 아무리 보아도 그 속에서 영감을 찾아낼 수는 없을 것 같았다. 나는 고개를 돌려 내 눈 안에 들어오는 모든 거리와 집들을 보았다. 어느 곳에도 노인이 있을 것 같지 않았다. 노인이 없어진 것은 분명한데 왜 없어졌는지 허 사장도 모르고 있지만 나도 알 수가 없었다. 어쩌면 영감 자신조차도 모르고 있을 것 같았다. 정말 이 허 사장이나 박 소장의 염려대로 어떤 어마어마한 유괴범이 어느 날엔가 지대한 요구를 가지고 우리 앞에 나타날지도 모르리라는 막연한 불안만 실감되기 시작했다.

참 멋있는 영감이네요. 숙이가 말했다. 돈을 잔뜩 벌어다가 자기 친척들에게 주고 어디론가 사라져버린 거 얼마나 멋있어요! 영감 루팡 같죠? 루팡을 좋아해? 내가 물었다. 그럼요. 루팡이 되고 싶어? 네. 그럼 안심해. 우리도 루팡이 자연히 될 테니까. 그런데 루팡은 사라져서 어디로 가지? 그걸 알아서 뭘 해요? 뒤에 남은 사람들이 모두 루팡에게 고마워하고 있는 걸요! 그런데 말야. 그 루팡이 바람처럼 사라진 것을 알게 되자 뒤에 남은 사람들이 모두 불안해하거든. 그렇지만 곧 고마워하게 돼요. 숙이가 말했다. 그럴까? 그렇지만 루팡 자신은 어쩔까? 노인이 되면 모두 루팡이 되는 것일까? 루팡도 못된다면?

(1966)

60년대식

도인, 유서를 쓰다

아침이 되자 그는 약 십오 분쯤 걸리는 우체국까지 걸어가서 문이 열리기를 기다렸다가, 간밤을 꼬박 새워가며 써 놓은 유서와 사표를 각각 신문사와 교장선생께 속달우편으로 부쳤다. 돌아오는 길에 요란한 기세로 질주하는 시내버스들 속에서 창밖으로 고개를 삐죽 내밀고 있는 사람들을 보니 그는 그들이 매우 불쌍하였고 자신은 약간 쓸쓸하였다. 점심때까지는 캐시밀론 홑이불을 머리끝까지 푹 뒤집어쓰고 잤다. 잠들어 있는 동안에도 내내 그는 이불에서 아내가 묻혀 두고 간 텁텁한 화장품 냄새를 맡아야 했다. 잠이 깨자, 주인집 식모에게 숭늉을 한 그릇 청해 마시고 나서 곧 짐을 꾸리기 시작했다.

아내 소유의 물건은 섞이지 않도록 신경을 쓰며 자기 짐만 골라 꾸렸다. 꾸리다 보니, 자기가 양복이나 내의나 전기면도기 따위에는 애착을 갖고 있지 않음을 알았다. 그런 것들은 도로 캐비닛 속에 처박아버리고 집 앞 가게에서 빈 사과상자를 여덟 개 사다가 책만 주워담기 시작했다. 전공서적보다는 교양서적이 더 많고, 국내서적보다는 외국서적이 더 많고, 그리고 아직 다 읽지 못한 서적이 읽어버린 서적보다 더 많았다. 대학생 시절부터 절약하고 절약하여 사 모은 책들이었다. 어떻든 그 책들만은 마음에 드는 방식으로 처치하고 싶었다.

그는 주인집 식모에게 거리에 나가서 석간신문을 사다달라는 심부름을 시키고 나서, 책상자의 뚜껑에 못질을 하며 그 책들의 처치에 대하여 생각하기 시작했다.

가장 쉬운 방법은 헌책점에 갖다 파는 것이지만 세상에 그것처럼 무의미한 방법도 없을 게다. 역시 누구에겐가 선물하는 수밖에 없다. 누구에게?

민재, 그는 어느 사립대학에 시간강사로 나가고 있는 친구다. 그 친구라면 이 책들을 퍽 필요로 할 것이다. 그러나…

그가 만일 이 상자들을 우편으로 받고 그것이 한 친구의 가장 귀중한 유품(遺品)인 것을 알게 되면, 물론 처음엔 진심으로 고마워하고 순수하게 감격해 줄 것이다. 하지만 그 감격은 곧 자랑으로 변하겠지. 사람들은, 어쩐 까닭인지, 죽은 사람에 대해서는 다투어서 자기가 가장 가까웠던 사람이기를 바란다. '그 친구 말야, 언젠가 대천에 수영하러 함께 갔을 때 얘긴데…' 하고 한 친구가 얘기를 꺼내면, 다른 친구는 곧 '아아니, 그 친구 얘기를 하고 있는 거야… 아, 말 말라구. 나하고 종삼(鍾三)에 오입질하러 갔을 때는 어쨌구…' 하는 것이다.

요컨대, 민재에게 책을 물려준다는 것은 '도인(道仁)이가 생전에 가장 친하게 지낸 친구는 민재다'는 확실한 증거를 주는 행위가 되는 것으로서 즉, 다른 친구들에게는 섭섭한 느낌을 안겨 주게 되는 것이다. 뿐만 아니라, 민재의 입장에서 보더라도, 처음에는 죽은 사람으로부터 선택받았다는 자부심에서 좀 우쭐거릴 수 있을는지 모르나, 그러나 평생을 두고 '그 놈은 참 좋은 친구였어' '그 놈은 참 아까운 놈이었어' 하는 인사말을 해줘야 할 걸 생각하면 결국 귀찮은 짐을 떠맡는 것밖에 아무것도 아닌 것이다. 그러므로 민재에게는 이 책들을 줄 수가 없다. 민재뿐 아니라 다른 어떤 친구에게도 줘서는 안 된다.

시골에 계시는 부모님께 부쳐 드릴까. 그러나 그건 벌써 한번 생각해 본 적도 있지만, 별로 유익한 방법이 아니다. 부모님들은, 아들이 보던 책이라서 벽장 속에 모셔두고 가끔 꺼내서 어루만지며 눈물이나 흘리실 거다. 이 책들이 고작 부모님들의 눈물이나 한숨을 짜내는 데나 쓰인다는 것은 좀 곤란하다.

그는 문득 자기에게 아들이 하나 있었으면 하는 생각이 들었다. 아직 말은 배우지 못하고 겨우 걸음마나 떼 놓는 토실토실한 놈으로 한 놈! 그놈이 자라면서, 이 책들에 낙서를 하고 혹은 책장을 찢어 내어 딱지를 만들어 놀고… 아, 얼마나 좋을까! 그런 생각을 하고 있는데 식모가 신문을 문틈으로 밀어 넣어 주었다. 그는 다소 떨리는 손길로 신문을 펼쳐들고 살펴보았다. 그의 유서는 게재되지 않았다. 편집자 앞으로 그토록 간곡한 부탁을 동봉했음에도 불구하고.

본인은 시내 모 사립고등학교에서 일반사회 과목을 교수하고 있는 교사입니다. 본인은 오늘 죽을 예정입니다. 이 예정은 분명히 변경되지 않을 것입니다. 동봉하는 유서에 본인의 죽음의 이유와 목적을 충분히 표현했다고 자신합니다. 결코 유명해지고 싶어서 유서 따위를 신문사에 투고하는 것은 아닙니다. 그 점에 대해서는 본인이 이름을 밝히지도 않고 사진을 동봉하지도 않았다는 사실만 봐서도 충분히 동의하시리라 믿습니다. 청컨대, 동봉하는 유서를 신문에 게재해주시기 바랍니다. 본인의 죽음이 작으나마 이 시대를 살아가는 사람들에게 도움이 되었으면 합니다. 만일 본인의 유서가 휴지통 속으로 들어가 버린다면 본인의 죽음은 완전히 무의미해져버리는 것이며, 한편 본인의 죽음과 같은 성질의 죽음을 귀하는 물론 진정한 미래를 항해 애쓰는 모든 사람들은 영영 보지 못하고 말지도 모릅니다. 적어도 너무 늦어버린 후에 보게 될지도 모릅니다. 선처 있으시기 바랍니다.

그로서는 이 이상 더 간곡한 편지를 쓸 수가 없었다. 그럼에도 불구하고 묵살당했다. 편집인은 혹시, 위암으로 내일 모레 죽게 된 사람이 불가피한 자기의 사망에 화려한 장식을 하기 위한 수작쯤으로나 여긴 것일까? '본인은 이십 팔 세의 건강한 대한민국 청년으로서'라는 설명이 있어야 했던 것인지도 모른다. 아니, 이름을 밝히지 않은 것이 오히려 편집인의 의심을 샀던 것은 아닐지? 정확하기로 한다면, 이름과 사진을 보내고 그 다음엔 자기의 시체가 든 관을 편집인 앞에 배달하게 하는 것이다.

그러나 그렇게만 생각할 게 아니다. 그의 유서가 본인이 의도했던 만큼의 효과적인 표현을 갖추지 못했던 것인지도 모른다. 아니, 오늘은 그 유서를 게재할 지면이 없었던 것인지도 모른다. 그는 이모저모로 생각을 굴리면서도 자기 유서가 얘기하고자 한 것의 중대성을 의심하고 싶지는 않았다. 그런 만큼 오늘 신문에 실리지 않았다는 사실로 그는 퍽 낙담되는 것이었다. 오늘 그는 자살하기로 편집인에게 약속하지 않았는가. 유서가 신문에 실리든 안 실리든 그것과는 상관없이 그는 죽어야 한다. 유서가 신문에 발표된 후에 죽겠다는 약속은 자기 자신에게도 한 일이 없는 것이다.

그는 죽는 것이 싫거나 무섭지는 않았다. 자기 죽음의 의미만 널리 알려진다면 말이다. 문제는 자기가 죽어버린 후에 사람들이 그의 죽음을 흔해빠진 염세 자살로 취급해 버릴까 봐 걱정일 뿐이었다. 사실, 사회의 한 곳에는 아무리 심각한 의미의 죽음일지라도 한낱 사고사(事故死)로 돌려버리고 나서야만 안심하곤 하는 부류가 있는 것이다. 도인은 믿고 믿었던 신문조차도 어쩌면 그 부류에 속하는 것 같은 의심이 솟구치는 것을 막을 수가 없었다.

그가 오늘 느닷없이 죽는다면, 아닌게 아니라, 그의 죽음이 저 흔한 죽음으로 오인될 수 있는 조건은 충분히 있었다. 우선 그가 아내와 며칠 전 이혼을 한 것이 그의 죽음의 이유로 등장하리라.

엄밀하게 얘기하자면 두 가지 이유에서 감히 이혼이라 이름 붙일 수 있는 이혼은 아니었다. 하나는 그들이 결혼식을 올린 일도 없고 구청에 혼인신고를 접수시킨 적도 없는 부부였다는 점이고, 다른 하나는 두 사람이 정식으로 등을 맞대고 의논한 결과로 이 년 간의 부부생활을 끝맺자 한 것이 아니고, 남자가 헤어질 것을 결심하자 여자가 눈치로 짐작을 한 채 묵인하기로 한다는 식의 헤어짐이었기 때문이다.

그들이 부부가 된 것은, 여자가 오늘날처럼 팝송계의 인기 가수가 아직 되기 전, 곡 하나를 얻기 위해서 유명하다는 작곡가들을 이 다방 저 다방으로 찾아다니던 무렵이었다. 익명으로 대중가요곡을 몇 번 발표한 적이 있는 그의 학교 음악선생 소개로 우연히 알게 되었는데, 도인은 주리(朱利)의 그 말할 수 없이 천박한 화술, 경솔한 행동, 몰염치, 무지, 분수에 맞지 않는 출세욕 등에 단박 반하고 말았다. 반했다는 표현에 어폐가 있다면, 그 여자를 동정하고 말았다는 정도로 바꿔도 좋다. 소비만 하기 위하여 태어난 듯한, 서울의 어느 거리에서도 쉽게 볼 수 있는 그런 여성 중의 하나가 바로 주리였는데, 도인으로서는 여자의 은박지 같은 그 가벼움에 묘하게 마음을 쓰게 되었던 것이다.

도인의 인간관에 비추어볼 때 도저히 구제의 가망성이 보이지 않는 그러한 여자가, 그런데 노래를 부를 수 있는 목구멍을 가지고 있다는 것은 굉장히 돋보이는 사실이기도 하였다. 마침, 주리가 도인에게 기대왔다. 아마 가수로서의 출세에 잠깐 회의를 가지게 되었던 모양이었다. 고등학교 교사란 주리의 편에서 보면 그럭저럭 기대어도 좋은 기둥이었는지 모른다. 그들은 세상의 다른 부부들처럼 일 년 가까이 함께 살았다. 그러다가 어느 날 주리는 갑자기 유명한 가수가 되어 버렸다.

주간신문에서는 주리가 부른 곡에 별을 여러 개씩 달아주었고, 그 여자는 텔레비전의 쇼프로와 무대의 쇼와 지방공연과 일선장병 위문에 바빠져 버렸다.

도인은 주리를 대중에게 빼앗겨 버린 것이었다.

도인은 결코 불평하지 않았다. 주리는 제 갈 길을 찾은 것이라고 진심으로 생각하였다.

몇 달 전에 주리는 파월장병 위문공연을 위해 월남엘 다녀왔다. 대중잡지의 가십란에서도 그랬지만 무엇보다도 주리 자신의 태도로 미루어보아 월남에서는 아마 어느 동행자와 보통 이상으로 사이가 가까워졌던 모양이었다.

며칠 전에 또 위문공연을 하러 월남으로 떠났는데 주리가 떠나던 날 도인은 마음속으로 주리를 월남에서 수고하시는 장병 아저씨들에게 영원히 주어 버렸던 것이다.

정말이지 도인에게 결코 아쉬운 느낌이 남지는 않았다.

오히려 자기는 주리를 사랑하지 않았던 모양이라고 도인은 주리에게 좀 미안할 뿐이었다.

그러므로 그의 죽음을 주리와 연관시켜 생각하는 사람이 생긴다면 그에게는 그처럼 억울한 일이 없을 터였다. 그런데 사람들은 충분히 그렇게 생각할 수 있는 것이다.

그는 방바닥에 떨어뜨렸던 신문을 다시 집어들고 일 면부터 차근차근 읽기 시작했다.

소련군은 체코를 점령했고, 북괴는 휴전선 교란을 시도하고 있고, 시골 청년이 오백만 원 복권에 당첨되어 괴한으로부터 협박 편지를 받았고, 내무부에서는 국민에게 일련번호를 매길 법안을 만들고 있고, 뇌염으로 오늘까지 백 사십 육 명이 사망했고, 시외버스가 벼랑에서 전복됐고…

도인은 신문을 팽개쳤다.

자기의 유서가 결코 무의미한 낙서가 아니었음을 새삼스럽게 확인한 것이었다. 그의 유서의 테마야말로 '아아, 답답하다'가 아니었던가!

'아아, 답답하다. 지금 누군가 죽어야 한다.

그것은 바로 나다.

이 시대가 답답하여 견딜 수 없는 모든 사람을 대신하여 나는 죽으려 한다.

누군가가 우리들을 답답하게 만들고 있다. 그 사람에게 우리의 답답함을 알려주기 위해서 나는 죽으려 한다…'

이러한 그의 유서의 서두만 보아도 신문편집인은 감히 그 유서를 휴지통에 쑤셔 박을 수 없을 텐데…

도인은 내일까지 자살을 연기하기로 결정하였다.

신문에 유서가 발표되기를 기다리기 위해서만은 아니었다. 신문에 대해서는 더 이상 기대할 수 없다고 짐작했다.

다만 자기 죽음의 의미를 사람들에게 알릴 수 있는 다른 좋은 방도를 생각해 낼 시한을 우선 내일까지라고 넉넉히 잡은 것이었다.

그는 책상자들을 방 한구석에 쌓아놓았다.

내일까지는 이 책들의 처치에 대해서도 생각해 두어야 한다.

그는 마지막으로 수첩들을 정리하기 시작했다. 그는 새해가 되면 항상 새로운 수첩을 마련했고, 다 쓴 수첩은 한 상자 속에 모아두곤 했었다.

그는 다소 그리워지는 마음으로 낡은 수첩들을 한장 한장 넘겼다. 백지로 남은 페이지가 더 많았지만 그러나 수첩 속에서 그는 잊어 버렸던 사건, 사람, 이행했던지 못 했던지 기억나지 않는 약속, 책이름, 주소, 그리고 무수한 전화번호들을 보았다. 그는 지금 곧 공중전화 부스로 달려가서 수첩에 적힌 모든 전화번호의 다이얼을 돌리고 싶은 충동을 느꼈다.

그들이 지금도 거기 있는지 어떤지, 그들은 요즘 어떻게 살고 있으며 무얼 생각하고 사는지…

전화번호를 훑어보고 있던 도인은 문득 낯익은 번호 하나를 발견하였다.

그 번호는 다른 숫자들 틈에서도 유난히 강한 힘으로 그의 시선을 끌어당겼다.

"아!"

도인은 자기도 모르게 탄성을 토했다.

그리고 왼쪽 손가락들 끝으로 이마의 기름때를 문질러 벗기기 시작했다. 그것은 그가 부끄러운 기억에 사로잡혔을 때 늘 하는 버릇이었다.

그 전화번호는 그가 대학교 2학년 시절에 사용하던 수첩에 적혀 있었다. 그것은 그 시절 그가 하숙하던 집의 전화번호였다.

대학교 2학년, 그 무렵 그는 다른 친구들은 고등학교 시절에 모두 독파해 버린 책들에 빠져 있었다.

'킨제이 보고서' '남성의 연구' '여성의 연구' '성백과사전' '즐거운 밤을 위하여' 등.

그리고 자연스러운 결과로 그는 그 책들에서 얻은 지식으로 자기의 남성을 시험해 보고 싶었다.

그는 실험의 대상을 찾았다.

가장 만만해 보인 것은 하숙집 주인 딸이었다.

도인은 수첩을 펴 보기를 잘했다고 생각했다. 하마터면 길지도 않은 인생에 커다란 오점을 남겨 놓은 채 죽어버릴 뻔했다. 그렇다, 그것이 오점이 아니라면 세상에 무엇이 오점이겠는가?

'고바우집'이라면 대학가에서는 꽤 알려져 있는 하숙집이었다. 한꺼번에 삼십 명쯤의 하숙생을 둘 수 있는 직업적인 하숙집이었다.

주인인 고바우 영감이 대학 앞에 하숙을 연 데는 원대한 계획이 있어서였다.

그에게는 딸이 많았다. 이번에야말로 아들이겠지 아들이겠지 하다 보니 딸만 여덟. 소문에 의하면 본부인 모르게 여기저기 만들어 놓은 딸도 상당한 수에 이르리라는 것이다. 즉 그 영감이 그럴 생각만 있다면, 자기 딸들만 가지고도 국내 최대의 요정을 거뜬히 차릴 수 있을 정도라는 것이다.

그야 어떻든, 딸이 여덟이라는 건 부모된 입장에서는 큰 골칫거리였다. 하나쯤은 대통령 부인이 되지 말라는 법도 없지만 하나쯤 갈보로 굴러 떨어지지 않는다는 보장도 없다. 고바우 영감 부부는 딸 여덟에게 모두 좋은 남편을 얻어주고 싶었다. 여러 가지로 생각한 끝에 그들은 하던 사업을 정리하여 대학 앞에 하숙을 열었다.

그들은 하숙생들 중에서 싹수머리가 있다고 생각되는 젊은이를 발견하면 장차 그에게 딸 하나를 떠맡기기 위하여 그 젊은이의 마음을 사로잡는 데 갖은 수단을 다 썼다.

그 학생의 아침밥에만 날계란을 파묻고 도시락에 햄, 베이컨을 넣는다는 작전으로부터 시작되는 그들의 노력은 하숙비 면제, 등록금 대주기 등의 칭송할 만한 작전을 거쳐 극단에 이르면 교묘한 작전으로 딸의 뱃속에 그 젊은이의 아이를 넣도록 하는 데까지 이른다.

그들 부부의 세심한 계산과 끈질긴 노력은 마침내 열매를 맺어 위로 딸 넷을 무사히 처분하였다. 그러나 역시 사람들끼리 하는 일인지라 다섯 번째 딸 애경(愛慶) 양의 경우에는 혹심한 실패를 맛보지 않을 수 없었는데 그 잘생기고 대학도 우수한 성적으로 졸업하고 졸업 후에는 세상이 알아주는 회사에 취직한 그 사위, 다른 사위들은 장인장모 덕에 편히 공부하고 딸까지 얻어가면서도 뭔가 못마땅한 듯한 태도를 한 번씩은 보였었는데 그런 기색은 조금도 없이 고마워 죽겠다는 표정으로 애경이를 데려간 그 사위가 설마 사내로서 중요한 부분을 쓰지 못하는 병신일 줄이야! 애경 양은 결혼생활 두 달 만에 친정으로 도망와 버렸다. 시댁에서는 말리지 않았다. 친정에서는 차마 딸더러 남편에게 돌아가라고 할 수 없었다. 부모들은 당분간 딸을 집에 두고 처녀행세—실질적으로 처녀가 아닌가—를 시키다가 새 후보자를 골라 시집보낼 작정을 하고 있었다.

도인이 실험 대상자로서 노린 여자가 그 애경이었다. 남편이 성불구자이기 때문에 도망왔다는 그 여자에 대한 얘기를 다른 하숙생으로부터 듣고 난 후부터 그는 그 여자를 볼 때마다 남자에게 매달려 그 행위를 조르고 있는 그 여자의 알몸이 상상되곤 했다. 그 상상이 그로 하여금 그 여자를 만만하게 보도록 했다. 도인 앞에서의 그 여자는 인격도 교양도 수치심도 없이 오로지 본능 하나밖에 가지고 있지 않은 암컷에 불과했다.

어느 토요일 오후, 여느 때와는 다르게 집안은 조용했다. 토요일 오후를 하숙방에 처박혀 따분하게 보내려는 학생들은 없었다. 고바우 영감도 심심풀이 삼아 경영하는 복덕방에 나가고 없었다. 이층 자기 방에서 도인은 월요일까지 학교에 제출해야 할 리포트를 정리하고 있다가 집안이 조용하다는 사실을 문득 깨달았다.

칠이 벗겨진 유리창 문턱에 초가을 햇볕이 아른거리고 있고 주택들 너머의 한길에서 자동차들이 달리는 소리가 졸리우리 만큼 단조롭게 들려오고 있고, 돌아보면 어두컴컴한 방구석, 아래층에서 주인 할멈이 식모를 야단치는 소리만 이따금 들려오고… 이런 오후에 철학자라면 그의 오랜 명상을 끝맺는 발견을 할 것이고, 정치가라면 민중을 감동시킬 상징적인 구호 한 줄이 문득 혓바닥 위로 굴러 나올 것이고, 노동자라면 오랜만에 집에 사들고 갈 선물을 구멍가게에서 고르고 있을 것이며, 작곡가라면 잔물결처럼 그의 펜끝으로 밀려오는 악상(樂想)에 몸을 부르르 떨 것이고, 수녀라면 참으로 티없는 심경에서 성당의 마룻바닥에 무릎을 꿇고 신의 모습이 보여지기를 기다릴 것이다. 그런데 도인은, 이 오후야말로 자기가 애경 양에게 자기의 남성을 실험할 유일한 때라고 생각한 것이다. 이런 오후를 놓치고 말면 다시는 기회가 오지 않을는지도 모른다.

그는 쓰던 것을 한쪽으로 밀어붙이고 자기의 실험에 대한 계획에 달라붙었다. 우선 그 여자를 이 방으로 불러 올려야 한다. 가능하다면 다른 사람들이 눈치채지 않도록… 그 다음엔? 글쎄, 그 다음엔… 뭐 망설일 게 있나, 떳떳이 얘기하기로 하자. '너에게는 남자가 필요하지? 그런데 난 남자란 말이거든' 하고, 복잡한 얘길수록 솔직히 털어놓는 게 좋다. '나도 지금 여자가 필요해.'

도인은 벌떡 일어나서 아래층으로 내려갔다. 변소에 가는 체하며 집에 남아 있는 사람들의 분포 상황과 애경 양의 소재지를 찾았다. 애경 양은 곤란하게도 수돗가에서 자기 어머니와 식모와 함께 김칫거리를 다듬고 있는 중이었다.

쭈그리고 앉아 있는 애경 양은 여자들끼리 있다는 것에 방심한 탓인지 원피스 밑자락이 허벅다리까지 말려 올라가 하얀 허벅다리며 가랑이 속에 입는 옷까지 다 드러내 보이고 있었다. 도인의 눈에는 그것들이 정통으로 들어왔다. 그렇지 않아도 제 정신이 아닌 도인에게 그 난잡한 모습은 살인적인 자극제였다.

"누님!"

얼결에 도인은 애경 양을 큰 소리로 불러버렸다. 사실 애경이는 도인보다 두 살이나 위였다. 그렇지 않다고 하더라도 하숙생들은 애경이를 누님이라고 불러 버릇했다.

도인의 부름소리에 수돗가에 있던 사람들은 일제히 돌아봤다. 도인은 당황했다. 얼굴만 시뻘게질 뿐 얼른 말이 나오지 않았다. 실상 부를 핑계가 전연 없었다.

"왜 그러세요?"

애경이 물었다.

"얘, 배고픈가부다. 식빵이라도 좀 구워서 갖다드려라."

주인할멈이 식모에게 지시했다. 식모가 흙 묻은 손을 털고 끙하며 무릎을 짚고 일어섰다. 다리가 저린지 비틀거렸다.

그동안 도인은 시뻘게진 얼굴로 애경 양만 응시하고 있었다. 이상스럽다는 눈으로 도인의 표정을 살피던 애경은 그제야 깨달았는지 원피스 밑자락을 슬그머니 내리며 앉음새를 고쳤다. 그것은 하나의 시커멓고 커다란 막이 내리는 것 같았다.

도인은 휙 돌아서서 자기 방으로 달리다시피 올라갔다. 방안에 들어서자마자 안으로 문을 걸어 잠그고 의자에 털썩 주저앉았다. 아아, 완전 실패다.

그는 머리칼을 움켜쥐었다. 얼굴만 자꾸 달아올랐다. 자기 자신이 오늘처럼 어리석어 보일 수가 없었다.

문에서 노크 소리가 났다. 그는 머리칼만 움켜쥔 채 꼼짝 않고 앉아 있었다. 문을 열려는 달그락 소리가 났다.

"왜 문을 잠갔어요? 토스트 가져왔어요."

뜻밖에도 그건 식모가 아니라 애경 양의 음성이었다.

그는 벌떡 일어서서 문 쪽을 노려보았다. 이 순간에 도인의 애경에 대한 인식이 바뀌어져 버렸다. 그는 그 여자를 진짜로 사랑해 버린 것이었다. 그에게서 그 여자는 이미 한 마리의 암내나는 짐승이 아니었다. 도인은, 이제 저 문을 열면 애경의 얼굴과 대할 수 있겠지 생각하니 그럴 수 있다는 사실이 어쩌면 그리 좋고, 아무에게나 꾸벅꾸벅 절하고 싶어지는지 몰랐다.

그는 슬그머니 문고리를 풀었다. 밖에서 애경이가 문을 조용히 열고 안으로 들어왔다. 도인은 눈을 내리깔고 토스트 담은 쟁반을 받아서 책상 위에 놓았다.

그때 도인은 문득 한꺼번에 여러 가지 의문이 밀어닥치는 것을 느꼈다. 왜 문을 잠갔느냐고 묻지 않을까? 왜 방안까지 들어왔을까? 왜 토스트를 주면서 한마디도 하지 않을까? 지금 내 등뒤에서 여자는 무엇을 보고 있는 것일까?

도인은 슬그머니 돌아봤다. 여자의 두 팔이 얼른 도인의 목덜미를 껴안았다. 도인의 이빨과 여자의 이빨이 부딪쳤다.

"난 알았어, 버얼써부터… 당신 눈짓이… 난 다 알고 있었어…"

도인의 실험이 진행되는 동안, 애경은 그런 소리를 씨부렁댔고 도인 자신은 쉽구나 너무 쉬워, 이렇게 가깝고 간단한 것이 왜 그렇게 멀고 복잡하게 느껴졌던가고 생각했다.

그러나 결코 가깝고 간단하지만은 않았다. 적어도 고바우 영감의 딸일 경우엔 말이다.

실험이 있고 며칠이 지나자 도인군의 아침밥 속에는 날계란이 숨겨져 있기 시작했던 것이다. 애경은 매일 저녁 러닝셔츠와 팬티를 가지고 올라와서 갈아입으라 성화였고, 애경의 여동생들은 걸핏하면 숙제를 해달라는 핑계로 올라와 저희들끼리 찧고 까불고 야단이었고, 도인이가 고바우 영감의 사위 후보생이 되었다는 소문은 학교 안에까지 퍼져서 친구들로부터 괴상한 농담을 들어야 했다. 더구나 어처구니없는 것은, 주인 할멈은 그렇지 않은데 고바우 영감은 복도 같은 데서라도 우연히 마주치게 되면 노골적으로 도인을 흘겨보며 으흠으흠 헛기침을 하며 지나친다는 사실이었다. 고바우 영감 편에서 보면 도인은 그야말로 불청객이었다. 나이도 딸년과 맞지 않는 데다가 놈이 사범대학생이니 장차 끽해야 고등학교 선생질밖에 더하겠느냐. 이따금 하숙비 밀리는 걸 보면 고향의 부모들도 신통찮은 모양이고…

"하지만 이 친구야, 사범대학 나온다고 다 선생질인가? 아, 모모한다는 정치가도 사범대학 출신…"

복덕방에 잘 놀러오는 영감들 중의 하나가 그렇게 위로하면 고바우 영감은,

"에이, 이 사람아, 아 그분이야 사범대학만 다녔나, 사관학교도 나왔지. 아니 사범대학도 좋다 그거라. 아 글쎄, 나이도 아랜 것이 주제넘게 왜 딸년을 넘봤냐 이거라…"

"허허, 이 친구야. 계집이 먼저 늙는다는 것도 이젠 옛말일세. 아, 화장이다, 마사지는 뭐하자고 있는 건데?"

"글쎄, 그것도 좋다 이거라. 아 그래, 좋은 사윗감을 하나 봐 놓자마자 덜컥 그놈이 나타났으니… 에이, 나 원!"

"아, 이제라도 맘에 든 사람 골라 딸 주게나 그려."

"속 모르는 소리 좀 작작해. 아, 그 년이 사뭇 미쳐서 돌아가는걸. 여편네까지 그놈을 맘에 들어하니 참."

"그럼 됐지 뭐야."

"되긴 뭐가 돼. 벌써부터 도망가 버릴 기회만 노리고 있는 게 그놈 얼굴에 훤히 씌어져 있는걸."

"도망가려는 사위 비끄러매 두는 데야 자네 재주 따라갈 사람 있나?"

아닌게아니라 고바우 영감의 보는 눈이 정확했다. 도인은 그 집에 있는 것이 점점 견딜 수 없이 싫어졌다. 자기가 한 마리 가축처럼 울 안에 갇혀 사육되고 있다는 느낌을 떨쳐 버릴 수가 없었다.

도인이 싫은 것은 무엇보다도 자기 자신이었다. 여태까지 그는 한 번도 이토록 자신을 왜소하고 비겁하고 가망없는 놈으로 생각해 본 적이 없었다.

이불에서 풍겨 나오는 애경의 체취와 자기의 정액 냄새를 맡으면 그는 입을 싸쥐고 변소로 달려가 토하곤 했다. 토하는 것만이 그가 그 집에 대한 유일의 반항 방식이었다. 어느 날 밤, 아래층에서 미쳐 날뛰는 듯한 고바우 영감의 고함소리가 들려왔다. 한동안 아래층 주인식구들의 방은 떠들썩했다.

"할 수 없지 뭐유, 애경이 팔자가 그런걸."

하는 주인할멈의 한마디를 마지막으로 아래층은 조용해졌다. 얼마 후, 애경이가 커피와 과일이 든 쟁반을 들고 도인의 방으로 들어왔다. 그 여자는 분명히 억지로인 듯 보이는 웃음을 피식피식 웃고 있었다.

"왜 그래?"

도인은 괜히 겁에 질려 소곤거렸다.

"그이 말예요."

애경이 '그이'라고 하는 것은 전남편을 말함이었다.

"결혼을 하고 며칠 전에 애까지 낳았대요. 난 속았던 거예요."

애경의 전남편을 이해할 수 있는 사람은 자기밖에 없다고 도인은 생각했다. 성불구자인 듯 행세를 해서 애경 스스로 물러나게 했다니, 거 참!

고바우 영감에 대해서는 그 이상 멋진 보답이 어디 있을까. 도인은 그 전남편을 존경하고 싶었다.

"하지만 지금 전 아무렇지도 않아요."

애경 양이 말했다.

"저도 지금 애를 갖고 있거든요."

"뭐라구요?"

"너무 걱정하지 마세요. 제가 알아서 하겠어요."

며칠 후, 도인은 학교수업이 끝났는데도 하숙으로 돌아가지 않았다. 책가방 하나만 들고 그는 도망쳐 버린 것이었다. 그 집에 하숙 들어있는 어느 친구를 통하여 애경 양에게 짤막한 편지만 한 장 보냈다.

당신을 사랑함. 당신과 결혼할 작정임. 내가 떳떳한 사회인이 될 때까지 기다려주기 바람.

애경 양의 답장은,

당신을 사랑함. 그러나 당신과 결혼하지 않을 작정임. 우리 집에서도 당신을 찾지는 않을 듯. 내일 우리 식구들은 그이 집으로 쳐들어갈 예정임. 나는 오늘 밤 이곳에서 도망칠 작정임.

도인은 수첩을 덮었다. 팔 년 전 어느 날 애경의 답장이 자기에게 안겨주던 그 해방감을 그는 기억해냈다. 그러나 지금은 그 모든 기억들이 그의 양심을 찌르는 날카로운 쇳조각으로 변한다. 그동안 자기는 어쩌면 그렇게도 그들을 잊어 버리고 지낼 수 있었을까! 하마터면 길지 않은 자기 인생에 커다란 오점을 남겨 놓고 죽을 뻔했다. 그는 외출복으로 갈아입었다.

고바우 영감이 심심풀이로 경영하는 복덕방 앞에도 서울의 명물인 육교가 세워져 있었다.

육교의 계단을 올라갈 때면 항상 그는 조롱당하는 기분이었다.

이제 얼마 후에 고바우 영감으로부터 당하게 될 비난보다도 육교로부터 느끼는 조롱당하는 느낌을 그는 더 견딜 수 없다고 생각했다.

고바우 영감은 복덕방에 없었다. 노인들 세 사람이 석간신문을 펴 들고 앉아 내무부의 법안에 대하여 얘기하고 있었다.

"거참 편리하게 됐네 그려. 우선 족보를 만드는 데 수고가 덜어지겠어. 1000번과 5001번이 결혼하여 1003번, 2004번, 60023번을 낳고, 장남인 1003번이 2002번과 7777번과 결혼하여 낳은 딸인 23456번과 결혼하여…”

“에끼, 이 사람, 더 복잡하기만 하네 그려.”

주접을 떨고 있는 영감들 곁에서 도인은 고바우 영감네 집으로 갈까 어쩔까 망설이고 있었다.

그때 예전보다 퍽 늙어버린 고바우 영감이 불쑥 나타났다.

애경 양을 찾아서

“용서를 빌러 왔다구?”

고바우 영감이 말했다.

“네!”

도인은 국민학생처럼 대답했다.

“그래? 그럼 어디 빌어보게나.”

고바우 영감이 ‘백조’를 한 개비 꺼내 피우며 말했다. 복덕방 안에 있던 영감들이 싱글거리며 도인의 숙인 얼굴을 바라보고 있었다.

도인은 고바우 영감의 말투 속에서 어떤 분노나 비난하고 싶은 감정이 없음을 알아냈다. 있다면 다만 빈정거림뿐이었다. 사실 벌써 팔 년 전의 일이 아닌가. 평범한 사람이 한 가지 분노를 팔 년 동안이나 간직하고 있기란 쉬운 일이 아니다. 도인은 자기가 따분한 오후를 보내고 있던 노인들에게 심심파적의 대상이 되어 있음을 알았다. 응해 주기로 했다. 그것도 일종의 용서를 비는 행위가 될 수 있다면.

“글쎄요, 무엇부터 말씀드려야 할지 모르겠습니다만.”

하고 도인이 말을 꺼냈다.

“솔직히 말씀드리면, 그동안 전 선생님과 애경 씨에 대한 일을 까맣게 잊어 버리고 있었어요. 그런데 오늘 무슨 일 때문에 수첩을 뒤지다가 마침 전화번호가 눈에 띄어서…”

“허어, 자네 들었나?”

고바우 영감이 자기 친구 한 사람에게 탄식하듯 말했다.

"까맣게 잊어 버리고 있었다잖나! 남의 딸 신세를 망쳐놓고도 글쎄 그걸 까맣게 잊어 버렸대 글쎄."

"면목없습니다."

"허긴 그런 배짱이 있으니까 남의 집 밥을 공짜로 먹고 딸까지 해 잡수셨지, 그래서?"

"애경 씨 문제라면 할말이 없습니다만 선생님 댁 밥을 공짜로 먹었다니요? 전 하숙비를."

"허, 이 사람이 지금 와서 누구 약을 올리려나? 하숙비 그깟 돈에 매끼니 날계란 주고 아침저녁 차 끓여, 과일 들여, 그런 하숙집이 어딨어?"

영감들이 킬킬거렸다.

"그래서? 어서 말을 계속해보게!"

"… 그래서 … 애경 씨와 선생님 댁 식구들을 생각하니까 어찌나 죄스럽고…"

"죄스럽고?"

"네, 죄송스럽기 짝이 없어서, 찾아뵙고 제가 지은 죄를 갚을 길이 있다면 힘껏 갚아 드리려고…"

"대체, 자네가 무슨 죄를 지었는지나 알고 이렇게 찾아왔나?"

"……"

"내가 자네라면 말야…"

하고 고바우 영감은 비로소 진지한 태도를 보이며 말했다.

"절대 찾아오지 않겠네. 팔 년 아니라 팔십 년이 지나도 말야. 슬그머니 도망갈 때도 그랬지만 이렇게 어정어정 찾아오는 걸 보니 자넨 역시 바본 모양이야. 그렇지 않으면, 벌써 팔 년이나 지났으니 적당히 다 잘 됐겠지 하는 심뽀로 왔을 거구 말야."

"그건 아닙니다."

도인은 부정하려고 했다. 그러나 자기가 도망친 이후 고바우 영감네 집에서 일어난 일에 대해서 어떠한 상상도 함부로 할 수 없었으므로 그는 고바우 영감의 마지막 말을 끝까지 부정하고 나설 자신이 없었다.

고바우 영감은 새 담배에 불을 붙이면서 자리에서 일어섰다. 그리고 말했다.

"내가 전화를 하는 동안 자넨 빨리 도망가야 해. 그렇잖으면 자네가 어떻게 될는지 나도 모르겠어."

고바우 영감은 수화기를 들고 어디론가 다이얼을 돌리기 시작했다. 도인은 어떻게 해야 좋을지 알 수 없었다.

"어서 가슈, 여기 있다간 큰 변 당해요."

팔다 남은 북어처럼 바싹 마른 영감이 도인에게 소곤거렸다.

충고까지 듣고 보니 도인은 더 어쩔 줄을 몰랐다. 신호가 떨어지지 않는지 고바우 영감은 다이얼을 다시 돌리고 있었다. 북어 같은 영감이 도인의 손을 잡더니 끌어당겼다. 도인은 못 이기는 체 일어나서 영감을 따라 복덕방 밖으로 나왔다.

"자 어서 가요, 어서!"

"그 자리에 있으면 제가 무슨 변을 당할까요?"

도인이 물었다.

"알 수 없지, 어쨌든 당신 신상에 좋은 일은 없을 거야. 그 양반, 그렇게 말할 때가 제일 무섭거든."

"혹시… 그 여자, 어떻게 됐는지 아십니까?"

"당신이 건드린 그 딸 말유?"

"네"

"술 한잔 사겠수?"

"사구 말구요."

도인은 반가워서 얼른 북어영감의 팔을 잡았다.

북어영감은 횡설수설, 도인이 듣고 싶어하는 얘기는 일부러 그러는지 살짝살짝 피해가며 엉뚱한 자기 신세타령만 했다. 마흔 살 때 열

살 아래인 마누라가 어떤 놈과 배가 맞아 도망가 버렸다는 것. 다섯이나 되는 애들을 자기 손으로 길렀으니, 그동안의 자기 고생은 말로 해서 무엇할 것이냐. 그런데 고생해서 길러놓은 보람도 없이 위로 사내 두 놈이 육이오 때 죽어버렸다. 하나는 국군으로, 다른 하나는 의용군으로. 재수 없는 놈은 뒤로 자빠져도 코가 깨진다. 셋째인 딸년이 지금 문산(汶山) 어디선가 미장원을 하고 있다는데 돈 한푼 보내지 않는 걸로 봐서, 년이 미장원이란 말은 듣기 좋아라 하는 소리고 필시 양색시 노릇을 하고 있는 듯, 다행히 넷째인 딸년이 심청이도 부끄러울 만큼 효녀다. 남의 집 식모살이를 하면서 매달 받은 월급은 물론 용돈으로 쓰라고 주인이 몇십 원이라도 주면 그것도 집에 보낸다. 막내인 아들 녀석은 지금은 군에 가 있지만 장래 세계 챔피언을 꿈꾸는 권투선수. 다리가 아프다, 신경통이 이젠 고질도 지나 머지않아 왼발을 완전히 못 쓰게 될지도 모른다, 술이 몸에 나쁘다지만 젊었을 때부터 좋은 일이 있으나 궂은 일이 있으나 마주 대한 건 마누라 대신 술잔이니 얼마 남지 않은 인생, 술이나 실컷 마시다가 죽으리라. 술을 사주는 사람이 시키는 일은 간첩짓말고는 다 하겠다… 그런 답답한 얘기를 늘어놓고 있는 북어영감에게서 애경의 소식을 끌어내기란 퍽 어려운 일에 속했다.

"글쎄, 술이나 많이 사라니까. 그럼 내 고바우 딸년 있는 곳쯤이야 거뜬히 가르쳐 주지 않을라구. 궁금한 건 그 딸년한테 물어 보면 환해질 거구…"

여섯시 가까워서야 도인은 술집을 나왔다. 완전히 취해서 몸을 가누지 못하는 북어영감이 술상에 고개를 처박고 코를 골기 직전에 작업복 윗호주머니에서 쪽지를 한 장 꺼내 도인에게 건네주었다. 애경양의 거처를 알려주는 약도가 서투르게, 그러나 꼼꼼히 그려져 있었다. 북어영감은 술에 취하기 전에 아마 화장실에라도 가서 그것을 마련했던 모양이었다. 도인은 북어영감의 그 성실성과 지혜에 보답하는 뜻에서 쪽지가 나온 호주머니에 천 원을 넣어 주고 나왔다.

택시 안에서 도인은 쪽지를 펴보았다. 남대문 시장의 퇴계로 쪽으로 면한 어느 건물 이층에 있는 '춘목결혼상담소(春木結婚相談所)'라는 것이다. 쉽게 찾을 수 있을 것 같았다. 그러나 생각하기 힘든 것은 애경 양이 그 결혼상담소와 무슨 관계가 있느냐 하는 것이었다. 애경 양이 결혼상담소를 차렸다는 말인가? 그러고 보면 애경 양이 할 만한 사업이다.

도인은 오늘 해가 뜬 이후 처음으로 마음 편하게 웃었다.

"동포끼리 좋은 일이 있으면 같이 웃읍시다요."

운전사가 농을 걸어왔다.

"결혼상담소에 대해서는 아는 게 있습니까?"

"결혼상담소요? 하아, 재미있는 얘기 하나 할 테니 들어보시겠소?"

어떤 청년이 신문에 난 광고를 보고 결혼상담소를 찾아갔다. 35세의 독신녀인데 자가유(自家有)하고 억대의 재산은 있는데 다만 진실한 남자만 없어서 그것을 구하고 있는 중이라는 것이었다. 청년은 그 여자를 소개받았다. 소개받은 날 저녁, 청년은 여자의 집에서 밤을 새웠다.

문자 그대로 밤을 새웠는데 그건 여자가 청년을 한숨도 못 자게 굴었기 때문이다. 다음날 아침, 청년은 노란 눈을 부릅뜨고 그 집을 나왔다. 나올 때 여인이 청년의 호주머니 속에 돈 만원 다발 하나를 넣어주었다.

"저녁이나 든든히 잡숫구 가슈."

운전사가 히죽거렸다.

"깍두기만 먹고는 괜히 아까운 생목숨 잃어요."

도인에게는 운전사의 얘기가 전연 엉터리로만 들리지 않았다. 신문의 밑부분에 마치 종로의 뒷골목에 엎드려 있는 기와집들처럼, 음습한 비밀의 안개를 피우는 그 알아보기 힘든 일 단짜리 광고들을 기억해냈다. 거기에 도인 군이 지니고 있는 애경 양에 대한 이미지가 묘하게 어울리는 것이었다.

도인은 불안해졌다. 마치 캄캄한 숲 속을 살금살금 걸어가는 짐승이 자기 신변의 안전을 위해 느끼는 불안과 퍽 닮은 느낌이었다. 그 불안은 '춘목결혼상담소'로 올라가는 목조계단에서도 낡은 기계가 내는 비명처럼 울려나왔다.

삐걱 삐걱 삐걱…

사무실은 건물과는 어울리지 않을 만큼 화려하고 깨끗했다. 그리고 실내보다 더 화려하고 깨끗한 차림의 중년 사내가 들어서는 도인을 옛친구나 되듯 반갑게 맞았다.

"어서 오십쇼. 해가 퍽 짧아졌죠?"

"네, 퍽…"

얼결에 대답하며 도인은 실내를 두리번거렸다.

한쪽에 책상을 마주보게 놓고 깨끗한 차림의 청년 두 사람이 서류에 뭔가 기입하고 있었다. 다른 한 구석에서는 사환 계집애가 여성잡지를 보고 있었다.

그리고 방금 도인을 맞아들인 사내가 앉아 있던 으리으리한 책상이 유리창가에 있고 그 곁에 칸막이가 있고, 안에는 고급 응접세트가 텅 빈 채이다.

애경은 그림자도 보이지 않았다.

애경이 차지하고 있는 걸로 짐작되는 의자도 없었다. 도인은 칸막이의 안으로 안내되었다.

도인과 사내가 의자에 앉자마자 사환 계집애가 쪼르르 다가와 도인의 곁에 와 섰다.

"무슨 차로 드실까요?"

중년 사내가 탁자 너머로 상반신을 기울여 오며 말했다.

"네, 저어, 실은…"

도인은 자기가 이 상담소의 손님으로 온 게 아니라는 걸 밝혀 줘야겠다고 생각했다.

"커피로 하실까요? 우리 상담소 커피맛은 잡숴 보신 분은 누구나 칭찬한답니다."

"네, 저어, 실은…"

"하긴 돌아다니다 보면 커피를 하루 네댓 잔씩 마시게 될 때가 많죠. 그럼 인삼차로 하실까요? 진짜 인삼으로 만든 건데요."

"네, 인삼차로 하겠습니다."

도인은 깨끗한 사내의 끈덕진 권유에 지기로 했다. 사내가 나중에 군말을 하더라도 그건 사내의 자업자득이다.

"인삼차 둘!"

사내가 사환에게 말했다.

도인은 문득, 이 사내가 어쩌면 애경의 남편인지도 모른다는 생각이 들었다. 왜 진작 그런 생각을 못했을까?

왜 자기는 애경이가 결혼을 하지 않았을 거라고만 생각하고 있었을까?

사내가 명함을 내밀었다.

'春木結婚相談所 張民'이었다.

"장민이라구 불러주십시오. 시키는 일은 뭐든지 할 각오가 돼 있는 사람이올시다, 하하하하…"

"전 김도인이라구 합니다."

'네에, 김 선생님이시군요. 명함 가지신 게 있으면 하나 얻을 수 있을까요?"

"지금은…"

"아, 네, 사실 명함 같은 거야 제 입으로 제 이름을 말할 줄 모르는 병신들이 가지고 다니는 거죠. 하하하, 참 오늘 신문 보셨어요? 거, 체코, 야단났습데다. 하긴 뭐 저희들끼리 물어뜯고 싸우든 말든 우리야 구경이나 하면 그만이지만. 아, 차가 왔군요. 이건 진짜 인삼차랍니다. 하하하하, 자 드실까요?"

"제가 무슨 일 때문에 여기 왔다고 생각하십니까?"

도인은 차를 들기 전에 말했다.

"아 참, 그걸 여쭤 보지 않았군요. 어쩐지, 하하하, 이런 말씀 드리면 좀 뭣합니다만 역시 직업이 직업인지라 사무실에 들어오시는 손님을 척 보면 대강은 무슨 일 때문에 오셨는지 알아맞힙니다만, 하하하, 실례가 되지 않는다면 제가 본 바로, 김 선생님의 직업을 알아맞혀 봐도 될는지, 하하하."

"말씀해 보시죠."

"하하하, 이거 실례가 안 됐으면 좋겠습니다만, 하하하, 저어, 은행에… 하하하, 이거 실례가 안 됐으면 좋겠습니다만…"

"무직입니다."

"하하하, 농담을 잘 하시는군요. 저도 농담이라면 도시락 싸들고 다니며 합니다만, 자, 식기 전에 드실까요?"

"제가 무슨 일로 왔는지 알아맞히시면 들겠습니다."

"하아, 이거 야단났군. 하하, 이거 정말 야단났군."

사내는 입으로는 엄살을 부리면서도 굵은 테 안경 너머로 눈을 날카롭게 빛내며 도인을 살피고 있었다. 파충류의 눈처럼 기분 나쁜 빛을 발하고 있었다.

"하하하하…"

장 소장은 느닷없이 웃음을 터뜨리며,

"김 선생님한테 제가 완전히 당했군요, 당했어. 하하하하, 자 그러지 마시고 우리 사내들끼리 툭 털어놓고 얘기를 나눠 봅시다요, 미스터 키임!"

"넷!"

하고, 서류에 뭔가 기입하고 있던 직원들 중의 하나가 다가왔다.

"인사드리지, 저희 상담소 직원 미스터 킴입니다."

"미스터 김이라고 불러주십시오."

직원이 공손히 허리를 굽혀 절했다.

"아닙니다."

하고 도인이 말했다.

"전 이 상담소에 큰 볼일이 있어 온 게 아닙니다. 단지 여자 한 사람을 만나보러…"

"물론 그러시겠죠. 하하하, 한꺼번에 두 여자를 거느린다는 건 제2경제에도 위배되는 짓이죠."

"고애경이란 여자를 아십니까?"

"고애경이라구요…"

장 소장과 미스터 킴이 문득 긴장하며 마주보았다.

"고애경이라구 하셨습니까?"

장 소장이 다시 얼른 미소를 짓고 도인에게 물었다.

"네. 여기 오면 알 수 있다고 해서…"

"아, 여기 오면 알 수 있다고 해서요?"

"그렇습니다."

"찾아보도록 하죠, 미스터 키임!"

"넷."

"혹시 신청한 분들 중에 고애경이란 여자분 계신가 찾아봐 줘요."

"알겠습니다."

직원이 캐비닛을 향하여 가는 걸 지켜보며, 도인은 생각했다.

이 놈들은 애경이를 알고 있다.

저 캐비닛 속에는 없을 게다.

직원이 고애경을 찾는다고 캐비닛 속의 서류를 뒤지고 있는 꼴을 보고 있으려니, 도인은 자기가 어떤 보이지 않는 음모 속에 걸려든 것만 같아 불쾌해졌다.

그는 호주머니에서 담뱃갑을 꺼냈다. 담배는 한 개비 남았는데 그나마 풀칠한 자리가 터져서 흡연할 수가 없었다.

장 소장이, 잠깐 망설이는 듯하더니 경계하지 않아도 좋아 보이는 인물이라고 판단했는지 안호주머니에서 도인으로서는 처음 보는 담배를 꺼내 권했다.

"피스라고 일본 담뱁니다. 양담배라고 하면 통념상 미국담배를 가리키는 거니까 말하자면 양담배가 아니죠. 하하하, 일본 있는 친구가 갖다준 건데 맛이 너무 순해서… 자 한 대 피워보세요, 벌금이라면 제가 물 테니까 하하하하…"

"아니 괜찮습니다."

전 '파고다' 아니면 피우지 않는 성미라서, 라고 군말을 덧붙일까 하다가 그것은 거짓말이기 때문에 그만두었다.

"사양하지 마십시오."

"사양하겠습니다."

"하하하하, 매우 깔끔한 성미신 모양입니다. 하하하… 이거 참, 사양당하고 보니 어쩐지 매국노가 된 거 같아 슬퍼지는데요, 하하하하…"

매국노는 '피스'를 맛있게 피우며 말했다.

"정말 고애경이란 여자를 모르십니까?"

도인이 물었다.

"게다가 거짓말쟁이로까지 취급해 버리시는군요. 하하하하, 김 선생 너무하시는데요. 하하하…"

"분명히 여기서 알고 있을 거라고 했습니다."

"그 말 해준 사람을 의심하십시오. 하아, 둘 중 하나는 의심해야 하면서 살아야 하다니, 정말 살기 어려운 세상이 됐죠? 하여튼 좀 기다려 주세요. 우리 상담소와 단 한번이라도 관계를 맺었던 분들은 모두 저 캐비닛 속에 계시니까요. 수많은 이름들을 모두 기억하고 있기에는 제 대가리가 너무 평범하게 생겼다고 생각하지 않으십니까… 하하하…"

도인은 입을 다물었다. 장 소장은 자기 말마따나, 농담이라면 도시락 싸들고 다니며 할 만한 사람이었다. 그를 상대하고 있다가는 해가 뜨는 것도 농담, 밥을 먹어야 산다는 것도 농담, 여자가 아이를 낳는다는 것도 농담, 아니 김도인 군이 고애경 양을 찾으려 다닌다는 것도 농담에 불과할 것 같았다.

"고애경 씨라고 하셨죠? 그런 분은 안 계시는데요."

직원이 돌아와서, 도인이 예측한 대로 말했다.

"이 세상엔 없다는 말씀이십니까?"

"아니, 우리 상담소와의 관계가…"

직원은 직업적으로 공손하게 대답했다.

"자, 이젠 마음놓고 그 사람을 의심하십시오. 그 여자분을 여기서 알고 있다고 말해 준 사람을 말입니다. 하하하하…"

장 소장은 유쾌한 듯 웃었다.

"실례했습니다."

도인은 자리에서 일어났다.

"가시겠습니까? 이거 참, 저희들이 아무 도움이 되어 드리지 못해서 섭섭합니다. 다음에라도 혹시 여자가 필요하시면 잊지 마시고 들러주세요. 그때는 제발 여자 이름은 지어 오지 마십시오. 더 이쁜 이름을 가진 여자들도 우린 얼마든지 알고 있으니까요, 하하하…"

너털웃음을 웃으며 장 소장은 작별의 악수도 하지 않고 도인에게 등을 돌렸고, 마침 걸려온 전화를 받으러 자기 책상 앞으로 가 버렸다. 괜한 시간과 얘기와 인삼차만 빼앗겼다 싶은 모양이었다.

"실례했습니다."

도인은 직원에게만 공손히 절하고 도어 밖으로 나왔다.

어두컴컴한 목조 계단은 올라올 때보다 더욱 삐걱거렸다. 이 걸로써 충분하다고 마음의 한 귀퉁이에서 속삭이는 소리가 들렸다. 고바우 영감과 고애경 양에게 사죄하기 위해서 나로서는 최선을 다했다. 고바우 영감은 그에게 자기 앞에서 빨리 도망가라고 충고함으로써 그를 관대히 용서해 주었고, 고애경은 자기의 소재지를 불확실하게 함으로써 역시 그를 용서해 주었다. 도덕적인 문제는 이 이상 더 명쾌한 답안을 기대할 수 없는 것이다. 그러나 도인은 계속해서 마음 한 곳에 남는 꺼림칙한 느낌을 어쩔 수가 없었다. 그것은 고애경 양이 자기 때문에 얼마나 불행해졌는지 그 불행의 크기를 아직 모르고 있다는 점이다.

계단 밑, 출입구의 안쪽에 숨어서 중학생 하나가 벽에 대고 오줌을 누고 있다가, 계단을 내려오는 도인을 보고 찔끔하여 황급히 한길로 내뺐다. 배설을 도중에 멈출 수 있다니 중학생은 굉장한 기술을 가지고 있었다. 그렇지 않다면 정신은 생리를 극(克) 한다는 일본 제국주의적 명제가 부활하려는 징조일까?

도인은 한길로 나섰다. 도망가느라고 서둘렀던 탓인지, 중학생의 책가방이 땅에 떨어져 책과 노트와 도시락과 필기도구들이 마구 쏟아져 나와 여기저기 흩어져 있었다. 그것들을 쭈그리고 앉아서 주워담고 있는 중학생을 도인은 거들어주었다. 중학생은 약간 겁먹은 눈으로 도인을 보았다.

"공중변소가 너무 부족한 탓이겠지. 오줌을 누지 않고도 살 수 있는 사람은 하나도 없지 않니? 어른이 되면 넌 뭐가 되고 싶지?"

"건축가요."

중학생이 대답했다.

"좋은 생각이야. 보기 좋은 공중변소를 많이 만들겠구나?"

"헤…"

비로소 중학생은 긴장을 풀며 웃었다.

그러나 곧 울상이 되었다. 중학생의 사타구니가 꺼멓게 젖어드는 것을 도인은 보았다. 생리가 정신의 허(虛)를 찌른 것이었다.

"여보세요, 선생님."

젊은 여자의 음성이 도인의 등뒤에서 났다. 상담소의 사환 계집애였다.

"아이, 만나서 다행예요. 이현숙 씨가 기다리고 계세요."

"이현숙 씨가 누군데?"

"모르세요? 어머, 이상하다. 이현숙 씨 만나러 오신 거 아녜요?"

도인은 애경이가 가명을 쓰고 있는지도 모른다고 생각했다.

"으응, 이현숙 씨… 지금 어디 있는데?"

"아이, 아시면서 괜히, 힝. 저어기 약방이 보이죠? 약방 옆으로 꼬부라져서 조금만 내려가시면 고향이라는 다방이 있어요. 거기서 기다리고 계신다고 전화가 왔어요."

"기다리고 있겠다고?"

"선생님이 김도인 씨죠?

"고마워."

'고향'의 이현숙 씨는 과연 고애경이었다. 그러나 이현숙이라는 그 낯선 이름만큼이나 애경 양은 낯설게 변모해 있었다.

그러나 무엇보다도, 그 여자의 외모에서 천박한 느낌이 오지 않는 점에 도인은 안도했다. 화장도 한 듯 만 듯 고왔고 그 여자가 입고 있는 한복도, 비록 그 천의 이름을 알지는 못했지만 무늬가 고상한 고급품이었다. 다탁(茶卓) 위에 탁자의 모서리 선과 나란하도록 얌전히 놓여 있는 핸드백도 그 크기와 디자인이 중량감과 안정감을 가지고 보는 사람에게 신뢰감을 불러일으키는 것이었다. 그렇다, 이현숙이라는 이름은 그 여자에게 참으로 알맞는 이름이었다. 그 여자에게서, 현숙한 삼십대의 가정주부로 보이게 하지 않는 것을 찾아보기란 힘들었다. 원망스러운 사내를 팔 년 만에 맞이하는 그 여자의 표정조차도 그 여자의 현숙함을 더해 줄 만큼 조용히 아름다웠다. 다방 앞에 자가용을 세워 두고 잠깐 커피맛을 즐기려 다방에 앉아 있는 어느 부잣집의 현숙한 며느님. 그 여자가 그래 보이는 것이었다. 저 의심스러운 '춘목결혼상담소'와 그 여자와의 관계가 어떤 것인지 하는 의문만 떠오르지 않았다면, 도인은 그 여자의 기품 있는 모습에 압도되어 그 여자로부터 슬금슬금 뒷걸음질쳤으리라.

"아버지한테 전화가 왔더군요. 술통 영감이 저 있는 곳을 가르쳐 주셨다구요?"

그래서 애경 양은 춘목상담소로 전화를 했고, 하고 도인은 생각하며,

"그렇습니다."

"정말 오래간만이에요."

"예, 정말…"

"아이, 예전보다 더 얌전해지신 것 같아요."

"노력의 결과죠."

하고, 도인이 말했다.

애경은 손으로 입을 가리고 웃었다. 손가락에서 비취반지가 현숙한 빛을 발하고 있었다. 웃으면서 눈으로는 도인을 뚫어지게 보고 있었는데 그 시선만은 그다지 현숙해 보이지 않았다.

"결혼하셨어요?"

애경이 물었다.

"그 애기를 하자면 복잡합니다."

"복잡하더라도 들려주세요. 전 남의 복잡한 결혼생활 애기를 단순하게 들을 수 있는 능력을 가지고 있어요. 직업이거든요."

"애… 애…경씨의 직업 애기가 더 재미있을 거 같군요"

"부인이 어떤 분이세요? 듣고 싶어요. 들려 주세요, 네?"

애경은 진심으로 듣고 싶은 모양이었다. 쑥스러움을 참고 도인은 마치 남의 애기 하듯, 주리와의 이 년 동안의 동거생활을 애기했다. 그리고 내킨 김에 모두 털어놓았다. 자기는 오늘 자살할 예정이었다는 것, 그런데 신문에서 유서를 실어 주지 않았기 때문에 많은 사람에게 자기 자살의 뜻을 알릴 수 있는 방법을 찾을 때까지 즉 내일까지 자살을 연기했다는 것, 짐을 정리하느라고 책을 상자에 담아 꾸리고 있는데, 그 책을 물려줄 아이가 하나 있었으면 하고 생각했다는 것, 그때까지는 애경의 생각이 미처 나지 않았지만 나중에 수첩을 정리하다가 문득 애경의 생각이 났다는 것, 죽기 전에 자기의 잘못을 사죄하려고 찾아 나섰다는 것…

"아이, 이럴 줄 알았으면 아이를 지우지 말걸 그랬군요."

애경은 안타깝다는 듯이 말했다.

"하지만 도인 씨에게 기껏 자살할 생각이나 가르친 책들을 우리 귀여운 아이한테 물려주시려 했다니 너무해요."

'우리 귀여운 아이'란 말이 도인의 가슴에 아름다운 파문을 일으켜

놓았다. 마치 지금 어디선가 우리 귀여운 아이가 자라고 있는 것 같았고, 애경은 자기의 현숙한 부인인 것 같았다.

"용서를 빌러 절 찾아오셨다는 말씀이시죠?"

"그렇습니다."

"이제 와서 용서니 뭐니, 우리 그런 얘기는 그만두기로 해요. 옛날에 내 친구 중에 용서받기를 무척 좋아하는 친구가 하나 있었어요. 한번은 자기 때문에 다른 친구가 공연히 선생님으로부터 꾸지람을 들은 일이 있었어요. 그러나 그 애는 안절부절 어쩔 줄을 몰라, 대신 꾸중받은 애한테 용서를 구하느라고 있는 힘을 다했어요. 쉬는 시간이 되면 그 억울한 친구 곁에 달려가서 '미안하게 됐어. 얘, 날 용서해 줘, 응?' 하는 것이었죠. 대신 꾸중받은 친구는 그때마다 물론 '괜찮아' 하는 대답으로써 용서를 해 주었는데 그러기를 스무 번도 더 하지 않으면 안 되었죠. 나중에는 귀찮아졌어요. 더 나중에는 그 애가 용서를 구하러 다가오는 모습만 봐도 등골에 소름이 쪽 끼치고 그 애가 그렇게 징그러워 보일 수가 없었어요. 더 나중엔 어떻게 되었을 것 같아요?"

"글쎄요."

"거꾸로 용서를 빌어야 했어요. '제발 용서해 줘 얘, 제발 내 곁으로 와서 용서해달라고 귀찮게 굴지 말아 줘 얘, 얘… 제발 부탁해.' 하지만 그 지긋지긋한 친구는 자기 대신 꾸중받은 친구의 부탁을 들어주지 않고 계속해서 만나기만 하면 용서를 구했습니다. '그게 무슨 소리니 얘, 용서를 받아야 할 사람은 나지 왜 네가 나한테 용서해 달라구 하니 얘, 얘, 날 용서해 주겠니?' 결국, 어느 날 점심시간에 밥을 먹고 있었는데 또 곁에 와서 치근치근 용서해 달라고 하는 그 애를 더 참을 수 없게 된 억울한 친구는 히스테리가 발작하여, 도시락 싸는 보자기로 그 용서받기 좋아하는 친구의 목을 졸랐어요."

"그래서 죽였나요?"

"우리들이 말리지 않았더라면 아마 그랬을 거예요. 친구를 목졸라

죽일 뻔했다고 억울한 애는 더욱 억울하게도 학교에서 퇴학을 당했어요. 들리는 소문에 의하면, 그 용서받기 좋아하는 친구는 그 후로는 그 애 집으로 찾아다니면서 용서를 구한다고 했죠. 아마 퇴학당한 애는 미쳐 버렸을 거예요."

"웃을 수만도 없는 얘기로군요."

도인이 말했다.

"한번 웃고 잊어 버리세요."

애경이 미소하며 말했다.

"도인 씨가 저한테 용서를 구하러 오셨다기에 방금 지어낸 얘기니까요."

"뭐라구요?"

"아무튼 필요 이상으로 용서를 구하려 한다는 건 죄악에 속하는 것일 거예요. 전 요즘 행복해요. 제 직업에 대해서도 만족하고 있고, 그러니 도인 씨는 저로부터 용서받은 게 아니겠어요?"

"그럼… 결혼하신 건 아니구요?"

도인은 새삼스럽게 애경의 모습을 훑어보았다. 우아하고 현숙한 가정부인 차림을 요구하는 직장이라면… 고급 창녀인가?

"호호호호, 뭘 그렇게 쳐다보세요. 이건 말하자면 일종의 유니폼예요."

애경은 두 손으로 자기 옷을 쓸어 보이며 말했다.

"제가 맡은 역은 돈 많고 가정적이고 젊은 과부역이거든요. 호호호, 왜 그렇게 어리둥절해 하세요? 남자들이 세상에서 가장 좋아하는 여자가 바로 그런 종류의 여자가 아닌가요? 전 결혼 같은 건 안 할 작정예요. 이 역이 무척 맘에 드는 걸요. 거의 매일 한두 번씩 생판 모르는 남자와 맞선을 보고… 그게 얼마나 스릴 있는지 아마 짐작도 못 하실 거예요. 믿어지지 않으시겠지만, 새 남자와 선을 보러 가려면 그때마다 매양 처녀처럼 가슴이 두근거려진답니다. 남들은 일생에 딱 한 번 있을까 말까 한 그 기분 좋은 스릴을… 호호호호, 정말 무슨 얘긴지 모르시겠어요? 정말예요? 호호호호… 전 결혼상담소 직원예요. 일종의 비밀요원이란 말예요. 어느 어리석은 여자가 결혼상담소에다가 자기 남편을 구해달라고 의뢰하겠어요? 그런데 여자를 구해달라는 남자는 많거든요. 여기서 수요와 공급에 차이가 생기죠. 상담소에 한해서는 여자의 인플레이션 현상이 생겨 있답니다."

"아, 알겠습니다."

도인은 담배를 뻑뻑 빨았다. 불이 꺼져 있었다.

"이제 아시겠어요? 호호호호, 그런 표정으로 보지 마세요. 상상하시는 것보다는 퍽 깨끗한 직업예요. 전 현숙하고 돈 많고 젊은 과부거든요. 남자분들은 함부로 굴지 못하죠. 비싼 저녁을 사고 영화구경을 시켜 주고 그러다가 저의 '노오'란 대답을 듣게 마련이니까요."

그때 춘목상담소의 사환 계집애가 다가와서 애경에게 말했다.

"사장님이 부르세요."

"또 한 건 생긴 모양예요."

하고, 애경이는 자리에서 일어서면서 도인에게 말했다.

"여기서 기다려 주시겠어요? 돌아와서 당신을 용서해 드릴게요."

도인은 고개를 끄덕였다.

애경이가 상담소의 사환 계집애를 따라 다방을 나가자 혼자 남게 된 도인은 갑자기 허탈해졌다. 골치가 지끈거렸고 팔과 다리가 몹시 무겁게 느껴졌다. 생각해 보니 온종일 굶었던 것이다. 먹은 것이라고는 영양가가 별로 있어 보이지 않는 액체들뿐이었다. 셋방 주인집 식모에게서 얻어 마신 숭늉 한 그릇, 북어영감을 상대로 억지로 마신 대포 두 잔, 춘목상담소장이 권해서 마신 인삼차 한 잔, 그리고 조금 전에 이 다방에서 마신 커피 한 잔.

과거엔, 손님이 오면 고체를 내어 대접했다. 가령 떡이라든지, 고구마라든지, 사과, 곶감… 그러나 오늘날엔 주로 액체를 내놓는다. 커피, 홍차, 인삼차, 오렌지주스, 코카콜라…

이제 손님들이 기체를 들이켜야 할 날도 멀지 않았나 보다. 선견지

명 있는 식료품 상인이라면 모름지기 아무리 들이마셔도 배부르지 않는, 먹을 수 있는 기체를 발명 생산 판매 보급하는 데 전력을 경주해야 하리라.

사회가 발전함에 따라 그에 비례하여 한 개인의 행동반경이 확대되고 따라서 단위 시간에 만나는 사람의 수효는 과거의 그것과 비교하여 엄청나게 많아진다. 쉽게 말하면 손님 노릇을 해야 하는 경우가 잦아진다. 따라서 손님 접대용의 기호식품은 먹더라도 결코 배불러지는 것이 아니어야 한다. 그래서 떡이 커피로 바꿔치기 된 게 아니었던가?

식료품 상인들이여, 소비가 미덕이 될 우리의 70년대엔 그대들도 무언가 하나쯤은 자랑스럽게 내놓을 게 있어야 한다. 그것은 그렇다, 바로 '먹는 가스'를 만드는 일이다. 아무리 들이마셔도 금방 똥구멍으로 새어나가 버리는 가스쯤이라면 손님들은 얼마든지 자꾸자꾸 마실 것이고 그대들의 돈주머니는 자꾸자꾸 불룩해질 것이다.

도인은 상상했다.

한 젊은 남녀가 다방에 나란히 앉아 있다. 그들은 서로 사랑하는 사이이다. 레지가 다가온다.

"뭘로 드시겠어요?"

레지가 말한다.

"커피 가스 삼십 씨씨!"

사내가 말한다.

"난 오렌지 가스 십 씨씨!"

여자가 말한다.

다방을 나와서 그들은 거리를 걷는다. 사내의 엉덩이가 잠깐 움찔하더니 커피향내 나는 가스를 배출한다. 여자의 엉덩이가 움찔하더니 오렌지향내 나는 가스가 배출된다. 거리는 많은 사람들이 배출한 가스의 향내로 자못 꽃이 만발한 것 같다. 젊은이들의 사랑은 향내 짙은 가스 속에서 무르익어 간다.

거리의 한 모퉁이에 사람들이 몰려서 무언가 구경하고 있다. 젊은 남녀는 다가가 본다. 한 노인이 정신을 잃고 길바닥에 쓰러져 있다.

"연탄 가스를 마셨습니다."

하고, 노인의 증세를 진찰하던 의사가 말한다.

"누군가가 이 노인에게 연탄 가스를 마시게 했군요."

하고, 검진을 지켜보고 있던 형사가 말했다.

다음날 신문에 그 엽기적인 노인 살해사건에 대해 상세한 보도가 나와 있다. 그 노인에게 연탄 가스를 마시게 하여 살인을 저지른 범인은 바로 그 노인의 며느리였다. 며느리는 울면서 말하고 있다.

"시골에서 모처럼 시아버님이 오셨어요. 그런데 대접할 게 아무것도 없잖아요. 연탄 가스밖에는 아무것도 없었어요. 전 가스라면 뭐든지 먹을 수 있는 줄로만 알고… 애고 애고…"

아아 70년대! 풍성한 70년대에 그런 일은 없겠지. 그러나 만일 있다면… 그 불쌍한 며느리의 손에 살해당하게 되는 노인은 바로 김도인 씬 아닐는지…

도인의 상상은 비약했다.

사회는 그칠 줄 모르고 발전한다. 사람은 더욱 많아지고 더욱 분주해지고 한 사람이 일정 시간을 사는 양은 과거보다 더욱 많아진다.

한 쌍의 젊은 남녀가 다방에 나란히 앉아 있다. 그들은 사랑하는 사이이다.

레지가 다가온다.

"뭘 드시겠어요?"

레지가 말한다.

"난 국화 삼 분간!"

사내가 말한다.

"난 장미 일 분간!"

여자가 말한다.

레지가 국화 한 송이와 장미 한 송이를 가지고 와서 국화는 사내의 코에 장미는 여자의 코에 갖다댄다. 사내와 여자는 국화와 장미의 향내를 맡는다.

"일 분 지났습니다."

레지가 여자에게 말하며 장미를 거둔다. 이제 여자는 국화의 향내를 맡고 있는 사내를 본다. 그는 앞으로 이 분간 더 맡고 있을 것이다. 여자는 생각한다.

'이 남자는 너무 돈을 헤프게 써. 가정적인 남자는 아닌가 봐.'

그런 상상을 하며, 도인은 배고픔을 참고 애경이가 돌아오기를 기다리고 있었다. '돌아와서 용서해 드릴 게요' 하고 애경은 말했었다. 그러나 도인은 자기가 이미 용서받기 위해서 애경을 기다리고 있지 않다는 걸 알고 있었다. 왜 기다릴까? 그렇지, 애경이와 저녁이라도 함께 하려고다. 어쩌면 애경은 자기가 이 세상에 함께 식사를 한 사람으로서는 마지막 사람이 될는지도 모른다.

그때 안경을 끼고 신경질적으로 생긴 한 사내가 도인 곁으로 다가와서 맞은편 자리를 가리키며 말을 걸었다.

"앉아도 될까요?"

"곧 사람이 올 텐데…"

"이현숙이란 여자 말씀이시죠?"

하고, 사내는 뭔가 비꼬듯이 말하며 뻔뻔스러운 태도로 아까까지 애경이가 앉아 있던 자리에 털썩 앉았다. 마른 사람이 뻔뻔스러운 태도를 지어 보이는 것은 우스꽝스럽기만 하리라고 평소에 생각해온 도인은 그 안경잡이가 풍기는 지독한 뻔뻔스러움 때문에 자기의 관념을 수정할 필요가 있다고 판단했다.

"어떻게 그 여자를 아십니까?"

도인은 물었다.

"조심하셔야 합니다."

신경질적인 사내는 안경 너머에서 커다란 눈을 껌벅이며 말했다.

"그 여자를 순진한 과부로 알았다간 큰코다칩니다. 아까부터 저쪽에서 그 여자와 얘기하고 있는 모습을 보았습니다만…"

"우리가 한 얘기도 들었나요?"

"아니, 저기까진 얘기가 들리지 않아서 유감스럽게도 듣지 못했습니다만…"

"유감스럽게도?"

도인은 이 알 수 없는 사내의 뻰뻰스러움에 새삼 놀라 어안이 벙벙했다.

"형을 위해서 정말 유감스럽습니다."

하고 사내가 거침없이 말했다.

"그 여자가 나불대는 거짓말을 제가 들을 수만 있었더라면 면상을 그저 한 대… 하여튼 지금이라도 늦지는 않았습니다."

"무슨 말씀을 하고 계시는 겁니까? 댁은 누구시죠?"

"아하, 그러고 보니 정말 제 소개를 안 했군요. 하지만 제 소개보다 그 여자의 정체를 형한테 알려드리는 게 더 급한 일인 듯합니다. 형께서도 물론 그 여자를 상담소에서 소개받았겠죠? 훌륭한 집안의 착실한 기독교 신자인 노처녀라구요. 아니 오늘 차려입은 걸로 봐서는, 형한테는 저한테와는 또 다른 거짓말을 한 것 같군요. 뭐라고 하던가요? 대재벌의 막내따님이라고 하던가요? 아니, 형을 보아하니 물욕이 있는 사람 같아 뵈지는 않는군요. 그렇다면, 미국에서 피아노 공부를 하고 돌아온 젊은 과부라고 하던가요?"

"……"

도인은 기가 막히기도 했지만, 알지 못하는 사내의 입에서 애경에 대한 얘기를 듣는다는 게 간이 간지러워질 만큼 재미있는 일이기도 해서 잠자코 있었다. 사내는 이쪽이 어안이 벙벙하여 할 말이 없는 건 당연하다는 듯한 태도로 자기 말을 이어나갔다.

"전 착실한 기독교 신자인 노처녀를 소개해달라고 상담소에 부탁했었죠. 지금 생각하면 상담소에 아내될 여자를 구해 달라는 부탁을 하다니, 그처럼 어리석은 짓이 없었다고 후회합니다만, 그 무렵만 해도…"

"그 무렵이라니요?"

"지난 여름, 그러니까 벌써 두 달 전 일이군요. 그 무렵만 해도 전 아직 순진했죠. 아니 어리석었던 거죠. 여자를 소개해 주는 곳이 있다니 그처럼 편리한 걸 생각해 낸 사람의 인간에 대한 그 깊은 통찰력을 전 몇 번이고 감탄했고 존경마저 했답니다. 사실 그때까지도, 세상에서 가장 멀리 있는 동물은 여자라는 느낌이 저를 지배하고 있었거든요. 개나 토끼, 아니 코끼리나 사자보다도 더 저와 멀리 있는 건 여자였습니다. 전, 세상 남자들이 여자와 어떻게 해서 그렇게도 쉽사리 만나 팔짱을 끼고 거리를 걸어다니고 결혼을 해서 아이를 낳고 하는지 이해할 수 없었습니다. 다방에 앉아서 뭔가 즐겁게 얘기하고 있는 남녀를 보면 저는 그들이 그러니까 남자와 여자가 마주앉아서 할 수 있는 일이 도대체 뭔지 궁금하기만 했습니다. 남자들끼리라면 할 얘기가 얼마든지 있죠. 정치에 대한 얘기, 군대 시절 얘기, 인공위성에 대한 얘기 등 화제는 무궁무진하죠. 그러나 여자를 상대로 해서는 도대체 무슨 얘기를 한단 말인가 하고 궁금하기만 했습니다. 전 여자를 너무 무서워했고 너무 우러러봤고 너무 무시했고, 너무 싫어했고, 그렇습니다, 너무 사랑했고 너무 성스럽게 여기고 있었습니다. 그런 결과, 저는 도저히 남들처럼 여자와 사귀어 연애란 걸 하고 결혼이란 걸 할 수 없었습니다."

"왜 내가 당신의 신세 타령을 들어줘야 합니까?"

도인은 투덜댔다.

"신세 타령이 아닙니다. 형을 위해서 얘기하고 있는 중입니다. 제 얘기에 귀를 기울여야 합니다. 그렇습니다. 저는 누군가가 '자, 이제 네 여자다. 삶아먹든 구워먹든 마음대로 하라'고 하기 전까지는 도저히 내 몫의 여자를 차지할 수 없을 것 같았죠. 생각에 생각을 거듭하고 있는데 마침 결혼상담소란 게 있다고 귀띔해 준 친구가 있었죠. 저는 환호작약했습니다."

"그리고 아까 그 여자를 소개받았군요?"

"그렇습니다. 전 저와 같은 처지에 있는 여자를 소개해 달라고 부탁했습니다. 즉, 남자를 너무 무서워하고 너무 우러러보고 너무 무시하고 너무 싫어하고 너무 사랑하고 너무 성스럽게 여긴 결과 아직도 남자를 사귀지 못하고 시집을 가지 못한 여자를 구해 달라고 말입니다. 그랬더니 상담소의 장 사장이란 자가 그러더군요. '그러시다면 좋은 분이 있습니다. 집안도 훌륭하고 착실한 기독교 신자인 여자가 있는데 오로지 당신과 같은 이유 때문에 노처녀로 늙고 있는 여자가 있다'는 것이었습니다. 그 여자가 누군 줄 아십니까? 형이 아까 함께 얘기하고 있던 바로 그 여자란 말입니다. 저는 장 사장의 말을 믿었죠. 그리고 막상 여자를 만나 보니 아닌게아니라 그럴듯했습니다. 우린 K호텔 그릴에서 맞선을 봤는데 그 여자는 몹시 수줍어하며 시종 고개를 숙이고 앉아서 과연 예수 믿는 노처녀로구나 싶을 만큼 쌀쌀맞을 정도로 얌전을 피웠습니다. 그게 모두 연극인 줄 모르고 저는 그만 홀딱 반해 버렸습니다만, 제가 눈치만 좀 빨랐더라면 그때 벌써 그 여자의 정체를 간파했을 겁니다. 이상한 점이 한둘이 아니었거든요. 가령 그렇게 얌전을 피우면서도 나오는 음식은 게걸들린 사람처럼 다 먹어 치우더라니까요. 하긴 새로운 음식이 나오면 그때마다 묵념을 하여 하나님께 감사 기도를 드리긴 합디다만… 지금 생각하면 그것도 우스운 수작이었죠. 음식이 나올 때마다 기도를 드릴 건 뭡니까, 안 그래요? 하지만 그때는 전 그것조차도 맘에 들었으니까요. 내 눈깔이 잠깐 돌았던 모양예요. 식사를 하고 나니까 두 분이 얘기하라고 장 사장이 자리를 비켜주더군요. 우리 둘만 남게 되자 여자는 더욱 부끄러워 어쩔 줄 모르더군요. 여자가 그렇게 나오니까 저는 전에 없던 용기가 났습니다. 이것저것 제 직업에 대한 얘기를 했죠. 전 태백화학 연구소에서 도료(塗料)에 관한 연구를 하고 있는 기사거든요. 그 여자는 얘기를 열심히 들어주었습니다. 전문가가 아니면 이해하기 어려운 말이 나오면 무척 부끄럽다는 듯이 더듬거리며 그건 무얼 뜻하는 말이냐고 물어보기도 했죠. 그런 그 여자의 태도에 전 홀딱 반해버렸습니다. 영리하고 자상스럽고 얌전하고 겸손하고 남자가 하는 일에 관심을 가져주고… 저는 완전무결한 여자를 얻게 된 제 행운에 감사했죠. 저는 일주일 동안 완전히 그 여자한테 빠져 있었습니다. 우린 매일 그 음식값도 비싼 K호텔 그릴에서 만났습니다. 그 여자를 만나러 갈 때마다 저는 그 여자가 좋아하리라고 생각되는 선물을 사 가지고 갔습니다. 금은상점에 특별히 주문하여 만든 금으로 된 예수상을 선물로 가지고 갔을 때 그 여자가 좋아하는 모습이라니. 너무 좋아하므로 저는 예수님을 슬그머니 질투할 정도였으니까요. 지금 생각하면 그게 예수님이기 때문이 아니라 금이기 때문에 그토록 좋아했음에 틀림없는데…"

"돈도 많이 쓰셨겠군요?"

"말씀이라고 하십니까? 일주일밖에 안 지났는데도 제 저금통장에서는 0(零)이 여러 개 줄었더라니까요. 그래도 아깝지 않았습니다. 미쳤던 거죠. 그런데 어느 날이었습니다. 우리가 그 그릴에서 저녁식사를 막 끝내고 나서 커피를 마시고 있을 때였습니다. 한 떼의 중년 신사들이 들어왔습니다. 모두 자가용쯤 굴리는 사람들인 것 같았죠. 그 중의 한 놈이 우리 곁을 지나치다가 별안간 그 여자의 어깨를 툭 치며 '어때, 오늘 저녁엔 배 안 아파?' 하는 것이었습니다. 너무 뜻밖의 일이라 저는 미처 화도 안 나고 얼이 빠졌습니다. 그런데 더욱 놀라운 건 그 여자가 마치 거리의 창녀들처럼 표독스런 표정으로 그 신사를 향하여 '배라먹을 자식!' 한 것입니다. 그러자 그 무례한 신사는 껄껄거리며 자기 친구들 있는 쪽으로 가 버렸는데 곧 그쪽에서 '저게 바로 그 여자야?' 어쩌구 하는 소리가 내 귀에도 들릴 만큼 크게 들렸습니다. 저는 영문을 알 수 없었습니다만 그러나 직감적으로…"

말하다 말고 그 신경질적으로 생긴 화학기사는 문득 긴장하며 입구 쪽을 보았다. 도인도 돌아보니, 애경이가 들어서고 있는 것이었다. 화학기사가 도인을 향하여 나지막하고 빠르게 말했다.

"제 말만 들으면 사기당하지 않습니다. 저 여자는 사기꾼입니다.

하여튼 그런 줄로만 알고 계세요. 전 저쪽에 앉아 있겠습니다. 저 여자에게 절대 돈을 쓰지 마십시오. 같은 남자끼리 돕고 살아야 합니다."

말하고 나서, 사내는 재빠른 동작으로 다방 한구석으로 가서 이쪽에 등을 대고 앉았다. 애경의 면상을 갈기겠다던 사내의 말과, 도망하듯 자리를 옮기는 태도의 서로 틀림에 도인은 웃음이 터질 것 같았다. 애경이 다가와서 앉았다.

"방금 여기 있던 사람, 아시는 분예요?"

애경이 아무렇잖은 표정으로 물었다.

"모르는 사람인데, 애경 씨를 사기꾼이라고 하더군요."

"저 남자, 귀찮아 죽겠어요. 내 영업을 이만저만 방해하는 게 아녜요. 여긴 또 어떻게 알고 찾아왔을까?"

"무얼 하는 사람이오?"

"무슨 엔지니어라고 하던데 아마 그만둔 모양예요. 내 뒤만 저렇게 쫓아다녀요. 아마 날 사랑하는 모양이죠."

"애경 씨를 사기꾼이라고 하던데?"

"그거야 사실이니까요. 오늘 저녁에도 한 건 해얄까 봐요. 무지무지한 구두쇠 영감이라는데 고전무용 출 줄 아는 후처를 구하고 있대요. 아홉시까진 시간이 있어요. 저녁이나 먹으러 가요, 네?"

애경이 자리에서 일어서며 말했다.

도인, 자살하기 싫다

애경과 함께 다방을 훌쩍 나가 버리기에는 도인은 어쩐지 화학기사가 마음에 걸렸다. 아니 그보다도 애경이가 하고 있는 일이 무척 마음에 걸렸다.

그건 확실히 좋은 일은 아니었다. 애경은 그 화학기사에 대하여 아무렇지도 않은 듯 생각하고 있는 모양이지만—뻔뻔스럽게도 애경은 그 사내가 자기를 사랑하기 때문에 뒤쫓아 다니는 거라고 말하고 있지 않은가? ―그러나 도인의 판단에 의하면 그 사내가 애경에 대하여 품고 있는 앙심은 여간 크지 않은 것이었다. 도인은, 진심으로 애경을 위해서 그 사내가 품고 있는 앙심을 풀어주고 싶었다.

"저 사람한테 사과하는 게 어떻겠소?"

도인이 애경에게 말했다.

"누구한테 사과를 해요? 아아니, 저 엔지니언지 뭔지한테요?"

도인은 고개를 끄덕였다. 문득 애경은 새초롬해졌다. 그러나 곧 장난기 있는 표정으로,

"무슨 말로 사과를 하죠?"

"우선 미안하다고 해야겠죠. 저 사람이 애경 씨한테 품고 있는 앙심을 삭일 수 있도록 진심으로…"

"왜 제가 사과를 해야 되죠?"

"저 사람을 속였으니까요. 독실한 기독교 신자인 노처녀인 체하여 저 사람과 결혼해 줄 것처럼 했으니까…"

"전 독실한 기독교 신자인 노처녀예요. 아니 그렇게 입을 벌리지 마세요. 독실한 기독교 신자인지 아닌지는 제 자신만이 판단할 수 있는 거예요. 다른 사람들이 제 마음속에 있는 것을 기다 아니다 판단할 수는 없는 거 아녜요? 그렇죠? 그 다음에 전 분명히 노처녀예요. 결혼을 안 했으니까. 아니 한번 하긴 했지만, 아 그러구 보니 그게 거짓말이었군요. 정확히 말하자면 한번 결혼했다가 이혼한 여자라구 했어야 할 걸. 하지만 성불구자인 남편과 결혼 석 달 만에 이혼한 여자와 노처녀 사이의 차이점을 누구나 그다지 큰 걸로 생각지는 않을 거예요. 그 점에서도 난 저 사람한테 사과해야 할 만큼 큰 죄를 저지르지는 않았어요. 그 다음 누가 언제 꼭 결혼을 해 주겠다고 했나요. 결혼상담소란 소개비를 받고 남녀를 소개만 해 줄 뿐예요. 본인들끼리 교제를 해 보고 나서 결혼할지 안 할지 결정하는 거죠. 물론 전 상담소로부터 이익분배를 받고 있고 동시에 어떠한 남자에 대해서도 교제의 마지막 단계에선 '노오!'라고 대답해야 한다는 의무를 부여받

고 있지만 저 남자 경우엔 직업적인 의무에서가 아닌 진심에서 나온 '노오!'를 말해 줬을 뿐이죠. 내가 세상에서 가장 싫어하는 남자가 바로 저런 남자거든요. 소심하고 소극적이고 순진하고… 그런 남자들이 항상 범죄를 저지르죠. 여자를 골탕 먹이구요. 그렇다고 제가 순진하지 않은 남자를 좋아한다는 뜻은 아녜요."

"결국 모든 남자를 다 싫어한다는 말이죠? 순진한 남자도 순진하지 않은 남자도 다 싫다니까…"

"하여튼 제가 저 남자한테 사과해야 할 이유는 없어요. 사과를 해야 할 건 오히려 저쪽이죠. 제 뒤를 쫓아다니면서 기회만 생기면 제 손님한테 제 정체를 폭로하여 제 영업을 방해하곤 하니까요."

도인은 말문이 막혔다. 애경의 설명에는 가증스러운 그 무엇이 있었다. 마치 소매치기가 자기 영업을 방해했다고 경찰에게 사과하라고 요구하는 경우와 무엇이 다를까. 도인은 분연히 자리에서 일어섰다. 그리고 말했다.

"내가 대신 사과하고 오겠소."

"웃기는 짓 마세요."

애경의 얼굴에 조소의 빛이 스쳐갔다.

도인은 구석진 자리에서 이쪽에 등을 향하고 앉아 있는 화학기사에게 다가가 그의 맞은편 자리에 앉았다. 화학기사는 잠깐 놀란 듯했으나 곧 그 신경질적으로 생긴 얼굴에 자못 승리자 같은 미소를 가득 지었다.

"어떻습니까? 제 말이 틀림없죠?"

사내가 말했다.

"틀림없습니다. 하지만 난 형이 얘기하기 전부터 그 여자의 정체를 알고 있었습니다."

"헤, 그렇게 말씀하셔야 속이 편하시겠지만…"

"아니 정말입니다. 저 여자의 정체를 형의 앞에서 모른 체한 건 나의 나쁜 호기심 때문이었습니다. 저 여자는 나의 옛… 애인이었으니까요."

"아!"

사내의 안경 뒤에 숨은 커다란 눈이 더욱 커졌다.

"형은… 절… 놀리셨군요?"

사내가 떨리는 목소리로 중얼거렸다.

"그렇게 생각하시면 더욱 할 말이 없어집니다만 정말 그럴 생각은 없었고 다만 나의 나쁜 호기심…"

"아니 괜찮습니다."

하고 사내는 얼른 도인의 말을 가로막고 나서 반쯤 일어나며 손을 내밀고,

"우리 인사나 합시다. 제 이름은 손명우라고 합니다."

"김도인입니다."

두 사람은 악수를 하고 다시 자리에 앉았다.

"실은 저 여자를 대신해서 용서를 빌러 왔습니다."

도인이 말했다.

"저 여자가 형을 속였던 점에 대해서…"

손명우의 얼굴에 약간 시무룩한 표정이 떠올랐다.

"용서해 주시겠습니까?"

"용서라니요?"

손명우가 말했다.

"무슨 말씀이신지 모르겠군요. 저 여자가 앞으로도 계속 그런 일을 하는 걸 내버려두자는 말씀이신가요? 전 조금 전까지도 형께서 퍽 정직한 사람인 줄로 알고 있었는데 제가 잘못 본 모양이군요. 더구나 저 여자와 사랑하는 사이라면서, 아, 그러구 보니 형이야말로 저 여자에게 그런 직업을 갖게 한 장본인이군요? 제가 저 여자에게 준 금으로 만든 예수님도 형의 금고 속에 처박혀 있겠군요? 제 말이 틀렸습니까? 그렇다면 저 여자를 용서해 달라는 건 무얼 뜻하시는 거죠?"

손명우 말 속에는 그가 애경의 뒤를 쫓아다니는 데는 뚜렷한 대의

명분이 있다는 암시가 짙게 나타나 있었다. 그것은 애경을 진실로 사랑하는 태도는 자기와 같은 태도가 아니냐 하는 것이었다. 그는 도인을 라이벌로 생각했음에 틀림없다.

"저 여자를 사랑하고 계시군요…"

도인이 말했다.

"그렇습니다."

손명우는 한바탕 싸울 각오도 돼 있다는 듯한 태도로 말했다. 도인은 갑자기 더 할 말이 없었다. 남의 사랑싸움에 멋모르고 끼어 든 듯한 서먹서먹한 느낌에 사로잡혔다.

"그렇게 진심으로 사랑한다면 왜 좀더 적극적으로 여자를 위하여 행동하지 않습니까?"

도인이 말했다.

"적극적인 행동이라니요? 가르쳐 주시겠습니까? 농담이 아니고 저로서는 이 이상 더 적극적인 행동을 할 재주가 없습니다."

도인은 잠깐 생각했다. 그 친구의 어리석음에 대하여. 그것은 자기의 어리석음과 닮았다. 아니 자기의 보다 큰 어리석음을 도인은 손명우의 작은 어리석음을 통하여 깨달았던 것이다.

"저 여자를 납치해다가 형의 안방에 가두십시오."

도인이 말했다.

"그게 가능할까요?"

손명우가 눈을 빛내며 말했다.

"그게 불가능하다면 자살하십시오. 유서나 한 장 써 두고…"

도인은 말했다.

"나처럼…"

무슨 뜻인지 몰라 어리둥절해 있는 화학기사에게 도인은 미소로써 작별 인사를 대신하고 그 자리를 떠났다. 도인은 생각했다. 세상을 답답하게 만들고 있는 사람들을 모두 납치해다가 자기의 안방에 가두어 두는 것이 불가능하다면, 그 다음에 할 수 있는 일은 유서나 써

두고 자살하는 일이 아니라 세상을 사랑하기를 그쳐 버리는 일이다. 가령 손명우가 애경에게 열렬한 사연과 간곡한 호소를 담은 유서를 쓰고 자살했다고 했을 때 애경이가 눈이나 한번 깜빡할까? 아마 한번쯤은 하겠지. 그러나 그 이상은 안 할 것이다. 그보다도 더욱 확실한 것은 도인의 자살이 세상의 콧구멍을 그 근처도 간질일 수 없으리라는 점이다. 물론 처음부터 자살의 효과를 크게 생각했던 것은 아니다. 그러나 지금처럼 명백하게 그것의 초라한 결과가 보이지는 않았었다. 사람이란 깊은 밤중에 혼자만 깨어 있으면서 그 무엇인가에 대해 생각하기 시작하면, 그 무엇은 으레 굉장히 과장되어 보이는 것이며 으레 자기에게 유리하게만 생각되는 것이다. 깊은 밤, 한 청년이 이력서를 쓰고 있다. 내일 어느 회사의 사장님 앞에 들이밀 작정이다. 이력서를 쓰면서 청년은 생각한다. 취직이 될까? 그런데 생각하면 할수록 꼭 될 것만 같고 자신만만하다. 그러나 날이 밝아서 많은 사람들이 내왕하는 회사 입구에 선 청년은 사장실엔커녕 현관문을 밀고 들어서지도 못하고 굳어져 있다.

어젯밤의 그 만만하던 자신은 이슬처럼 사라져 버리고 한 마리의 번데기처럼 위축되어 버린 것이다. 그는 이력서를 안호주머니에서 꺼내 보지도 못한 채 무거운 발길을 돌린다.

깊은 밤, 가난한 과부는 생각에 잠겨 어둠 속에서 눈을 말똥말똥 뜨고 누워 있다. 큰애가 내일까지 돈을 가져가지 않으면 퇴학당한다는데… 순이 어멈이 내일 계를 타겠지. 이렇게 사정을 말하면 빌려주겠지. 아니 안 빌려줄지도 몰라. 난 워낙 여기저기 푼돈 빚이 많으니까. 게다가 순이 어멈이 얼마나 변덕스럽고 욕심 많은 여잔데! 하지만 이렇게 사정얘기를 하면 빌려줄 거야. 날이 밝자 가난한 과부는 침울해 있는 아들을 겨우 달래서 학교에 보내 놓고 순이 어멈 집으로 향한다.

순이 어멈은 오늘이 곗날이라고 요란스레 차려 입고 요란스런 화장을 하고 있다. 순이 어멈은 계꾼들과 함께 보낼 오늘의 프로그램을 얘기한다. 중국집에서 점심들을 먹고 다방에서 차를 마시고 아마 영화구경을 하러 갈 게고… 가난한 과부는 자기가 찾아온 목적을 얘기할 기회만 엿보고 있으나 좀처럼 기회가 오지 않는다. 순이 어멈이 말한다.

"참 나하고 함께 가서 중국요리 좀 잡숴 보시려우?"

그런 얘기까지 듣고 보니 과부는 더욱 용건을 얘기할 용기가 나지 않는다. 남의 곗돈 탈 날을 기억해 두었다가 돈을 꾸러 온 여자란 얼마나 얄미운 존재이랴! 과부는 저녁에나 다시 용기를 북돋워서 찾아올 작정을 하고 순이 어멈에게 말한다.

"재미나게 놀다 오슈!"

깊은 밤…

사실, 도인이 자살을 결심한 것도 그리고 신문사에 보낸 유서를 쓴 것도 깊은 밤이었다. 그리고 깊은 밤 홀로 있을 때는 자기의 목숨이 꽤 값어치 있는 걸로 생각되는 것이다. 하지만 대낮의 거리에서 그것은 얼마나 폭락하는 것인가!

이 이상 더 많은 잔소리가 필요없다. 도인은 자살하기 싫어진 것이다.

"이젠 전 천국에 갈 수 있게 됐나요?"

애경이 비꼬듯 말했다.

"……?"

"저의 잘못이 용서받았느냐 말예요."

"용서하지 못하겠다더군요."

도인이 말했다.

"그래서, 그렇다면 나도 널 용서하지 않겠다고 말해줬어요. 고애경 씨를 용서하지 못하겠다는 너의 옹고집을 나는 용서하지 못하겠다. 구체적으로 말씀드리자면 그런 얘기가 됩니다. 자, 그만 나가서 저녁이나 먹읍시다. 인생은 길고 결심은 짧은 거죠. 먹지 않으면 긴 인생이 짧아져버립니다. 논리적으로 말하면 인생이 짧아질 경우 결심의 길이는 완전히 '콤마' 이하의 수치가 될 거고, 사랑하는 방법은 여러 가지가 있어요. 난 그 중 가장 적극적인 방법을 택하려고 합니다. 순진하지도 않을 작정이고 그렇다고 순진하지 않지도 않을 작정이고, 그래서 오늘밤 난 애경 씨를 납치해다가 우리 집 안방에 가두어 두려고 하는데 의견이 어떠신지?"

눈을 동그랗게 뜨고 열심히 움직이는 도인의 입을 보고 있던 애경이 미소를 띠고 얼른 대답했다.

"좋은 일은 빨리 실천에 옮기는 거예요."

두 사람은 팔짱을 끼고 다방을 나왔다. 밖은 벌써 밤이었다. 애경은 단골 음식점으로 도인을 안내했다. 제법 규모가 큰 양식집이었다. 유니폼을 입은 나이든 웨이터가 서양 영화에서 배운 듯한 몸짓으로 두 사람을 어느 방으로 안내했다. 웨이터가 애경에게 한쪽 눈을 꿈벅하는 것을 도인은 보았다. 애경에게 윙크하는 것을 도인에게 들켜 버린 웨이터는 마치 그쪽 눈에 티라도 들어간 시늉을 하려고 도인이 보는 앞에서 계속해서 허공을 향하여 윙크해 대고 있었다. 웨이터로서는 '오늘도 한 놈 걸려드신 모양이구려' 하고 애경에게 축하하려던 것이 그만 사내 녀석에게 탄로난 것이다.

"눈에 티가 들어갔소?"

웃음을 참고 도인이 물었다.

"그, 그런 모양입니다."

"몹시 따갑죠?"

"그, 그럼은입쇼."

"하품을 크게 해보세요. 근육이 눈물샘을 자극할 겁니다. 그러면 눈물이 나오고 눈물에 섞여 티가 나옵니다."

웨이터는 시키는 대로 입을 힘껏 벌려 억지 하품을 했다. 그리고 나서 말했다.

"과연 티가 나온 모양입니다. 참 신통하군요."

애경이 참고 있던 웃음을 터뜨리며 말했다.

"하품을 하셨으니 이젠 이불 속으로 가셔야죠."

식사를 마치고 났을 때 애경은 핸드백에서 화장도구를 꺼내 식탁 위에 늘어놓고 화장을 고치기 시작하며 말했다.

"아홉시에 약속이 있어요."

"그건 알고 있소. 고전무용을 출 줄 아는 후처를 구하고 있는 구두쇠 영감과…"

"참 아까 말씀드렸었군요. 고전무용에 대해서 뭐 좀 아는 게 있어요?"

"전연."

"야단났어요. 하지만 그 자리에서 춤춰 보라곤 하지 않겠죠. 뭐 타워호텔 스카이라운지에서 만나기로 했어요."

도인은 그렇지만 그 약속은 아마 어겨야 할 거요. 내가 보내지 않을 테니까 하고 말하려는데, 애경은,

"같이 가시는 거죠? 한 시간쯤이면 끝날 거예요. 장 사장이 양쪽을 소개하고 물러가면 전 남자가 묻는 말에 대답만 하고 그러다가 시계를 보며 너무 늦었는데 들어가시는 게 어떻겠어요? 하고, 그러면 남자는 다음날 약속을 하고… 도인 씨는 옆에서…"

말하다 말고 애경은 좋은 생각이 난 듯 손뼉을 딱 치며,

"참 이렇게 해요. 도인 씨는 제 동생이 되는 거예요. 과부인 누나를 밤늦게 혼자 내보낼 수 없어 따라온 얌전한 동생이 되는 거예요. 그럼 우린 따로따로 자리를 잡고 앉지 않아도 되죠. 장 사장한테 얘기해두겠어요. 자형 될 분의 선을 보러 나온 동생이라고."

"좋은 생각이오."

도인은 말했다.

"옆에서 술이나 실컷 마시고 있기로 하죠. 술값은 물론 구두쇠 자형이 낼 테니까."

"좋은 생각예요. 이왕이면 꼬냑으로 하세요."

"좋은 생각이오. 난 아직 꼬냑을 마셔 본 적이 없으니까. 그리고 술이 취하면 자형한테 한마디쯤 주정할까? '우리 누나 좋은 여자예요.

선만 보고 나서 만일 안 데리고 살면 재미 적어요' 하고 말요."

"좋은 생각예요. 그럼 제가 얼른 이렇게 말할 게요. '아이 앤! 선생님 죄송해요. 평소엔 얌전한데 가끔 이렇게 엉뚱한 소릴 할 때가 있답니다. 수돗가에서 김칫거리를 다듬고 있는데 갑자기 누나 하고 이층으로 날 불러 올리지를 않나, 과거의 잘못을 용서해 달라구 와서 자기 집 안방으로 절 납치해 가겠다고 하지 않나, 전 이 애가 귀여워 죽겠어요' 라고 말예요."

두 사람은 함께 소리내어 웃었다. 여덟시 반이었다. 식당을 나와서 두 사람은 택시를 잡아탔다.

"장충단공원, 타워호텔로!"

애경이 의기양양하게 말했다.

운전기사가 두 사람을 돌아보며 음탕하게 웃었다.

바람맞는 사람들

타워호텔은 조용함을 팔고 있다.

그런 인상이었다. 호텔의 조용함을 보장하기 위하여 남산과 장충단의 숲들은 수면제를 먹히고 어둠의 저편에서 깊은 잠에 곯아떨어져 있는 듯했고, 가로등들은 부모들에게 야단맞을까봐 이불을 뒤집어쓰고 잠든 체하고 있는 아이들의 눈처럼 깜박깜박하고 있었다.

호텔은 거대한 사찰 같았다. 은밀한 제사가 어느 방에선가 지내지고 있을 것 같았고 염불 소리라도 들려올 것 같았다. 밝은 불빛이란 간사한 것이다. 번잡한 곳에서는 번잡을 돋우어주고 조용한 곳에서는 조용함을 돋우어준다. 마치 절에서 엄숙한 제사를 지낼 때는 촛불을 휘황하게 밝혀 놓듯이 호텔도 불을 밝혀 그 조용함을 더욱 꾸미고 있었다. 오늘의 관광호텔은 옛날의 절과 닮은 점이 많다. 우선 그것들이 지어진 동기부터가 그렇다. 국가의 중흥을 기원하는 뜻에서…

젊은 중들이 들어서는 도인과 애경을 정중하지만 날카로운 눈초리로 맞았다. 험준한 암벽과 우렁찬 폭포 아래서 오랜 수업을 닦지 않고서는 흉내도 낼 수 없을 듯한 눈초리들이었다. 아마 그 눈초리는 손님의 안호주머니 속에 든 지갑의 속을 꿰뚫어볼 수 있는 능력을 가졌으리라.

엘리베이터가 내려오기를 기다리고 있는 동안 도인은 오가는 중들의 시선들이 예사롭지 않은 것을 느꼈다. 그 예사롭지 않은 시선들이 애경을 향하고 있는 것이다. 도인은 그들이 애경에 대해서 잘 알고 있다는 걸 직감했다. 알고 있으면 있었지, 그런데 왜 저런 눈초리들일까? 마치 거리에서 희극배우가 지나가는 것을 흘낏흘낏 쳐다보는 사람들의 눈초리처럼, 아니 주책없이 한길 복판에서 교미하고 있는 개를 흘낏흘낏 쳐다보는 신사 숙녀의 눈초리처럼… 그러나 그런 시선을 느끼는지 못 느끼는지 정작 애경 양 자신은 태연하게 죽음을 앞둔 비구니 같았다. 영문도 모른 채 얼굴이 뜨거워지기만 하는 것은 도인이었다.

"여기 자주 왔었소?"

도인이 물었다.

"한 번, 한 달쯤 전에. 왜 그러시죠?"

애경이 말했다.

"아니… 어쩐지… 보이들이 애경 씨를 잘 알고 있는 것 같아서…"

"글쎄요, 어떤 다른 여자하고 혼동을 한 모양이죠."

애경은 시치미를 떼는 모양이었다.

도인은 그 이상 더 물어볼 수가 없었다. 하지만 짐작건대, 이 여자는 어떤 남자와 함께였으리라, 물론 상담소의 소개에 의하여 알게 된 남자와… 잤을까? 아니 그런 걸 가지고 이상한 눈초리로 흘낏흘낏 쳐다볼 호텔 종업원들은 아니리라. 남녀가 함께 자는 것을 이상히 여기는 보이가 있다면 그건 절에 와서 불공을 드리는 아낙네를 이상하게 여기는 중이나 다름없이, 오히려 그쪽이 이상하겠지. 애경은 아마 무슨 실수를 저질렀던 모양이다. 계단에서 미끄러졌거나 아니면 스커트

옆구리의 지퍼가 끌러져 있었거나… 제발 그 정도만의 실수였으면!

15층에 있는 타워 라마룸에서는 춘목상담소의 장 사장이 피스를 피우며 외롭게 앉아 있었다. 아마 구두쇠 영감은 아직 오지 않았나 보다. 애경이 바싹 옆으로 다가가서야 장 사장은 애경을 발견하고 마치 영국여왕이라도 맞이하듯 벌떡 일어나더니 깊이 허리를 굽혀 최대의 경례를 하고 나서 정중하게 손을 내밀어 앞자리를 가리키며 앉으시라는 시늉을 했다. 그러면서 입으로는 나지막하고 빠른 말씨로 애경에게 소곤거렸다.

"스파이가 있는 것 같아. 몸가짐을 조심해!"

장 사장이 자기를 맞이하는 태도가 너무 뜻밖이고 견딜 수 없이 우스워서 웃음을 터뜨리며 장 사장을 툭 치려던 애경은 장 사장의 주의에 흠칫 어금니를 악물어 웃음을 삼켜 버리고 들었던 손은 얼른, 마치 흐트러진 머리를 가다듬으려 했던 듯이 애꿎은 머리로 가져갔다. 그리고 눈동자를 굴려 실내를 살폈다.

"스파이라니요? 외국 사람들뿐인 것 같은데?"

"저기 저쪽에 앉아 있는 젊은 녀석 말야. 아마 그 영감의 비서쯤 되나봐. 아까부터…"

말하다가 뚝 그쳤다. 두서너 발짝 뒤에서 어떻게 처신을 했으면 좋을지 몰라 서 있는 도인을 그제야 발견한 것이었다. 장 사장은 잠깐 어리둥절한 표정으로 애경과 도인을 번갈아 보았다.

"또 뵙게 됐군요."

도인이 말했다.

"아, 네…"

장 사장은 뭔가 낭패한 표정으로 어떻게 된 일이냐는 듯이 애경을 돌아다보았다.

"제 동생예요. 과부 누나를 밤늦게 혼자 내보낼 수 없어 호위하고 온 친정 동생이죠."

그제야 알았는지, 그러나 동생이 아닌 것만은 확실하기 때문에 장

사장은 경계심을 늦추지 않은 채 미소를 띠고 도인에게 손을 내밀며 말했다.

"낮에는 미안했습니다. 어느 직장에건 일급비밀이란 건 있으니까요. 하하하하, 이해해 주십시오."

애경의 신분이 춘목상담소의 일급비밀에 속한다는 뜻인 모양이었다.

"아아이, 몇 신데 아직 안 오죠?"

애경이 한 손으로 입을 가리고 하품을 하며 말했다.

"몸가짐을!"

장 사장이 경고했다. 애경은 얼른 하품을 멈추고, 장 사장이 구두쇠 영감의 스파이라고 지목한 사내가 있는 쪽을 살폈다.

"스파이 없어졌어요. 조금 전까지도 있었는데…"

애경이 의아해서 말했다.

"내 짐작이 맞았지. 틀림없이 그 구두쇠 영감의 스파이였을 거야."

"왜 스파이 같은 걸 보냈을까요?"

"어떤 여잔지 알아보려고 했겠지. 아무쪼록 현숙이가 그놈 눈에 들어야 할 텐데…"

"그놈 눈에 들면 뭣해요? 영감 눈에 들어야죠?"

"내 짐작으로는, 영감은 틀림없이 그놈이 말하는 데 따라서 여기 나오고 안 나오는 걸 결정할 것 같아."

"그럼 어떻게 하죠?"

애경이 안타깝다는 듯이 말했다.

"그러게 몸가짐을 조심하라고 했잖아!"

"아이, 나, 별로 큰 실순 안 했죠?"

하며, 동의를 구하듯 도인을 돌아봤다.

대답 대신 도인은 애경의 소매끝에 말라붙어 있는 밥알을 떼어 주었다. 마치 다정한 동생이 가련한 누나에 대하여 그러는 기분으로.

"바람맞는 거 아녜요?"

애경이 불안한 음성으로 말했다.

"워낙 바쁜 사람인 모양야. 좀 늦어지는 것이겠지. 저녁 아홉시에 시간 약속을 하는 양반이니 얼마나 바쁜 사람인지 짐작할 만하잖아!"

장 사장이 말했다.

"내가 진짜로 고전무용을 출 줄 아는 얌전한 과부라면."

애경이 중얼거렸다.

"시간 약속 지키지 않는 사내를 더 이상 기다릴 필요가 없는 건데…"

그때 웨이터가 다가와서 연인의 귀에 사랑의 말을 속삭이듯 말했다.

"혹시 장 사장님이라는 분 계십니까?"

"나요."

장 사장이 불안해지는 얼굴로 말했다.

"전화가 왔는데요."

웨이터는 더욱 달콤하게 속삭였다.

"안 계신다고 할까요?"

"아니, 받겠어. 누굴까?"

"여기 와 있는 걸 아는 사람이 누군 누구겠어요? 도대체 그 구두쇠 영감이라는 사람 어떻게 생겼어요?"

"글쎄, 나도 모르겠어. 비서라는 사람이 왔었으니까."

"오지 않는 모양이지?"

장 사장이 웨이터를 따라 전화를 받으러 가자, 도인이 애경에게 말했다.

"글쎄요."

애경이 아랫입술을 깨물었다.

"잘됐어. 그만 가버립시다. 저 장 사장이 돌아오기 전에…"

"상판이 어떻게 생긴 녀석인데 바람을 맞히누… 이렇게 되면 자존심이 문제예요. 한껏 계획을 세워서 약속한 시간과 장소에 나가 있는데도 나오기로 한 사람이 나오지 않으면… 그때처럼 내 자신이 추악해 보일 때가 없어요."

애경은 눈물이라도 금방 쏟을 듯한 표정으로 말했다.

"이런 일이 자주 있소?"

"몇 번 돼요… 나나 장 사장은… 이 일을 결코 장난으로 하는 게 아니거든요. 새파란 애들의 어설픈 데이트 놀음을 하고 있는 게 아니란 말예요. 자본을 들인 장사예요. 그런데 우리를 상대로 해서 장난을 하는 사람들이 있어요. 그런 사람들일수록 자질구레하게 요구가 심하죠. 재산 같은 건 한푼 없어도 좋으니 훌륭한 양재 기술을 가진 마음씨 착하고 애가 딸리지 않고 대학출신인 미모의 이십대 과부를 구해달라는 식이죠. 그런 여자가 어디 있어요. 그런 식으로 요구해 오는 자식들이 항상 남 차비만 쓰게 하고 바람을 맞히곤 해요. 개새끼들이란 바로 그런 놈들을 두고 하는 소릴 거예요."

"저어…"

도인은 망설이다가 결심하고 물었다.

"저 장 사장이란 사람과는…"

애경은 도인이 묻고 싶어하는 것을 알아채고 얼른 해명했다.

"불쌍한 사람예요. 부인이 제 여학교 때 S언닌데요, 지금 위암 때문에 낼모레하고 있어요. 애가 넷이나 되는데 장 사장은 그 언니를 '돈 잡아먹는 귀신'이라고 말하지만 사실은 무척 사랑하고 있어요. 부인이 죽으면 아마 따라서 죽을 거예요. 두 사람이 결혼하게 된 얘기를 들으면 너무너무 불쌍하고 멋져요. 양쪽 집에서 두 사람의 결혼을 반대했거든요. 둘 다 집을 뛰쳐나와서…"

장 사장의 '너무너무 불쌍하고 멋진' 결혼 얘기가 시작되려는데 장 사장이 난처한 얼굴로 돌아왔다.

"안 오는 거죠?"

애경이 물었다.

장 사장은 온다 안 온다 대답 없이 잠자코 뭔가 생각하는 표정이더니 문득 도인을 향하여,

"잠깐 자리 좀 피해 주시겠습니까?"

"왜요? 이분이 들어서 안 될 얘기란 없어요."

애경이 단호하게 말했다.

"마침 화장실에 갈 필요가 생겼습니다."

말하고, 도인은 화장실로 갔다.

늙은 미국인 하나가 두 팔을 늘어뜨린 채 오줌을 누고 있었다. 용변을 마치고 나서 그 늙은이는 아마도 그것을 붙잡지 않았음에 틀림없는데도 불구하고 두번 세번 손을 씻었다. 미국인이 나가 버리자 도인은 일등 국민의 오줌 누는 자세를 흉내내어 보았다. 손도 두번 세번 씻었다. 이제쯤은 얘기가 끝났으려니 하고 자리로 돌아가니 좌석은 자못 숙연했다.

"한번 더 화장실엘 다녀올까요?"

도인이 말했다.

"제가 알아서 하겠어요."

다가오는 도인을 물끄러미 바라보고 있던 애경이 문득 고개를 돌려 장 사장을 보며 말했다.

"미안해."

하며 장 사장이 자리에서 일어서며 애경에게 말했다.

"그럼 난 먼저 갈게."

그러고 나서 도인에게 손을 내밀며 말했다.

"사무실로 자주 놀러 오십시오. 대포 정도라면 얼마든지 사겠습니다. 하하하하."

도인의 손을 힘주어 쥐고 흔들었다.

"차비 있어요?"

애경이 장 사장에게 물었다.

"너무 무시하는군."

장 사장은 자조(自嘲)의 웃음을 띠며 말하고 나서 돌아서서 나가 버렸다.

"어떻게 된 거요?"

도인이 애경에게 물었다.

"늙은 플레이보이한테 걸려든 거예요. 아무것도 아녜요."
"여기 더 있을 필요가 있소? 가지 않겠소? 우리 집 안방으로!"
애경은 대답이 없었다. 잠시 후에 손을 내밀며,
"담배 한 대 주세요."
도인은 자기의 얼굴에 놀란 표정이 나타나지 않도록 애쓰며 담뱃갑을 내밀었다. 담배를 피워물고 나서 애경이 미소하며 말했다.
"오늘밤엔 제가 도인 씨를 납치하겠어요. 이 호텔 안에 있는 어느 방으로."
그러고 나서 웨이터를 불렀다.
"오층에 빈방이 있을까요?"
"알아보겠습니다."
웨이터는 돌아갔다가 돌아와서 대답했다.
"있습니다. 프론트에 예약해 둘까요?"
"부탁해요."
웨이터가 공손하게 허리를 굽히고 돌아가자, 다른 웨이터가 봉투를 들고 다가왔다.
"이현숙 씨라는 분 계십니까?"
"전데요."
"이거, 아래층에서 어떤 손님이 전해 주십사고…"
봉투를 애경 앞에 놓았다. 애경의 손가락이 봉투 속에서 오백 원짜리 넉 장과 쪽지 한 장을 꺼냈다.
"그 손님, 지금도 있어요?"
애경이 웨이터에게 물었다.
"나가셨습니다."
"수고하셨어요."
애경이 넉 장 중에서 한 장을 웨이터에게 주며 말했다.
"고맙습니다. 사모님!"
웨이터가 가고 나자, 애경이 눈물을 글썽이며 말했다.

"이러지 않아도 괜찮은데… 애들 과자나 사다주지 않고…"

"장 사장이 보낸 거요?"

"맥주라도 한 병씩 마시라고 했군요."

쪽지를 구겨서 재떨이 속으로 버리며 애경은 금방 눈물을 쏟을 듯이 말했다.

슬픈 얼굴로 애경이 웨이터를 손가락으로 불렀다.

"맥주 두 병!"

"아니 네 병 주시오."

도인은 자기의 호주머니 속을 생각하며 말했다. 웨이터가 가고 나자 애경이 말했다.

"돈을 아끼세요."

"그래야겠군요. 호텔 비용을 치르려면."

"아녜요. 오늘 밤 호텔 비용은 제 부담예요. 걱정 마세요."

"돈이 있소?"

"걱정 마시라니까요."

애경은 야릇한 미소를 띠고 말했다.

한 시간쯤 후에 제법 취한 그들은 웨이터가 가져다준 방열쇠를 들고 5층으로 내려갔다. 구멍에 열쇠를 꽂고 나서 애경이 도인에게 말했다.

"자, 이젠 털어놓으세요. 절 사랑한다고."

"사랑해. 하지만 좀 얼떨떨하기도 하고…"

"얼떨떨한 느낌이 사랑하는 감정을 감소시키나요?"

"그렇지는 않아."

"그럼 됐어요. 자, 이젠 열쇠를 돌리세요."

방안으로 들어서자마자 애경은 핸드백을 침대 위로 내던지고 도인의 목에 팔을 감았다. 방안을 이리 비틀 저리 비틀 걸어다니며 그들은 오랫동안 키스했다. 입안의 침이 모두 말라 버려서 더 이상 키스만 하고 있을 수 없게 됐을 때 도인이 말했다.

"불을 끌까?"

"그렇게 하세요. 그리고 침대에 들어가서 한잠 주무세요. 전 바람 좀 쐬고 올게요."

"골치가 아파? 같이 나갈까?"

"아녜요. 누워 계세요. 혼자서 산보 좀 하고 싶어요. 곧 돌아올게요."

말하고 나서, 도인이 뭐라고 말할 틈도 없이 복도로 홱 나가버렸다.

한 시간이 지나도 애경은 돌아오지 않았다.

더 기다리고만 있을 수 없어 도인은 복도로 나갔다. 어느 방 앞에 웨이터 세 명이 킬킬거리며 서 있다가 복도에 나타난 도인을 보자 복도 모퉁이로 슬슬 돌아가 버렸다. 그 방 앞을 지나칠 때 도인은 방안에서 들려나오는 여인의 괴상한 울부짖음을 들었다. 말할 수 없이 음탕한 울부짖음이었다. 그런데 그것이 어쩐지 애경의 음성 같은 것 같았다.

두꺼운 벽과 문을 뚫고 복도에까지 들려나올 만큼 유난한 여자의 외침이, 그러나 반드시 애경의 음성이라고 단정하기에는 어려운 점이 많았다.

첫째, 사람의 목소리란 게 너무 높아지면 이미 누구의 목소리라는 게 그 특징을 알 수 없게 돼버리기 때문이다.

둘째, 그 외침이란 게 가령 시청 앞 광장에 구름처럼 모여 있는 사람들을 상대로 하여 북한의 참상을 연설하는 귀순간첩의 외침이라면, 그 내용으로 봐서, 미리 연설하는 사람에 대한 소개가 없더라도, 그가 어떤 사람이란 걸 짐작할 수나 있지만, 그러나 그 방안에서 들려오고 있는 여자의 외침은 그 내용의 어느 한마디에고 사회적인 동물로서의 인간의 얘기가 없는 것이었다.

"아이구, 여보, 나 죽어…"

이건 이미 사람의 말이 아니라 동물의 육체에 일어나는 경련의 일종인 것이다. 경련으로써는 어떤 증상을 알 수는 있지만 경련을 일으키고 있는 사람이 누구인가는 식별할 수가 없다.

셋째, 도인이 이 음탕한 외침의 주인이 애경인지 아닌지 확인해 볼 결심으로 도어에 좀더 바싹 다가서려 할 때 복도의 모퉁이에서 한 쌍의 남녀가 나타난 것이었다. 남의 방을 엿듣는 치한으로 오해받을까 봐 도인은 그 방 앞을 얼른 떠나지 않을 수 없었다.

그리하여 도인은, 그 방안에 있는 여자가 애경인지 아닌지 확인할 수 없게 되고 말았지만, 그러나 그 여자가 어쩐지 애경이라는 의심을 떨쳐 버릴 수가 없었다. 왜냐하면, 애경이라고 단정하기에 어려운 점이 많듯이 애경이라고 확신하기에 어렵지 않은 점도 몇 가지 있었기 때문이다.

첫째, 애경과 함께 이 호텔을 들어섰을 때 아래층의 유니폼 입은 종업원 사내들이 애경을 보고 묘한 표정으로 킬킬거리던 것이었다. 조금 전에, 그 방안을 엿듣고 있다가 도인이 나타나는 바람에 슬금슬금 물러가버린 웨이터들의 그 음탕한 표정들을 아래층에서 있었던 일과 연결시켜 상상해 보면 뭔가 얘기가 하나 꾸며지는 것이었다. 그것은 이렇다.

애경은 언젠가 어떤 사내와 이 호텔에 온 적이 있다. 그 여자는 사내와 동침할 때 어떤 순간에 고함을 지르는 버릇이 있다. 도살당하는 동물의 비명 같은 그 여자의 고함소리를 복도를 지나가던 웨이터가 듣게 된다. 사고가 난 줄로만 알고 웨이터는 그 방의 도어를 노크한다. 그리고 사실은 그것이 아니란 걸 안다. 웨이터는 다른 종업원들에게 자기가 듣고 보았던 것에 대한 얘기를 한다. 애경이 호텔을 떠날 때, 화제의 주인공이 어떤 여자인지 보기 위하여 몰려든 종업원들은 그 여자의 얼굴을 기억해 두게 된다. 그리고 오늘, 애경이 도인과 함께 나타났을 때까지도 그 여자의 얼굴을 기억해 둔 것이었다.

둘째, 몇 시간 전 '라마룸'에서 장 사장과 애경 사이에 있었던 일이다. 아니 정확하게 말하자면 도인은 그들 사이에 무슨 일이 있었던지는 알지 못한다. 그러나 방금 그 방에서 울려나온 여자의 음탕한 외침이 만일 애경의 것이라고 한다면 뭔가 상상되는 것이 있는 것이다.

그렇다, 그 방안에서 애경의 몸을 뒤집어놓고 있는 사내야말로 필경 구두쇠 영감이라는 작자일 것이다. 전화로 장 사장을 불러낸 것도 구두쇠 영감일 것이요, 장 사장에게 돈 몇푼 줘서 먼저 가도록 한 것도 그일 것이요, 애경이 장 사장에게 '제가 알아서 할게요' 한 것도 그와의 어떤 일을 두고 한 말일 것이요, 그 후에 일어난 일도 모두 그와의 어떤 은밀한 약속 때문일 것이다. 구두쇠 영감이란 작자는 누구일까? 고전무용을 출 줄 아는 후처를 구한다는 작자가… 아니 그럼 애경은 오늘밤부터 당장 그 사내의 후처가 되었단 말인가? 얼굴도 보지 않고… 하기야 애경이 하는 일은 처음부터 모를 일투성이였다.

어떻게 된 사정이든, 만일 그 방에 있는 여자가 도인의 의심대로 정말 애경이라면, 애경의 타락은 도인의 상상을 넘어선 것임에 틀림없다. 바로 근처에 자기를 사랑하는 사내를 두고—그 사내에게는 다만 키스를 해줬을 뿐 아닌가—생전 보지도 못한 사내와 소리소리 외치며 그런 짓을 하다니! 도인은 분하기보다 어처구니가 없었다.

아니겠지, 그건 애경이가 아니었을 거야. 그러나 그렇다면 바람 좀 쐬고 오겠다고 나간 그 여자는 어딜 가서 한 시간이 넘도록 돌아오지 않는 것일까?

도인은 복도를 뺑 돌아서 5층 담당의 웨이터에게 갔다. 아까 그 방 앞에서 킬킬거리고 있던 사람들 중의 하나였다.

"나, 오백오호실에 있는 사람인데…"

"네, 알고 있습니다."

웨이터가 직업적으로 공손히 말했다.

"나하고 함께 온 여자도 알고 있소?"

"네, 알고 있습니다."

"바람 좀 쐬고 온다고 나왔는데… 가는 걸 봤소?"

"언제쯤?"

"한 시간쯤 전인데…"

"아, 보지 못했는데요. 제가 잠깐 자리를 비운 동안에 나가신 모양이군요. 곧 돌아오시겠죠."

도인은 웨이터가 어쩐지 시치밀 떼고 있는 것 같았다. 도인은 시계를 보았다. 자정이 넘어 있었다. 아래층으로 내려가 밖으로 나가 볼까 생각했다. 그러한 그의 생각을 가로막듯 웨이터가 이번엔 직업적이 아닌 표정으로 말했다.

"들어가 계십시오. 저희들이 알아보겠습니다."

어딘지 자신이 있어 보이는 말투였다.

도인은 방으로 돌아왔다. 오는 도중 여자의 외침이 들려나오던 방 앞을 지나칠 때 그는 잠깐 방안에 귀를 기울여봤다. 이젠 그 소리가 들리지 않았다.

방으로 들어와서 도인은 침대 위에 던져져 있는 애경의 핸드백을 보자 왈칵 애경에 대한 증오가 치밀었다. 그는 핸드백을 집어 머리위로 높이 쳐들었다가 방바닥에 힘껏 내동댕이쳤다. 방바닥에 부딪친 핸드백은 요란한 소리로 울렸다. 동시에 전화벨이 요란하게 울렸다.

"여보세요!"

애경의 음성이었다.

"도인 씨죠?"

"그렇소, 당신과 관련된 소리는 왜 모두 그렇게 요란하지?"

"무슨 말씀이세요?"

"난 방금 당신의 핸드백을 내동댕이쳤단 말이오. 빽빽 요란한 소리로 웁디다."

"화가 나셨군요. 하지만…

"지금 어디 있소?"

"너무 걱정말고 먼저 주무세요. 곧 가겠어요."

"지금 어디 있소?"

"나중에 말씀드릴 게요. 그럼…"

"난 다 알아요. 당신이 지금 어디서 무엇을 하고 있는지 다 안단 말야."

말하고 나서 도인은 수화기를 탕 내려놓았다. 울음이 터질 것 같았다.

도인은 침대 가장자리에 털썩 주저앉았다. 그로서는 처음으로 느껴보는 모멸감이 그를 엄습했다. 그는 애경이 변명하기 위해서 이내 전화를 걸어오리라고 생각했다. 그렇지 않으면 목소리가 아닌 그 여자의 몸이 직접 저 방문을 열고 나타나리라. 그러나 그녀가 돌아온 것은 새벽 세시가 다 되어서였다.

애경은 몹시 흐트러진 몸차림에 물에 젖은 헝겊처럼 축 늘어져 있었다.

"아직도 안 주무시고 계셨어요?"

자기의 피로감 때문에 전연 남한테는 신경을 쓸 수 없는지, 애경은 지나치는 인사말처럼 한마디하고 겉옷을 벗고 속옷 차림으로 이불 속으로 기어들어가며 말했다. 그야말로 한 마리의 누에가 꿈틀거리며 섶으로 기어오르는 것 같았다. 도인은 침대 가장자리에 앉은 채 애경을 우두커니 내려다보았다.

"미안하지만 그 저고리 좀 주세요."

이불 속에서 팔 하나를 내밀며 애경이 말했다. 도인은 조금 전에 그 여자가 벗어놓은 저고리를 집어주었다. 몇 겹으로 접어올린 저고리의 소매를 풀어 내리더니 애경의 손은 종이조각 하나를 집어들었다.

"그 핸드백 좀 주시겠어요?"

애경이 말했다.

핸드백에 수표를 넣기 전에 그 여자는 도인을 향하여 수표를 들어 보이며,

"이십만 원짜리예요. 염치나 도덕을 돌보기에는 지나치게 강력한 금액이었어요. 저에게는 말예요."

솔직히 말하면 도인은 그 금액의 많음에 어리둥절해질 만큼 놀랐다. 하마터면 '아니 하룻밤 몸값에?' 하고 물을 뻔했다.

"도저히 저항하기 불가능한 유혹을 걸어오는 사람들이 요즘 부쩍 많아졌어요. 아마 월남 경기(景氣) 때문일까요?"

"도대체 어떻게 된 일이오?"

"그 양반은 벌써 후처를 구했대요. 하지만 후처가 될 뻔한 또 하나의 여자를 그냥 돌려보내기에는 그 양반의 욕심이 말을 듣지 않았던 거죠. 죽거나 이혼할 때까지는 언제든지 소유로 할 수 있는 여자를 소유하기 직전에 그 가능성이 막혀 버린다는 건 애가 타는 일인 모양이죠? 더구나 그 여자가 창녀처럼 돈만 주면 언제든지 소유할 수 있는 신분의 여자가 아니라 남으로 지내는 한에는 평생 가야 손목 한번 잡아보기 힘든 여염집 얌전한 과부라니까… 그래서 장 사장한테 제안을 해왔어요…"

"왜 가기 전엔 그런 얘기를 하지 않았소?"

"얘길 했더라면 어떻게 됐을까요? 물론 도인 씨는 내가 그 영감한테 가는 것을 말렸겠죠. 그렇다면 그 다음에 무슨 일이 있었을까요? 내가 그 사람과 한 짓과 똑같은 짓을 도인 씨가 했을 뿐일 거예요. 다른 게 있다면 저쪽에서는 이십만 원이 생기는데 이쪽에서는 한푼도 생기지 않는다는 것뿐이죠. 아니 한푼도 생기지 않을 뿐만 아니라 나를 사랑하는 남자에게 더러운 몸을 안겨준 깊은 죄의식만 남게 되죠. 그건 이중으로 손해를 보는 셈이요."

애경은 잠시 말을 중단했다가 뭔가 결심한 표정으로 말을 계속했다.

"꼭 그랬으리라고 장담할 수는 없는 얘기지만, 만일 당신의 중요한 부분을 보호할 수 있는 고무제품이 준비되어 있었더라면, 난 그 사람한테 가지 않았을지도 몰라요. 난… 성병 환자거든요…"

도인은 아연했다. 무어라고 더 할말을 잃어 버렸다. 한참 만에 더듬거리며,

"치료받으면 될 텐데…"

"걱정해 줘서 고마워요."

말하고 나서, 애경은 이불을 머리끝까지 뒤집어썼다. 아마 울고 있는 모양이었다. 도인은 그 여자의 울음을 달랠 말을 찾지 못한 채 우두커니 앉아 있었다. '걱정해 줘서 고마워요' 라고 할 사람은 자기라고

생각했다. 솔직한 말로 성병을 옮는다는 건 싫은 일이었다. 20만 원씩 들여가면서 옮는 사람도 있지만 말이다.

그러나 잠시 후에 도인은 그런 생각을 하고 있는 자기가 무척 야박하다고 생각했다. 이런 경우에 처한 자기의 처지를 잡지의 '인생상담' 같은 곳에 호소하면 명사(名士)님의 대답은,

'그 여자와 육체적 접촉을 삼가하시고 권위 있는 병원에서 치료를 받도록 권하십시오. 가능하다면 당신이 직접 그 여자를 병원에 데리고 가는 겁니다. 병원에 갈 때마다 당신이 동행한다면 그 여자는 혹시나 병 때문에 당신의 사랑이 변한 것이나 아닐까 하는 의구심에서 벗어날 수 있으며…' 운운할 것이 뻔하지만, 그러나 도인은 당장 그 여자와 성 교섭을 가져 그 여자로부터 성병을 나눠 받음으로써 울음을 달래고 싶은 심정이 되었다.

도인은 조용히 이불자락을 끌어당겨 내리고 애경의 얼굴을 내려다보았다. 애경은 잠이 들어 있었다. 가볍게 코까지 골고 있었다. 애경의 얼굴은 자못 복잡했다. 화장이 얼룩얼룩 지워져 있고 눈물 자국이 있고 식은땀의 작은 방울들이 이마에, 콧등에, 인중에 가득히 솟아 있고… 그것은 이 세계에서 가장 가련한 모습이었다. 그 여자의 가장 밑바닥에 숨겨져 있던 모습이 해묵은 늪의 메탄가스처럼 표면으로 떠오른 것 같았다. 도인은 그것에 질식할 것 같은 답답함을 견디어낼 수 없었다.

도인은 살그머니 일어나서 발소리를 죽이고 실내를 돌아다니며 모든 조명을 껐다. 방안은 무덤 속처럼 어두워졌다. 침대 옆으로 다가가 다시 한번 애경의 얼굴을 내려다보았다. 코고는 소리가 낮고 규칙적으로 들릴 뿐 그 여자의 얼굴은 보이지 않았다. 그는 손으로 그 여자의 얼굴을 더듬었다. 식은땀에 젖은 이마가 만져졌다. 손바닥으로 그 여자의 얼굴에서 식은땀을 닦아냈다. 애경은 깊은 잠에 싸여 꼼짝하지 않았다. 도인은 조용히 방을 나왔다.

여자의 외침 소리가 들려나왔던 방 앞을 지나치다가 도인은 문득

걸음을 멈추고 수첩과 볼펜을 꺼냈다. 백지를 한 장 찢어내어 거기에 썼다.

'일어나는 즉시 피부비뇨기과로 직행하십시오.'

쪽지를 접어서 문 밑 틈바구니로 밀어 넣고 그는 계단을 걸어 내려갔다. 엘리베이터는 버튼 한 개 누를 자신이 없었다.

산상수훈(山上垂訓)

호텔 밖으로 나서니, 새벽의 말갛고 차가운 어둠이 도인을 맞았다. 가등(街燈)들의 새벽처럼 차가운 빛이 이슬 젖은 포도 위에서 조용히 번쩍이고 있었다.

주위는 아직도 컴컴했고 차들도 나다니지 않았다. 도인은 걸음이 휘청거릴 만큼 피곤했다. 호텔을 나와 버린 것을 약간 후회했다. 따뜻한 이불 속에서 한잠 푹 자고 싶었기 때문이다.

생각하면, 하루가 무척 길게 느껴지는 때가 있는 법인데, 도인에게는 어제 하루가 바로 그랬다.

어느 날의 몇 곱절을 어제 하루 동안에 살아버린 느낌이었다. 아니, 그가 어제 하루 동안에 살았던 것에 비교하면 여느 날의 그의 삶의 부피란 얼마나 초라한 것이냐!

그러나 그는 곧 자기가, 소설이나 수기나 전기나 영화나 또는 상상 속에서 보았던, 죽음을 목전에 둔 사람들이 해냈던, 어마어마한 일들을 자기의 어제 하루와 비교해 보았다. 그러자 저절로 쓴웃음이 나왔다. 사실 어제의 그의 삶이란 죽음을 목전에 둔 마지막 하루의 삶이 아니었던가. 그는 신문사에 약속한 대로 한다면, 지금쯤 그의 허파는 움직이기를 멈추어야 하는 것이었으니까 말이다. 그런데 그러한 죽음을 각오하고 산 마지막 하루의 삶이란 게 고작해야 고바우 영감을 찾아가서 핀잔을 듣고, 북어영감에게 술을 사주고 신세타령을 듣고, 애경이를 만나서 사랑을 느끼고, 그 여자의 사기적인 행각에 협력차 따라나서고, 그러다가 그 여자의 몸을 욕망하게 되고, 그러나 돈에 약한 그 여자를 발견하게 되고, 덤으로 그 여자가 성병 보균자라는 것을 알게 되고, 그러니까 그 여자가 어쩐지 답답하게 여겨져서 이렇게 도망 나오다시피 하고 있고… 이것들은 확실히, 죽음을 앞둔 마지막의 삶으로서는 더러울 정도로 쩨쩨하다.

그는 차를 타기 위해서 장충체육관 쪽으로 향하고 있던 발길을 돌려서 남산공원 쪽으로 향하면서, 그가 어저께 다른 식으로 살았더라면 어떻게 살 수 있었을 것인지 그 가능했을지도 모를 삶들을 상상해 보기 시작했다.

우선 그는 여느 날과 마찬가지로 도시락을 싸들고 학교에 나갈 수도 있었으리라.

학생들에게는 계획돼 있는 페이지까지 강의를 하고 퇴근 후에는, 그래야만 사회생활을 하고 있는 걸 실감할 수 있다는 듯이 으레 동료교사를 두어 명 끌다시피 하여 대폿집엘 가곤 하는 국어 선생을 따라 술 한되쯤 마시고… 술에 취해서 어쩌면 자기는 죽을 결심이라는 얘기를 털어놓았을지도 모른다.

그러면…

도인의 상상은 여기서 막혔다. 국어선생이 무어라고 말했을는지 상상할 수 없는 것이었다. 그것을 상상할 수 없다고 함은, 국어선생이 도인의 결심을 바꾸게 할 수 있는 말을 했을지도 모르기 때문이다.

도인은 다른 경우를 상상했다. 서울역에서 그는 갈 수 있는 한 가장 먼 곳까지 차표를 끊는다. 부산? 목포? 여수? 편리한 대로 우선 부산이라 해두자. 깨끗한 커버를 씌운 의자가 있는 이등차표를 끊고 차에 오른다. 오르자마자 준비해온 수면제를 먹는다. 그는 깊이 잠든다. 창밖으로 풍경은 흘러가지만 그는 보지 못하고 깊은 잠 속으로 빠져 들어간다. 부산역에서 그는 차장이나 또는 다른 친절한 승객에 의하여 어깨를 흔들리운다. 그리고 그는 벌써 시체다. 아냐, 도중에 차장이 차표 검사를 하지. 그건 어디쯤에서일까? 대전? 대구? 그때 자기는 완전히 잠들어 버렸을지 그러지 않았을지 도인의 상상은 막혔다.

도인은 이제 다른 경우를 상상해 보려고 애썼다. 소설이나 영화 속에서 빌려온 것이 아닌, 자신의 구체적인 현실에서 가능했을 일을. 사실 그 상상은 도인에게 중요한 것이었다. 왜냐하면 지금은 상상에 지나지 않는 그것을 다가오는 시간 속에서는 현실로 바꿀 수 있기 때문에 도인은 상상력에 갈증을 느꼈다.

그는 어두운 산책로를 터벅터벅 걸어갔다. 숲속에서 대학생들 같아 뵈는 한 쌍의 젊은 남녀가 나와서 도인의 곁을 지나쳐 내려갔다. 아마 숲속에서 하룻밤을 새운 모양이었다. 여자는 사랑의 뜨거움도 찬 이슬 속에서는 모두 식어 버렸다는 얼굴로 덜덜 떨고 있었고, 남자는 연방 '춥지? 춥지?' 뻔한 소리를 하고 있었다.

숲속에서 하룻밤을 새우는 멋! 그러나 사실은 남자에게 여관비가 없었겠지.

팔각정에 도착했을 때는 주위가 제법 환해졌다. 도인은 도무지 서울 같아 보이지 않는 서울을 오랫동안 내려다보았다.

건축물이 주는 안도감에 도인은 실컷 마음을 내맡겼다. 거리를 걸을 때 높은 건물들이 안겨주던 그 소외감을 보상받을 수 있음이 기쁘다고나 할까. 그 건물들을 부감하고 있으면 그것들은 마치 나의 소유, 나의 발전, 나의 기쁨인 듯 생각된다. 제발 이 착각을 방해하는 것이 없어져 준다면! 그러나 막상 산밑으로 내려가면 나의 소유라고는 배기가스로 오염된 공기와 소외감뿐이다.

그때 도인의 등뒤에서 우렁찬 발자국 소리와 함께 쾌활한 사내의 음성이 들려왔다.

"하아, 이거 역시 젊은 분한테는 못 당하겠군."

도인이 돌아보니 사십대의 중간쯤 되어 보이는 사내가 자갈을 튀기며 힘찬 모습으로 다가오고 있었다. 한 손까지 들어 보이며 도인에게 아는 체하는 사내는 턱뼈가 완강하게 발달해 있고 두 눈이 움푹 들어가고 살결이 검었다. 등산모를 쓰고 잠바차림에 손에는 마치 뉴스영화 속에서 보는 사단장처럼 지휘봉 비슷하게 생긴 스틱을 들고 있었다.

"내가 제일 빠른 줄 알았는데 더 빠른 분이 있을 줄이야. 허허허… 댁이 요 아래십니까?"

"돈암동입니다."

도인이 말했다.

"돈암동에서?"

사내는 무척 놀랐다는 표정을 짓고 나서,

"야아, 이거 내가 또 한번 졌는데. 허허허. 하지만 우리 일찍 일어나는 내기는 하지 맙시다. 우리 고향에—우리 고향은 이름을 대도 잘 모르실 두메산골인데 말예요—우리 고향에서 이런 일이 있었지. 황씨라는 영감이 있었고 최가라는 농부가 있었는데 말이야, 황씨라는 영감도 농부였지. 그런데 그 두 사람이 여간 부지런한 사람들이 아니었거든. 두 사람이 모두 꼭두새벽에 일어나서 논에 나가 일을 하는데 황씨라는 영감이 하루는 가만히 생각하니 '에라, 이럴 게 아니다. 내가 저 최가놈보다 조금만 더 일찍 일어나면 우리 마을에서 제일 부지런한 사람이 될 것을!' 하는 생각이 들었던 말씀이거든. 그래서 다음날은 최가보다 좀더 일찍 일어나서 논으로 나갔단 말씀이야. 최가가 늘 나오던 시간에 나와보니 아, 황 영감이 벌써 나와서 논 한 마지기를 다 일구어 놓고 논둑에 앉아서 담배를 피우고 있것다. 최가가 바싹 약이 올랐지. '이놈의 영감, 내일은 어디 보자.' 아닌게아니라 다음날 아침 황 영감이 어제께처럼 논에 나와 보니 최가가 벌써 나와서 논 한 마지기를 다 일구어놓고 논둑에 앉아서 마누라가 가지고 온 아침밥을 먹고 있것다. '허어, 저놈 봐라, 아주 날 놀리는구나. 내일은 어디 두고 보자.' 이래서 두 사람간에 일찍 일어나기 시합이 벌어졌는데 말이지, 두 사람 시합이 어찌나 치열했던지 나중엔 아예 밤이 돼도 집엘 들어가지 않고 논둑에서 새우잠을 자는 거라. 그러노라니 천하장사도 병이 들 수밖에. 결국 나이 많은 황 영감이 먼저 병을 얻어 돌아가시게 되었는데 말야, 임종 때 자식손자들을 머리맡에 불러 놓고 유언하시기를 이랬거든. '너희들은 절대로 최가 성 가진 젊은 놈하고는 내기를 말아라. 손해만 보느니라'고 말씀이야. 허허허허. 그런데 혹시 선생이 바로 최가는 아닌지?"

"안심하십시오, 김갑니다."

"아, 안심했소. 허허허… 하지만 나로 말할 것 같으면, 젊은 최가가 아니라 최가의 손자라도 무섭지 않소. 허허허, 사실은 그 황 영감이 바로 내 할아버지란 말이거든. 이순신 장군 다음으로 내가 세상에서 가장 존경하는 분이야말로 그 할아버지지. 그 투지력, 그 욕망, 쓰러질 때까지 한번 해보자는 그 배짱, 난 우리 할아버지가 역시 좋아."

사내는 또 한번 웃고 나서 시가지 중심의 한 곳을 내려다보며 뭔가 사랑스러운 사람이라도 보듯이 미소 띤 입술을 쫑긋거리기 시작했다. 그러고 있던 사내는 더 참을 수 없는지 자기가 보고 있던 곳을 손가락질하며 도인에게 말했다.

"혹시 저기 저 새로 짓고 있는 건물이 보이시오?"

"어느?"

"저기 저 한국은행 옆에…"

"아, 한국은행 오른쪽으로 보이는…"

"맞았소. 번영빌딩 말이오. 그게 바로 내 거요."

"네에!"

도인은 새삼스럽게 사내의 모습을 훑어봤다. 철근처럼 단단하고 콘크리트처럼 우악스러워 보였다.

"놀랐소? 허허허허. 놀랄 것 없어. 오로지 황 영감의 그 정신으로 밀고 나가면 안 될 게 없지. 내가 보기엔 선생도 가능성이 있어. 이 시간에 돈암동에서 남산까지 산책을 할 수 있는 정력을 나는 높이 사고 싶소. 문제는 정력이에요. 세상만사가 결국엔 스태미너 내기란 말예요. 누가 오래 버티나 보자, 이것이에요. 피투성이가 될 만큼 처절한 시합에서 이기는 놈이 진짜 강한 자란 말이거든. 우리나라도 이제야 겨우 그런 걸 깨달은 것 같아. 요즘 신문을 보고 있으면 우리도 이젠 제법 싹수머리가 보인다는 생각이 든단 말야. 식료품에 공업용 색소를 넣어 만들어 판다고 야단이지요? 난 그런 놈이 많이 나와야 한다고 생각합니다. 그런 놈이 있어야 소비자들은 정신을 번쩍 차리고 단결합니다. 무장 간첩? 얼마든지 오라지요. 그놈들 덕택에 국민의 단결심은 더욱 강해지지. 사기꾼? 얼마든지 있어도 좋습니다. 한번 사기를 당해봐야만 자기 재산을 관리하는 데 영리해지는 법이거든. 살인 강도? 좋아요. 경찰 기술이 발달됩니다. 어떤 미련한 친구가 한탄하더군. 요즘은 살인하는 수법도 끔찍해졌다고 말야. 하지만 그것이 바로 좋은 징조란 걸 모르는 멍텅구리가 하는 소리지. 요컨대 먹겠다는 놈과 먹히지 않겠다는 놈이 있어야 발전이 있는 거요. 먹겠다는 놈이 극악스러우면 극악스러울수록 먹히지 않으려는 놈도 극악스러워지는 거지. 그걸 알아야 해요."

도인은 그칠 줄 모르고 떠들어대는 황 영감 손자의 정력에 입을 멍하니 벌리고 말았다.

계속되는 열변이 도인의 피로에 젖은 머리를 이리 치고 저리 때리고 하였다.

"요는 잘살아보자는 거 아녜요? 수염이 석 자라도 먹어야 양반. 옛날부터 우리나라 사람들도 알건 다 알았거든. 그러면서도 그 꼴로 살았으니 딱한 얘기야. 창덕궁이 크다, 경복궁이 크다 하지만 외국 나가보세요. 멀리까지 가볼 것도 없고 해적질 해먹고 살았다고 깔보는 일본에만 가도 그 정도의 건물은 얼마든지 있어요. 고금동서를 막론하고 악착스럽게 이익을 추구한 국가가 번영했소. 노골적으로 말해서 난 우리 정부에 불만이 많아요."

황 영감 손자는 멀리 마주 보이는 중앙청을 가리키며, 자못 안타까워 견딜 수 없다는 듯이 입에 거품을 물었다.

"내가 얼마 전에 아주 좋은 아이디어를 정부에 건의했거든. 물론 체면이나 염치를 돌보고서는 도저히 성사될 수 없는 아이디어이긴 하지만 말야. 세상에 체면이고 염치고 호주머니 속이 든든해야 돌보는 것이지, 국민소득 백 몇십 달라 가지고야 어디 체면 차리게 됐나. 안 그래, 젊은이? 체면이고 염치고 말야. 그런데 저 사람들, 되게 체면 좋아하더군. 끌끌끌…"

황 손자는 가엾다는 듯이 혀를 찼다. 그러나 정작 그 '아주 좋은 아이디어'는 꺼내 놓기를 꺼려하는 것 같았다. 도인이 그 아이디어를 도용할까 봐선지…

황 손자는 잠바 호주머니에서 외국제 엽연초를 두 대 꺼내더니 하나를 도인에게 권했다. 수면 부족인 도인의 머릿속을 엽연초의 지독히 독한 연기가 한바탕 뒤집어놓았다. 그러나 그 독한 연기도 황손자의 머릿속에서는 다른 작용을 하는 것 같았다. 헝클어진 생각을 바로잡아 주고 진정한 신념에서 나온 얘기라면 큰 소리로 말하기를 종용하는 작용.

그는 믿을 수 있는 제자에게 은밀한 비방을 가르쳐 주는 선생 같은 표정으로 그의 좋은 아이디어를 말하기 시작했다.

"나 같으면 말야, 내가 만일 대통령이나 아니 상공부 장관 정도만 된다면 말야, 몇십 년 계획을 세우더라도 우선 비밀기관을 하나 만든단 말야. 철저히 비밀이 보장되는 기관이지. 뭘 하는 기관이냐고? 밀수하는 기관이지. 밀수입해서 다시 밀수출하는 기관 말야. 무얼 밀수입하고 무얼 밀수출하느냐고? 세계를 돌아다녀 보면 할 것은 얼마든지 있어. 외국의 특허권? 잠깐 실례하자 그거야. 외국의 잘 팔리는 상품, 잠깐 베껴내자 그거야. 외국의…"

"말하자면 해적국가가 되라는 말씀이시군요?"

"자넨 보기보다 영리하군."

황 손자는 만족한 듯 말했다.

"그 아이디어에 정부에서는 뭐라고 하던가요?"

"글쎄 묵살당했다니까. 멍텅구리들."

"멍텅구리…"

도인은 황손자의 말투를 흉내내어 말하려다가 코피를 흘리며 그 자리에 쓰러졌다. 엽연초의 연기 때문에 현기증을 일으킨 것이었다.

도인, 알거지 되다

도인은 그의 셋방에서 잠이 깼다. 정오가 조금 지나 있었다. 몇 시간 동안 그는 죽은 듯이 깊은 잠을 자고 난 것이었다. 숙면이 그에게 활기를 되돌려 주었고, 그리고 깊은 잠 아닌 그 이상의 뭔가는 무척 인자한 얼굴로 그에게 달래고 타이르듯 속삭였다.

'자. 지금 이후로 네가 사는 것은 덤이다. 네가 하고 싶은 대로 살아보려무나…'

그는 자못 유쾌해졌다. 그리고 다만 몇 시간만이라도 실컷 게을러 보고 싶었다. 그는 벌떡 일어나 앉아서, 우선 그때까지도 입고 있던 와이셔츠와 넥타이와 양복바지를 벗었다. 윗저고리는 책이 든 사과상자들 위에 걸레처럼 내팽개쳐져 있는 채로 있다. 겉옷을 벗고 나서 그는 이부자리를 정식으로 깔았다.

그리고 잠깐 망설이다가 속옷도 홀랑 벗어 버리고 이불 속으로 들어갔다. 잠을 좀더 잘 작정이었다.

어제 짐을 정리하느라고 어수선해진 채인 방안에 이불을 펴고 그 속에 알몸으로 누워 있으려니 마치 무덤 속에라도 있는 듯 편안했다. 그 편안함을 만끽하기 위해서 그는 바른편으로 누워보기도 하고 왼편으로 누워보기도 하고 똑바로 누워보기도 하고 엎드려보기도 했다.

그렇게 몸을 뒤치고 있노라니 도인은 조금씩 조금씩 마치 무덤 속에라도 있는 듯 바깥에선 무슨 일이 일어나고 있는지 궁금해졌고, 무덤 속에라도 있는 듯 무력감에 사로잡혀 자기 자신이 싫어지는 것이었고 그리고, 이렇게 이불 속에 누워서 갓난애처럼 몸이나 뒤치고 있으려면 나는 어디에 있건 마찬가지다, 반드시 이 서울에, 역사가 꾸며지고 연출되고 외치고 신음하는 이 서울에 있을 필요란 없다, 계룡산 속이라도 좋고 울릉도의 해변이라도 마찬가지이다, 라는 습관적인 초조감에 휩싸이는 것이었다.

도인은 엎드린 채 눈을 질끈 감고 윗니와 아랫니 사이에 혀를 물고 지그시 눌렀다. 무력감이여, 초조감이여, 너희들이 끝까지 나를 추격한다면 좋다, 나는 내 혀를 물어 끊어버리겠다. 잠시 동안 나로 하여금 완전한 무위(無爲)와 더불어 있게 하라. 어저께는 나는 너희들과 함께 있었다. 애경이가 몸을 파는 걸 보았고, 그리고 성병 때문에 우는 걸 보았다. 자기의 아내를 사랑하기 위해서 다른 여자를 팔아먹는 사내를 보았고, 밀수공화국을 이상(理想)하는 경제인도 보았다. 뿐만 아니라 그들을 바로잡아 놓기 위해서 아무것도 할 수 없었던 나 자신도 보았다.

잠시 동안만 이대로 두어두기 바란다.

물론 나는 알고 있다. 지금이라도 당장 옷을 입고 밖으로 나가면 또 누군가를 만날 것이며, 내가 만나는 사람들은 나를 당황하게 만들 것이며, 그리고 무엇보다도 그 사람들이야말로 이 시대의 잘못을 부분적으로 구현하고 있는 존재들이란 것을. 그리고 나는 안다. 그들에 대한 나의 호기심은 별다른 사건이 없는 한 계속될 것이며, 호기심이 발동하고 있는 한 나는 살아 있을 것이라는 것을. 그러므로 지금은 잠시 동안 내가 즐기고 있는 이 순수한 무위를 두어두기 바란다.

그러나 그의 요구는 무시당했다. 방문 밖에서 여자들이 소근거리는 소리가 들려왔기 때문이다.

"이제 일어나신 모양인데. 부스럭거리는 소리가 들렸어."

"그래요? 그럼 불러보시죠."

"아이, 색시가 좀 불러봐 줘요."

"자기가 저절로 깰 때까지는 무슨 일이 있더라도 깨우지 말라고 하셨는데…"

"분명히 깨셨다니까."

"엊저녁에 어디서 밤을 꼬박 새우셨나봐요. 아침에야 맥이 하나도 없이 들어오셨거든요."

"부인이 없는 사이에 바람을 피운 모양이지. 히히히…"

"어머, 그럴 분이 아녜요. 얼마나 얌전하다구요…"

"얌전한 사람이 더 무섭대, 히히히…"

누굴까? 하나는 주인집 식모가 분명한데 도인을 바람둥이로 몰아대고 있는 여편네는 누굴까? 얘기 내용으로 미루어봐도 도인이 깨어나기를 꽤 오래 기다리고 있었던 듯하다.

드디어 식모가 방문을 조심스럽게 두드리고 나서 나직이 말했다.

"아저씨, 일어나셨어요?"

"왜 그래?"

도인은 좀 퉁명스럽게 대답했다.

밖에서는 찔끔하는 모양들이다. 자기들이 주고받은 말을 다 들었겠거니.

"저어, 손님이 오셨는데요. 아줌마 친구 되시는 분예요. 벌써 한 시간 전부터 기다리고 계셨어요."

식모의 말이 끝나자마자 허락도 없이 방문이 빠끔히 열리며 야단스럽게 화장한 여인의 얼굴이 불쑥 문틈으로 나타났다.

"저예요, 안녕하셨어요?"

일어나서 속옷을 꿰입으려던 도인은 후닥닥 이불을 뒤집어쓰고 바라보니 본 것도 같고 처음 보는 것도 같은 여자였다.

"저어… 주리 친구예요. 계…"

"아아, 네에…"

주리가 한몫 들어 있는 계의 소위 '오야'였다. 이 여자라면 전에도 몇 번인가 본 적이 있다. 그런데 왜 이렇게 낯설어 보일까? 아마 화장 때문인가 보다. 전에는 이렇게 화장이 요란하지 않았다. 머리는 항상 겨우 빗질만 했을 뿐인 푸석머리였고 얼굴엔 크림이나 겨우 발랐을까 말았을까. 옷차림도 화장품 행상이 직업이라는 그 여자의 신분답게 소박하다는 걸 지나쳐 허수룩했다. 눈 코 입이 비교적 정돈돼 있어서 꽤 지적으로 보이긴 했지만 — 주리의 의견에 의하면 자기가 다시 태어날 수 있다면 저런 얼굴을 가지고 태어나고 싶다고 했다— 그러나 나이보다 더 늙어 보이는 그런 여자였었다. 그런데 지금 도인이 본 그 여자는 모든 것이 그 전과는 반대였다. 게다가 그 여자가 무의식적으로 손을 가리듯이 눈 근처에 가져갔을 때 도인은 그 여자가 쌍꺼풀 수술을 했다는 걸 발견했다.

그 쌍꺼풀 수술로 커다랗게 된 눈을 의아한 듯이 뜨고 여기저기 짐이 꾸려진 어수선한 방안을 둘러보고 있던 오야는,

"이사 가시나요?"

"글쎄요."

알몸으로 이불을 둘러쓰고 웅크리고 있는 도인의 거북한 자세에서는 그 이상으로 분명한 대답이 나올 리 없었다. 그러나 오야 씨는 자기가 지금 외간남자의 잠자리에 얼굴을 들이밀고 있는 실례를 범하고 있다는 사실을 전연 깨닫지 못한 채, 오직 도인의 흐리멍텅한 대답에만 신경을 곤두세우는 눈치였다. 오야 씨의 얼굴은 창백해지고 입술이 눈에 뜨이게 파들거렸다.

"오옴머, 세상에!"

오야 씨는 문을 벌컥 열고 날쌘 동작으로 방안에 들어서면서 말했다.

"아아니, 선생님이 이럴 수가 있습니까?"

"예?"

도인은 직감적으로 이 여자와 주리 사이에 어떤 금전관계가 있는 모양이라고 생각했다. 주리가 빚을 졌나?

"이런 말씀드리긴 저 역시 섭섭하지만요, 저 모르게 슬쩍 이사를 가시려 하다니 사람을 어떻게 보고 하시는 수작이시죠?"

식모가 무슨 일이 났나, 근심스러운 얼굴로 들여다보았다. 도인은 어리둥절했다. 오야는 계속해서 언성을 높였다.

"정말이지 선생님까지 그런 분인 줄은 몰랐어요. 애당초 주리 같은 년 보고 제가 돈 거래를 하신 줄 압니까? 선생님 같은 교양 있는 남편이 있기에 선생님 보고 한 거죠. 피차 젊은 나이에 돈 문제 가지고 이런

얘기하기 저도 창피하지만서두요, 아휴우, 놀랐습니다, 놀랐어요."
"주리가 빚진 게 있습니까?"
"정말 시치미 떼시깁니까? 아아니, 정말 모르셔서 하시는 말씀예요?"
"모릅니다."
여자는 파들거리며 도인을 쏘아봤다. 그리고 그제야 도인의 무죄를 인정할 수 있다는 듯, 표정을 누그러뜨리고 핸드백에서 신탄진을 한 대 꺼내 피워물었다. 많이 변했다. 아니면 이 여자에 대한 도인의 그전 인식이 틀렸던 것일까?
"정말 모르신다면 미안했어요. 하지만 모르실 리가 없을 텐데요…"
"정말 모릅니다."
"주리가 우리 오십만 원짜리 계에 들어 있는 건 아시죠?"
"그건 압니다."
"지난달에 주리가 계를 탄 것도…"
"그래요? 다음달이 아니던가요?"
"맞았어요. 원래 순서대로 하면 다음달이죠. 하지만 월남 위문공연을 가는데 돌아오는 길에 물건 좀 해오겠다고 사정사정해서 의원댁 사모님과 순서를 바꿔 줬지 않았겠어요! 이 달 곗날이 그저껜데 글쎄, 이 달치 곗돈은 미리 내놓고 가겠다던 여편네가 글쎄 내놓고 가기는커녕 월남에서는 우리 애들 아버지한테 또 돈을 이십만 원이나 빌렸다지 않아요."
"애들 아버지께서 월남에 가 계시는군요."
"그럼요. 파월 기술자예요."
오야 씨는 의기양양하게 말하고 나서, 핸드백을 열고 주리가 보냈다는 편지를 도인 앞으로 밀어 보내며 읽어 보라고 했다.
편지의 요지는 다음과 같았다. 앞으로 몇 달 동안 홍콩에 머무르게 되었다는 것, 돈을 송금할 수도 있으나 그보다는 남편과 이혼할 작정이니 당신이 우리 집에 가서 내 소유의 가재를 팔아서 곗돈과 당신 남편에게 빚진 돈을 갚는 걸로 하자는 것이었다.

"하지만 편지만 보구서야 뭐가 어떻게 된 건지 알 수 있어야죠. 선생님과 주리가 정말 이혼하는 건지, 주리의 가구들이 돈 값어치가 있는 것인지, 그런데 와서 보니 선생님은 이삿짐을 꾸려놨으니 저로서야 선생님하고 주리가 짜고 날 골탕먹이려고 한다는 생각밖에 더 들겠어요.?"

"어떻게 되는 얘긴지 알겠습니다. 보시다시피 주리의 재산은 모두 그대로 있습니다. 그보다도 잠깐 밖에 좀 나가주실 수 없으실까요? 옷이나 좀 입게 해주십시오."

"그럼 이혼하신다는 건 정말이군요?"

오야는 그제야 안심한 듯 말하면서 방안의 살림살이들을 둘러보며 밖으로 나갔다. 아마 가구들이 탐탁지 않은 눈치였다. 사실 주리의 재산이래야 뻔했다. 가장 값나갈 만한 것이라고는 독일제라는 스테레오 전축 하나와 일본제 녹음기 하나와 화장대 하나와 꽃무늬 있는 철제 캐비닛 하나 정도였다. 그나마도 엄격하게 따지자면 스테레오 전축 같은 것은 도인의 몇 년 동안의 저축이 몽땅 들어가 있는 것이다. 무엇보다도 주리의 가장 큰 재산이라고는 자기의 목소리와 매달의 생활비를 벌어다주는 자기의 남편이었으리라. 도인에게는 어떻든 상관없었다. 걱정인 것은 다만 이 방안에 있는 모든 것을, 그의 책까지 팔아서라도 그 여자의 빚을 갚을 수 있는 것인지 어쩐지, 그것뿐이었다.

"들어오세요."

양복까지 갖춰 입고 나서 도인은 밖을 향하여 말했다. 오야는, 도인의 예상보다는 덜 걱정하는 얼굴로 제법 애교까지 띤 모습으로 들어왔다.

"정말 주리한테서 아무 얘기도 못 들었나요?"

"그렇습니다. 이혼 얘기도 피차 말은 꺼내지 않았습니다. 이심전심이라고나 할까요, 그저 그렇게 서로 결정하고 있었지만…"

"아이, 딱하셔라. 그러니까 선생님이 주리한테 배신당한 거죠? 그렇죠?"

"어떻습니까? 이 방에 있는 것이 재산 전부인데 모두 팔면 빚을 갚을 것 같습니까?"

"턱도 없어요, 이래저래 육십만 원 돈인데요. 이런 걸로는 팔자면 십만 원도 안 돼요."

도인은 난감한 마음으로 방안의 물건을 새삼스럽게 둘러보았다.

"그럼 어떻게 하죠?"

도인은 맥없이 중얼거렸다.

"이 방을 삼십만 원에 전세들어 있다죠?"

여자가 슬쩍 가르쳐 주었다. 아마 식모한테라도 물어본 모양이었다.

"아, 정말 그렇군요."

도인은 안심됐다. 그건 분명히 도인이 시골의 부모로부터 상속 삼아 받은 재산의 전부였다. 그러나 주어버리자. 아냐, 그래도 이십만 원이 부족해.

"그래도 이십만 원 돈이 부족하군요."

오야가 부드러운 말로 경고했다.

"그러게 말입니다."

도인은 궁리하고 나서 말했다.

"참, 주리가 취입한 레코드회사에서 어떻게 좀 안 될까요? 주리가 편지만 한 장 보내어 승낙해준다면 가능할지도 모르는데… 솔직한 말입니다만, 나한테 이 이상 더 주리를 도와줄 능력이 없습니다. 만일 있다면…"

"알겠어요."

오야는 감격했다는 듯이 말했다.

"역시 선생님은 제가 믿고 있던 그대로시군요. 선생님 같은 분을 배신하다니 주리는 죄 많은 년이에요. 그럼 선생님, 이 방에 있는 것들하고 전셋돈을 저한테 양도한다는 각서나 한 장. 그리고 주리한테서 이십만 원짜리 차용증서를 받아주겠다는 각서도 아울러서 부탁합니다."

도인은 승낙했다. 오야가 구술하는 대로 쓰고 나서 도장을 찍었다. 그러고 나서 말했다.

"마침내 난 알거지가 돼버렸군요. 하지만 언젠가 이런 공상을 해본 적이 있었죠. 알거지가 되고 싶다. 그러면 어떻게 될까?"

"어머, 불쌍하셔라."

오야가 나직이 외쳤다.

도인이 보니, 여자는 곧 울듯이 눈물을 글썽이며 도인을 응시한 채 앉은 자세 그대로 엉덩이만 밀어 도인을 향하여 다가왔다.

그리고 덥석 도인의 목을 얼싸안고 뺨을 비벼대며, 몸부림치며, 울음을 터뜨리며 말했다.

"선생님은 정말 남자다운 남자예요. 선생님 같은 분, 전 처음예요. 선생님, 선생님, 저 좀 어떻게 해주세요, 으아아앙."

오야의 뜻밖의 행동과 말에 도인은 완전히 어리벙벙해져 버렸다. 생전 처음으로 당하는 기습이었다. 막아낼 방법은커녕 적병의 정체도 모르는 형편인 셈이다.

"왜 이러세요?"

그는 오야의 억센 팔에 목을 얼싸안긴 채, 뜻밖의 일을 당하면 누구나 뜻없이 지껄이는 소리만을 비명지르듯 질러 댔다. 비명치고는 무척 낮은 비명이라고나 할까. 오야는 도인의 뺨에 자기의 눈물로 얼룩지고 있는 뺨을 마구 문질러 대며,

"미안해요. 선생님. 저 좀, 저 좀, …아유, 불쌍하셔라, 아유, 불쌍하셔어…"

도무지 갈피를 잡을 수 없는 소리를 섞어 가며 몸부림치듯 흐느껴 댄다.

"어떻게 해달라니, 어떻게 해달란 말입니까? 각서도 써줬는데…"

그 말에 대답이나 하듯 여자의 얼굴에서 풍기는 화장품의 그 후텁지근한 향내가 도인의 머릿속을 강하게 자극했다.

이러면 어쩌자는 건가? 참 그렇지, 이 여자는 한푼도 남겨주지 않

고 날 발가벗겨 버렸어. 발가벗고 난 후엔, 사람이란, 으레 그러는 법이지…

그러나, 그런 한가로운 말장난을 생각하고 있을 때가 아니었다. 목을 껴안고 있던 여자의 팔은 어느새 도인의 허리를 부둥켜안고 얼굴을 도인의 가슴에 처박으며 신들린 무당처럼 몸을 떨어 대는 판국인 것이다. 여자가 원하고 있는 것이 무엇인지, 이쯤 되면 뻔했다. 하지만, 여자의 요구가 정말 도인의 짐작대로라면, 그렇다면 이건 좀 어처구니없는 여자가 아닐 수 없다. 조금 전엔 알거지를 만들어 놓고 그러고 나서는 허리를 부둥켜안고 몸부림치다니. 물론, 그런 엉뚱한 짓을 하면서 여자는 쉴새없이 자기 행위의 대의명분을 밝히고는 있다. 가라사대 '아유, 불쌍해. 아유, 불쌍해.' 말하자면 알거지가 된 도인의 앞날을 생각하니 동정을 금할 수 없다는 뜻인 듯하다. 그렇다고 하더라도, 동정을 이런 식으로 표현하는 수도 있는 것인가? 도인은 오야가 슬그머니 얄미워졌다.

"애들 아버지께서 월남에 기술자로 가 계시다구요."

도인은 우선 그 여자가 유부녀라는 사실을 깨우쳐주었다. 찔금하리라고 예상했던 도인은 기가 막혔다. 여자의 반응이 예상 밖이었기 때문이다. 오야는 훌쩍이면서 도인의 가슴에 처박고 있는 얼굴을 끄덕끄덕했다. 그러면서 도인의 허리를 더욱 힘주어 끌어안는 것이었다. 남편은 머나먼 월남 땅에 있으니 안심하고 간통하자는 것인가, 원.

"으흠, 으흠."

방문 밖에서 식모가 헛가래를 돋우는 소리가 들려왔다. 내가 다 듣고 있으니 방안에서 이상한 수작들 말라는 경고인 모양이다.

식모의 경고가 효과를 나타냈다. 그야말로 도인이 어떻게 해주기 전에는 허리를 풀어주지 않을 것 같던 오야가 식모의 헛기침소리를 듣더니 제정신이 돌아온 듯 슬그머니 팔을 풀고 나서 이불 위로 엎드리더니 두 손바닥으로 얼굴을 가리고 훌쩍거리는 것이었다. 그러면서 오야는 띄엄띄엄, 얘기를 늘어놓기 시작했다.

"미안해요, 선생님… 노골적으로 말씀드리자면요, 전 선생님을 존경해요. 선생님 같은 분을 존경해요. 진정예요."

"고맙습니다."

"인격자이시구 교양자이시구…"

"교양은 모르지만."

하고, 도인은 얼른 진지하게 부정했다.

"인격은 젊은 사람한테는 없는 법입니다."

"그래요? … 선생님도 인격자가 아니세요?"

"아주머니가 말씀하시는 인격자란 어떤 사람을 가리켜서 하는 말씀인지 모르지만 아마 나는 인격자가 아직 아닐 겁니다."

"아녜요. 선생님은 분명히 인격자이세요. 선생님 같은 분은 전 아직 보지 못했어요. 선생님보다 훨씬 나이 많은 남자들 중에도 선생님 같은 인격자는 없답니다. 이것만은 제가 더 잘 알아요. 선생님보다 더 잘 알아요.

노골적으로 말씀드려서, 전 선생님이 딱 잡아떼실 줄 알았어요. 누구나 그러니까요. 마누라가 진 빚을 왜 남편이 갚느냐고 딱 잡아떼는 법이에요. 더구나 마누라하고는 이혼을 했다. 이혼한 마누라도 마누라냐. 이혼한 마누라는 생판 남이나 다름없는데, 생판 남의 빚을, 내가 왜 갚느냐고 딱 잡아떼지요. 선생님도 그러실 줄 알았어요. 전축도 녹음기도 화장대도 전셋돈도 모두 내 거다, 마누라 거는 하나도 없다고 딱 잡아떼 버리시면 노골적으로 말해서 저는 할말이 없거든요. 주리년은 홍콩에 있으니 이웃집 여편네한테 하듯 머리를 쥐어뜯어 줄 수도 없고… 노골적으로, 저는 선생님을 만나러 오면서도 은근히 걱정했답니다.

노골적으로 말씀드려서, 선생님이 정 그런 식으로 나오면 학생들이 보는 앞에서 선생님을 쥐어뜯어 줄 결심도 했답니다. 그러면 학생들 보기에도 창피해서 제 말을 순순히 들어줄 거거든요. 네, 그래서 학교로 찾아갔댔죠. 그런데 학교를 그만두셨다고 하더군요. 정말 학교는 왜 그만두셨어요? 별로 뚜렷한 이유가 없다구요? 하여튼 말예요. 선생님이 학교를 그만두셨다는 얘기꺼정 듣고 보니 눈앞이 캄캄해지지 않겠어요. 옳다, 이 년놈들이 미리 짜고 날 골탕먹이는구나. 그래서 부랴부랴 여기로 달려왔죠. 그런데 선생님이 떠억 계시잖아요, 글쎄. 노골적으로 말해서, 이삿짐 싸놓은 걸 보니 기가 타악 막히잖아요, 글쎄. 이삿짐꺼정 싸놓은 분이 이혼한 마누라 빚을 갚아줄 리가 있느냐는 생각이 퍼뜩 들더군요. 그러니까 눈앞이 아물아물해지면서 머릿속이 한 바퀴 휭 돌더군요. 요즘 전 참 그런 일이 자주 있답니다. 무슨 병인 모양예요. 빚을 받으러 갔는데 빚진 사람이 억지를 부리면 눈앞이 아물아물해지면서 머릿속이 한 바퀴 휭 돌아요. 이건 진정예요.

네? 여기저기 이잣돈 깔아놓은 게 꽤 많아요. 그것 때문에 전 요즘 잠을 못 자요. 무서워서 죽겠어요, 선생님. 잠만 들면, 돈 떼이는 꿈만 꾸고… 노골적으로 말해서, 애들 아버지가 월남에 가시기 전까지는 어디 그런 큰돈 만져볼 생각이나 했나요? 제가 화장품 행상 노릇을 해서 겨우겨우 살았죠. 그래도 지금 생각하면 그때가 속 편했어요. 애아버지도 옆에 있고…

애아버지로부터 전에는 만져 보지도 못하던 큰돈이 매달 부쳐 오고 있어요. 이젠 정말 큰돈이 됐어요. 월남에서 고생하는 애아버지를 생각해서라도 나는 그 돈을 조금이라도 더 늘리고 싶었어요. 그래서 이잣돈도 놓고 땅도 좀 사두고 했죠. 다른 여편네들도 그러니까요. 그런데 노골적으로 말해서 전 좀 무식해요. 국민학교밖에 안 나왔어요. 그래서 그런지… 네! 제가 이지적으로 보인다구요? 의지가 강하단 말씀인가요? 아니면 무슨 말예요? 이지적으로 보인다니요? 아아, 네에. 고마워요, 선생님. 하지만 선생님 같으신 분은 그렇게 보아주지만 남들은 어디 그렇게 봐주나요? 제 몸 어디선가 무식한 냄새가 나나봐요. 그러니까 다들 날 속이려 들지요. 금방 숨 넘어가는 소리로 돈을 빌려 가지고 가서는 이자는커녕 원금조차 떼먹으려 하질 않나, 샀다가 며칠 후에만 되팔아도 이자놀이보다 더 큰돈이 생긴다고 하는 사람이 있어서 땅을 사 두려고 하면 이번엔 불쑥 어떤 사람이 나타나서, 얼마만 생각해주면 좋은 정보를 가르쳐줄 테니 돈을 내라고 하질 않나, 그래서 술 사주고 저녁 사주고 하면 겨우 한다는 소리가, 그 땅 사지 마시오, 사기에 걸려 있는 땅입니다고 하질 않나, 전 뭔지 통 모르겠어요.

이런 일도 있어요. 우리 이웃에 애아버지가 단골로 정해두고 다니던 이발소가 있는데요. 그 이발소에 스무 살밖에 안 된 총각놈이 하나 있는데요, 애아버지가 월남엘 가버린 뒤로는 누님누님 하면서 자주 집엘 와요. 애아버지나 저나 친척들이 없기 때문에 저는 처음엔 누님이란 소리가 듣기 좋아서 반기곤 했는데요, 나중 그 사람, 눈치가 너무 달라요. 영화 구경 가자느니 춤 가르쳐 주겠다거니, 아닌게 아니라 어떤 여편네들은 춤바람이 나서 남편이 보내준 돈 다 까먹고 시집에서 쫓겨나고 그런다는 얘기도 있어요. 그런 얘기를 들으면 저는 그 총각이 무서워져요. 보나마나 내 돈이 탐나서 날 유혹하는 거예요. 그래서 우리 집에 오지 말라고 했더니 그 사람이 뭐라는 줄 아세요, 글쎄. 제가 자기를 사랑하고 있을 거래요. 자기도 날 사랑하고 있대요, 글쎄. 그런 미친 개수작을 하잖아요, 글쎄. 제가 실수를 한 게 있긴 있어요. 그놈 말을 듣고 쌍꺼풀 수술을 했거든요. 아녜요, 제가 쌍꺼풀 수술을 한 것도 어디 그놈이 하라구 그래서 했나 뭐. 의원댁 사모님이 싸게 해줄 테니 자꾸 하라구 졸라서 했죠 뭐. 사진을 찍어서 애아버지한테 보냈더니 그이도 잘했다고 했어요. 그런 걸 가지고 그놈은 자기가 하라구 해서 내가 한 줄 알고, 자기 말을 들었으니 내가 자기를 사랑한다나요. 미친 개수작을 하잖아요, 글쎄.

노골적으로 말해서 선생님, 남편이 월남 가 있는 사이에 바람난 여자들의 심리를 저만큼 이해할 수 있는 여자도 없을 거예요. 노골적으로 말해서 너무 외롭거든요. 돈도 좋지만 남편 없고 돈 있으면 뭐합니까, 안 그래요, 선생님? 제 말이 맞죠? 노골적으로 말씀드려서, 선생님, 이런 얘기 한다고 절 비웃지 마세요. 선생님한테만은 뭐든지 노골적으로 말씀드릴 자신이 있어요. 선생님은 인격자이시니까요. 선생님은 금전관계가 깨끗하시고 절 속이려 하지 않으시니까 전 선생님을 믿어요.

노골적으로 말씀드려서, 여자가, 남자와 잠자리를 같이 해본 적이 있는 여자가 이삼 년씩 생과부 노릇하고 있기란 어려운 일예요. 돈 불어나는 데다 재미를 붙여보고 애들 자라는 데다 재미를 붙여봐도 역시 외로울 때가 있답니다. 그럴 때 남자들은 갈보집엘 가나보죠? 미안해요, 이런 소리를 해서. 하지만 선생님은 인격자이시니까 이해하실 거예요. 노골적으로 말해서, 아까 문틈으로 선생님이 아직도 주무시나 깨셨나 보고 있다가 그만, 미안해요 선생님, 선생님이 발가벗고 이불 속으로 들어가시는 걸 보고 말았어요. 선생님 같은 인격자도 외로울 때가 있으신 모양인데 하물며 저 같은 무식한 계집이야 더 말씀드려 무엇하겠어요. 그 이발소 총각놈이 저를 유혹하는 것도 저한테 그런 약점이 있기 때문이에요. 그런 약점을 노려서 제 돈을 긁어내려고 그러는 수작예요. 하지만 아무리 무식하지만 저라고 보고들은 것 없나요? 그놈 뱃속, 전 환히 다 알아요. 이런저런 일 생각하면 정말이지 저녁엔 잠도 안 오고 밥맛도 없어요. 돈도 이만하면 남부럽지 않게 살게 됐으니 애아버지나 빨리 돌아왔으면 좋겠는데, 애아버지는 편지에, 이런 벌이가 내 평생 언제 또 올지 아느냐, 이럴 때 못 벌면 우린 굶어죽는다고만 하니… 이러다간 정말 저도 바람이 나고 말 것 같기도 하고 돈은 돈대로 다 떼어먹힐 것만 같고… 더구나 선생님 같은 인격자를, 억울한 사정이신 줄 뻔히 알면서도 알거지로 만들어야 하다니… 아까 선생님이 '알거지가 되고 나면 어떻게 될까?' 하시는 모습을 보고 있으려니 저는 죄를 지어도 이만저만 짓고 있는 게 아니로구나 하는 생각이 들어 그만 눈앞이 아물아물해지고 머릿속이 한 바퀴 휭 돌아서… 전 아무래도 병인가 봐요. 요즘은 걸핏하면 그런다니까요. 하지만 돈을 떼일 것 같다는 생각이 들 때만 그랬지 다른 일 때문에 그래 본 것은 처음예요. 진정예요.

선생님이 어찌나 불쌍하고… 불쌍하고… 엉엉엉… 제 죄가 무서운지… 엉엉엉… 저도 남 못지 않게 악착스러운 년이지만… 외롭고 무섭고… 엉엉엉…"

"그렇게 큰 소리로 울지 마시오. 큰 소리로 울면 진짜로 무식해 보여요."

도인은 엎드려 있는 여자의 등을 토닥거리며 말했다.

"날 불쌍하게 여기지 마세요. 한푼 없더라도 난 아무렇지 않습니다. 오히려 홀가분한 느낌이 들어서 아까는 그런 말을 했던 거예요."

"아녜요, 거짓말 마세요."

오야는 몸을 돌이켜 덥석 도인의 무릎에 얼굴을 파묻으며 사뭇 안타깝다는 듯 말했다.

"노골적으로… 노골적으로… 노골적으로…"

"노골적으로 할 얘기가 또 있습니까?"

도인이 물었다.

"노골적으로 말씀드려서… 한 가지 부탁이 있어요. 선생님이니까 믿고 부탁드리는 거예요… 절 좀 보호해 주세요."

"보호해 주다니요? 어떻게요?"

"애아버지가 돌아오실 때까지 제 돈을…"

"관리해 달란 말씀인가요?"

"네, 선생님은 절 속이지 않을 거예요…"

"그리고 가끔 외로움도 풀어달란 말씀이시죠?"

"그 대신 제가… 선생님의 생활은 해결해 드릴 게요. 선생님 같으신 분이 용돈을 쓰면 얼마나 쓰시겠어요. 절 도와주시는 셈 잡고, 애아버지가 돌아올 때까지만…"

"아주머니 병입니다."

하고 도인은 말했다.

"병원에 가지 않으면 정말 큰일내고 말겠습니다. 전보라도 쳐서 애아버지도 빨리 나오시라구 해야겠고…"

'노골적으로 말해서' 도인은 진심에서 우러나 그런 말을 했다.

맥주와 호텔

그 날 하오, 도인은 그가 재직하고 있던 학교에 갔다. 오야의 입을 통하여 그의 사표가 수리되어 버렸음을 알았기 때문에, 그리고 아직까지도 그는 죽지 않고 살아 있는 것이기 때문에 교장과 동료 교사들에게 작별 인사쯤 해둬야 할 것 같았다.

막상 사표가 그렇게도 간단히 수리되어 버렸음을 알고 나니까, 좋지 않은 목적에서 괜히 떼를 쓰느라고 사표를 내본 것이 아니었음에도 불구하고 솔직히 말해서 도인은 무척 섭섭했다.

그는 교장선생님에게 사표를 속달우편으로 부치면서, 자기가 갑자기 사표를 내지 않으면 안 되는 이유를 뚜렷이 밝히지 않았었다. 다만 '일신상의 사정으로 미처 찾아뵙지도 못하고'라고만 썼었다. 그러므로 교장은 무슨 영문인지도 모른 채 사표를 수리하고 만 것이다. '찾아뵙지도 못할' 정도의 사정이라니, 교장의 입장에서 보면 퍽 궁금하기도 했겠지만 그럴수록 세상에서 사람들이 하는 일이 급박하면 얼마나 급박하다고 전화 한번 걸지 않고 속달우편으로 사표를 내팽개치나 싶어 도인을 내심 괘씸하게 생각했을 게다.

'그래? 그렇다면 받아두지.'

하고 즉각 수리해 버렸을 게다.

그러했을 사정이 충분히 짐작되면서도 도인은 사표가 수리되었다는 사실이 무척 섭섭한 것이었다. 사리를 따지라면 자기가 아직도 죽지 않고 살아 있다는 사실을 섭섭하게 생각해야 할 것이라는 걸 그는 알고 있었다. 그러기 때문에 교장을 원망하거나 섭섭하게 생각하고 싶지는 않았다. 그러한 관념에도 불구하고 그의 실감은 교장을 은근히 원망하고 있는 것이었다. 몇 년 동안 자기가 데리고 있던 직원이 미처 찾아오지도 못하고 사표를 우송할 정도의 사정에 처해 있는 걸 알았을 때, 윗사람이라면 한번쯤 사람을 시켜서라도 그 사정의 내용을 알아본 후에 사표를 수리하든 말든 해야 하는 게 아닐까? 도인 자기가 만일 장질부사라도 걸려서 한 달쯤 병원에 갇혀 있어야 할 경우가 되어, 한 달씩이나 학교 수업을 빼먹어야 한다는 미안한 마음 때문에 사표를 냈던 것이라면—그런 경우엔 결코 수리되기를 바라면서 사표를 낸 게 아니다, 그런데 수리되어 버린 것이라면, 아아, 얼마나 억울하고 허무하고 절망했을 것이랴! 하기야, 그런 경우엔 사표를 제출하는 이유를 뚜렷이, 그것도 동정을 받을 수 있도록 애써 말을 골라가며 밝혔을 터이니 교장도 다르게 처리했을지 모른다.

요컨대 잘못은—사표를 내고 그것이 수리된 게 만약 잘못이라면—처음부터 도인에게 있다. 아냐, 사표가 수리되어 버린 걸 가지고 섭섭해하고 있는 건 아냐, 하고 도인은 자신에게 주장했다. 사표를 내던 그때는, 그것이 수리될 것인가 아닌가 하는 문제를 두고 전연 걱정하지 않았었다. 아예 그 문제는 생각조차 해보지 않았지 않은가. 몇 시간 후에 자기는 죽을 것이며, 그러면 사표라는 이름의 종이 조각과는 관계없이 자기는 그 학교를 그만두게 되는 것이라고만 생각하고 있었던 게 아닌가. 구태여 자기가 사표를 썼던 이유를 찾아본다면, 자기의 자살에 의하여 학교의 여러분이 엉뚱한 피해를 입을 경우가 생기지나 않을까 하는 선의의 우려에서 그것을 써 보냈을 따름이 아닌가. 그러므로 이제 와서 사표 수리 그 자체 때문에 섭섭해하는 건 아냐. 내가 섭섭해하고 있는 건 다만, 내가 그 학교에 결코 없어서는 안 될 존재가 아니란 걸 새삼스럽게 확인했기 때문이야. 내가 없더라도 학생들은 상오 여덟시까지는 학교에 나왔을 것이며, 열두시에 점심시간이 되었을 것이며, 다섯시 반엔 하루 일과의 마지막인 교실청소를 하고 있었을 것이다. 그가 없어서 일어난 변화라고는 기껏해야, 일반사회 시간을 학생들은 며칠 동안 자습으로 보내야 한다는 것 정도일 것이다. 그러나 그것도 한 시간을 제멋대로 보낼 수 있다는 점 때문에 학생들을 기쁘게만 할 뿐일 것이며, 며칠 후엔 도인 대신 다른 사람이 학생들에게 헌법이 규정하고 있는 국민의 권리와 의무에 대하여 가르치고 있을 거다.

하지만, 하고 도인은 그 점에 대해서도 스스로를 달래 보려고 했다. 따지고 보면 내가 꼭 없어서는 안 된다는 일이란 없어. 누구에게나 그렇지. 군밤 장수도, 자동차 운전사도, 인기배우도, 대학교수도, 대통령도… 그 사람이 군밤을 팔지 않으면 누군가가 팔 거야. 그 사람이 운전을 하지 않아도 누군가가 할 것이고, 그 사람이 인기가 없으면 다른 배우가 인기를 끌 것이고, 그 사람이 그것을 연구하지 않으면 다른 사람이 연구할 것이고, 그 사람이 대통령에 당선되지 않았으면 누군가가 당선되었을 게고… 없어서는 안 될 만큼 중요한 것은 이미 아무개 아무개라는 이름을 가진 사람들이 아니라 다만 군밤이며 자동차며 극장이며 대학이며 대통령이라는 제도일 뿐이야. 하물며 대한민국 서울의 모 사립고등학교 일반사회 교사 하나쯤이야.

물론 도인은, 바로 그런 점 때문에 자기가 자살하려 했다는 것을 알고 있었다. 얼마나 많은 책들이 통렬하게 그 점을 비판하고 있었던가! 얼마나 많은 논객(論客)들이 그 점을 괴로워하고 있었던가!

그러나 합승버스에 흔들리면서 학교를 향하여 가고 있는 도인은, 그 점이 마치 현대만이 가지고 있는 나쁘게 특이한 현상인 듯이, 그리고 인간들이 노력하면 고칠 수 있기라도 한 듯이 떠들고 있는 저 숱한 저자들과 논객들에게 불복하고 싶어지는 것이었다.

그 점은 이 지구 위에 생명을 가진 존재가 있기 시작해서부터 있었던 거야. 인간의 경우, 비과학적인 성경을 따른다고 하더라도, 중요한 것은 아담과 이브가 아니라 하나님이었어. 아담과 이브가 없었더라면 '담아'나 '브이'가 있었을 테니까. 모르긴 몰라도 '아담'도 이 세상에서 처음 눈을 뜨는 순간 아차 했을 거야. 하마터면 내가 아니라 '담아'가 최초의 인간이 될 뻔했어, 하고 말야.

요컨대, 내가 없어서 안 되는 일이란 있을 수 없다는 건 이 지구 위의 모든 생물이나 무생물이 가지고 있는 영원한 숙명이지. 인간들이 자기의 이름을 내세우고 기를 쓰며 자기를 주장하는 것도 어디까지나 그 숙명의 테두리 안에서일 뿐이야.

그러나 이런 위안도 별로 도인의 섭섭한 마음을 달래지는 못했다. 사표 수리 건에 대하여 도인이 품고 있는 섭섭함이 커서가 아니라, 방금 자기가 주장해 본 그 숙명론이 불필요할 만큼 크기 때문이었다. 남는 것은 아무래도 자기가 없어도 세상은 잘 돌아가게 마련되어 있다는 섭섭함이었다.

교장은 도인을 반가운 듯 맞아주었다.

"갑자기 사표를 받고 보니 좀 멍해집디다. 난 항상 그렇거든요. 같이 일하던 선생이 나한테 사표를 내면 말요, 꼭 권투선수가 링 위에서 되게 한대 얻어맞은 것처럼 말요, 그저 멍해진다니까요. 허허허. 그래 무슨 일을 하게 됐소?"

교장은 평소의 그 안하무인격인 오만을 숨기고, 담배를 권하며 말했다. 교직원들 사이에서 교장의 별명은 '사장님'이었다. 그 별명은 과히 엉뚱하지는 않았다. 이 교장에게서는 확실히 교육자적인 냄새보다는 회사의 사장님 냄새가 더 났다. 이 학교 졸업생으로서 지금은 어느 나이트클럽의 밴드에서 일하고 있는 친구의 얘기에 의하면, 교장 자신도 나이트클럽 같은 데서는 '사장님'으로 불리길 좋아한다는 것이었다. 사실 그는 이 학교 재단의 이사장이었다.

지금 도인에게 무슨 일을 하게 됐느냐고 묻고 있는 교장의 태도는 도인으로서는 참 뜻밖의 것이었다. 마침 이 근처를 지나다가 들러 본 친구의 아들에게나 하듯 정다웠다. 교장은 셈이 바른 것이었다. 사표를 수리한 이상 이미 이 사람은 내 부하직원이 아니다.

"글쎄요… 뭐… 특별히 할 일이 있어서 사표를 낸 건 아니었습니다만…"

도인은 그렇게 대답하면서 문득 굴욕감을 느꼈다. 왜 뜻했던 대로 죽지 않고 지금 이런 대답이나 하고 있는고!

"특별히 할 일이 없다니… 내가 김 선생 할 일을 빼앗나 원, 허허허. 그래 무슨 일을 하게 됐소?"

교장은 도인이 굉장한 직장으로라도 옮긴 줄로 아나 보다.

"신통찮은 곳입니다."

도인은 마지못해 얼버무렸다.

"아, 이러지 맙시다. 내가 뭐 김 선생이 잘되는 데 배 아파할 사람도 아니고, 내가 배 아파한다고 눈 하나 꿈쩍할 김 선생도 아니고, 허허허. 함께 교육사업하던 정을 생각해서라도 내가 김 선생 직장 근처에 갈 일이 있으면 들를 것이고, 아 그러면 김 선생이 나 냉면 한 그릇 안 사주겠소, 허허허… 하여튼 잘하셨습니다. 능력이 있는 사람은 자기 능력을 십분 발휘하며 살아야 해요. 아니 뭐 학교교사는 능력이 없는 사람이나 하는 것이란 말이 아니라, 사실 우리 솔직히 털어놓고 얘기합시다, 우리가 모두 학교 선생 만들자고 애들 가르치는 건 아니잖소! 학교 선생도 그렇지, 아, 우리 솔직히 털어놓고 얘기합시다만, 난 그렇게 생각합니다, 평생을 영어, 수학이나 가르치다가 죽을 수야 없지 않소? 내가 이런 소리 어디 가서 하면 뺨맞을 거요만, 김 선생이 이미 교육계를 떠난 이상, 김 선생님의 장도를 축복하는 뜻에서 내 솔직한 심경을 말하는 것뿐이오. 세상에 한번 태어나서 좋은 술도 한잔쯤 마셔 봐야 할 게고, 집에 손님이 오면 전기냉장고에서 맥주라도 한병 꺼낼 수 있어야 할 게 아니겠소? 물론 이런 소리를 학생들에게 할 수야 없지. 학생들도 뭐 눈깔이 삐었답디까? 그런 건 우리가 안 가르쳐도 저절로 알게 되는 거니까 안 가르치는 것뿐이지, 허허허… 그래 무슨 일을 하게 됐소?"

"맥주공장에서 일하게 됐습니다."

하고, 도인은 웃지도 않고 말했다.

"XY맥주라고 혹 아시는지요?"

"오, 알다마다."

교장은 눈을 크게 뜨며 말했다.

"거기 사장님이 집안 아저씨뻘이에요."

"정말?"

"이번에 부장 자리를 하나 저한테 맡기시더군요."

"오오!"

"뭐 그렇습죠 뭐, 헤헤."

"잘했소, 정말 잘했소."

교장은 어깨라도 두들겨 줄 듯이 칭찬했다.

"김 선생은 역시 학교에서나 썩을 인물이 아니야. 사회에 나갔으니 웅지를 한번 펴 보시오. 김 선생 우리 내기 하나 할까?"

"내기라니요?"

"십 년 후에 만났을 때 말야, 으음, 십 년 후에 말야, 우리 말야, 으음, 김 선생과는 무슨 내기를 할까? 난 학교를 그만두는 선생과 내기하는 걸 좋아하거든요. 내기를 하면 나는 항상 젊은 기분을 유지할 수가 있어. 자꾸자꾸 일하고 싶은 생각이 든단 말이거든. 김 선생도 잘 알겠지만 나의 교육 방법은 경쟁을 시키는 거요. 난 가끔 지옥이라는 걸 생각해 보지만 지옥이야말로 경쟁이 없는 세상일 거요. 난 그렇게 생각합니다. 경쟁이 없으면 지능이 마비되고 따라서 사회의 발전도 없어지지. 미국을 봐요. 정말 경쟁 잘하고 있습니다. 가만히 앉아 있다가 저렇게 번영한 거 아닙니다. 가만 있자, 우리 이런 내기 하나 합시다. 십 년 후에 말야, 누가 더 재벌이 돼 있나 말야, 어떻소?"

"재벌요?"

"그렇지, 재벌 말야. 두고 보시오만 재벌쯤 되지 않고서는 손발 하나 까딱하지 못할 때가 옵니다. 난 교육의 궁극목표는 인간을 영웅이나 위인으로 만들려고 하는 데 있다고 봅니다. 이건 학교 교장으로서 하는 말인데 말이지, 선량한 사회인을 만드는 게 교육의 목적이라고 하지요? 물론 천번 만번 좋은 말입니다. 하지만 김 선생, 우리 툭 털어놓고 얘기해봅시다. 당신이나 나나 말이지요, 여기 두 학교가 있다고 합시다. 한 학교에서는 선량한 사회인을 만드는 공부를 시키고 있고, 한 학교에서는 영웅이나 위인을 만드는 공부를 시키고 있습니다. 그러면 김 선생 같으면 어느 학교엘 들어가겠습니까? 솔직히 말해서 영웅이나 위인이 되고 싶지요? 당연합니다. 그런데 재벌이야말로 현대의, 아니 미래의 영웅입니다. 나폴레옹이 영웅이었지요? 그렇죠? 나폴레옹이 하던 일을 재벌이 하게 됩니다. 소크라테스가 위인이라고 하죠? 소크라테스가 하던 일을 재벌이 합니다. 왜 재벌이 되고 싶지 않아요! 왜!"

"좋습니다."

도인은 자못 감격하여 굳은 결심을 한 듯이 주먹조차 불끈 쥐어 보이며 말했다.

"교장선생님과 내기를 하게 된 걸 영광으로 생각합니다."

"허허허, 역시 김 선생과는 의기가 투합하는군. 그런데 내기는 자신있소? 허허허…"

"아무렴요. 학생들 머리 수를 세고 있는 것보다야 맥주병 마개 수를 헤아리고 있기가 훨씬 어려울 걸요. 어려운 만큼 빨리 재벌이 될 겝니다."

"오오, 좋은, 아주 좋은 말을 했소, 김 선생."

교장은 빙그레 웃으며 말했다.

"하지만 이거 봐요, 내가 학생들 대가리 수나 세고 있으리라고만 생각하면 오해야. 오늘이라도 당장 이 학교를 호텔로 바꿔 놓을 수도 있다는 걸 알아야 해요. 김 선생이 맥주회사 사장이 되는 것보다 내가 호텔 주인이 되는 게 더 빠를걸, 허허허…"

시청각 시대

다방, 약방, 미장원, 여관, 다방, 약방, 다방, 다방, 다방, 미장원, 여관, 비어홀, 대중식사, 대중식사, 대중식사, 자동차 부속품상, 약방, 병원, 병원, 미장원, 이발소…

잠깐만 훑어보아도 이 모양이다. 하기야 도인은 아직까지 신문에서밖에는 울산공업지대를 구경한 적이 없다. 더 정확하게 말하자면, 영등포 공업지구도, 호남평야도, 남해어장도, 강원도 탄광지대도, 학생시대의 짧은 여행에서 훑어본 것밖에는 자세히 본 적이 없다.

그러기 때문인지 그는, 서울의 어느 거리에서건 가장 많이 눈에 띄는 그러한 간판들이 조마조마해서 견딜 수가 없었다. 온통 먹어치우고 멋을 내고 수리하기만 하면서 살아가고들 있는 것 같은 것이다.

서울 사람들은 그저 남자는 이발소에, 여자는 미장원에 가서 머리털을 가다듬고, 그 다음엔 다방에서 만나 차를 마시고, 그 다음엔 대중식당에 가서 불고기나 냉면을 한 그릇씩 먹고 나서 그 다음엔 또 다방에 들러 차를 마시고, 그 다음엔 약방에 들러 소화제를 사먹고, 그 다음엔 여관에 가서 자고, 그러다가 병을 얻어 병원엘 가고… 그러기만 하는 것 같았다.

한번 더 되풀이하자면, 어떤 사람은 약을 팔아서 차를 사마시고 냉면을 사먹고 여관비를 내고 병원비를 내고, 어떤 사람은 차를 팔아서 약을 사먹고 냉면을 사먹고 여관비를 내고 병원비를 내고, 어떤 사람은 냉면을 팔아서, 어떤 사람은 손님을 재워주고, 어떤 사람은 주사를 놔주고…

정말 이렇게들만 살아가고 있다고 생각하면 답답해지지 않을 수가 없다.

돈은 그야말로 돌고 돌기만 할 뿐 탄생하지는 않으니 말이다. 마치 모주꾼 두 사람이 술장사를 시작했다가 결국 술 두 동이만 비워 버리고 돈이라고는 처음에 그 중 한 사람이 가지고 있던 동전 한 닢만 남았더라는 꼴이 되어 버리는 것이다. 정말 이렇게들만 살아가고 있다고 생각하면 왜 답답해하지 않을 것인가!

도인은 한 시간쯤 전에 교장과 재벌 내기를 했던 걸 생각했다. 물론 도인에게는 그것은 어디까지나 농담이나 야유였지만, 그러나 거리의 간판들을 보고 있으려니, 어떻게 하면 적어도 부자가 될 수 있는 것인가 하는 게 뻔해 보였다. 결국 다방 주인과 약방 주인과 식당 주인과 여관 주인과 병원 주인들 중에서 자기 물건을 팔기만 할 뿐 남의 것을 사지 않는 사람이 그 중에서는 가장 부자가 될 것이다. 바꿔 말하면 절약만이 부자가 되는 것이다. 그런데 만약 그들이 모두 절약가라면 물건은 도무지 팔리지 않아서 그들은 모두 궁색을 면하지 못할 것이요, 만일 그들 중에서 어떤 한 사람만이 절약가라면 나머지 다른 사람들은 얼마 후엔 거지가 되어버릴 것이다. 그렇다, 절약이란 절약할 수밖에 없는 경제구조라면, 그것은 얼마나 악한 것이냐!

물론 도인은 아직 답답해서 미칠 필요는 없다고 자신을 달랬다. 어디엔가 차(茶)나무를 재배하고 있는 사람은 있으며, 어디엔가 메밀씨를 뿌리는 사람은 있으며, 어디엔가 약초를 기르고 있는 사람은 있으며, 곰팡이에서 주사약을 빼내는 사람은 있는 것이다.

서울 거리에 날로 저 간판들이 늘어나는 것도 실은 어디엔가 있는 그 사람들이 날로 늘어나기 때문이라고 생각해두자. 아아, 이젠 안심했다.

거리에 널려 있는 간판들에 대해서는 안심했지만 그러나 도인은 막상 자기 자신에 대해서는 안심할 수 없었다.

왜냐하면 그는 돈을 마련하기 위해서 청계천 6가 쪽에 있는 헌책점을 찾아가는 길이었기 때문이었다. 결국 그는, 죽을 때는 뜻있게 남기고 싶었던 책들을 팔기로 작정한 것이었다. 오야는 전축과 녹음기와 화장대 따위만 돈이 될 수 있는 물건이라고 생각한 모양이어서, 도인이 사과상자 속에 정성스럽게 꾸려놓은 것이 책들이란 걸 알았어도 그것을 돈으로 바꿔 자기의 빚을 갚으라고는 하지 않았었다. 다행이었다. 그나마 없었더라면, 도인은 지난달 월급에서 쓰고 남은 호주머니 속의 몇천 원밖에는 한푼도 없을 터였다.

그런데, 리어카에 상자들을 싣고 끌게 하여 그것을 돈으로 바꿔줄 헌책점을 찾으러 나서고 보니 도인은 자기가 팔 수 있는 건 고작해서 책, 그것도 세상에 일찍이 없었던 새로운 책이 아니라 헌책에 불과하다는 데 우울해서 견딜 수 없었다.

더구나 자기의 몇 발짝 뒤에서 땀을 뻘뻘 흘리며 따라오고 있는 리어카꾼과 자기를 비교해보니 우울증은 더욱 심해지는 것이었다.

리어카꾼, 그는 어떻든 지금 진지하게 자기 일을 하고 있는 중이었다.

가만히 누워 있어도 소비해 버리게 되는 에너지를 돈을 벌 수 있는 일에 쓰고 있는 중이다. 간단히 말해서 누구나 먹어야 하는 밥을 먹고도, 그는 그 밥에서 나온 힘을 다음 밥을 위해서 쓰고 있는 것이다. 그 다음 밥은 어쨌든 일찍이 세상에는 없었던 게 아닌가. 그런데 나는 뭐냐 말이다. 없더라도 생존 자체에는 아무런 영향이 없는 헌책을 팔러 가고 있으니.

아냐, 아냐, 딱한 것은 리어카꾼도 마찬가지다. 내가 가령, 밭에서 거둬들인 배추를 시장에 내가고 있는데 그가 나를 도와서 저렇게 열심히 땀을 흘리고 있는 중이라면 그도 생산의 한몫을 맡고 있는 거라고 할 수 있겠지. 그런데 그게 아니다. 겨우 헌책이다.

헌책 따위를 땀을 흘려가며 저렇게 진지한 얼굴로 끌고 있다니, 아아, 답답하고 한심스럽다. 나는, 그리고 나 때문에 리어카꾼까지도, 한국의 경제에 한푼의 도움을 주지 못하고 있다니!

"힘드실 텐데 내가 좀 끌어 볼까요?"

도인은, 리어카꾼이 곁에 다가오기를 기다렸다가 말했다.

"아이유, 무슨 말씀을! 이 정도야 거뜬합니다요, 헤헤. 담배나 있거들랑 한대 얻으십시다요."

"아니오, 내가 좀 끌어 볼 테니 이리 나오세요."

도인이 담배를 건네주며 말했다.

"하히유, 아예 그런 말씀 마세요. 선생님 같으신 분이 이런 걸 끌면 우리는 굶어죽게요? 헤헤, 아예 그런 말씀 마시라구요. 자, 가십시다요."

"그럼 좀 쉬었다가라도 갑시다!"

"아이유, 큰일날 말씀을! 요즘엔 교통법규가 얼마나 엄해졌는지요, 그저 리어카를 끌고 다닐 수 있는 거리가 아직도 몇 군데 남아 있는 것만도 고맙게 생각해야죠, 길에 리어카를 뻗대놓고 쉬다니요! 아예 그런 말씀 마시구, 자아, 어서 갑시다."

리어카꾼은 행여 도인이 억지로 리어카의 손잡이를 뺏아 잡을까 봐선지 앞장서 달리기 시작했다. 그 뒤를 도인은 발을 재게 놀리며 따라갈 수밖에 없었다.

"그럼 저게 모두 팔 책이란 말씀이시죠?"

책방 주인은, 상점 밖 길가에 세워놓은 리어카 위의 상자들을 가리키며 말했다. 냉담한 표정이었다.

"그렇습니다."

"사과상자로 여섯 개면… 한 삼백 권 되겠는데… 대개 무슨 책들이오?"

주인은 의자에서 일어설 생각도 하지 않고 잠바 호주머니에서 '백조'를 한 개비 꺼내 피워물며 쌀쌀한 음성으로 물었다. 사고 싶은 생각이 없는 모양이었다. 아니면, 살 능력이 없을 게다.

도인은 절망감을 느꼈다.

"이것저것 여러 가집니다. 문학전집도 있고, 법률 서적도 있고, 하여튼 한번 보시잖겠습니까?"

"저걸 풀어봤다가 막상 우리가 사들일 만한 게 한 권도 없으면 어떻게 합니까?"

"그럼 다시 상자 속에 꾸려 넣죠. 그리고 다른 집으로 가보겠습니다."

"글쎄요, 그거야 댁의 자유겠지만… 보나마나 사둘 만한 책이 몇 권 안 될 겁니다. 옛날엔 그나마 헌책점을 들러 주는 손님들이 좀 있었습니다만 요즘에야 어디… 교과서나 참고서를 사러 오는 중학생들밖엔…"

"하여튼 한번 보시기나 하시고…"

"그럼 나중에 날 원망하지는 마십시오."

"그, 그럼은요."

도인과 리어카꾼은 무거운 상자들을 상점 안으로 옮겨놓고 풀기 시작했다.

주인은 책표지만 슬쩍슬쩍 훑어보며 책들을 한구석으로 던지기 시작했다.

"양서(洋書)들이 많군요."

주인이 이상하다는 눈으로 도인을 쳐다보며 말했다.

"뭘 하십니까?"

"학교선생이었습니다."

"아아, 목이 잘리셨군요. 그래서…"

"맞았습니다. 쓸 만한 게 좀 있습니까?"

"글쎄요. 옛날하고는 달라서… 이런 책을 사고 싶어하는 사람들은 대개 가난뱅이들이니까요. 넉넉한 사람들한테는 이런 책이 필요없고…"

"한심스러운 세상입니다."

"한심스럽다구요? 천만에요. 사실 말이지 영화나 텔레비도 미처 다 못 보는데 미쳤다고 책을 사겠습니까? 하기야 넉넉한 사람도 책을 사기야 하죠. 그렇지만 이런 책은 아닙니다요. 문화주택의 거실에 진열해놓을 전집물이죠. 표지들이 예쁘거든요. 시청각시대란 걸 모르시는 모양이군요. 이건 팔릴지 모르겠습니다."

주인은 책 한 권을 따로 빼놓으며 말했다. 그것은 주리가 지난번 월남 위문공연에서 돌아오던 길에 일본에서 사온 '원색춘화집'(原色春畵集)이었다.

"아, 그것은 안 되겠습니다. 제 아내 거니까요. 잘못 묻어온 모양입니다."

도인은 당황하며 말했다.

"부인 거라구요?"

주인은 픽 웃으며 말했다.

"아마 부인이 가지고 계신 책이라면 모두 사도 좋을지 모르겠군요."

상자 여섯 개를 다 뒤졌지만 결국 주인은 춘화집 외에는 한 권도 필요없다고 하였다.

"그 책이라면… 오백 원 드리겠습니다."

"미안합니다. 이건…"

"천 원 내겠습니다."

"글쎄 이건…"

"이천 원 드리죠."

주인은 몹시 탐이 나는 모양이었다.

"오천 원 내겠습니다."

"오천 원요? 책 한 권에?"

"그렇습니다. 오천 원 드리겠습니다. 오천 원이면 다른 책 백 권 값입니다. 어떻습니까?"

"그래도 이것만은…"

"그럼 관둡시다. 팔지도 않을 책 뭣하러 가져와서 사람을 놀리시오?"

주인은 화를 버럭 내며, 한구석에 뒤죽박죽 쌓여 있는 도인의 책들을 발로 걷어차며 말했다.

"어서 싸가지고 가시오. 어서. 사람이 싹수머리가 있어야지. 이런 책들은 근(斤)에 달아서 종이값밖에 못 받는다구요. 어서 가요."

"이 양반, 뭐 이래!"

멍하니 서 있는 도인 대신 리어카꾼이 팔을 걷어붙이며 책방 주인에게 대들었다.

"누군 장난으로 이 무거운 걸 끌고 다니는 줄 아는 거야? 책장사면 다야? 엉? 왜 사지도 않을 책을 끌러라 마라 했니? 엉? 누군 썩은 밥

먹고 리어카 끌고 다니는 줄 아는 거야? 이거 왜 이래? 엉?"

"정말 이 사람이 환장했나? 누구한테 생트집 잡는 거야? 모르면 잠자코나 있어. 네가 뭔데 나서서 핏대야. 핏대가? 누가? 누가?"

"그만들 두세요. 아, 왜들 이러십니까?"

도인은 두 사람을 뜯어말렸다. 리어카꾼은 분을 참을 수 없다는 듯이 씩씩거리며 도인을 향하여,

"아, 사람된 도리가 안 그렇습니까? 책을 산더미처럼 풀어놨으면 미안해서라도 몇 권은 팔아줘야 할 거 아닙니까요? 안 그래요? 사람된 도리가…"

"이 새끼야, 모르면 국으로나 있어. 사겠다는 책은 안 팔고…"

"뭐 이 새끼라고? 나보구 이 새끼라고 그랬니? 네가 밥을 몇 그릇이나 처먹었는진 모르겠다만 내가 네 새끼로 보이니? 엉?"

도인이 미처 말릴 틈도 없이 리어카꾼은 책방 주인의 멱살을 잡고 늘어졌다.

완전히 엉뚱한, 도인으로서는 책방 주인이나 리어카꾼에게나 민망스럽기 짝이 없는 싸움이었다. 두 사람을 겨우 뜯어말려 놓고 나서 도인은 민망한 김에 춘화집을 얼른 책방 주인에게 내밀며 말했다.

"저 때문에 이거 정말 미안하게 됐습니다. 이걸 드리겠습니다."

"안 사요, 안 사!"

주인은 씩씩거리며 고함쳤다.

"사시라는 게 아니라 그냥 드리는 겁니다. 받아주시고 너무…"

"오천 원짜리를 저런 놈한테 그냥 줘요?"

리어카꾼이 후닥닥 도인의 손에서 춘화집을 가로채며 말했다.

"안 됩니다요, 안 돼요. 갑시다요. 책은 제가 실을 테니 선생님은 저쪽에서 보구만 계시라구요. 책집이 하납니까 어디?"

리어카꾼은 도인을 상점 밖으로 밀어내며 말했다.

"글쎄, 아저씨는 가만 좀 계세요. 제가 알아서 할게, 그 책이나 이리 주세요."

"저놈 줄려구요? 안 됩니다. 못 내놓겠어요."
"허허, 저 새끼, 아무래도 제정신이 아니군."
책방 주인이 말했다.
"뭐라구? 또 이 새끼야?"
또 싸움이 붙을 기세다. 도인은 리어카꾼의 손에서 얼른 춘화집을 가로채고 나서 리어카꾼을 상점 밖으로 밀어내며,
"글쎄, 가만 좀 계시라구요."
"좋습니다. 품삯이나 주십시오. 난 가겠습니다."
"아저씨…"
"품삯이나 주시라구요."
"아저씨…"
"여러 말씀 마시구 품삯이나 주세요. 선생님 같은 분은 아예 나돌아다니실 생각일랑 마시구 책이나 읽으시다가 돌아가세요. 세상이 그런 걸요. 뭐. 품삯이나 어서 주십시오."
리어카꾼은 주먹으로 눈물을 씻으며 말했다. 도인은 할 수 없이 그에게 그가 요구했던 금액의 배를 쥐여주고 말았다.
리어카꾼은 빈 리어카를 터덜터덜 끌며 자동차의 홍수 속으로 사라져갔다. 리어카꾼이 보이지 않을 때까지 도인은 멍하니 그의 뒷모습을 바라보고 있었다.
고마웠지만 그보다는 그가 딱해서 도인은 견딜 수 없었다.

뒷골목의 동학

"어떻습니까? 더 끌고 다녀보셔야 무겁기나 할 뿐일 거요. 내가 뭐 헐값에 사보겠다고 배짱 내미는 게 아니고 현실 그대로 말씀드리는 것뿐이외다. 정말이지, 내가 보기엔 선생 사정이 워낙 딱하신 거 같아서 하는 말인데요, 근으로 달아서 종잇값이나 받으시고 나한테 넘겨주시구랴. 나, 이거 장사꾼으로서 하는 말이 아닙니다. 이거 사 봤

댔자 남는 거 하나 없습니다. 그걸 알으셔야 할 거요."

춘화집을 공짜로 얻어서 기분이 좋은 듯, 책방 주인은 조금 전 리어카꾼과의 싸움 같은 건 다 잊어버렸다는 얼굴을 하고 도인에게 말했다.

"그럽시다."

도인은 될 대로 되라는 기분이 되어 응낙해버렸다. 책 따위가 뭐냐? 사실 종이의 묶음 이외에 더 무엇이란 말인가? 도대체 헌책을 가지고 현금을 만들겠다는 계산이 답답했다. 언젠가 조그만 광주리 속에 껍질이 터덜터덜 벗겨진 삶은 고구마 서너 개를 담아 가지고 그걸 팔러 다니는 노파를 보았을 때, '저것도 장사라고!' 하는 답답함을 느낀 적이 있지만 그러나 그 노파가 지금의 나보다는 훨씬 물건다운 물건을 팔러 다닌 셈이었다.

"잘 생각하셨습니다. 선생은 보기와는 다르게 얘기가 통하는 분이군요. 사실 말이지, 팔리지도 않을 헌책 몇 권을 가지고 와서는, 종잇값밖에 드릴 수 없다고 하면 팩 하고 화를 내며 나가 버리는 손님들이 많죠. 어떤 세상인지도 모르고 자존심만 잔뜩 부푼 사람들이 아직도 있단 말씀예요. 나 그런 사람들 보면 참 딱해서."

책방 주인은 한 구석에서 저울을 꺼내 책을 달기 시작하며 말했다.

"잠깐 기다려주세요."

도인은 문득 생각나서 책 더미를 헤치고 책 열 권을 골라내었다. 우리나라에 몇 권밖에 들어오지 않은 걸로 알고 있는 외국서적들이었다. 그 책을 탐내던 친구를 도인은 생각해 낸 것이었다. 그 친구에게 주자. 그것이 훨씬 경제적이리라. 글을 쓰는 그 친구는 이 책들 속에서 아마 몇만 원어치는 인용해 낼 수 있을 것이다.

도인은 노끈으로 묶은 그 책꾸러미와 책방 주인이 이집 저집 뛰어다니며 빌려 가지고 봉투 속에 넣어준 '종잇값'을 들고 밖으로 나왔다. 거리는 벌써 밤이었다. 그는 차도를 횡단했다.

서울운동장 앞에는 책을 파는 노점들이 카바이드 등을 하나씩 밝히고 즐비했다. 누가 여기까지 와서 책을 사리라고 저렇게들 늘어서 있는 것일까? 그게 책이 아니고 가령 우동이나 돼지창자라고 해도 여기서는 팔릴 것 같지 않다.

"책을 많이 사셨군요."

순두붓국을 사먹고 있던, 작업복 차림의 젊은 사내가 싹싹한 말투로 도인에게 말을 걸어왔다. 도인이 들고 있는 책 꾸러미를 아마 사가지고 오는 걸로 본 모양이었다.

"재미있는 책 한 권 보시죠? 재미밖에는 아무것도 없는 책입니다."

사내가 도인의 팔꿈치를 슬쩍 잡으며 말했다.

"어떤 책이 재미밖에 없는 책입니까? 책을 꽤 보는 편입니다만 아직 그런 책은 못 봤습니다."

"사들고 오시는 책을 보니 과연 선생님 말씀이 맞는 것 같군요. 하지만 제 말도 틀리지 않았다는 걸 보여 드리고 싶습니다."

도인은 그냥 지나치려 했다. 사내는 그냥 보내지는 않겠다는 듯이 도인의 등을 밀며 자기 가게 앞으로 데리고 갔다.

"남자와 여자가 그렇고 그런다는 책이겠죠, 당신이 말하는 책이라는 건."

"아, 벌써 읽으셨습니까?"

사내는 실망한 듯 말했다.

"하지만 이건 아직 선생님이 안 보신 게 아닐까요?"

사내는 제목이 점잖아 보이는 책갈피를 들추더니 조그맣고 얇은 책을 한 권 꺼내 보였다. 남녀가 괴상한 자세로 성교하고 있는 삽화가 서투르게 그려져 있는 프린트물이었다.

"얼맙니까?"

"백 원만 내십쇼."

이따위가 백 원이라면, 얼마 전에 책방 주인에게 주어버린 춘화집은 만 원도 넘을 것 같았다. 그건 어떻든 세계의 이름 있는 화가들이 숨어서 그린 걸작들이었다.

"이 책을 써내는 사람을 알고 있습니까?"

"그거야, 헤헤, 우리가 어떻게 알겠습니까? 왜 그러십니까?"

사내는 슬그머니 경계의 빛을 보이며 말했다.

"이왕이면 외국사람도 사갈 수 있을 만한 것을 만들어내라고 좀 전해주시오."

"웬걸요, 그런 실력이 있으면 이런 걸 만들어 먹고살라구요."

세상에서 가장 재미있는 책이라고 지나가는 사람을 잡아끌 때는 언제고 '이런 것'이라고 마치 자기는 성인군자나 되는 듯이 말하는 건 언젠가.

도인이 가버리려 하는 기색을 알아채자 사내는 얼른 도인의 팔을 붙들며,

"선생님이 이런 책을 사시지 않으리라는 건 벌써 짐작했습니다. 하지만 어떻습니까? 영화는 싫다고 안 하시겠죠? 요즘 새로 들어온 건데, 일본 거, 불란서 거, 아라비아 거, 뭐든지 있습니다."

"영화라구요?"

"역시 흥미가 있으신 모양이군요. 당연합니다. 이만저만 재미있는 영화가 아니니까요. 게다가 교육적 가치도 만점이죠. 자, 삼백 원만 내십시오."

"그렇게 재미있고 유익한 영화라면 아닌게아니라 흥미가 있습니다. 더구나 일본 영화, 아라비아 영화는 아직 구경한 적이 없으니까요. 어느 극장에서 하고 있습니까?"

"당신 집 안방에서 하고 있습니다. 어서 가 보슈."

사내는 뿌루퉁해서 대답하고는 더 이상 상대할 수 없는 놈이라는 듯이 도인을 흘겨보고는 어슬렁거리며 다가온 다른 손님 옆으로 가버렸다.

도인은 사내가 말한 영화가 어떤 것이라는 것을 소문으로 알고 있었다. 솔직히 말해서 한번 보아두고 싶었다.

그러나 지금 도인의 호주머니 사정으로서는 구경을 하는 데 돈을

쓸 수가 없는 것이었다.

"영화구경 안 하시겠습니까?"

다른 책가게 앞에서 도인은 또 붙잡혔다.

그러고 보면 이 책가게들은 명색으로만 책을 팔고 있을 뿐, 실은 '영화관' 안내로 벌이를 하고 있는 모양이었다.

음침한 수입으로 먹고살기 때문인지 음침한 얼굴을 하고 있는 책장수는 도인이 한동안 망설이다가 내놓은 삼백 원을 마치 빼앗듯이 받아서 호주머니 속에 넣고 나서,

"잠깐만 기다리십시오. 선생님을 모시고 갈 사람이 곧 옵니다."

한참 후에 도인은 책가게의 사내가 소개하는 잠바 차림의 사내 뒤를 따라갔다.

"좀 떨어져서 날 따라오시오. 날 놓치지 말고 따라와야 합니다."

그렇게 말하고 나서 '잠바'는 뒤도 돌아보지 않고 빠르게 걸어가기 시작했다.

가다가 깨닫고 보니 잠바의 뒤를 따라가고 있는 건 도인 하나만이 아니었다.

어슷비슷한 몰골의 젊은이들이 바지 호주머니에 손을 쑤셔 박고 행여나 잠바를 놓칠세라 걸음을 재촉하고 있었다.

잠바는 일부러 그러는지 비도 오지 않았는데 흙탕물이 괴어 썩은 냄새를 풍기고 있는 골목길을 이리 꾸불 저리 꾸불, 마치 길을 잃어버리고 헤매듯이, 아니 뒤를 따라오고 있는 자들이 그 길을 기억할 수 없기를 바라듯이, 한참 동안 헤매고 나서야 어느 쓰러질 듯한 한옥 대문 앞에 이르렀다. 범죄의 냄새가 물씬 풍겨나는 골목이었다. 창녀 같아 뵈는 여자들이 골목 모퉁이에서 시시덕거리고 있고 아편쟁이 같아 뵈는 늙은이가 어둠 속에 쭈그리고 앉아서 오징어 다리 같아 뵈는 것을 우물우물 씹어먹고 있었다.

잠바는 주위를 둘러보고 난 다음, 자기를 옹기종기 따라온 사람들을 날카로운 눈초리로 점검했다. 그러고 나서 싱긋 웃었다.

용케들 놓치지 않고 따라왔구나 하는 표정이었다.

두 칸 정도 되는 방안은 먼저 온 손님들로 빽빽했다. 작은 보자기만한 화면에서는 벌거벗은 여자가 역시 벌거벗은 남자의 그것을 한참 빨고 있는 중이었다. 그것은 어떤 쾌락을 추구하는 행위라기보다는 병에 걸린 사람끼리 서로를 치료해 보려고 안간힘을 쓰고 있는 것 같았다. 구경꾼들 역시 마찬가지였다.

음탕한 기색은 전연 없고 자못 엄숙하고 심각했다. 동학란(東學亂)을 일으키기 직전, 사랑방에서 녹두장군의 열변을 듣고 있는 머슴들의 표정이 아마 이러했으리라. 국회의원의 정견발표회장에 모여 있는 사람들도, 목사님의 설교를 듣고 있는 신자들도, 교향악 연주회장에 모여 있는 사람들도 이들보다 더 진지한 표정은 아닐 것이다. 녹두장군의 머슴들이나 예수의 사도들만이, 다시 말해서 목숨을 걸어놓고 자기의 인생을 구원해 보려는 자들만이 가질 수 있는 표정들이었다. 적어도 도인의 눈에는 그들의 표정이 그렇게 비쳤다. 하나같이 젊은 이들이었다. 짐작컨대 이발소 직공도 있고 대학생도 있고 그럴듯한 회사의 월급쟁이도 있는 모양이었다.

도인은 방안을 가득 채우고 있는 공기가 답답해서 견딜 수 없었다. 이제 머지않아 폭발하리라. 마치 동학도처럼, 기독교도처럼.

화면 속의 남녀는 지칠 줄 모르고 빨고 핥고 주무르고 꿈틀거렸다. 자아 이렇게 하는 거야, 이렇게 하면 너희들은 구원받을 수 있어. 이것이야말로 너희들이 할 수 있는 유일한 일이야. 너희들은 무얼 할지 모르지? 하루 일이 끝나면 너희들은 무얼 해야 좋을지 암담하지?

신문도 다 봤고 연속방송극은 그게 그렇고 권투시합의 입장료는 턱도 없이 비싸고 그렇다고 집에 텔레비전이 있는 것도 아니고 영화 구경도 매일 하자면 이만저만 큰돈이 아니고, 술? 그렇지, 술은 어젯밤에 토해서 속이 쓰릴 정도로 마셨고, 자아 그대가 빈손으로 할 수 있는 건 무엇이겠어? 바로 이것이다.

뭐 응해주는 애인이 없다고? 밥통처럼 놀지 마라. 자, 이렇게 강간

하는 거야. 자아, 이렇게.

이것 봐, 여자가 꼼짝 못하지.

띵한 골치를 싸안고 도인은 그 집을 나섰다.

바야흐로 시청각교육 시대다.

얼마나 많은 학생들이 이 교실을 다녀갔을까? 우등생들의 활약은 얼마나 눈부셨을까?

어두운 골목을 벗어나자 비교적 불 밝은 시장거리였다.

과일가게 앞에서 사과를 사먹고 있던 사내 하나가 지나치려는 도인에게 말을 걸어왔다.

"어디 가십니까? 절 모르시겠습니까?"

"글쎄요, 뵌 듯하기도 합니다만."

"아 참."

사내는 윗호주머니에서 안경을 꺼내 썼다.

애경이 독실한 기독교 신자인 미혼여성이기를 고집하던 화학기사였다.

"아, 알겠습니다. 여기서 웬일이십니까?"

"보시다시피 사과를 사먹고 있는 중입니다. 비타민을 섭취하기 위해서죠. 이런 거리에서 형을 만나게 되다니 정말 반갑습니다."

"왜요? 이런 거리가 어때서요?"

도인은 시침을 떼고 지저분한 시장거리를 새삼스러운 듯 둘러보았다.

"왜 이러십니까? 형께서 지금 어디서 오시는 길이란 걸 알고 있습니다."

화학기사는 이쪽의 큰 약점이라도 쥐고 있다는 듯이 눈을 빛내며 생글거렸다.

이 기사양반도 그 무지막지한 에로영화를 구경했음에 틀림없다. 아마 도인보다 먼저 와서 구경하고 나가던 패거리들 중에 섞여 있었겠지.

"내가 지금 어디서 오는 길이란 것을 알고 있다는 것이 그렇게도 당신에겐 중요합니까?"

도인이 퉁명스럽게 말했다.

"이거 참, 불쾌하게 해드리려고 그런 건 아닌데."

기사는 생글거리던 표정을 얼른 바꾸어 정색을 하며 말했다. 그러나 곧 어색하게 웃으며,

"실은 저도 그 방에 있었습니다. 나오다가 형이 거기 앉아 계신 것을 보았죠. 하지만 그런 자리에서 알은체하기가 쑥스럽더군요. 그래서 여기서 기다리고 있던 중이었습니다. 지금 바쁘십니까?"

"별로… 그런데 왜 날 기다렸죠?"

"반가워서죠. 너무 그렇게 이상한 눈으로 보지 말아 주셨으면 고맙겠습니다. 정말 저는 진심으로 형을 만나서 반갑습니다. 오늘 밤 제 기분을 아신다면 제 말을 믿으실 겁니다만 어디 가서 차나 한잔 안 하시겠습니까? 아니 술이나 한잔 안 하시겠습니까?"

망설이고 있는 도인을 화학기사가 끌다시피 하여 그들은 근처의 술집으로 들어갔다.

술잔이 몇 번 오고간 다음 화학기사가 자기의 '오늘 저녁 기분'에 대해서 얘기하기 시작했다.

"우선 말씀드리고 싶은 것은, 형과 오늘 저녁 이렇게 만나게 된 것은 결코 우연이 아닐 거라는 겁니다."

하고, 화학기사는 얘기를 시작했다.

"하느님의 섭리일 거라고 전 생각하고 있습니다. 그렇지 않고서는, 그다지 좁다고 할 수 없는 이 서울바닥에서도 하필 이 지저분한 거리, 그 중에서도 에로영화를 돌리는 어느 집의 시커멓고 좁은 골방에서 우리가 만난다는 일이 어떻게 있을 수 있겠습니까? 저로서 또 하나, 하느님의 섭리에 의한 것이라고 이야기하고 싶은 이유는, 제가 이 거리에 나타난 것은 자그마치 팔 년 만이라는 것입니다. 차차 말씀드리겠지만 이 거리는 저의 고향이나 다름없는 곳입니다. 여기서 자라났죠. 그리고 제법 나이가 들어 이 거리가 싫어지자 무슨 일이

있더라도 이 거리엔 나타나지 않기로 결심하고 여길 떠났죠. 떠나서 가봤댔자 겨우 서울 안입니다만 하여튼 그 후로 팔 년 동안 전 이 거리에 발을 들여놓은 적이 없습니다. 오늘 팔 년 만에 처음 이 거리의 공기를 숨쉬는 저로서는 자못 역사적인 날입니다. 그런데 그렇게 의미 있는 날에 형을 만나다니, 이건 결코 우연이 아니라는 생각이 들었습니다. 하지만 형께서 이 근처에 사시거나 또는 이 거리로 에로영화를 보러 자주 들르신다면 물론 단순한 우연, 아니 단순한 필연에 불과하다는 것쯤은 저도 각오하고 있습니다. 어떻습니까?"

"그렇게 비장한 표정으로 각오하실 필요는 없습니다. 난 이 근처에 살지도 않고 도대체 에로영화란 걸 평생 처음 봅니다. 책장수들이 영화를 보지 않겠느냐고 어쩐지 유난히 치근덕거린다고 생각했습니다. 아마 당신과 만나게 하려는 하느님의 섭리였던가 봅니다. 그건 그렇고 이 거리 출신이시라는 건 무슨 뜻입니까? 이 거리에 팔 년 동안이나 발을 디밀지 않았다니 그런 결심을 하게 되기까지엔 물론 재미있는 곡절이 있겠죠?"

도인이 말했다.

"형께서 하느님을 빈정거리는 투로 말씀하신 것을 용서해 드립니다. 빈정거리는 능력도 역시 하느님께서 주신 것이니까요. 아무튼 형을 만나게 돼서 반갑습니다. 초면이나 다름없는 처지에 반가워하고 자시고 할 게 뭐냐고는 하지 마시기 바랍니다. 아닌게아니라 우리가 만난 것은 어저께 잠깐, 그것도 피차 상대편을 수상한 놈이라고 생각하며, 더구나 여자를 사이에 두고 적의를 가지고 만났을 뿐이죠. 하지만 적의를 가지고 서로 얼굴을 맞대는 것은 어저께 한 번만으로써도 족하다고 생각합니다. 저는 형이 비록 그 사기꾼이나 창녀와 다름없는 여자의 애인이라고 할지라도 어딘지 그 여자와는 다른, 뭐랄까요, 다른 세계의 사람이란 걸 간파했습니다. 저한테도 그 정도의 눈치는 있습니다. 서양의 고전적인 표현을 빌리자면 형의 얼굴엔 지성이 만들어준 표정이 있습니다. 개가 개를 알아보듯이 저는 얘기가 통할 수 있는 사람과 그럴 수 없는 사람을 가릴 줄 압니다…"

요컨대 만나게 돼서 반갑다는 얘기를 화학기사는 장황하게 늘어놓았다. 도인으로서는 그의 말마따나 반가워하고 자시고 할 것이 없었으나, 뭔가 하고 싶은 얘기가 잔뜩 있는 듯한 그의 표정을 무시해 버릴 수가 없었다.

"어젯저녁입니다."

하고, 화학기사가 차분한 음성으로 말하기 시작했다.

"아니 제가 여기서 자랄 때 얘기부터 하죠. 남이 살아온 얘기처럼 듣기 지루한 것은 없을 테니까 짤막하게 하겠습니다. 우리 식구는 바로 요 근처에 살고 있었죠. 식구래야 저하고 형님 한 분, 그리고 시집간 누님과 매형과 조카 둘, 그랬습니다. 우린 1·4후퇴 때 월남했었죠. 환도(還都) 무렵, 월남한 사람들은 약속이나 한 듯이 이 청계천 변두리에 자리잡았습니다. 지금은 복개공사를 해서 길이 되었으니 뭐 같습니다만 몇 년 전까지만 해도 청계천의 그 지저분한 몰골이야 말로 가히 국가의 수치라 할 정도가 아니었습니까? 아니 이렇게 얘기하다간 밤새도록 해도 얘길 못다 하겠군요. 제가 하고싶은 얘긴, 그 무렵 우린 물질적인 생활에서나 정신적인 생활에서나 완전히 뿌리가 없는, 그야말로 하루하루를 어떻게 살아가느냐 하는 것이었다는 것입니다. 그때는 누구나 그랬다는 것이야 잘 아시겠지만… 우리 집안은 독실한 기독교 가정이었죠. 하지만 전쟁의 그 혼란 바람에 하느님을 잃어버리고 말았습니다. 누님은 술집 작부 노릇을 시작했고 매형은 시장의 장사꾼들에게서 푼돈을 뜯는 깡패가 됐습니다. 형님은 군대에 들어가서 직업군인이 되었고 전 구두닦이, 신문팔이, 양담배 장수, 그리고 틈틈이 소매치기도 하면서 학교엘 다니고 있었습니다… 제가 어떤 분위기 속에서 자랐나 하는 것을 상상해 주시기 바랍니다. 한번 비가 내리면 며칠씩 질퍽거리는 길, 바라크 음식점에서 풍겨 나오는 고약한 기름냄새, 앙칼진 싸움소리, 장사치들이 어거지로 손님한테 떼를 쓰는 소리, 소매치기, 날치기, 갈보들의 욕지거리, 뭐 길게 얘기할 거 없이 바로 이 거리의 확대판, 훨씬 과장된 확대판이라고 상상하시면 틀림없습니다. 지금하고 다른 게 있다면, 지금은 모두들 장사꾼은 장사꾼대로 갈보는 갈보대로 제법 전문적으로 분화하여 틀이 잡혔다고나 할 수 있습니다만 그때는 장사꾼이건 갈보건 하루아침에 그렇게 된 사람들이었다는 것이었다. 쉽게 말하자면 아마추어들이었다고나 할까요? 전쟁 전엔 농민이었던 자가 갑자기 장사를 시작한 것이고 전쟁 전에 목사의 따님이 갑자기 갈보가 된 것입니다. 그러니 누구라 할 것 없이 제정신이 아니었고 그러니까 악으로만 사는 것이고, 기껏 제정신이 있는 자도 겨우 생각하기를, 난 사실은 깨끗한 사람이야. 할 수 없이 남을 속이고 바가지를 씌우고 몸을 팔긴 하지만 말야, 하는 정도였습니다.

저 역시 누님이 매형 아닌 다른 사내한테 몸을 맡기고 술상을 두드리며 노래를 부르는 것을 별로 이상하게 생각하지 않았습니다. 그러면서 저는 자랐죠. 저는 우리나라의 어디나 이 거리와 똑같은 줄로만 알고 있었습니다. 사실 처음엔 어슷비슷했겠죠. 그러나 이 거리 밖의 어디에선가는 차츰 질서를 되찾기 시작하고 있는 줄을 몰랐습니다. 제가 본 것은 이 거리밖에 없었으니까요.

그런데 야간고등학교에 다니던 어느 날 저는 어느 친구 집에 놀러 간 적이 있었습니다. 별로 잘살지는 않았습니다만 그러나 저를 놀라게 해주기에는 충분한 것이 그 집엔 있었습니다. 전쟁 전의 우리 집에 있던 것이 그 집엔 있었던 것입니다. 그건…"

"가정다운 안락, 질서, 화목, 그런 것이었겠군요."

"바로 그렇습니다. 그리고 하느님을 믿고 있는 것이었습니다. 전쟁이 있었는데도 하느님을 믿을 수 있다는 게 저에게는 무척 신기해 보였습니다. 지금 생각하면 그때 저는 하느님을 마치 귀한 골동품처럼 우리는 전쟁 중에 잃어 버리고 다른 집은 그대로 간직하고 있는 것만 같았습니다. 마침 그 친구의 어머니가 외출에서 돌아왔는데, 시장에서 장사치들한테 바가지 썼다고 불평을 하고 있었습니다. 뿐만 아니라 어쩌다가 어떤 젊은 계집과 시비가 붙었는데 옷고름을 쥐어뜯기고 치마에 흙탕칠을 당했다는 것입니다. 그런데 보아하니 그 년이 더러운 갈보 같아서 더 싸우지 않고 와 버렸다는 얘기를 하고 있었습니다. 저는 문득 전쟁 때문에 손해를 본 건 우리 식구뿐이로구나 하는 생각이 들어 왈칵 서러워졌습니다. 그러고 나니까 차츰 이 거리가 견딜 수 없이 싫어졌습니다. 도망치다시피 저는 이 거리를 떠났습니다. 그 후, 저의 생활은 물론 평탄하지 않았습니다만 하느님의 도움으로 비교적 행운이 많은 것이었습니다."

화학기사는 잠시 말을 중단하고, 도인이 따라준 술을 지그시 내려다보고 있었다. 마치 그 술에 자기의 과거가 비치고 있는 듯이. 그러나 도인으로서는, 솔직히 말해서 그의 얘기가 단순한 신세 타령 이상의 것이 아니었다. 대중잡지 따위에도 그보다는 훨씬 고생한 사람들의 얘기가 얼마든지 있는 것이었다. 물론 그보다도 더 고생한 사람들이 있다고 해서 그가 고생하지 않았다는 건 아니다. 그렇지만 자기의 신세가 다른 사람의 관심 속에서 어느 정도의 위치에 자리잡을 수 있는가 쯤은 대강이라도 알고 있어야 예의가 아닐까?

화학기사가 신세타령을 계속했다.

"저는 이 거리를 거의 완전히 잊을 수 있었습니다. 아니 잊었다고 생각하고 있었습니다. 그런데 어젯저녁입니다. 바로 형과 결혼상담소의 그 여자가 다방에서 나가 버리고 나서죠. 저는 세상이 와르르 무너지는 듯한 비참한 기분에 싸여 버렸습니다. 제가 그 여자를 얼마나 사랑하고 있었다는 걸 형께서는 짐작도 못하실 겁니다. 털어놓고 말씀드리자면, 그 여자는 저의 누님과 퍽 닮았습니다. 상담소로부터 그 여자를 소개받았을 때 전 그 여자가 제 누님인 줄로 알고 깜짝 놀라 벌떡 일어났을 정도였으니까요."

"참, 누님은 지금 뭘 하고 계십니까?"

"죽었다더군요. 제가 이 거리를 떠나고 얼마 되지 않아서 매형한테 몹시 얻어맞고 죽었다더군요. 매형은 지금도 교도소에 있습니다."

"당신이 애경이를 사랑하게 된 것이 당연하다는 느낌이 드는군요."

"애경이라니요?"

"상담소의 그 여자, 현숙이라는 건 가명입니다."

"아, 그렇습니까? 하여튼 제 얘기를 계속하겠습니다. 전 그 여자와 결혼할 경우를 상상하고 혼자 즐거워하곤 했습니다. 그건 제가 전쟁 때문에 잃어 버렸던 전쟁 전의 가정을 되찾을 수 있을 것 같았기 때문입니다. 그런데 나중에 그 여자가 창녀나 다름없는 생활을 하는 사기꾼이라는 걸 알았죠. 그러나 저의 사랑은 사라지지 않았습니다. 오히려, 옳다, 하느님께서 나에게 누님을 돌려주셨구나, 전쟁 때문에 더럽혀진 누님을, 하는 느낌이 들어서 그 여자에 대한 사랑과 연민의 정은 더욱 깊어지기만 했습니다…"

"그런데 제가 나타나서 당신의 꿈이 깨어져 버렸다는 것이군요?"

"정직하게 말씀드리면 그렇습니다. 그 여자의 뒤를 따라다니는 동안 그 여자가 상담소의 소개로 남자들을 수없이 만나는 것을 보아 왔습니다만, 그 여자가 그 남자들을 어떻게 처리하리라는 걸 빤히 알고 있기 때문에 저는 별로 걱정하지 않았습니다. 요컨대 그 남자들은 적수로 생각되지 않았습니다. 그런데 형이 나타났죠. 어쩐지 형만은 두려웠습니다. 그 여자가 그동안 만나던 남자들에게서는 느낄 수 없던 강렬한 라이벌 의식을 느꼈습니다. 그리고 저의 예감은 맞았던 거죠. 어젯저녁, 저는 말할 수 없이 비참한 기분이었습니다. 생전 처음 술을 마셔 봤습니다. 하느님이 저를 버리신 거 같아서 하느님을 원망하면서 술을 마셨죠. 너무 취해서 전 제가 무슨 짓을 했는지도 몰랐습니다. 술에서 깨어나 보니 경찰서 보호실이었습니다. 제가 술집 여자를 '누님 누님'해가면서 두들겨 패 주었다는 것입니다. 경찰서에서는 저를 거리의 불량배로 알고 잡아 가두었습니다. 오늘 아침 저는 마포에 있는 즉결재판소로 다른 경범죄인들과 함께 넘겨졌습니다. 그런데 거기서 말입니다."

화학기사는 잠깐 말을 중단하고 뭔가 생각을 모으는 듯한 표정이었

다. 그러나 곧,

"즉결재판소엘 가 보신 적이 있습니까?"

하고 도인에게 물었다.

"아직 못 가봤습니다."

"가보셨다면 얘기하기가 훨씬 쉬워지겠는데… 간단히 말해서 콘크리트로 된 커다란 창고를 상상하시면 됩니다. 조그만 환기창이 몇 개 뚫려 있고 굵은 목책(木柵)으로 가려진 문이 있고 그렇습니다. 더럽기 짝이 없는 좁은 변소, 의자 하나 없는 콘크리트 바닥. 그 안에 각 서(署)에서 보내진 혐의자들이 득실거리고 있습니다. 그 창고 옆방이 즉결재판의 법정인데 혐의자들은 한꺼번에 몇 명씩 불려 나가서 재판을 받습니다만 워낙 숫자가 많으니까 언제 자기 차례가 될는지 지루하기 짝이 없습니다. 기다리기가 지루한 사람들 중에는, 창고 밖에서 우글거리고 있는 직업적인 거간꾼을 통해서 서기들에게 돈을 주고 재판도 받지 않고 석방되는 사람도 있는 모양이었습니다. 얘기를 들어보면 돈 있고 빽 있는 사람들은 즉결재판에 넘겨지기 전에 벌써 다 빠져나가 버리고 정작 즉결재판까지 넘어오는 사람들은 최하(最下)들뿐이라는 것이었습니다. 만약 이 얘기가 정말이라면, 결코 공정한 처사라고 할 수 없겠습니다만, 요컨대 그래서 그런지 어쩐지, 그 창고 속에서 자기가 재판받을 차례를 기다리고 있는 사람들을 둘러보니 하나같이 아편쟁이 같고 좀도둑 같고 갈보나 포주 같고 소매치기나 불량 소년들 같았습니다. 물론 거기 있는 사람들이 모두 그런 사람들만은 아니었을 겁니다. 그런데도 불구하고 간밤을 경찰서 보호실에서 새운 탓으로 모두들 눈곱이 끼고 얼굴엔 누런 기름이 내배이고 입은 옷은 아무렇게나 구겨지고 먹은 게 없으니까 기운들은 없고, 그렇기 때문인지 모두가 하나같이 추하고 더러웠습니다. 제 자신의 몰골도 별로 나을 리 없었습니다. 다른 사람의 눈에는 저 역시 아편쟁이나 좀도둑으로 보였겠죠. 그런데 제가 얘기하고 싶은 건 그런 외면적인 몰골도 몰골이지만 그보다는 그 창고 안을 가득 채우고 있는 저의 의식을 무자비하게 두들겨 패 주는, 어떤, 뭐랄까요, 분위기… 아니 요컨대 까맣게 잊어 버렸다고 생각한 바로 이 거리였다는 것입니다."

애기를 잠깐 중단하고 그는 도인을 바라보았다. 뭔가 괴로움을 호소라도 하는 듯한 눈으로.

도인은 화학기사가 사뭇 어두운 얼굴을 짓고 얘기하고 있는 그 즉결재판소 유치장 안의 풍경을 조금쯤은 그려볼 수 있을 것 같았다. 그것은 어쩌면 야간열차에서 하룻밤을 새운 여행자들의 모습과 흡사한 것일 게다. 얼굴엔 누런 기름이 내배이고 눈곱이 끼고 수면 부족 때문에 무표정하게 축 늘어져 있고 옷은 구겨져 있고…

거기에 아마, 앞으로 재판을 받아야 한다는 불안과 공포가 범벅이 되어 있는 것이겠지.

잠깐 얘기를 중단하고 어두운 얼굴을 짓고 있던 화학기사가 얘기를 계속했다.

"그렇습니다. 제가 어렸을 때 너무도 가까이서 늘 보았던 그 사람들이 모두 그 창고 속에 모여 있는 것 같았습니다. 접은 소매 끝에서 담배꽁초를 꺼내 피우는, 파마머리가 부수수한 창녀 같아 보이는 젊은 여자는 어쩌면 제 누님일 수도 있을 것 같았고, 벽 모서리에 기대어 서서 충혈된 눈을 가끔 떠서 주위를 돌아보고는 다시 눈을 감고 졸곤 하는 가죽잠바 차림의 깡패 같아 보이는 청년은 제 매형일 수도 있을 것 같았고, 그리고 그런 곳에 붙들려온 경험이 한두 번이 아닌지 한쪽에 모여 서서 히히덕거리며 까불고 있는, 열서너 살밖에 안돼 보이는 불량 소년들은 바로 어린 저일 수 있을 것 같았습니다. 육이오가 있은 지도 이미 이십 년 가까워오는데 그때의 그 사람들이 아직도 남아 있었다니… 그때 저는 향수(鄕愁)가 온몸에 빛살처럼 쫙 퍼지는 걸 강하게 느꼈습니다. 그때까지는 저의 의식 속에서는 제 고향이 사변 때 떠나온 이북의 그 마을로 되어 있었습니다만, 그렇지만 그때에야 저는 처음으로 제 고향이 어디 있나를 깨달았습니다. 지금 우리가 앉아 있는 바로 이 거리였다는 겁니다… 참, 제가 보름 후에 미국으로 떠난다는 말씀을 드렸던가요?"

"아니오, 미국에 가십니까?"

도인은 새삼스럽게 화학기사를 훑어보며 의아했다.

"네. 장학금을 얻었습니다. 학업을 마치더라도 아마 수년간은 미국에 머물러 있게 될 것 같습니다. 어쩌면 미국에 영주하게 돼 버릴지도 모릅니다…"

"그런 조건으로 장학금이 나왔나요?"

"그런 건 아닙니다만 거기서 저한테 장학금을 얻어주려고 애써 준 분의 요구는 그렇습니다. 어떻든, 바라고 있던 유학입니다. 그리고 솔직히 말씀드리면 저는 그 여자가 저를 사랑하여 저와 함께 미국에 가게 되기를 바라고 있었습니다. 수속상 당장 함께는 곤란하더라도 적어도 제가 먼저 미국에 가서 그 여자를 부르면 그 여자가 미국으로 와서 저와 더불어 가정을 꾸며주었으면 했습니다…"

"그런 사정과 희망을 애경 씨한테 말씀드렸습니까?"

"아니오."

"말씀드렸더라면 당신과 애경이와의 관계는 달라졌을지도 모를 걸 그랬군요."

화학기사는 이상하다는 눈으로 도인을 응시했다. 애경이의 애인인 네가 어쩌면 그런 충고를 할 수 있느냐 하는 표정이었다. 도인은 모른 체하고 말했다.

"여자는 자기를 미국에 데려가 줄 수 있는 남자에겐 없던 사랑도 생기는 모양이던데!"

"비꼬시는 겁니까?"

"천만에요. 당신이 정말 애경이와 사랑하는 사이가 되어 함께 미국으로 가서 행복한 생활을 할 수 있다면, 당신을 위해서나 애경을 위해서나 진심으로 다행하겠다는 생각이 문득 들었기 때문입니다. 왜 이런 말씀을 드리는고 하니, 미국은, 아니 외국이면 어디라도 좋습니다만, 생각하기조차 싫은 자기의 어두운 과거를—그런 과거가 있는 사람은 말입니다—더 이상 부채(負債)처럼 지고 살지 않아도 되는 곳이기 때문에 말입니다. 말하자면 외국으로 가서 산다는 것은 가톨릭 신자들의 고해성사와 같은 것이죠. 자기의 죄를 씻어 버리는 행위가 됩니다. 지나치게 과장했는지 모르겠습니다만, 제가 보기엔 요즘 우리나라 사람들이 외국에 가서 살고 싶어하고 외국에 가서 살게 되는 사람을 선망하는 심리적인 동기에는 그런 점도 있을 거라는 겁니다. 물론 학문을 연구하고 싶어서, 또는 언제 또다시 전쟁의 소름끼치는 소용돌이 속에 휘말려들지 모른다는 공포심에서, 또는 보다 물질적으로 안락한 생활을 구하기 위해서 외국으로 가서 살고 싶어하는 사람들이 대부분이겠죠. 하지만 적어도 애경이 경우에는, 저는 만일 당신이 애경이한테 미국에 가서 함께 살자고 얘기한다면 애경이는 쾌히 승낙했으리라고 생각합니다만, 그런 경우 애경이의 미국행에 어떤 의미가 있다면 그것이야말로 더럽다고까지 생각해도 할 수 없는 과거를 씻어 보려고 새로운 여자로서 새로운 생활을 할 수 있다는 것 아니겠습니까?"

말하다 말고 도인은 자기가 마치 애경이를 미국으로 데려가 주도록 화학기사를 꾀고 있는 것 같아서 그만 입을 다물어 버렸다. 진지한 태도로 듣고 있던 화학기사가 입을 열었다.

"형의 말씀을 충분히 알 수 있다고 말할 자신이 있군요. 바로 그런 점을 저 역시 생각하고 있지 않은 바가 아니었으니까요. 하지만 그 여자한테 미국 어쩌고 하는 얘기를 꺼내지 못하고 만 것은…"

"미국으로 데려가 주겠다는 것 때문에 당신을 사랑하게 되는 그런 여자의 사랑은 싫다는 것인가요?"

"그렇습니다."

"우스운 욕심입니다. 이 도령이 암행어사가 아니어도 그를 사랑한다는 춘향이 얘기를 어디서 주워들은 모양인데, 물론 그런 사랑이 나쁘다거나 있을 수 없다는 것이 결코 아닙니다만, 그렇지만 사랑이란 대체 무엇일까요? 내 생각으로는 사랑 자체는 인간의 목적이 될 수 없다고 봅니다. 사랑은 하나의 수단으로서 인간에게 주어진 것일 겁니다. 자기를 보다 깨끗하고 보다 덜 불안하고 보다 보람있는 위치로 끌어올리기 위한 수단으로서 사랑은 사용될 수 있는 것이 아닐까요? 물론 제가 얘기한 보다 깨끗하고 보다 덜 불안하고 보다 보람있는 위치라는 건 정신적인 면을 강조한 것입니다만, 그러나 그것들이 물질적인 면에서의 그것들이라고 해도 상관없을 겁니다. 물질적인 면에서 그런 것을 필요로 하는 사람이 자기의 필요를 충족시키기 위해서 '사랑'이라는 자기의 능력을 사용했다고 해서 나무랄 수 있을까요? 사랑이란 어쩌면 '사기'(詐欺)와 사촌간인지도 모릅니다. 그러나 분명히 그들이 다른 점은, 하나는 자기도 돕고 사랑하는 상대자도 돕는 결과를 수반하게 되는데, 다른 하나는 자기도 파멸하고 상대방도 골탕을 먹는다는 결과를 수반하는 것이라는 겁니다. 그러므로 당신이 애경이한테 미국행 얘기는 꺼내 보지도 않은 채 무조건 날 사랑해 달라고 한 것은 오로지 당신의 우스운 허영심에서 나온 행위라고 할 수밖에 없습니다. 오히려 만일 애경이가 아무 조건 없이, 다만 당신이 남자이기 때문에 사랑한다고 했다면 오히려 그것은 사랑의 가면을 쓴 일시적인 성욕에 불과했을 겁니다. 그것이 오히려 위험하고 당신을 위해서도 헛된 것이죠. 당신 자신은 애경이가 당신의 누님과 닮았기 때문이라는 조건을 가지고 애경이를 사랑하게 됐으면서도 왜 애경이에게는 당신을 사랑할 수 있는 조건을 주지 않겠다는 것입니까? 이상한 자리에서 고백하게 됐습니다. 나와 애경이와의 관계가 어떤 관계였던지 명백하게 보여지는 지금, 말씀드려 버리는 게 좋겠습니다. 그 여자와 나와의 관계야말로 사랑의 탈을 쓴 성욕으로서 맺어진 관계였던 것입니다. 좀 전에도 말씀드렸습니다만 그런 관계는 피차를 골탕먹이는 수작밖에 아무것도 아닙니다… 혹시 당신이 지금도 애경이를 사랑하고 있고 미국에 함께 가고 싶어한다면 애경이에게 털어놓고 얘기해 보십시오."

"물론 사랑하고 있습니다. 이 거리야말로 저의 진정한 고향이라는 걸 깨달은 지금은 더욱 그 여자를 사랑하고 있습니다. 그런데 그 여자가 저와 함께 미국으로 가 줄까요? 아니 그보다도, 저와 함께 미국엘 갈 수 있다는 조건 때문에 저를 진심으로 사랑해 줄까요?"

화학기사는 도인의 대답이 곧 애경의 대답이기라도 한 듯이 간절한 호소를 담은 눈길로 도인을 올려다봤다. 도인에게는 딱한 질문이었다. 그 질문에 대답해 줄 수 있는 사람은 애경 양밖에 있을 수 없기 때문이었다. 도인으로서 대답할 수 있는 것은, 그 여자가 화학기사를 진심으로 사랑하게 되어 미국 아니라 저승에라도 함께 가서 과거의 생활을 씻어 버릴 수 있는, 자기 자신을 아끼고 자기가 사랑하는 사람을 아끼는 생활을 해주기를 바란다는 정도일 수밖에 없는 것이었다. 그것은 사실 술 취한 도인의 진심이기도 했다.

"그 여자를 한번 만나기로 합시다. 오늘 저녁에라도 당장. 곁에서 내가 거들어 줄 수 있는 게 있다면 최선을 다하겠습니다."

도인이 말했다.

화학기사의 눈이 반짝이기 시작했다.

"고맙습니다. 정말로 고맙습니다. 생각할수록 오늘 저녁 형을 만나게 된 것은 하느님의 섭리에 의한 것이로군요. 아까 얘기하다가 말았습니다만, 재판소의 유치장에서 저의 고향을 찾게 된 것 역시 하느님의 섭리에 의한 것이라고 생각됩니다. 실은 타락해 버리기 위해서 이 거리로 돌아왔던 것인데 말예요."

"타락하기 위해서라구요?"

"그렇습니다. 간단한 재판을 받고 벌금을 물고 밖으로 나오자 저는 곧장 이 거리로 왔죠. 쉽게 말해서 저는 고독했습니다. 여태까지 쭈욱 고독했었다는 것도 깨달았습니다. 직장의 일이 저의 고독을 덜어주지는 않았습니다. 직장의 일이 끝난 이후의 시간엔 저는 도둑놈이 돼도 좋고 소매치기가 돼도 좋고 깡패가 돼도 좋고 사창가의 단골이 되어도 상관없다는 생각이 들더군요. 저의 직업과 저의 사생활과의 관계는 그 정도의 관계밖엔 안 된다는 걸 깨달았습니다. 전날 저녁,

제가 창녀의 속옷을 훔쳐내었다고 해서 다음날 낮, 직장에서 물감을 배합하는 데 빨간색이 파란색으로 될 리는 없는 것입니다. 물론 하느님이 저한테 은총을 베풀어주고 있을 때는 그런 생각을 감히 할 수 없겠죠. 말하자면 그 여자에 대한 저의 사랑이 절망적인 걸로 보여짐으로써 하느님은 나를 버리셨다는 생각이 들었고 그리고 유치장 안에서 저의 무의식을 지배하고 있던 고향, 즉 바로 이 거리라는 것이 의식의 표면위로 떠올랐던 것이죠. 사람이란 누구나 자기가 어렸을 때 자라난 풍경이나 풍속을 사랑하고 따르게 마련인 모양입니다. 가령 인분(人糞)을 비료로 쓰기 때문에 넓은 평야가 항상 구린내를 풍기고 있는 농촌에서 자라난 사람은 도시에 살면서도 가령 옆의 사람이 뀌는 방귀에서 나오는 구린내만 맡아도 문득 향수에 사로잡히며 그 구린내를 코 깊숙이 들여마시게 되나 봅니다. 그 사람은 구린내 속에서 자랐기 때문에, 물론 구린내를 좋아할 사람은 세상에 한 사람도 없을 것입니다만, 무의식 속에서라도 그것을 좋아하게 되어버려 있거나 적어도 구린내에 대하여 심한 반감이나 편견은 가져지지가 않을 것입니다. 아니 어떤 경우, 어떤 순간을 당해서는 그 사람은 구린내를 맡아야만 마음이 외롭지 않고 또는 세상을 살고 있다는 느낌을 가질 수 있다는 그런 경우도 있나 봅니다. 바로 이 거리에도 이 거리만이 발산하고 있는 그 무엇이 있습니다. 옛날 제가 그것이 싫어서 이 거리로부터 도망갔던 '그 무엇'이죠. 하지만 그것을 어느새 저는 사랑하고 의지하고 있었던가 봅니다. 제일차적인 신앙의 대상인 하느님에게 바랄 것이 없어지니까 제이차적인 것, 즉 제가 어렸을 때 눈 아프도록 보아왔던 것, 나쁜 짓을 하니까 입에 풀칠이라도 할 수 있더라는 생각 속에 숨겨져 있는 나쁜 짓에 대한 이상한 존경, 또는 기대보고 싶은 마음이 저의 행동을 이끌기 시작한 것입니다. 제가 타락하기 위해서 이 거리로 왔다는 게 무슨 뜻인지 이젠 좀 아실 것 같습니까?"

"그런데 타락도 미처 해보기 전에 하느님이 당신을 재빨리 구원하셨다, 그런 기분이시군요? 어떻든 당신은 복이 많은 사람 같습니다.

하느님이 당신을 구해 주지 않을 경우엔 그 대신 타락이 당신에게 구원의 손길을 뻗치고, 요컨대 앞으로 엎어지나 뒤로 자빠지나 당신이 다칠 데라곤 한군데도 없군요. 하하하하…"

도인은 농담을 하고 웃었다. 화학기사도 큰 소리로 따라 웃고 나서,

"하지만 형, 그렇지만도 않아요. 바로 지금 이 순간에 그 어느 쪽에서도 저한테 손을 뻗쳐 주고 있지 않거든요. 도미(渡美)한다는 조건으로 그 여자가 저를 사랑해 줄는지 어쩔는지 아직은 확언할 수 없고, 그러나 그 여자가 제 요구를 들어줄지도 모른다는 가냘픈 희망 때문에 타락 쪽에서 뻗쳐온 손길을 잡을 수도 없고, 말하자면 이러지도 저러지도 못한 채 엉거주춤해 있는 상태, 이것이 저한테는 가장 나쁜 상태거든요."

"어떤 소설가 하나는 인생이란 바로 그런 상태라고 책에 썼더군요."

"글쎄요. 하지만 저는 이런 상태에 빠졌을 때가 제일 불쾌합니다. 이런 상태에 저는 오 분 이상 주어본 적이 없습니다. 이런 상태는 인생의 썩은 부분일 겁니다. 형, 어떻습니까? 그 여자를 만나러 가지 않겠습니까? 저를 위해서…"

"그리고 그 여자를 위해서…"

"고맙습니다."

화학기사는 술상 너머로 두 손을 내밀었다. 그리고 도인이 마주 내민 손을 힘주어 쥐었다.

두 사람은 약간 비틀거리며 술집을 나섰다.

술집에서 나오자 도인은 문득 생각나서 팔뚝시계를 보았다. 벌써 아홉시였다.

"잠깐, 애경이가 이 시간에 상담소에 있을까요?"

도인의 말에, 그는 그게 무슨 말이냐는 얼굴로,

"물론 상담소는 문을 닫았을 겁니다. 하지만 집엘… 아, 집에도 아직 안 들어왔을지 모르겠군요."

잠깐 궁리하는 듯하더니,

"우리가 먼저 집에 가서 기다리고 있으면 만나게 되겠죠."

"집을 아십니까?"

도인이 물었다. 그러자 화학기사는 어리둥절한 표정이 되어 도인을 새삼스럽게 훑어보기 시작했다. 한참 동안 그러고 있던 화학기사는,

"그걸 저한테 물으시다니…"

"난, 실은 애경이가 어디서 살고 있는지 모르거든요. 그 여자의 본가(本家)는 알지만, 그 집에서 살고 있지는 않을 것 같고…"

"형은 정말 알 수 없는 분이군요."

화학기사는 아무래도 이해할 수 없다는 듯이, 자못 시비조로 말했다.

"제가 알기로는 형은 분명히 그 여자의 애인이었습니다. 형의 입으로 분명히 그런 말을 했습니다."

"어저께요."

"그럼 오늘은 그 여자와 아무런 관계도 없는 사람이란 말인가요?"

"맞았습니다. 오늘부터 그 여자와 나는 아무것도 아닌 관계죠."

"그건 정말 저한테는 반가운 얘기군요. 하지만 어저께까지는 애인이었던 여자의 집을, 그 여자가 어디 사는지를 모르신다는 말씀인가요?"

"유감스럽게도 모릅니다. 그러고 보니 나와 애경이와의 관계에 대해서 아직까지 형한테 자세한 얘기를 하지 못했군요. 하지만 지금 생각하니, 그것도 나한테 잘못이 있는 것 같지는 않군요. 어저께는 다방에서 잠깐 만났을 뿐이고 오늘은 만나자마자 내내 형은 형 자신의 얘기만 해댔으니, 말하자면 형은 내가 애경이와 어느 정도의 관계인지를 알고 싶어하지 않았습니다."

"참 그렇군요."

화학기사는 말문이 막힌 듯 시무룩해졌다. 그러나 곧,

"그럼 형과 그 여자와의 관계는 제가 상상하고 있던 것처럼 그렇게… 깊은 것은 아니었군요? 흔한 말로 '뜨내기 사랑'이었나요? 창녀와의 하룻밤 손님처럼… 말하자면 그런 하찮은 관계라면 형은 도대체 무슨 배짱으로 제가 그 여자와 부부가 되어 함께 미국엘 갈 수 있도

록 도와주겠다느니 뭐니 장담했습니까? 싱거운 수작 아닙니까?"

화학기사는 노골적으로 힐난하는 표정을 지었다.

"우리 두 사람 중에 어느 하나가 싱거운 사람이라면 그건 아마도 당신일 겝니다."

하고, 도인은 나직이 말했다.

계속해서 그는 말했다. 만나는 순간부터 여태까지 당신은 당신 자신의 얘기만 했다. 당신이 그 여자를 얼마나 사랑하고 있는가에 대해서, 그 여자의 사랑을 얻지 못하면 당신은 타락해 버릴 것이라는 점에 대해서, 그리고 당신이 자라온 환경에 대해서… 그러면서도 당신은 내가 어떤 사람인가에 대해서는 한말도 묻지 않았다. 당신 좋을 대로 나라는 사람을 규정해 놓고 나를 그 규정의 테두리 안에서만 상대했다. 아니 나는 당신처럼 나의 신세 타령을 하고 싶었기 때문에 이런 말을 하는 것이 아니다. 적어도 그 여자와 나와의 관계가, 당신이 짐작했던 대로 사랑하는 사이라면, 당신의 입장에선 나와 그 여자의 관계가 어느 정도의 관계였는지 으레 물어볼 법도 하다고 생각한다. 그런데 당신은 묻지 않았다. 묻지 않은 당신의 태도에 대해서는 여러 가지 해석을 붙일 수가 있다. 당신은, 나와 그 여자와의 관계가 당신이 상상하고 있던 것보다 더 깊은 관계일까 봐 묻기를 두려워했을지도 모른다.

"아니, 그런 아닙니다."

하고 화학기사가 말했다.

그렇지 않다면, 당신은 처음부터 나라는 사람 자체에 관심이 있었던 게 아니다. 당신은 어쩌면 신세 타령을 들어 줄 만한 사람을 찾고 있었던 것뿐인지도 모른다. 아무라도 좋으니 같이 술을 마시면서 신세 타령을 들어 줄 만한 사람을 말이다. 그건 반드시 내가 아니었어도 당신에겐 상관이 없었지…

"그것도 아닙니다. 만일 제가 형이 말씀하신 것과 같은 뜻에서 형을 붙들었다면 제가 왜 형을 만나게 된 사실을 하느님의 섭리에 의한 것이라고 하며 감사하겠습니까?"

그렇다면 왜 당신은 나와 그 여자와의 관계에 대해서 한마디도 묻지 않는가. 그래놓고 이제 와서 그 여자의 거처를 모른다는 사실 하나만으로써 그렇게 쓰디쓴 표정을 지을 권리가 있단 말인가?

"형이 말씀하시는 뜻은 알겠습니다. 하지만 저한테 중요한 것은 형과 그 여자와의 관계가 과거에 어느 정도였는지를 아는 게 아닙니다. 저의 관심사는 오로지, 제가 그 여자를 사랑하는데 그 여자는 나를 사랑해 줄 것인가 아닌가 하는 것뿐입니다. 형이 저한테 중요한 것은 그 여자가 형을 사랑하고 있는 게 아닌가 하고 생각했기 때문입니다. 형을 만나자 반가운 생각이 든 것도, 형과의 안면이 있기 때문이 아니라 제가 사랑하고 있던 여자의 애인이라는 점 때문이었습니다. 그리고, 형의 말마따나 신세 타령을 하다보니 형이 저와 그 여자와의 관계에 어떤 도움이 되어 주겠다고 형이 자청하시지 않았습니까? 저에게는 그러한 형이 중요할 뿐입니다. 그리고 이런 말씀 드리기에는 좀 뭣합니다만, 솔직히 말씀드리면, 형에게서 제가 느낀 바로는, 형은 많은 지식도 가지고 계신 것 같고 교양도 있어 보이고 선량하기도 한 것 같습니다만 뭐랄까요, 정열은 없는 사람 같습니다. 정열이 없어 보이는 사람을 저는 별로 무서워하지 않습니다. 아니, 얘기가 이상한 방향으로 발전할 것 같군요. 마치 제가 형에게 설교라도 하려는 것처럼. 그보다도 그 여자의 거처를 모르신다니 이거 어떻게 하죠?"

도인은 어안이 벙벙해져 버렸다. 그에게 한대 되게 얻어맞은 듯한 느낌이었다.

정열 — 그것은 확실히 도인에게는 서먹서먹한 말이었다. 그것이 무엇을 뜻하는 말이라는 것을 모른다는 뜻이 아니라, 도인 그 나름으로 너무나 잘 알고 있는 말이기 때문에 그에게는 서먹서먹한 말인 것이었다.

그렇다. 도인이 가장 경계하는 것들 중의 하나야말로 바로 정열이라는 것이었다. 도인의 이해 속에서 정열이란, 우리들이 살고 있는 이 세계를 지옥으로 만들고 있는 가장 나쁜 원인들 중의 하나에 불과하였다. 정열이라고 하면 도인의 머릿속에 우선 떠오르는 것은 어쩐지 수양(首陽)이었고, 연산군(燕山君)이었고, 일본 군국주의자들이었고, 히틀러였고, 중공의 홍위병(紅衛兵)이었다. 그리고 약간은, 한국의 정치, 경제, 사회, 문화, 그 모든 것에서 엿보이는 그 무엇이었다.

그것은 판단이 결핍됐을 때 나오는 우격다짐의 행동이었고, 무기교(無技巧)를 감추려는 광란의 몸짓이었고, 지나가 버린 일, 또는 이렇게 쓸 수도 있고, 저렇게 쓸 수도 있는 시간에 대하여 인간들이 근본적으로 느끼고 있는 절망감에 호소하는 과격한 프로파간더였다. 진정한 혁명에서는 그것을 지배했던 이성과 지성의 빛이 무엇보다도 두드러져 보이듯이 인간을 무더기로 도살했던 과거 역사적인 여러 사람들에게서 공통되게 드러나는 것은 무엇보다도 정열이라고 도인은 생각했다.

그렇게 생각했기 때문에 그에게는 정열이란 말처럼 서먹서먹하고, 아니 두렵기까지 한 말은 없었다.

그는 자기 자신 속에서 정열을 제거해 버리려고 노력해 왔으며, 모든 사람들이 정열을 내세우지 말기를 바랐던 것이다.

그런데 화학기사의 입에서 '당신에게는 정열이 없어 보인다'는 얘기를 듣는 순간, 도인은 이상스럽게도 심한 모욕감을 느꼈다. '정열이 없어 보이는 사람은 무섭지 않다'는 얘기에선 패배감조차 느꼈다. 이런 느낌들이 정열을 하나의 미덕으로 여기지 않는 사람에게 어떻게 일어날 수 있을까? 정열이 없는 사람이라는 얘기를 듣고 나서 모욕감을 느끼고 패배감을 느낀 나는, 그렇다면 정열을 무의식적이나마 긍정하고 있었던 것이 분명하다.

아니다. 이제야 도인은 자기에게 가장 필요한 것이 정열이라는 것을 깨달은 것이다. 과도한 정열이, 또는 정열로 위장한 추잡한 욕망이 빚어내는 인간에 대한 과오를 경계한 나머지 이제 그에게는 이성과 지성에서 나온 판단을 밀고 나갈 힘이 되어 줄 최소한의 정열조차 닳아 없어져 버린 것을 깨달은 것이었다.

그는 자신의 죽음으로써 역사를 만들고 있는 사람들의 부분적인 과오에 항의하려고 하였다. 그러나 그는 지금 기껏, 빈털터리가 되어 친구에게 기증할 책 몇 권을 들고, 싼 술에 약간 취해 지저분한 시장거리에 서 있을 뿐이다. 그런데 그를 보라!

그는 불량 소년이 될 수밖에 없는 환경에서 자랐으면서 그 환경을 과감히 탈출했고, 후진 사회에서는 존경받을 권리가 있는 기사가 되었으며, 그의 기술을 고도로 성장시킬 수 있는 외국유학을 가게 되었으며, 이제 바야흐로 그를 사랑해주지 않는, 그러나 그는 사랑하는 여자를 손에 넣으려고 하고 있는 것이다. 그 모든 것을 그에게 가능하게 해준 것은, 그렇다, 애경을 두고 그가 도인에게 보여 주었던 그 철저한 사랑과 절망, 그 안하무인격인 자기 표현, 한마디로 정열이라고 할 수밖에 없을 것이다. 도인의 이성과 지성이 아무리 그의 정신병자적인 화술을 비웃고, 그의 철부지 애들 같은 행동을 찬 눈으로 비판한다고 할지라도, 그러나 도인이 그러고 있는 동안, 화학기사는 그 화술과 행동으로 무언가 얻어가고 있는 것이다.

도인은 깊은 좌절감을 느끼며 화학기사를 물끄러미 바라보았다. 설령 자기가 애경을 누구한테 양보하고 싶지 않을 만큼 사랑한다고 할지라도 이 화학기사에게는 그 여자를 빼앗기지 않을 수 없으리라는 생각이 들었다. 자기와 화학기사와는 싸움의 상대가 안 되는 것이었다.

세계는 어차피 정열을 가진 사람들의 소유이다. 정열이 없는 사람들은 물거품처럼 이 지구 위에 그의 존재를 잠시 떠받치고 있다가 꺼져 버리는 것이다. 신경질적인 발작을 가끔 일으켜 보기도 하지만 그러나 그건 정열이 아니다. 만약 정열을 가진 사람들이 아니꼬워 보인다면 정열 없는 사람들이 그들에게 저항할 수 있는 최선의 방법은 그들이 세계를 구워먹든 찜쪄 먹든 내버려두는 것뿐이다. 무관심—도인은 애경과 화학기사의 문제에 대하여 무관심하고 싶었다.

"반드시 오늘밤에 애경을 만나야 된다는 것도 아니잖습니까? 내일…"

내일 상담소에 가면 그 여자를 만날 수 있지 않겠는가고 말하려고 하자 화학기사는 발로 땅을 한번 쿵 치며,

"그것쯤은 저도 알아요. 지금 제가 불쾌해 있는 건, 그 여자에게 아무런 영향력도 없는 형을 제가 지레짐작으로 대단한 존재로 생각했었다는 것 때문입니다…"

"그게 왜 불쾌하죠?"

도인은 쓰게 웃으며 물었다.

"그 여자와 저 사이에 형께서 첩경이 되어 주리라고 기대했었기 때문이죠. 그 기대가 깨어졌기 때문이지 뭡니까!"

"당신이 말하고 있는 걸 듣고 있으려니까 그 여자를 적극적으로 사랑해서 당신이 우는 꼴을 보고 싶어지는군요. 하지만 그건 어저께 벌써 경험했던 거고, 어저께도 역시 당신 덕택이었지만 말요. 그런데 그게 나에겐 너무 벅찬 경험이어서 또 한번 되풀이하고 싶지는 않소. 내가 보기엔 그 여자는 당신의 소유요. 당장은 아니더라도 언젠가는 당신의 소유가 될 것이 틀림없다고 생각합니다. 자, 난 그만 가겠습니다."

말하고 나서 도인은 돌아섰다.

"비겁한 자식!"

도인의 등뒤에 대고 화학기사가 중얼거렸다. 도인은 못 들은 체하기로 하고 비틀거리며 지저분한 거리를 걷기 시작했다.

도인은 조잡하고 왜소한 자기의 그림자를 내려다보며 걸었다. 불빛의 위치에 따라 이리저리 방향을 바꾸는 그림자를 따라 고개를 이리저리 돌려가며 그는 걸었다.

유서를 써서 신문사로 부친 것은 어제 아침의 일이다. 그러므로 그가 시장거리를 걷고 있는 지금까지 겨우 이틀 동안 그는 그의 일상생활의 궤도에서 외출해 있었을 뿐이다. 그런데 그 단 이틀 동안에 그가 이십 팔 년 간 축적해 온 그의 모든 능력은 시험되었으며 형편없는 점수를 받았다. 그는 그가 염려하고 있던 대상의 중심에는커녕 그

근처에도 가보지 못한 채 엉뚱한 변두리에서만 빙빙 돌고 있는 것이다. 그렇다. 역사는 그의 손이 미치지 않는 곳에서 셔터를 굳게 내려놓고 이루어지고 있는 것이다. 그는 다만, 한 여인과 그 여인 덕분에 알게 된 사람들에게서 역사의 배설물이 풍기는 냄새를 맡아볼 수 있었을 뿐이며, 그리고 그 나름으로 완성돼 버린 역사를 책에서나 읽을 수 있을 뿐이다.

그는 고가도로가 놓여질 우람한 콘크리트 교각을 올려다보았다. 남루한 옷차림의 아주머니가 그의 곁으로 다가와 말을 붙였다.

"쉬었다 가세요. 참한 색시가 있어요."

"바쁜 사람들에게나 가서 쉬었다 가라고 하시죠. 난 한 이틀 푹 쉬었더니…"

"그럼 기운이 철철 넘치겠네요. 자, 어서 가요."

아주머니가 말하며 도인의 팔을 잡아끌었다.

(1968)

크리스마스 선물

"엄마, 잘 자."
"그래, 잘 자."
"엄마, 꿈속에서 만나."
"그래, 꿈속에서 만나자."
"엄마, 산타할아버지가 선물을 꼭 가져오지?"
"그러엄, 꼭 가져오지."

이불 속에서 한마디씩 하는 세 아이에게 일일이 대꾸해 주며 정애는 이불장에서 솜이불 한 채 더 내려 그것을 길게 접어 아이들의 머리맡을 담 쌓듯이 둘러주었다. 외풍이 심한 방이었다. 방바닥은 따끈따끈한데 코가 시렸다.

전등을 꺼주고 거실로 나왔다. 쪽마루를 깐 세 평 정도의 좁은 거실 복판에 놓은 연탄난로의 쇠뚜껑이 벌겋게 달아 있었고 그 위에 올려 놓은 주전자에서는 물 끓는 소리와 함께 김이 나고 있었다. 그래도 거실 안이 따뜻하다고는 할 수 없었다. 마당으로 통하는 유리 긴미닫이가 바람에 심하게 덜그럭대고 있었다. 금호동 산중턱에 북향하여 있는 정애의 작은 집은 겨울 내내 세찬 바람에 시달려야 한다. 난로가로 다가서서 불을 쬐며 손을 올려 머리 위의 형광등 스위치 줄을 잡아당겨 거실의 불도 껐다. 전기를 아끼기 위해서이기도 했지만 어둠 속에 혼자 조용히 있곤 하는 것이 요즘 정애의 버릇이 돼버렸다. 불을 켜놓은 안방의 창호지 바른 미닫이문에서 조명되는 빛만으로도 거실은 충분히 밝았다. 그 불 밝은 안방에서 '여보, 추운데 뭐하고 있어? 빨리 들어와'하는 남편의 음성이 들려올 것 같은 기대로 정애는 잠깐 가슴이 벅찼다. 그러는 다음 순간 그 음성을 이젠 영원히 들을 수 없다는 현실로 돌아오자 뜨거운 울음 덩어리가 가슴에서 목구멍으로 치올라 악물고 있는 이빨을 비집고 흑 울음소리가 되어 터졌다. 아직 잠들지 않았을 아이들에게 울음소리가 들릴까 봐 정애는 두 손으로 입을 싸 덮었다. 아이들 방의 연탄을 갈아야지. 그러고 나서 어저께 사다가 감춰둔 크리스마스 선물을 꺼내어 아이들의 머리맡에 놓아 줘야지.

유리문을 열고 마당의 어둠 속으로 내려서자 희끗희끗한 것들이 세찬 바람에 흩날리고 있었다.

눈. 가슴이 더욱 싸늘해지며 공원묘지에도 눈이 내리고 있겠구나, 눈에 보이는 듯 선하여 이 차가운 어둠 속에 혼자 누워 있는 남편에 대한 연민이 또 울음소리가 되어 이빨 틈을 비집고 나왔다.

연탄불을 갈고 거실로 돌아왔을 때 뜻밖에도 형광등이 켜져 있었다. 아까 분명히 불을 껐는데, 아이들 중의 하나가 화장실에라도 다녀오느라고 불을 켰나?

"아직 안 자니?"

이들의 방에 대고 정애는 큰 소리로 불러봤다. 대답이 없었다.

"누가 마루 불 켰니?"

그래도 잠든 체하는지 대답이 없었다. 그때 문득 정애의 시선을 끄는 것이 있었다. 소파 옆의 탁자 위에 커다랗고 흰 사각봉투가 놓여 있었다. 확실한 기억은 없지만 아까까지는 없었던 것 같았는데, 아하, 아이들이 엄마한테 슬쩍 주는 크리스마스 카드인 모양이다 짐작하며 정애는 봉투를 집어들다가 몸이 굳어졌다. 겉봉에 분명히 남편

글씨로 '사랑하는 아내에게'라고 씌어 있었기 때문이다. 단단히 풀칠해 붙인 봉투는 만져보는 손끝에 그것이 딱딱한 카드가 아니고 말랑말랑한 편지 종이임을 느끼게 해주었다. 봉투를 뜯으니 과연 편지였다. 글씨는 남편의 글씨가 아니었다. 그 점에 관해서 남편은 편지 첫머리에서 밝혀놓고 있었다.

나는 지금 글을 쓸 힘이 없어서 간호원에게 받아쓰게 하오. 무엇보다도 먼저 하고 싶은 말은 내가 이 세상에서 사랑했던 여자는 당신뿐이라는 거요. 고마운 당신, 그리고 가엾은 우리 아이들을 생각하면 나는 정말 죽기가 싫소. 돌이켜보면 잠시 한때라도 당신을 행복하게 해준 적이 없었던 것 같아 마음 아프오. 남들이 다 다니는 관광여행 한번 함께 다니지도 못했고 아이들한테는 잠깐 버스 타면 갈 수 있는 창경원 구경도 제대로 못 시켰소. 설악산이 어디 붙었는지 해운대가 어떻게 생겼는지도 모르고 보낸 일생이었구려. 어서 나아서 크리스마스에는 가족들과 함께 지내라는 간호원의 말을 듣고 생각하니 우리 가족이 크리스마스라고 신나게 지내 본 기억도 없소. 그저 텔레비전 앞에서 지내다가 낮잠이나 자던 생각밖에는 안 나오. 당신과 아이들에게 참으로 미안하고 큰 죄를 짓고 가는 것이 안타깝소. 친구들과 허튼 소리 하며 술은 왜 그렇게 마셨던지. 먹고살려면 친구들이 많아야 한다고 생각해서 그랬었지만 과연 먹고사는 데 도움을 준 친구가 몇 명이나 되었던지 돌이켜보면 한심스런 나였소. 모든 것이 당신에게 미안하고 죄송할 뿐이오. 내 목숨이 얼마 남지 않았음을 나는 알고 있소. 내가 죽고 나면 당신과 아이들의 고생이 어떠할지 훤히 보이는 것 같아 심히 괴롭소. 다만 한 가지 위로가 되는 것은 사람의 죽음이란 육체의 죽음일 뿐이지 영혼은 살아 있다는 것을 알게 된 점이오. 어저께 간호원이 읽어준 책을 나는 사실이라고 믿소. 죽었다가 다시 살아난 사람들의 경험을 쓴 책인데 누가 지어낸 얘기가 아니고 실제로 경험한 것을 모아 놓은 거라고 하오. 사람이 죽으면 영혼이 머리 꼭대기에서 빠져나가 얼마 동안 자기 육체와 그곳에 와 있는 사람들을 내려다보고 있게 된다 하오. 그때까지도 나는 아직 살아 있는데 하고 착각하며 자기 시체를 붙들고 우는 식구들을 위로하고 다닌다는구료. 그러다가 어떤 힘에 끌려 어둠 속으로 끌려간대요. 그제서야 자기가 죽어서 혼자 있게 됐다는 걸 깨닫게 되고 이제부터 어디로 가야 하는지 몰라 당황하고 있을 때 나를 마중해주는 밝은 빛이 빠르게 다가와 나를 에워싼대요. 그 빛이 어찌나 따뜻하고 편안하게 해주는지 이 세상에서는 한번도 맛보지 못한 행복감에 싸이게 된다오. 세상에 다시 돌아가고 싶은 생각이 안 든다 하오. 그런데 그 빛은 아마 하나님 자신인 모양이오. 나한테 내가 일생 동안 한 갖가지 일을 다 보여주고 내가 지은 죄를 스스로 뉘우치게 만든다는 거예요. 그 빛과 나는 말을 주고받는데 물론 사람의 말이 아니고 생각 그 자체가 서로 직접 전달되는 대화라고 하오. 다시 살아난 사람들은 여기서 그 빛이 다시 돌아가라고 하여 돌아왔지만 돌아오지 않은 사람들은 여기서 심판을 받고 자기에게 합당한 천계(天界)에 가서 살게 된다 하오. 그리고 누군가를 보고 싶다고 생각하면 그 순간 그 사람들을 보게 된다오. 옛날에 죽은 사람이건 땅에 살고 있는 사람이건 말이오. 그러나 여보, 나는 항상 당신과 아이들을 보고 있겠소. 내 말은 당신에게 안 들리겠지만 당신과 아이들의 얘기를 나는 항상 듣고 있겠소. 그리고 여보, 하나님이 계심을 믿으시오. 당신의 고생을 하나님이 다 알아주시고 당신이 영계(靈界)에 오면 큰 축복을 주실 것이오. 나와 당신 그리고 우리 아이들이 다시 만나 살게 될 것은 틀림없는 사실이오. 이 사실을 알고 죽으니 나는 행복하오. 당신도 너무 슬퍼하지 마오. 이 사실을 알려주는 걸로 이번 크리스마스 선물을 대신하오.

편지를 읽다 말고 정애는 아이들 방으로 달려가서 불을 켜며 외치듯 물었다.

"누가 이 편지 갖다놨니?"

딸이 이불 밖으로 눈물자국 있는 얼굴을 내밀며 대답했다.

"내가. 아빠가 병원에 있을 때 크리스마스날 엄마 주라고 나한테 맡겼어."

"울지 마. 아빠가 지금 우리하고 함께 있단다. 우리 얘기를 다 들으면서."

정애는 천장을 올려다보았다. 그리고 처음 맛보는 행복감으로 눈물과 미소를 한꺼번에 지어 남편에게 보였다.

산다는 것

인터폰의 신호음이 울렸다. 창우는 수화기를 집었다.

"네에, 자재괍니다."

"이 차장님, 오번 전화예요."

교환 아가씨의 음성이 수화기 속에서 산뜻하게 울렸다.

"네에."

창우는 키폰의 5번 키를 눌렀다.

"여보세요."

수화기 속에서 달려나오는 것은 뜻밖에도 신자의 음성이었다. 지난 삼 년 동안의 관계를 서로 깨끗이 잊어 버리기로 약속하고 작별한 지 일주일밖에 안 됐다.

"아, 나야."

버릇이 돼온 자연스런 반말로, 그러나 옆자리의 동료들을 의식하여 낮고 굵직한 음성으로 창우는 달려나온 여자의 음성을 받았다. 그런데 수화기 속에서 신자가 울음을 터뜨렸다.

"왜? 무슨 일이 있어?"

"미안해요, 용서해주세요."

울음 틈틈이 신자는 자꾸만 미안하다는 말과 용서해달라는 말만 하고 있었다.

"왜? 무슨 일인데 그래?"

으스스한 예감에 사로잡히며 창우는 물었다. 간신히 용기를 낸 듯 그러나 여전히 울면서 신자가 말을 꺼냈다.

"아빠한테 모든 걸 얘기해 버렸어요. 우리 사이에 있었던 일을 모두요. 이웃 사람들한테 들어서 다 안다구, 감추지 말구 자백하라구…"

창우는 가슴이 덜컹 내려앉고 온몸에서 힘이 빠져나감을 느꼈다.

"바보같이! 절대로 말하지 않기로 했잖아!"

"술을 잔뜩 마시구 와서 마구 때리잖아요. 어젯밤 밤새도록 얻어맞았어요. 안 살면 그만이지 싶어 말해버렸어요."

삼 년 동안 부부처럼 사랑했던 여자가 우락부락한 남편의 주먹에 얻어맞고 발길에 채이고 머리채가 뽑히고 있는 장면이 눈에 보듯 생생하게 상상되어 창우는 가슴이 아팠다.

"나, 죽어버리고 싶어요. 하지만 아이들이 너무너무 불쌍해요."

그 여자의 자식들에 대한 헌신적인 애정의 지극함은 창우가 잘 알고 있었다. 국민학교 5학년, 3학년 그리고 유치원에 다니는 아들딸들을 신자는 무서운 집념을 가지고 보호해왔다. 그 여자가 이 세상에서 진실로 사랑하고 있는 대상은 그 아이들뿐이라는 걸 창우는 잘 알고 있었다.

"죽다니… 그런 나쁜 생각 말구… 으음, 이따가 좀 만날까?"

"안 돼요, 아빠가 자기 만나러 갈 거예요."

"뭐? 날 만나러 온다구?"

"아무리 가지 말랬지만… 정말 나 죽고 싶은 마음뿐예요. 용서해주세요. 혀를 깨물고 죽어버리는 건데."

신자의 남편이 금방 사무실로 쳐들어와 많은 동료들이 보는 앞에서 주먹질을 해댈 것 같아서 창우는 온몸이 떨리기 시작했다.

"자리를 피하세요. 그 사람, 화나면 꼭 짐승 같아요. 평소엔 얌전한데 화나면 물불을 못 가리고 꼭 미친 사람 같아요. 친구분한테 자기 회사 그만뒀다구 하라구 부탁해놓고 자리를 피하세요."

그것도 꾀라고 일러주고 있는 신자에 대하여 창우는 앙큼하다기보다 차라리 가엾은 느낌이 들었다. 그래서 억지로 침착한 음성을 짜내어,

"알았어, 내가 알아서 할게 너무 걱정 말구. 그리고 죽는다든가 하는 생각은 절대로 하지 말아. 아이들을 생각해야지."

"네, 정말… 정말…"

정말 미안하다는 말이 하고 싶은 것이겠지 짐작하며 창우는,

"전화 끊어."

먼저 수화기를 놓아 버렸다.

남편이 쳐들어온단다. 자, 어떻게 한다지? 그러나 창우는 갑자기 아무 데라도 누워서 잠들어 버리고 싶을 만큼 짙은 피로감에 휩싸이기만 할 뿐 뭘 어떻게 해야 좋을지 알 수 없었다.

신자를 처음 알게 된 것은 삼 년 전 겨울 어느 날 밤이었다. 회사에서 늦게 퇴근하여 귀가하다가 동네 골목길에 있는 포장마차에 한잔하러 들렀다. 손님이라곤 여자 한 사람뿐이었다. 차림새로 보아 정숙한 가정부인 같은데 살 희망을 잃은 사람 같은 표정으로 독한 소주를 반 병쯤 비워 놓고 있었다. 미인이라고 창우는 생각했다. 그러나 이런 늦은 시간에 혼자 술을 마시고 있는 여자니 뻔한 여자라고도 생각했다. 창우가 들어선 지 얼마 안 되어 여자는 조용조용히 계산을 하고 나가 버렸다. 묻지도 않았는데 포장마차 주인여자는 창우에게 그 여자에 대하여 알고 있는 걸 얘기했다. 며칠 전에 이 동네로 전셋집을 얻어 이사온 여잔데 아이가 넷 딸린 과부이고, 아이들을 재워 놓고 나서 저렇게 술을 마시러 온다는 것이다. 술을 마셔야만 잠이 오기 때문이다. 파출부를 하면 한 달 수입이 얼마나 되는지 알고 있느냐는 등 묻는 걸 봐서 생계가 퍽 어려운 과부인 모양이라고 포장마차 주인여자는 말했다. 다음날 밤에 창우는 일부러 그 포장마차를 찾아

들었다. 오늘은 창우가 먼저였다. 여자는 어제보다 더 살 희망 없는 얼굴로 조용히 술을 마시고 나갔다. 그동안 내처 창우는 여자를 몰래 관찰했다. 죽음의 그림자가 그 여자를 가득히 에워싸고 있음을 느꼈다. 수 년 전 아내와 이혼하고 났을 때 그를 덮쳐오던 그 절망감이 지금 그 여자를 암흑 속으로 한발짝 한발짝 끌어당기고 있음을 창우는 보는 듯했다. 그 다음날 밤엔 그 여자가 오기를 기다리는 일 초 일 분이 그렇게 지루할 수가 없었다. 그 여자가 오지 않으면 온 동네를 한집 한집 뒤져서라도 찾아내고 말겠다고 생각했다. 여자가 들어섰을 때 그는 자기가 그 여자 없이는 살아가기 어려울 것 같다는 확신을 가졌다. 다음날부터 그들의 사랑은 시작되었다. 그러나 신자는 한사코 결혼만은 동의하지 않았다. 아이들에게 의붓아버지를 갖게 하고 싶지는 않다는 것이었다. 매일 적당한 시간에 창우의 아파트로 와서 빨래니 청소니 김장 따위의 살림을 해놓고 가고 일요일 같은 때 비교적 오랜 시간 창우에게 와서 함께 지내는 걸로 그들의 부부생활은 만족할 수밖에 없었다. 창우의 적잖은 수입은 두 집 살림에 투입되었다. 신자의 아이들은 남의 집 애들 못잖은 윤기를 가질 수 있었다. 그동안 신자는 한번도 남편이 경제사범으로 교도소에 들어가 있다는 말을 하지 않았다. 그냥 과부인 체해 왔다. 그 사실을 실토한 것은 일주일 전, 남편의 석방통지를 받고 나서였다. 이용당했다고 분해하고 있기에는 너무나 어처구니없고 가슴아픈 이별이었다. 남편하고는 이혼하겠다며 울고 있는 신자를 오히려 달래야 했다. 아이들을 봐서 절대로 이혼하지 말라. 너처럼 착하고 예쁜 여자를 3년 동안이나 사랑할 수 있었던 걸로 난 하나님께 감사한다. 남편에겐 결코 그동안의 일을 말하지 말고 너도 잊어 버리고 나도 잊어 버리고 깨끗이 헤어지자, 그랬었는데 이제 남편이 쳐들어온단다. 진짜 과부인 줄로만 알았다고 변명할 말이 없는 건 아니지만, 그 남편의 입장에서 창우를 보면 얼마간의 돈으로 유부녀를 농락한 파렴치한 사내로밖에 안 보일 게 틀림없었다.

아아, 죽고 싶은 건 나다고 생각하고 있는데 전화가 걸려왔다. 굵고 겸손한 남자의 음성이었다.

"이창우 씹니까? 전, 신자의 남편입니다. 직접 찾아뵐까 하다가 혹시라도 불안해하실 거 같아서 이렇게 전화로 말씀드립니다. 뭐라고 감사해야 할지 모르겠습니다. 이 선생이 아니었으면 우리 식구 모두 굶어죽었을 겁니다. 이 선생이 지으신 죄야 제가 진 죄에 비하면 죄나 되겠습니까? 정말 무어라고 감사해얄지…"

이어지고 있는 남자의 겸손한 말을 들으며 창우는 교도소란 어떤 곳일까 하는 좀 엉뚱한 생각을 하고 있었다.

정직한 이들의 달

응급치료실의 문이 활짝 열린다. 땀과 피로 걸레처럼 젖은 가운을 입은 의과대학생이 들것을 무겁게 들고 비틀거리며 달리다시피 들어온다. 들것 위에는 대학교복을 입은 한 젊은이가 입으로 피거품을 가쁘게 뿜어내며 꿈틀거리고 있다.

"중상입니다. 치료대는 어디 있어요?"

"치료대가 모자라요. 우선 중환자실로, 이쪽으로 오세요."

땀투성이의 간호원이 쉰 음성으로 말하며 벌써 앞장서 달린다.

사실, 그다지 좁지도 않은 치료실 안은 먼저 실려 온 총상자들로 꽉 차 있다. 거의 모두가 스무 살 안팎의 대학생들이다. 그들의 옷에 묻어온 화약의 냄새와 그들의 상처에서 쏟아지는 피와 그들의 고통스런 비명과 신음, 그리고 긴장할 대로 긴장해 있는 간호원들과 의사들의 바쁜 손길로 치료실은 꽉 차 있는 것이다.

데모 군중들의 함성과 합창소리 그리고 우렁찬 소리들을 침묵시키고야말겠다는 듯 쉬지 않고 쏘아대는 경찰들의 총소리가 이 수도육군병원 복도에서도 만질 수가 있을 듯 가까이 들린다.

"야단났어. 부상자는 자꾸 들어오는데 손이 모자라요. 모자라는 건 손만이 아녜요. 피가, 피가 모자라서 큰일났어요. 더 이상 부상자가 늘어나면 수혈도 못 시켜보고 죽일 것 같아요. 부상자가 많겠죠?"

금방 울음이라도 터뜨릴 것 같은 음성으로 간호원이 말한다.

수술실에서는 수술 도중에 죽은 부상자가 흰 시트에 덮여 실려 나오고 다른 부상자가 실려 들어간다.

"벌써 열한 명이 수술 도중에 죽었어요. 수술받은 부상자 중에서도 살아날 수 있는 사람은 몇 명밖에 안 될 거예요. 수술 받아보지도 못하고 죽은 학생들도 있어요. 미쳤어요. 모두 미쳤어요. 왜 데모를 하구 또 왜 총을 쏘아 아까운 젊은이들을 죽이는지. 모두 미쳤어요."

"학생들은 미치지 않았어요."

들것에 실려가고 있는 젊은이가 피거품과 함께 띄엄띄엄 말을 토한다.

"우리는 학교에서 배웠어요. 부정한 짓을 하면 안 된다구. 그래서 선거를 부정으로 한 사람들에게 선거를 공정하게 다시 하라구 말했어요. 그것뿐이에요. 미친 것이 아니죠."

"말하지 말아요. 말하면 피가 더 나와요."

들것을 들고 가던 의과대학생들 중의 하나가 부상자의 말을 중단시킨다.

"이 학생 데모 주동자인가요?"

간호원이 의과대학생에게 묻는다. 들것 위의 젊은이는 고개를 젓는다. 그리고 말한다.

"학교 교과서가 주동자예요. 부정을 그냥 보고만 있는 것도 부정이라고 가르치는 교과서가!"

"말하지 말라니까요. 피가…"

중환자실 역시 부상자들의 비명과 신음으로 꽉 차 있었다. 거기에 새로운 부상자들이 잇달아 들어오고 있다. 뜨거운 피는 쉬엄없이 흘러 상처를 틀어막은 가재뭉치를 적시고 베드의 비닐커버를 적시고 마룻바닥을 적신다.

간호원이 다시 달려나가서 혈액병을 들고 돌아왔을 때 그 젊은이는 거의 의식을 잃어가고 있다. 수혈하기 위한 차비를 하고 있을 때 그 젊은이가 눈을 뜬다. 그리고 마지막 힘을 다하여 옆 병상의 고등학생 부상자를 가리키며 간호원에게 말한다.

"피가 모자란다면서요? 저 학생한테 먼저 수혈해주세요. 난 나중에…"

"채혈(採血) 지원자들이 많이 몰려왔어요. 피는 부족하지 않을 거예요."

"고맙군요. 어쨌든 저 학생부터 먼저…"

"그렇게 하기로 교과서에 씌어 있던가요?"

"예. 그렇게 배웠어요."

젊은이는 미소하며 말한다. 간호원은 젊은이가 시키는 대로 고등학생의 팔에 주사바늘을 꽂고 돌아와서 병상에 붙은 카드를 들여다본다. '김치호, 22세, 서울대학교 문리대 수학과 3년'이라고 씌어있다.

"김치호씨는 이담에 정확한 수학 교수님이 되겠어요."

그러나 김치호는 수학 교수가 되지 못한다. 그날 1960년 4월 19일 밤 10시에 영원히 뜨지 못할 눈을 감은 것이다. 아아, 4월—정직한 이들의 달이여!

햇빛

"스톱. 여기서 내려주시오."

동일은 아파트 단지의 정문에서 택시를 세우게 했다.

정문을 통과하여 단지 안으로 들어서려던 택시가 멈췄다. 단지는 무척 넓어서 눈 가는 데까지 아득히 수많은 고층 아파트 건물들이 늘어서 있었다. 그 건물들의 헤아릴 수 없이 많은 창문마다 밝은 전등 불빛을 내뿜고 있어서 마치 밤하늘에 뿌려진 별무리 같았다.

"몇 동이신지 집 앞까지 가시죠."

아까 종로에서 택시를 잡아 동일을 태우던 동일의 친구가 실제 요금의 두 배 이상 되는 액수의 차비를 준 탓인지 운전사는 친절하려고 애썼다. 오는 도중에도 동일이,

"운전면허 따서 이렇게 택시를 운전할 수 있게 되려면 한참 걸리겠죠?"

묻는 말에 '그러믄요,' 한마디로 대답해버려도 그만일 텐데 운전사는 운전교습 기간 동안의 요령, 면허시험 때의 방법이라든가 운전교습 기간중에 드는 비용 등 친절하고 세세히 대답해 주었었다.

운전을 배워 택시운전사가 되는 게 지금 처지로서는 가장 확실한

취업의 방법일 것 같다고 동일은 생각했었다.

"됐어요. 여기서 가까우니까."

말하면서 동일은 몹시 술 취한 몸을 가누려고 애쓰며 택시에서 내렸다.

"안녕히 가세요. 감사합니다."

"네, 안녕히…"

동일의 식구가 전세로 살고 있는 아파트 건물은 단지 정문에서 십오 분쯤 걸어야 하는 가깝지 않은 거리였다. 택시로 그 건물의 현관 앞까지 갔어야만 옳았다. 그러나 아무리 친구가 태워준 택시지만 시내 외출에서 택시로 집 앞에 도착하는 자기 모습을 보고 그의 집안 형편을 뻔히 알고 있는 수위가 그를 낭비벽이 심한 무책임한 가장으로 인식하게 될 것 같아 일부러 정문에서 차를 내려 걸어가는 것이었다.

작년 이맘때의 저 대숙정(大肅正) 때 그는 대학 졸업 이래 십오 년 청춘을 다 바친 직장인 신문사에서 해고되었다. 적잖은 액수의 퇴직금을 받았지만 고향에 계시는 아버지의 위 수술 비용을 대고 나머지로 몇 달 생활하고 나니 빈털터리가 돼버렸다. 출판사를 차린 친구들이 도와주는 뜻으로 번역 일거리를 주었지만 그것도 항상 있는 일이 아니었다. 물가는 정신없이 뛰어오르고 수입은 없고, 뭐 어떻게 되겠지, 하는 사이에 이웃집과 단지 앞 식품가게에까지 잔돈의 빚만 늘어가고 있었다.

그리고 드디어, 매달 내야 하는 아파트의 관리비가 석 달째 밀리게 되자 관리실에서 직원이 나와 전기를 끊었다. 바로 어저께는 밀린 관리비를 제때제때 내지 않으면 수도마저 끊겠다는 것이었다.

전력이 끊기고 보니 죽음 같은 침울한 어둠 밑바닥으로 그의 가정은 가라앉았다. 이젠 가동되지 않는 냉장고 속의 음식물이 당장 시큼한 냄새를 풍기기 시작했고 오후 다섯시면 시작되는 텔레비전의 어린이 프로를 기다리는 재미로만 살고 있는 듯한 아이들은 시간이 되어도 켜지지 않는 텔레비전 앞에서 '아. 참, 전기가 끊어졌지.' 하며 억지로 참는 표정이 처참했다. 밤이 되어 어둠에 싸이게 되자 제사 때

쓰고 남은 양초를 몇 개 찾아내 불 켜놓고, 그 작고 답답한 불빛 밑에서 아이들은 숙제를 했고 아내는 설거지를 했고 그는 며칠 전에 새로 오랜만에 맡은 일거리를 위해 영한사전을 뒤적였다.

무엇보다도 캄캄하고 답답한 것은 그의 마음이었다. 전깃불로써 집안이 밝은 동안엔 비록 버스값마저 없을지라도, 뭐 그럴 때도 있는거지, 내일이면 어떻게 되겠지, 하는 착각이라도 하고 지낼 수 있었다. 그러나 이 캄캄한 어둠과 맞닥뜨리고 보니, 난 도대체 여태껏 무얼하고 살아왔던가 하는 자기 인생 전체에 대한 회의와 자기의 능력에 대한 절망감, 그리고 그 한 남자를 믿고 의지하며 살아가고 있는 아내와 아이들에 대한 죄책감 때문에, 그는 화장실에 들어가서 수돗물을 소리나게 틀어놓고 울었다.

우리 식구를 굶겨 죽이려는구나 하고 숙정을 단행한 사람들을 원망하다가 그러다가 지금 내가 하는 일이란 우리나라 경제 형편에선 냉장고도 텔레비전도 전등불도 사용해선 안 되고 촛불을 간신히 허용하는 그 정도의 중요성밖에 없는 일인가보다라고 하는 깨우침 비슷한 생각에 그는 잠겨들곤 했다.

이래 죽으나 저래 죽으나 마찬가진데 쌍, 나와 비슷한 처지의 사람들을 규합하여 한바탕 난동을 부려? 하다가 금세, 폭력은 다른 폭력을 부르고 그러다가 보면 끝없이 줄을 잇는 피 흘리는 국민들의 모습이 생생하게 떠올라, 그래 실업 수당을 주는 복지사회라야만 돼, 하는 식으로 생각이 바뀌곤 하였다. 자신의 처지에 대하여 일체의 환상을 버리고 가장 솔직하게 지금 자기가 가지고 있는 것과 가지고 있지 않는 것을 가려내고, 할 수 있는 것과 할 수 없는 것을 가려서 새출발해야 한다. 원망이나 증오를 하고 있을 때가 아니다. 그래봐야 피곤하고 고통스럽게 되는 건 나와 내 식구들뿐이다. 참자, 참고 우선 가진 것을 탈탈 털어 쓸 수 있는 것과 쓸 수 없는 것을 가려 쓸 수 없는 것은 버리고 쓸 수 있는 것만 가지고 새출발해야 한다. 수돗물 틀어놓은 캄캄한 화장실에 쭈그리고 앉아 울면서 그는 그런 결론에 이르렀었다. 그러자 마음이 평안해지고 두려움도 절망감도 사라졌었다.

그는 자기가 살고 있는 아파트 건물 앞에 다다라 9층의 자기 집을 올려다보았다. 모든 창문들이 밝은 불빛을 쏟아내고 있는 중에 자기 집 창문들만 캄캄하게 숨죽이고 있었다. 아아, 눈물로 흐려지는 눈에도 유리창을 간신히 통과하고 있는 불그레한 촛불빛은 있었다. 가족들이 보내는 생명의 신호 같아서 그는 반가웠다. 그들이 살고 있음을 이토록 기뻐해 본 적이 이전엔 한번도 없었던 것 같다.

그는 술 취해서 비틀거리는 걸음을 똑바로 가누려고 애쓰며, 일초라도 어서 가족들이 보고 싶어 빠른 걸음으로 엘리베이터를 향하여 걸어갔다. 문을 열어주는 아내가, 그 어둠 속에서 아이들을 지켜주고 그 남편을 기다려준 아내가 그토록 든든해 보인 적이 이전엔 없었던 것 같다.

"술 취해서 미안해. 영수녀석이 어찌 잡아끄는지 말야, 애들은?"

촛불 하나만 동그마니 켜져 있는 이 어두운 거실엔, '아빠'하고 외치며 달려나와야 할 아이들이 보이지 않았다.

"자요."

"벌써 자?"

"일찍 자고 일찍 일어나겠대요. 애들이 그렇게 신통할 수가 없어요. 햇빛이 있을 때 숙제해버리겠다고 학교에서 오자마자 숙제를 해치우구요, 아까 해질녘에 창가에 앉아서 잡지책을 보면서, 아 햇빛이 이렇게 고마운 줄 첨 알았다면서 해지는 걸 그렇게 안타까워할 수 없었어요. 앞으론 해지면 자고 새벽에 동틀 때 일어나겠다는 거예요."

아이들은 이제 겨우 큰애가 열한 살, 작은애가 여덟 살이었다. 코허리가 시큰해지는 중에도 그의 가슴은 기쁨으로 가득 찼다. '하나님, 감사합니다.' 자신도 모르게 중얼거리며 그는 친구가 선불해 준 적잖은 액수의 번역료를 아내에게 내밀며 말했다.

"전깃불이 없으니 더 행복해진 거 같아."

어떤 결혼조건

항상 궁금한 것들 중의 하나는, 한 남자와 한 여자가 어떤 이유로써 서로 사랑을 느끼고 또 결혼이라는 어마어마한 약속을 하게 되는가 하는 것이다. 그래서 나는 기회 있을 때마다, 친구건 선배건 붙잡고 '부인과 결혼하게 된 얘기를 좀 해달라'곤 한다. 그렇게 하여 들은 얘기들 중에서 하나를 여기 소개하면—

벌써 십 년도 넘었다. 당시는 일류 대학을 나오고도 빈둥빈둥 놀아야 하는 취직난 시대였다. 나로서는 우선 일자리를 얻어 자립하는 게 유일한 관심사였기 때문에 내 결혼에 관한 것 일체를 큰형님 부부에게 맡겨버리고 있었다. 특히 큰형수님은 시동생들의 아내를 자기 손으로 골라 주고 싶어 안달이었다. 만일 내가 결혼하면 우리 부부가 살 집을 사주기로 한 것은 큰형님이었기 때문에 그 집에서 함께 살 여자를 큰형님 내외가 결정하는 건 당연한 걸로 나는 생각하고 있었다. 그래서 교제하게 된 여자는 서울역 근처에 있는 여관집 따님인데 눈이 크고 섬세하게 생겼기 때문에 키가 좀 작다든가 코가 좀 납작하다든지 하는 결점을 충분히 보충해주고도 남음이 있는 대학 이학년짜리였다. 그녀의 생김새에 대해서는 나는 만족했던 것이다. 그러나 지저분한 손님들이 출입하는 여관집에서 자라난 여자라는 게 어쩐지 꺼림칙했다. 지금은 교제의 첫 단계니까 저렇게 얌전을 빼고 순진한 체하지만 속에서 천년 묵은 여우가 도사리고 있을 거야. 그러나 수개월 동안 사귀어 보니 그건 나의 지나친 선입감이었고 오히려 너무너무 순진하고 세상 물정을 모르기 때문에, 나는 그 여관을 메우고 있는 온갖 역겨운 냄새도, 그리고 내 장모가 될 아주머니가 쉰 목소리로 상소리를 해대면서 밉상의 손님과 싸우곤 하는 것도 오로지 그 딸을 순진하고 얌전하게 길러놓기 위한 중대한 수단이었나 보다고 생각하게 됐다. 그러자 이번엔 그 처녀에 대한 다른 염려가 생겼다. 세상 물정에 눈이 어둡고 곧잘 자기 얼굴을 빨갛게 물들이는 재주밖에 없다는 건 생존경쟁이 극심한 서울바닥에서 살기엔 결코 미덕이 아닌 것이다. 동사무소에 가서 서류 한 장 못 떼고 시장에 가서 바가지만 쓰는 아내란 얼마나 답답할까. 그런데 어느 날, 그 모든 염려가 깨끗이 사라지고 말았다. 그녀는 나로서는 더 바랄 수 없이 이상적인 처녀라는 걸 알게 되었다. 그녀가 들려준 얘기 덕분에 말이다.

"제가 대학 입시공부를 하고 있을 때니까 작년 일월예요. 눈이 많이 오는 날이었어요. 초라한 사십대의 남자분 둘이 우리 여관에 들었어요. 알아듣기 힘든 사투리를 쓰는 시골 사람들이었는데 한 사람은 서울에 몇 번 온 경험이 있는지 자기 친구한테 '저게 남산이야.' '저쪽이 서대문이고,' 그리고 자기 지방 출신 국회의원 이름을 마치 친구나 되듯 아무개가 어쩌구 하면서 으스대곤 했어요. 그러면 서울이 처음인 모양인 또 한 사람은 몹시 불안한 표정으로 남산을 올려다보기도 하고 서대문 방면의 거리를 기웃거리며 고개를 끄덕이곤 했죠. 내 눈에는 그 사람은 평생 시골에서 농사만 짓고 사는 착한 남자라는 걸 알 수 있었어요. 사슴처럼 몹시 순한 눈이 인상적이었어요. 그런데 며칠 후, 어머니한테서 나는 깜짝 놀랄 얘기를 들었어요. 그 순하게 생긴 농부는 논은 조금밖에 없는데 식구는 열 명이 넘어서 몹시 가난했대요. 아이들은 자꾸 자라는데 학교도 못 보내고 자기는 어쩐지 머지않아 죽게 될 것 같은 생각이 자꾸 들고, 무슨 짓을 해서라도 자식들에게만은 그 가난을 물려주고 싶지 않은데 아무런 방법은 없고요. 그런데 마침 고 잘 아는 체하는 친구가 신문을 들고 찾아왔대요. 미국의 어느 장님이 눈을 사겠다는 공고를 냈는데, 눈 한 알에 삼십만 달러를 주겠다는 거였어요. 눈 하나 없애 그만한 돈이 생긴다면 자식들을 위해서 그게 어디냐. 그래서 그 농부는 친구한테 매달렸대요. 그 미국 사람한테 내 눈을 팔 길은 없을까 하구요. 마치 그 친구가 그 미국 사람이기나 한 듯이 매달렸대요."

"삼만인가 삼십만인가에 눈을 사겠다고 한 게, 혹시 레이 찰스 아냐?"

"맞았어요. 장님 가수, '아이 캔트 스톱 러빙 유'를 부른 흑인 장님 가수 말예요. 어떻게 아셨어요?"

"작년 언젠가 신문 해외토픽난에서 레이 찰스의 광고에 대한 기사를 읽은 기억이 나."

"바로 그거예요. 어머니가 그 얘기를 들려주시기에 어떻게 우습던지 당장 신문을 뒤져봤죠. 동양일보 해외토픽난에 그런 게 실려 있었어요. 그런데 미국 국내에서만도 자기 눈을 팔겠다는 사람이 마흔여덟 명이라고 씌어 있었거든요."

"그래서 그 손님들은 레이 찰스한테 눈을 팔 길을 찾기 위해 서울에 왔단 말이군?"

"맞았어요. 그 아는 체하는 친구가 그 지방 출신 국회의원하구 무슨 친척이 된대요. 미국 안에서만도 눈을 팔겠다는 사람이 저렇게 많으니 이런 일은 국회의원을 내세워야 한다고 주장해서 농부를 데리고 서울로 온 거예요. 그리고 국회의원을 찾아가서는, 이건 외화획득이니까 그 농부에게뿐만 아니라 국가적으로도 좋은 일 아니냐. 그러니까 국회의원들이 나서면 안 되는 일 없을 테니 그 미국 장님한테 이왕이면 이 가난한 한국의 농부 눈을 사게 해달라고 주선해달라. 그러나 국회의원은 농담 말라고 한마디에 거절하면서 한편 그럴듯한 이유를 내세웠어요. 미국 사람들은 눈동자가 파랗거나 노라니까 검은 눈은 필요하지 않을 거라구요. 그래서 그 농부와 친구는 낙심천만하고 있다는 거였어요. 그런데 그만 제가 그 장님은 흑인이니까 오히려 검은 눈동자밖에 필요하지 않을 거라구 얘기를 한 게 잘못이었어요. 그 말을 어머니가 그 사람들한테 전하구 그래서 그 사람들이 다시 용기를 낸 것까지는 좋았는데 그 엉터리 같은 사건에 제가 끌려 들어가고 만 거요. 레이 찰스 선생 앞으로 영문편지를 써달라고 저한테 마구 매달리는 거예요. 삼십만 달러를 다 주지 않아도 좋다. 십오만 아니 오만, 아니 삼만 달러만 줘도 팔겠다. 만일 눈을 옮기는 수술을 하기 위해서 이쪽에서 미국까지 가야 한다면 미국 가는 비용도 일체 이쪽 부담으로 하겠다는 내용을 되도록 애원하는 식으로 써달라는 거였어요. 전 민족적인 자존심이 상해서 얼굴이 화끈거리고… 도저히 그런 편지를 쓰고 싶지 않아서…"

"그래서 안 썼나?"

"안 쓰고 배길 수 없었어요. 한영사전을 찾아가며 시킨 대로 편지를 썼죠. 그 사람들이 신문사에 가서 알아가지고 온 레이 찰스의 주소로 말예요. 어머니 얘길 들으면 그 편지를 부치고 난 후부터 그 농부는 당장 자기 눈이 팔리기라도 한 듯 매일 술을 마시고 밤늦게까지 떠든다고 해요. 시골 자기집에다가는 염려 말라 조금만 기다리면 된다고 편지도 썼대요. 회답이 올 때까지 우리 여관에서 묵을 작정이었던 거예요. 어느 날 밤, 안채의 화장실엔 동생이 들어가 있어서 여관 안의 손님용 화장실에 갔더니 그 농부가 벽 거울에 비친 자기 눈을 뚫어지게 보고 있다가 얼른 고개를 돌리더군요. 술 취해서 빨간 얼굴에 눈물이 흘러내리고 있었어요. 이제 팔려갈 눈을 보고 있었던가봐요. 다음날, 그 농부를 안방으로 모시고 가서 전축을 틀어 레이 찰스의 노래를 들려줬어요. 디스크 자켓에 인쇄된 레이 찰스의 사진을 유심히 보면서 음악을 듣고 나더니 그 농부가 그러더군요. 이런 사람은 왜 그렇게 돈이 많으냐고요. 노래만 불러가지고 그렇게 부자라는 게 아무래도 이해가 안 되고 납득이 안 되나 봐요."

"그래서 회답이 왔나?"

"아아뇨. 두 달이 지나도록 답장 같은 건 없었어요. 그 대신 시골에서 얼마 안 되는 논을 판 돈을 가지고 시골의 식구들이 모두 서울로 올라와서 그 농부와 함께 서울의 어디론가 떠났어요. 눈까지 팔겠다고 하던 놈이 무얼 못하겠느냐고 하면서요."

그리고 그 처녀는 말하는 것이었다.

"전 우리가 살아가야 할 이 서울에서 우리의 이웃 사람으로서 함께 살아가야 할 사람들이 어떤 사람들인지를 그제야 처음 알았어요. 어쩌면 어리석고 그렇지만 자식들을 위해서 눈을 팔겠다고 나설 만큼 뜨겁고… 남들이 눈 한 개를 팔겠다고 나설 때 전 눈 두 개 다 팔겠다고 해야 한다는 걸 그때 각오했어요. 우리들이 살아야 할 인생은 그런 각오 없이는 출발할 수 없는…"

내가 그 처녀를 평생의 아내로 결정한 건 그 말 때문이었다. 물론 그 크고 예쁜 눈을 팔아야 할 경우가 결코 생기지 않도록 하겠다고 내 자신에게 다짐하면서 말이다.

■해설 : 霧津 또는 하얀 바탕에 흰 글씨 쓰기
—김승옥을 기다리며 쓰는 김승옥論

김 정 란*

근대의 불안

모든 텍스트는 당대의 정신을 반영한다. 아무리 빼어난 텍스트라 할지라도, 당대의 정신을 완전히 초월할 수는 없다. 그것은 당대의 감수성과 일정한 연관을 맺고 있다. 김승옥의 텍스트 역시 그것이 쓰여졌던 당시의 당대적 정황에서 따로 떼어서 생각할 수 없다. 김승옥의 텍스트는 1960~70년대의 한국사회의 인간형, 특히 좌절하고 타락한 지식인상을 아주 잘 형상화시켜서 보여주고 있다. 〈60년대식〉이라는 중편을 쓰기도 했던 작가 자신도 그 점을 명확하게 인식하고 있었던 것으로 보인다. 이 점에 관해서, 김현의 지적은 정확하다. 그는 '65년대의 김승옥적 인간'을 '55년대의 손창섭적 인간'과 비교하면서 그 차이점을 부각시킨다.

> 55년대 작가들이 만든 주인공들의 가장 큰 특성 중의 하나는 그들이 대부분 자신의 상황을 무의지적으로 수락해 버린다는 것이

---

* 시인 · 상지대학교 교수

> 다. 상황의 절대적인 압력을 그들은 선험적인 것으로 받아들인다. 손창섭의 《비 오는 날》에 실린 여러 단편들, 서기원, 이호철의 초기 단편들에서 자주 등장하는 이런 인물들의 의식의 수동성을 극명히 하기 위해, 병을 앓거나, 군대를 갔거나, 돈이 없거나… 하는 유의 상황 설정을 배당받는다. 반면에 65년대 작가에 이르면서 소설의 주인공들은 섬세한 변모를 감수한다. 55년대 작가들의 무의지적이며 수동적인 주인공들의 의식이 점차로 깨어나기 시작하고, 자기 환경과 상황의 의미를 캐어내려는 시도를 시작하게 된다. 이 말은 65년대 작가들의 주인공들이 승리한 인간이라는 것을 의미하지는 않는다. 마찬가지의 조건, 마찬가지의 상황 속에 위치해 있으면서도, 65년대 작가들의 주인공들은 그 상황을 뚜렷이 인식함으로써 그 상황을 극복해 내는 것이다.[1)]

달리 말하면, 김현은 김승옥의 작품 속에서 실존주의의 가장 중요한 명제인 "상황은 실존에 선행한다"라는 명제를 읽어내었던 것이라고 볼 수 있다. 55년대의 인간이 상황을 수동적으로 받아들였다면, 65년대의 인간은 상황을 해독하려고 한다. 즉, 자신이 처해 있는 상황이 어떤 의미를 가지고 있는가를 이해하려고 하는 것이다. 실존의식의 각성. 이러한 의식의 형성과정에 김승옥이 전공한 불문학이 일정한 영향력을 행사했으리라는 것을 짐작하기는 어렵지 않다. 특히 실존주의 문학이 많은 영향을 끼쳤을 것이다. 김승옥적 인간은 사르트르적이라거나 카뮈적이라기보다는 오히려 셀린느적인 인간이라고 볼 수 있다. 그러나 머뭇거리는 소심한 셀린느—섬세한 감수성으로 상황을 파악하지만, 항의하고 반항하기보다는 위악과 냉소로 자폐의 형식 안으로 함몰한다. 자살의 명징함을 택하기보다는 희끄무레한 자기 혐오의 덫 안에 스스로를 가둔 채 소극적으로 살아간다. 극복의 단초는 명백하게 제시되어 있지만, 나는 김현의 견해와는 달리,

---

1) 김현, "구원의 문학과 개인주의", 《현대 한국 문학의 이론—사회와 윤리》, 문학과지성사, 1991, p. 383.

김승옥이 "상황을 극복해내"었다고 보지는 않는다. 김승옥의 위악적 냉소의 길 끝에서 어떤 일이 일어났는지 우리는 알고 있다. 그는 신의 계시와 더불어 문학을 떠나버린 것이다. 그러나, 이 문제에 대한 분석은 이 글의 범위를 넘어선다. 그것은 전혀 다른 시각으로 접근할 문제이기 때문이다.

김승옥의 인물들은 자신이 처해 있는 상황을 분석할 수 있었다는 점에서 전시대의 수동적 인간형과 구분된다. 그러나 상황을 뛰어넘을 의지도 용기도 갖추지 못했다는 점에서 70년대의 한계 안에 갇혀 있다. 요컨대, 김승옥의 작가적 의미는 한국의 1960~70년대 상황을 참조할 때만이 그 충분한 의미를 드러낸다고 볼 수 있는 것이다. 구모룡은 〈서울의 달빛 0章〉에 대한 분석을 통해서, 김승옥의 작품을 '환멸의 서사'라고 명명하면서, 그 배경에는 70년대에 본격적으로 우리 사회 안에 형성되기 시작한 천민적 자본주의에 대한 혐오감이 놓여있다고 진단한다.

> 이러한 '나'의 발언에서 순결성의 원칙이 소유 욕망의 변형이며 교환 관계를 의미한다는 것을 알 수 있다. 그녀 못지 않게 '나' 또한 타락하고 훼손된 존재인 것이다. 이처럼 이 소설은 훼손된 인간관계를 다루고 있다. 그리고 등장인물들의 이러한 훼손됨은 곧 한국자본주의의 천민성에 상응하는 의미를 갖는다고 비약시킬 수 있다. 특히 이러한 천민성이 크게 대두한 시기가 70년대이다. 70년대는 고도성장 정책 하에서 부의 합리적인 축적이 이루어지지 않았고, 비합리적인 투기 등으로 일어선 부르조아의 비도덕성이 만연한 시기이다. [...] 그런데 문제는 작가가 이러한 인물들에게 진정성을 추구하는 어떠한 노력도 부여하고 있지 않다는 사실이다. 이러한 점에서 이 소설은 환멸의 서사이다. 세계의 부도덕을 뛰어넘지 못하는 인물들이 어떻게 자기를 파괴하며 살아가는가를 보이고 있는 것이다.[2]

구모룡의 진단에 따르면, 김승옥의 작품은 70년대에 기승을 부리기 시작했던 천민자본주의를 배경으로 쓰여진 작품인데, 그것이 '환멸의 서사'인 이유는 그것이 단순히 천민자본주의 사회를 다루었기 때문이 아니라, 작중인물들이 그 천민성과 대결할 수 있는 어떤 의지도 능력도 가지고 있지 못하다는 사실에서 유래한다. 이러한 인물형은 〈서울의 달빛 0章〉만이 아니라, 김승옥의 작품 도처에서 나타난다. 김승옥의 주인공들은 맞서서 대결하지 않는다. 그들은 〈力士〉의 주인공을 빼고는 한결같이 타락해 있거나, 또는 타락하지 않은 경우라 할지라도 상황을 뛰어넘지 못한다. 세련된 지적 포즈로 자신과 세계를 야유하고 냉소할 뿐이다. 타락한 시대를 타락한 방식으로 살아가는 인물들. 따라서, 그가 〈강변부인〉과 같은, 거의 통속문학이라고 할만한 작품을 써냈던 것은 이러한 맥락에서 살펴보면 그리 놀라운 일도 아니다. 그것은 거의 논리적 귀결이다. 행동함으로써 적극적 전망을 창조하는 대신, 환멸 안에 칩거했던 지식인은 결국 결정적 타락으로 미끄러져 들어가게 되어 있었던 것이다. 그렇다면 김승옥에게 닥쳐왔던 문학적인 결정적 균열도 충분히 납득할 수 있는 일이다.

나는 김승옥의 모든 작품을 관통하고 있는 기본적인 주제는 '근대의 불안'이라고 생각한다. 그의 작품 전체가 근대에 동화되지 못하는 인물들의 상황을 여러가지로 변주하고 있다고 말할 수도 있다. 그런데 그 불안은 작가가 농촌출신 지식인이라는 사실과 무관하지 않다. 즉, 그는 전근대(농촌)를 '순결'로, 근대(도시)를 '타락'으로 규정하고, 이미 '근대'라는 타락한 시대에 몸을 담그고 살아가는 사람으로서 근대적인 모든 요소들, 특히 자본과 지식의 축적에 대해서 본질적인 위화감을 느낀다. 그는 자기가 시골을 '버렸다'고 생각한

2) 구모룡, "근대적 삶에 대한 환멸의 서사 — 김승옥의 〈서울의 달빛 0장〉", 이 책 679쪽.

다. 따라서, 시골을 그리워하면서도, 이미 자신이 도시에서의 삶의 양식에 익숙해져 있다는 사실 때문에, 자기가 버리고 떠난 전근대에 대해 심한 죄책감을 느낀다. 도시와 농촌 사이에서 김승옥의 인물들은 심하게 분열되어 있다. 근대에 매혹되어 있으면서도, 근대를 두려워하는 사람들. 일종의 도시 부적응증을 앓는 사람들. 이러한 근대 불안증은 김승옥의 작품 도처에서 나타난다[3]. 특히 〈力士〉에서 근대와 전근대의 대립은 뚜렷하다.

이 작품에서, 주인공은 창신동의 빈민가로부터 깨끗한 양옥으로 숙소를 옮겨가지만, 적응하지 못하고 이물감에 시달린다. 그 방은 우선 병원처럼 깨끗한 벽으로 표상된다. 전근대적 무질서로부터 근대적 질서로의 이동. 결국 주인공은 그 질서를 이겨내지 못하고 그것을 파괴하기 위하여 그 집 식구들이 마시는 음료 속에 흥분제를 타 넣지만, 식구들은 꿈쩍도 하지 않는다. 주인공이 그 양옥에서 근대 불안증을 앓는 동안 떠올렸던 것은 오밤중에 동대문에 숨어 들어가 커다란 금고만한 돌덩이를 번쩍 치켜올렸던, 창신동의 영역에 속해 있는 力士 서씨였다. 말하자면, 서씨는 근대를 지겨워하면서도 탈출하지 못하는 주인공의 욕망을 대신 실현시켜주는 존재인 것이다. 그런데 흥미로운 것은, 서씨의 설정이다. 서씨는 "중국인 남자와 한국인의 여자 사이에서 난 혼혈아"(74쪽) 로서, "대대로 중국에서 이름있는 역사들"을 선조로 가지고 있다. 낮에는 공사장에서 인부로 일하는 그는 "아무도 나다니지 않는 한밤중을 택하고" 동대문에 몰래 기어올라가 돌을 번쩍 들어올림으로써 선조의 힘이 유지되고 있음을

---

3) 아마도 김현의 입장이기도 했을 이러한 입장은, 김현에게 개인적인 울림을 주었던 것같다. 김현은 김승옥論 말미에다가 흥미로운 부기를 첨가해 놓고 있다. "이 두 편의 글에 하나의 단서를 붙일 필요성을 나는 느낀다. 김승옥 소설의 기본 구조 중의 하나인 시골과 서울의 변증법적 대립을 파헤쳐보겠다고 누누이 약속을 하고서도 나는 그것을 지키지 못한 것이다. 그 기회가 곧 올 수 있기를 희망한다."

"선조들에게 알리고 있다". 작가는 이 인물을 통해서 주인공이 배반한 전근대적 힘을 표현하고 있는 것인데, 그 힘이 '밤'에만 드러난다는 것(작가는 그 특성을 "몽상적인 의미의 성실〔75쪽〕"이라고 부른다)은, 그것이 현실적 능력으로 활용될 수 없다는 사실을 의미하며, 그 힘이 외국의 혈통으로부터 유래하고 있다는 것은, 이미 작가가 그 힘을 내면화할 의지가 없다는 것을 암시한다. 그 힘은 다다를 수 없는 타자의 영역에 속해 있는 것이다. 다만, 그 힘이 '한국 여자'를 통해서 이어지고 있다는 점을 통해서, 작가가 막연히 그 힘의 복원을 여성에게서 기대하고 있다는 사실을 알 수 있는데, 이 점에 대해서는 뒤에 상술하기로 하겠다.

암시적인 것은, 전근대적 무질서와 근대적 질서 사이에 어떤 화해의 가능성도 없다고 미리 작가가 결론을 내려놓고 있다는 점이다.

> 본질적으로는 두 쪽이 같지 않느냐는 의문이 나의 한쪽에서 솟아나오기도 했지만, 그보다 더 강한 힘으로 나를 끌고가는 '어느 쪽인가 한편이 틀려있다'는 집념은 어디서 나온 것인지 나로서는 알 수 없었다. (76쪽)

이 분리는 70년대 상황에서는 어쩔 수 없는 것이었을 것이다. 근대-도시는, 특히 우리의 70년대식 근대-도시는 전근대-농촌을 무자비하게 유린하며 시작되었기 때문이다. 당시로서는 심화된 근대성에 대한 어떤 믿음도 설정하기가 어려웠을 것이다. 특히 농촌 출신 지식인으로서는 당시에 양자를 변증법적으로 통합한다는 전망을 가진다는 것은 불가능에 가까운 일이었을 것이다.

김승옥의 작품 속에서 근대에 유린당한 전근대의 슬픔, 그리고 죄책감에 시달리면서도 근대에 '안주'(74쪽) 하는 작가의 초상은, 도시에 가서 말을 잃어버린 '착한 누이'와 소설 '나부랭이'나 쓰는 '뻰뻰스러운 작가'로 대비되어 나타나기도 한다(〈누이를 이해하기 위하여〉). 이 작품은 매우 분열적인 방식으로 쓰여 있지만, 김승옥이 도달했던 문학적 혼란의 정체를 알게 해준다는 점에서 대단히 흥미롭다. 작가는 치기만만한 작가와 작중화자를 분리시켜 이야기하고 있지만, 결국 이 '치한'도 '누이'도 모두 작가의 분신들이다. 이들은 순결한 누이-자연-전근대-침묵과 치한-도시-근대-말 사이에 찢겨 있는 작가 자신이다. 누이는 도시로 갔었지만 이 년 뒤에 말을 잃어 버리고 돌아온다.

> 누이는 도시로 갔었다. 어머니와 내가 누이를 도시로 보냈었다. 그리고 며칠 전 갑자기, 거진 이 년 만에 이곳으로 다시 돌아왔었다. 누이가 도시로 가있던 그 이 년 동안 나는 얼마나 지금 우리 앞에서 지상을 포옹하고 있는 이 자연 현상들에게 누이의 평안을 빌었던가. 그러나 도시에서는 항상 엉뚱한 일들이 일어나는 모양이었다. 어떠한 일들이 누이를 할퀴고 지나갔었을까, 어떠한 일들이 누이를 빨아먹고 갔었을까, 어떠한 일들이 누이를 찢고 갔었을까, 어떠한 일들이 누이에게 저런 침묵을 떠맡기고 갔었을까. 누이는 도시에서의 이야기를 나와 어머니의 간절한 요청에도 불구하고 한마디하려 들지 않았었다. (91쪽)

화자는 누이의 침묵을 "도시에 대한 항거"라고 해석한다. 이 침묵은, 결국, 타락한 도시에서 작가가 잃어 버린 작가 자신의 말, 내밀한 깊은 영혼의 말이다. 우리는 누이의 '이 년 간의 침묵'이 미묘한 방식으로 '치한'의 언어에 겹쳐져 있다는 것을 알게 된다. 뻔뻔스러운 작자인 소설가는 화자와 함께 어느 여학교에 갔다가 우편함에서 여학생들의 편지를 훔치는데, 그중 하나의 편지 안에 시골에서 부쳐온 돈 '이백 원'이 있는 것을 발견하고는 그 돈으로 술을 진탕 퍼마신다(87~88쪽). 누이의 '이 년'간의 침묵과 훔친 돈 '이백 원'의 '2'는 전혀 우연의 일치가 아니다. 그것은 결국 작가와 누이의 '짝'을 상징하는 장치이며, 누이의 말없음이 '치한'이 '소녀의 말'을 훼손했기 때문에 생겨난 결과라는 사실을 암시한다. 그 말은 바로 '시골'에서 온 말, 작가가 잃어 버린 순결한 말, 즉 자연의 언어이다. 즉 소설이라는 인공어를 배우면서 작가가 배반한 영혼의 언어이다. 작가는 그 말을 "도시에서 〔배운〕 조리에 맞지 않는 감정의 기교"(98쪽)의 맞은 편에 놓는다. 다음 대목은 너무나 아름답다.

> 온 들에 황혼이 내리고 있었다. 들이 아스라히 끝나는 곳에는 바다가 장식처럼 붙어 보였다. 그 바다가 황혼녘엔 좀 높아보였다. 들을 건너서 해풍이 불어오고 있었지만 **해풍에는 아무런 이야기가 실려있지 않았다.** 짠 냄새뿐, **말하자면 감각만이 우리에게 자신을 떠맡기고 지나갈 뿐이었다.** 우리는 모두 그것에 만족하고 있었지만 그래서 우리들은 좀 신경이 날카로워져 있었던 것일까. 설화가 없어서 **우리는 좀 우둔했고 판단하기를 싫어하는 사람들이 누구나 그렇듯이 세상을 느끼고만 싶어했다.** 그리고 그들이 항상 종말엔 패배를 느끼듯이 우리도 그러했다. **들과 바다 — 아름다운 황혼과 설화가 실려있지 않은 해풍 속에서 사람들은 영원의 토대를 마련할 수 없다. 그래서 사람들은 도시로 몰려갔다.** 그리고 더러는 뿌리를 가지게 됐고 그렇지만 많은 사람들이 처참한 모습으로 시들어져갔다는 소식이었다. 차라리 이 황혼과 해풍을 그리워하며 그러나 이 고장으로 돌아오지는 못하고 차게 빛나는 푸른색의 아스팔트 위에 그들의 영혼과 육체를 눕혀버리고 말았다는 안타까운 소식이었다. **한낱 자연 현상에 불과한 저 황혼과 해풍이 그리하여 내게는 얼마나 깊고 쓰라린 의미를 가졌던가! 숱한 사람들에게 인간의 의미를 깨닫게 해주고 동시에 보다 깊은 패배감을 안겨주고 무심히 지나가버리는 저것들.**
>
> (90쪽 ; 강조 : 인용자)

고딕체로 인용한 부분을 눈여겨 보아주기 바란다. 우리는 이 대목에서 작가 김승옥의 글쓰기의 원형적 욕망을 만나게 된다. 김승옥은 글쓰기를 통해 자연의 언어를 '설화'로 만들고 싶었던 것이다. 즉,

자연이라는 전근대적 직접성의 미분화적 언어를 근대적 간접성의 언어 회로를 관통시켜 분화적 언어로 바꾸고 싶었던 것이다. 이처럼 명확하게 근대의 문학적 소명을 인지했던 한국 작가들은 많지 않다. 이 장면은 한국문학 안에서 본격적 의미의 문학적 근대인이 탄생했다는 사실을 알려주고 있다. 우리는 자연 그 자체로는 '영원의 토대를 만들 수 없다'고 작가가 인지하고 있다는 사실에 주의를 기울일 필요가 있다. 그는 자연 상태의 감각적 수준에 머물러 만족하는 대신(그런데 80년대를 통과하며 언어의식을 잃어 버린 한국소설은 다시 감각적 수준으로 퇴행했다), 사유의 회로를 통하여 자연의 '설화'를, 담론을, 철학을 얻어내고 싶어했던 것이다. 그것이 바로 김승옥이 진정으로 '도시 - 근대'에서 찾고 싶어했던 것이다. 흥미로운 것은 작가가 그 설화를 남성적 자질로 써내는 것은 불가능하다고 생각했던 것 같다는 사실이다. 그의 작품 속에서 언어의 추구는 언제나 여성에게 맡겨진다. 〈누이를 이해하기 위하여〉에서는 누이가 그 일을 떠맡는다. 그러나 누이는 절망하여 돌아온다. 아니, 절망한 것은 작가 자신이다. 그/누이는 신성한 자연을 훼손하지 않고 그 의미를 근대적 지성으로 분화하는 방식을 찾아내지 못한다. 두 항은 적대자의 관계에 머물러 있다. 그러나 '누이의 順産'이라는 전보를 통해서 우리는 이 영혼의 언어가 어쩌면 소생할지도 모른다는 희망을 가지게 된다. 그러나 그 언어는 암시적이게도, 전보, 오, 기능적 기호들로만, 또는 '神'(89쪽) 이라는 텅 빈 시니피앙으로만 주어져 있다. 그것이 설화의 볼륨을 가지게 될 때까지 우리는 얼마나 오랫동안 기다려야 하는 것일까?

이처럼, 김승옥의 작품 안에서 근대는 좌절의 기호로만 작동한다. 작가는 근대에 대하여 어떤 긍정적인 시선도 가지지 못한다. 그렇다면, 우리는 김승옥이 근대의 환멸을 정면으로 다루고 있는 〈서울의 달빛〉에 0章이라는 숫자를 덧붙인 이유를 달리 해석할 수도 있다.

우선 작가 자신의 말을 들어보자.

> 나는 장편으로 구상하고 있던 〈서울의 달빛〉의 프롤로그 150장을 써내고 서장(序章)이라는 뜻에서 제1장 제2장 하듯이 제0장이라고 적어보냈다. 제목은 물론 그냥 〈서울의 달빛〉이었다. 그런데 이[어령] 선생께서 "김승옥이한테서 다음 1장의 원고를 받을 수 있다고 기대한다는 건 어리석은 것이다. 이 0章만으로도 단편소설의 완성도를 지니고 있으니…" 그리고서는 본문 맨 처음에 붙어야 할 0章이라는 낱말을 제목 밑에 가져다 붙여 버린 것이다.
>
> —김승옥, "나와 소설쓰기", 《김승옥 소설전집 I》, 문학동네, p. 10.

이 언급은 흥미롭다. 이 0章의 0은 우연한 선택이지만, 그러나 대단히 의미있는 우연인 것처럼 보인다. 그것이 단순한 형식적 서장이었다면, 0장이 아니라, 1장이었어야 하는 것 아닐까? 어쩌면 이 기호는 작가의 무의식적인 의도를 작가 자신도 모르게 반영했던 것은 아닐까? 내게 이 기호는 '텅 빈 근대'의 기호처럼 느껴진다. 즉, 작가는 근대에 관하여 아무런 적극적 인식도, 비전도 가지고 있지 않았던 것으로 보인다는 말이다. 그 비전의 부재는 특히 문학적 비전의 부재이다. 말을 빼앗긴 채 도시로부터 귀환한 누이의 침묵. 없는 혀. 작가는 '근대의 타락'에 관해 묘사할 뿐, 어떻게 그것을 문학적으로 뛰어넘어야 할지 알지 못했던 것은 아닐까. 이 작품을 써낸 후, 작가는 오랜 침묵에 들어가 있다. 우리가 기다리는 작품은 아직 백지로, 0章으로 남아 있다.

말의 탐색 — 네겐트로피를 향하여

〈무진기행〉에서 누이의 말은 다시 한번 더 돌아온다. 이 작품에서 작가는 전근대와 근대의 화해를 한번 더 결정적으로 모색하게 된다. 이 아름다운 작품에 대해서 너무나 많은 평자들이 너무나 많은 이야기를 해왔다. 그러나 나의 해석은 앞서의 해석들을 수용하며 비껴간다.

화자의 설정이 이미 암시적이다. 주인공인 '나'는 실연을 당한 뒤, 돈많은 과부와 결혼한다. 그는 장인의 제약회사에 전무로 취직하기 전에, 다시 말하면, 물질적 근대에 결정적으로 몸을 의탁하기 전에, 또는 김승옥의 관점을 따라서 말하면, 결정적으로 '타락'하기 전에, 마지막으로 무진(霧津)으로 여행을 떠난다. 무진은, 미리 앞질러서 이렇게 말하는 것이 허용된다면, 김승옥을 찾아왔던 '흰 손'이라는 절대적 시니피앙과 완전히 같은 상징적 의미를 가지고 있다. 일체의 의미화에 저항하는 신성한 현실. 그것에 관해서는 아무런 판단도 내릴 수 없다. 그것은 다만 '있는' 것으로 족한 자족적 현실이기 때문이다. 무진은, 미분화의 현실을 나타낸다. 그것은 전근대, 언어 이전, 가치 발생 이전, 탈도덕과 광기의 영역, 미친 여자, 어머니, 죽음의 영역이다. '흰 손'은 그 영역의 인격화한 출현이라고 볼 수 있다. 무진을 둘러싸고 있는 미만한 안개의 흰빛은 흰 손의 흰빛과 무관하지 않다. 즉, 모든 것이면서 아무것도 아닌 것. 개별적 형태를 지우는 색. 무색, 또는 절대 유색. 그 '없는 색채'는 소설가의 근대적 소명과 길항한다. 왜냐하면, 김승옥이 이해한 근대적 글쓰기란, 형태 만들기, 있게 하기, 즉 규정성 안으로의 나락이며, 누이의 침묵의 훼손이며, 탈신성화이기 때문이다. 이 과정은 주인공이 타락한 결혼 생활을 기꺼이 받아들이는 과정과 완전히 맞물려 있다.

무진이 근대적/분화적 글쓰기와 길항하는 장소라는 사실은 이 작품의 처음과 끝에서 뚜렷하게 나타난다.

> 버스가 산모퉁이를 돌아갈 때 나는 '무진 Mujin 10km'라는 이정비를 보았다. 그것은 옛날과 똑같은 모습으로 길가의 잡초 속에서 튀어나와 있었다.
>
> ―〈무진기행〉 첫 문장

> 덜컹거리며 달리는 버스 속에 앉아서 나는, 어디쯤에선가, 길가에 세워진 하얀 팻말을 보았다. 거기에는 선명한 검은 글씨로 '당신은 무진을 떠나고 있습니다. 안녕히 가십시오'라고 씌어 있었다. 나는 심한 부끄러움을 느꼈다.
>
> — 〈무진기행〉 마지막 문장

'이정비'와 '하얀 팻말'은 이 작품 안에서 같은 역할을 수행하고 있지 않다. 첫 장면의 '이정비'는 단순히 기능적인 역할을 수행하는 기호에 불과하다(작가가 색채를 말하지 않는 것을 눈여겨보자. '이정비'는 작가에게 어떤 직접적/감각적 실체로 다가오지 않는 것이다). 그러나 어쨌든 우리는 앞으로 무진에서 일어날 일이 '문자' 또는 '언어'와 어떤 연관관계를 가지고 있을 것이라는 암시를 받게 된다. 이 암시는 작품을 거쳐 분명해진다. 마지막 장면에서 우리는 무진이 문자와 적대적인 관계에 놓여있다는 사실을 결정적으로 확인하게 된다. 이 장면은 '하얀 팻말'과 선명한 대조를 이루는 무진과의 고별을 나타내는 '검은 글씨'를 보여준다. 이 대조는 강렬한 심리적 색채로 채색되어 있다. '나'는 검은 글씨를 보며 "심한 부끄러움을 느꼈다"고 고백한다. 그 검은 글씨는 작중화자가 무진의 순결을 배반하고 근대의 물질적 편안(검은색이야말로 물질적 집적을 의미하지 않는가)을 택했다는 것을 나타내는 상징적 기호이며, 문학적으로는 근대적 글쓰기로 무진의 원형성을 훼손시켰다는 의미이다(거의 강간처럼 묘사되어 있는 하 선생과의 정사가 그 원형적 언어의 배반을 상징하고 있다). 무진의 미분화적/비물질적 흰색 순결성은 근대의 분화적/물질적 검은 글쓰기로 더럽혀진 것이다. 이 "심한 부끄러움"은 김승옥에게서 문학을 떠나는 행위로 귀결되어 버리고 만다. 오, 그가 백색 잉크로 글쓰기를 하는 방법을 배웠더라면 좋았으련만.

이제 〈무진기행〉 안으로 좀더 깊이 들어가 보자. 그러면, 김승옥에게서 '말의 탐색'이 어떤 형식으로 드러나고 있는가를 분명히 파악할 수 있다. 우선, 무진의 특색을 살펴보자. 문학작품의 현실적 지수들을 문학적으로 탐색하는 데 뛰어난 재능을 보여주는 김훈의 분석이다.

> 무진은 지도상에는 존재하지 않는 상상의 공간이지만, 작가는 그곳이 "전남 순천과 순천만에 연하는 대대포 앞바다와 그 갯벌"이라고 일러준다. '무진'은 사람들의 일상성의 배후, 안개에 휩싸인 채 도사리고 있는 음험한 상상의 공간이며, 일상에 빠져듦으로써 상처를 잊으려는 사람들에게 '상처를 강요하는 이 삶이란 도대체 무엇인가'를 끊임없이 묻고 있는 괴로운 도시이다.
>
> —김훈, "무진을 찾아가다", 이 책 673쪽.

김훈의 분석에 따르면, 무진은 '일상성의 배후'에 있는 상상적 공간으로서, 일상성의 의미를 무화시켜, 존재를 본질적 허무라는 지우개로 흐릿하게 지워버리는 '음험한' 공간이다. 무진은, 그런 의미에서 장소(*lieu*)가 아니라 비장소(*non-lieu*), 또는 거의 장소(*quasi-lieu*)이다. 그곳은, 고대의 이니시에이션 신참자들이 끌려 들어갔던 상상적 죽음의 장소와 흡사하다. 그곳에서 신참자의 존재지수는 제로이다. 그는 존재하는 것도 존재하지 않는 것도 아니다. 그는 이제부터 존재하는 것을 배워야 하는 것이다. 이 장소의 상상적 성격은 작가에 의하여 이렇게 묘사된다.

> 문득 한적이 그리울 때도 나는 무진을 생각했었다. 그러나 그럴 때의 무진은 내가 관념 속에서 그리고 있는 어느 아득한 장소일 뿐이지 거기엔 사람들이 살고 있지 않았다. (116쪽)

무진은 휴식의 장소이지만, 편안하고 안락한 곳은 아니다. 그곳은 오히려 기괴한 곳, 인간적 가치들이 발생하기 이전의 습한 음기

(陰氣)의 영역이다. 이 영역은 아폴로적 / 남성적 이성이 아니라, 디오니수스적 / 여성적 광기가 다스리는 영역이다. 이 영역의 여성적 성격은 "마치 이승에 한이 있어서 매일 밤 찾아오는 여귀(女鬼)가 뿜어 내놓은 입김과 같았다"고 말해진다. 그곳에서는 모든 것이 "뒤죽박죽"이 되고, "다른 어느 곳에서도 하지 않았던 엉뚱한 생각[이] 거침없이" 튀어나온다. 그것은 요컨대 상상적 퇴행의 장소이다. 세계로부터의 퇴각.

> 내가 좀 나이가 든 뒤로 무진에 간 것은 몇 차례 되지 않았지만 그 몇 차례 되지 않은 무진행이 그러나 그때마다 내게는 서울에서의 실패로부터 도망해야 할 때거나 하여튼 무언가 새 출발이 필요할 때였었다. 새출발이 필요할 때 무진으로 간다는 그것은 우연이 결코 아니었고, 그렇다고 무진에 가면 내게 새로운 용기라든가 새로운 계획이 술술 나오기 때문도 아니었었다. 오히려 무진에서의 나는 항상 처박혀 있는 상태였다. (116쪽)

작가는 이 장소와 관련하여 아버지의 추억은 전혀 이야기하지 않는다. 이 장소는 전적으로 반세계적인 여성성과 연관되어 있기 때문이다. 주인공은 어머니에 의해 이곳에 처박혀져서 징병을 기피하고, 이곳에 와서 어머니의 산소를 찾아가며, 이모의 집을 찾아가고, 광녀(狂女)의 죽음을 목격하며, 여선생과 육체 관계를 맺는다.

이 여성적 반세계성이 가장 밀어붙여진 형태는 미친 여자의 모습으로 나타난다. 이렇게 말하는 것이 허용된다면, 미친 여자는 맥시멈 무진이다. 주인공이 서울살이를 하는 동안 까맣게 잊고 있던 무진의 추억은 미친 여자를 통해 갑작스럽게 출현한다.

> 어제 저녁 서울에서 기차를 탈 때에도. 물론 전송나온 아내와 회사 직원 몇 사람에게 일러둘 말이 너무 많아서 거기에 정신이 쏠려 있던 탓도 있겠지만, 하여튼 나는 무진에 대한 그 어두운 기

억들이 그다지 실감나게 되살아오지는 않았다. 그런데 오늘, 이른 아침, 광주에서 기차를 내려서 역구내를 빠져나올 때 내가 본 한 미친 여자가 그 어두운 기억들을 홱 잡아 끌어당겨서 내 앞에 던져주었다. 〔…〕 그 여자의 비명이, 옛날 내가 무진의 골방 속에서 쓴 일기의 한 구절을 문득 생각나게 한 것이다. (117쪽)

말하자면, 이 미친 여자는 무진의 속성을 가장 부정적으로 응축시킨 인격체라고 볼 수 있는데, 중요한 것은, 그녀의 비명이 주인공의 글쓰기와 관계되어 있다는 사실이다. 비명과 글쓰기는 둘 다 모두 무진으로부터의 탈출과 연관이 되어 있다. 다음 대목에서 그것은 뚜렷하다.

"어머니, 혹시 제가 지금 미친다면 대강 다음과 같은 원인들일 테니 그 점에 유의하셔서 저를 치료해 보십시오…" 이러한 일기를 쓰던 때를, 이른 아침 역구내에서 본 미친 여자가 내 앞으로 끌어당겨 주었던 것이다. 무진이 가까왔다는 것을 나는 그 미친 여자를 통하여 느꼈고 그리고 방금 지나친 먼지를 둘러쓰고 잡초 속에서 튀어나와있는 이정비를 통하여 실감했다. (118쪽)

이 비명-글쓰기-문자의 관계는 주인공이 사랑하게 되는 음악선생인 하(河) 선생의 말과 노래의 재능을 통하여 한번 더 분명해진다. 무진의 음기를 상징하는 물 河자 성을 가진 이 여성은 아주 모순적인 특질을 가지고 있다. 그녀는 전체적으로 연약해 보이면서도 강해 보이는 인상을 가지고 있는데, 그것은 그녀가 디오니소스적 자질과 아폴로적 자질을, 전근대적 자질과 근대적 자질을 동시에 지니고 있는 여성이라는 점과 무관하지 않다. 이 혼합적 성격은 그녀가 성악가 풍으로 뽕짝을 부른다는 사실 안에 흥미롭게 드러나 있다. 그녀의 어떤 자질이 무진과 길항한다는 사실은 그녀가 졸업연주회 때 '어떤 개인 날'을 불렀다는 것으로 표현된다. 즉, 그녀는 무진의 미분화적(흐림) 특성을 분화적 특성(개인 날)으로 극복할 수 있는 자질을 지니고 있는 것이다. 그녀는 말재주가 특별한 것으로 묘사되며, 그것은 그녀가 지성적 특질을 가지고 있다는 사실과 부합된다. 요컨대, 그녀는 '노래'라는 특별한 말의 자질을 가진 사람, 무진의 사람인 채로 무진을 벗어날 수 있는 자질을 지닌 여성이라고 할 수 있다. 그녀와 함께 밤길을 걷는 주인공은 비로소 땅을 떠나서 하늘을 생각하며, 밤의 자질이 언어가 될 수 있다는 기대로 가슴을 두근거린다. 무진의 속성에 초월적 가치가 통합되며, '몽상적 성실'이 이성이 될 수 있다는 확신. 많은 사람들을 감탄하게 했던 다음의 아름다운 구절을 읽어보자.

> 언젠가 여름 밤, 멀고 가까운 논에서 들려오는 개구리들의 울음소리를, 마치 수많은 비단조개 껍질을 한꺼번에 맞비빌 때 나는 듯한 소리를 듣고 있을 때 나는 그 개구리 울음소리들이 나의 감각 속에서 반짝이고 있는, 수없이 많은 별들로 바뀌어 있는 것을 느끼곤 했었다. 청각의 이미지가 시각의 이미지로 바뀌어지곤 하는 이상한 현상이 나의 감각 속에서 일어나곤 했던 것이다. (127쪽)

이른바 공감각이라고 부르는 우주적 언어의 각성은 주인공의 가슴속에 헤아릴 길 없는 고통스러운 향수를 불러일으킨다. 하 선생은 주인공에게 열두 시 이후에 깨어 개구리 울음소리를 듣는다고 말한다. 주인공과 마찬가지로 그녀 역시 밤의 언어를 사랑하는 사람인 것이다. 그리고 그날 밤, 이상한 사건이 주인공을 강타한다.

> 내가 이불 속으로 들어갔을 때 통금 사이렌이 불었다. 그것은 갑작스럽게 요란한 소리였다. 그 소리는 길었다. 모든 사물이 모든 思考가 그 사이렌에 흡수되어 갔다. 마침내 이 세상에선 아무것도 없어져 버렸다. 사이렌만이 세상에 남아 있었다. 그 소리도 마침내 느껴지지 않을 만큼 오래 계속할 것 같았다. 그때 소리가

> 갑자기 힘을 잃으면서 꺾였고 길게 신음하며 사라져갔다. 내 思考가 다시 살아났다. 나는 얼마 전까지 그 여자와 주고받던 이야기들을 다시 생각해 보려 했다. 많은 것을 얘기한 것 같은데 그러나 귓속에는 우리의 대화가 몇 개 남아 있지 않았다. 좀더 시간이 지난 후, 그 대화들이 내 귓속에서 내 머리 속으로 자리를 옮길 때에는 그리고 머리 속에서 심장 속으로 옮길 때에는 또 몇 개가 더 없어져 버릴 것인가. (129쪽)

사이렌은 4시 통금 해제 시간에 한번 더 불어온다. 통금은 시계 소리와 엇갈려 불어온다. "시계와 사이렌 중 어느 하나가 정확하지 못했다." 세계의 시간을 비껴 주인공의 마음속으로 들이닥치는 이 소리는 결국 앞서 여자가 세계의 금지(통금)를 넘어선 시각인 열두시를 지나 듣는 개구리 울음소리, 무진의 퇴행성에 막혀 발설되지 못하는 별의 언어와 상징적으로 연결되어 있다. 사이렌 소리는 하 선생이 주인공에게 무진으로부터 꺼내달라고 외치는 비명소리인 셈이다. 그것은 엔트로피에 저항하는 네겐트로피의 요청이다. 그러나 주인공은 그 소리에 귀를 기울일 줄 모른다. 왜냐하면 근대적 '사고'로써만 그 소리를 파악하려 하기 때문이다. 귀에서 머리로 그리고 가슴으로 지나가는 동안 여자의 말은 점점 희미해진다. 김승옥이 탈근대적 맥락을 이해했더라면, 그 말은 오히려 머리에서 가슴으로 이행하는 동안 더욱더 뚜렷해졌을 것이다.

> 아니 결국엔 모두 없어져 버릴지도 모른다. 천천히 생각해보자. 그녀는 서울에 가고 싶다고 말했다. 그 말을 그 여자는 안타까운 음성으로 얘기했다. 나는 문득 그 여자를 껴안고 싶은 충동에 사로잡혔다. 그리고… 아니, 내 심장에 남을 수 있는 것은 그것뿐이었다. 그러나 그것도 일단 무진을 떠나기만 하면 내 심장 위에서 지워져 버리리라. (129쪽)

진정한 사랑만이 여자의 말을 분명하게 알아들을 수 있게 하고, 그것을 존재의 내용으로 통합하게 한다는 것을 주인공은 깨닫지 못한다. 그는 다만 육체적 욕망에 충실할 뿐이다. 도망은 이미 용렬하게 준비되어 있다. 왜냐하면, 주인공은 이미 하 선생과의 사랑을 무진에서의 사건으로, 하나의 일탈행위로 규정하고 있기 때문이다. 그는 여자의 말은 무진에서나 통하는 말이라고, 무진을 떠나면 지워져 버릴 것이라고 미리 결론을 내려놓고 있는 것이다. 왜냐하면 그는 그 말을 지니고 도시에서 사는 일이, 더더욱 부자 아내와 사는 일이 얼마나 힘겨울지 너무나 잘 알고 있기 때문이다. 그는 무진의 말을 무진에 처박아둔다.

> 그 바닷가에서 그 편지를 내가 띄우고 도시에서 내가 그 편지를 받았다고 가정할 경우에도 내가 그 바닷가에서 그 단어에 걸어보던 모든 것에 만족할 만큼 도시의 내가 바닷가의 나의 심경에 공명할 수 있을 것인가? 아니, 그것이 필요하기나 했었을까?
>
> (135쪽)

사이렌 소리를 들으면서 주인공이 "어디선가 부부가 교합하리라. 아니다. 부부가 아니라 창부와 그 여자의 손님이리라"라고 생각한다는 것도, 그가 이 여자의 말을 일상적인 건강한 자질로 활용할 뜻이 없음을 명백하게 드러내고 있다. 주인공은 하 선생을 도시로 데리고 가지 않을 것이다. 흥미로운 것은, 작가가 이 문제에 관한 한, 미리 발뺌을 하고 있다는 사실이다. 주인공은 여자와 육체관계를 맺으면서 자신이 원했던 것이 아니라, 여자가 원해서 하는 수 없이 그렇게 했다는 식으로 묘사하고, "여자는 처녀는 아니었다"라고 발뺌을 하는가 하면, 하 선생이 스스로 "서울에 가고 싶지 않다"고 말하는 것으로 바꿔치기를 한다. 말하자면, 작가는 남자 주인공의 용렬함에게 이미 다 빠져나갈 장치를 갖추어주고 있는 셈이다. 이 점은 후기 작품으로 가면, 여성들이 더욱더 적극적으로 타락하는 형식으로 바뀐다. 여자들이 타락했으므로, 남자가 순결할 필요가 무엇이 있겠는가? 남자 주인공들은 마음놓고 타락한다. 내면의 아니마는 승화된 형식을 얻지 못하고, 육체적 에로스의 진창에 빠져버린다.

〈무진기행〉의 말의 모색이 실패로 끝나리라는 예감은 앞서의 대목에서도 이미 분명하지만, 주인공이 사이렌소리를 들은 다음날, 예의 그 미친 여자가 죽었다는 사실로 한번 더 분명해진다. 어머니의 산소 성묘를 마치고 돌아가던 주인공은 간밤에 미친 여자가 죽었다는 사실을 알게 된다. 그녀는 방죽길 아래 물가에 누워있다. 주인공은 자기가 간밤에 잠들지 못하고 뒤척였던 것이 그 여자의 "임종을 지켜주기 위해서가 아니었을까"라고 생각한다. 그리고 그녀가 수면제를 먹고 났을 때 자기가 "슬며시 잠이 들었을 것만 같다"고 느낀다. 그리고 "여자가 나의 일부처럼 느껴졌다. 아프긴 하지만 아끼지 않으면 안되는 내 몸의 일부처럼 느껴졌다"고 생각한다. 그리고 나선, "우산에 묻은 물을 확확 뿌리면서" 집으로 돌아간다.

이 대목에서 우리는 주인공이 미친 여자를 자신의 일부로 적극적으로 인지한다는 사실을 알 수 있다. 미친 여자를 매개로 주인공의 여성성이 깨어나는 것이다. 세 명의 여자가 있다. 이미 죽은 여자 두명과 살아있는 여자 하나. 비를 맞으며 어머니 산소에 성묘를 하면서 주인공은 자신을 전무님으로 만들기 위해서 웃고 다닐 장인영감을 생각하다가 "묘 속으로 엄마의 품을 파고드는 아이처럼 기어 들어가고 싶"어한다. 어머니는 주인공의 무진에의 고착을 나타낸다. 다음에 주인공은 바닷가로 뻗은 방죽을 따라 걷다가 물에 넘어져 있는 죽은 여자를 보고는 "이상스럽게 정욕이 끓어오름을 느낀다". 시냇물에 넘어져 있던 그녀는 결국 河 선생인 것이다. 죽어서 위험하지 않은 여자를 사랑하기. 아닌게 아니라, 그 사건 이후, 주인공은 하 선생과 육체관계를 맺는다. 그리고 끝. 우산은 탁탁 털린다. 무진의 습기와 주인공은 이제 더 이상 아무 관계도 없는 것이다. 주인공은 방죽을 마저 걸어 바닷가로 나왔어야 했다. 그곳에서 바다라는 보편적 원형적 심상과 대면했어야 하는 것이다. 그래야 한 개인의 어머니인 무진, 시냇물인 개인적 무진을 극복하고 인류의 무의식적 보물창고인 바다, 보편적 무진으로 이르는 문 앞에 설 수 있었을 것이다.

어떻게 생각하면, 앞서 미친 여자가 이미 죽었기 때문에, 주인공은 하 선생과 관계를 맺었는지도 모른다. 하 선생의 특별한 말—사이렌이 더 이상 주인공의 삶의 영역을 침범하지 않을 터이므로. 특별한 말의 재능을 껴안고 여자가 무진의 시냇물에 빠져죽었으므로(무진에 남아있는 河선생), 이제 더 이상 그 말을 빛 속으로, 도시로, 근대로 데리고 나와야 할 염려는 없어졌으므로, 안심하고. 말의 추구는 종결된다.

흥미로운 것은, 그럼에도 불구하고, 주인공이 '불안'을 느낀다는 사실이다.

> 집으로 돌아와서 나는 후배인 박이 낮에 다녀간 것을 알았다. 그는 내가 '무진에 계시는 동안 심심하시지 않을까 하여 읽으시라'고 책 세 권을 두고 갔다. 그가 저녁에 다시 오겠다고 하더라는 얘기를 이모가 내게 했다. 나는 피로를 핑계로 아무도 만나기 싫다는 뜻을 이모에게 알려두었다. 이모는 바닷가에서 아직 돌아오지 않았다고 대답하겠다고 말했다. 나는 아무것도 생각하고 싶지 않았다. 아무것도. 나는 이모에게 소주를 사오게 하여 취해서 잠이 들 때까지 마셨다. 새벽녘에 잠깐 잠이 깨었다. 나는 이유를 집어낼 수 없이 가슴이 두근거렸는데 그것은 불안이었다. '인숙이'하고 나는 중얼거려 보았다. 그리고 곧 다시 잠이 들었다.
>
> (138쪽)

하인숙을 몰래 사랑하는 박이 주고 간 세 권의 책은, 주인공의 삼년 간의 결혼생활에 겹쳐져 있다. 네 번째의 책은 이제 주인공이 써야 하는 것이다. 무슨 힘으로? 물론, 진실한 말에 대한 믿음의 힘으로. 자신의 내면을 끝까지 붙잡고 보편의 자리로 움직이려는 열망의 힘으로. 주인공이 그렇게 하지 못했다는 사실은 이 대목에서 그가 이모의 입을 빌려 '아직 바닷가에 있다'고 거짓말하는 것으로 드러나고 있다. 그가 바다와 관계를 맺는 방식은 '거짓말'인 것이다. 죽은 미친 여자가 바다가 아니라 냇물을 향해 누워 있다는 사실도 주인공의 모색이 보편적 인류학적 지평이 아니라, 민물이 상징하는 개인적인 지역성에 머물러 있다는 사실을 암시하고 있다. 그녀의 자질은 따라서 일상의 어느 순간에 우연히, 임의적으로 출현하는 일탈의 자질에 불과하다. 주인공은 그녀를 사랑하지만, '불안'하다. 즉, 그 사랑을 내면적으로 통합할 자신이 없는 것이다. 그는 무진을 버린다. 그는 무진을 배반하는 방식으로만 근대의 시간으로 움직여간다. 즉, 타락의 방식으로만 근대에 안주한다.

주인공은 아내에게서 온 전보를 받는다. 그 전보 때문에 모든 것이 명확해진다. "모든 것이, 흔히 여행자에게 주어지는 그 자유 때문이라고 아내의 전보는 말하고 있었다." 그러나 주인공은 버텨 본다. 그리고 "사랑하고 있습니다. 왜냐하면 당신은 제 자신이기 때문"이라고, "당신을 햇볕 속으로 끌어다놓기 위하여 있는 힘을 다할 작정"이라고 편지를 쓴다. 그러나 결국은 아내의 전보가 승리한다. 그는 편지를 찢어 버린다. 마지막 장면의 하얀 팻말에 쓰인 검은 글씨가 주인공의 선택을 명시하고 있다. 그는 근대의 펜, 기능적인 전보의 까만 글씨로 전근대의 순결을 저버린 것이다. 주인공은 심한 부끄러움을 느낀다. 버스는 도시를 향해 떠난다. 네 번 째 책은 텅 비어 있다. 하선생의 말은 무진의 미분화의 세계 안에 다시 파묻힌다.

하얀 글씨 — 유린당하는 여자들

이처럼 김승옥의 작품 안에서 순결한 언어의 추구는 여성에게 맡겨지지만, 김승옥의 주인공들은 그 존재의미를 자신의 존재 안에 통합해 넣지 못한다. 이 점은 좀더 치밀한 연구의 대상이 될 만하다고 생각되는데, 결국 이 언어추구는 자아탐색이라는 주제로 수렴될 문제이기 때문에, 한국 남성작가들이 자신의 내면적 여성성과 맺고 있는 관계를 파악하는 데 많은 도움을 줄 것이다. 이 추구의 좌절은 남성작가들이 많은 경우에 자신의 내면적 여성성을 육체적 에로스(융의 분석심리학에 의하면 가장 초보적인 아니마 단계)에 묶어두고 있기 때문에 생겨나는 결과이다. 진정한 내적 순결성은 자신의 내면에 숨겨져 있는 자신의 여성성을 인지하는 것으로 이루어지는 것인데, 그 점을 인지하지 못하고, 자꾸 외부의 여성에게 그 욕망을 투사하기 때문에, 한국 남성작가의 작품 안에서 그토록 성적 방종이 의미를 가지는 것처럼 보이는 것이다.

한국 남성문학 안에서 여성에 투사되는 순결 콤플렉스가 흔히 과도한 성적 집착과 짝을 이루는 것을 보는 일은 어려운 일이 아니다. 이것은 한국남성들의 매우 특이한 어머니 고착과 연관지어서 논할 문제로서, 주인공들이 어머니에 고착되어 있는 단계를 극복하지 못하고, 자신의 내면적 여성을 인지하지 못함으로써, 계속 부정적인 아니마 결과를 만들어내고 있다는 사실을 증명한다. 한편으로는 순결 콤플렉스를 지닌 채, 다른 한편으로는 끊임없이 난잡한 성관계를 추구한다. 이 특징은 김승옥의 작품 안에서 스테레오타입으로 계속 되풀이된다. 그러면서 더더욱 깊은 죄책감 속으로 빠져들어 간다. 결국, 해결이 되지 않자, 김승옥의 후기작품에서는 성적으로 타락한 여성들이 나타난다. 내적 추구는 육체적 에로스의 늪에 빠져 정체된다.

대부분의 한국 남성작가들에게 그렇듯이, 김승옥에게도 여성과의 사랑은 이처럼 거의 언제나 성적인 대상에 머물러 있으며, 정신적이고 영적인 교감에로 나아가지 못한다. 따라서 김승옥이 인지하는 여성의 순결성은 육체적 의미에 머물러 있다. 그런데 문제는 작중인물들이 그 순결성이 이미 실현 불가능하다고 느끼고 있다는 점이다. 그 사실은 그들이 자신이 이미 순결하지 않다고 느끼기 때문인데,

그것은 앞서도 우리가 말한 바와 같이, 주인공들이 이미 전근대의 순결한 공동체를, 어머니를 배반했다고 느끼는 좌절한 근대인이라는 사실과 무관하지 않다. 그들은 근대를 타락의 형식으로만 인지하고 있는 것이다. 따라서, 김승옥의 여자 주인공들은 거의 한결같이 유린당하는 모습으로 그려진다. 김승옥의 데뷔작 〈생명연습〉에는 사랑하는 여자에 대한 사랑 때문에 고통스러워하며 외국유학을 떠나지 못하다가, 그녀의 육체를 "한 번, 두 번, 세 번, 네 번, 다섯 번" 범하고 난 뒤에 사랑이 식어 유학을 떠났던 끔찍한 남자의 얘기가 나온다(28쪽). 그런데, '소녀 같은 애수가 깃들어 있는' 이 남자는 아무렇지도 않은 표정으로 자기 동료의 부인이 된 그 여자가 "죽었다고" 말하고 있다. 이 사랑했던, 더 이상 순결하지 않은 여자의 죽음은, 아버지가 돌아가신 뒤, 남자관계가 문란했던 어머니를 죽이려 하는 '자기 세계'를 가진 작중화자의 형의 이야기와 겹쳐져 있는데, 이 구도는 작가가 육체와 성에 대해서, 특히 여성의 성에 대해서 얼마나 편견을 가지고 있는가를 잘 보여주고 있다. 김승옥의 작품 안에는 이처럼 일종의 순결 강박증 같은 것이 있다. 〈생명연습〉의 경우를 보면, 한편에는 거세한 전도사가 있고, 다른 한편에는 바람피우는 어머니가 있다. 이 거세한 전도사는 폐병을 앓고 있는 성적으로 무능력한 형의 다른 판본이다. 어머니의 순결을 지키지 못해서 그녀를 '응징'하려고 살해음모를 꾸미던 형은 오히려 자기가 바다에 몸을 던져 죽는다. 이 죽음은 어머니의 성에 대한 전적인 부정이다. 심지어 〈싸게 사들이기〉에는 애인을 건드리기 싫어서 애인을 만나기 전에 다른 여자와 섹스를 먼저 하고 만나는 남자의 얘기도 나온다. 후기 작품으로 갈수록, 성에 비정상적으로 탐닉하는 주인공들이 나타나는데, 이 특징 역시 여성과의 관계를 과도하게 육체적 의미로만 파악해서 천박하게 여기기 때문에 생겨난 결과가 아닐까 하는 생각이 든다. 순결한 여성을 소유할 수 없어서 좌절한 주인공은 아예 타락한 여성을 대상으로 삼아 마음껏 타락해 버리는 것이다. 김승옥의 작품 속에서 따라서 순결은 애초부터 다다를 수 없는 어떤 것이다. 여자들은 유린당하거나, 아니면 죽어버리거나, 또는 타락한 채 살아간다.

그러나 김승옥의 작품에 나타나는 유린당한 여자들을 우리는 다른 방식으로 해석할 수도 있다. 그녀들은 부르주아적 근대성, 또는 역사의 폭력에 유린당하는 약자들의 알레고리이기도 하다. 그 알레고리는 〈1964년 겨울〉에서 특히 뚜렷하게 표현된다. 이 작품에서는 병들어 죽은 가난한 여자가 그 역할을 수행하고 있다. 가난한 남자 세 명이 포장마차에서 술을 마시다가 병들어 죽은 아내의 시체를 병원에 팔고 온 사나이를 만나게 되는데, 그는 결국 아내의 몸값으로 받은 돈을 불 속에 던져 버리고 스스로 목숨을 버린다. 이 설정은 작가 김승옥이 물질적 근대성과 어떤 화해도 할 수 없지만, 동시에 그것에 저항할 수 있는 어떤 효과적인 투쟁방식도 개발해 내지 못하고 있다는 사실을 증명하고 있다. 〈염소는 힘이 세다〉에서도 전근대적 순결성을 상징하는 염소는 잡혀서 힘센 사나이들의 정력보강제로 전락하고, 동시에 누나는 취직을 하기 위해서 몸을 판다. 김승옥의 주인공들은 이처럼 근대의 벽 앞에서 무너지거나, 타협해 버린다.

뛰어난 단편 〈乾〉에는 훨씬더 섬세하고 세련된 방식으로 속물적 남성들에게 유린당하는 순결한 여성과 그것을 무력하게 바라보는 주인공의 모습이 묘사된다. 이 작품은 빨치산의 죽음을 한가운데에 놓고, 죽음, 여자, 섹스, 글쓰기의 주제가 한꺼번에 전개되고 있다.

작품은 성에 막 눈을 뜬 사춘기 소년의 시선으로 그려진다. 높은 지대에 자리잡고 있는 화자의 집에서 내려다보이는 '시립병원'과 '방위대 본부'는 중심의 상징주의를 가지고 있다. 옛날 "어느 굉장한 부호가 살던 저택"인 방위대 본부는 아이들의 놀이터로서, 훼손되지 않은 유년의 뜨락이라는 상징적 기능을 수행하고 있다. 이 흥미로운 장소의 의미는 그곳이 지하실을 가지고 있다는 사실로서 강화된다.

그러나 내가 가장 잊을 수 없는 것은 그때는 이미 거의 썩어 버린

> 다다미가 깔린 넓은 안방인 것이었다. 아니 안방이 아니라 안방의 동쪽 벽 아래에 깔린 다다미 한 장을 들어내면 나무로 된 마룻바닥이 드러나고 그 바닥엔 위로 들어올리도록 된 문이 있는데 그것을 열면 그 밑에 드러나는 어두컴컴한 지하실인 것이다, 아아, 하루종일 그 지하실에 틀어박혀 우리들은 얼마나 가슴뛰는 놀이들을 하였던가. (39쪽)

이 장소는 따라서 안방의 또다른 안, 중심의 중심인 셈이다. 그 장소는, 강화된, 외부로부터 완강하게 지켜지는 내적 순결성의 장소이다. 존재의 심층. 아이들은 어른들로부터 격리된 채 그 지하실에서 자신들만의 세계를 가꾸어간다. 특징적인 것은 그 지하실이 특히 순결한 언어기호의 장소라는 사실이다.

> 애들 중에서 그림을 제일 잘 그리던 내가 그 지하실의 백회벽에 크레용으로 그림을 그리면 한 아이는 초 동강이에 불을 켜서 들고 나의 손이 움직이는 방향으로 불빛을 보내주었고 그리고 나머지 아이들은 부러움과 감탄의 눈초리로 내가 그리는 그림을 바라보고 그 그림 속에서 많은 이야기들을 끄집어내어서 지껄이고 떠들고 그 그림을 자기들이 그린 것처럼 아껴주고 다른 마을의 애들을 끌고와서 자랑도 해주곤 했다. (39쪽)

이 이미지는 김승옥이 꿈꾸는 글쓰기가 어떤 것인지 잘 보여주고 있다. 흰 벽이라는 존재의 순결한 터에 문명적 도구의 도움을 받지 않은 채, 촛불의 빛을 받으며 써나가는 원초적 언어. 뿐만 아니라, 수용자의 창조적 독서에 의하여 공유되는 열려있는 텍스트. 행복한 의미작용에 참여하는 무한히 보송보송한 시니피앙들의 자발적 분출. 이 공간에서 주인공은 미영이라는 소녀를 꽉 끌어안아 버리는데, 이 천진한 사랑은 미영이 주인공에게 제공한 '하얀색 크레용'으로 그 문학적 의미를 부여받는다.

> 미영이는 깜짝 놀라서 울음을 왁 터뜨리더니 그만 무안해진 내가 손을 풀자 느닷없이 자기가 쥐고 있던 하얀색 크레용을—분명히 하얀색이었다—내게 내밀며, 이쁜 꽃 그려봐, 하는 것이어서, 하얀색의 벽에 하얀색의 크레용으로 무슨 그림을 그리라는 말인지, 이번에는 내가 어리둥절해 버린 적이 있었다. (40쪽)

하얀 벽에 하얀 크레용으로 그림그리기는, 우리가 앞서 살펴본 바 있는 '하얀 팻말'에 '까만 색 글씨'로 쓰여 있던 무진 고별 메시지의 정반대편에 놓여 있는 글쓰기의 상징이다. 근대의 타락을 겪지 않는 순결한 글쓰기. 아직 육체를 모르는 순결한 유년의 사랑이 가르쳐준 글쓰기. 여자아이가 전해준 글쓰기의 자질. 어떻게 흰 무진의 벽에 흰색 크레용으로 글을 써서, 그것을 사람들에게 읽게 할 것인가. 어떻게 무진을 유린하지 않으면서 무진이 보이게 할 것인가.

이 무성(無性)적 사랑의 흰 글쓰기는 주인공이 성에 눈을 뜨면서 조금 더 진한 색채로 바뀐다. 주인공은 윤희 누나를 몰래 좋아하고 있는데, 바로 그 윤희 누나가 "기막히게 심이 굵은 4B 도화 연필"(41쪽)을 주인공에게 주었던 것이다. 그런데 그만 그것을 도둑맞아 버림으로써 주인공은 윤희 누나를 볼 때마다 죄지은 기분에 시달린다. 좌절한 글쓰기. 이 좌절은 이 유년의 뜨락이 역사의 폭력에 유린당함으로써 더욱더 시커먼 색채로 변질되고 만다. 이 유린은 '죽음'이라는 사건과 윤희 누나의 '강간'이라는 사건을 거쳐서 육체의 소멸과 성의 타락이라는 주제에 중층적으로 겹쳐진다. 우리는 방위대 건물이 '시커멓게' 불탔다는 것을 통해서, 주인공의 순결한 사랑도, 육체의 순결함도, 흰글씨 쓰기도 모두 망가져 버릴 것이라는 것을 예감하게 된다.

빨치산과의 교전 때문에 시커멓게 타버린 방위대 건물에 빨치산의 시체가 놓여 있는데, 이 '죽음'은 결국 역사의 개입으로 인하여 망가져 버린 힘없는 약자의 모습이면서, 동시에 이제 더 이상 주인공이 죽음을 생각하지 않고는 육체를 생각할 수 없게 되었다는 존재론적 각성의 계기를 이루고 있다. 김승옥이 빨치산의 시체를 그려내는 묘사력, 그리고 이미지 장치를 통해 철학적 고뇌로 끌고 가는 어법은 너무나 탁월하다.

> 내가 몸을 돌렸을 때 두어 발자국 저편에 벽돌이 쌓여있는 더미의 강렬한 색깔이 나의 눈을 찔렀다. 엉뚱하게도 나는 거기에서야 비로소 무시무시한 의지를 보는 듯 싶었다. 적갈색과 자주색이 엉켜서 꺼끌꺼끌한 촉감의 피부를 가진 괴물이, 밤중에 한 남자가 몸을 비틀며 또는 고통을 목구멍으로 토하며 죽어가는 것을 바로 곁에서 묵묵히 팔짱을 끼고 보고 있다가 그 남자가 드디어 추잡한 시체가 되고 그리고 아침이 와서 시체를 구경하러 사람들이 몰려들었을 때, 나는 모든 걸 다 보았지, 하며 구경꾼들 뒤에서 만족한 웃음을 웃고 있었다.
>
> 나는 고개를 얼른 돌려버렸다. 다시 시체가 있었다. 그리고 그 시체가 누운 거기에서 풀밭이 시작되었고 풀밭이 끝나는 곳에서는 벽돌 만드는 흙을 파내오는 주황빛 언덕이 있었다. 그리고 그 언덕에서부터 까만 색 레일이 잡초를 헤치고 뱀처럼 흐늘거리며 이쪽으로 뻗어오고 있었다. 아무래도 설명할 수 없는 감정을 던져주는 구도였다. 방금 잠깐 쑤시고 간 그 강렬한 색채들 때문에 나의 눈은 눈물이 나도록 쓰렸다. 나는 한손으로 이마를 두드려 어지러움이 가시게 하며 휘청휘청 학교로 돌아왔다. (45~46쪽)

이 대목은 주인공이 빨치산의 시체를 통해서 운명의 무자비한 힘을 인식하게 된 장면을 이미지화하여 보여주고 있다. 시뻘건 벽돌더미는 본질적으로 '꺼끌꺼끌한' 육체의 운명을 상징하는 장치이다. 그것은 무겁고 딱딱하고 거칠고 시뻘겋다. 벽돌의 적갈색은 죽은 빨치산이 흘린 썩어가는 피의 음산한 색깔과 완전히 똑같다. 벽돌로 상징되고 있는 보편적 운명은 개인의 삶과 아무 상관이 없다. 그것은 거기에 그렇게 잔인하게 있는 것이다. 무자비하게 무관한 모습으로. 시체는 풀밭이라는 목가적 장치 위에 놓여있다. 죽음은 낭만적 분위기를 가지기도 하지 않는가. 또는 이 '풀밭'을 〈무진기행〉의 첫 장면에 겹쳐놓고 분석해 보면, 존재의 본질적인 무질서함을 나타낸다고 이해할 수도 있다. 작가의 눈은 '벽돌 만드는 흙을 파내 오는 주홍빛 언덕'에 이른다. 육체가 썩어 돌아갈 재료. 무상성의 재료. 그 무상성으로부터 까만 색 철 레일이 출발한다. 철과 까만 색은 근대의 오만을 상징한다. 근대는 에펠탑이라는 철구조물을 대지 위에 세움으로써 그 위용을 자랑하지 않았던가. 근대는 '기차'라는 시간성에 대항하는 빨리 달리는 철이라는 규정성의 도구로 흐물흐물하고 느릿느릿한 삶과 싸우기 시작했던 것 아닌가. 급기야, 정신적으로도 '이념'이라는 규정된 관념체계의 진리성을 강박적으로 신봉하며? 풀밭이 끝난 곳에서 주황색 살(진흙)을 등지고 시작된 두 가닥의 철레일은 이처럼 삶의 무상성을 비웃으며 시작된 당당한 근대의 진군을 보여주는 이미지이다. 그러나 그것이 급기야 위협적인 뱀 두 마리가 되어 들이닥치는 것을 보라. 그 뱀 두 마리가 각기 이념적 좌와 우를 상징한다고 읽는다면 지나친 비약일까?

너무나 흥미롭게도, 주인공은 빨치산의 '시체가 갖고 싶다'(46쪽)라고 말한다. 이 엉뚱한 진술은, 김승옥의 서구 언어적 교양으로 해석할 수 있다. 그것은 프랑스어의 '알다'(*savoir*)와 '가지다'(*avoir*)의 관계로 설명할 수 있다. 아는 것은 가지는 것이다. 앎은 앎의 대상을 통제할 수 있기 때문이다. 주인공은 '가지고 싶다'는 말로 빨치산의 시체가 의미하는 바를 '알고 싶은' 강한 욕구를 드러냈던 것이라고 볼 수 있다. 다시 말하면, 주인공은 죽음이라는 사건, 아니, 더욱더 정확하게 말한다면, 주검이라는 물체를 존재(*être*)의 영역으로부터 소유(*avoir*)의 영역으로, 자동사의 영역에서 타동사의 영역으로, 본질의 영역에서 행위의 영역으로, 즉, 인간이 자신의 힘으로 개입할 수 있는 영역으로 옮겨 놓고 싶었던 것이라고 볼 수 있다. 이 사실은 주인공의 아버지의 직업이 '식육조합원'이라는 사실의 확인으로 이어진다. 아버지에게 물질적인 시체의 처리가 맡겨진다. 그러나 주인공은 육체가 단순히 고기의 차원에서 받아들여지는 것을 견디지 못한다.

> 그 시체가 눈앞에 떠올랐다. 문득 애착이 가는 환상. 시체가 손발을 쭉 뻗고 엎드린 그 자세대로 공중에 둥둥 떠서 팔을 벌리고 서있는 아버지에게로 날아오고 있다. 공중을 느릿느릿 비행해 오는 시체는 가느다란 바람에도 흔들린다. 우선 시체의 머리카락이 쉼 없이 흩날리고 그럼으로써 시체는 그가 지니고 있던 모든 잡된 요소를 바람에 실어 보내버리고 이제야 태어나기 전의 사람, 아니 모든 것을 살았기 때문에 가장 가벼워져서, 마치 병아리의 노오란 한 개의 깃털처럼 가벼워져서 공중을 나는 것이다. (49쪽)

그런데 아버지는 아무 느낌도 없이 돈을 받고 시체를 파묻을 뿐이다. 주인공의 분노가 폭발한다.

> 나는 힘껏힘껏 던졌다. 나는 돌을 던지면서 힐끗 노파[빨치산의 고모]를 훔쳐보았는데 노파가 원망스러운 눈초리로 나를 주시하고 있음을 알았다. 나는 내 오른팔에 더욱 세찬 힘을 느끼며 던지기를 계속했다. 그러자 나를 꽉 붙잡는 손이 있었다. 아버지였다. 아버지는 나를 홱 밀어젖혀 버렸다. 나는 엉덩방아를 찧으며 뒤로 나동그라졌다. 나는 목구멍을 욱하고 치받고 올라오는 울음을 간신히 삼키고 있었다. 가을이었다. [⋯] 시체도 그것을 묻고 있는 사람들도 나는 밉기만 했다. (51쪽)

이 분노는 어떤 대상을 향한 분노가 아니라, 존재의 무상성 자체를 향한 본질적 분노이다. 그러나 그 분노는 무심한 아버지, 돈과 힘에만 관심이 있는 체제에 의해 차단당한다. 주인공은 무력하게 엉덩방아를 찧는다. 때는 가을, 즉 이미 빛이 이운 시간. 독자들은 모든 것이 절망의 경사를 따라갈 것이라는 것을 짐작한다.

이 좌절은 주인공이 사랑하는 윤희 누나의 육체가 유린당하는 사건으로 이어진다. 빨치산의 시체 때문에 여행을 가지 못했던 주인공의 형과 형의 친구들이 윤희를 '먹어버리자'는 음모를 꾸민 것이다. 그런데, 그녀를 유인하는 역할이 주인공에게 주어진다. 놀랍게도 주인공은 저항하지 않는다. 저항하지 않을 뿐만 아니라, 앞장서서 형들의 음모를 정당화시켜주기까지 한다. 내면화된 파시즘. 힘 앞에서 미리 몸낮추기. 그는 윤희 누나를 지키지 않은 것은 물론, 앞장서서 가져다 바친다. 그녀를 지키는 일이 힘의 유지에 도움이 되지 않으니까. 음모가 저질러질 장소는 예전에 미영이 흰 크레용을 전해 주었던 바로 그 집이다. 지금은 시커멓게 불타버린 아름다운 곳. 순결한 지하실의 흰 벽은 물질과 힘의 시커먼 먹물로 뭉개진다. 그것을 예감하면서 주인공은 힘의 전체성 앞에서 상상적으로 저항해본다. 무력한 개인 개인에게 어떻게 각각의 자기 색채를 돌려줄 수는 없는 것일까? 라고 속으로 열심히 생각하며.

> 하낫 둘, 하낫 둘. 나는 입속에서 구호를 붙여가며 골목길을 뛰어갔다. 골목에는 갈색의 그림자들이 누워있었다. 하늘을 물빛이군. 나무는? 갈색 지붕은? 보나마나 보라색이겠지. (56쪽)

그러나 그는 생각만 할 뿐, 아무런 행동도 하지 않는다. 오히려 윤희 누나를 더 잘 꼬드겨 내기 위해 적당한 핑계까지 덧붙여 미리미리 대가면서. 펜은 타락했다. 주인공의 페니스도 타락했다.

> 나는 담위에 마치 말타듯 걸터앉아서 집안을 내려다보았다. 황폐한 빈 집을 초록색의 공기가 휩싸고 있었다. 마당가에 딸린 조그만 밭에는 누가 심었던지 가지나무가 있고 시든 가지나무 잎 밑에 누런 색으로 찌그러든 가지가 몇 개씩 달려 있는 게 보였다. 그것들은 정말 볼품없이 말라 있었다. (56~57쪽)

주인공은 미영이의 크레용을 잃어 버렸고, 윤희 누나의 도화연필도 잃어 버렸다. 그리고 그는 그것을 되찾기 위하여 아무런 적극적 저항도 하지 않는다. 무진(霧津)은 안개로만 남아 있다. 작가는 무진의 흰 벽에 흰 글씨를 쓰는 방법을 배우지 못한다. 이 모색은 몇 편의 중편에서 부분적으로 성공하지만, 김승옥은 단편의 성취를 중편과 장편으로 심화 확대시키는 데 성공한 것처럼 여겨지지 않는다. 특히 몇 편의 장편은 이것이 과연 김승옥의 작품인가라는 생각이 들 정도로 감각도 문체도 다 잃어 버리고 있다. 그 사이 무슨 일이 일어난 것일까? 광주(光州)의 충격이 있었다. 그리고 흰 손의 계시가 있었다. 그리고 김승옥은 글쓰기를 떠나버린다. 그 떠남의 의미는 무엇일까? 그러나 나는 김승옥이 돌아올 것이라고 생각한다. 어느 날인가, 무진과 근대를 통합하며. 근대의 불안을 진정한 근대에 대한 열망으로 극복하며.

1984년 '흰 손'에 대한 김승옥의 기사를 일간지에서 읽고 나는 시 한 편을 썼다. 이 시를 나의 기다림의 징표로 제시하며 글을 마칠까 한다.

> 오늘 아침 일간지에서 소설가 K씨의 사진을 보았다. 난 이제 소설 안 써요. 흰 손이 날 찾아왔거든요, 라고 그가 말했다. 그 말은 아름다웠다. 어쩌면 그의 소설보다도 더. 그렇지만 내 눈엔 그의 사진이 더 깊이 아프게 밟혔다. 그는 비스듬히 가운데로 몸을 돌리고 멍한 표정으로 사진에 찍혔다. 껍데기와 알맹이 중간쯤일까? 마치, 난 선택할 수 없어요. 누가 나를 어느 쪽으로든 잡아당겨 줘요, 라고 말하는 것처럼. 그의 다문 입술 사이로 울음소리 같은 게 새어나왔다. 날 차라리 알맹이 쪽으로 확실히 잡아당겨 줘요. 난 선택할 수 없어요.
>
> 시대가 꽐꽐 큰 소리로 흘러갔다. K씨는 문학이라는 작은 배를 타고, 손에는 언어의 키를 들고 어쩔 줄 모르고 있다. 대충

떠갈 수는 있겠지. 그러나 그의 욕심많은 눈은 원하지. 더 깊이 가고 싶어. 더 깊은 곳의 해구를, 그 소용돌이를 보고 싶어. 정말 알맹이는 있을까.

이런 시대에, 그의 욕망은 허망하다. 뭔가 따로따로 놀고 있지. 껍데기는 알맹이를 싸기 위해 있지 않다. 말이 말의 맘에 들기 위해 허영으로 치장하는 시대. 우리의 영혼이 넝마처럼 너풀댄다. 공허. 이 시대의 양식.

난 일회의 삶이라고 불리는 벽을 향해 서서 울었다. 눈물의 범상함에조차 겁을 집어먹으면서.

밤새, 어둠 속에서 들었다. K씨가 비스듬히 서서 밤새 빈 그릇을 달캉대며 중얼거렸다. 여기에다 불을 넣어야 하는데, 그 불로 내 혀를 태워야 하는데, 그래야 정말 말할 것을 가지게 되는데. 시대가 꽐꽐 큰 소리로 흘러갔다. 텅빈 말들의 시대. 말이 말의 꼬리를 잡고 히히덕댔다.

1984. 1. 27

—졸시 〈알맹이를 기다리는 그대 — 소설을 쓰지 않는 소설가 K씨에게〉, 《스·타·카·토 내 영혼》

■ 부록 김승옥 문학과 비평

이어령 : 죽은 욕망 일으켜 세우는 逆유토피아 · 614
천이두 : 존재로서의 고독 · 617
— 김승옥, 〈서울 1964년 겨울〉
유종호 : 감수성의 혁명 — 김승옥 · 631
김병익 : 시대와 삶 · 638
— 60년대식 풍속변화, 김승옥
김 현 : 구원의 문학과 개인주의 · 645
— 존재와 소유
김치수 : 김승옥의 소설 · 660
김 훈 : 무진을 찾아가다 · 669
구모룡 : 근대적 삶에 대한 환멸의 서사 · 679
— 김승옥의 〈서울의 달빛 0章〉
정과리 : 유혹, 그리고 공포 — 김승옥론 · 689

죽은 욕망 일으켜 세우는 逆유토피아

이 어 령

〈무진기행〉은 하나의 소설을 구성하는 여러가지 요소 중에서 장소의 의미가 특히 중요한 위치를 차지하는 작품이다.

현대소설로 넘어오기 이전의 옛날 소설에서는 다빈치 시대의 그림과 마찬가지로 배경의 의미란 미미했다. 등장하는 인물들이나 사건이 중심이 되고 그 무대가 되는 공간은 그를 보조하는 단순한 의미밖에 지나지 않았다.

또한 배경의 역할이 뚜렷한 경우라도 인물의 성격, 사건의 기틀이 되는 무대, 주제의 암시 등을 나타내는 보조적 수단으로 쓰이는 게 보통이다.

그러나 현대소설에 들어와서 소설의 공간도 주인공 못지않게 중요한 의미를 나타내게 되었다. 따라서 현대소설에서는 소설 공간이 단순한 배경(장소)으로서가 아니라 공간적 미학의 구조를 통해 관념, 의식, 심리를 나타내는 역할까지 하고 있다. 이미지의 질서로 엮어진 의미의 총화가 공간이라 할 수 있을 정도이다.

이 소설에서는 '무진'이란 가공적 장소를 창조해 내어 소설의 의미를 형상화시키고 있다. 무진이라는 소설 공간은 지리적 환경이나 상황을 나타낼 뿐만 아니라 인간의 심리, 의식의 내면, 생의 양식까지 표현해 준다.

이 소설 속에서 무진은 어떤 곳으로 표현되고 있는가를 보자.

무진은 사람들이 생활하는 데 유익한 조건이라곤 하나도 구비되어 있지 않은 무익한 지역으로 나타나 있다. 명산물이 나는 곳도 아니요, 항구로 발전될 여건도 갖추어지지 않은 곳이요, 농촌으로서 적합한 평야가 있는 것도 아니다.

다만 안개 입자로 가득 찬 곳이 무진이다. 손으로 잡을 수는 없지만 뚜렷이 존재하는 안개, 사람을 둘러싸고 있는 안개, 사람들을 외부로부터 격리, 단절시키는 안개만이 있는 곳이 무진이다. 이것만으로도 그 장소는 우리들이 살고 있는 일상적 공간과 대응하는 곳이라는 것을 알 수 있다.

이 두 가지가 무진이란 곳의 지역적, 자연적 환경이다.

무진이란 곳의 분위기는 한마디로 반수면 상태의 졸음으로 나타낼 수 있다. 그곳의 모든 여건들—즉 햇빛의 밝음, 저온의 공기, 해풍에 섞인 소금기—은 수면제를 만드는 재료처럼 되어 사람들을 늘 잠들게 하는 것이다.

주인공 윤희중의 과거가 묻혀 있는 무진은 자기를 상실하지 않을 수 없었던 인물의 과거의 기억을 담고 있는 공간이다.

그의 과거의 기억이란 신경질과 공상과 불면과 자위행위, 기다림, 초조함으로 표현될 수밖에 없는 어둡던 청년 시절과 골방을 말한다.

이 무진은 투명한 논리나 의지나 행동이 있을 수 없는 곳이다. 논리적 대립과 선택의 의지가 파괴된 곳, 권태와 수면과 몽롱 상태 속에서 존재의 무력성에 빠질 수밖에 없는 곳이다. 이곳에서 주인공은 모랄의 위장도 없이, 무책임과 비도덕적 행위를 할 수 있다고 생각한다.

사랑하지 않는 여자와의 정사는 주인공이 일상적인 획일성에서 자유롭게 해방되기 위한 행위로 볼 수 있다. 그는 무책임한 정사를 통해 과거의 시간으로 회귀하였고, 또 과거로부터 벗어나는 심리적 카타르시스를 행한 것이다.

그의 자유와 무책임은 무진이란 공간 때문에 가능했던 것이다. 무진이란 공간은 인간의 본질을 꿰뚫는 생(生)의 실상일 수도 있고, 윤희중의 행위는 바로 우리가 원하는 행위라 할 수도 있을 것이다. 무진의 시간은 윤희중의 과거의 시간이요, 또한 인간들이 가지고 있는 원래의 시간이다.

인간은 누구나 이상적 공간인 유토피아를 꿈꾼다. 보통 사람들이 유토피아로 생각하는 곳은 권태나 졸음을 모르는 밝고 투명한 곳이다. 정확한 사고력이 유지될 수 있고, 투명한 논리와 계산과 합리적인 지성의 선택의지가 분명히 작용하는 곳, 질서정연하고, 자기들의 모든 욕망이 실현되는 곳이 바로 일반적으로 생각하는 유토피아다.

무진은 우리의 유토피아와는 정반대적인 공간이다. 모든 욕망은 좌절되고, 선택의지는 파괴되고, 자랑할 만한 것도, 쓸모있는 것도 없는 불투명하고 보잘것없는 망각의 공간이 무진이다.

그러나 우리들은 때때로 수면에 빠지듯 몽롱한 망각의 세계를 꿈꿀 때가 있다. 세속적인 의식과 기계적인 일상성과 가식적인 논리적 긴장에서 벗어나 망각에 빠지고 싶어질 때가 있는 것이다. 상식적 의미의 완전한 행복의 조건이 갖추어진 공간에서 오히려 우리는 욕망의 좌절을 느끼는 수가 있다.

무진과 같은 수면 상태 속에서 오히려 인간은 생명의 본래적 시간을 만나게 되고, 죽은 욕망이 일어서게 되는 것이다.

주인공 윤희중이 무진에서 여자 음악선생(하인숙)을 만나 욕망을 일으키는 것도 이런 이유에서 이해될 수 있을 것이다.

무진은 바로 나날이 퇴화해 가는 생의 실상을 만날 수 있는 역(逆)유토피아이기 때문이다.

(1964)

존재로서의 고독

—김승옥 〈서울 1964년 겨울〉

천 이 두

60년대 문학의 기수

우리가 한국의 60년대 문학을 말하는 경우 첫째로 거론해야 할 작가가 김승옥이며, 또 그의 문학을 말할 때 첫째로 거론해야 할 작품이 그의 〈서울 1964년 겨울〉이다. 한국 현대소설사상 그의 위치는 그만큼 획기적인 것이었고 또 그러한 획기적 성격을 잘 나타내 주고 있는 작품이 바로 〈서울 1964년 겨울〉이다. 그는 이른바 전쟁(혹은 전후) 문학으로서의 50년대 문학이 거의 시효 만료에 다다랐음에도 불구하고 새로운 문학의 지평이 채 뚜렷하게 예견되지 않는 시점에서, 아무도 시도해 보지 않았고 또 성공의 보증도 없는 미지의 영역 속으로 헤쳐 들어간 당돌한 모험가였다. 뿐만 아니라 이 모험가는 결국 진실로 새롭고 발랄한 문학의 영토를 구축하는 데 성공한 것이다. 60년대 문학은 실로 작가 김승옥을 스타트로 해서 시작되었다 해도 과언이 아니었다. 그를 일러 60년대 문학의 기수라 하는 것도 이런 의미에서 과히 지나친 말은 아닐 것이다.

50년대 문학은 전쟁(6·25)과 직결된 문학이었다. 1950년대의 벽두에 일어난 6·25는 그 뒤의 한 디케이드의 문학을 성격짓는 결정적 요인으로 되고 있다. 50년대 문학은 넓은 의미에서 전쟁(혹은 전

後) 문학이라 할 수 있다. 특히 6·25의 소용돌이 속에서 문학적 감성을 길러야 했던 일련의 50년대 작가들에 있어서 그렇다. 그들의 문학은 전쟁이라는 유일 절대의 사태와 팽팽하게 맞선 가운데서 진행되었다. 이런 조건 속에서 형성된 50년대 문학은 단적으로 말해서 경화된 엄숙주의의 문학이었고, 강력한 교훈주의의 문학이었다. 전쟁이라는 절박한 사태 앞에서 누구나 팽팽하게 긴장된 자세를 갖추지 않을 수 없었고, 또 전쟁이라는 사태 앞에서는 에피큐리언적인 것이 개입할 여지가 없었다. 50년대 문학이 그 문장의 톤에 있어서 고도로 긴장된 것이 아닐 수 없었고, 또 예외 없이 어떤 뚜렷한 이슈를 전제로 하는 문학이 되지 않을 수 없었던 것도 그 때문이다. 그러나 세월은 모든 것을 망각의 심연 속에 가라앉게 한다. 6·25의 아픈 기억도 세월이 흐름에 따라 그 생생한 현장감을 상실하게 되었다. 전쟁은 이제 시효 만료에 부딪친 것이다. 이런 시점에서 새로운 문학의 지평을 열어 보이면서 그야말로 혜성처럼 등장한 작가가 김승옥이다. 그의 〈서울 1964년 겨울〉은 그의 이 새로움을 잘 반영하는 대표적인 작품이다.

김승옥의 문학이 반영하는 획기적인 점은 첫째 50년대 문학이 예외없이 간직하고 있던 바 강력한 이슈에의 집착 내지 교훈주의에의 집착에서 완전히 벗어나 있다는 점이다. 김승옥의 문학에는 짙은 에피큐리언적인 점이 반영되어 있는 것도 그 때문이다. 둘째로 그의 문학에는 거의 대부분의 50년대 문학에서 볼 수 있는 바 경화된 엄숙주의에서 연유되는 고도로 긴장된 문장의 톤에서 완전히 벗어나 있다는 점이다. 김승옥에게서는 오히려 재기 활발한 감수성과 아울러 싱싱한 위트가 넘친다. 그만큼 그에게서는 어떤 여유 같은 것을 느끼게 된다. 그의 문학이 넓은 의미에 있어서 유희주의에 근거를 두고 있다는 것도 그런 점과 관련이 된다. 그러나 더욱 중요한 것은 인간의 숙명적 조건으로서의 고독을, 추상적 서술이나 직선적 호소의 방식을 통해서가 아니라 존재 그 자체의 생생한 모습으로 포착하고 있다는 사실이다. 말하자면 인간의 소외 의식 및 숙명적 조건으로서의 고독을 추상적인 서술을 통해서가 아니라 존재 현장의 재현을 통해서 제시해 주고 있다는 사실이다. 종래의 문학에서 볼 수 있는 바 호소로서의 고독이 이제 비로소 존재로서의 고독으로 부각되기에 이른 것이다. 이제 그의 대표작 〈서울 1964년 겨울〉을 음미해 가면서 그의 문학적 특질을 좀 더 구체적으로 살펴보려 한다.

복수(複數)적 에고의 존재 양식

이 작품에는 서울 길거리의 포장집에서 우연히 만난 세 사나이가 서로 대화를 나누게 되고, 술을 마시고, 밤거리를 어울려 다니고, 하룻밤을 같은 여관에서 보내게 되는 이야기가 그려져 있다. 그 세 사나이란 나레이터인 '나'와 대학원 학생인 '안', 그리고 서적 판매원을 하는 30대 사나이이다. 작품의 전반부는 우선 '나'와 '안'이 포장집에서 우연히 만나 서로 인사를 나누게 되고 이야기를 주고받는 것으로 되어 있다. '나'와 '안'은 동갑인 25세. 그러나 여러가지 점에서 서로 대조적인 면을 반영한다. 나는 "스물다섯 살짜리 시골 출신, 고등학교는 나오고, 육군사관학교를 지원했다가 실패하고 나서 군대에 갔다가 임질에 한번 걸려 본 적이 있고, 지금은 구청 병사계에서 일하고 있는" 데 반하여, 안은 "도수 높은 안경"을 쓰고 있는 데다가 "대학구경을 하지 못한 나로서는 상상이 되지 않는 전공을 가진 대학원생"이며 부잣집 장남이기도 한 것이다.

이러한 두 사람의 프로필이 암시하고 있는 바와 같이 두 사람은 여러가지 점에서 대조적이다. 나의 입장이 대체로 직감적, 조건반사적이며 소박한 편이라면 안의 그것은 훨씬 더 의식적이고 어떤 점에서 현학 취미조차도 느끼게 한다. 그 두 사람 사이의 대화를 통해서도 그런 면은 부각된다. 나와 안이 주고받는 대화가 중심이 되어 있는 전반부는 문장의 톤부터가 지극히 경쾌하고, 재기 활발한 흐름으로 이어지고 있다. 그 두 사람의 대화는 얼핏 보기에 무의미한 입씨름 같기도 하다. 그들의 대화는 우선 '파리'에 관한 것으로부터 시작된다.

> "안형, 파리를 사랑하십니까?"
> "아니오, 아직까진… " 그가 말했다. "김형은 파리를 사랑하세요?"
> "예"라고 나는 대답했다. "날 수 있으니까요. 아닙니다. 날 수 있는 것으로서 동시에 내 손에 붙잡힐 수 있는 것이니까요. 날 수 있는 것으로서 손안에 잡아본 적이 있으세요?"
> "가만 계셔 보세요." 그는 안경 속에서 나를 멀거니 바라보며 잠시 동안 표정을 꼼지락거리고 있었다. 그리고 말했다. "없어요, 나도 파리밖에는…"

이러한 대화를 통해서 알 수 있는 것은 그것들이 일상적 효용성에서 완전히 유리되어 있다는 사실이다. 그들이 주고받는 대화, 자기 내면에 설움을 지닌 삼십대 사나이가 그들의 대화 속으로 끼여드는 작품의 중반부 가까이에 이르기까지의 대화는 한결같이 이러한 무의미한 입씨름 같은 대화로 이어지고 있다.

하기야 우리들의 일상의 대화 자체가 반드시 효용성만을 위해서 행해지는 것이 아닌 것만은 사실이다. 그저 말하기 위해서 하는 말, 뜻없이 하는 말 등등, 이른바 무상(無償)의 언어들이 얼마든지 있다. 그러기에 《시의 이해》의 저자들(브루크스와 워렌)도 우리들의 일상의 대화 중에서 실용적인 목적으로만 쓰인 언어는 과연 전체의 몇 퍼센트나 되겠느냐고 반문한 적이 있는 것이다. 그러나 설사 실용성에서 벗어난 용법인 경우라 할지라도 그것은 대개 일상적, 실용적인 관습에서 벗어나는 것은 아니다. 즉 일상적, 실용적인 차원을 빙자하여 그 무상성을 누리는 경우가 대부분인 것이다. 언어의 유희성을 추구하는 경우조차도 그 언어의 실용적 측면을 이용하고 있다는 말이다.

그러나 여기에 인용된 대화는 그야말로 일종의 작위적 언어이다. 그런 의미에서 이 대화야말로 완전한 거짓말, 또는 극화된 언어라

할 수 있다. 언어의 무상성을 드러내 보임에 있어 작가 김승옥은 언어의 실용성에 빙자하는 법 없이 당초부터 거기서 일탈함으로써 언어의 무상성을 농도 짙게 부각시키려 하고 있는 것이다. "심각한 얘기를 좋아하는 이 친구를 곯려 주기 위하여, 그리고 한편으로는 자기의 음성을 자기가 들을 수 있는 술취한 사람의 특권을 맛보고 싶어서" 얘기를 시작했다고 '나'는 말하고 있거니와 말하는 그 자체를 즐기기 위해서 말하는 행위, 그것은 일종의 에피큐리언의 그것이 아닐 수 없다.

이러한 언어는 절박한 상황 현실과 밀착된 50년대 문학에서는 전혀 찾아볼 수 없는 것이었다. 50년대 문학의 언어는 상황 현실과 밀착된 언어이며, 절실한 어떤 이슈를 뒷받침해 주는 언어였다. 말하자면 그것은 언어의 실용성만을 일방적으로 강조한 언어였다고 할 수 있다. 이러한 50년대 문학의 언어적 특질과 관련해서 생각할 때 작가 김승옥에서 볼 수 있는 바 언어의 고의적 조작에 의한 그 유희성의 추구는 그 자체가 50년대 문학에 대한 일종의 도전이요, 반역이라 아니할 수 없다. 이러한 언어의 유희성과 관련하여 또 하나 김승옥의 문학에서 간과할 수 없는 것은, 개인, 개인성, 개인적 감수성이 유달리 강조되고 있다는 사실이다. 가령 나와 안 사이의 다음과 같은 대화를 음미하는 것은 중요한 뜻이 있다.

> "을지로 삼 가에 있는 간판 없는 한 술집에는 미자라는 이름을 가진 색시가 다섯 명 있는데 그 집에 들어온 순서대로 큰미자, 둘째미자, 세째미자, 넷째미자, 막내미자라고들 합니다."
>
> "그렇지만 그건 다른 사람들도 알고 있겠군요. 그 술집에 들어가 본 사람은 꼭 김형 하나뿐이 아닐 테니까요."
>
> "아 참, 그렇군요. 난 미처 그걸 생각하지 못했는데. 난 그 중에서 큰 미자와 하룻저녁 같이 잤는데 그 여자는 다음날 아침, 일수로 물건을 파는 여자가 왔을 때 내게 빤쯔 하나를 사주었습니다. 그런데 그 여자가 저금통으로 사용하고 있는 한 되들이 빈

술병에는 돈이 백십 원 들어 있었습니다."
"그건 얘기가 됩니다. 그 사실은 완전히 김형 소유입니다."

다른 사람이 모르고 있는, 자기 혼자만이 알고 있는 사실, 그 사실이 아무리 하찮고 무익한 것이라 할지라도, 그것은 분명 자기 개인의 완전한 소유로 될 수 있다는 것, 그것은 자기 자신의 것에 대한 확인이요, 사물의 자기화에의 노력의 반영이라 할 수 있다.

50년대 문학이 개인의 문제를 전쟁이라는 전체의 문제 속에 전가시킴으로써 개인의 문제를 대개의 경우 집단의 문제로 귀속시켰던 사실과 비교해 볼 때, 김승옥의 작중 인물에서 볼 수 있는 바 앞서 말한 몸짓에서 우리는 두 가지 전환의 계기를 찾게 된다. 즉 전쟁이라는 이름의 거대한 집단적인 문제로부터 파리나 유리창의 등불이니 빌딩의 창유리니 하는 지극히 쇄말적인 대상에로 관심의 방향이 바뀌었다는 사실, 그리고 그것이 아무리 쇄말적인 것들이라 할지라도 자기 자신에 의하여 확인된 것만이 자기 소유일 수 있다는, 가치의식의 전환을 거기서 보게 된다는 것이다. 말하자면 그것은 집단적, 보편적인 이슈에 우선을 두었던 50년대 문학의 방식과는 대조적으로 개별적, 개체적인 것에 강조를 둔 것이라 할 수 있다.

우리 문학의 전과정을 통해서 볼 때 이처럼 언어의 유희성을 의식한 작가로 우리는 이상(李箱)을 들 수 있다. "위트와 패러독스를 바둑 포석처럼 늘어놓는" 것으로 놀이를 벌였던 1930년대의 작가 이상에게서 우리는 언어의 유희성의 한 추구를 볼 수 있다.

그러나 이상과 김승옥은 근본적으로 다른 점이 있다. "인생의 제행(諸行)이 싱거워" 언어의 유희 속에 젖으려 하였던 〈날개〉의 이상은 외로운 나르시스로서의 그것이었다. 그러나 김승옥에 있어서의 그것은 타자와의 관계 속에 있어서의 그것이다. 이상의 언어는 단적으로 말해서 나르시스적 독백으로서의 언어였다. 이 점에서 〈날개〉나 〈지주회시〉가 일인칭으로 되어 있을 뿐 아니라 한결같이 평면적 독백으로 일관됨으로써 직접화법적인 대화를 통해서 빚어지는 인간의 지평적 관계 양식을 박탈해 버리고 수직적인 것으로 바꾸어 놓은 사실은 주목을 요한다. 이에 반하여 김승옥의 언어의 유희성은 인간관계 속에서 빚어지고 있는 그것이다. 즉 대화를 통해서 빚어지고 있는 것이다. 나와 안 사이의 대화, 그것이야말로 언어의 실용성을 완전히 탈각한, 완전한 작위적 유희성만으로 이루어진 대화의 생생한 실례라 하겠다.

나와 안 사이의 이러한 대화의 전개를 통하여 우리가 알 수 있는 것은 고독한 현대인의 복수(複數)적인 인간 관계의 모습이다. 물론 현대 문학에서 고독이라는 용어는 그다지 새로운 것이 아니다. 가까이는 손창섭(孫昌涉)이나 장용학(張龍鶴)에게서, 그보다 이전에는 이상이나 최명익(崔明翊) 같은 작가들에서 우리는 이 용어와 긴밀히 관련된 여러 국면에 접할 수 있었다. 그러나 가령 이상에서 손창섭에 이르는 고독은 대개의 경우 외로운 독백으로서의 고독, 어느 외로운 에고가 타자(독자)에게 직선적으로 호소하는 것으로서의 고독이었다. 그러니까 그것은 내레이터가 자기의 고독을 그 청자(聽者)에게 일방적으로 진술하는 그러한 고독이었다. 이리하여 종래의 우리 문학에서 고독은 어느 특정한 에고의 일방통행으로서의 그것이었다. 그러나 이 작품에 이르러 고독은 타자와의 관계 속에서의 상대적 고독, 즉 인간의 숙명적 존재 양식으로서의 고독의 모습으로 나타난다. 이런 의미에서 나와 안 사이의 다음과 같은 대화는 주목할 만하다.

> "오르내린다는 건… 호흡 때문에 그러는 것이겠죠?"
> "물론입니다. 시체의 아랫배는 꿈쩍도 하지 않으니까요. 하여튼… 나는 그 아침의 만원버스칸 속에서 보는 젊은 여자 아랫배의 조용한 움직임을 보고 있으면 왜 그렇게 마음이 편해지고 맑아지는지 모르겠습니다. 나는 그 움직임을 지독하게 사랑합니다."

> "퍽 음탕한 얘기군요"라고 안은 기묘한 음성으로 말했다. 나는 화가 났다. 그 얘기는, 내가 만일 라디오의 박사게임 같은 데에 나가게 돼서 '세상에서 가장 신선한 것은?'이라는 질문을 받게 되었을 때, 남들은 상추니 오월의 새벽이니 천사의 이마니 하고 대답하겠지만 나는 그 움직임이 가장 신선한 것이라고 대답하려니 하고 일부러 기억해 두었던 것이다.
>
> "아니, 음탕한 얘기가 아닙니다." 나는 강경한 태도로 말했다. "그 얘기는 정말입니다."
>
> "모르겠습니다. 관계 같은 것은 난 모릅니다. 요컨대…"
>
> "그렇지만 그 동작은 '오르내린다'는 것이지 꿈틀거린다는 것은 아니군요. 김형은 아직 꿈틀거리는 것을 사랑하지 않으시구먼."
>
> 우리는 다시 침묵 속으로 떨어지는 술잔만을 만지작거리고 있었다. 개새끼, 그게 꿈틀거리는 게 아니라고 해도 괜찮다, 하고 나는 생각하고 있었다.

이 장면의 나의 모습을 통하여 우리는 인간의 복수적인 관계 양식 속에서의 인간의 양면성을 효과적으로 목격할 수 있게 된다. 나와 안과의 이 대화 과정에서 우리는 인간의 내면의 의도와 밖으로 나타나는 타자와의 관계 양식(언어)이 부단한 차질을 빚고 있음을 알게 된다. 나의 생각은 나의 주체 의식 '안'에서는 절대적이다. 얼마든지 자신의 정당성을 확신할 수도 주장할 수도 고집할 수도 있다. 그런데 나의 생각이 일단 말로 되어 '밖'으로 나왔을 때, 그리하여 지평적인 관계에서 다른 '나'의 말과 부딪치게 될 때, 그것은 나의 내부에서 누리던 모든 특권을 순식간에 박탈당하지 않으면 안 된다. 이러한 양면성으로서의 에고의 존재 양식은 가령 〈날개〉나 〈유실몽〉(손창섭)에서는 찾을 수 없었던 것이다. 거기에 있는 것은 나레이터 자신의 일방적인 독백, 즉 에고의 일방 통행만 있었을 뿐, 에고와 에고 사이의 지평적인 관계에서 연유되는 주체적인 의미에서의 절대적 우월감과 관계 상황 속에서의 상대적 좌절감의 양면성이 생생하게 부각되지는 못하였던 것이다.

이 작품에서 작중 상황은 나의 주관적 진술에 의하여 펼쳐진다. 따라서 독자는 이 점에서는 '나'의 고독한 절대 군주의 우월감에 부딪친다. 그러나 한편으로 나는 나의 에고와 대등한 위치에 서 있는, 그리고 나와 꼭 마찬가지로 주체적인 의미에서 절대군주로서의 우월감을 간직하고 있는 다른 에고(안의) 와의 지평적인 관계 위에서 대화를 주고받는다. 나의 내부에서는 확신과 자부가 용솟음친다. 상대방을 개새끼라고 경멸할 수도 있는 우월주의가 넘친다. 그러나 다른 나(안의) 와의 대화에 부딪치자마자 나의 우월주의는 산산이 부서진다. 나의 주장이 대화 속에 던져지자마자 나는 내가 간직하고 있는 만큼의, 그리고 나와는 전혀 다른 근거와 발상에서 연유되는 상대방의 에고의 우월주의에 부딪치지 않으면 안 되기 때문이다. 어느 한 에고에서 비롯되는 확신이나 주장이 다른 에고들을 일방적으로 유린하고 설복시키면서 탄력 있게 확산되어 나가는 게 아니라, 그것은 대등한 지평적인 관계 위에 놓여 있는 타자에 의하여 끊임없이 오해당하고 반격 내지 묵살당하면서 각기 외톨박이로서의 자기 에고 속으로 되돌아오지 않으면 안 된다. 그들의 대화가 가는 곳마다에서 "서로 할 얘기가 없었다", "우리는 다시 침묵 속으로 떨어져서", "그때 우리의 대화는 또 끊어졌다" 등등의 진술에서 볼 수 있는 바와 같이 중단되는 것은 그 때문이다. 나와 안 사이의 의사 소통은 이처럼 수시로 두절된다. 그들은 각기 외로운 섬들이기 때문이다. 그들 각자의 언어들은 결국 고독한 자기 내면으로 되돌아오고 마는 것이다. 요컨대 그들은 고독한 현대인들이다.

이와 같은 의사소통이 단절된 자리에서 가능한 두 가지 행위를 우리는 상정할 수 있다. 하나는 완전한 침묵 속으로 떨어지는 경우이며 다른 하나는 새뮈얼 베케트의 등장인물들(〈고도를 기다리며〉) 처럼 각기 자기의 언어를 끊임없이 되풀이하는 경우이다. 이때 모든 대화들은 앞뒤의 필연성이나 인과율을 상실한 채 무한한 평행선을 그으면서 진열되어 나가는 것이다. '나'와 '안'의 대화는 후자의 방식에 해당한다. 그들은 이제 타자 속으로 침투하여 들어갈 것을 포기한 채, 자기 혼자의 소유임만을 확인하는 언어를 전개하는 데 시종한다. 그것은 끊임없는 고독의 메아리인 것이다.

이상이나 손창섭의 내레이터의 진술을 통해서 우리는 타자 속으로 침투해 들어가려는 그들의 끊임없는 시도를 볼 수 있었다. 그들의 언어는 호소로서의 언어, 에고의 일방 통행으로서의 언어였던 것이다. 그런데 이제 그러한 시도는 아예 도외시되고, 각자는 타자와의 관계 속에서 의로운 섬임을 확인하는 언어로서의 평행선을 긋는 것이다.

자기 소유임을 확인하는 언어의 끊임없는 퍼레이드는 이렇게 해서 비롯된다. 그렇다. 그것은 일종의 퍼레이드, 일종의 이동 진열장과 같은 것이다. 이제까지 수시로 끊겨야 했던 그들의 대화는 그들의 언어가 각기 고독한 메아리임을 확인한 바로 그 순간, 일종의 탄력을 되찾기 시작하는 것이다. "우리의 말투는 점점 서로를 존중해 가고 있었고" "동시에 말을 시작했을 때는 번갈아 서로 양보하는" 아량을 보임으로써 대화의 에티켓을 준수할 수도 있게 된 것이다. 그러나 그것은 가령 소박한 휴머니스트가 생각하고 있던 바와 같은, 인간의 상호 신뢰를 전제로 한, 그러한 대화의 에티켓이 아니라 언어의 무상성 내지 대화의 무의미성을 전제로 하는 자들끼리의 고의적인 조작에 의한 대화의 에티켓인 것이다.

그들의 대화가 얼핏 보기에는 경쾌하고 활기에 넘쳐 있는 듯하면서도, 실상은 각기 외로운 섬으로서의 자신들의 고독한 모습을 스스로 드러내 보여 주는 것은 그 때문이다. 그들의 대화에서 우리는 50년대의 문학에서 그처럼 흔히 접할 수 있었던 고독이니 불안이니 소외 의식이니 하는 문제에 관하여 단 한 마디의 언질도 얻어낼 수 없다. 그럼에도 불구하고 그들의 모습 자체에서 우리는 바로 그러한 것들의 실체를 목격하게 되는 것이다. 직선적 호소로서의 고독이 아니라 존재로서의 고독이 거기에 있는 것이다. 그들은 분명 50년대의 문학 현실에서는 만날 수 없었던 새로운 인간형이다. 그런 점에서 이 작품은 획기적이다.

소외와 그 극복

이에 반하여 나와 안의 이러한 대화의 중간에 뛰어든, 서적판매원인 30대 사내는 그 두 젊은이와는 전혀 다른 분위기를 반영한다. 첫째 이 사내는 우선 나이가 그들보다 10여 세 손위이다. 게다가 그는 짙은 생활의 냄새가 풍기고 있다. 다분히 환상적 공간의 주민 같은 분위기를 풍기던 '나'나 '안'과는 달리 이 30대 사내는 다분히 세속적 분위기를 발산한다. 짙은 '가난'의 냄새를 풍기는 점부터가 그렇다.

게다가 그는 타자에게 호소해야 할 것으로 생각하고 있는, 자기 내면의 절실한 사연을 지니고 있다. 그는 그것을 호소하고자 이 두 젊은이들에게 매달린다. 이러한 그의 몸짓은 외로운 섬으로서의 자기 소유만을 확인하던 그 두 젊은이들과는 다른 면이라 할 것이다. 자기만이 절실한 설움을 지니고 있고, 따라서 누구에게라도 그것을 감염시키지 않고서는 견딜 수 없다고 생각하고 있는 이 사내의 시도는, 인간끼리의 대화는 애당초 단절의 그것일 뿐이며, 따라서 결정적 침묵을 고수하거나 아니면 고의적 조작에 의해서만 겨우 그 대화를 엮어갈 수 있을 뿐임을 알고 있는 젊은이(특히 '안')들에 비하면 확실히 전세대적인 위인이라 할 것이다.

그는 지금 사랑하는 아내를 잃은 것이다. 게다가 장례비를 마련할 수 없어 결국 그 아내를 해부용 시체로 팔아 버린 것이다. 이런 기막힌 사연을 누구한테라도 털어놓은 다음 그 돈을 오늘밤 안으로 다 써버리지 않으면 견딜 수 없다고 생각하는 것이다. 이 두 젊은이에게 집요하게 매달리는 것은 그들을 자기 하소연의 대상자로 생각한 때문이다. 그러나 그것은 젊은이들에게는 견딜 수 없는 고역이요, 무의미한 노고가 아닐 수 없다. '나'의 말마따나 "그 양반 우리더러 어떡하라는 건지…" 정말 알 수 없는 일이다. 그러기에 그들은 그 사내를 자꾸 피하려 했던 것이다. 자기들에게 그의 설움을 감염시킴으로써 자기 에고의 일방통행을 꾀하려던 그 사내가 그들(20대의 젊은이들)에게는 짐스럽기 짝이 없는 존재였던 것이다.

나나 안이 30대 사내와 어울리게 된 것은 결국 자기 에고를 감염시키려는 30대 사내의 시도에 말려들어간 것이라고 일단 말할 수 있을 것이다. 그러기에 나나 안은 자꾸 그 사내로부터 도망치려 하는 것이다. 그러나 30대 사내의 시도는 더욱 집요하다. 결국 그 30대 사내의 요청대로 밤거리를 서성거리고, 점포에 들러 물건을 사고, 질주하는 소방차를 뒤쫓아가서 불구경을 하고, 그리고 그 사내의 서러운 넋두리를 들어 줘야 하고, 결국 그 사내와 함께 여관에서 하룻밤을 보내지 않으면 안 되는 것이다. 그러나 이 두 젊은이들의 관점에서 볼 때 특히 보다 더 비판적이고 의식적이라 할 수 있는 '안'의 입장에서 볼 때, 이 30대 사내가 자기 설움을 극복하는 길은 결국 자기 자신의 외로움을 통하는 길밖에 없는 것이다. 이리하여 안은 셋이서 한 방에서 자자는 사내의 제의를 물리치고 각기 딴 방에서 잘 것을 주장하는 것이다. 그 사내로 하여금 혼자 있게 함으로써 자기 고독의 문제를 스스로 해결케 하려는 방법의 실천이라 할 수 있다. 얼핏 보기에 무책임한 방식 같지만 '안' 나름의 계산에서 연유된 소행이라 할 수 있다.

그러나 그 방법도 결국 실패로 끝난다. 사내는 결국 자살했기 때문이다. 안이 염려했던 최악의 사태가 결국 적중해 버린 것이다. 다음날 아침 사내는 시체로 발견되었기 때문이다. 결국 호소해야 할 고독의 사연을 지니고 있다고 생각한 사내의, 그 호소의 길이 막힌 데서 오는 좌절이라 할 것이다. 그러나 이것은 20대의 젊은이, 특히 이런 최악의 사태를 미리 염려한 안의 입장에서 볼 때 그 사내는 자기 외로움을 소화하는 데 실패한 셈이라 할 수 있다. 이런 의미에서 볼 때 이 작품은 50년대 문학이 간직하는 근본적인 취약성의 일면을 그 나름의 방식으로 제시한 작품이라고 할 수조차 있다.

그러나 그렇게만 말하면 이 작품이 보여 주는 중요한 다른 일면을 간과하는 것이 된다. 그것은 그 사내의 죽음이 이 작품의 한 종말을 의미하고 있으면서도 두 20대 젊은이들에게는 새로운 출발점으로 다가서고 있기 때문이다. 말하자면 그 30대 사내의 죽음은 이 두 젊은이들에게는 하나의 해결이라 할 수 있지마는 동시에 새로운 의문을 제기해 주는 것이라고 볼 수 있다는 것이다.

> "두려워집니다."
> "뭐가요?" 내가 물었다.
> "그 뭔가가, 그러니까…" 그가 한숨 같은 음성으로 말했다. "우리가 너무 늙어 버린 것 같지 않습니까?"
> "우린 이제 겨우 스물 다섯 살입니다." 나는 말했다.
> "하여튼…" 하고 그가 내게 손을 내밀며 말했다.
> "자, 여기서 헤어집시다. 재미 많이 보세요." 하고 나도 그의 손을 잡으며 말했다.

이러한 대화를 통해서 우리는 하나의 해결(사내의 죽음)을 앞에 두고, 어떤 깨달음과 아울러 새로운 의문에 떨어지는 그 두 젊은이(특히 안)의 모습을 보게 된다. 안의 입장으로 볼 때 지난 하루 저녁 동안의 체험은 지극히 농도 짙은 것이었고, 자기 생애에서 어떤 큰 깨달음을 가져다준 것이기도 했던 것이다. 그가 하룻밤 사이에 "너무 늙어 버린" 자신을 발견하게 된 것도 그만큼 지난 하룻밤의 체험이 자신을 성숙하게 만든 것으로 생각되었기 때문일 것이다. 이 점에서 그는 많은 것을 배운 것이다. 그리하여 한 단계 높은 성숙의 계기에 접어든 것이다.

그 하룻밤의 체험, 그것은 그 20대 젊은이들에게는 일종의 탐험의 과정이었고 모색의 과정이었던 것이다. 그런 모색의 과정을 통해서 그들은 "늙어 버릴" 정도로 성숙한 것이다. 그러나 이러한 성숙은 새로운 의문을 가져온다. 그의 죽음에서 많은 걸 배웠다고는 하지만, 그래서 너무 늙어 버린 것을 의식하기도 했지만, 동시에 그 사내의 죽음은 그들 앞에 숱하게 펼쳐질 앞날의 생애에 대한 더 큰 의문을 제시해 주고 있기도 한 것이다.

이런 의미에서 볼 때 이 작품은 일종의 교양소설이라고 할 수가 있다. 이러한 교양소설적 요소는 〈생명연습〉 이래의 김승옥 문학에 일관하는 하나의 뚜렷한 성격이라 할 수 있다. 이제 발랄하고 싱싱한 20대의 감성에서 중후하고 칙칙한 중년에 접어드는 작가 김승옥의 문학이 이 작품에서 보여주고 있는 바와 같은 자기탐험적인 면을, 중후하고 칙칙한 중년적 문학현실 속에 효과적으로 수렴하기 위해서는 그의 20대의 꿈이 회피하여 돌보지 않았던 일상의 범용성 내지 실용성이 다시금 중요한 의의를 가지고 부각되어야 할 것 같다.

(1980)

감수성의 혁명
—김승옥

유 종 호

불과 열편 안팎의 단편을 보여 줌으로써 온통 독자를 매혹시킬 수 있었던 김승옥은 우리의 현대문학사에서 유례를 찾아볼 수 없을 만큼 이례적으로 단시일에 그 작가적 재능을 인정받았다. 새로운 재능이나 감수성 또는 개성의 출현에 부수될 수 있는 찬부(贊否) 양론의 개입이 끼여들 여지도 없이 그는 세대의 신구(新舊)를 초월해서 즉각적으로 만장일치의 공인된 평가를 받을 수 있었다. 이것은 그가 우리 문학에 대해서 막연히 품고 있던 독자들의 불만을 해소시켜 주면서 한편 그 대리(代理)적 기대의 일부를—한 작가에게서 전부를 기대할 수는 없다—속 시원히 충족시켜 주었기 때문이다.

우리는 너무나 오랫동안 그 신화의 주변에서 우리가 관념적 배회를 일삼았던 저 문제성이란 마어(魔語)를 상기한다. 우리의 건강한 직관적 향수 능력을 이상 발달된 말초적 이론의 그물에 종속시키고 그 과정의 노력을 어떤 주어진 작품에 귀속시키는 부당한 비대화(肥大化), 감동이 없는 시를 재미없는 소설을 어떤 유행적 마어에 조응시키면서 삽면(澁面)의 쾌락을 되씹는 도착된 심미주의가 이 관념적 배회 속에 내재하는 병집이다. 김승옥의 작품은 이러한 지적 스노비즘이나 위선의 독자에게 조소를 퍼부으면서 문학 전문인의 머리 속에만 있던 '가능성'의 육체를 아름답게 보여주고 있다. 그의 작품에 대한 일치된 반응은 그 결합을 통해서 인간이 위대한 순간을 마련할 수 있고 고양된 시간을 호흡할 수 있었던 인간상호간의 공감이 이 심리적 고립과 소외의 시대에도 건강하게 남아 있다는 것을 우리에게 실감시켜 주었다.

시나 소설을 막론하고 우리의 현대 문학이 오랫동안 목마르게 고대해 온 것의 하나는 지적 체험을 감각적·정감적 체험과 마찬가지로 직접적·구체적으로 표출해 낼 수 있는 능력이었다. 지적인 체험이란 과연 핏기 없고 탄력 없는 회색의 언어 속에 영구히 유배된 채로 말 것인가? 간단없이 움직이며 뒤척이는 우리의 의식의 항해는 살풍경한 단조(單調)의 궤적만을 그리는 것인가?

김승옥이 보태준 공헌이나 놀라움은 이러한 곤혹을 해소시켜 주면서 오랫동안 작가들을 괴롭혀 온 난문제(難問題)에 신선한 출구를 마련해 주었다는 점에 있다고 나는 생각한다. 이것은 그가 좁은 의미의 지적인 작가란 의미가 아니다. 평범한 일상의 저변에서 경이를 조성하면서 환상과 현실을 희한하게 조화시키는 허구 조성 능력, 기지가 번뜩이는 분석력, 만화경(萬華鏡) 같이 다채로운 의식의 요술도 결국은 그의 참신한 언어재능에 의존하고 있으며 새로운 감수성이란 요컨대 이 언어재능이 성취한 혁신의 이명(異名)에 지나지 않는다는 뜻이었다.

응당 싱싱한 어감으로 호소해야 할 터이나 우리의 국어 속에서 이미 노추(老醜)를 드러내고 있는 청춘이란 말을 우리는 쓰기 주저한다. 그 청춘의 공상과 병(病)과 우수와 싱싱한 감수성과 창백한 신경이 구김살 없이 전시되어 있는 〈무진기행〉은 김승옥의 특질을 알아보는 데 가장 적합한 작품이다. 30을 갓 넘은 주인공이 과거의 한때를 보낸 적이 있는 기억의 소읍에 들렀다가 떠나는 사흘간을 비교적 충실하게 여행기처럼 다루고 있다. 단편소설의 고전적 구성법을 이루고 있는 주제와 플롯과 작중인물의 유기적 상관관계에 대하여 작가는 냉담하다. 그러나 이 작품은 미완(未完)의 삽화적 구성이라는 허술한 외관에도 불구하고 끝까지 독자를 매혹시키는 마력을 가지고 있다.

"아침에 잠자리에서 일어나서 밖으로 나오면 밤사이에 진주해 온 적군들처럼 안개가 무진을 빙 둘러싸고 있는 것이었다. 무진을 둘러싸고 있던 산들도 안개에 의하여 보이지 않는 먼 곳으로 유배당해 버리고 없었다. 안개는 마치 이승에 한이 있어서 매일 밤 찾아오는 여귀(女鬼)가 뿜어 내놓은 입김과 같았다"란 인상적인 무진의 서술에서부터 "나는 그 방에서 여자의 조바심을 마치 칼을 들고 달려드는 사람으로부터 누군지가 자기의 손에서 칼을 빼앗아 주지 않으면 상대편을 찌르고 말 듯한 절망을 느끼는 사람으로부터 칼을 빼앗듯이 그 여자의 조바심을 빼앗아 주었다. 그 여자는 처녀는 아니었다"는 클라이맥스를 거쳐 심한 부끄러움을 느끼며 주인공이 무진을 떠나는 에필로그에 이르기까지 독자들은 시종 작가가 펼쳐 보이는 세계에 끌려 들어가고 만다. 현실과 허구의 경계에 대한 우문(愚問)이나 의혹을 삽입할 여지가 없다.

우리는 이 작품에서 스토리성이 극도로 축소되어 있음을 발견하게 된다. 주인공과 조 군·박 군·하 선생과의 교류에서 우리는 소설의 주요 골격이 되어 온 인간 교류의 일단을 엿보게 되지만 그것은 어디까지나 단편적 삽화적이고 지나가는 투의 일별에 지나지 않는다. 예컨대 그것은 주인공이 역전의 광녀(狂女)의 비명을 듣고 떠올리는 회상이나 옛날의 일기나, 성묘의 귀로에서 보게되는 자살 시체에 기울이는 생각보다 큰 비중을 차지하는 것이 아니고 똑같이 삽화적이다. 스토리의 추리에서만 소설의 재미를 찾으려는 독자는 고기를 잡으려고 마음먹었으나 산으로 나오고 만 자신을 발견하게 될 것이다.

스토리의 해체를 디디고 선 주인공이 외적 사상(事象)에서 촉발받는 생기 있는 인상, 과거와 현재를 일거에 넘나드는 기동성 있는 의식, 신경질적으로 섬세한 신경의 반응이 그대로 이 작품에서 가장 실속 있는 재미를 이루고 있다. 스토리의 해체가 소설 독자의 건강하나

소박한 요구를 거절하면서 지루한 독백이나 설득력 없는 장황한 자의식의 체조로 떨어져 있는 혹종의 소설을 생각할 때, 이 작품이 스토리의 대상(代償)으로 보여주는 재미는 유례없을 만큼 매혹적이다.

앞서 인용한 인상적인 무진의 안개의 소묘나 여인과의 정사 장면은 때로는 회화적인 선명성이나 심리적 기미(機微)의 집약적인 묘출로 해서 언어의 가능성에 대한 이례적인 신임을 안겨 준다. 중요한 것은 이러한 회화적인 선명성이나 심리적 기미가 기지 있는 대화나 섬세한 분위기 포착력과 함께 이 작품의 자초지종을 쉬지 않고 일관되어 흐르고 있다는 사실이다. 독자들은 이 희유한 자질(資質)에 잠시도 쉬지 않고 매혹된다. 간단한 터치로 인물을 선명하게 떠올리게 하는 조형능력도 탁발하다. 손금이 나쁘다는 판단을 듣고 스스로 손바닥에 칼자국을 내면서 열심히 일해서 성공했다는 얘기를 듣고 가장 감격했다는, 그리하여 이제는 지방 세무서장이 되어 자족하고 있는 조 군이나 미국작가 피츠제럴드를 좋아하나 피츠제럴드의 팬답지 않게 얌전하고 엄숙하고 가난하다는 박과 같은 인물을 조형하는 데 작가는 긴 말을 하지 않는다. 몇 개의 집약적인 터치로 충분한 것이다. 이 허구조성 능력 때문에 우리는 주인공이 어젯밤에 만난 여인과 오늘 오후에 정사를 벌여도 조금도 놀라거나 부자연스럽게 느끼지 않는다.

이러한 마력을 가능하게 하는 것이 작가의 뛰어난 언어 구사의 솜씨임은 두말할 것도 없다. 그는 우리의 모국어에 새로운 활기와 가능성에의 신뢰를 불어넣었다. 작가란 말을 부리는 사람이며 결코 말의 노예가 아니라는 평범한 사실이 우리의 경우에는 작가들의 비력(非力)의 탄성으로 해서 빈번히 왜곡되어 왔다. 그는 우리의 모국어에 대한 혹종의 미신—근거가 있기는 하나 너무 과장된—을 구호로써가 아니라 실천으로써 타파하였다. 그렇게 말할 수 있다면 적어도 그 가능성의 일례를 보여주었다. 가령 "다리가 끝나는 바로 거기에서부터 그 여자가 정말 무서워서 떠는 듯한 목소리로 내게 바래다주기를 청했던 바로 그때부터 나는 그 여자가 내 생애 속에 끼여든 것을 느꼈다"란 구절이 있다. 우리는 이 지문을 읽으면서 주인공과 여인 사이에 그냥 지나치지만은 않을 굴레가 끼여들었다고 주인공과 함께 공감하면서 미구에 있을 쾌락과 상흔의 교환(交歡)을 예감하게 된다. 여인의 조바심을 빼앗아 주었다는 것을 자연스럽게 받아들이도록 하는 소지(素地)가 미리 설정된 것이다. 그러나 앞의 구절을 작품 현장에서 떼어놓고 본다 하더라도 비근한 우리의 일상적인 말이 이렇듯 심장한 밀도를 얻고 있다는 사실은 우리를 황홀케 한다. 작가의 비력을 모국어로 돌리는 일의 허망함을 다시는 허용하지 않을 본때 있는 위엄의 일례다.

이 작품은 지방을 무대로 하고 있으나 근본적으로는 도시인의 문학이다. 주인공이 현재 도시 생활을 영위하고 있다는 사실 이상을 위의 진술은 포용하고 있다. 주인공의 감수성으로 직결되어 있는 작가의 감수성, 자재로운 변화나 갑작스럽고 당돌한 전환, 첨예한 감성과 감각적 지각의 폭넓은 진폭, 항구적인 것에 대해서 순간적인 것을 우위에 놓는 태도는 요컨대 세상을 도회인의 눈으로 바라보고 현대 도회인의 과도히 긴장된 신경으로 외부인상에 반응한다는 점에서 도회인의 감수성이다.

이 작품을 이효석의 〈메밀꽃 필무렵〉과 비교해 본다면 그 차이는 명료해진다. 많은 차이성에도 불구하고 이 두 작품은 미완의 삽화적인 구성으로 분위기 조성의 묘를 얻고 있다는 점에서 어떤 유사점이 있다. 이효석의 미화된 로맨티시즘이 "도대체 여자들이 성기(性器) 하나를 밑천으로 해서 시집가 보겠다는 고 배짱들이 괘씸하단 말야" 라는 조의 독백으로 대치되어 있는 것은 30년의 시속(時俗)의 변천을 선명히 드러내지만 가장 중요한 것은 속도와 변화에서의 차이이다. "장선 이런 날 밤이었네"로 시작되는 허생원의 목가적인 유장(悠長)조와 '나'의 자재로운 전환·변화·속도 있는 서술은 가장 대조적이다. 30년의 시간적 거리를 분명히 보여 주는 감수성의 낙차에서 가장 두드러진 것은 도시와 시골 사이의 낙차다. 김승옥이 거둔 압도적인 공감—특히 도시 청년 사이에서의—이면에는 모더니스트들이 이루지 못한 도회의 서정과 우수와 신경의 시를 조성하는 데 그가 성공했다는 사실도 크게 작용했을 것이다.

우리는 이 특수한 작가의 특수한 자질과 능력을 이상과 같이 검토하고 확인함으로써 이 문장을 끝낼 수가 있다. 그러나 보다 중요하고 기본적인 사실을 첨가할 의사가 없었다면 나는 이 글을 쓰지 않았을지도 모른다. 그것은 위대한 종합력이 결해 있는 문학은 결국 사회적 쇠약의 산물이며 그것이 아무리 첨예한 미를 자랑한다 하더라도 필경은 전환기의 황혼을 장식하다 스러지는 저녁놀 이상의 구실을 하지 못한다는 사실이다. 맥락 있고 안정성 있는 모든 것을 해체하고 변용시켜 첨예한 미완의 단편적 성격을 띠게 하는 문학에서의 인상주의적 수법은 그 자체가 외적 대상에 대한 소극적 수동성을 전제로 하고 있다. 그리고 이러한 소극적 수동주의는 풍요한 종합력을 지향하는 문학의 자세와는 동떨어진 것이다. 외적 사상(事象)의 작용에는 민감하게 반응할 수 있으나 외적 현실에 대해서는 공헌도 창조적인 작용력도 가하지 못하는 무력한 내면(內面)에의 길은 이렇게 뚫린다.

이것은 한 작가에게 자기의 자질을 버리라는 뜻이 아니다. 아무도 이 세상에서 무사(無私)한 객관성을 공언할 수 없지만 자기의 주관성을 승인하고 자각함으로써 보다 높은 단계로의 객관성을 지향할 수 있다. 마찬가지로 자기재능의 한계의 자각이 그 확대에 공헌할 수 있다는 사실을 상기하는 것은 중요하다. 정당하고 창조적인 방향감각을 찾지 못한 재능이 재능의 낭비나 도로(徒勞)를 초래하는 위험성은 언제나 있다. 그리고 도로로 그칠 위험성이 있는 낭비된 재능은 말의 보다 엄격한 의미에서 재능이기를 그친다. 제 꾀에 제가 넘어가는 꾀를 우리가 이미 꾀라고 부를 수 없는 것과 같다. 〈서울 1964년 겨울〉의 서두에서 "평화시장 앞에 줄지어 선 가로등 중에서 동쪽으로부터 여덟째, …" 운운하며 계속적으로 교환되는 대화 장면은 등장인물들의 무위와 권태를 나타내고 있는 것 이상으로 이 작가가 빠질 수도 있는 함정의 모습을 드러내고 있다. 우리는 때때로 반문한다. 날카로운 감성이나 언어에 대한 감각이 보다 중요한 윤리의식이나 종합력과 제휴되지 못하고 도리어 그러한 것의 빈곤의 대상(代償)으로 획득된 듯이 보일 때 과연 그 재능을 말의 엄격한 의미에서 재능이라 부를 수 있는가 하고. — 모국어의 한 형용사에 대해서는 섬세한 반응을 보일 수 있으면서도 가령 사회구조의 모순에는 전혀 태연할 수 있는 감성이 올바른 감성일 수 있을까 하고. 방향감각이란 중요한 것이다.

우리가 위와 같은 말을 첨가하는 것은 한 뛰어난 재능에 인색한 단서를 붙이자는 옹졸한 심산에서가 아니다. 그것은 사랑하는 사람에게 거의 권리처럼 요구하게 되는 신뢰와 기대에 찬 호응의 요망 이외의 아무것도 아니다.

(1966)

시대와 삶
60년대식 풍속변화 — 김승옥

김 병 익

대학 1학년 때 4·19를 맞아 데모에 참가한 김승옥이 이듬해 신춘문예를 통해 문단에 데뷔했다는 것은 매우 상징적이다. 1960년의 학생혁명이 한글 세대에 의해 성취되었으며 그것이 50년대의 전후(戰後)적 상황을 결산하고 새로운 시대로 접어드는 기점이 되었다면 김승옥은 이러한 일련의 거대한 변화를 문학적으로 수행한 것이다. 한 비평가의 에피세트를 빌면 제3세대의 문학 — 이청준·박진순·김광규·김현·염무웅·김주연·김치수 등 서울대 문리대 캠퍼스에서 싱싱하게 자라고 있던 이른바 60년대 문학은 바로 그로부터 출발했으며 아방게르의 전세대 문학을 극복하여 감수성의 문학으로 주도한 첨병이 또한 그였다. 그의 데뷔작 〈생명연습〉 이후 〈乾〉, 〈力士〉, 〈무진기행〉, 〈서울, 1964년 겨울〉 등 그의 단편들은 화려할 만큼 아름다웠으며 마력적일 만큼 신선했다. 50년대의 한 비평가가 적절히 지적한 대로 그는 '감수성의 혁명'을 우리의 황량한 문학 풍토 속에서 일으켰으며 우리는 그의 눈을 통해 모든 사물을 기성 세대와 다른 감각과 의미로 바라보는 법을 배우게 되었다. 1965년의 동인문학상이 20대 전반을 채 넘기지 못한 이 약관의 작가에게 주어진 것은 우선 그의 문학이 갖는 세대적 의미에 대한 공적인 평가와 인정이란 점에서 아마 당연한 일일 것이다.

그의 첫 창작집 《서울, 1964년 겨울》이 가한 충격은 이처럼, 그리고 지금까지도 선명하다. 그의 인물들은 한국전쟁과 그 직후의 혼란 속에 잦아든, 찌들고 자학적이며 저항의 공소한 제스처에 빠져든 만큼 자포자기적인 전후적 인간형을 벗어나 젊고 싱싱하며 주체적이고 탐구적이다. 이 지적은 그의 주인공들이 단순하고 건강하다는 것이 아니라 자신의 병듦을 뚜렷하게 의식하고 그 병원체(病原體)와 집요하게 싸우면서 정직한 삶의 형태를 모색한다는 뜻이다. 말하자면 50년대의 작가들이 개인의 파멸을 전쟁과 빈곤이라는 사회적 비극으로 밀어내는 데 대해 그는 그 비극을 자신의 병으로 받아들이면서 개체적 자아의 탐구를 시도한 것이다. 이런 점에서 그의 창작은 내적 자아의 형성 또는 개인주의 문학에 새로운 지평을 연 것이며 우리의 정신사에서 처음으로 의식의 주체화에 전망을 비춰 준 것이다. 그의 또 하나의 기여는 한글 문체의 개척이다. 이것은 그가 우리의 한문체 문장을 한글체의 그것으로 바꾸었다는 것이 아니라 대상과 감성과의 거리를 최소한으로 압축시켜 사물에 작가의 예민한 감수성으로 옷을 입혀 그것들을 활성화시켰다는 것이다. 그에 의해 이제껏 시무룩했던 사물들이 생생하게 살아나 움직이며 그것들이 지닌 의미들이 커다란 뜻을 품고 우리의 눈앞으로 나타난다. 따라서 그가 한글 문체를 개척했다는 것은 보다 근원적인 관점에서 이루어지는 인식으로 그가 순수한 한글 세대의 첫아들이라는 문화사적 차원에서 이해되어야 할 것이다. 그렇다, 그는 과연, 정치적 4·19를 언어와 감성, 의식과 행동의 문화적 4·19로 확산시킨, '60년대적'이란 이름을 붙일 수 있는 새물결의 기수가 되었던 것이다.

천재의 소산이라고 우리가 과감히 칭찬할 수도 있는 그의 창작집 《서울, 1964년 겨울》은 그의 초기 문학의 결산이다. 이후 그는 과작가(寡作家)로 작품 활동의 약화를 드러낸다. 그는 중장편에 착수하고 〈야행〉과 제1회 이상(李箱) 문학상 수상작인 〈서울의 달빛〉등

몇 작품을 발표하지만 그 수준은 초기작들의 영롱함을 뛰어넘지 못하고 혹은 연재를 시작한 지 얼마 안 되어 중단하고 만다. 그의 관심은 오히려 영화 쪽으로 더 많이 기울어 많은 작품들을 시나리오로 쓰고 영화의 연출까지 맡았다. 그의 이러한 문학적 퇴조에 지금 우리가 너무 큰 해석을 가한다는 것은 아마 무리일지 모른다. 우리는 그의 창작에의 복귀를 기다릴 많은 이유와 근거를 갖고 있는데 그의 실패한 중편소설들이 그러한 근거 중의 하나다. 여기서 사용된 실패란 말은 그를 위해 가혹하게 선택된 것이며 보다 공감하게 말하자면 그의 〈다산성〉, 〈내가 훔친 여름〉, 〈60년대식〉은 미완의 창작 또는 성공한 대중소설이라 이름 붙여야 할 것이다. 실제로 《창작과 비평》에 실렸던 〈다산성〉은 연재 2회로 마감되었으며 그의 첫 신문소설 〈내가 훔친 여름〉은 중편의 규모를 갖고 있지만 이 소설의 구조와 속도감으로 사건이 더 진행될 여지를 갖고 있다. 《주간여성》에 연재된 〈60년대식〉 역시 미완이란 독후감을 버리지 못하게 하지만 세태 묘사의 대중문학적 관점에서 마땅히 주목되어야 할 장편이 된다. 그 스스로 구조상 미흡하게 여길 이 중·장편 속에서 그러나 우리는 그의 초기작들에 드러난 싱싱한 감수성과 탁월한 묘사법과 만나게 되며 그것은 그의 문학이 꾸준히 관찰되어야 한다는 당위성을 설정해 준다. 더욱이 미완이기 때문에 성취되지는 못했을 망정, 그의 초기 세계보다 더 폭넓고 원숙해진 주제 의식의 일단이 발견되기까지 한다. 이것은 그가 비록 대중소설을 쓴다 하더라도 그는 훌륭한 작가란 사실을 우리에게 시인하도록 만든다.

〈내가 훔친 여름〉, 〈다산성〉, 〈60년대식〉 등 세 중·장편은 1967년, 66년, 68년이란 작품 발표 연대와 관련 없이, 그리고 그가 다루고 있는 소재와 주제의 독립성에도 불구하고, 작가 김승옥의 연령적 성장에 따른 세대적 층위(層位)를 보여 준다는 흥미점을 갖고 있다. 곧 〈내가 훔친 여름〉은 휴학을 하고 시골집에서 뒹굴다가 친구를 따라 무전 여행을 나선 대학생이 주인공이며 〈다산성〉은 신문기자로 사회생활을 막 시작한 젊은이가 주역으로 나서고 《60년대식》은 이보다 몇 년 더 나이들었을 인물을 통해 이 세태를 관찰하고 있다. 〈내가 훔친 여름〉의 S대학이 김승옥의 서울대학이고 그가 한때 신문기자로 일한 적이 있다는 이력을 감안한다면 적어도 앞의 두 중편은 작가 자신의 성장과 적지 않은 연관을 가질 것이다. 그러나 우리가 여기서 더 주목해야 할 것은 이 세 작품의 시차(時差)가 60년대로 압축되고 있다는 것과 그것들이 다양한 피카레스크의 수법을 사용하고 있다는 점이다. 대학생으로부터 사회인에 이르기까지 이 세 작품이 모두 60년대란 한 데카드의 편차 속에 귀속되고 있다는 것은 작가 자신의 20대 젊은 시절의 고백이라는 점에서뿐 아니라, 전후 상황을 벗어나면서부터 대중 소비사회로 진입하기까지의 한 시대를 보여 주고 있다는 데서 우리의 관심을 유발시킨다. 이때야말로 전쟁의 콤플렉스로부터 해방되기는 하지만 빈곤과 좌절의 늪에서 아주 헤어나온 것도 아니었으며 대중사회로 아직 발전된 것은 아니지만 들뜨고 황망해지는, 소비사회의 여러 부정적 풍속이 전조(前兆)처럼 나타나기 시작한 때였다. 말하자면 그의 세 중·장편은 사회·경제적으로나 정치·문화적으로 과도기적 현상을 드러내는 시대를 보여주고 있다는 것이다.

가치관의 변화를 잠재시키고 있는 풍속의 변모가 급격할 때 우리는 피카레스크 소설의 흥기를 보게 되는데 그의 세 소설들이 이 형태에 속한다는 것은 따라서 매우 당연하게 보인다. 〈내가 훔친 여름〉은 두 대학생이 여행중에 부닥친 기이한 사건을 진술함으로써, 〈다산성〉은 기자가 친구들과의 야유회 그리고 직업적 취재에서 얻은 두 사건을 묘사함으로써, 《60년대식》은 '여느날의 몇 갑절을 살아 버린 하루'의 사건들을 기록함으로써 가령 홍성원의 〈주말여행〉 〈무전여행〉 또는 최인훈의 《소설가 구보씨의 일일》 연작들과 같은 피카레스크 소설이 된다. 이런 유의 소설들은 주인공들이 맥락 없이 부닥치는 여러 사건들과 인물들을 통해 의식과 세태의 변화를 민감하게 포착토록 함으로써 구시대의 질서가 어떻게 무너지고 새 시대의 바람이 어떤 양상으로 불어오는가를 인식시킨다. 그렇다면 김승옥이 '60년대'라는 한 특이한 시대에 발견하는 풍속적 가치관적 변모란 무엇인가.

〈내가 훔친 여름〉의 '나'인 휴학생이 가짜 대학생 친구에 이끌려 여행을 떠나면서 먼저 기차에서 만난 것은 영화 배우 신성일을 사모하여 무작정 상경했다가 오빠에게 잡혀 돌아오는 시골 처녀였고, 여수에 내려 부닥친 것은 무식하면서 어찌어찌 부자가 된 아버지, 카바레를 경영하면서 정치적 야심을 펴는 아들, 그들의 정략결혼에 반발하여 애인과 출분(出奔)하려는 여대생 등 기이한 일가였다. 이들에게 일치되는 것은 마땅히 감당할 능력 없이 추구하고 혹은 소유한 명예와 돈에의 허영이다. 이것은 '나'가 돈이 없이 휴학을 했고 영일이와 돈 없이 여행을 떠났다는 점과 그리고 '나'가 서울대 배지만 보고 영일을 친구로 삼았다는 것, 그가 무전여행을 위해서는 서울대 배지를 달아야 유리하다는 가짜 대학생이라는 점들과 대조 강화되면서 들떠 있는 '가짜들'이 횡행하는 세계를 인식시킨다. 이 세계는 곧 뿌리를 잃은 자들의 세계이며 이 시대는 돈과 명예를 앞세우는 허황한 시대임을 김승옥은 확인하는 것이다. 이런 시대의 이 세계에서 과연 진짜란 무엇일까.

세 편의 에피소드를 묶은 〈다산성〉에서 작가는 우리의 진짜란 허영에 사로잡히지 않은 순수한 생명력임을 그 표제에서 암시하고 있다. 그러나 김승옥이 사회에 첫발을 내디디면서 발견하는 것은 이 가짜의 세계가 그 생명력을 파괴하고 있다는 어두운 진실이다. 같은 또래의 친구들과 야유회를 준비하고 또 그것을 떠난 이야기를 쓰고 있는 〈돼지는 뛴다〉에서 돼지는 자연의 생명력의 실체이다. 시골에 이르기까지 얌전하던 돼지가 밭길을 가면서 돌연 동물의 본성을 되찾아 튀어 달아나 버리는 사건이 벌어진다. 돼지는 도시에서 거세당한 생명력을 되찾았던 것이다. 자연으로 돌아가서 동물적 본성을 회복하는 돼지와 대조되어, 연애를 통해 통속화되어 가는 숙이의 이야기는 생산력을 잃어버려 가는 도시적 세태의 비열한 양상을 보여 준다. '나'와 숙이와의 관계는 처음의 신선함에서 두 사람의 빈번한 만남에 따라 상투화되어 버리고 사랑과 사람에 대한 신비와 긴장은 사라지고 만다. 이 주제는 두 번째 에피소드 〈토끼도 뛴다〉에서 다시 반복되는데 '토끼의 생명력을 인간이 이용할 수 있다'는 신념에 의해 토끼를 등장시킨 연극이 예기치 못한 관중들의 웃음소리 때문에 실패해 버렸다는 이 이야기는 자연의 생명력을 우롱하는 현대인의 왜곡된 상황을 그려 준다. 세 번째의 〈노인이 없다〉에서 그 원인이 밝혀지지 않는 노인의 실종은 물론 그에 대한 끊임없는 감시와 그 감시가 재산 때문에 수행되고 있다는 현실에 의한 것임을 어렵지 않게 추측할 수 있다. 노인은 '평생 놀기만 하고 지내겠다는 사람'을 도와주고 싶다는 뜻을 밝히지만 이 도시 문명 자체가 그런 한가한 사람을 만들어내지 않는다. 우리는 모두 생명력을 죽이고 있는 현대의 가짜 세계에서 가짜 삶을 살고 있는 것이다.

〈60년대식〉은 그러한 세계에 대한 현장 검증이다. 학교 교사인 도인이가 관계하고 혹은 만나는 사람은 '은박지처럼 가벼운' 그리하여 '대중에게 빼앗겨 버린' 아내이며 가수인 주리, 주리에게 빌려 준 돈을 도인에게서 받으려면서 굶주린 성(性)도 만족시키려는 아내의 친구, 결혼 상담소에 속해 몸을 팔며 돈을 버는 옛 애인 애경, 그 애경을 통해 자신이 잃어 버렸던 성장기의 뒷골목 삶을 확인하려는 기사들이다. 그 모두가 '먹겠다는 놈과 먹히지 않겠다는 놈의 극악스러움'으로 가득 차 있는 사람들이다. 그들은 도인의 표현을 빌리면 "우리를 답답하게 만들고 있는 그 누군가"들이다. 이러한 도시적 생리는 도인의 공상에서 회화적으로 그려진다. 과거에는 손님에게 떡·과자·과일과 같은 고체 식품으로 대접했는데 지금은 커피·주스·콜라와 같은 음료수로 접대를 하고 그러다 보면 언젠가는 접대품이 기체로, 예컨대 연탄 가스로 대체될지 모른다—는 그의 연상이 인간의 값없는 죽음으로 연장될 때 우리는 섬뜩한 공포감을 느낀다. 그러나 그것은 공상만이 아니다. "이 시대가 답답하여 견딜 수 없는 모든 사람을 대신하여 죽는다"는 도인의 유서에도 불구하고 신문은 미동도 하지 않는 것이다.

그의 '60년대'란 표제가 보여주듯이 김승옥의 일련의 중·장편은 우리의 60년대가 감추고 있는, 아니 감출 필요도 없는 치부(恥部)를 그리고 있다. 그 치부들은 타락한 문명의 장소인 도시와 도시인들 속에서 미만하고 있는 허황한 가치 추구의 제양상들이다. 그것은 분명 우리 사회가 잘못되어 가고 있음을 야유하고 있으며 우리 스스로가 약삭빠르고 욕심부리면서 정작 가장 중요한 생명력을 잃고 있음을 탄핵한다. 김승옥의 도시 소설은 따라서 우리 도시인들의 행태의 자화상이다. 최인호의 도시 소설이 문명비판적이라면 김승옥의 그것은 세태 묘사적이고 풍자적이다. 그의 중장편이 갖는 문학적 공헌은 그것들이 재미있게 읽힌다는 소설 본래의 기능을 환기시키는 동시에 그 재미를 통해 60년대 과도기의 풍속적 변모를 드러내고 있다는 점이다. 그 드러남이 우리 자신의 '정열 없는 삶'의 비속·추악함이라는 것을 우리는 정직하게 받아들여야 할 것이다.

(1978)

구원의 문학과 개인주의
— 존재와 소유

김 현

계속되어 많은 물의와 찬탄을 일으키며 문제가 되어 온 김승옥의 일련의 작품들을 그가 발표한 순서에 따라 읽어보면, 그가 생에 대해 일종의 방법론적인 회의를 해 나가고 있다는 것을 쉽사리 알게 된다. 〈생명연습〉, 〈환상수첩〉, 〈力士〉, 〈무진기행〉 그리고 〈서울 1964년 겨울〉에 이르기까지 그는 그 치근치근하고, 음울하고, 찐득찐득하고 후텁지근한 분위기 속에서, 정말 사람들은 어느 정도까지 '밤의 종말'을 향해 나아갈 수 있는가, 아니 사람들은 어느 정도에 이르기까지 껍질을 벗을 수 있을까 하는 문제를 열심히 계속하여 추구해 오고 있었다는 느낌이다. 가장 성실하게 세계를 살아 나가는 듯한 사람들이 결국 얼마나 간교한 자기 기만을 통하여 '개 같은 놈'으로 변해 버리는가를 그는 그 독특한 풍자력을 발휘해서 곳곳에서 말해 주고 있다. 그러나 대부분의 사람들은 그가 쳐놓은 함정에 항상 빠지고 마는 듯하다. 성실하지 못하고 작위로 세계를 계속 살아나가는 그의 주인공들을 그는 자기 존재에 대해 괴로워하고 채찍질하는 피가 도는 사람으로 그려주기 때문에, 사람들은 곧잘 누구라도 이럴 수밖에 없지 않느냐는 짙은 체념감에 동감해 버리고 오히려 그러한 체념을 감수하며 부끄러워하고 있는 그의 주인공들을 마치 우리들도 그렇게 살아야 한다는 것을 가르쳐 준 위대한 사람들처럼 사랑하고 존경하고 있다. 이것은 우수한 묘사력을 보여 준 작가라면 누구나 겪는 수난이겠지만—그리고 그 가장 좋은 예를 도스트예프스키가 보여 주고 있다—작가 자신에게는 별로 이로운 일이 아닐지도 모른다. 여하튼 이러한 교묘한 분위기를 가장 밀도 있게 보여준 것이, 나로서는 〈생명연습〉, 〈환상수첩〉, 〈무진기행〉이라고 생각하는데 이 작품들을 통해 흘러내리고 있는, 그 못된 놈들에 대한 작가의 치근치근하고 정감 있는 눈초리 때문에 대부분의 사람들은 그들을 오히려 순교자로 착각하고 있는지 모른다. 밤중이면 몰래 혼자서 수음을 하는 선교사, 유학을 가기 위해 잔인할 만큼 투명한 계산으로 사랑하는 여인을 범한 대학교수님(〈생명연습〉), 혹은 사보텐을 새코날로 키우며, 춘화도의 주인공 노릇을 하는 시인, 자살을 하나의 도락으로 생각하는 오영빈(〈환상수첩〉), 알고 싶었던 누이의 병을 오히려 앓아 버린 〈누이를 이해하기 위해서〉의 주인공들 중에서, 〈무진기행〉의 윤희중은 이러한 태도의 희극을 가장 극명하게 보여주고 있다. '책임도 없는' '안개만이 유일한 명물'인 도시에서, 마치 바닷가에서 모두를 떠나서 산 1년 동안 열심히 '쓸쓸하다' 라는 '천박하고 이제는 사람의 가슴에 호소해 오는 능력도 거의 상실해 버린 사어'를 편지 속에 써보낸 '나'처럼 '바보라는 이름의 혈액형'임을 전해 보내는 인숙에 대해서 '내'가 느낀 것은 결국은 그가 써보낸 편지를 받은 사람들이 자기의 심정에 공명하지도 않을 것이고, 결국 인숙의 고통 역시 자기가 알 수도 없고, 알지도 못한다는 것이 아니었을까. 그럼에도 불구하고 '나'는 "마치 칼을 들고 달려드는 사람으로부터, 누군지가 자기의 손에서 칼을 빼앗아 주지 않으면 상대편을 찌르고 말 듯한 절망을 느끼는 사람으로부터 칼을 빼앗듯이 그 여자의 조바심"을 빼앗아 준다. 그것은 그의 오래 전의 절망을 그 여자를 통해 빼앗아버린 것과도 같이 나에게는 생각된다. 그 여자란 희중에게 있어서는 자기의 괴롭고 쓸쓸하던 날의 편린에 지나지 않는다. 무진의 그 틉틉한 안개 속에서 희중은 연인을 자기로 착각하고 만 것이다. 아니 무진이라는 이 고장 자체가 그것을 요구하고 있었는지 모른다. 희중의 의식 속에서 무진은 항상 쓸쓸하고 괴로웠던 청춘의 편린 같은 것이고, 그 편린의 가련한 육체로서 인숙을 만난 것일 따름이다. "유행가가 내용으로 하는 청승맞음과는 다른, 좀더 무자비한 청승맞음"을 포함하고 있었고, "어떤 개인 날의 그 절규보다도 훨씬 높은 옥타브의 절규를 포함"한, "머리를 풀어헤친 광녀의 냉소가 스며 있었고 무엇보다도 시체가 썩어가는 듯한 무진의 그 냄새가 스며 있"는 '목포의 눈물'을 노래하는 여선생에게서, 바다로 가는 긴 둑 위에서 서울로 가고 싶다고, 김승옥의 표현을 빌리면 생활인이 되고 싶다고 말하는 여인에게서, 자기 자신이 싫어질 때도 있는 그런 여인에게서, 윤희중은 동거하고 있던 희를 잃어 버렸을 때의 자기 자신을, 모두가 전쟁터로 몰려갈 때 골방 속에 숨어서 수음을 하고 있던 때의 자기 자신을 바라본다. 그리고 그는 자기 자신의 과거를 그 여인을 통해 다시 체험한다.

여인의 조바심은 그의 조바심과 동질의 것이었기 때문이다. 그러나 그는 영리한 생활인이다. 그에게는 그의 사회적 지위를 보장해 주는 그의 아내와 그의 찬란한 현재가 있다. 아마도 그의 과거란 희중에게는 살기 어려운 그런 지역일 것이다. 그래서 그는 비열한 타협안을 작성한다. 그의 그 똥 같은 과거와는 그 타협안으로 완전히 결별한 것이다. "한 번만, 마지막으로 한 번만, 이 무진을, 안개를, 외롭게 미쳐가는 것을, 유행가를, 술집 여자의 자살을, 배반을. 무책임을 긍정하기로 하자. 마지막으로 한 번만이다." —지독한 태도의 희극이다. 자신의 행복을 위해서라면 그는 모든 것을 버리리라. 그는 모든 것을 과거의 더러운 더미 속에 파묻어 버리리라. 오늘날의 그를 이룬, 과거의 절망을, 절규를, 외롭게 미쳐 가는 것을 그는 쉽사리 잊을 수 있으리라. 아마도 그는 그러한 타협안의 뒤에 얼마나 진한 자신의 과거가, 인간의 진실이, 절망에 이르기까지 고독한 개인의 고뇌가 웅크리고 있는가를 잘 알 것이다. 결국 그는 무진을 도망하듯 떠나면서 '심한 부끄러움'을 느낀다. 이 부끄러움은 영원히 계속될 것이다. 그가 무진에 살며, 그의 과거를 외롭게 미쳐 가는 것을, 진실한 인간의 고뇌를 살지 않는 한, 그의 부끄러움은 끝나지 않으리라. 그는 무진의 밖, 진실한 인간의 괴로움 밖에 있기 때문이다. 남의 고뇌를 밟고 그는 행복하기 때문이다. 밖에 있기 때문에, 보다 더 정확하게 말해서 밖에 있으려고 하기 때문에 일어나는 이러한 태도의 희극을 벗어나기 위해서는 차에서 내려서 다시 무진으로 되돌아오지 않으면 안 된다. 그리고 이제 그 구조를 밝혀 보려 하는 〈서울 1964년 겨울〉은 차를 버리고 무진으로 되돌아와 성실하게 자신을 살려고 하는 몇 사람의 허무하고도 쓸쓸한 얘기이다. 〈서울 1964년 겨울〉에서 그려지고 있는 얘기는 떠나고 돌아오고 하는 사람이 없는 무진의 그것이다.

〈서울 1964년 겨울〉에는 세 사람의 인물이 등장한다. 세 사람이란 "나와 도수 높은 안경을 쓴 안이라는 대학원 학생과 정체는 알 수 없지만 요컨대 가난뱅이라는 것만은 분명하여 그의 정체를 꼭 알고 싶다는 생각은 조금도 나지 않는 서른 대여섯 살짜리 사내를 말한다". 〈서울 1964년 겨울〉은 이 세 사람이 '우연히' 만나서 지내게 된 하룻저녁의 생활기에 지나지 않는다. 그런데 문제는 이 세 사람이 그려 주고 있는 행위의 도식이 지극히 이해하기 곤란하다는 점에 있다. 안이라는 대학원생은 마치 선을 행하는 도사와 같은 묘한 대화를 시종 지껄여대고 있고, 그 가난뱅이 사내는 어처구니없이 돈을 마구 뿌리며 돌아다니고 있다. 외면으로는 이러한 행위는 아무런 의미도 필연성도 없는 것같이 보인다. 그러나 작가가 이러한 행위의 무상성(無償性)을 통해 도대체 무엇을 말하려 하였을까 하는 것은 밝혀지지 않으면 안 된다. 나로서는 다음의 예문은 이 소설에 들어가는 가장 좋은 부분처럼 보인다.

(1) "이제 어디로 갈까?"하고 아저씨가 말했다.
"어디로 갈까?" 안이 말하고
"어디로 갈까?"라고 나도 그들의 말을 흉내냈다.
아무데도 갈 데가 없었다.

(2) "택시!" 사내가 고함쳤다.
택시가 우리 앞에 멎었다. 우리가 차에 오르자마자 사내는
"세브란스로!"라고 말했다.
"안 됩니다. 소용없습니다." 안이 재빠르게 외쳤다.
"안 될까?" 사내가 중얼거렸다. "그럼 어디로?" 아무도 대답하지 않았다.

이러한 묘사를 통해 우리는 이 소설의 세 인물이 아무도 "어디로 갈까?"라는 급박하고 절실한 문제에 대해 아무 대답을 하지 않고 있으며, 어떤 대답도 사실상 불가능하다는 것을 알게 된다. 그러나 "어디로 갈까"라는 물음에 대해서 비록 그것이 곧 부정되고 불가능하다는 것이 밝혀지긴 했지만, 그 가난뱅이가 "세브란스로!"라고 말한 것은, 즉 방향을 지시한 것은 이 소설을 이해하는 데 꼭 필요한 키 포인트처럼 나에게는 생각된다. 이 가난뱅이가 가지고 있는 가장 큰 특색은 그가 '나'나 안과는 달리 아내가 있었고 직업이 있는 사내라는 점이다. 그는, "안씨라는 성을 가진 스물 다섯 살짜리 대한민국 청년, 대학 구경을 해보지 못한 나로서는 상상이 되지 않는 전공을 가진 대학원생, 부잣집 장남"이라고 묘사한 사내와, "스물 다섯 살짜리 시골 출신, 고등학교를 나오고, 육군사관학교를 지원했다가 실패하고 나서 군대에 갔다가 임질에 한 번 걸려 본 적이 있고 지금은 구청 병사계에서 일하고 있다"는 '나'라는 청년에 비하면, 훨씬 더 사회에 굳건히 발을 디딘 생활인인 셈이다. 아마도 그는 그의 아내가 죽기 전까지는 책을 월부 판매하여 받은 월급으로 그의 아내와 함께 열심히 생활인의 노릇을 하고 있었을 것이다. 밤이면 '나'나 '안'처럼 쓸데

없이 밤거리를 쏘다닐 필요도 없고, '나'와 '안' 사이에 주고받은 바 있는 그 기묘한 대화를 할 필요도 없었을 것이다. 그는 충실하게 월, 화, 수…의 요일을 지켜 나갔을 것이고, 매달 월말에 나오는 월급을 그의 모든 의미로 삼고 있었을 것이다. 확실히 그의 말 그대로 그는 참 '재미있게' 살았음이 틀림없다. "아내가 어린애를 낳지 못하기 때문에 시간은 몽땅 우리 두 사람의 것이었습니다. 돈은 넉넉하진 못했습니다만 그래도 돈이 생기면 우리는 어디든지 같이 다니면서 재미있게 지냈습니다. 딸기철엔 수원에도 가고, 포도철엔 안양에도 가고, 여름이면 대천에도 가고, 가을엔 경주에도 가보고, 밤엔 함께 영화 구경, 쇼 구경하러 열심히 극장에 쫓아다니기도 했습니다…" 이렇게 그는 그의 아내를 통하여 일상적 생활 속에 말려들어가서 안주하고 있었다. 그의 생존 이유는 그의 아내가 어린애를 낳지 못하기 때문에, 그의 아내에게 집중된 그의 관심을 통해 입증되고, 그는 생과 인생에 대한 어떠한 공동(空洞)도 아내가 있는 한 찾아낼 수가 없었다. 그는 완전한 생활인이었던 것이다. 그의 모든 관심은 아내에게 집중되고, 그 관심의 내부에서 그는 편안할 수가 있었다. 그런데 그의 아내가 죽었다. 그것은 그에게는 모든 파멸을 의미하고 있다. 그의 아내가 죽었을 때, 그는 아마 카뮈가 보여 준 논리대로 갑작스럽게 생의 공동을, 생의 무의미함을 알았을 것이다. 그러니까 그의 아내의 죽음은 그에게는 반성의 계기이다. 그의 아내가 죽기 전에 생은 그에게 모든 것을 보여주고 있었다. 적어도 그는 그렇게 믿고 있었다. 그런데 아내가 죽었다. 아내라는 육화된 형태를 통해 그에게 나타나던 생은 완전히 형체를 잃어 버리고 그는 그 혼자서 생을 바라보지 않으면 안 되게 되었다. 이러한 반성은 반드시 파탄을 동반한다. 반성이란 어떤 상태에서 보다 높은 상태로 눈을 돌리는 것, 존재의 근원에 자기 자신을 밀어붙이는 행위이기 때문에, 반성되는 행위 혹은 상태는 파탄을 면할 수가 없다. 가령 가브리엘 마르셀은 이런 예를 들고 있다.

> 나는 다른 친구와 함께 대화하고 있다. 그 대화하는 도중, 모르는 사이에 나는 거짓말을 하게 되었다. 나 홀로 되었을 때, 나는 다시 자기 정신으로 되돌아와서 그 거짓말을 한 나를 만난다. 나는 어떻게 그런 거짓말을 할 수 있었을까? 나는 내가 평소에 생각한 대로 정직한 사람이 아니었던가? 나는 도대체 이 거짓말 앞에서 어떤 태도를 취해야 할 것인가. 나는 반성하고 주저한다. 〈내가 여기서 당면하게 되는 것은 일종의 파탄이다. 나는 아무 일도 없었던 것처럼 앞으로 나갈 수는 없다.〉

아내가 죽은 사내의 경우도 마찬가지이다. 그가 이때까지 인간으로서 정립되기 위해 필요했던 모든 것, 가령 직업이라든가 아내라든가 하는 것이 사실상 하나의 허상에 불과하다는 것을 그는 그의 아내의 죽음을 통해 반성하고 알아낸다. 그러면 이때까지 자기는 헛세상을 살아온 것일까. 세계와 생의 육화로 보인 아내는 그럼 무엇이었는가. 아내와 마찬가지로 나는 하나의 허상이 아니지 않은가. 아마도 그는 이러한 반성을 통해 모든 것을 확인하고 싶었을 것이다. 그로서는 그것은 "할 수 없었"던 일이었고, 그래야만 했을 것이다. 그래서 그는 아내의 시체를 병원에 해부용으로 판다. 그 뒤에 세브란스 병원 울타리에 앉아서 "병원의 큰 굴뚝에서 나오는 희끄무레한 연기만 바라"보면서 그는 아마 알아 버렸을 것이다—그가 사실상 인간으로 정립되기 위한 아무것도 소유하고 있지 않았으며, 그가 소유하고 있었다고 믿었던 모든 것, 그리고 그것 때문에 그와 그의 생이 부유해질 수 있었던 모든 것이 다만 가상에 불과하다는 것을, 바로 그것을 알아버렸을 것이다. 자기의 전부였고, 자기가 인간이며 건전한 생활인이라는 것을 입증해 준 그의 아내가 단지 4천 원밖에 값이 나가지 않는다는 것, 아니 도대체 아내가 팔릴 수 있다는 것, 그리고 그가 4천 원에 판 그의 전부인 아내가 학생들의 해부 실습용으로 사용되리라는 것을 안 순간에 그의 파탄은 전면적인 것이 되어 버린다. 그는 그 사실을 통해 인간은 아무것도 소유할 수 없다는 것을,

그 비참한 생의 공동을 알아 버렸던 것이다. 파탄은 항상 재조정(再調整)을 필요로 한다. 그러나 이 사내에게는 재조정이 전연 불가능할 정도로 파탄이 철저하게 나타난다. "한 가지만 의논해 보고 싶은데, 이 돈을 어떻게 하면 좋을까요? 저는 오늘 저녁에 다 써버리고 싶은데요"라고 말하는 사내는 이미 파탄해 버린 상태에 와 있다. 그 4천 원이 없어질 때 그의 생도 아마 끝이 나리라. 조정될 수 없는 그의 생은 영원히 끝이 나리라. 그리고 그가 인간으로서 소유하고 있던 것에 대한 마지막 고별이 월부 책값을 받으러 가서 흘린 눈물일 것이다. (그러나 그 눈물보다는 "아내는 귤을 좋아했다"고 외칠 때가 나로서는 더욱 감동적이다.) 그가 이제는 아무것도 소유한 것이 없다고 느낄 때 그 사내는 죽었다. 결국 이 사내만이 택시 속에서 "세브란스로!"라고 외쳤다는 것은 그가 어떤 것을 소유했다고 믿었던 적이 있었다는 것을 우리에게 말해 주고 있다. "세브란스로!"—그것은 거의 절망적인 인간의 외침이다. 아마도 갈 곳이 있다면 사람들은 행복할 수 있을 테니까 말이다. 그러나 그것은 안이 말하듯 소용없는 일이다. 이렇게 허망하게 죽어 버린 이 사내의 경우는 나에게는 두 가지의 교훈을 보여주고 있다. 그 하나는 인간으로 정립되기 위해서 사람들은 끊임없이 어떤 것을 소유하고 버리고 다시 소유하는, 반성-파탄-재조정의 악순환을 계속하지 않으면 안 된다는 것이다. 그가 소유한 것이 없으면 사람들은 아마도 아무것도 아니며, 존재할 아무런 이유도 없을 것이다. 그러나 어떤 것을 소유했다고 확신을 가진다는 것은 매우 위험한 일이다. 그것은 이 사내에게 보여진 것처럼 재조정이 불가능해질 수 있기 때문이다. "확신은 쉽사리 깨어져 버릴 수 있다"라는 말을 발레리도 하고 있지만, 여하튼 어떤 '것'을 사람들은 소유하지 않으면 안 된다. 그러면 도대체 사람들은 어떤 것을 소유할 수 있단 말인가? 집을, 아내를, 자녀를, 아니면 신을? 김승옥은 명확히 말을 하지는 않지만 나는 안을 통해 그 소유의 면모를 짐작할 수는 있을 듯하다. 그리고 사내를 통해 얻어낼 수 있는 또 하나의 교훈은 이 사내가 '타인과 같이 존재'하지 않고 '타인 속에 존재'하고 있었다는 사실에서 오는 그것이다. 그는 타인과 같이 굳건히 서서 세계를 바라보지 않고 아내라는 타인의 속에 응결하고 축소되어 그 속에서 생을 기생하고 있다. 자기 자신을 최소한도로 줄이고 줄여서 그는 그것을 아내라는 두툼한 타인 속에 밀어붙임으로써 세계나 혹은 생존의 무의미를 안 보려 하고 있다. 이것이 이 사내가 극심하게 빨리 파탄하지 않을 수 없었던 가장 큰 이유이다. 김승옥 자신도 〈환상수첩〉에서 누누이 말하고 있듯이 중요한 것은 그러나 산다는 일이다. 살기 위해서 우리는 이 자살한 사내가 보여주는 두 교훈을 보다 더 잘 읽지 않으면 안 된다.

자살한 사내의 경우는 분명히 무엇을 가지고 있다고 믿었다가 그것이 허상이라는 것을 안 경우인데, 그렇기 때문에 그것은 더욱 가슴 아픈 경우이기도 하다. 약간 이해하기 곤란하고 데데한 듯이 보이는 안의 경우는 그러면 어떤 것일까? 여하튼 그 사내는 죽었고 안은 살아 있다. 중요한 것은 바로 그것이다. 안이라는 이 철저한 니힐리스트는 애당초에 외부적으로 표피만으로 소유할 수 있는 것에 대한 환상을 가지고 있지 않다. 그는 그가 가지고 있는 모든 것이 일종의 거짓이 아닌가 하는 생각을 항상 하고 있다. 그의 의식은 결코 잠자는 법이 없이 항상 깨어 있다. 자기가 소유하고 있는 모든 것은 결국 거짓이며, 자기는 완전히 허공에 뜬 무의미한 존재에 지나지 않지 않느냐는 생각이 안의 머리에는 깊숙이 박혀 있는 듯하다.

> "우리가 거짓말을 하고 있었다고 생각지 않으십니까?"
> "아니요." 나는 좀 귀찮은 생각이 들었다. "안형은 거짓말을 했는지 모르지만 내가 한 얘기는 정말이었습니다."
> "난 우리가 거짓말을 하고 있었던 것 같은 느낌이 듭니다."

이렇게 안의 의식 속에서는 순간순간마다 자기가 '정말'이라고 믿은 것, 분명히 거짓말이 아니라고 믿은 것에 대한 회의와 주저가 도사리고 있다. 그러므로 안의 태도는 의식적으로 명료하고 오류 없는 말을 사용하고 싶다는 그것이다. 전혀 오류가 없고 검증이 가능한 말이나 어휘만을 사용할 수 있다면 그것만은 그의 것이 되리라. 대상이란 항상 개인과 개인의 편차 속에서 굴절되어 버리기 때문이다.

> "아니, 음탕한 얘기가 아닙니다." 나는 강경한 태도로 말했다. "그 얘기는 정말입니다."
> "음탕하지 않다는 것과 정말이라는 것 사이엔 어떤 관계가 있죠?"
> "모르겠습니다. 관계 같은 것은 난 모릅니다. 요컨대…"
> "그렇지만 그 동작은 '오르내린다'는 것이지 꿈틀거린다는 것은 아니군요."

나와 안 사이에 교환된 이 의미 깊은 대화는 안이 얼마나 정확하게 대상을 포착하여 자기 것으로 만들려고 하고 있는가 하는 것을 잘 보여주고 있다. '나'처럼 흔히들 사람들은 말한다. 그것은 그렇지 않고, 내가 한 것은 정말이다라고. 그렇다면 앞의 단정과 뒤의 정말이다라는 단정 사이에는 어떤 연관이 있을까? 아니 도대체 정말이다라고 누가 말할 수 있을까? 안은 묻고 있다—"음탕하지 않다는 것과 정말이라는 것 사이엔 어떤 관계가 있죠?"라고. 사실상 안은 "음탕하지 않다라는 것은 왜 정말이냐"라고 묻고 있는 셈이다. 그러나 그러한 안의 질문은 '나'에게는 전혀 생소하다. 그래서 나는 "개새끼, 그게 꿈틀거리는 게 아니라고 해도 괜찮다"라고 생각해 버린다. 안에게는 그러나 그것은 아주 큰 문제이다. 이러한 안에게 나는 다시 묻는다.

> "안형은 어떤 꿈틀거림을 사랑합니까?"
> "어떤 꿈틀거림이 아닙니다. 그냥 꿈틀거리는 거죠. 그냥 말입니다. 예를 들면… 데모도…"

안의 이 대답은 두 가지 면으로 이해될 수 있을 듯하다. 좁은 눈으로 본다면 이것은 불만에 싸인 대학원 학생의 분노 같은 것을 말해 준다. 말하자면 데모라는 것도 어떤 불만을 해소시키기 위해서 그냥 꿈틀거리는 것이 아니냐는 것이 안의 이 말에서 우선 끌어낼 수 있는 일차적인 뜻이다. 그러나 좀더 넓은 눈으로 이것을 읽어 본다면, 이것은 단지 가상에 불과한 '꿈틀거림'이라는 언어보다도 오히려 확실한 '꿈틀거린다'는 행위를 그가 선택하고 있다는 것을 나타낸다. 그는 그가 정말로 소유할 수 있는 것으로서 언어 대신 행위를 택한 것이다. 그러나 안은 모든 행위를 사람들이 저마다 소유하는 것은 아니라고 생각한다. 저마다 소유하는 것이 풍부하면 풍부할수록 사람들은 부유한 생을 누릴 수 있으리라. 그런데 사람들은 어떤 것을 '자기 것'으로 소유할 수 있을까? 김승옥이 보여준 것은 다음과 같은 대화뿐이다.

(1) "을지로 삼 가에 있는 간판 없는 한 술집에는 미자라는 이름을 가진 색시가 다섯 명 있는데 그 집에 들어온 순서대로 큰미자, 둘째미자, 세째미자, 넷째미자, 막내미자라고들 합니다."

"그렇지만 그건 다른 사람들도 알고 있겠군요. 그 술집에 들어가 본 사람은 꼭 김형 하나뿐이 아닐 테니까요."

"아 참, 그렇군요. 난 미처 그걸 생각하지 못했는데. 난 그 중에서 큰 미자와 하룻저녁 같이 잤는데 그 여자는 다음날 아침, 일수로 물건을 파는 여자가 왔을 때 내게 빤쯔 하나를 사주었습니다. 그런데 그 여자가 저금통으로 사용하고 있는 한 되들이 빈 술병에는 돈이 백십 원 들어 있었습니다."

"그건 얘기가 됩니다. 그 사실은 완전히 김형의 소유입니다."

(2) "영보빌딩 안에 있는 변소문의 손잡이 조금 밑에는 약 이 센티미터 가량의 손톱자국이 있습니다."

하하하하 하고 그는 소리내어 웃었다.

"그건 김형이 만들어 놓은 자국이겠지요?"

나는 무안했지만 고개를 끄덕이지 않을 수 없었다. 그건 사실이었다.

"어떻게 아세요?" 하고 나는 그에게 물었다.

"나도 경험이 있으니까요." 그가 대답했다. "그렇지만 별로 기분 좋은 기억이 못 되더군요. 역시 우리는 그냥 바라보고 발견하고 비밀히 간직해 두는 편이 좋겠어요.

(3) "이를테면 낮엔 그저 스쳐지나가던 모든 것이 밤이 되면 내 시선 앞에서 자기들의 벌거벗은 몸을 송두리째 드러내 놓고 쩔쩔맨단 말입니다. 그런데 그게 의미가 없는 일일까요? 그런 사물을 바라보며 즐거워한다는 일이 말입니다."

(4) "밤이 됩니다. 이 집에서 거리로 나옵니다. 난 모든 곳에서 해방된 것을 느낍니다."

이러한 여러 대화에서 우리는 안의 태도가 밤의 왕국과 밀접한 관계에 있음을 알게 된다. 그리고 이 안의 태도는 '밤의 왕국'과 밀접한 관계에 있다는 점에서 초현실주의적이다. 결국 타인과 공동으로 소유한다는 것은 아무것도 소유하지 않는다는 것과 마찬가지이다(이것은 나만의 소유인가라는 끊임없는 반성). 자기만이 어떤 것을 소유하기 위해서는 타인이 소유하지 않은 것을 소유하지 않으면 안 된다. 그러기 위해서 사물들이 발가벗은 몸을 송두리째 드러내 놓고 쩔쩔매는, 말하자면 타인의 시선, 혹은 습관에 의해 얽매어지고, 응축된 상태에서 풀려 나오는 밤의 해방을 사랑하지 않으면 안 된다. 이러한 태도는 극히 초현실주의자들에 흡사하다.

(1) 번갯불이 비치는 공간에서 우리는 개를, 합승마차를, 집을 '처음으로' '본다'. 그것들이 나타내는 특별하고 광적이고 우습고 아름

다운 모든 것이 우리를 억누른다.

—꼭또

(2) 당신들의 유일한 잘못은 어디 있는가? 그건 당신들에게 형성되어 있는, 추문을 일으키는 조건의 수락, 모모 시간에 당신들에게 의사들처럼 '받아들이기'를 강요하는 상대적 빈곤의 수락 속에 있다.

—브르똥

(3) 초현실주의자들의 고유성은 북극의 이상한 극광, 야광, 측정할 수 없는 것에서 발산하는 환각에 의한 밤의 왕국의 왕이 되려 한 데 있다.

—레이몽

출발점에 있어서 이렇게 안과 초현실주의자들의 생에 대한 태도는 극히 흡사하다. 이러한 논리의 예증을 나는 숱하게 들 수 있다. 더구나 안의 그 가난뱅이에 대한 태도는 분명히 초현실주의적이다. '살인과 자살도 고취할 수 있다고 믿은'(카뮈) 그들처럼 안도 가난뱅이의 자살을 오히려 고취하고 있었다는 느낌이다. 카뮈의 말을 다시 빌리면 '절망에서 솟아오르는 절대적 무죄성의 개념'이 그대로 안에게도 적용되고 있다. 안은 분명히 그 사내가 자살하리라는 것을 알고 있었다. 그런데도 그는 "화투라도"—이 '라도'라는 어미의 그 절망적인 호소를 우리는 읽지 않으면 안 된다—놀기를 거절한다. "혼자 놓아두면 죽지 않을 줄 알았습니다. 그게 내가 생각해 본 최선의, 그리고 유일한 방법이었습니다." 이렇게 안의 태도는 지극히 개인적이고 수동적이다. 안은 아마도 여관에서 이렇게 하여 얻은 모든 순간적인 초월의 양태를, "김형의 것도 아니고 내 것도 아니고 이 아저씨 것도 아"닌 '모두의 것'인 화재 같은 것이 아닌, 어떤 것의 소유를 정리하고 나열하고, 거기에서 자신의 구원을 바라보리라. 그것만이 이 때묻고 거지같고 개같은 놈의 생활에서 벗어날 수 있는 유일한 길이다. 그러나 그 사내가 자살할 것을 알면서도 홀로 놓아두지 않을 수 없었던 안의 구원의 태도는 옳은 것인가, 옳지 않은 것인가. 김승옥은 주저하고 있는 듯하다. 결국 안은 그러한 초현실주의적 태도로써 구원을 얻는다는 것에, 자기만이 구원을 얻는다는 것에 약간 부끄러움을 느낀다. 뭔가 두려워지기 시작한 것이다.

> "김형, 우리는 분명히 스물 다섯 살짜리죠?"
> "난 분명히 그렇습니다."
> "나도 그건 분명합니다." 그는 고개를 한 번 기웃했다.
> "두려워집니다."
> "뭐가요?" 내가 물었다.
> "그 뭔가가."

아마도 안은 계속하여 밤의 해방과 자신의 소유물을 찾을 것이다. 그러나 그것은 전의 그 태도와는 많이 달라지리라. 그는 새로운 조정을 겪지 않으면 안 되리라. 결국 타인의 구원을 생각하지 않는 구원이란 부끄러운 것이니까. 이렇게 하여 안은 점차 의사 리유(카뮈의 〈페스트〉)의 윤리학에 가까워진다.

이 두 사람의 극단적인 성격 중간에 '나'는 끼어 있다. 그는 직업을 가지고 있고, 따분한 생활을 보내지만 그 사내처럼 자살은 생각하지도 않으며, 안과 같이 철저하게 밤의 심연으로 들어가지도 못한다. 적절하게 환상과 가상에 타협하면서, 자신의 내부의 공동도 계속하여 바라보면서 '나'는 생을 이어나간다. 술좌석에는 "즐거움이 넘치고 넘친다는 얼굴로 요란스럽게 끼어" 들어야 하며, 거지 앞은 "힘껏 웅크리고 빠르게 지나가야" 한다는 것을 '나'는 알고 있다. 중국집에 들어가면 "옆방에서 들려오고 있는 여자의 불그레한 신음소리를 들"을 줄도 알고 있고, 여관 같은 곳에서는 화투를 치며 놀아야 한다는 것도 알고 있다. 그러면서 "의미가 있지" 않다는 것을 알면서도

"영보 빌딩 안에 있는 변소문의 손잡이 조금 밑에 약 2센티미터 가량의 손톱 자국"을 만들어 놓기도 하고, 평화 시장 앞의 가로등을 헤아리기도 하고, "종로 이 가에 있는 빌딩들의 벽돌 수를 헤아"리기도 한다. 그는 말하자면 기회주의자이다. 자살한 사내가 굉장한 옵티미스트이었고, 안이 극단적인 페시미스트이었다면, '나'는 그 중간이다. 발레리식으로 말한다면 '나'는 '때때로 옵티미스트이고 때때로 페시미스트인' 셈이다. '나'는 그럭저럭 세상을 살아나갈 것이다. 그러나 이러한 기회주의자는 너무나도 많고, 그렇기 때문에 나에게는 별로 흥미가 없다. 그는 항상 문턱에 서서 안으로 들어갈 것 같소, 밖으로 나갈 것 같소 하고 묻는 그런 데데한 놈이기 때문이다.

나로서 주목하고 싶은 것은 지독히 개인적인 구원 양식을 바라보고 있는 안의 경우이다. 매우 순간적이고 저돌적이기는 하지만, 그의 그 깊은 페시미스트적인 음성 속에는 나를 간절히 울려 주는 '내면의 공동에서 나오는 부르짖음'이 있다. 정말로 김승옥의 작품이 앞으로 어떻게 전개되어 나갈지 나는 모른다. 그러나 그가 〈생명연습〉, 〈환상수첩〉, 〈무진기행〉을 지나서 〈서울 1964년 겨울〉에서 어떤 한계점에 이르렀다는 것만은 인정하지 않을 수 없다. 인간은 도대체 무엇을 소유할 수 있을까, 인간은 도대체 언제 진짜가 되는 것일까, 아니 인간이란 무엇일까 라는 아주 근본적인 문제에 대해서 그의 방법론적 회의가 무엇을 낳을 것인가에 대해서는 침착하게 기다리기만 하자.

(1966)

김승옥의 소설

김 치 수

소설이란 무엇인가 하는 문제는 모든 소설 이론가뿐만 아니라 소설가 자신이 해결하고자 하는 영원한 문제이다. 역사적으로 혹은 공간적으로 소설의 이론을 정립하기 위해서 많은 비평가나 연구가들이 소설이 무엇인지 정의하려 하였고 그 때문에 때로는 낭만주의, 사실주의, 자연주의 따위의 사조를 내세워 설명하려고 시도하기도 하고 때로는 인물, 주제, 줄거리 따위의 내적 구성 요인을 가지고 설명하려 하기도 하며 소설의 효용성과 순수성 따위의 기능에 의해 설명하려고 하기도 한다. 그러나 이 모든 시도에도 불구하고 소설이 무엇인지 한마디로 완벽하게 정의했다고 이야기할 사람은, 적어도 소설을 제대로 관찰하는 한, 아무도 없을 것이다. 왜냐하면 소설은 다소간 그 모든 것을 갖고 있기 때문이다. 그런 점에서 소설은 다른 어떤 장르보다도 종합적이며 총체적인 장르이다. 그 속에는 한 편의 시도 들어 있을 수 있고 희곡의 한 장면도 들어 있을 수 있으며, 일상생활에서 사용하는 영수증이나 편지나 일기도 들어 있을 수 있다. 반면에 시나 희곡에는 어떻게 써야 하는지 그 법칙이 있지만 소설에는 시나 희곡에서 볼 수 있는 법칙이 있는 것은 아니다. 좀 과장해서 말한다면 누가 작품을 한 편 써 놓고 '소설'이라고 명명한다면 그것은 소설일 수 있다고 할 수 있다. 실제로 동서고금의 작품들 가운데 이미 평가를 받은 작품들만 대상으로 한다고 할지라도 소설이라는 이름으로 쓰여진 작품들이 얼마나 다양한지 알 수 있고 거기에는 어떤 규칙이나 법칙도 일률적으로 적용할 수 없다는 것도 알 수 있다.

그렇다면 그동안 이루어진 비평가나 문학연구가의 여러가지 이론들이란 아무런 의미가 없는 것인가? 그것은 아니다. 개개의 작품이 종합적이고 총체적인 성질을 띠고 있는 소설이란 바로 그렇기 때문에 종합적으로 혹은 총체적으로만 읽을 수 없는 문학 장르이다. 대개 전통적인 비평이 인상비평으로 떨어진 이유가 소설을 그 구성 요소 중심으로 분석적으로 읽으려는 노력을 하지 않고 종합적으로 읽으려 한 데 있다. 분석적인 과정을 거치지 않은 종합적인 독서는 인상이나 느낌, 선악이나 호오의 감정을 전달해 줄 수는 있지만 이론적인 뒷받침을 받을 수 없다. 그러한 점에서 비평가나 문학연구가에 의해 이루어진 이론들이란 그 작품의 여러 성격 가운데 어느 하나를 설명해 줄 수 있는 근거를 제공한다. 결국 종합적이며 총체적인 작품을 어떻게 읽을 것인가 하는 독서 방법의 추구가 소설이란 무엇인가 하는 문제와 맞아떨어질 수 있기 때문에 비평가와 문학이론가는 자신의 입장이나 관점에 따라 새로운 이론을 제시하고자 한다고 볼 수 있다.

그렇다면 종합적이고 총체적인 작품을 작가는 왜 하나만 쓰지 않고 끊임없이 쓰게 되는가? 하나의 작품이 종합적이고 총체적이라고 하는 것은 그 작품이 결정적인 완성품이라는 것을 의미하는 것은 아니다. 작가란 자신의 작품을 결정적인 완성품으로 만들고자 하는 야심을 가진 사람이라고 한다면 작품이란 작가의 그러한 야심을 실현하는 과정에 놓여 있는 미완의 것이다. 거기에는 언제나 무엇인가 결핍되어 있고 어딘지 부족하게 느껴지기 때문에 작가는 새로운 작품을 시도하게 된다. 새로운 작품에서 그 결핍과 부족이 극복되기를 바라면서 작가는 언제나 처음부터 다시 출발하는 사람이다. 여기에서 말하는 결핍과 부족이라는 개념은 작가에게 이중의 의미를 띠게 된다. 첫째로 그것은 작가가 보고 체험한 삶과 세계의 모습과 비교해서 그렇다는 것이고, 둘째로 지금까지 존재하는 다른 소설 작품들과 비교해서 그렇다는 것이다. 이것은 소설이 한편으로는 세계에 대해서 질문을 던지는 것이고, 다른 한편으로는 소설에 대해서, 다시 말하면 문학에 대해서 질문을 던지는 것임을 이야기한다. 이 두 가지 질문을 미학적인 문제로 통합시켜 제기하는 것이 소설이기 때문에 특별한 법칙이나 원리가 없음에도 불구하고 소설이 문학의 장르로서 발전할 수 있었다고 해도 지나치지 않는다.

김승옥의 소설을 읽으면 바로 그 두 가지 질문을 떠올리게 된다. 우선 그의 소설에는 역사책에 기록될 만한 사건의 전개가 없고 개인의 일상적 삶이 좀 익살스럽게 전개된다. 가령 〈내가 훔친 여름〉은 S대학을 휴학하고 낙향해 있는 '나'와 그 '나'를 찾아온 가짜 대학생 '정영일'이 벌이는 '황당한' 여행담으로서 이들이 목격하는 사건들도 거의 개인적인 차원의 것들에 지나지 않는다. 우선 이 두 인물의 설정은 당시 사회의 분위기를 설명해 줄 수 있다. 가령 화자인 '나'가 휴학하고 시골에 낙향해 있는 것은 시골의 우등생이 서울의 그것이기에는 힘든 상황을 제시하면서, 시골에서 대학생이 사회적인 대우를 받고 있지만 가난 때문에 대학생 노릇를 지속할 수 없는 절망을 보여주고 있다. S대학의 배지만으로 가짜 대학생 노릇을 할 수 있는 '정영일'의 경우가 보여주고 있는 것처럼 '나'는 바로 그러한 절망감 속에서 정영일의 놀이에 뛰어든다. 따라서 '나'의 행동에는 어떤 윤리적 선택이나 계획적인 의도가 개재되어 있는 것이 아니라, 아무런 일도 일어나지 않는 일상적인 생활로부터의 탈출이라는 일시적 충동이 작용하고 있다. 그들이 기차 속에서 만난 것은, 미남 영화배우를 사모하여 무작정 상경했다가 오빠에게 붙들려 오고 있는 시골 처녀와, S대학의 배지와 정영일의 허풍을 보고 재미있어 하는 여대생 '강동순'이었다. 이들의 만남의 장면은 대단히 우연적인 것이고 정상적인 생활이 배제되어 있어서 어쩐지 들떠 있고 허위의식에 사로잡혀 있는 것처럼 보인다. 이 들떠 있는 분위기는 '나' 자신도 '정영일'의 꾐에 빠져 가짜 미술대학생 노릇을 하고 있음으로써 더욱 고조된다. 이들이 여수에 내려서 만나게 되는 사람들은 '빨갱이' 아들로서 가난을 벗어나지 못하나 강동순과 결혼함으로써 자신의 현재의 위치를 벗어나고자 하는 '선배님', 무식하지만 수단과 방법을 가리지 않고 부자가 되고 반공투사가 된 강동순의 아버지, 미국 유학생 출신으로서 '카바레'뿐만 아니라 아버지의 사업상의 후계자가 되면서 정치적 야심을 실현시키고자 하는 '강동우', 아버지와 오빠들이 정략으로 결혼시키려고 하는 데 반대하면서 자신의 애인과 사랑의 도피행각을 시도하는 강동순 등이다. 이들 모두는 '나'의 친구 정영일이 가짜 대학생 노릇을 하는 것과 마찬가지로 정서적 안정감이 없고 언행이 허황되며 터무니없는 아이디어로 가득 차 있다. 그것은 정영일이 일단 일을 저질러 놓고 난 다음 기정 사실로 만들어 버린다거나, 아무런 계획도 없으면서 부딪쳐서 그때 그때 난관을 모면하는 태도와 유사한 것이다. 사회 전체가 이러한 분위기 속에 있기 때문에 '나' 자신도 정영일의 분위기에 휩쓸려서 무엇이 진정한 것인지 물을 겨를도 없이 함께 나서게 되지만 '나'의 내면에서 끊임없이 그러한 '나'를 질책하는 반성이 일어나고 있다. 그것은 '할머니에게 돌아가야겠다', '할머니가 죽을지도 모른다'는 생각으로 표현되고 있다. 그러나 바로 그러한 반성이 '나'의 행동에 영향을 미치기에는 일상적 삶 속에 지배하고 있는 허위의식이 너무나 강하게 나타난다. 더구나 시골의 가난 속에 살아야 했던 '나' 자신도 그러한 허풍이 아니고는 어디에 끼어들 수 없다는 자각 때문에 무의식중에 정영일의 가짜성에 편승하게 된다는 사실은, 비록 그러한 자신에 대한 거부 증세로 구역질을 체험하기는 하지만, 당시의 사회적인 분위기 속에 팽창하고 있던 허위의식을 작가가 예리하게 포착하고 있음을 의미한다.

그렇지만 김승옥의 소설을 사실주의적 관점에서 읽으려고 하는 사람은 이 작품에서 작가적 진지성이 부족하다고 비난할지도 모른다. 왜냐하면 이들 주인공의 행동이나 언어에는 철저하게 계획되고 의도된 부분보다는 즉흥적이고 장난스런 부분이 많은 것으로 보이기 때문이다. 사실 이들 주인공들이 여행을 떠난 사실 자체나 여행 중에 무임승차를 하고 그것으로 인한 곤경을 벗어나는 관점이나 옆좌석의 승객과 주고받는 대화는 일상생활 속에 있는 악한—서부극에서 볼 수 있는 악한이 아니다—의 모습을 연상시킨다. 작가 자신이 피카레스크 소설을 쓰고 싶었다고 고백하고 있지만 이들은 일상적인 예의범절이나 생활규범에서 벗어나 있고 바로 그렇게 함으로써 자신의 독특한 존재방식을 보여주고 있다. 이들은 남들이 존중하고 있는 예의범절이나 생활규범에 의해서는 일상생활의 단단한 껍질을 뚫고 들어갈 수 없고 언제나 겉돌게 되기 때문에 남들과는 다른 존재방식을 선택할 수밖에 없는 것이다.

그러나 이러한 존재방식이 이 작가의 주인공들이 처음부터 추구한 세계는 아니다. 그의 초기작 〈생명연습〉에서 과거의 추억으로 이야기되고 있는 '누나'와 '나'가 가지고 있던 '왕국'이 아버지의 죽음 이후 신기루가 되는 것을 알 수 있다. 이때부터 그의 주인공들은 '남들은 별 생각없이 예사로 사는 그런 생활을 할 수는 도저히 없는 것'임을 자각하게 된다. 그의 주인공들은 '저택'과 '가풍'과 '무형·유형의 재산'을 갖고 있는 사람들의 존재방식이 가지고 있는 이기성과 허위성을 명확하게 보고 있지만 그 힘이 너무나 단단하기 때문에 거기에 정면으로 도전하여서는 자신이 견디지 못하리라는 것을 잘 알고 있다. 이들 주인공들의 외부세계의 힘에 대한 자각은 그들로 하여금 자신들의 무력함을 알게 하고 따라서 그들의 언어와 행동에 허무주의적 요소를 띠게 만든다. 그리하여 일상생활의 규범이나 질서의 측면에서 보면 무의미하거나 익살스런 장난에 지나지 않는 언어와 행동을 통해 그의 주인공들은 현실의 강한 힘에 억눌리지 않고 생존할 수 있는 방향을 모색하는 것이다. 이것은 그의 문학이 갖는 전위적 성질을, 그리하여 현실의 단단한 껍질을 뒤집어 놓는 전복성을 이야기한다. 〈서울 1964년 겨울〉이라는 작품은 바로 그러한 성징을 가장 잘 보여주는 작품이다. 주인공 세 사람은 그들이 살고 있는 사회와 문화의 현상들에 대해서 이해하고 설명하려고 하지 않는다. 서울로 상징되고 있는 거대한 현실에 뿌리박지 못하고 있는 하숙생 '나'는 밤거리를 헤매면서 무의미하게 보이는 말장난을 하고 있다. 그의 이러한 행위는 얼른 보면 허무주의에 근거를 두고 있는 것으로 보이겠지만 이미 너무나 많은 패배를 경험한 그로서는 수렴적인 언어에서 의미를 제거하려 함으로써 자신의 존재를 가능하게 만들고 동시에 너무나 많은 의미로 가득 차 있는 현실의 정체를 밝힐 수 있는 것이다. 엄숙하고 질서정연하고 논리적으로 보이는 현실이란 그 안에 뿌리를 내리지 못한 사람들에게 얼마나 잔인한 것이며 뿌리를 내린 사람들에게 얼마나 위선적인 것인지, 그 감추어진 모습을 그의 작품은 드러나게 만든다. 그렇기 때문에 그의 작품에서 나타나는 무수한 '말장난'은 아무것도 이야기하지 않음으로써 이야기를 하게 되는 '침묵의 언어'라고 할 수 있다. 사실 '단성사 앞의 쓰레기통'에 무엇이 들어있다든가 '우리는 분명히 스물 다섯 살짜리죠?'라고 질문하는 것이 문자 그대로의 의미를 갖고 있는 것은 아니다. 그것은 아무 이야기도 하지 않은 거나 다름없는 말장난에 지나지 않지만 그것을 통해서 이들이 현실의 깊이에 뿌리내리지 못하고 현실 바깥에서 겉돌고 있음을 확인하게 된다. 이들의 겉돌고 있음은 현실의 단단함 때문만도 아니고 현실에 뿌리내리지 못함 때문만도 아니다. 그의 〈무진기행〉은 바로 겉돌고 있음의 근원과 현재의 양상을 이해하게 한다.

시골 출신으로서 서울에서 그 많은 거리를 방황하던 김승옥의 주인공은 이 작품에 와서는 이제 그가 겉돌던 사회에 뿌리를 박게 되었고 그래서 옛날의 쓰라린 기억이 있는 고향을 다녀오게 된다. 그는 고향에 가서 자신의 과거의 쓰라린 추억의 편린들을 아직도 현실 속에서 발견하게 된다. 그것은 〈생명연습〉에서 이야기된 구절을 연상시킨다. "하나의 세계가 형성되는 과정이 한마디로 얼마나 기막히다는 것을 나는 잘 알고 있다. 그 과정 속에는 번득이는 철편(鐵片)이 있고 눈뜰 수 없는 현기증이 있고 끈덕진 살의가 있고 그리고 마음을 쥐어짜는 회오(悔悟)와 사랑도 있는 것이다." 다시 찾아온 무진에서 주인공이 만나는 사람은 세무서장 조, 후배 박, 성악을 전공한 인숙 등이다. 그리고 이들의 일상적 삶이 보여주는 것은 바로 '현기증'과 '살의', '회오'와 '사랑'이 뒤얽힌 '나'의 과거, 그 절망적인 과거 바로 그것이었다. 그런데 그것이 더욱 절망적인 이유는, 제약회사 전무로 뿌리뽑힌 자의 위치를 벗어났음에도 불구하고 자신의 삶이 진정성을 획득하지 못했다고, 다시 말해서 자신의 삶이 허위 속에 사로잡혀 있다고 느낌으로써 과거 속에 어떤 진실이 있으리라고 생각하고 '무진'을 찾아가지만 그러한 자신의 기대가 산산이 부서졌기 때문이라는 데 있다. 따라서 사회 속에 뿌리를 내리지 못했을 때나 마찬가지로 자신이 뿌리내리고 있는 삶에서도 무의미와 허위를 발견한 주인공은, 자신의 삶과 세계를 정직하게 바라보려는 사람의 '부끄러움'을 가지고 과거의 공간인 '무진'을 떠날 수박에 없다. 그는 결코 현실에 대해서 아무런 의식이 없기 때문에 공허한 말장난을 한 것이 아니라 바로 현실의 규범이나 질서가 얼마나 무의미하고 속물적인 것인지 철저하게 알고 있기 때문에 언어의 일상적 의미에 도전을 하고 있다. 그리고 그러한 사실을 알고 있음에도 불구하고 자신이 속해 있는 사회의 질서와 규범 속에 휩쓸려 살 수밖에 없는 자신을 부끄러워하고 있는 것이다. 그것은 우리의 눈에 보이는 '적' 그것만이 아니라 '무진'의 안개처럼 언제인지도 모르게 우리의 정신을 포위해서 그 속에서만 메커니즘을 좇게 하는 눈에 보이지 않는 적(敵), 그래서 때로는 우리가 친밀감마저 느끼게 되는 그 적의 정체를 우리 자신 안에서 파악하게 한다.

그의 가장 최근작에 속하는 〈서울의 달빛 0章〉도 비록 시간적으로는 초기작과 10년의 간격을 두고 있지만 우리가 빠지기 쉬운 소시민적 삶의 미로에서 그의 주인공이 헤매고 있음을 확인하게 된다. TV 탤런트와 결혼을 한 주인공은 미모의 저명한 여자를 아내로 갖고 있는 삶의 허구성을 깨닫게 되면서 이혼을 하게 되고, 자기네들이 살던 아파트를 판 돈의 일부로 자동차를 사고 나머지 일부를 이제 남이 된 아내에게 전한다. 주인공 자신이 초기 작품의 주인공들보다 나이가 많아졌을 뿐 그의 일상적 언어와 행동이 더욱 합리적이라고 할 수는 없다. 더구나 〈다산성〉 같은 연작까지만 해도 엉뚱한 행동을 하면서도 장난이라는 이름의 알리바이를 언제나 남겨 놓고 있어서 절망적으로 느껴지지 않았으나 이 작품에서는 자신의 일상적 삶 전체를 걸고 있기 때문에 훨씬 더 절망적이고 비극적으로 느껴진다. 그러나 마지막 장면에서 자신이 준 수표를 찢어 버리고 코피를 흘리는 아내에게서 어떤 진실을 발견하게 되는 것은 작가 자신이 일상적 삶과 싸우는 데 지쳐서 구원을 희구하고 있다는 생각을 갖게 한다. 가난한 친정을 위해 유명해지고 몸을 팔 수밖에 없었던 아내의 진실을 너무 이해하지 못했던 자신의 발견이라 할 수 있다.

이러한 관점에서 본다면 김승옥의 초기 소설은 60년대의 삶의 감각을 뛰어나게 전달했다고 할 수 있다. 그러나 그 전달의 방법이 사실주의적인 것은 아니다. 소설은 현실을 그대로 모사하는 것이 아니라 과장과 과소, 확대와 축소, 투사와 반투사 등의 방법에 의해 재구성해서 보여주고 있다는 것을 김승옥의 소설을 읽으면 알 수 있다. 우리는 이 작가 특유의 방식에 의해서 우리 시대의 삶과 소설에 대해 질문을 던지게 되고 또 해답을 추구하게 된다. 그의 소설적 방식은 주인공으로 하여금 하나의 세계나 공간 속에 안주하게 하는 것이 아니라 그 어느 곳에도 안주할 수 없어서 떠돌게 한다. 그것은 우리가 일상의 늪에서 자신도 모르는 사이에 죽음의 그림자에 의해 의식을 침식당하고 있다는 사실을 일깨워 준다. 그것은 우리의 일상적인 삶이 어떤 것이어야 하는지 질문하게 하고 생각하게 하는 방식이다. 일상의 여러 가지 규범이나 윤리를 벗어나지 않는 것만으로,

돈이나 명예나 권력을 어느 정도 지니고 살게 되는 것만으로, 그리하여 남에게 행복하게 보이는 가정을 이루는 것만으로 일상의 편안함을 느끼는 삶의 허구성을 그의 작품은 끊임없이 문제로 삼고 있다. 그것은 바로 진정성의 추구가 끝나지 않은 삶의 방식이다. 그러한 점에서 그의 주인공이 가지고 있는 부도덕하고 무질서한 성격은 진정한 도덕과 질서를 꿈꾸는 윤리의식의 표현이다. 그러한 꿈을 실현하기 위해서 그의 주인공들은 어느 곳에도 안주하지 못하고 떠돌아다닐 수밖에 없다. 그들이 부모와 형제, 친구와 연인, 부부와 동료 등 모든 일상의 관계를 뒤집어 놓고 있는 것은 바로 그 관계 속에 내재해 있는 가짜성을 드러내고 진정한 관계를 획득하기 위한 것이다. 그러한 점에서 이 작가의 윤리적 성격이 드러난다. 그의 장난기 많은 주인공의 행동들이란 사실 일상생활의 밑바닥에 깔려 있는 절망의 세계로부터 구원을 향한 몸부림이다. 다만 그 몸부림을 그는 희극적으로, 피카레스크 풍으로 회화하고 있을 따름이다.

(1977)

무진을 찾아가다

김 훈

1960년대의 무진기행

〈무진기행〉은 1인칭 소설이다. 1960년대 초에 발표되었다. 이 소설은 1인칭 문장의 섬세한 힘으로 세상을 놀라게 했다. 이 글을 쓰는 사람은 그때 중학생이었는데, 소설을 읽은 것은 대학교에 들어간 후였다. 이 글을 쓰는 사람의 선친은 소설가였다. 1960년대에는 베스트셀러 무협지를 글로 썼다. 지금도 생생하게 기억이 난다. 그때 우리 가족은 서울 서대문구 홍제동의 전세방에서 살았는데, 아버지의 글쟁이 친구들이 밤마다 집으로 몰려와서 술타령을 했다. 어머니와 누이는 아버지 친구들의 술타령에 진저리가 나서 밤이 늦으면 내다보지도 않았고, 중학교에 다니는 내가 술 심부름을 했다. 술이 떨어지면, 잠든 구멍가게를 깨워서 술을 사오는 일과 찌개가 식으면 부엌에 들고 가서 구공탄 화덕에 데워오는 일이었다. 그때 나는 아버지와 그의 늙은 술쟁이 친구들이 취해서 조리 없이 떠들어대는 얘기들을 귀동냥으로 얻어듣곤 했다. 그들은 '김승옥'이라는 '젊은 놈'의 출현에 관해서 연일 경악의 함성을 질러대고 있었다. 지금 생각해보니, 그 경악의 함성에는 두려움과 질투가 섞여 있었던 것 같았다.

"야, 이 놈 문장 좀 봐라. 이게 도대체 인간이냐!"

"걔는 인(人)이 아니야. 누구한테서 배운 것도 아니고, 그냥 저절로 된 놈일 거야."

"좀더 두고봐야 할 거야. 아직 신인이잖아. 하여튼 놀랍고 또 놀랍다."

어른들은 대체로 그런 얘기들을 했다. 그 '젊은 놈'의 출현에 관해서 이야기하면서 어른들은 폭음했고, 내 술심부름은 고달팠다. 그들은 이미 그들의 문장의 시대가 급속히 사라질 수밖에 없다는 운명을 예감하고 있는 것 같았다. 중학생인 나는, 물정을 정확히 모르기는 했지만, 어른들의 술자리가 무척 우울하고, 그 술자리에 저물어가는 시대의 황혼이 서려있는 듯한 느낌을 받았다. 어렸기 때문에, 그 느낌은 매우 모호하고도 막연한 것이었다.

그런데 더 슬픈 일은 술자리가 끝나고 나서였다. 야간통행이 금지된 시절에도 아버지의 술친구들은 새벽이면 용케도 집으로 돌아갔다. 아마 매일밤 그러고 다니니까 딱딱이를 치면서 골목골목을 돌아다니던 야경꾼들이 얼굴을 알아보고 봐주는 모양이었다. 술이 다 떨어지면 아버지의 친구들은 빠이루 오바 속에 몸을 웅크리고 기침을 쿨룩거리며 캄캄한 어둠 속으로 사라졌다. 돌아가면서 나에게 지폐 몇 장을 주고 가는 분들도 있었다. 더 슬픈 일이 남아 있었다. 친구들이 다 돌아가고 나면, 아버지는 무협지를 써서 처자식을 벌어먹여야하는 신세를 통탄하면서 머리를 담벼락에 부딪치면서 엉엉 울었다. 그 울음은 아버지의 내면에 늘 고여있는 울음이었고, 김승옥이라는 '젊은 놈'의 출현에 의해서 촉발된 울음이었다. 울음을 우는 아버지의 책상 위에는, 밝는 날 아침 신문사에 보내야 할 연재 무협지 원고가 번호만 매겨진 빈칸으로 놓여있었고 그 옆에 돋보기와 뚜껑이 열린 파일러트 만년필이 술취한 주인을 기다리고 있었다. 그때는 글써서 먹고사는 아버지나 그 친구들이 다들 가난했는데, 우리 집은 그래도 나은 편이었다. 내 막내 여동생은 초등학교에서도 비교적 옷 잘 입는 아이로 꼽혔다. 우리 집 형편이 다소 좋았던 것은 순전히 아버지의 무협지 원고료 때문이었다. 집에 불이 났을 때도 (옆집에서 불이 나서 우리 집까지 홀랑 탔다) 도, 다른 가재도구들은 다 탔는데, 아버지의 텍스트인 무협지 원본만은 타지 않았다. 가장자리만 끄을리고 글자는 타지 않았다.

아버지는 잿더미 속에서 그 무협지 원본을 찾아내서, 오래오래 말없이 그 타다만 글자들을 들여다보셨다. 나는 아버지가 무협지를 쓰셨기 때문에 고등학교를 마칠 수 있었고 대학에도 들어갈 수 있었다. 내 형이나 누나도 마찬가지였다. 술친구들이 다 돌아가 버린 새벽에 아버지는 무협지를 통탄하면서, 생애를 다 포기한 사람처럼 엉엉 우셨다. 술취해서 우는 아버지의 흔들리는 어깨를 뒤에서 바라보던 내 어린날의 슬픔과 절망을 나는 언젠가는 김승옥에게 말해 주고 싶었다. 나는 내 아버지가, 글을 안 써도 좋으니까, 그냥 허클베리의 아버지처럼 마음 편하게 술이나 드시고 허랑방탕으로 떠돌아다니는 사내였으면 좋겠다고 생각했다.

내 어린날, 소설가 김승옥과 그의 문장은 그렇게, 내 술취한 아버지의 통곡과 함께 내 생애 속에 끼여들었다 (주 : '생애 속에 끼여든다'라는 글은 〈무진기행〉에 나온다. 김승옥의 것이다).

나는 〈무진기행〉에 나오는 1인칭 문장의 주어인 '나'에 관하여 말하려 한다. 문장 몇 개를 골라낸다면

"나는 그 여자가 나의 생애에 끼여든 것을 느꼈다."

"내가 깨어 있을 때는 수없이 많은 시간의 대열이 멍하니 서 있는 나를 비웃으며 흘러가고 있었고, 내가 잠들어 있을 때는 긴긴 악몽들이 거꾸러져 있는 나에게 혹독한 채찍질을 가하였다."

등인데, 그밖에도 얼마든지 골라낼 수 있다.

이 '나'는 아마도 한국어 문자의 역사 속에서 비로소 개인화를 완

성해낸 '나'일 것이다. 이 '나'는 타락하고 비겁한 '나'고, 더러운 세상 속에서 살아가는 '나'고, 이미 더럽혀진 '나'다. 그러나 이 '나'는 남이 아닌 바로 '나'인 것이다. 이 '나'는 역사나 전통이나 제도나 사회로부터 독립된, 나만으로서의 '나'다. 그리고 이 '나'는 세상 속에서 훼손되고 상처받은 '나'지만, 그 훼손과 상처를 자신의 감수성 속에서 개별화해 낼 수 있는 '나'다. 그러므로 이 '나'는 강력한 '나'고, 근대적인 '나'고, 우리가 아닌 '나'인 것이다. 그리고 이 '나'는 그 뒤에 오는 시대 속에서 벌어지는, 수많은 욕망의 분출 주체로서의 '나'들의 선구를 이루는 '나'다.

나는 지금도 〈무진기행〉을 읽는다. 나는 김승옥의 주어인 '나'에 눈독을 들여가면서 이 소설을 읽는다. 아, 나인 내가, 나는 이렇고 나는 저렇다라고 말하는 것은 얼마나 어려운가. 나는 '내가 이렇다'라고 말할 힘이 있는가, 나는 〈무진기행〉을 읽으면서 그런 괴로운 질문에 빠진다.

'나'를 개인화해 낸 것이 〈무진기행〉의 문학적 성취일 것이다. 그리고 그것이 내 가엾은 아버지를 그토록 슬프게 만든 것이다.

〈무진기행〉 속으로의 기행

김승옥의 산문은 바다 또는 바다에 연한 소도시에 관하여 서술할 때 가장 명석한 아름다움에 도달한다. 김승옥의 바다는 때로는 카뮈의 에세이들이 그려내는 알제리의 바다처럼, 생(生)의 작렬감에 가득 찬 바다이지만, 더 많은 경우에는 도시(都市 = 현실)와의 불화의 관계 위에 설정된 자폐(自閉)의 공간이다. 김승옥의 많은 젊은 주인공들은 바다에서의 갱생을 꿈꾸며 바다로 갔다가 바다에서 죽는다. 그 바다는 소설 속에서는 수많은 이미지들에 의해 모자이크된 가공의 바다이고, 지도 위에서는 김승옥이 유년과 소년 시절을 보냈던 여수(麗水) 앞바다, 순천만(順天灣), 광양만(光陽灣)의 바다이다.

〈무진기행〉의 주인공 윤희중은 현실에 의하여 가장 많이 더럽혀져 있고, 가장 크게 훼손되어 있다는 점에서 '바다로 가는 김승옥의 주인공들' 중에서 가장 성숙된 인물이다. 그는 자신의 훼손된 부분들이 무엇인가에 의하여 쓰다듬어지기를 간절히 바라면서도, 상처를 끌어안은 채 그날그날의 무의미한 일상에 주저앉아 있는, 우리들의 가엾은 많은 이웃들의 모습에 닮아 있다.

'문학기행' 취재팀은 동행하기를 겸연쩍어하는 김승옥을 앞세워 '무진'으로 갔다. '무진'은 지도상에는 존재하지 않는 상상의 공간이지만 작가는 그곳이 "전남 순천과 순천만에 연한 대대포(大垈浦) 앞바다와 그 갯벌"이라고 일러준다. '무진'은 사람들의 일상성의 배후, 안개에 휩싸인 채 도사리고 있는 음험한 상상의 공간이며, 일상에 빠져듦으로써 상처를 잊으려는 사람들에게 '상처를 강요하는 이 삶이란 도대체 무엇인가'를 끊임없이 묻고 있는 괴로운 도시이다.

무진은 지도 위의 어느 곳도 아니면서도 도처에 널려 있는 도시이고, 일상에 밀려 변방으로 쫓겨난 아득한 도시이면서도, 문득문득 삶의 한복판을 점령해 들어오는 신기루의 도시이다.

> 안개는 마치 이승에 한(恨)이 있어 매일 밤 찾아오는 여귀(女鬼)가 뿜어 내놓는 입김과 같았다. 해가 떠오르고 바람이 바다 쪽으로 방향을 바꾸어 불어가기 전에는 사람들의 힘으로써는 그것을 헤쳐 버릴 수 없었다. 손으로 잡을 수 없으면서도 그것은 뚜렷이 존재했고 사람들을 둘러쌌고, 먼 곳에 있는 것으로부터 사람들을 떼어놓았다.

김승옥은 그의 표현력의 몇몇 절정에서 '무진'의 안개를 이렇게 그려 놓았다. '무진'이 순천이라는 지도상의 도시에 대입되는 것은 아니지만, 김승옥을 앞세우고 답사한 순천과 순천만의 바닷가에는 〈무진기행〉을 구성하는 몇몇 중요한 이미지들이 분명하게 살아 있었다.

그것은 바다의 소금기가 풍기기는 하지만, 육지도 아니고 바다도 아닌 어정쩡한 대대포의 갯벌과 그 갯벌을 가로질러 바다로 뻗은 긴 방죽, 순천시 금곡동(順天市 金谷洞) 154번지 일대의 골목과 흙담, 포플러가 우거진 학교, 그리고 시의 외곽을 흘러 바다로 들어가는 동천(東川)의 냇물과 그 위에 놓인 많은 다리들이다.

> 서울의 어느 거리에서 나의 청각이 문득 외부로 향하면 무자비하게 쏟아져 들어오는 소음에 비틀거릴 때나, 밤늦게 신당동집 앞의 포장된 골목을 자동차로 올라갈 때, 나는 물이 가득한 강물이 흐르고, 잔디로 덮인 방죽이 시오 리 밖의 바닷가까지 뻗어나가 있고, 작은 숲이 있고 다리가 많고 골목이 많고 흙담이 많고, 높은 포플러가 에워싼 운동장을 가진 학교들이 있고, 바닷가에서 주워 온 까만 자갈이 깔린 뜰을 가진 사무소들이 있고, 대로 만든 와상(臥床)이 밤거리에 나앉아 있는 시골을 생각했고, 그것은 무진이었다.

라고 김승옥은 고향 순천의 풍광을 작품 속에 차용하고 있다. 이 고향 풍광들 중 어떤 부분은 작품 속에서 형상화되어 있고 또 다른 부분은 단지 작자의 의식의 밑바닥에 깔려 작품이 쓰여지는 내밀한 배경을 이루기도 한다.

〈무진기행〉은 '무진으로 가는 버스' '밤에 만난 사람들' '바다로 뻗은 긴 방죽' '당신은 무진을 떠나고 있습니다'라는 소제목이 붙은 4편의 짧은 글들로 구성되어 있다. 김승옥과 함께 간 순천기행(順天紀行)은 이 4토막의 글의 구성을 따라서 김승옥의 의식의 속으로 들어가는 기행이다.

김승옥의 상상력 속에서 무진은 일제 시대 때 만들어진 어느 해안의 소도시이다. '백 좋고 돈 많은 과부'를 물어서 큰 제약회사의 전무로 출세한 중년 사내가 '쉬기 위해서' 고향인 무진으로 내려온다.

그 고향은 그가 골방에 처박혀 자폐의 청년 시절을 보냈던 어두운 고향이다. 이 소도시의 특징은 거기에 신기루처럼 떠다니는 나른함과 몽롱함이다. 도시를 둘러싸는 안개와 해풍(海風) 속에 미립자처럼 섞여서 사람들의 폐부로 들어오는 수면제에 취해서, 사람들은 무진에서는 어떠한 의미도 땅 위에 세울 수가 없었다. 그것은 마치 곤한 낮잠에서 막 깨어난 사람이 두 손아귀에 힘이 빠져서 아무것도 움켜 잡지 못하는 것과 흡사한, 삶에 대한 무력감이다. 김승옥은 "금곡동의 토담 골목에 내리쬐는 대낮의 햇볕, 또는 대대포의 망망한 갯벌에 내리는 햇볕의 의해 '안개'와 '수면제'를 만들어 낼 수 있었다"고 말한다.

금곡동 일대의 흙담 골목길은 한적한 중소도시답게 대낮에도 인적이 끊어져 텅 비어 있는데 그 흙담 위에 5월의 햇볕이 내리쬐어, 흙담은 더 이상 건조될 수분도 이미 없이, 단지 햇볕에 속수무책으로 노출되어 있다.

"나는 소년 시절에 이 흙담에 내리쬐는 햇볕을 보면 늘 사람들이 지상에 세운 모든 것들이 햇볕에 의해 몽롱하게 풀리고 증발되어 안개처럼 허공을 흘러다니는 것 같은 상상에 시달렸다"라고 김승옥은 금곡동 흙담 골목에서 말했다. 무진에서는 시간도 인간의 생명의 내부에서 의미 있는 연속을 이루는 것이 아니라, 신기루처럼 허공에 증발해서 사람과는 무관하게 밀려다니고 있다.

> 무진에서 나는 항상 처박혀 있는 상태였다. 더러운 옷차림과 누우런 얼굴로 나는 항상 골방 안에서 뒹굴었다. 내가 깨어 있을 때는 수없이 많은 시간의 대열이 멍하니 서 있는 나를 비웃으며 흘러가고 있었고, 내가 잠들어 있을 때는 긴긴 악몽들이 거꾸러져 있는 나에게 혹독한 채찍질을 가하였다.

시간과 삶을 안개처럼 증발시켜 버리는 그 햇볕 속에서 개 두 마리가 혀를 빼물고 교미하는 장면으로 이 부분의 글은 끝난다. 그 햇볕 속의 개들은 주인공 윤희중과 유행가를 부르는 음악 교사 하인숙과의 정사(情事)를 야유에 찬 상징으로서 예고하고 있다.

김승옥은 서울대 문리대 불문과 4학년 때 결혼을 약속한 여자에게 배신당하고 학교를 휴학한 채 고향 순천으로 내려와 '골방에 처박혀' 이 작품을 썼다. 이 두 번째 토막의 글은 순천의 어떤 장소와도 관련이 없는 대신, 그가 이 무렵 순천에서 겪은 체험, 그리고 작자 자신의 자전적 모습과 관련이 있다. 고향으로 내려온 주인공 윤희중은 그날 밤 고향 친구 후배들과 어울려 벌어진 술자리에서 무진에서 벌어지는 그 무의미한 삶의 모습을 확인했고, 그들 틈에 끼여 '목포의 눈물'을 부르면서 서울을 동경하고 있는 음악교사 하인숙을 만난다.

김승옥에 따르면 이 음악교사 하인숙의 모델은 그때 서울에서 음악대학을 졸업하고 순천 근교의 고등학교에 부임해 온 여교사였다고 한다.

이 여교사는 김승옥의 친구들과 가끔 술을 함께 마시기도 했는데 음악대학을 나온 이 여교사가 뽕짝을 좋아하기도 했지만, 사내들은 늘 뽕짝 노래를 부르기를 요구했다고 한다. 음대 출신 여교사가 술자리에서 부르는 그 뽕짝 노래들은, 인간이 서로가 서로를 비천하게 만들어 버림으로써 서로 안심하는 삶의 모습을 김승옥에게 분명하게 깨우쳐 주었다고 한다.

인간은 남의 고귀함을 참지 못하는 것이 아닐까. 인간 내부의 근원적인 비천함은 남을 비천하게 만들어 놓고서야 비로소 편안함을 느끼는 것이 아닐까… 김승옥은 그런 상상에 빠져 있었다고 말한다.

그 상상은 작품 속에서 명석하게 형상화되어 있다. 김승옥은 그 비천함에 대하여 "나는 내 자신의 분신이 아닌 단 한 줄의 글도 쓸 능력이 없다. 그러므로 이 비천함은 결국 나의 내부에 있는, 내 자신의 비천함이다"라고 말했다.

이 세 번째 토막의 글은 순천만의 풍광과 가장 직접적인 관련 아래서 씌어진 것이다. 소설 속에서 윤희중은 하인숙의 훼손된 부분을 확인함으로써 '그 여자가 나의 생애에 끼여든 것'을 느낀다. 그들은

'속물들의 광장'을 벗어나 자신들만의 밀실로 향한다. '바다로 뻗은 긴 방죽길'은 광장에서 밀실로 향하는 그들의 퇴로이다. 김승옥의 마음속에서, 그 방죽길은 인안동(仁安洞)의 대대포 앞갯벌과 그 갯벌로 뻗은 방죽길이다.

순천만에 잇닿아 벌교 쪽으로 펼쳐지는 이 갯벌이 〈무진기행〉을 쓰게 한 김승옥의 마음의 오지이다. 이 갯벌의 풍경은 소설이 묘사한 무진의 분위기와 완전히 일치한다. 갯벌을 몇십리나 밖으로 나가야 바다다운 바다가 나오는 어정쩡한 해안선이다. 그렇다고 이렇다 할 평야가 있는 것도 아니다.

멀리서 풍겨 오는 수면제 같은 소금기만이 바다가 가깝다는 것을 느끼게 하지만, 바다는 보이지 않는다. 낡은 어선이 몇 척, 밑바닥을 갯벌에 묻힌 채 정박해 있다. 그 갯벌을 가로질러 바다를 향해 뻗어나간 방죽길의 끝은 갈대의 바다에 파묻혀 있다. '무진'의 나른한 햇볕이 그 방죽길과 갯벌에 내리쬐고 있다. 소설 속에서 윤희중과 하인숙은 이 방죽길을 걸어서 그들의 밀실로 갔다. 그러나 그 밀실은 아늑하고 포근한 공간은 아니다.

그들이 방죽길을 걸어서 찾아간 집은 청년 시절의 윤희중이 폐병을 앓으며 처박혀 있던 자폐의 방이다. 윤희중은 그 '자폐의 방'으로 하인숙을 데리고 들어가 사랑이 아니라, 한갓 안타까움과 조바심뿐인 정사를 벌인다.

> 나는 그 방에서 여자의 조바심을, 마치 칼을 들고 달려드는 사람으로부터, 누군지가 자기의 손에서 칼을 빼앗아 주지 않으면 상대편을 찌르고 말 듯한 절망을 느끼는 사람으로부터 칼을 빼앗듯이 그 여자의 조바심을 빼앗아 주었다. 그 여자는 처녀는 아니었다.

김승옥은 이 방죽길 위에서 "이 작품은 나의 생애 중에서 가장 슬픈 시절에 쓴 작품이다. 괴어서 썩어 가는 시간들과 천천히 바래어져 가는 삶의 모습, 거기서 벗어나기 위해 내면으로 가는 길의 외로움, 마침내 도달한 내면에서 마주치는 또 다른 어두움, 그런 것들을 소설로 그려내고 싶었다. 그러므로 이 방죽길은 〈무진기행〉의 가장 중요한 현실적인 배경이었다. 30여 년 전에 쓴 이 짧은 소설이 아직도 이야기거리가 된다면, 그것은 그 문장에 스며든 내 슬픔의 힘 때문일 것이다"라고 말했다.

윤희중은 무진으로 날아온 아내의 전보를 받고 급히 상경한다. 그는 자신에게 주어진 한정된 책임 속에서만 살기로 결심한다. 그는 하인숙을 무진에 남겨두고 심한 부끄러움 속에서 무진을 떠난다. 김승옥은 이 부분의 글을, 지방 소도시의 나른한 풍경을 배경으로 서 있는 진입로변이 이정표 푯말에서 힌트를 얻었다고 한다.

그리고 윤희중이 무진을 떠난 몇 년 후에 김승옥도 무진을 떠났다. 김승옥이 무진을 떠나서 찾아간 곳은 기독교의 신(神)이다. 순천만의 바다로 뻗은 방죽길 위에서 김승옥은 그가 〈생명연습〉 또는 〈무진기행〉 들을 잇달아 발표해서 김현·김치수·염무웅·이청준·박태순 등 그의 서울문리대 동기(同期) 입학생들과 세상 사람들을 놀라게 했던 일, 〈무진기행〉 이 발표되자마자 탄성을 지르는 전혜린(田惠麟)의 손에 명동 술집으로 이끌려 가서 기세를 올리던 일 등을 우울하게 회상했다.

김승옥은 그 방죽길 위에서 "신의 세계를 알고 난 뒤에는 이 세상에 도대체 펜을 들어서 소설로 써야 할 문제란 없다는 것을 확신하게 되었다"고 말했다. 그러나 김승옥은 또 "예수님이 꿈속에 나타나 원고지를 펼쳐 보이며 소설을 쓰라는 몸짓을 나에게 해 보이시곤 한다"라고도 말했다. 김승옥은 갯벌 저 너머에 있는 아득한 순천만의 바다 쪽으로 몸을 돌리며 "나는 어떻게 해야 하나. 나는 무엇을 써야 하나"라고 말했다. 그의 등 위에 무진의 햇볕이 내리쬐고 있었다.

근대적 삶에 대한 환멸의 서사

— 김승옥의 〈서울의 달빛 0章〉

구 모 룡

내 백성아, 거기서 나와 그의 죄에
참여하지 말고 그의 받을 재앙들을
받지 말라. (계 18 : 4)

김승옥의 〈서울의 달빛 0장〉에서 '0장'은 시작인가 끝인가? 이 소설을 쓸 1977년 당시의 작가의 의도가 0장을 서장으로 삼아 계속 1, 2, 3장 등으로 이어 간다는 것이었음에 비춰 이것은 시작의 의미를 지닌다. 그러나 그가 이것을 마지막으로 계속 1, 2, 3장 등으로 이어가지 않았다는 점에서 이것은 끝을 의미한다. 그런가 하면 1996년의 시점에서 다시 1, 2, 3장 등으로 이어 쓸 계획을 갖고 있음을 밝히고 있는 데서 끝의 의미는 다시 시작으로 바뀐다. 물론 '서울의 달빛'이라고 해도 될 것을 굳이 '서울의 달빛 0장'이라고 한 데는 그만한 내력이 있다. 제목에 대한 내력은 이 작가가 자신의 전집(문학동네, 1995) 첫 권에서 쓰고 있는 〈나와 소설쓰기〉라는 글에서 참고할 수 있다.

이 소설은, 시작과 끝, 끝과 시작의 의미를 동시에 지니고 있다는 점에서 김승옥에게 중요하게 인식되고 있는 작품이다. 의도하지 않은 완결과 미완의 염(念)이 글쓰기에 대한 작가의 입장을 잘 나타내고 있기 때문이다. 〈서울의 달빛 0장〉은 그래서 작가 스스로에게 문제적인 작품이 된다. 그러나 이 작품을 하나의 완결로 봤던 이어령의 판단도 옳다. 이 작품의 독립성과 자족성을 인정하기에 충분한 요건을 갖추고 있기 때문이다. 〈서울의 달빛 0장〉은 하나의 단일한 이야기를 완결된 구성으로 엮어내고 있다.

이 소설은 우선 결혼/이혼 이야기이다. 한 쌍의 남녀가 만나 결혼하고 이혼하는 과정이 그려져 있다. 우리 사회에서 가족제도나 가족주의 이데올로기가 차지하는 비중으로 볼 때 결혼 모티프는 매우 중요한 서사적 장치이다. 그래서 많은 소설들에서 가족구성(*family plot*)과 만나게 된다. 그런데 〈서울의 달빛 0장〉은 전통적인 가족주의를 그린 소설이 아니다. 전통적인 가족주의 소설은 그 주제가 안정이라는 의미에 모아진다. 이와 달리 이 소설은 가족의 해체라는 문제의식을 드러낸다. 그런데 이러한 문제의식은 사회적 맥락에서 사회적 삶에 대한 인식에 상응한다. 사회적 관계는 항상 가족관계를 매개하고 간섭한다. 이 소설이 결혼 이야기이면서 1970년대적인 삶에 대한 은유가 되는 까닭이 여기에 있다.

그렇다면 이 소설이 어떻게 1970년대적인 것을 은유하고 있는가? 70년대는 한국 사회가 산업자본주의 단계였고 정치적으로 유신체제의 지배 아래에 놓여 있었다. 이러한 70년대를 이 소설에서 작가는 부패한 부르주아 사회로 보고 있다.

> 먹을 것이 부족하던 시절에는 생선시장의 개들처럼 꼬리를 뒷다리 사이에 감아넣고 눈을 슬프게 치켜뜨고 다니다가 형편이 좀 나아지면 발정한 개들처럼 닥치는 대로 붙을 자리만 찾아다닌다. 사람들이 결국 바라는 건 필요 이상의 음식, 필요 이상의 교미(交尾). 섹스의 가수요(假需要). […] 썩은 사타구니에서 쏟아지는 썩은 감정. 자리를 찾지 못한 자들의 증오. 평화가 만든 여유. 여유가 만든 가수요. 가수요가 만든 부패. 부패가 만드는 증

오. 부패는 이미 시작되었으며 남은 일은 증오의 누적. 그리하여 전쟁. 전쟁은 필연적이다.

이처럼 삶은 부패의 감정, 욕망의 가수요 그리고 내전 등으로 비친다. 여기서 작가가 제시하고 있는 것은 부패의 현상학이다. 따라서 사회의 구조적인 문제는 관심의 대상이 되지 않는다. 즉 그는 상황 속 놓인 인간에 대한 해석을 시도하고자 한 것이다. 이러한 해석을 효과적으로 소설작품으로 그려내기 위해 작가는 지식인과 인기 탤런트를 등장시킨다. 극화된 화자인 '나'는 부유한 집안출신이고 대학의 시간강사라는 점에서 부르주아 지식인이다. 이러한 '나'와 결혼하는 상대인 '한영숙' 또한 인기 탤런트라는 점에서 그 '지위' 상으로 부르주아 계층에 속한다. (물론 '한영숙'은 그 출신에 있어 도시빈민이다. 그녀가 가족을 돌봐야 할 정도로 가난한 도시 주변부 출신인 것이다.) 요컨대 주인물들이 부르주아 계층에 속한다고 할 수 있다. 그런데 이들은 타락하고 훼손된 존재들이다. 특히 이러한 훼손됨은 먼저 '한영숙'에게 집중된다. 탤런트라는 직업이 그러하듯이 그녀는 하나의 상징이다. 한영숙의 훼손됨은 우선 그녀가 처녀성을 지니고 있지 않다는 사실로 표현된다. 물론 처녀성이 곧 순결을 담보하는 것은 아니다. 순결의 개념은 상대적인 가치를 지닌다. 그렇기 때문에 일방적으로 지켜져야 할 것으로 강요될 수 없다. 만약 이러한 강요를 나타내고자 한 것이 의도라면 이 소설은 가부장제 이데올로기에 대한 천박한 확인에 지나지 않게 된다. 문제는 그녀가 하나의 상징으로서 70년대 한국 자본주의의 한 모습을 보여주고 있다는 데서 찾아져야 한다. 즉 그녀를 훼손한 것이 그녀 개인의 주관적인 욕망이 아니라 자본의 논리라는 것이다.

누구냐? 이름을 대란 말야. 네 주둥아리를 통해서 말하고 있는 그 놈. 아직도 네 자궁 속에 살아서 까불어대고 있는 놈. 개 같은 욕망에 시대의 구실을 붙여 널 유혹한 놈. 널 마음대로 휘두르고 있는 건 네 몸 속에 붙은 도깨비야. 도깨비가 지배하고 있는 널 내가 어떻게 믿고 사랑할 수 있느냐. 토해버려라, 도깨비를 토해버려, 네 자궁 속의 도깨비를 입으로 토해버려.

극화된 화자이자 주 인물인 '나'에 의해 분석되고 있는 것처럼 한영숙의 욕망은 진정한 주체의 것이 아니다. 그것은 타자의 욕망이다. 타자에 의해 매개되고 촉발된 욕망이다. 그러나 그녀를 지배하는 욕망은 구체적인 이름을 지니고 있지 않다. '도깨비'로 표현되듯이 그것은 자본이라는 익명의 '악귀'라고 할 수 있다. 이것이 그녀의 모든 관계들을 훼손시키고 있는 것이다. 돈의 노예가 된 그녀에게서 가족관계는 여타의 사회적 관계와 마찬가지로 돈에 의해 매개되고 조절된다. 따라서 그녀의 삶은 존재의 관계가 아니라 소유의 관계, 교환의 관계에 의해 지배된다. 그녀의 입장에서 '나'와의 결혼은 제도화된 매춘의 관계 이상일 수 없다. 이 경우, 결혼과 매춘은 등가의 원칙이 적용되는 것이다. 엥겔스도 정략적인 결혼을 매춘행위라고 하였고 이것을 만들어 내는 것이 자본제 사회라고 한 바 있다. 따라서 이 소설에서 결혼 이후에도 계속되는 '한영숙'의 매춘 행위는 개인적인 타락의 극한이라기보다 물신화된 자본의 극단적인 모습이라 할 수 있다.

그렇다면 '나'의 입장은 어떠한가. 우선 여성의 순결성에 대한 요구에서도 그러하지만, 이혼 이후 많은 여성들과 황음(荒淫)에 빠지는 행위에서 남성중심적인 이데올로기를 지녔다고 볼 수 있다. 또한 '나'의 매춘(買春)은 아내의 매춘(賣春)에 대한 환멸의 대가만을 의미하는 것이 아니라 '나' 또한 자본의 욕망에 길들여져 있음을 말하고 있는 것이다. 성을 상품화하는 자본과 가부장제는 닮은꼴이다. 이러한 점에서 '나'가 '그 여자에 대한 전인격적 사랑'을 지녔다는 것은 낭만적인 허위이다. 물론 전인격적 사랑이라는 가치를 부정하는 것은 아니다. 그럼에도 자본의 논리가 지배하는 곳에서 그러한 낭만적 사랑은 부재(不在)에 속한다. 완전한 만남은 영원히 도달될 수 없는, 그래서 삭제표시를 해두지 않으면 안 되는 형이상적 초월의 영역에 속한다. '나' 또한 그녀와의 교환관계를 상정하지 않을 수 없다. 소설의 후반부에서 '한영숙'과의 새로운 관계를 생각한 것은 벌써 '나' 속에 잠재되어 있었던 것의 발로에 지나지 않는다. 그 또한 그녀를 처음부터 존재의 관계로 보지 않았고 소유의 관계로 본 것이기 때문이다. '나'의 절망은 그녀를 완전하게 소유할 수 없다는 데서 오는 좌절감이다. '나'의 욕망은 "그 여자의 나와 알기 이전의 과거까지 소유하고 싶은, 불가능한 욕망"인 것이다. 이러한 욕망은 매춘(買春)을 통한 황음의 과정을 거치고 난 뒤 새로운 차원으로 변형된다. 그 새로운 차원이란 애초부터 존재했던 교환관계의 수락이다. 이러한 점에서 '나'에게 '한영숙'은 자본주의적 인간관계에 관한 교사에 가깝다. '나'는 황음의 과정에서 수많은 여자들과 만남으로써 '한영숙'을 베끼고 있었던 것이다.

> 차를 가지게 된 날 준비해뒀던 예금통장을 아내였던 여자에게 갖다주겠다는 것이었다. 우리의 재산을 공평하게 분배함으로써 비로소 나는 아내였던 여자에게 마음의 빚을 갖지 않을 수 있다고 생각했다. 나는 차를 샀는데 너도 사고 싶은 거 사렴. 아파트를 위자료로서 자기한테 줬으면 하던 아내의 눈치가 항상 마음에 걸려 있었던 것이다. 아니다. 나는 제의하고 싶었던 것이다. 우리 시험삼아서 이제부터 새로 시작해 보지 않겠어? 되면 되고 안 되면 제 자리지. 자, 나도 이만하면 준비된 것 같은데.

이러한 '나'의 발언에서 순결성의 원칙이 소유 욕망의 변형이며 교환관계를 의미한다는 것을 알 수 있다. 그녀 못지 않게 '나' 또한 타락하고 훼손된 존재인 것이다. 이처럼 이 소설은 훼손된 인간관계를 다루고 있다. 그리고 등장인물들의 이러한 훼손됨은 곧 한국 자본주의의 천민성에 상응하는 의미를 갖는다고 비약시킬 수 있다. 특히 이러한 천민성이 크게 대두한 시기가 70년대이다. 70년대는 고도성장 정책 하에서 부의 합리적인 축적이 이루어지지 않았고, 비합리적인 투기 등으로 일어선 부르주아의 비도덕성이 만연한 시기이다. 따라서 합리적인 인간관계나 공공의 장이 형성되기보다 자본의 간섭에 따라 가치와 관계가 왜곡되어 표출된 것이다. 성의 상품화 현상도 이러한 사회구조 속에서 나타나게 된다.

이 소설에서 '한영숙'과 '나'는 타락한 사회의 타락한 인물들이다. 그런데 문제는 작가가 이러한 인물들에게 진정성을 추구하는 어떠한 노력도 부여하고 있지 않다는 것이다. 이러한 점에서 이 소설은 환멸의 서사이다. 세계의 부도덕을 뛰어넘지 못하는 인물들이 어떻게 자기를 파괴하며 살아가는가를 보이고 있는 것이다. '한영숙'의 경우, 타락한 세계는 이미 자신이 호흡하는 공기와 같다. 따라서 남성 중심 사회에 대한 부정의 한 양상으로서 성의 해방을 추구하거나 가부장제에 대한 저항의 방법으로 성적 자유를 주장하는 것과는 전혀 무관하다. 그보다 세계의 환멸스러움이 오히려 자기파괴의 근거로 활용되고 있는 것이다.

> 우리를 지배하고 있는 것은 자본주의도 정치권력도 아녜요. 종말에 대한 불안이에요. 적개심을 돋운다고 하지만 그건 전쟁 이후에도 살아남을 수 있는 사람들을 위해서죠. [⋯] 희망을 거는 건 인간이 독하지 못하다는 사실에 대해서뿐이죠. 그렇지만 그런 희망이 얼마나 허망한 결과로 나타나는지는 정부에서 설명 안 해줘도 누구나 알고 있어요. 그래요, 모두를 지배하고 있는 것은 슬픔예요. 그 슬픔은 특히 남자들을 사로잡고 있어요. 그 슬픔이 남자들의 윤리를 무너뜨려요. 윤리란 미래적인 거죠. 우리에게 미래란 없는 거예요. 그리고 허물어진 남자들이 여자를 지배하고 있구요. 그래서 모두 슬픈 거예요.

이처럼 '한영숙'에게 세계 환멸은 자기 부정이나 자기 파괴의 합리화 근거가 된다. 그녀에게 세계는 곧 남성적 세계이다. 세계의 무너짐이 남성적 윤리의 붕괴를 뜻하고, 그 윤리의 붕괴가 만들어내는 비애가 세계를 감싸고 있는 주된 정조가 된다. 그녀는 환멸의 안개 속에서 자신을 비애의 천사로 자처한다. 자기 부정이나 자기 파괴는 자기애와 동전의 양면을 이룬다. 그녀는 이러한 양면 의식을 지니고 있는 것이다.

세계 환멸은 '나'의 경우에도 마찬가지이다. 그런데 '나'의 경우는 회의주의를 만들어낸다. 그리고 이러한 회의주의는 유아론(唯我論)으로 연결된다. 특히 아내인 '한영숙'에 대한 체험은 그의 회의주의를 전면화하는 계기가 된다. 그는 나와 세계, 나와 타인을 엄격하게 분리하는 태도를 보인다. 그래서 모든 관계들이 부정된다. 그에게 관계들은 "철저히 불완전하고 위선적인 삼각형"으로 비치게 된다. 그래서 그는 말한다 — "나의 자리를 오염시킨 놈들은 누구냐." 세계 환멸에서 기인하는 회의주의가 자기 연민과 자기 회의로 이어진다는 것은 쉽게 알 수 있는 일이다. 남는 것은 '자기'뿐이기 때문이다.

> 곡마단의 객석에서 무대 위로, 술의 늪으로, 음모(陰毛)의 숲으로 나는 그것들의 부력(浮力)에 나의 존재를 떠받치도록 맡기고 있었고 그래서 나라고 내가 생각하고 있던 이전의 나로부터 점점 멀어져갔다. 물론 이건 내가 아니라고 생각했지만 그 전에도 항상 이건 내가 아니라고 생각하며 살았었다. 이건 내가 아니고 이전의 내가 나라고 한다면 이전의 나는 그 이전의 나를, 그 이전의 나는 그 그 이전의 나를… 그리하여 나는 무(無)이어야 할 것이다. 그러므로 이건 내가 아니라고 하는 바로 내가 나임을 안다. 어느 때나 돼야만 이건 나라고 할 수 있을 것인가! 그건 꿈속의 꿈임을 나는 안다. 나는 이전의 나로부터 멀어져감으로써 아내 쪽으로 가까워지리라 기대하고 있었다. 그러나 아무리 떠내려가도 아무것도 없었다.

결국 확인하는 것은 자기뿐이라는 것이다. 그러나 그 자기라는 것도 미궁의 영역에 있는 것이어서 그 존재의 정체를 확인할 길이 없다. 그래서 '나'는 삶이라는 여행에 실패한 자이다. "여행의 시작에 느꼈던 기대와 흥분도 이내 잃어버리고 지저분하나마 익숙한 고향거리에 대한 향수만 짙어갈 뿐"인 것이다. 물론 이 소설에서 '나'는 무엇을 찾아가는 자로서의 여행자로 설정되어 있지 않다. 처음부터 우연과 운명에 자기를 맡기는 회의주의자로 그려지기 때문이다. 그렇기 때문에 그의 여행은 세계와의 간극이 만드는 아이러니를 존재의 변증법으로 이끌어내는 과정이 아니다. 오히려 여행의 실패를 통하여 세계에 대한 환멸을 증폭시키고 있다. 이 경우 자아나 세계는 모두 좌절된 욕망의 등가물이 된다.

이 소설이 환멸의 서사라는 것은 주 인물들이 보이는 삶에 대한 태도에서 나타나는 것이지만, 극화된 화자의 뒤편에서 개입하고 있는 작가의 목소리에서도 찾아지는 것이다. 그런데 이 소설에서의 극화 화자가 지니고 있는 신뢰성은 매우 큰 것이어서 마치 고백적인 서사 혹은 사소설 양식이 아닌가 하는 착각을 불러일으키기도 한다. 그러나 극화 화자는 엄연히 서사적인 장치일 따름이다. 그래서 우리는 극화 화자를 조종하는 작가 개입을 탐색함으로써 작가의 의식이나 세계관과 만날 수 있다. 이 소설에서 극화 화자의 입을 빌려 전달되고 있는 작가의 목소리를 엄밀하게 분리해 낸다는 것은 힘든 일이다. 그럼에도 이 작품의 주제와 연관되는 부분들을 골라낸다면 다음과 같이 반복되고 있는 언술들이 될 것이다.

(1) 인간은 행복할 자격이 있는가?
(2) 인간은 자연인가?
(3) 인간은 도대체 행복을 바라고 있기나 한가?

(1)은 소설 속에서 두 번 반복된다. (1), (2), (3)의 물음을 통

해 작가는 그 나름의 인간학을 개진하고 있다고 생각된다. 이 물음들은 인간은 행복할 자격이 없으며, 인간은 자연이 아니다라는 답을 이끌어내고 있다. 인간은 자연이기보다 그것을 파괴하는 자이기 때문에 행복을 스스로 포기하고 있다는 것이다. 작가는 인간의 세계를 혼란과 무차별화 현상으로 폭력이 만연되고 있는 곳으로 보고 있는 것이다. 그의 눈에 그것은 '전쟁'의 상황이다. 이러한 상황은 인간만이 만들고 있는 '삼각형의 관계 형식'의 불완전함 때문에 피할 수 없는 것으로 간주된다. 작가는, 벌써, 신없는 세계의 무차별성을 지적해 내고 있는 셈이다.

이러한 무차별화 현상에서 질서를 이끌어내는 것은 완전한 삼각형의 관계형식을 만들어내는 일이다. 그것은 삼각형의 꼭지점에 신을 두는 일과 무관하지 않다. 이 소설을 통하여 작가는 은연중에 신 없는 세계의 불완전함을 말하고 있다. 여기서 우리는 그의 개종이 이미 예비되고 있음을 눈치챌 수 있는 것이다. 세계 환멸과 인간 환멸이 그로 하여금 근본적인 보수주의 사상을 품게 한 것이다. 달리 말해서 그의 의식 속에 비극적인 세계관이 형성되고 있었던 것이라 하겠다. 그러나 이 소설이 전면적인 인간 부정을 시도하고 있다는 것은 아니다. '나'와 '한영숙'이 만들어 내는 두 번의 역전 관계는 아직은 인간에게 구원의 가능성이 있다는 것을 시사하고 있기 때문이다. 소설의 결구에서의 '찢어진 통장'은 인간다움의 최저 생존치가 미약하나마 남아 있다는 메시지로 받아들여도 무방할 것이다.

이 소설을 통하여 작가가 직면하고 있는 현실은 바로 근대라는 것이다. 이 소설은 근대화, 산업화, 도시화로 규정될 수 있는 70년대적 사회-인간에 대한 지속적인 가치가 실종되고 고향에 대한 추억마저 더렵혀지는, 자본과 욕망만이 출렁이는 사회를 두 남녀를 통해 그려낸 것이다. 그리고 그러한 사회적 삶에 대한 작가의 해석이다. 작가는 자신을 둘러싼 근대적 세계를 환멸의 눈으로 바라본다. 그래서 이 소설은 환멸의 서사이다. 환멸이 전제되었다고도 할 수 있다. 그렇기 때문에 세계와의 아이러니적 간극을 극복하려는 적극적인 주인공이 나타나지 않는다. 세계 부정이 자기 부정으로 이어지고 그리하여 그것이 인간적 존재에 대한 전면적 부정이 될 때 소설은 실종된다. 인간학이 신학으로 바뀌는 지점에 환멸적 세계관이 놓여 있는 것이다. 물론 이는 작가가 뒤에 신학으로 개종하였다는 전기적 정보만을 염두에 둔 것은 아니다. 근대적인 것과의 싸움이 없는 한 이미 알려진 양식으로서의 소설은 존재하지 않는다는 소설의 철학에 근거를 둔 것이다. 진정성 혹은 신적인 것을 추악한 근대적 삶 속에서 찾아낸다는 것은 모순이다. 소설은 이러한 모순의 변증법에서 생존의 자양분을 만들어 낸다. 그렇다면 형이상학적 회심이나 종교적 개종 이후에는 소설이 있을 수 없는가. 그렇지 않을 것이다. 그렇다면 전혀 새로운 양식이 되지 않을까.

> 인간들은 그들의 탑 속에서 살 수 있다. 그들은 고층 건물을 짓고 거대한 도시를 건설할 수 있다. 그들은 세계를 서로 연결하는 그물망으로 덮을 수가 있다. 그러나 이것들은 더 이상 그들에게 의미를 주지 못한다. 바벨은 결코 끝나지 않을 것이다.
>
> —자끄 엘룰, 《도시의 의미》에서

(1996)

유혹 그리고 공포*

—김승옥론

정 과 리

설화가 없어서 우리는 좀 우둔했고 판단하기를 싫어하는 사람들이 누구나 그렇듯이 세상을 느끼고만 싶어했다. 그리고 그들이 항상 종말에 패배를 느끼고 말 듯이 우리도 그러했다.

— 〈누이를 이해하기 위하여〉

Ⅰ.

개항 후 백여 년의 한국사는 크고 작은 충격들의 연속이었던 것 같다. 서구 열강의 팽창주의에 의해 수입되었던 서구식 문물의 모든 것은 그때까지의 한국인의 생활 양식·감정에서 볼 때 너무나 이질적인 것이었고, 서구식 문물이 우리의 의식 속에서 폭넓게 주체적으로 흡수될 수 있었던 기회가 실학자들이 죽은 철학이 된 주자학의 공리공담을 비판하고 이념을 생활에 접합시키려 했던 활발한 노력의

* 이 글은 20여 년 전(1980)에 씌어진 글이다. 출판사의 갑작스런 요청으로 제대로 수정하지 못한 상태로 원고를 넘기게 되어 변명 삼아 몇 자 적는다. 다시 읽어 보니, 우선 문장이 거칠고 투박한 분석과 단정적인 확언들이 그냥 노출되어 있다. 루카치의 문학이론에 깊이 침윤되어 있던 그 시절의 나의 문학관을 나는 더 이상 받아들이지 않고 있으며 따라서 '평가'의 층위에서 많은 수정이 필요함을 절감한다. 다만, 분석의 층위에 놓인 진술들은 도식적인 대로 김승옥 문학의 핵심적인 면모를 나름대로 해석해 냈으며, 그것은 여전히 유효하다고 믿는다.

시기에 있었지만, 서구 문물을 가져왔던 세력의 본래의 의도가 자국의 사회경제적 모순을 해결하기 위한 타국(他國)의 침탈이었던 만큼, 서구 문물의 알맞은 수입은 늘 수입과 더불어 그들의 침해를 감수해야만 했던 것이다. 물론 한국의 경우는 서구의 직접적인 침략이 아닌 인접국인 일본에 의한 강점으로 귀착하였던 것이지만, 일제강점이 있기 전까지 여러 외세들의 이권 쟁탈의 장(場)이었으며, 일본 자신이 서구 자본주의의 제도를 그대로 모방, 흡수했던 나라인 만큼, 그 침략의 본질적인 구조는 제국주의 침탈 이하의 의미를 갖는 것이 아니었다. 이후 한국의 역사는 국제정치 관계에서뿐 아니라 우리의 시각에서 보았을 때도 우리 자신이 한국 근대사의 주체가 된 적이 거의 드물었고 일방적인 압제 혹은 수혜의 객체가 되어 왔을 뿐이다. 그렇기 때문에,

> 개항 백년의 우리 역사를, 생각에 따라서 다를 수도 있겠으나, 한 마디로 '실패의 역사'라 할 수밖에 없다. 어떤 과정을 밟았건 일단은 근대적인 사회로 옮겨올 수 있었다는 점, 독립운동의 과정을 통하여 민족적 역량을 드러낼 수 있었다는 점을 지적하면서 그것을 긍정적으로 이해하려는 생각도 있을 수 있다.
>
> 그러나 역사 발전의 요인을 자율(自律)이라는 점에 두고 생각해 보면 개항 백년의 역사는 속된 말로 '남의 장단에 춤을 춘 강요당한 역사'였다.
>
> —강만길, 《분단시대의 역사인식》, p. 86.

이나,

> 전통적으로 한 민족이 스스로의 운명을 내부적 요인에서가 아니라 외세의 영향에 의해 결정되는 것으로 생각해 왔던 것은 바로 외세의 각축장으로서의 한국 역사가 갖는 특수성 때문이다.
>
> —김학준, 《해방전후사의 인식》, p. 64.

같은 글을 읽을 때 미묘한 아픈 감정을 느낄 수밖에 없는 것이 현실인 것이다. 이러한 외세에 의한 객체의 상황이 현재까지도 채 극복되고 있지 못함은 그만큼 36년의 식민지 지배 그리고 분단 등의 현실적 질곡과 왜곡을 통해 한국의 역사가 순조롭게 발전할 수 없었으며 또한 그 왜곡의 시대를 거치면서 한국인의 주체적 역량이 제대로 성숙할 수 없었다는 사실을 반영하는 것이다. 이데올로기를 취급하는 최근까지의 소설들 중 문학적 성과를 획득하거나 독자 혹은 비평가들에게 호의적인 반응을 얻고 있는 것들이 대부분 그 작중 인물에 대해, 이데올로기와는 무관하게 피해를 입은, 사상의 치열성과는 거리가 먼 '순진성으로서의 인간'들을 많이 설정하는 것도 위의 문맥에서 이해할 수 있을 것이다.

그러나 우리의 역사가 외세의 침탈을 일방적으로 당해 온 그것이라 할지라도 그렇게 될 수밖에 없었던 것이나 한국인의 작은 해방 노력들이 좌절에 부딪칠 수밖에 없었던 것을 모두 외세의 탓으로 돌려 버리기에는 어딘지 미흡하고 정직하지 못하다는 인상을 갖게 된다. 즉 과거로부터 이어 온 현실의 상황이 무엇이든 간에 그 상황의 중요한 인자로서 우리 자신을 넣지 않을 수가 없는 것이다. 인간 역사의 발전이 결정론적으로 예정되어 있는 것이 아니라 인간이 참여함으로써 가능하다는, 다시 말하여 인간의 역사를 진보시키는 데에는 인간의 생산적 의지, 그리고 그 실천이 주요 변수로 작용한다는 사실이 분명하기 때문에 그러하다.

II.

김승옥은 개항 후 한국인의 상황과 그것에 대한 반응을 당대의 시각에서 구조적으로 탁월하게 보여 준 작가이다. 여기서 '구조적'이란 말은 김승옥의 소설 작법이 위에서 말한 외세에 의한 충격이라는 역사적 현상을 현실의 중심적인 일부에서 포착하여 그 상황의 구체적 모습을 집약적으로 생생하게 모사한 것이 아니라, 충격의 본질적인 요소들을 길러내어 작가의 의식 속에서 상상적으로 재구성했음을 의미한다. 김승옥이 인식한 현실의 본질적인 요소들은 특이한 것 혹은 새로운 것에 대한 유혹과 공포이다.

1) 해가 지면서부터 몸이 달 정도로 기다리던 부흥회였다. 누나는 망측한 전도사라고 욕을 실컷 퍼부어 놓고 나서는 나를 껴안고 깔깔대며 웃어대는 폼이 나보다 더 기다려지는 모양이었다. 형도 이것만은 흥미있는 일이라는 듯이 다락방에서 덜커덩 소리를 내며 몸을 뒤척이고 있었다. 어머니도 침울한 표정으로 굳어져 버린 얼굴에나마 진기한 것을 보았을 때 생기는 미소를 살짝 보여 주던 것이 나와 누나는 여간 기쁜 것이 아니었다. 아아 어머니는 진기한 것을 보시면 웃으시는구나, 하고 나는 생각했다.

2) 문제의 전도사는 얼굴이 약간 창백하달 뿐 보통 사람과 다름이 없었다. 창백하다고는 해도 집에 있는 형에게 비하면 아주 건강체였으니 대단히 평범한 사람이라고밖에는 말할 수 없을 지경이었다. 키는 나지막하고 눈이 가늘어서 날카로웠다. [⋯] 저 사람이, 도대체 저 사람이 손수 칼로 자기의 생식기를 잘라내 버렸을까 하고 나뿐만 아니라 어른들도 못 믿겠다는 눈치였다. 차라리 저 전도사 곁에 서 있는 키가 유난히 크고 얼굴이 홀쭉이 생긴 미국 사람이 그랬더라면 나는 믿었을지도 몰랐다. 그편이 훨씬 그럴 듯해 보였으니까.

3) 그날 밤 나는 자꾸, 지금 생식기가 없는 사람은 저 미국 사람이다, 라는 착각에 여러 번 빠져들곤 했다. 그러다가 보니 그 전도사가 왜 그런 짓을 해 버렸는지조차 어느덧 까먹게 되어서 누나에게 다시 물어 보고 나서야 깨닫곤 했다. 하느님을 위해서 아니 성령을 받고 그랬다는 것이 아닌가. 내게도 성령이 찾아오는 어느 순간이 있어 나 스스로이 목이라도 잘라 버려야 할 경우가 있을는지도 모를 일이라는 생각이 문득 들었다. 그러자 소름이

> 돋기 시작했다. 땀과 노래와 노래 박자에 맞추어 치는 손뼉 소리가 미친 듯이 날뛰다가 가끔 딱 그치고 갑자기 고요한 침묵의 시간이 생기곤 했는데 그런 때엔 나는 나지막이 들려 오는 파도의 찰싹거리는 소리가 못 견디게 그리웠고 오늘밤 여기에 온 것이 그리고 앞자리를 차지한 것이 어찌나 후회되던지 자꾸 혀만 깨물었다.
>
> — 〈生命演習〉

인용문은 계속적으로 이어진 글을 의도적으로 끊어 번호를 매긴 것이다. 인용문의 배경은 생식기를 스스로 잘라버린 한 전도사가 와서 부흥회를 개최한다는 것이다. 배경에서 우선 주목할 것은 부흥회 즉 교회이다. 교회는 서구문물 이식의 첨병이었음은 주지의 사실이다. 그런데 이질적인 정신양식이 들어오는 데에는 한국인의 정신 양식에 비추어 상당히 저항을 수반하는 것이었기 때문에 물리적인 매개를 필요로 할 수밖에 없었다. 그것이 바로 '구호물자 배급'이었다. 외세에 의한 이데올로기 전쟁의 희생자가 또 이데올로기 이식자들에 의해 물리적 생존을 지탱받아야 했다는 것만큼 아이러니컬한 일이 없으나, 아무튼 그 교회의 이식은 한국인의 새로운 것에의 이끌림 즉 외세에 비한 물리적 힘의 약세와 교묘하게 어울린 새것 콤플렉스를 가장 첨예하게 반영해 주는 부분이다. 인용문 1)은 이 새로운 것에 대한 유혹을 말해 주고 있다 (인용문에서 보이는 새로운 것에 대한 유혹은 교회라기보다는 거세이기 때문에, 외래의 새것에 대한 유혹이 아니라는 이의가 제기될 수 있는 데 위의 인용문을 지탱해 주는 이유들이 있다. 구조가 문제가 될 때, 작품 속의 사항들은 문자 그대로의 의미를 갖기보다는 구조의 구축을 가능하게 하는 매개항으로 기능한다. 거세는 교회-이방과 우리를 이어 주는 매개항이다. 둘째, 실제로 김승옥 작품의 도처에는 외세 즉 이방에 대한 유혹과 공포가 직접적으로 드러나고 있다. 이를테면 〈누이를 이해하기 위하여〉에는 김승옥에게 있어 또 하나의 이방인 서울에 대한 주인공의 유혹과 공포가 표면에 나타나고 있다. 셋째 거세가 교회와 접합해 있는 것은 아마 작가의 '무의식적 기도'에 의한 것으로서, 양자는 동일한 분위기를 환기한다. 즉 거세가 진기하듯 교회도 진기한 것이다. 넷째 거세는 자해 행위이면서 극기인데, 후술하는 바와 같이 유혹과 공포로부터 파생된 산물이다. 그런데 그 파생에는 똑같은 유혹과 공포가 발생한다. 다섯째 굳이 이 글을 인용한 것은 유혹과 공포의 가장 가혹한 양상을 보여주고 있기 때문이다.)

여기서 우리는 유혹이 감정적으로 팽배해 있음을 쉽게 느낄 수 있는데, 거세가 끔찍스러움을 유발하지 않고 지극한 흥미를 불러일으키는 것은 그 거세의 담당자가 우리가 아니고 타인이기 때문이다. 자신의 온전함 / 타인의 기형이라는 대립 구조의 기대가 인용문의 핵을 이룬다. 그런데 이 대립의 기대를 이끌어 주는 것은 자신이 바라보는 주체라는 것이다. '자신이 바라보는 주체'라는 진술은 바라본다와 주체라는 두 개념의 접합을 말한다. 바라본다는 것은 여기서는 비판적 거리로서의 의미보다는 향수 혹은 감상의 의미를 가지고 있다. 따라서 바라봄은 현실 속에 몸담고 있고 그래서 치열한 행위를 하는 것보다는 현실과 떨어진 유희의 의미를 준다. 주체라는 개념은 여기에서 바라보아지는 객체를 상정해 두고 있다. 그리고 주체와 객체는 서로 영향을 주는 관계가 아니라 객체에 대한 주체의 일방적 행위(바라본다) 만이 허용된 관계이다. 객체는 바라보아지는 수동형이고 우리는 바라보는 능동형이다. 그런데 이러한 주객의 바라봄의 관계는 기대의 영역일 따름이다. 실제로 그 객체는 타인이 아니고 바로 자기 자신인 것이다. 인용문 2) 는 자기 자신과 거세한 전도사가 하등의 이질성을 갖고 있지 않다는 데 대한 당혹과 충격을 보여 주고 있다. '그 전도사 곁에 서 있는 키가 유난히 크고 얼굴이 홀쭉이 생긴 미국 사람이 그랬더라면 나는 믿었을지도 몰랐다'라는 구절이 당혹과 충격의 정도를 크게 잡아당긴다. 이로써 전도사는 자연스럽게 자기 자신으로 치환되는데, 인용문 3) 은 이 치환에서 야기되는 공포를 보여 준다. 그것이 공포인 것은 거세의 담당자 즉 바라보아지는 객체가 이방인이 아닌 바로 자기 자신이라는 것이었고 그럴 때 이 주객의 관계는 바라봄의 관계를 떠나서 직접적인 해악의 관계에 위치한다는 것에서 연유한다. 기대의 영역에서는 시각으로서의 주체가 자신이었던 것에 반해, 현실의 영역에서는 촉각으로서의 객체가 자신이었던 것이다. '성령을 받고'라는 구절이 바로, 타인에 의한 즉 이방에 의한 우리의 침해를 상징적으로 반영해 준다. 이상과 같은 분석으로 우리는 유혹과 공포라는 기본 구조를 살펴볼 수 있는데 이로부터 파생된 산물은 극기 즉 자해(自害)이다. 왜 자해로 귀착할 수밖에 없었는가를 밝히기 위해선 이들 가족의 아버지가 전쟁통에 돌아가셨다는 것을 상기해야 한다.

> 어머니는 영혼을 사러 다니는 마녀와 같다고 형은 경계하고 있었고 한편, 형은 빈틈을 쉬지 않고 노리는 어떤 악한 세력이라고 어머니는 생각하고 있었다. 이러한 생각들은, 나와 누나의 직관 속에서 보면, 분명히 **아버지의 사망 후**에 비롯된 것이었고 비록 은근한 것이었다고는 하나 얼마나 끈덕진 것이었던지 이것의 어떤 해결 없이는 새로운 생활-새롭다고 한들 남들은 별 생각없이 예사로 사는 그런 생활을 할 수는 도저히 없는 것이었다. (강조 : 인용자)

아버지의 사망은 곧 기댈 수 있고 자신을 이끌어주는 것의 상실이다. 어느 국문학자의 말을 빌면 '혼의 떠남'이다. 〈염소는 힘이 세다〉의 가족, 〈乾〉에서의 도시의 파괴, 〈환상수첩〉에서의 고향 상실감, 〈力士〉에서의 유교적 위계 질서와 자본주의 계산 윤리가 교묘하게 접목된 가정의 양태, 〈싸게 사들이기〉가 보여 주는 윤리의 위기, 이 모두는 왜곡된 모습을 가질 수밖에 없는 현재의 과거에 삶의 전체를 이끌어 주는 큰 질서가 혹은 정통성이 파괴되었음을 보여 준다. 이것은 아마도 김승옥 작품의 당대적 의미로서는 분단을 상징한다.

III.

김승옥의 작품들이 크게 보아 개항 이후의 한국인의 외래에 대한 충격과 반응을 구조적으로 제시하고 있지만 직접적으로 연결되는 것은 분단과 4·19일 것이다. 분단이란 곧 한국인의 생활 양식 감정의 총체를 온전하지 못하게 하는 구조적 질곡으로 작용하는 것인데, 그것을 직접 경험한 세대 후(後)의 사람들에게도 그것이 물리적으로 극복되지 않는 한은 늘 현재형으로 남아 있다. 최근의 문학 작품이 6·25에 대해 다각적인 풍성한 접근을 하고 있음이 그 반증이기도 하거니와 우리가 일상 생활에서 흔히 부딪치는 불편함 등이 모두 분단이라는 채 치유되지 못하고 있는 우리의 깊은 상처를 반영해 주고 있는 것이다. 그 상처에 의해 우리는 상당 부분의 왜곡을 감수해야 하는데 휴전 이후 이승만 체제의 계속된 실정과 부정부패는 그 왜곡의 극단적인 치달음이었다. 그 극단적인 왜곡은 억눌린 자들의 자기 각성과 의지 그리고 항거에 의해 무너지고 말았는데 그것이 바로 4·19 의거이다. 4·19 의거의 성공은 우리 민족의 잠재적인 역량을 보여 준 민족 의지의 발현이었고 그 잠재적 역량이 현실의 표면에서 성숙할 수 있는 기초가 될 수 있었다. 그러나 4·19는 또한 그 자체의 한계를 안고 있었는데, 물질적 경제적 억압에 대한 근본적인 인식에 의해서라기보다는 자유라는 서구로부터 이식된 (그 구체적 내포에 대한 이해가 불분명한) 이념에 의해 뒷받침된 의거였기 때문이다. 백낙청은 4·19의 한계를 다음과 같이 분석하고 있다.

> 3·1운동이 일제 통치를 종식시키는 데 실패한 반면 4·19는 이승만의 독재 정권을 무너뜨렸다는 점에서 3·1 운동보다 일단 성공적이었다고 말할 수 있다. 그러나 4·19의 성공은 첫째 휴전선 이남에 국한되었으며 둘째 주로 도시에 한정되었고 셋째 우리의 가장 영향력 있는 맹방 미국의 호의적 반응에 힙입은 바 컸다는 의미에서 그 나름의 뚜렷한 한계를 지니고 있다.
>
> —《민족문학과 세계문학》, 창작과 비평사, p. 57.

이 세 가지 이유들을 포괄하는 또 하나의 이유가 이념에 의한 의거였다는 점이다. 자유 · 평등이라는 이념은 분명 인간의 위대한 전통이고 훌륭한 당위이다. 그러나 그 구체적 내포가 물리적 현실에 대한 이해에 기초되지 않을 때, 그 이념은 공허함으로 떨어질 위험이 있는 것도 사실이다. 자유 · 평등이라는 이념이 서구 귀족제의 신적(神的) 질서를 무너뜨리고 이성의 우위, 인간적 질서를 내세운 초기 자본주의 표방 이념이었음은 주지의 사실이다. 그러나 자유 · 평등의 이념과 연결을 맺고 있었던 또 하나의 자본주의 이념은 개인주의이다. 귀족적 위계 질서에 대항한 개인 의식의 각성은 그 나름대로의 의의를 가지는 것이었지만 그것에 의한 '보이지 않는 손'의 보살핌을 받은 자유방임 경제는 인간과 인간의 관계를 경쟁의 관계로 형성시켰으며 이 자유경쟁 과정에서 필연적으로 빈부의 격차가 발생하는 것 또한 사실이다. 우리의 경우는 서구의 제도를 표면에서 차용하는 바 그 제도의 모순이 한국인의 의식 속에 명확해지기까지에는 익숙지 못한 것이었고 우리의 물질적 빈곤 자체가 그 제도에 대한 검토를 요청할 수 없었던 것 같기도 하다. 아무튼 4 · 19는 개인주의 윤리에 많은 부분을 몫으로 남겨 주고 있었다. 그렇기 때문에 자유와 개인주의 이념 사이의 적확한 인식 없이 4 · 19 이후 급격히 개인주의 윤리에 침식되어 갔으며 이것은 필경 빈부 격차의 심대뿐 아니라 한국인의 공동체 의식의 파괴로 이어지는 것이었다. 이것은 바로 자생적으로 성공한 것이 아닌 남에게서 빌려온 논리의 파행으로서, 김승옥의 작품에 나오는 '자기 세계'는 개인주의의 논리적 파행과 동일한 형태의 관계를 갖는다.

Ⅳ.

데뷔작 〈생명 연습〉에서 줄거리를 이끌어 가는 핵으로서 표면화된 '자기 세계'는 타인(他人)과의 철저한 배타 감정을 의미한다. 그것이 건강한 개인 의식의 각성 그리고 개인들간의 참다운 유대로 표현되지 못하고, '타인은 모두 속물이라고 생각하'는 자기 자신만의 은폐된 지하실(왕국이 아닌)로 노정되는 것은 위에서 이미 말한 바 이식된 이념에 의한 것이며 또한 '혼의 떠남'에 의한 것이며 사회사적 조망 아래서는 '분단'이라는 변수에 의한 것이었다. '혼의 떠남'에 의해 귀착될 수밖에 없는 자기 세계의 한 모습은 끊임없이 그리고 집요하게 타인을 파멸시키려는 욕망이다. 〈생명 연습〉에서 윤리를 위반한 어머니를 죽이기 위해 계획하고 또 계획하고 그 계획을 '나'와 '누구'에게 납득시키기 위해 끈끈한 음성으로 꾀는 형이라든가, 자신의 건강 유지를 위해 춘화(春畵)를 제작 판매하는 〈환상수첩〉의 수영 등 모두엔, 타인의 희생을 통해서 자신의 대가를 얻고자 하는 이기적 파괴 본능이 집요하게 숨어 있다. 위의 진술들에서 '끊임없이' '집요하게' '끈끈한' 등의 형용어는 자기 세계가 얼마나 완벽하고 견고한 것인가를 말하기 위해 사용된 어휘들이다. 가령 '부두 저편으로는 거문도를 가는 바다가 항상 차디차게 흔들리고 있는 것이었다'라는 구절을 읽을 때, '저편으로' '가는'과 '차디차게'가 어울린 자기 세계의 견고함, 그래서 타인은 결코 용납하지 않으려는 개인의 폐쇄성을 아득하게 느끼게 되는 것이다. 다른 무엇도 용납할 수 없는 자기 세계의 타인을 멸망시키려는 집요한 욕망이 가져다 주는 구체적 개념은 논리의 파행(跛行)이라는 것이다. 건강하고 순조로운 논리가 설정될 수 없는 상황에서 그것을 만들어내려는 집착은 왜곡된 논리, 즉 논리의 파행으로 이끌어 간다.

> 그리고 잠시 동안 그들은 무엇을 생각하는 듯이 조용히 걸어가고 있었다. 나는 미안하나마 대단히 필연적인 어떤 분위기를 느끼며 그 뒤에 올 것은 무엇인가 하고 거의 기다리고 있는 형편이 되어 있었다. 그런데 그것이 의외에도 형의 입에서 튀어나왔던 것이다.
> "저거… 우리… 먹을래?"
> 왁 하고 환호가 터졌다. 골목이 쩡 울렸다. 그러자 사태는 급속도로 발전해 나갔다. 그들의 눈은 이미 생기를 되찾았고 삽들

이 땅에 끌리는 소리가 더욱 요란스러워졌다.

— 〈乾〉(강조 : 인용자)

작품에서 빨치산의 시체를 매장하고 오던 형제와 형의 친구들은 길목에서 '윤희'를 만난다. 윤희는 나에게 굵은 도화연필을 주었던 그리고 그날따라 '한복 차림'을 한 이웃집 누나이다. '윤희'가 상징하는 것은 '나'에게는 과거가 되어 버린 자유롭게 그림을 그릴 수 있던 세계이며 또 '누구나 정당하게 살고 정당하게 죽어간다. 피하려고 애쓸 패륜도 아예 없고 그것의 온상을 만들어 주는 고독도 없는 것이며 전쟁은 더구나 있을 필요가 없'(〈생명연습〉)는 세계이다. '윤희'가 과거라는 순수함의 의미를 보여 주고 있다면 형과 형의 친구들은 외부 세계에 대한 유혹을 보여 준다. 그들은 무전 여행을 준비하고 있었던 것이다. 그러나 전쟁으로 인하여 그들의 여행은 취소되고 방구들을 뭉개고 있다가 아버지를 따라 빨치산의 시체를 치우고 오는 길이었다. 인용문은 억압된 여행 욕망과 그 억압된 것을 분출시키려는 안간힘이 현실의 개조가 아닌 왜곡된 파행으로 치닫는 것을 극적으로 보여 주고 있다. 그리고 강조 부분이 지시하고 있듯이 이 논리의 파행을 제일 먼저 촉발시키고 있는 이가 '나'와 동일한 가족인 형이라는 사실은 형→나의 전화를 통하여 그 파행들이 타인들의 그것이 아니라 바로 자신의 파행임을 보여 준다. 작품 〈乾〉에서 그 논리의 파행은 현실로의 뛰어듦, 즉 경쟁의 세계고 싸움의 세계인 이기의 세계로 뛰어드는 것인데, 다른 작품들에서는 그 역으로 현실에서의 살아나려는 안간힘, 생명을 건 음모이다. 물론 그 음모에는 타인과의 유대감이나 현실을 개조하려는 객관적 인식이 있다기보다는, 자기 개인의 생존 본능, 섬뜩할 정도의 개체보존 본능이 관계되어 있다.

이렇게 논리의 파행으로 치달은 '자기 세계'의 또 하나의 모습은 극기 즉 자해이다. 극기-자해와 타인을 멸망시키려는 욕망은 자기 세계의 별개의 두 현상이 아니라 동전의 양면과도 같은 표리를 이룬다. 이것은 자기 세계의 타인을 파멸시키려는 욕망이 항상 기대의 영역, 계획의 영역에 머물고 만다는 사실에 의해서이다. 그렇기 때문에 어머니를 죽이려는 형의 음모는 실패로 끝나고 〈乾〉에서 '윤희'의 윤간이 작품 표면에 드러나질 않고 예상의 상태에서 결말을 맺게 되는 것이다. 거세의 담당자가 미국인이라는 환상과 마찬가지로 타인을 파멸시키려는 욕망은 늘 현실의 영역이 아니라 기대의 영역에 국한되어 있는 것이다. 또한 그 타인 파괴 욕망은 욕구에도 불구하고 실제 침해를 입는 것은 자기 자신이라는 사실에 의해서이다. 〈생명연습〉이 형의 자살로 끝나고 마는 것이나, 춘화를 파는 수영은 동네 깡패들에 의해 동생이 윤간당하는 것을 감수하지 않을 수 없다는 사실이 극기의 극단적인 양상을 보여 준다. 즉 타인을 파멸시키려는 욕망과 극기는 표리를 이루면서 왜곡된 자기 세계의 파국을 보여 준다.

김승옥 작품의 중심핵인 자기 세계는 개인의 의식에 속한 것이다. 그런데 김승옥 작품의 탁월한 힘은 이 의식의 왜곡된 모습이 항상 물리적 현실에 근거를 두고 있음을 빠뜨리지 않는다는 것이다. 우리가 김승옥 작품에서 발견되는 개인의식의 논리적 파행을 분단과 4·19에까지 확대시킬 수 있는 것도 작가의 현실에 대한 직접적인 감각(상징적으로 표출되는 것이지만)이 작품 속에 개재해 있기 때문이다. 가령 "몸파는 것보다 낫지 않아요?" 하면서 야경을 돌려고 하는 선희의 건강하게 살려는 의지가 패배로 귀결되고 마는 것이 육체의 유린이라는 물리적인 폐해가 직접 관계되고 있기 때문이라는 사실이 그 증좌이다. 보다 구체적인 예로는 수영의 파행이 폐병이라는 신체적 악조건, 〈차나 한잔〉에서의 '희망대로 생각할 수' 없는 우유부단한 소시민 가정을 들 수 있을 것이다. 또 〈염소는 힘이 세다〉에서 누나의 피강간을 에워싸고 있는 음울한 분위기는 '가난'인 것이다. 김승옥의 작품은 물리적 현실의 나쁜 상태, 다시 말하여 '존재'와 존재에 의해 구속되는 자기 세계 다시 말하여 '의식'의 거의 동일한 양상으로 왜곡되어 있는 혹은 가는 양상을 구조적으로 날카롭게 포착하고 있다.

V.

이제 김승옥에게 혹은 김승옥 작품의 화자(話者)에게 파악된 이방의 모습이 무엇인지를 살펴보기로 하자. 이방의 모습을 살펴보는 일은 이방이 아닌 자신의 모습의 파행을 간접적으로 설명해 줄 수 있을 것이다. 주목해야 할 것은 '서울 / 시골'의 대립이다. 김승옥 작품의 경우 서울은 또 하나의 이방이다. 교회와 마찬가지로 서울은 유혹과 공포의 가해자이다. 시골과 시골에서 올라온 주인공은 서울에 대한 끊임없는 유혹을 느끼면서 모방을 하고 동시에 그것에서 논리적 파행으로 치닫는 처절한 양상을 드러내고 있다. 말한 바와 같이 서울로 표상되는 이방의 세계는 자본주의적 개인주의 이념에 의거한 세계이다. 그리고 경쟁 · 싸움의 이기의 세계이다. 그리고 '모든 욕망의 집결지'이다. 그리고 섞여 있으면서도 혼자 있는 세계이다.

> 1) 우리는 각기 계산하기 위해서 호주머니에 손을 넣었다.
> 2) "미안하지만 제가 함께 가도 괜찮을까요? 제게 돈은 얼마든지 있읍니다만…"이라고 그 사내는 힘없는 음성으로 말했다.
> 그 힘없는 음성으로 봐서는 꼭 끼어달라는 건 아니라는 것 같았지만 한편으로는 우리와 함께 가고 싶은 생각이 간절하다는 것 같기도 했다. 나와 안은 잠깐 얼굴을 마주 보고 나서
> "아저씨 술값만 있다면…"이라고 내가 말했다.
> — 〈서울, 1964년 겨울〉

인용문 1)은 인간과 인간의 만남이 개인과 개인의 이질성의 만남으로 처리되어 있는 것을 보여 준다. 타인에게 무관심함, 자기 자신만의 삶과 의식이 배태하는 모습이다. 인용문 2)에서, 보다 확실해지는 것은 인간과 인간의 관계가 돈의 관계, 사유의 관계로 타락해 있다는 것이다. 이때 인간의 만남은 현실에 대한 인식, 비판, 변혁

노력 혹은 사상적 지향점 등이 아니고 화폐에 의한 교환의 관계에서의 만남이 된다. 〈서울, 1964년 겨울〉은 자본주의가 그 단초에 깔고 있는 화폐의 의미, 그것에 관계한 사유 재산의 의미를 그리고 그것들로부터 파생된 소외의 의미를 적절하게 보여 준다. 물론 작품에서 화폐가 우리의 모든 욕망을 집결시키고 우리의 위에서 군림하는 거대한 암흑으로 보여지기보다는 아직은 개인주의 의식의 한 매개물로 보여지고 있다는 것이 작품의 현대성을 채 충족시켜 주고 있지 못하고 있지만 현대의 화폐에 의한 비리를 설명해 주는 그 단초에 작가의 현실 감각이 꽤 예민하였음을 보여 주는 것이다. 아무튼 김승옥에 의해 파악된 개인주의의 세계는 항상 위장과 속임(표면의 柔化性)의 세계 즉 말이 현실을 배반하는 세계이다.

> 그는 그네들의 말투를 알고 있었다. 저 도회의 어법을. 그리고 그는 항상 그 어법에 잘 속았었다. 방금 카메라맨이 말한 '다음에 좀 봅시다'는, 그 뜻을 따라서 정확히 표기하자면 '그럼 다음에 또 만납시다. 안녕히 가십시오'이다.
>
> 그런데 그들은 '좀'이라는 부사를 집어넣어서 듣는 사람을 환장하게 만들어 버린다. '다음에 좀 만납시다'. 어쩌면 당신에게 일자리를 얻어줄 수도 있을지 모르니까요인가? 생각해 보라. 그렇게밖에 들리지 않지 않은가?
>
> — 〈차나 한잔〉

그런데 중요한 것은 서울의 개인주의의 이기적 세계는 시골의 그것과는 판이한 의미를 가진다는 것이다. 서울의 이기의 세계가 판이한 것이라면 시골의 그 세계는 부자연스러운 것이어서 :

> "월말에다가 토요일이 되어서 좀 바쁘다." 그는 말했다. 그러나 그의 얼굴은 그 바쁜 것을 자랑스럽게 여기고 있었다. 바쁘다. 자랑스러워할 틈도 없이 바쁘다. 그것은 서울에서의 나였다. 그

> 만큼 여기는 생활한다는 것에 서투를 수 있다고나 할까? 바쁘다는 것도 서투르게 바빴다. 그리고 그때 나는 사람이 자기가 하는 일에 서투르다는 것은, 그것이 무슨 일이든지 설령 도둑질이라고 할 지라도 서투르다는 것은 보기에 딱하고 보는 사람을 신경질 나게 한다고 생각하였다.
>
> — 〈무진기행〉

항상 파멸을 예비하고 있다는 것이다. 또 그 파멸은 '필연적으로 다가오는' 저항할 수 없는 '새까맣게 타들어' 가는 것이다. 시골의 자기 세계는 서울의 개인주의에 대한 유혹의 산물이다. 서울의 충격에 의해서 그것은 비슷한 모형을 가지는 것이지만 모형이 가져다준 공포는 이미 보았듯이 물리적 폐해—생존과 연결되었으며 왜곡된 형태로서의 음산함을 띨 수밖에 없었다. 똑같은 외형을 갖는다 하더라도 그것을 가져왔고 이식한 자와 그것을 받고 당한 자에게는 전혀 판이한 의미를 갖는 것이다. 서울에서의 그것은 스스로 자연스러운 그래서 하등의 거북한 감정이나 저항을 수반하지 않는 기성의 것이다.

> 가풍이 없는 가정은 인간들의 모임이 아니다. 가풍이란 질서 정신에 의해서 성립되어야 한다. 우리나라의 가정은 사변 때 식구들의 생사조차 서로 모를 정도로 파괴되었다. 그래서 더욱 가정의 귀중함을 알았지 않느냐. 그러니 질서 정신에 입각해서 각기 가장은 가풍을 만들어가야 한다. 그리하는 데 아주 장애가 많은 게 우리들이 처한 현실이다. 그럴수록 우리는 지나치다 할 정도로 자신들에게 엄격해야 한다.
>
> — 〈力士〉

인용문은 〈力士〉에서의 '나'가 새로 하숙하게 된 양옥집 주인 할아버지가, 이사온 첫날, '나'에게 들려 준 훈화이다. 우리가 볼 수 있는 것은 유교 이념의 현대적 변형, 즉 유교적 위계 질서와 자본주의의 개인 윤리가 이상야릇하게 접합된 '서울'이다. 서울 또한 서구에 의해 이상하게 왜곡된 세계이다. 그러나 시골 청년의 눈에 그 왜곡된 서울은 이미 있는 기성의 것이다. 즉 '이방/우리'의 대립은 '서울/시골'의 대립과 동일한 형태의 관계에 있다. 서울의 양태를 집약적으로 보여 주는 위 인용문은 가정 속의 질서로 도피한 소시민 의식을 추측케 해 준다. 60년대 후반기 들어 치열하게 논란의 대상이 되었던 소시민 의식의 근저에는 개인주의에 의해 타인이 적으로 나타나고 화폐에 의한 메마르고 비정한 교환 관계를 암묵적으로 인정하고 그것을 당연한 듯이 여기는 거짓 의식이 깔려 있다. 그것은 당시의 탁월한 작가로 하여금 일상성에 대한 추적과 벗기기를 수행하게 한다.

VI.

김승옥 작품에서 보여지는 '서울/시골'의 극단적인 대치감 그리고 시골에서의 파행적인 결말은 이방에 의한 우리의 충격, 그 유혹과 공포의 구조를 탁월하게 제시해 주면서도 새로운 삶 가능성과 의지를 보여주지 않는다는 것, 다시 말해 해결 가능의 생생한 힘을 갖고 있는 혹은 만들어내는 전형을 창조하지 못했다는 점에서 그 자체의 한계를 내포하고 있다. 이 한계 그리고 김승옥의 후기 작품의 변모를 살펴보기 위해선 작가의 소설 작법을 집중적으로 살펴볼 필요가 있다. 이 살펴봄은 물론 김승옥의 탁월성의 또 하나의 조명임에는 틀림없다. 무엇보다 그의 독특함을 보여 주는 것은 비유의 참신함이다.

> 언젠가 여름 밤 멀고 가까운 논에서 들려오는 개구리들의 울음소리를, 마치 수많은 비단조개 껍질을 한꺼번에 맞부빌 때 나는 듯한 소리를 듣고 있을 때 나는 그 개구리 울음소리들이 나의 감각 속에서 반짝이고 있는 수없이 많은 별들로 바뀌어져 있는 것을 느끼곤 했었다. 청각의 이미지가 시각의 이미지로 바뀌어지는 이상한 현상이 나의 감각 속에서 일어나곤 했었던 것이다. 개구리 울음소리가 반짝이는 별들이라고 느낀 나의 감각은 왜 그렇게 뒤죽박죽이었을까. 그렇지만 밤하늘에서 쏟아질 듯이 반짝이고 있

는 별들을 보고 개구리의 울음소리가 귀에 들려오는 듯했었던 것은 아니다. 별들을 보고 있으면 나는 나와 어느 별과 그리고 그 별과 또 다른 별들 사이의 안타까운 거리가, 과학책에서 배운 바로써가 아니라, 마치 나의 눈이 점점 정확해져 가고 있는 듯이 나의 시력에 뚜렷이 보여 오는 것이었다. 나는 그 도달할 길 없는 거리를 보는 데 홀려서 멍하니 서 있다가 그 순간 속에서 그대로 가슴이 터져 버리는 것 같았었다.

— 〈무진기행〉

우리가 인용문의 묘사를 아름답다고 느끼는 것은 '비단조개 껍질'이라든가 '별'이 주는 아름다움과 찬란함에 대한 연상 때문인지도 모르겠다. 그러나 이러한 비유가 참신하다는 것에는 보다 본질적인 이유가 있다. 그것은 청각 혹은 시각이 촉각과 이루는 긴장이다. 개구리 울음소리가 비단조개 껍질의 맞비빔으로 전화되는 것은 촉지할 수 없는 것을 촉지하려는 최대치의 지향이다. 이로써 개구리 울음소리는 자신의 폭을 가능한 한 크게 벌림으로써 가장 감각적인 수준에까지 도달할 수 있다. 김승옥에게 있어 섹스가 작품의 배면을 혹은 분위기를 이루고 있는데, 이것도 역시 비촉각-촉각의 긴장이다. 섹스는 촉각의 가장 완벽한 부분이기 때문이다 (김승옥이 섹스를 다룰 때, 그것의 중심적인 의미는 진정한 섹스는 상상 속에서 이루어진다는 것이다. 현실 속의 섹스는 모두 파행이다. 따라서 김승옥의 섹스는 비촉각-촉각의 긴장의 가장 완벽한 형태이다). 그런데 섹스는 또 하나의 의미를 가지고 있다. 그것은 인간의 원초적인 측면이다. 위의 인용문에선 비단조개 껍질의 맞비빔이 저 하늘의 수많은 별로 전화된다. 별은 인간 심성의 가장 구체적인 추상이다. 즉 그것은 우리의 내부에 있는 갈망의 가장 구체적인 상징이다. 이러한 비유의 사용을 통해서 김승옥의 작품들은 의식과도 같은 숭엄한 분위기를 획득하게 된다. 숭엄하다는 것은, 현실에 직접 실현되어 있지 않지만 항상 실현의 모습으로서 현현해 있는, 즉 '쏟아질 듯이 반짝이고' 있지만 '안타까운 거리'로 남아 있는 무엇이기 때문이다. 이것은 곧 벤야민이 아우라(Aura)라고 명명한, '아무리 가까이 있더라도 먼 것의 일회적인 나타남'이다(벤야민, "기계복제시대의 예술작품", 유종호 편, 《문학예술과 사회상황》, pp. 18~49 참조). 결론적으로 인용문이 보여 주는 것은 가까운 것과 먼 것, 촉각과 비촉각이 안타깝고 팽팽한 긴장으로 도출해 내는 숭엄한 분위기이다.

그런데 비촉각-촉각의 긴장은 촉각과는 엄연히 다른 것임을 주목할 필요가 있다. 전자가 비극의 영역이라면 후자는 소설의 영역 혹은 리얼리즘의 영역이다. 소설작법이 리얼리즘의 그것이 아닐 때 즉 현실에 대한 집약적이고 객관적인 묘사가 아닐 때, 숭엄한 분위기를 잉태하는 무엇의 실체를 추적해야 한다. 김승옥의 작품을 비극으로 귀결짓게 하는 것, 현실에 대해 작중인물로 하여금 극단적인 대치감으로 있게 하는 현실 저편의 것은 김승옥 작품에서 무엇인가? 결론부터 말하자면 그것은 모태로 돌아가려는 충동이다. 작중 인물에게 고향이 돌아갈 수 없는 과거로 존재하는 것이 유아기에 대한 집착을 보여 주는 것이며, 안온에 대한 지향으로 바다라는 상징을 쓰고 있는 것, 누나가 항상 작품의 주인공에게 보조자가 되어 있는 것(혼의 떠남이라는 상태에서 누나는 어머니의 강력한 대치물이 된다), 모두 흰색의 도화지에다 흰색의 색연필로 그리려는 유아 의식을 말해 준다. '유혹'과 논리의 파행을 감동적으로 다룬 작품 〈乾〉이 그 유혹을 아이가 어른이 되려는 욕망으로 표출하고 있다는 것도 그 반증이다. 〈乾〉의 한 구절은 유아 의식을 역설적으로, 그리고 아주 암시적으로 제시하고 있다.

> 나의 몸뚱이는 몹시 허청거렸다. 구역질이 날 것 같았다.

이것은 빨치산의 시체를 보러 달려가는, 즉 싸움·이기의 세계를 향해 달려가는 한 아이의 심적 상태의 신체적 반응을 보여 준다. 구역질은 임신의 이미지이다. 남자 어린이가 임신의 이미지를 풍기는 것이 논리의 파행을 적절하게 보여 주는 것이며, 동시에 그 이면에 있는 모태 본능을 암시적으로 징후한다. 이러한 유아 의식은 작품의 작중 인물로 하여금 무의미성을 지향하게 한다. 〈서울, 1964년 겨울〉에 보이는 혼란한 대화들, 이를테면 "서대문 버스 정거장에는 사람이 서른 두 명이 있는데 그중 여자가 열 일곱 명이었고 어린애는 다섯 명 젊은이는 스물 한 명 노인이 여섯 명입니다"라는 구절은 자기의 것으로 가지려는 것들이 그 자체로 무의미한 것임을 보여 준다. 무의미하게 자기의 것인 것, 〈야행〉의 경우도 그 무의미성에 대한 집착을 보여 준다.

> 그때 문득 여자는 사내가 자기의 얼굴을 돌아보고 있는 걸 보았다. 사내는 마치 "정말 괜찮겠느냐?"고 그 여자에게 묻고 있는 것 같았다. 그러자 갑자기 그 여자의 공포와 혼란은 깨끗이 스러져 버리고 그 대신 사내에 대한 혐오감만 잔뜩 부풀어오르기 시작하는 것이었다. 그 여자는 사내의 손을 뿌리치고 골목 밖으로 달려 나왔다. 그리고 택시를 타고 집으로 돌아왔다. 차 속에서 그 여자는 8월의 그 사내가 여관 안으로 들어갈 때까지 한번도 자기의 얼굴을 돌아보지 않았던 것의 의미를 깨달았다. 그것은 확실히 중요한 의미를 갖고 있었다.

얼굴을 보지 않는다는 것은 얼굴로 매개되는 종족·유대감 등의 모든 의미를 가진 무엇을 제거하고 의미의 절박감이 삭제된 존재, 움직임, 상태만을 지향하는 것이다. 이러한 무의미성에 대한 집착은 곧 즉자적인 상태에 대한 열망이다. 유아 의식은 작가 혹은 작중 화자로 하여금 현실에 대한 객관적인 비판을 가능하지 못하게 한다. 즉 유혹과 공포라는 당시의 한국인의 의식을 탁월하게 보여 주면서도 현실 변혁을 할 수 없다는 한계는 한계대로 남아 있는 것이다.

또 하나 중요한 김승옥의 소설 작법은 주관화 작업이다. 김승옥에게 인물·사건·자연·상황은 작가와 객관적인 거리를 두고 있지 않는 듯하다. 모두가 작가에 의해서 의도적으로 만들어지고 배치된 것이며 작가의 의식 상태에 직결되어 있다.

> 1) K의 결막염기가 있는 눈이 햇볕을 당해 내지 못하고 가늘어져 버린다. 햇볕 속에서 찍은 K의 사진은 한결같이 눈을 찡그리고 있다. 지나치게 환한 햇볕 속에선 K의 눈은 병신이다.
>
> — 〈싸게 사들이기〉

> 2) 선반이 굵게 가로질러 있고 그 선반 위엔 선반의 부속품인 듯이 보이는 내 여행가방이 직사각형으로 위치하고 있다. 그 가방은 이제라도 들고 나가 주기만 기다리고 있다는 듯한 모습이다. 그 선반이 걸린 벽과 모서리를 대고 있는 이쪽 벽은 텅 비어 있다. 옷을 걸게 되어 있는 못이 두 개 박혀 있지만 그 못이란 극히 작은 점에 불과하다. 그 작은 점 두 개가 저 벽을 장식해 줄 수 없다. 만일 그 못에 옷을 건다면? 이러지 말자. '옷을 건다면'이라니 마치 목 매어달아 죽어 있는 사람 같은 형상으로 옷 두 개가 축 늘어져 있는 모습을 보고 싶단 말인가? 그보다는 차라리 텅 빈 저대로의 벽이 더 낫다. 그렇지만 그대로는 아무래도 허술하다.
>
> — 〈확인해 본 열 다섯 개의 고정관념〉

인용문 1)은 자연이 작중 인물의 의식을 끊임없이 건드리고 있음을 보여 주고 있다. 실제로 김승옥 작품에서 햇살은 인물을 이기의 세계에 노출시키는 매개항이고, 바다는 작중 인물이 원초적인 고향으로 지향하는 곳이며, 바람은 바다의 짜릿한 소금기를 가져다 주는, 즉 고향의 냄새를 싣고 오는 수레이다. 자연은 늘 작중 인물로 하여금 가만히 있지 못하게 하고 세계에 대한 느낌과 반응을 요구한다. 인용문 2)는 어느 상황에 의해 작가의 의식이 급격히 촉발되고 그 촉발에 의해 의식이 크게 유동하면서 상황을 집요하게 바라보는 것을 보여 준다. 이렇듯 작품 속의 사건, 자연들은 항상 작중 인물의 의식을 건드리고 규정하고 스쳐 흔적을 남기는데, 이러한 것을 뒤집어서 생각해 보면 이러한 현상은 곧 작가의 의식이 사건, 자연들을 의도적으로 (아마 무의식적 의도일 텐데) 구성하고 배치한 것임을 알 수 있다. 이러한 의도성이 작품 전체를 지배하고 있다는 것은 작품이 작가에 의해 주관화되어 있음을 보여 주는데(그렇기 때문에 김승옥 소설에서 작가와 작품의 주인공—화자에 가까운—은 동일한 인물들의 분신들이다. 작가는 그 동일한 인물을 노출시키는 자이고 주인공은 동일한 인물을 수행하는 자이다) 중요한 것은 이 주관화가 이성적 추론의 육화가 아니라 다분히 감정에 지배되어 있다는 것이다.

> 마침 돈이 떨어져서 그리고 단골술집엔 외상의 빚이 너무 많아서 또 외상을 달라는 **염치도 없고** 해서 옆방의 영자에게서 빌린 푼돈으로 술 대신 에틸알코올을 사다가 물에 타서 홀짝홀짝 마시며 **혼자 취해서** 언젠가 내가 내동댕이쳐서 갈래갈래 금이 간 거울 앞에 얼굴을 갖다대고 **찡그려 보았다가 웃어 보았다가**, 제법 눈물도 흘려 보고 있는데 그 다정한 친구가 찾아왔던 것이다.
>
> —〈力士〉(강조 : 인용자)

지나친 감정에의 지배는 현실에 대한 이성적 추론을 가능하게 하지 못할 뿐더러 현실에 대한 비판적 변혁의 가능성을 배제해 버린다. 〈환상수첩〉에서 친구의 동생이 윤간을 당했다는 이야기를 듣고 그 가해자들과 피투성이 되도록 싸우다 죽은 윤수의 행위에는 물론 개인적 성실함에 대한 의미가 있지만 감상적이고 낭만적인 냄새를 지울 수가 없는 것이다. 이상과 같은 김승옥의 소설 작법은 작품들을 팽팽하게 긴장시켜 주는 것이면서 동시에 작가의 한계를 노출시킨다. 그리고 그것은 작가가 비극적 세계에 대해 더 이상 감당할 힘을 상실했을 때, 작가가 추적하는 세계가 소시민 의식, 그 사람들로 귀결할 수밖에 없었다는 사실을 암시해 준다.

Ⅶ.

유혹과 공포라는 두 기본 요소를 가진 자기 세계의 논리적 파행과 파국은 작가가 그 세계에 대해 더 이상 집착을 가질 힘을 상실할 것임을 상징적으로 암시해 준다. 이후 작가의 관심은 '소시민 의식'에 집중된다. 이미 말한 바와 같이 김승옥의 의식과 작법의 한계, 현실에 대한 극단적인 대치감, 유아 의식, 감정 지배 등이 그로 하여금 눈을 돌려 소시민이라는 거짓 의식 속에 안정된 집단을 조명하게 하는 원인이 되는 것인데, 우리는 이 원인들과 상관관계를 맺고 있는 또 하나의 원인을 발견할 수 있을 것 같다. 그것은 작중의 화자 혹은 주인공(김승옥의 작품에서 주인공은 '그'로 표시되건 '나'로 표시되건 거의 동일한 의미를 가진다)이 현실에 대해 항상 애매한 관계를 가지거나 판단 불가능의 의식을 가졌다는 것이다. 여기서 '애매한 관계'라는 진술은 주인공이 서울과 시골 어느 편에도 위치하고 있지 못하다는 말이다. 그 주인공들은 서울의 무표정한 미지의 세계에 환멸을 느끼고 치이면서도 또 시골의 극단적인 자기 세계의 파행을 걷는 자들과도 동떨어져 있다. 그러한 애매한 위치는 도저히 현실의 내용이, 의미가 무엇인지 알 수 없게 만들고, 하여

> 그야말로 '어쩌다가'의 연속이었다. 그는 자기가 지난날 우연 속에 자신을 맡겨 버린 것이 갑자기 역겨워졌다. '거지 같은 자식이었다' 하고 그는 자신을 욕했다. 손톱만큼이라도 좋으니 나의 주장이 있어야 할 게 아닌가. 그러나 다시 한번 자기의 이력을 검토해 보면 그 망할 놈의 군대생활이 끼어 있었기 때문에 사실 어쩔 도리가 없었다고 생각하게 되었다. 군대 속에서 어떻게 자기의 희망대로 생활할 수 있단 말인가.
>
> — 〈차나 한잔〉

처럼 현실을 창조적으로 가동케 하는 주체로서 활동하지 못하고 현실의 왜곡된 상황에 객체로서 끌려다니기만 하는 소시민으로 전락하

고 마는 것이다. 물론 소시민 의식도 그것을 어떻게 이해하고 다루느냐에 따라 작품의 평가가 달라지는 것이겠지만 글쓴이의 생각으로는 김승옥의 후기작들에 속하는 소시민 의식 취급 작품들은 실패인 것 같다. 이 실패의 모습은 이미 초기 작품들에서도 보이는 바 가령 〈力士〉에서 그 장사의 행위를 보자.

> 그러나 이 서씨에 와서는 그 힘이 재산이 될 수는 없었다. 이제 와서 그 힘은 서씨로 하여금 공사장에서 남보다 약간 더 많은 보수를 받게 하는 기능밖에 가질 수 없게 된 것이다. 결국 서씨는 그 약간 더 많은 보수를 거절하기로 했다. 남만큼만 벽돌을 날랐고 남만큼만 땅을 팠다. 선조의 영광은 그렇게 하여 보존될 수밖에 없었다. 그리고 서씨는 아무도 다니지 않는 한밤중을 택하여 동대문의 성벽에서 그 힘이 유지되고 있음을 명부의 선조들에게 알리고 있다는 것이었다.

이러한 것은 현실 세계의 인정과 다른 방향에서의 자기 세계의 굴착이라는 쌍방의 관련 없는 양분법으로 현실에 대한 비판적 탄력성을 상실한다.

그렇다고 해서 김승옥의 소시민 의식 조명이 불성실하다든가, 작가로서의 이야기를 이끌어내는 힘의 한계를 노출시켰다든가라는 말은 아니다. 오히려 작가는 서울이라는 야릇하게 질서화된 세상 속에서의 소시민들의 안주하려는 본능과 불안을 정확하게 꼬집어내어서 제시하고 있다.

> 맹군은 봉투를 다 나누어주고 사무실 입구의 자기 책상으로 돌아가서 앉아 버리는 그 깜찍한 계집애의 손을 열심히 노려보았지만 작고 통통하고 빨간빛이 도는 그 애의 손에는 아무것도 없었다. 이제 내 것을 가져오겠지, 저 작은 손으로는 봉투 서른 다섯 장을 한꺼번에 쥘 수가 없으니까. 그러나 자기 책상 앞으로 돌아가서

> 앉아 버린 그애는 고개를 숙이고 그 작은 손으로 주판알을 퉁기고만 있었다. 잠시 후에 그애가 일어났다. 그러나 여전히 빈손.
>
> — 〈들놀이〉

인용문은 회사의 들놀이 초대장을 받지 못한 한 말단 직원의 질서에서의 일탈에 대한 불안을 상세하게 보여 주고 있다. 이 불안으로부터 드러나는 것은 질서에 대한 어떠한 회의도 없이 그곳에 안주해 버리려 하는 수동성과, 그 질서가 자신을 제외시킬 때, 질서를 구성하는 부분의 극히 사사로움들에 의해서 농락당하는 비인간화이다. 그러나 이 수동성과 비인간화로 소시민들을 떨어지게 하는 질서의 구체적 진상에 대한 규명은 극히 미미하다. 다시 말하여 질서의 강요자와 부담자 사이의 현실적 관계·갈등이 보이지 않는다. 단지 질서의 부담자의 불안한 의무, 그렇다! '의식'의 조명일 뿐이다. 의식을 있게 하는 '존재'의 모습이 구명되지 않을 때, 그 의식의 모습은 탄력성의 상당한 부분을 잃어 버린다. 그런데 이 '의식'의 조명에는 의식으로부터 벗어나려는 어떠한 치열성도 보이지 않는다. 즉 일상성으로부터 벗어나려는 본능적인 충동(〈야행〉의 경우)이 보이지 않는다. 오히려 그 역으로 일상성에 안주하려는 유혹과 불안의 모습을 그리고 있다. 구체적으로 얘기하면

> 숙이와 함께 여관방이나 다방 따위의 장소에서 우리의 결혼에 대해서 얘기하고 있을 때엔, 내일 신문에 나가도록 써 내놓은 기사에 설령 잘못된 부분이 있음을 문득 깨닫게 되더라도 이미 그건 내 힘으론 어쩔 수도 없고 어쩌기도 싫은 듯이 생각되는 것처럼, 밖의 거리를 막아놓고 있는 찬바람이 내는 삭막한 소리와 답답하게 뜨뜻한 다방 속의 공기와 추상적이며 내가 가담해 있다고는 아무래도 생각할 수 없는 화제에 둘러싸여서는 숙이를 사랑하는지 어쩐지, 도대체 숙이와의 결혼을 내가 믿는지 어쩐지 […]
>
> — 〈다산성〉

처럼, '가족'이라는 작은 도피처를 만들어내는 한 소시민의 안주에 대한 유혹과 그 안주의 의미를 명확히 이해할 수 없다는 소시민적 불안을 보여 주고 있다. 이곳에서는 초기의 '유혹과 공포'가 당겨 주는 긴장이 없다. 결국 〈수술〉 〈들놀이〉 〈다산성〉 등은 소시민적 삶에 대한 깊은 체념과 이끌림을 배면에 깔고 있기 때문에 독자에게 독서 과정중의 의식의 긴장을 요구하지 않는다. 이들은 세태 풍자소설, 풍속소설이 될 수는 있지만 감동을 주지는 못한다.

소시민 의식을 다룬 김승옥의 한계는 소설 작법에서도 같은 한계를 나타낸다. 우선 보이는 것도 아우라, 숭엄한 분위기의 상실이다.

> 놈들의 웃음소리가, 따로 문이 없는 별실(別室)에서 내가 서 있는 다방 입구까지 들려왔다. 녀석들 빨리도 왔군. 이제 레지가 그들을 나무라기 위해서 달려가겠지. "당신들만 손님이 아니에요." 그러나 아무도 레지의 꾸중을 겁내지 않는다. 녀석들 중의 한 놈은 레지의 손을 슬쩍 잡고 "알았습니다. 알았대두요." 그러면서 주물럭주물럭. "이 이가!" 레지는 잡힌 손을 홱 빼내면서 눈을 흘기겠지. 다시 웃음소리.
>
> 이상한 일이다. 하나하나를 보면 모두 소심하고 말이 드문 애들이다. 그런데 모이기만 하면… 우리 열 명이라는 **밀가루는 반죽이 되면 엉뚱하게도 찐빵이 된다.**
>
> — 〈돼지는 뛴다〉(강조 : 인용자)

강조 부분의 비유는 비촉각-촉각의 긴장이 아니다. 그것은 이미 촉각의 영역으로 넘어와 있다. 앞부분의 군중 심리와 '찐빵' 사이에도 상호작용의 긴장이 엿보이지 않는다. 우스꽝스러운 느낌을 줄 뿐이다. 앞에서 개구리 울음소리의 인용문에서 문장들의 서술형이 '…듯한…'인 반면, 위 인용문의 서술형이 '…된다'라는 것도 위의 인용문이 촉각의 영역에서 서 있음을 보여 주는 일례일 것이다. 따라서 김승옥의 '소시민 의식'을 다룬 작품들이 리얼리즘 쪽으로 접근하고 있음을 알 수 있다. 그런데 위 인용문에서 초점이 맞추어지는 곳은 의식의 생생한 진상들이라기보다는 찐빵이라는 어휘이다. 비유가 작품의 중심에 있을 때 그 작품은 리얼리즘이 될 수 없다. 김승옥의 후기 작품들은 아우라를 상실하면서도 리얼리즘의 영역으로 넘어와 있지 못하다. 리얼리즘이 아니라는 또 하나의 이유를 들 수 있다. '소시민 의식'의 추적이 의식의 과잉으로 빠진다는 것이 그것이다.

> 그 배짱 좋던 사원은, 자기의 말이 틀림없었다며 '기분좋게 취해서' 그리고 사장의 인자한 웃음을 때때로 받으면서 연말을 지내고 새해엔 조용조용히 해고되었다. 아무도 그 사원의 해고에 대하여 얘기를 꺼내는 사람은 없었다.
>
> 사장님께 비꼬는 말투로 얘기를 걸던 그 친구의 해고는 결정되어 있는 거라고 동료 사원들은 거의 모두 생각하고 있었다. 그 용감한 친구 자신도 아마 머지 않은 앞날을 내어다보면서 했을 것이다. 말하자면 일종의 자살인데, 하고 싶어 자살한 사람에 대해서는 뒤에 남은 사람들이 어쩌고저쩌고 떠들어댈 이유가 하나도 없는 법이다. 그저 그들이 그 친구에 대하여 한마디쯤 지껄였다면 그것은 "그 친구 정말 취해 있었던 모양이지" 정도였다.
>
> — 〈들놀이〉

인용문에서 뒷부분의 문단은 사건에 대한 의식의 덧붙임이다. 그런데 의식은 이미 첫 문단의 곳곳에 알맞게 용해되어 있다. 형용어 부사절의 사용들이 그것이다. 뒷문단은 심하게 말하면 군더더기에 지나지 않는다. 이러한 의식 과잉은 이미 말한 지나친 주관화의 하나의 실례이다. 지나친 주관화는 작품을 리얼리즘의 영역에 넣기를 방해한다. 무엇보다도 리얼리즘은 현실에 대한 객관적인 그리고 집약적인 묘사이기 때문이다. 그럼에도 소시민 의식을 다룬 김승옥의 작품들은 문학적 형상화의 수준에 도달해 있는 것도 사실이다. 그렇다면 김승옥의 후기 작품들을 문학이게끔 견지해 주고 있는 것은 무엇일까? 우리는 그것이 해학임을 쉽게 알아차릴 수 있을 것이다.

> 그 달에 받은 월급에서 천오백을 구두값으로 쓸 작정을 하고 나니까 그제야 나는 물논 속으로 돌진할 수가 있었다. 눈앞에 반질반질한 새 구두를 떠올리려고 애썼는데 조금은 성공한 것 같았으나 그래도 '곰탕이 스무 그릇, 곗돈은 세 몫, 곰탕이 스무 그릇, 곗돈은 세 몫'이란 소리가 저절로 흥얼거려졌다.
>
> — 〈다산성〉

이미 앞의 몇 개의 인용문들에서도 보이는 것이지만 김승옥의 해학은 소시민 의식에 갇혀 있는 등장인물들이 그 소시민 의식을 스스로 노출시키는 데서, 즉 인간의 행동거지 하나하나가 사사로운 사물들에 의해 끌려 다니는 모습을 보여 주는 데서 나타난다. 또 진지하지 않은 것을 진지한 듯이 얼싸안고 살아가는 인물의 한 국면을 포착함으로써 현실의 우스꽝스러운 모습을, 우스꽝스러운 현실에 질질 끌려다니며 우스꽝스럽게 살아가는 인물들의 슬픈 모습을 보여 준다. 이러한 해학의 사용은 그러나 김승옥에게서 현실에 대한 신랄한 풍자가 되지 못하고 있는 것 같다. 그의 해학투는 그 속에 현실을 꿰뚫는 비수가 숨겨져 있다기보다는 현실을 어느 정도 인정하거나 체념한 상태에서 현실의 갈등을 유화(柔化)시키는 데 더 효과적이기 때문이다. 가령 위의 인용문에서 보이는 정직한 직설투는 김승옥의 해학을 온건하게, 부드럽게 만들어 버리는 것이다. 현실을 찌르는 날카로운 비수가 되기보다는 현실의 모습을 장난으로, 무의미한 장난으로 돌려 버리는 데 더 큰 힘을 갖고 있다. 결국 김승옥의 후기 문학 작품들은 세태 풍자소설이 될 수는 있지만 감동을 주지는 못한다. 이러한 후기 작품의 실패가 그로 하여금 거의 10여 년을 절필하게끔 만든 요인이었을까?

Ⅷ.

이제 우리는 서문의 마지막 구절들로 되돌아갈 필요가 있을 것 같다. 개항 후 백여 년의 우리 역사가 슬프게 내보이고 있는 고난과 핍박의 모습들, 객체로서 이끌려다니기만 한 아픈 환경들을 모두 외세의 탓으로 돌려버리기에는, 분명 우리의 '책임' 혹은 몫으로 남아 있는 부분이 있을 것이다. 우리의 몫이란 곧 우리가 현실에 주어진 상황을 얼마만한 의지로, 얼마만한 현실 인식으로 극복해 나가려는 노력을 행하는가에 달려 있을 것이다. 이런 뜻에서 상황과 인간의 갈등이 감정적인 문제, 즉각적인 반응의 문제로만 취급되지 않기 위해서는 상황이 가지고 있는 객관적인 논리의 정확한 인식과 그 상황과 갈등하고 있는 우리의 논리창조 의지가 중요하게 생각되어져야 할 것이다. (김승옥의 후기 작품들의 실패는 분명 현실을 깨쳐 나가려는 탁월한 전형—세계가 가지고 휘두르는 악의 논리에 마주쳐 정확한 논리로 저항하는 전형—을 창조하지 못했다는 점에 있을 것이다. 그리고 소설 작법을 통해 상황에 대한 비판적 논리가 드러나지 못한다는 점일 것이다.) 이런 점에서 볼 때, 김승옥이 오랜 침묵을 깨고 발표한 한 소설은 새로운 소설 미학의 가능성을 내포한다고 볼 수 있다. 그것이 〈그와 나〉인데, '녹슨 쇠못'이라는 상징적 매개항을 통해 부딪치고 있는 '그'와 '나'는 심정적 대결을 포괄하면서 논리의 차원에 뛰어들고 있다.

> 우리의 내일을 발명한다? 말은 근사하지만 그 사건의 경험이 없었더라면 나는 이토록 당황하지는 않을 것이다. 이제야 나에게는 그 데모와 나와의 관계가 분명히 드러나는 것이었다. 그것은 성공해도 좋고 실패해도 그만인, 나와 아무 관계가 없는 도락이 아니라 반드시 실패했어야 할, 내가 20년 동안 믿고 의지해 왔던 것을 송두리째 파괴시켜 버리려는, 실패했어야 할 반드시 실패했어야 할 나의 적이었다. 그리고 제 말대로 나의 몫의 내일까지 발명하겠다고 호언하는 그 친구 역시 나의 적인 것은 분명했다.

여기서 '나'는 이미 소시민 이상(以上)이다. 인간을 수동적이게 만드는 그 '질서'의 열렬한 편입자가 되어 입신양명하려는 영악한 개인이다. 상황 혹은 제도 속에 편입되려는 개인의 논리를 치밀하게 보여줌으로써 이 작품은 객관적 리얼리즘의 한 수준에 도달한다. 또 하나, 이 작품이 중요한 이유가 있다. 현실 속의 안타고니스트를 작품 속의 화자로 설정한 작가의 의도이다. 이 의도는 현실의 구체적 진상의 규명보다는 그것에 의한 의식의 세계를 중점적으로 다루는 작품들이 흔히 범하는 한계 - 독자로 하여금 작품에 비판적 거리를 두지 못하게 하고 작품 속에 매몰시키는 한계를 극복하는 데 훌륭한 힘을 발휘한다. 작품 속의 주인공이 현실 속의 안타고니스트라는 사실에서 독자는 주인공에 빠져들지 않고 주인공과 자신과의 긴장을 얻게 된다. 그 주인공에 대한 냉철한 심사숙고가 행해질 수 있는 것이다. 이렇게 살펴볼 때, 김승옥의 오랜 침묵 끝의 작업은 새로운 소설에 대한 가능성을 안고 있다고 할 수 있다. 그렇지만 아직 가능성일 뿐이다. 왜냐하면 그의 새로운 작품이 아직 4·19의 의식 세계 속에 자리잡고 있기 때문이다. 최근의 한 시는 '서울/시골'의 대립이 이미 상징적인 것이 아님을 보여 준다.

> 구례에서 전주로 가는 일요일 오후의 통학열차
> 까까머리 우리들은 난간에 기대어
> 휘익휘익 휘파람을 불어대며
> 날씬한 도시계집애들을 이야기하고
> 영어학관을 이야기했다
> 고향은 멀어질수록
> 버리고 싶은 남의 땅,
> 농사일에 찌든 어머님 얼굴도
> 부끄럽기만 한 남의 어머니.
> 산모퉁이를 돌아 기적이 울고
> 차창밖으로 농삿군들의 슬픈 벌판이 다할 때마다

우리는 다시 도시 학생들처럼
휘익휘익 휘파람을 날렸다.

— 이시영, 〈통학열차〉

글쓴이의 생각으로는 김승옥의 앞으로의 향방은 그가 〈그와 나〉에서 제시한 새로운 소설에의 가능성을 현실의 구체성과 어떻게 접맥시켜, 어떻게 발전시키느냐에 따라서일 것이다.

(1980)

■ 김승옥 연구 서지목록

일반 논문 및 평론

구모룡, "근대적 삶에 대한 환멸의 서시", 《문학사상》 283, 1996. 5.

구인환, "한국 현대 소설의 구성적 연구", 서울여대논문집, 1971.

김 현, "구원의 문학과 개인주의", 《현대문학》, 1966. 3.

김 현, "허무주의와 그 극복", 《사상계》, 1968. 2.

김민정, "김승옥론", 《외국문학》 48, 1996. 8.

김병익, "60년대 문학의 가능성", 《현대 한국문학의 이론》, 민음사, 1978.

김병익, "60년대의 풍속 변화", 《상황과 상상력》, 문학과지성사, 1979.

김윤식, "60년대 문학의 특질 : 김승옥론", 《김윤식 평론문학선》, 문학사상사, 1991.

김윤식, "시인 · 좀비족 · 한글 1세대", 《현대소설과의 대화》, 1992.

김주연, "60년대 소설가 발견", 김병익 외, 《한국문학의 이론》, 민음사, 1974.

김주연, "계승의 문학적 이식 : 소시민 의식 파악이 갖는 방법론적 의미", 《상황과 인간》, 박우사, 1969.

김주연, "새 세대의 문학의 성립 : 인식의 출발로서의 60년대", 《아세아》 1, 1968.

김주연 · 이호철 대담, "50년대와 60년대", 《한국문학》, 1978. 11.

김치수, "반속주의 문학과 그 전통 : 60년대 문학의 성격 · 역사적 위치규명", 《한국소설의 공간》, 열화당, 1975.

김치수, "질서에서의 해방 : 김승옥론", 《문학사회학을 위하여》, 1979.

김혜련, "〈서울, 1964년 겨울〉의 문체론적 분석 : 담론양상을 중심으로", 동악어문논집 30, 1995. 12.

김흥규, "한국현대소설과 시대적 갈등", 김흥규 편, 《변동사회와 한국의 갈등》, 문학예술사, 1985.

남금희, "김승옥 단편소설의 한 고찰", 효성가톨릭대학전통문화연구 12, 1997. 12.

류보선, "김승옥론 : 개인과 사회의 대립적 인식과 그 의미", 《문학사상》

211, 1990. 5.

류양선, "김승옥의 소설세계 또는 〈서울, 1964년 겨울〉에 유폐된 영혼", 《작가연구》 제6호, 새미, 1998.

박선부, "모더니즘과 김승옥 문학의 위상", 《비교문학》 17, 1982.

백낙청, "서구문학의 영향과 수용", 《신동아》, 1969. 1.

백낙청, "시민문학론", 《창작과비평》, 1969, 여름.

서종택, "해방 이후의 소설과 개인의 의식 : 서기원, 김승옥, 최인호를 중심으로", 고대 한국학연구소, 한국학연구, 1988.

신순철 · 심영덕, "김승옥 소설의 전위의식 고찰", 경주전문대논문집 7, 1993. 8.

심영덕, "70년대 소설에 나타난 현실인식과 소외 : 김승옥과 최인호를 중심으로", 부산어문학 1, 1995. 12.

유인숙, "'무진기행'과 '병신과 머저리'의 대비적 분석", 성균어문연구 32, 1997. 12.

유종호, "김승옥론 : '무진기행'을 중심으로", 《신문학60년대표작전집》 5, 정음사, 1968.

이 순, "김승옥론", 연세어문학11, 1978.

이남호, "삶의 위기와 내면으로의 여행", 《문학의 위족 2 : 소설론》, 민음사, 1990.

이상우, "1960년대의 소설에 나타난 축제적 세계 인식 : 김승옥의 〈다산성〉과 홍성원의 〈주말여행〉을 중심으로", 영남대국어국문학연구 24, 1996. 12.

이상유, "입체적 인물과 욕망의 간접화 : 김승옥의 〈무진기행〉을 중심으로", 명지대예체능논집 2, 1992. 12.

이어령, "죽은 욕망을 일으키는 逆유토피아", 《다산성》, 한겨레, 1987.

이태동, "자아의 시선과 미망의 여로 : 김승옥론", 《부조리와 인간의식》, 문예출판사, 1981.

이혜원, "경계인들의 초상", 《작가연구》 제6호, 새미, 1998.

이호규, "소통 회복 지향의 일상적 주체", 《작가연구》 제6호, 새미, 1998.

임금복, "한국적 외디푸스 콤플렉스의 초상", 《비평문학》 7, 1993. 10.

장영우, "4 · 19세대의 문체의식", 《작가연구》 제6호, 새미, 1998.

전혜자, "'내재적 장르'로서의 〈무진기행〉", 경원대인문논총 1, 1992. 12.
정과리, "유혹 그리고 공포 : 김승옥론", 《문학, 존재의 변증법》, 문학과지성사, 1985.
정미숙, "에로티즘과 실존의 변증법 : 김승옥론", 부산외대우암어문논집 6. 1996. 2.
정상균, "김승옥 문학 연구", 서울시립대전농어문연구 7. 1995. 2.
정현기, "1960년대적 삶", 《한국문학의 사회사적 의미》, 문예출판사, 1986.
정현기, "보여지는 삶과 살아가는 삶의 확인 작업", 《한국문학의 사회사적 의미》, 문예출판사, 1986.
정현기, "안개의 수근거림과 애욕의 시대를 지켜본 작가 : 김승옥론", 《이상문학상수상작가대표작품선》, 문학사상사, 1986.
정현기, "유년기 체험 소설 연구", 연세대매지논총11, 1994. 2.
조남현, "미적 세계관에의 입사식", 《누이를 이해하기 위하여》, 청하, 1991.
조진기, "불안한 감수성과 퇴폐적 일상", 《작가연구》 제6호, 새미, 1998.
채호석, "'무진기행'과 소설의 가능성", 《작가연구》 제6호, 새미, 1998.
천이두, "발랄한 호기심, 발랄한 환상의 공간 : 60년대 문학", 《종합에의 의지》, 일지사, 1974.
천이두, "아웃사이더 독백의 미학 : 김승옥의 〈力士〉", 《현대한국소설론》, 형설출판사, 1983.
최인훈 · 김승옥 대담, "소설은 어디로 가는가", 《한국문학》 1978. 11.
최혜실, "〈무진기행〉에 나타나는 귀향과 귀경의 구조", 《현대소설의 이론》, 국학자료원, 1994.
한형구, "김승옥 문학의 문학사적 성격", 이주형 외 저, 《한국현대작가연구》, 민음사, 1989.

학위논문

김보우, "김승옥 소설의 글쓰기 연구", 서울대, 1999.
김순희, "김승옥 소설 연구 : 자아의 인식 변모 과정을 중심으로", 경북대 교육대학원, 1997.
김학균, "김승옥 소설에 나타난 화자의 성격연구", 서울대, 1999.

나순일, "김승옥 소설 연구", 계명대 교육대학원, 1992.
문애란, "김승옥 소설의 작중 인물 연구", 경희대 교육대학원, 1998.
박혜라, "김승옥 소설 연구", 명지대 교육대학원, 1996.
배성희, "김승옥 소설의 문체론적 연구", 경북대, 1993.
서은경, "김승옥소설연구", 성신여대, 1998.
송은영, "김승옥 소설 연구", 연세대, 1998.
심현정, "김승옥 소설 연구 : 현실과 내적 자아의 대립 양상을 중심으로", 경희대, 1988.
오은의, "김승옥 소설 연구", 동아대, 1994.
이경림, "한국소설의 여행구조에 관한 고찰", 고려대 교육대학원, 1985.
이동재, "김승옥 소설의 시간구조 연구", 고려대, 1990.
이승준, "김승옥론 : 1960년대적 의미에 대하여", 고려대, 1997.
이재천, "김승옥 소설의 서술상황 연구", 세명대, 1998.
이정석, "김승옥 소설의 욕망구조 연구", 숭실대, 1997.
이진경, "김승옥 소설 연구", 중앙대, 1997.
정영훈, "김승옥 소설에 나타난 욕망의 발현양상 연구", 서울대.
정학재, "김승옥 소설 연구 : 인물의 세계 인식과 대응 양상을 중심으로", 한양대, 1997.
한혜원, "김승옥 소설 연구 : 공간과 인물의 유형을 중심으로", 한양대, 1998.
현영종, "이니시에이션 소설 연구 : 염상섭, 황순원, 김승옥, 김원일 작품을 중심으로", 고려대 교육대학원, 1990.
황을숙, "김승옥 소설의 일상성 연구", 부산외국어대 교육대학원, 1998.

■ 작가 연보

1941년 12월 23일 일본 오사카〔大阪〕에서 아버지 김기선과 어머니 윤계자의 장남으로 태어남. 아명은 학길(鶴吉).

1945년 귀국. 전남 진도와 본적지인 전남 광양에 일시 거주.

1946년 순천으로 이사하여 정착.

1948년 순천 남국민학교 입학. 여순반란사건 발발. 부친 사망.

1949년 여수 종산국민학교(현재 중앙초등학교)로 전학.

1950년 6·25 발발. 경남 남해로 피난. 수복 후 순천 북국민학교로 전학.

1952년 월간 《소년세계》에 동시를 투고하여 게재된 것이 계기가 되어 이후 동시, 콩트 등 창작에 몰두.

1954년 순천중학교 입학.

1957년 순천고등학교 입학.

1960년 서울대학교 문리대학 불문과 입학. 문리대 교내신문 《새세대》 기자로 활동. 아르바이트로 한국일보사 발행 《서울경제신문》에 연재만화를 그려 학비를 조달함.

1962년 《한국일보》 신춘문예에 단편소설 〈生命演習〉이 당선되어 문단에 데뷔. 강호무·김성일·김창웅·김치수·김현·염무웅·서정인·최하림과 동인지 《산문시대》 발간. 소설 〈乾〉, 〈幻想手帖〉 등을 《산문시대》에 발표.

1963년 〈누이를 이해하기 위하여〉, 〈확인해본 열다섯 개의 고정관념〉, 〈力士〉 발표.

1964년 〈霧津紀行〉, 〈차나 한잔〉, 〈싸게 사들이기〉 등 발표.

1965년 서울대 졸업. 〈서울 1964년 겨울〉로 사상계(思想界)사 제정 제10회 동인문학상 수상. 〈들놀이〉 발표.

1966년 〈多產性〉, 〈염소는 힘이 세다〉 등 발표. 장편 〈빛의 무덤 속〉을 《문학》에 연재하다가 중단함. 〈무진기행〉의 시나리오 집필을 계기로 영화계와 관계 시작. 단편집 《서울 1964년 겨울》 출간(창문사).

1967년 중편 〈내가 훔친 여름〉을 《중앙일보》에 연재. 김동인의 〈감자〉를 각색, 감독하여 영화로 만듦. 백혜욱과 결혼.

1968년 〈六十年代式〉 발표. 《신동아》에 〈동두천〉을 연재하다가 2회에 중단, 나중에 이 작품을 〈재룡이〉로 개작. 이어령의 〈장군의 수염〉을 각색하여 대종상 각본상 수상.

1969년 〈夜行〉을 《월간중앙》에, 장편 〈普通女子〉를 《주간여성》에 연재.

1970년 담시 〈五賊〉 사건으로 김지하가 투옥되자 이호철·박태순·이문구 등과 김지하 구명운동 전개.

1971년 월간지 《샘터》 편집주간.

1974년 시나리오 〈어제 내린 비〉, 〈영자의 전성시대〉 등 집필. 〈겨울여자〉, 〈여자들만 사는 거리〉, 〈도시로 간 처녀들〉 등 영화화.

1976년 창작집 《서울의 달빛 0章》으로 문학사상사 제정 제1회 이상문학상 수상. 〈강변부인〉을 《일요신문》에 연재. 콩트집 《위험한 얼굴》, 수필집 《뜬 세상에 살기에》 출간.

1979년 옴니버스 스타일의 소설 〈우리들의 낮은 울타리〉를 《문예중앙》에 발표.

1980년 장편 〈먼지의 방〉 연재(《동아일보》)를 시작했으나 광주사태로 인한 집필의욕 상실로 연재 15회 만에 자진 중단.

1981년 4월 종교적 계시를 받는 극적 체험.

1988년　《샘터》 편집위원.
1991년　한국공연윤리위원회 위원.

김승옥 문학선 무진기행

2001년 7월 20일 발행
2005년 12월 25일 3쇄

저　　자 : 金 承 鈺
발 행 자 : 趙 相 浩

발 행 처 : (주) 나남출판

413-756 경기도 파주시 교하읍 출판도시 518-4
전화 : (031) 955-4600 (代), FAX : (031) 955-4555
등록 : 제 1-71호(79.5.12)
http://www.nanam.net
post@nanam.net

ISBN 89-300-0139-4 책값은 뒤표지에 있습니다.